Erwin Strittmatter

Ole Bienkopp

Erwin Strittmatter, geb. 1912 in Spremberg, gest. 1994 in Schulzenhof, beendete das Realgymnasium mit 17 Jahren, arbeitete als Bäckergeselle, Kellner, Chauffeur, Tierwärter und Hilfsarbeiter. 1941 wurde er zum Polizei-Reserve-Bataillon 325 einberufen, das später zum Polizei-Gebirgsjäger-Regiment 18 umgebildet und 1943 in SS-Polizei-Gebirgsjäger-Regiment 18 umbenannt wurde, ohne Teil der SS zu sein. Bis Sommer 1944 war er Bataillons-Schreiber, danach wurde er zur Film- und Bildstelle der Ordnungspolizei nach Berlin-Spandau versetzt. Bei Verlegung der Dienststelle setzte er sich mit gefälschten Papieren nach Böhmen ab. Ab 1945 arbeitete er erneute als Bäcker, war daneben Volkskorrespondent einer Zeitung und seit 1947 Amtsvorsteher in sieben Gemeinden, später Zeitungsredakteur in Senftenberg. Seit 1954 lebte er als freier Schriftsteller in Schulzenhof bei Gransee.

Wichtigste Romane: Tinko (1955); Der Wundertäter I–III (1957/1973/1980); Ole Bienkopp (1963); Der Laden I–III (1983/1987/1992); Erzählungen und Kurzprosa. Postum erschienen, hrsg. von Eva Strittmatter: Vor der Verwandlung (Aufzeichnungen, 1995); Geschichten ohne Heimat (2002); Kalender ohne Anfang und Ende. Notizen aus Piešt'any (2003).

Es ist unmöglich, Strittmatters Roman nachzuerzählen, denn seine Besonderheit ist die lebensvolle Einheit von Dichtung und Wahrheit, eine geradezu renaissanceartige Lebenslust und scharfe politische Aktualität. In diesem Buch findet man alle Farben und Düfte der Erde, den Atem der Felder und Wälder. Eine originelle Sprache, die bald brodelt und kocht, bald frei dahinfliegt, deren Wortschatz und Tonfall an Sagen, an Volkslieder erinnern und stellenweise ganz natürlich in Versmaß übergehen. In diesem Buch entstehen absolut authentische Bilder aus dem Bauernleben in den schwierigen Anfangsjahren der DDR.

Raissa Orlowa, Lew Kopelew

Erwin Strittmatter

Ole Bienkopp

Roman

aufbau taschenbuch

ISBN 978-3-7466-5445-4

Aufbau Taschenbuch ist eine Marke der
Aufbau Verlag GmbH & Co. KG

9. Auflage 2009

Umschlaggestaltung capa, Anke Fesel
unter Verwendung eines Fotos
von Ava Nebel/bobsairport
Druck und Binden C. H. Beck, Nördlingen
Printed in Germany

www.aufbau-verlag.de

Erster Teil

I

Die Erde reist durch den Weltenraum. Der Mensch sendet eiserne Tauben aus und harrt ungeduldig ihrer Heimkehr. Er wartet auf ein Ölblatt von Brüdern auf anderen Sternen.

Was ist ein Dorf auf dieser Erde? Es kann eine Spore auf der Schale einer faulenden Kartoffel oder ein Pünktchen Rot an der besonnten Seite eines reifenden Apfels sein.

Der Bauer Ole Bienkopp, dieses große Kind, friert zuweilen. Er sucht Wärme bei seiner Frau. »Was muß ich tun, damit du mich in dein Bett nimmst und wärmst?«

Anngret ist in üppigen Jahren; nicht gerade ein glühendes Eisen, aber sie weiß, was sie will. »Könntest du dir einen Bart wachsen lassen?«

Einen Bart? Was ist ein Bart? Eine Zierde? Ein Versteck? Resthaar vom Affen? Gebüsch in der Gesichtslandschaft, das seichte Stellen oder Untiefen zudeckt?

»Einen Bart?« fragt Ole.

»Einen englischen Bart«, sagt Anngret.

»So einen, wie ihn Sägemüller Ramsch trägt? Niemals!«

»An den hab ich nicht gedacht«, sagt Anngret.

Ole kann den Wunsch seiner Frau nicht übergehn. Er will gewärmt werden. Er läßt sich eine sogenannte Schifferkrause wachsen. Der Schifferbart wird hart.

Anngret verzieht die Nase, wenn Ole ihr damit zu nahe kommt. »Schneid das Gestrüpp an deinem Kinn ab!«

Ole tut es. Er will gewärmt sein.

Die Bienkopps leben wie die Tauben, wenn man bedenkt, daß auch diese Friedensvögel ab und zu zanken, wild girren und mit den Flügeln schlagen.

Anngret ist auf das Ihre bedacht und hat herrische Anwandlungen. Vielleicht verfolgt sie besondere Ziele mit der Vermehrung ihres Wohlstandes?

Ole ist stark, arbeitsfroh und lebenslustig. Er schöpft aus dem vollen, jedoch an gehäuften Schätzen liegt ihm nichts. Was er hat, sollen auch andere haben. Er verborgt Maschinen, Zugvieh, Saatgut und ist nicht ohne Grund Vorsitzender der GEGENSEITIGEN BAUERNHILFE, im Dorf kurz BAUERNHILFE genannt.

Die BAUERNHILFE hält einen Stier für das Dorf. Der Bull ist mächtig und macht seine Sache. Breite Brust, Beine wie Säulen, Hörner wie eine Heugabel und Volldampf in den Adern. Die Kühe sind zufrieden. Die Bauern sind zufrieden. Anngret ist nicht zufrieden. Ja, was will sie denn?

Anngret geht zu Jan Bullert, dem die BAUERNHILFE den Zuchtstier zur Pflege anvertraute. »Wo steht geschrieben, daß euer Stier auf dem Throne sitzen und sich die Kühe kommen lassen darf?«

Jan Bullert lacht, daß es im Stallgang schallt. »Willst du menschliche Sitten beim Vieh einführen? Soll der Stier nachts durchs Fenster zu deiner Kuh steigen?«

Anngret spuckt wie eine gereizte Katze. »Mach deine Witze mit Leuten, die zu dir passen!« Sie besteht darauf, der Stier der BAUERNHILFE soll bei Bedarf zu ihr in den Stall gebracht werden. Sie besitzt fünf Herdbuchkühe; sie kann es verlangen.

Jan Bullert denkt nicht daran, mit seinem Stier von Haus zu Haus zu ziehn wie ein Leiermann. Das Geplänkel zwischen ihm und Anngret hängt kichernd in der Luft. Anngret geht verbissen umher.

Wieder kommt einer von Oles Frosttagen. »Was muß ich tun, damit du mich in dein Bett nimmst und wärmst?«

»Wenn du mir meine Arbeit erleichtern und erlauben wolltest, daß ich einen Bullen aufstall ...«

Ein Bull für fünf Kühe? Das ist für Ole eine Freßmaschine mit Hörnern, unausgenutzter Dampfdruck, ein Explosionsherd im Stall. »Es ist doch ein tüchtiger Zuchtbull im Dorf«, sagt er. Anngret antwortet nicht. Sie geht umher, gertenschlank und verführerisch, eine mit Rauhreif überzogene Gerte.

»Allerdings ...«, sagt Ole schließlich ... »Wenn der Stier dir die Arbeit erleichtert ...«

»Ausgezeichnet. Danke!« Anngret hat gewonnen.

Ole wird gewärmt, oder er wärmt sich selber. Wer kann das wissen?

2

Das erste Jahr nach dem *Großen Kriege* war für die Dorfleute wie das Jahr Null. Es sah so aus, als begännen alle ihr Leben von vorn. Gerechtigkeit in allen Stücken, bitte; nur keinen Krieg wieder. Anton Dürr, Ole Bienkopp und andere Gerechtigkeitsprediger hatten es leicht.

Altbauer Serno kam gemagert, mit lappiger Haut vom Treck zurück. Er sah jetzt aus wie ein halb geleerter Zweizentnersack und war sich nicht zu schade, eigenbeinig hinterm Pflug mit den zwei geretteten Pferden einherzutrampeln. Sein Leberleiden war verschwunden.

Sägemüller Ramsch arbeitete eigenhändig an der Gattersäge und schnitt Dachlatten zum Ausbessern kriegsbeschädigter Haus- und Stalldächer. Die Dachlatten schenkte er für ein paar Zigaretten her. Allerdings waren Zigaretten um diese Zeit eine wertbeständige Währung.

Mampe-Bitter, der ehemalige Dorfschneider, kehrte saufselig und singend heim. Er hatte nichts verloren; er hatte nichts zu verlieren. Was er brauchte, würde er finden. Die Welt und der Wodka lagen vor ihm.

Nicht zu reden von den fünfzehn Neubauern, die im Jahre Null unter den gleichen Bedingungen in eine neue Zukunft marschierten: Jeder hatte sechs Hektar Land, etwas Wald und etwas Wiese aus den Vorräten des geflüchteten Herrn von

Wedelstedt erhalten. Die Dorfstraße war wie eine Startlinie, auf der der Gang in ein neues Glück begann. Die neuen Bauern halfen einander und lebten in Frieden wie ausgebildete Christen. Alles hätte gut gehn können zur Freude der Menschen im Himmel und auf Erden.

Aber welche Hexerei! Ein Jahr später löst sich das gedrängte Feld der Glücksucher auf. Es gibt Fußkranke, Auskenner, Leute, die mit den Ellenbogen nach rechts und nach links, nach vorn und nach hinten stoßen, Leute, die sozusagen auf vier Beinen voran hasten, den Kopf um eine Länge voraus.

Seitdem sind mehr als fünf Jahre vergangen, und mit dem neuen Glück breitete sich neue Ungleichheit aus.

Sophie Bummel treibt ihre magere Kleinkuh auf Bienkopps Hof. Die Kuh ist brünstig, so gut das bei ihren mageren Rippen und Hüften geht. Die Neubäuerin Bummel hofft, den freigebigen Ole anzutreffen, aber der ist nicht daheim. Es ist Oles Frau Anngret, mit der sie reden muß. »Anngret, liebe Anngret, laß deinen Berg von einem Bullen auf mein Kühchen springen!«

Anngret badet sich in den Bittworten wie Kleopatra in der Stutenmilch. Sie denkt dabei merkwürdigerweise an Sägemüller Ramsch, einen studierten Menschen und Herrn.

Weshalb treibt Sophie mit ihrer Kleinkuh nicht zur BAUERNHILFE, zum staatlich angestellten Bullen? Die Arbeit des Gemeinschaftsbullen muß bar bezahlt werden. Sprunggeld, Sophie hat kein Bargeld im Hause. – Ist sie nicht Bäuerin auf sechs Hektar Land aus der Bodenreform wie Anngret? Das wohl, aber Sophie zählt zu den Fußkranken beim Gang ums Glück. Ihr Mann Franz Bummel hat kleine Leidenschaften, und die fressen Fünfmarkscheine.

Anngret steht auf der Wohnhaustreppe und schaut auf Sophie Bummel und ihre Kleinkuh hinab. »Ist sie gesund, deine Kuh? Hat sie keinen Katarrh unterm Schwanz, keine Tuberkeltierchen im Leib?«

Die abgehetzte Sophie wischt ihrer Kuh mit der Schürze

die Augen aus. »Meine Kuh frißt wie ein Raubtier. Wird sie da krank sein?«

Ja, ohne nichts und wieder nichts kann auch Anngret ihren Bullen nicht auf Sophies Kuh springen lassen. Der Stier kostet sein Geld, wurde bar bezahlt und nutzt sich ab. »Wirst du im Frühjahr zwei, drei Tage Möhren bei mir jäten für den Sprung?«

Sophie Bummel verspricht's.

Anngret holt den Stier aus dem Stall. Sie läßt ihn auf die kleine Kuh springen. Man möchte sagen, die Funken stieben. Die magere Kuh bricht fast zusammen. Anngret lacht lüstern. Die abgehetzte Sophie lächelt. Für ein zufriedenes Lachen fehlen ihr zwei Vorderzähne.

3

Jan Bullert spitzt die Ohren: Ein Gegenstier ist ins Dorf gezogen. Bullert trifft seinen alten Hütebruder Bienkopp. Sie reden vom Wetter, von Kraut und von Rüben, sie reden von Frauen, sie reden vom Vieh und seiner Vermehrung. »Ist euch der Bull der BAUERNHILFE nicht vornehm genug?« fragt Jan Bullert. Ole, der Vorsitzende der BAUERNHILFE, hat zwei Jahre zuvor veranlaßt, daß der Gemeinschaftsbull angekauft wurde. Nun dieser Bull seiner Frau! Bienkopp fuchtelt verlegen und findet in der Not eine Ausrede: »Die Frauen sind gleichberechtigt, sagt das Programm.«

»Na und?«

»Wetz deine Worte an Anngret!«

Bullert, der Stierhalter der BAUERNHILFE, setzt sich nicht mit Anngret auseinander. Der Gegenstier schmälert seine Deckgeldprozente. Bullert verbrämt den Umstand politisch: Der Gegenstier ist privat, er ist *reine Feindarbeit.* Bullert beschwert sich beim Sekretär der Partei.

Die Partei heißt EINHEITSPARTEI DER SOZIALISTEN, aber niemand im Dorf nimmt sich den Atem für ein so umständliches Wort. Jedermann sagt: Partei. Jedermann weiß, was gemeint ist.

Der Parteisekretär heißt Anton Dürr. Anton ist Waldarbeiter, klein und knorrig – ein Kiefernzapfen. Er kann sowohl scharf-gütig als auch gütig-scharf sein. Klein von Wuchs und groß im Verstehen. Ein heller Kopf, eine Fackel für Blumenau, ein Mann an allen Schaltern des Dorflebens. Er hat viel hinter sich und viel vor sich. Die Genossen vom Parteisekretariat in Maiberg bemühen sich um Anton. Soll so ein Hellkopf und Draufgänger nicht ein Amt in der Stadt übernehmen? Anton schaut kaum von der Arbeit auf.

»Im Walde werden auch Köpfe gebraucht!«

Kreissekretär Krüger versucht es bei Anton. »Wenn die Partei nun beschließt?«

Anton wird traurig. Er ist der Sohn wandernder Landarbeiter, der die Dorfschulen häufiger als die Hosen wechselte. Er ist nicht geübt im Schreiben. Das ist die Wahrheit.

Kreissekretär Krüger läßt sich nicht abschütteln. Das Leben ist kein stinkender Teich. Es ist ein Fluß. Was nicht ist, kann werden. Auch Karl Krügers Eltern waren keine Gelehrten. Karl schrieb in seiner Jugend alle Ungerechtigkeiten auf. Das tröstete. Viele Ungerechtigkeiten – er lernte das Schreiben dabei. Was tat's, wenn er das Wort *arbeitslos* zunächst mit einem doppelten O schrieb? Das Absperren der Armen von der Arbeit blieb mit einem einfachen und mit einem Doppel-O eine Ungerechtigkeit! Leute in China lernen mit sechzig Jahren schreiben. Wie alt ist Anton? Knapp fünfundfünfzig. »Geh zum Genossen Lehrer! Lern schreiben!«

Anton Dürr besieht seine harzigen Hände. Er schleicht abends zum Lehrer. Der Lehrer will mit ihm in die Schulstube. Dort hängt die Wandtafel. In der Schulstube ist's Anton zu hell.

Der Lehrer schreibt Buchstaben an den Ölfarbensockel seiner Küche. Das Nachschreiben fällt Anton schwer, schwerer als das Nachsägen von krummen Linien eines Holzhauerblaustiftes.

Anton übt auch daheim. Zuerst singt er laut den Holzhackertanz.

»Wirst du närrisch?« fragt seine Frau Emma. »Die Kinder schlafen!« Das wollte Anton feststellen. Die Kinder sollen nicht sehn, wie der Vater mit Pfeil und Bogen des Abc-Schützen, gewissermaßen wie ein Wilddieb, durch die Wälder der Gelehrsamkeit strolcht.

Anton setzt sich, schreibt und ächzt. Er schwitzt. Emma sieht ihm über die Schulter. »Soll das ein Y oder ein J sein?«

»Ich habe mehr an ein J gedacht.«

Emma ist nicht zufrieden. »Wenn das ein J ist, so ist der Ochs eine Kuh ohne Euter!«

4

So geht's an guten Abenden, wenn Anton daheim ist. Er ist nicht oft daheim. Er hat Sitzungen, Besprechungen und muß die unsichtbaren Wunden der verschiedensten Dorfleute heilen. Operationen und Desinfektionen!

Da ist zum Beispiel Sägemüller Ramsch, der unzufrieden und tückisch umhergeht. Er behauptet, die kommunistische Dorfregierung behindere die Entfaltung seiner Geschäfte. Zuwenig Zaunholz, zuwenig Derbstangen und Rohmaterial. Ramsch wird seine Leute entlassen, wird sie Anton und seinen Genossen als Arbeitslose vor die Tür setzen, bitte.

Anton macht Blockpolitik, redet mit Ramsch. Geht's dem Sägemüller wirklich nur ums Wohl der Sägewerksarbeiter, oder geht's ihm um andere Dinge? Zäune sind ein gutes Geschäft. Ob Gitter, ob Lattenzäune – für einen Sägemüller hängt Geld drin. Anton und Ramsch reden und streiten in aller Öffentlichkeit. Das Dorf hört zu. Dieser und jener lernt etwas, aber der Sägemüller nicht; er besitzt Maschinen und Macht.

Kaum ist Anton mit dem örtlichen Sägemüller fertig, da beschwert sich der Leiter des volkseigenen Sägewerkes aus Maiberg. Sägemüller Ramsch wird vom Revier Blumenau bevorzugt mit Zaunholz und Derbstangen beliefert. Wo bleibt die Gerechtigkeit? Wo die gewerkschaftliche Überwachung?

Anton Dürr kann Ungerechtigkeiten nicht ertragen. Er befragt Förster Flunker: »Nach welchen Gesichtspunkten verteilen wir Rohholz?«

»Nach Plan«, antwortet Flunker, doch er sieht dabei in die Waldwipfel, als seien die Krähen dort oben wunderseltene Auslandsvögel. In der Schenke schaut der Revierförster ins Bierglas, als suche er auf dem Glasgrunde nach Stichlingen. Anton legt sich gewissermaßen auf die Lauer.

Der Förster besucht zuweilen Sägemüller Ramsch. Der Sägemüller macht Gegenbesuche bei den Förstersleuten. Freundliche Grüße von Haus zu Haus ... Ramsch trinkt beim Revierförster ein paar Gläschen selbstgezimmerten Honigschnaps. Sie plaudern über die Waldwirtschaft früher und heute. Eine Stunde. Der Sägemüller geht wieder. »Good bye!«

»Weidmannsheil!«

Am Morgen findet die Förstersfrau beim Fegen des Wohnzimmers einen Hundertmarkschein. Sie überlegt angestrengt, wer ihn verloren haben könnte. Sie kommt und kommt nicht drauf. »Am Ende ist es mein eigener Hunderter«, sagt der Förster. »Richtig, ich habe ihn an der Hosentasche vorbeigesteckt.« Die Förstersfrau ist flinker. »Nein, jetzt kommt mir fast ein, daß der Schein aus meiner Einkaufstasche fiel!«

Das Finderglück wiederholt sich nach dem nächsten Besuch des Sägemüllers. Alles hätte gut gehen können, aber da verliert der Sägemüller einen verfallenen Hunderter. Der Schein stammt aus der Zeit vor dem allgemeinen Geldumtausch. Die Förstersfrau hat es eilig, sieht nicht genau hin und rafft auch diesen Findling ein. Sie zieht ihn im Konsum aus der Geldtasche. Das Konsumfräulein, die Genossin Danke, erkennt mit geübtem Blick die Krankheit des Hunderters. »Leider.« Die Förstersfrau errötet bis in den Blusenausschnitt. Soll sie als Betrügerin dastehen? »Gemeiner Kerl!«

»Wer, bitte?«

»Sägemüller Ramsch!«

Im Konsumladen stehen Dorffrauen.

»O Gott!«

5

Aber Gott half nicht. Die Geschichte dringt bis an Anton Dürrs Ohren. Ist's jetzt üblich, daß der Revierförster sein Gehalt vom Sägemüller bezieht? Die Ruhelosigkeit der Försteraugen wird erklärbar.

Bevor Anton und seine Männer aber Förster Flunker um Rechenschaft bitten können, packt der Mann seine Koffer, greift seinen Dackel und verschwindet mit der Frau in der Sonnenuntergangsrichtung.

Anton muß vorläufig auch noch die Arbeit des Revierförsters übernehmen. Das hat er von seinem Gerechtigkeitssinn.

Anton tröstet sich: Ein Leben ohne Schwierigkeiten ist ein Ballon ohne Ballast. Hat man nicht gehört, daß so ein Gassack ohne Beschwernisse abtreibt?

Mehr als zwei Zentner Ballast für Antons Leben sind zum Beispiel Altbauer Serno und sein Gehabe. Serno beschäftigt schon wieder zwei Mägde und einen Kutscher. Er wurde wieder dick, hat sein Abonnement auf ein Leberleiden, fürchtet den Tod und zwinkert mit Gott. Er läßt die Kirche auf eigene Rechnung rosarot streichen. Keine Ausgabe ohne Einnahme! Serno träumt davon, daß er wieder die Preise für Brot, Wurst und Fleisch bestimmt.

Anton riecht es. Wozu hat er die Hakennase? Er sorgt sich. Soll die Geldgier sonstwo herrschen, aber nicht hier, wo er und seine Leute das Leben leiten. Der Ballast an Antons Lebensballon wird zu schwer. Er muß ihn um einige Sorgensäcke entlasten. Er geht zu seinem alten Waldbruder Bienkopp. Bienkopp ist fast aus dem gleichen Holze wie Dürr.

Auch Bienkopp sorgt sich. Er sorgt sich nicht um die dicken, er sorgt sich mehr um die dürren Bauern.

Da ist Franz Bummel, ein Pferdekaupler, ein Kartenspieler, ein Lebemännchen; viel unterwegs und wenig zu Hause. Die Frau und die Kuh als Gespann. Sein Acker ist gut, seine Wirtschaft schlecht. Er erntet ein Drittel von dem, was er müßte. Kann das in dieser Notzeit angehen? Es wird alles benötigt, was wachsen könnte.

Anton und Ole schütteln ihre Sorgensäcke voreinander aus: diese runzeligen Sorgen, lappig und dürr wie Kümmererferkel. Zum Teufel mit ihnen! Aber wie? Es muß was geschehn! Aber was?

Anton blättert daheim in seinen Büchern wie der unsichere Arzt vor der Diagnose. Er liest, daß er schwitzt.

Drei Tage, dann kommt er wieder zu Ole. Er lächelt verschmitzt. Hat er den Stein der Weisen gefunden? Her mit dem Stein!

6

Jan Bullert sitzt auf der Hausbank vor Dürrs Kate. Eine Beschwerde. Anngret Bienkopp, diese Dame, hat einen Gegenbullen aufgestallt.

Anton wird zornig. Was ist mit dem Stein der Weisen? Wirft Bienkopp damit Fensterscheiben ein? Er schickt Anton II, seinen Sohn, aus. Ole soll in die Morgensprechstunde kommen. Pünktlich!

Antons Sprechstunde findet im Walde statt. Er benutzt seine Frühstückspause, um dies und das zu klären. Am Abend hat er andres zu tun, nicht zuletzt muß er schreiben und krakeln lernen, jawohl!

Ole erscheint nicht pünktlich zu Antons Frühstückspause. Er hat seine Arbeit. Ist Anton ein Fürst?

Pünktlicher ist der Sägemüller, aber er ist nicht bestellt. Ramsch trägt eine Häherfeder hinter dem grünen Hutband.

Sein Gesicht ist von studentischen Säbelnarben durchzogen. Diese geistigen Wunden sind blaß in der Morgenstunde.

»Was willst du?«

Der Sägemüller möchte mit Anton reden. »Secret, you understand!«

»Was für Zeug?«

»Es handelt sich um die Flucht von Förster Flunker und so weiter.«

Förster Flunker ist weg. Vielleicht weiß Ramsch besser als Anton, weshalb.

Der Sägemüller setzt zu großen Worten an.

»Du bist nicht geladen«, sagt Anton; denn er sieht Bienkopp kommen.

Der Sägemüller hat sonst nicht über Respektlosigkeit im Dorfe zu klagen. Ein Wutzittern packt ihn. »Du wirst mit mir sprechen! Ich warte!«

Anton kümmert sich nicht um den wütenden Sägemüller. Er geht mit Ole hinter einen Heidhügel. Sie stehen im froststarren Beerenkraut. Ole lächelt. Anton, der Kienzapfen, spreizt sich.

Ein Wortwechsel lodert auf wie Feuer im Wind. »Was soll Anngrets Großtuerei mit dem Bullen?«

»Etwas muß ein Weib bemuttern.«

»Nehmt euch ein Kind an!«

»Das will Anngret nicht.«

Der Wortwechsel läuft eine Weile im Kreise.

Der Sägemüller plaudert indes mit den Waldarbeitern: »Schönes Holz!«

»Schönes Holz.«

»Bauholz, wie?«

»Bauholz, ja.«

»Stämme wie Lichte!«

»Ja, Stämme wie Säulen.«

Die Plauderei will nicht recht vom Fleck. Der Sägemüller zieht ein Fläschchen hervor. Aus seiner Tasche kullern Zigarren.

Das Geplauder wird munterer. Der Sägemüller kann sich wohl ein wenig setzen?

»Allemal!« Mampe-Bitter-Gelegenheitsarbeiter, Botengänger und Quartalssäufer – schiebt Antons Frühstück beiseite.

Der Sägemüller trinkt einen Schluck und gibt die Flasche den Leuten. »Please!« Er betrachtet die Bäume. Er schwärmt für Bäume. Sein Dasein sind Bäume. »Jetzt kommt wohl diese Kiefer, diese Riesin, an die Reihe oder was?«

»Jetzt kommt die weg! Siehst ja, die Säge sitzt schon dran!«

Der Sägemüller geht und bestaunt die Kiefer. Er kommt zurück, und er setzt sich wieder, aber vorher trägt er Antons Thermosflasche und den Rucksack noch zur Seite. Er will wohl Antons Frühstück nicht mit Füßen treten. »Ja, prost denn! Trinkt nur, trinkt!«

Die Aussprache hinter dem Heidhügel ist ruhiger geworden. Anton, die harzige Stirn voller Falten: »Was ist mit dem Stein der Weisen?«

Knisterndes Geheimnis. Ole kratzt Ausreden zusammen. Ob auch erlaubt ist, was Anton da will, ist die Frage.

Anton, der Umkrempler, ist nicht eingerichtet, auf Anweisungen zu warten. »Der Baum wächst von unten!«

Aber Ole ist nicht Alleinherrscher über sechs Hektar Land, fünf Herdbuchkühe, zwei Pferde, zwanzig Schweine und all das scharrende und schnatternde Geflügelvolk. Die Wirtschaft gehört zur Hälfte der Frau. Kann Anton sich das nicht denken?

»Überzeug deine Frau!«

»Überzeugen heißt streiten.«

»Na und?«

»Anngret zürnt lange.«

»Na und?«

»Ich friere zuweilen.«

»Nimm lange Unterhosen!«

»Du willst nicht verstehn. Ich muß mich wo wärmen.«

»Na und?«

»Ich wärm mich bei Anngret.«

»Die Rockhängerei war immer dein Fehler. Ich dachte, du würdest Anngret bemeißeln; jetzt seh ich: Noch immer bemeißelt sie dich.«

Ole ist beleidigt. Er hat hier sein Herz aufgetan. Das war kein Vergnügen. Er fängt an zu brüllen. Aus seinem Munde springen die Speicheltröpfchen.

»Du konntest Anngret von jeher nicht leiden!«

»Na und?«

»Viel Freunde hast du nie gehabt!«

»Was weiter?«

»Von heut an hast du noch einen weniger.«

»Danke, mein Feind!« Anton läßt Ole stehn. Er hüpft über gefällte Stämme zu seinen Männern an der Motorsäge. Die Säge knurrt schon wieder. Sie beißt sich in den Fuß der dicken Kiefer. Am Rand des Kahlschlages verschwindet Sägemüller Ramsch.

Anton sucht hastig nach seinem Frühstück.

»Wer hat mein Frühstückszeug verschleppt?« schreit er ins Motorgeknatter.

»Da liegt es!« ruft Mampe-Bitter.

Anton springt zu seinem Brotsack.

»Zurück!« schreit Mampe. »Zurück!«

Die Kiefer stürzt. Ihre Krone begräbt den kleinen Anton. Frostkristalle wirbeln durch die Luft. Ole sieht, wie sich ein Arm des alten Freundes abwehrend aufreckt. Die harte Hand, die sich im Schreiben übte, ist zur Faust geballt.

Die Waldarbeiter ziehen ein graues Männchen unter dem Baum hervor. Froststaub bedeckt Antons harzige Hosen, die ausgeblichene Blaujacke und das Gesicht. Die Kameraden beklopfen, befühlen und behorchen den verunglückten Brigadier. Sie suchen nach einer Spur Leben in Antons Körper wie nach einem Fünkchen Feuer im tiefen Moorgrund. – Nichts. Anton ist tot.

Ole sitzt wie gelähmt auf einem Stamm und zittert.

7

Anton Dürr spreizt sich noch im Tode und beschäftigt die Öffentlichkeit: Die Tür in Dürrs Waldarbeiterkate ist zu schmal. Man müßte Antons Sarg kippen und kanten.

Auf dem Friedhof von Blumenau gibt's keine Leichenhalle. Emma Dürr will Antons Leiche im Kirchturm unter den Glocken aufbahren. Sie geht Altbauer Serno um Erlaubnis fragen. Der dicke Serno ist Kirchenratsvorstand. Er hat eine Unterredung mit Sägemüller Ramsch. Emma muß warten, bis sie vorgelassen wird.

Altbauer Serno sitzt auf einem runden Spezialstuhl. Sein Gesäß quillt durch die Lehnenspeichen. Auch Sägemüller Ramsch ist noch da. Er liest das »Kirchliche Sonntagsblatt«.

Emma Dürr trägt ihre Bitte vor. Serno hört fromm und freundlich zu. Seine Hände ruhn auf dem Bauche wie auf einem prallen Sack.

»Wird dein Dürr mit kirchlichen Ehren begraben, wird er?«

Emma zupft an ihrem Trauerkopftuch. »Mit Ehren!«

»Wird der Herr Pfarrer ihm das Geleit geben?«

»Jemand vom Kreis wird am Grabe sprechen.«

»Soso, ein Freidenker!« Der Zweizentnermann brennt sich eine Zigarre an. Die Witwe wischt mit ihrem Trauerrock unruhig auf dem Rohrstuhl hin und her. Sie muß den Begräbniskuchen zum Bäcker bringen. Ramsch beherrscht die Kunst, mit einem Auge im Kirchenblatt zu lesen und mit dem anderen Auge zu zwinkern. Der dicke Serno schöpft Luft auf und spricht wie ein Engel der Verkündigung aus einer Zigarrenqualmwolke: »Du weißt, ich bin sozial gesonnen. Bin ich?«

»Mag sein!« sagt Emma, und sie möchte lachen, wenn's nicht um Antons Leiche ginge.

»Darfst deinen Dürr in unsern Kirchturm legen.«

Emma dankt nicht. Sie geht.

»Halt, eine Ausbedingung noch!«

Die Bedingung: Am Abend soll der tote Anton in seine

Grabgrube gesenkt werden. Am Morgen darf er wieder unter die Glocken. »Keine Leiche über Nacht unterm Dach der Kirche! Altes Gesetz!«

Emma hackt um sich. »Wir haben eine neue Ordnung.«

Sägemüller Ramsch hebt sein zerstudiertes Gesicht aus dem Kirchenblatt. Die Narben werden breit und freundlich. »Neue Ordnung hin – neue Ordnung her. Kirchengesetz bleibt Kirchengesetz! Dein Mann geht sonst um und so weiter, he will be a ghost, und das wirst du nicht wollen.

Emma will keinen umgehenden Mann. Er soll begraben werden und seine Ruhe haben. Das Hinein- und Hinaustragen der Leiche ist ihr zu unruhig.

8

Weltraumkälte. Bienkopp geht umher und friert. Immer wieder sieht er Antons kleine Faust, eine eiskalte Faust gegen die Wetterwolken erhoben. Nun wird sein Freund und Genosse unversöhnt und allein bei den Toten hausen.

Anngret hantiert geschmeidig. Anton Dürr war nicht ihr Freund. Dem Toten keine Nachrede! Beim Hantieren streift Anngret den trauernden Mann. Bienkopp klappern die Zähne. »Was muß ich tun, damit du mich in dein Bett nimmst und wärmst?«

Anngret hat auch am Todestage Antons ihre Wünsche. Ihr Mann soll zum Begräbnis Langstiefel anziehn. Ole haßt solche Lederwaden seit dem Krieg. Sie riechen nach Kommandos, stinken nach Ungerechtigkeit.

Anngret turtelt und macht sich begehrlich. Es handelt sich nicht um Offiziersstiefel; Bauernstiefel, klobig und pelzgefüttert. »Hier sind sie übrigens!«

Bienkopp sieht den warmen Schafpelz der Stiefel. Er friert zu sehr. Vorm Fenster stöbert Neuschnee nieder. Er verspricht, die Stiefel anzuziehn.

Es klopft. Emma Dürr ist da. Ein klagendes Hühnchen in der Winternacht. »Antons Leiche kommt nicht zur Ruhe. Hat er das verdient?«

Bienkopp wird jäh ins Leben zurückgerissen. Frieren und Schlottern sind vergessen. Er kann etwas für den verstorbenen Genossen tun. Ist er nicht Kreistagsabgeordneter, Vorsitzender der BAUERNHILFE, ein Mann mit einigem Gewicht? »Das wolln wir sehen, wo die Leichen lagern!« Er läßt Antons Sarghäuschen in den Kirchturm unter die Glocken bringen. Heraus, wer dagegen ist!

9

Am nächsten Morgen steht der verschlossene Sarg in seiner künftigen Grabgrube. Emma hat keine Tränen mehr. Geht Anton um?

Schwere Gedanken drücken Bienkopp nieder. Wer zerrt Antons Leiche umher? Wer legte Antons Frühstück in die Fallrichtung des Baumes? Er läßt den toten Genossen wieder in den Turm bringen.

Für die Nacht stellt Bürgermeister Nietnagel den Dorfwächter im Kirchgarten hinter den Grabkreuzen auf.

Vor Mitternacht macht der Wächter eine Pause für ein zweites Nachtmahl. Eine halbe Stunde später kehrt er auf seinen Posten zurück: Der Tote liegt in der Grabgrube.

Gemunkel im Dorf, verstecktes Geraune: »Der tote Dürr geht um; man hat das Kirchspielgesetz nicht eingehalten.«

Bienkopp ruft seine Genossen zur Leichenwache. Die nächste Nacht sitzen Bürgermeister Nietnagel, Jan Bullert, Wilm Holten und Bienkopp wie schwarze Engel auf alten Grabhügeln und versagen sich sogar das Rauchen.

Es geschieht nichts. Jan Bullert empfiehlt eine List: Sie gehen zur Schenke, als sei ihnen das Wachen über geworden. Vor der Schenkentür kehren sie um und schleichen zum Kirchgarten zurück.

Eine Eule schreit. Sie schreit dreimal, und ihr Ruf dringt aus dem Kirchenanbau, aus der Sakristei. Das Turmtor flügelt sich auf. Der Sarg des toten Dürr kommt. Er schwebt nicht, wie es Pflicht von Erscheinungen und Gespenstern ist. Er stakt auf vier Beinen heran, ächzt, keucht, stolpert, flucht und befiehlt preußisch: »Gleichschritt halten!«

Die Genossen ducken sich hinter den Grabkreuzen. Sie mühn sich, den selbstsicheren Sarg nicht zu erschrecken. Sie wollen nicht, daß Antons Leiche hingeworfen und geschändet wird.

Der Sarg nähert sich. Man kann zwei Gestalten erkennen, die ihn tragen. Wilm Holten, der jüngste Leichenwächter, kann seine Voreile nicht im Zaum halten. »Aha!« sagt er.

Der Sarg stürzt. Die Gestalten preschen davon. Getrampel wie von einem Belgierpferd und einem Traber.

Die Leichenwächter umstellen die Kirche. Bienkopp sieht die Gestalt mit dem Trabergang durch die Grabreihen fliehn. Er setzt hinterher, schlägt mit der Faust zu, trifft einen Hut und fühlt die Härte eines Männerkopfes darunter. Von wegen – Gespenst!

Der Hutmann taumelt, rafft sich auf und entschwindet. Die Leichenwächter suchen den Kirchgarten ab. Die Gestalt mit dem Belgierpferdgetrampel ist fort und verschwunden – wie von der Erde gefressen.

Die Genossen tragen Antons Sarg gemeinsam unter die Glocken und sorgen dafür, daß keine Hand mehr das kleine Haus des toten Freundes berührt.

10

Es wird ein langer Leichenzug. Außer den Freunden des Verstorbenen sind viele Neugierige gekommen. Sie wollen das weltliche Begräbnis erleben. Auch die Kirchenräte Ramsch und Serno stehen steif und schwarz berockt im Trauergefolge.

»Seht, der Sägemüller ist da!« flüstern die Leute.

»Hat Anton ihm nicht Derbstangen und Zaunholz verkümmert?«

»Einem Toten wird vergeben.«

Die alten Frauen sind neugierig auf die Predigt ohne Pastor. Anton und Emma II, die Dürrkinder, stehen übernächtig und blaß zwischen Bienkopp und der kleinen Mutter. Sie weinen. Bienkopp zerbeißt seinen Schmerz. Auf den Friedhofstannen sitzen zwei winterträge Krähen. Sie schielen zu den roten Papierrosen der Kränze. Der dicke Serno hat die Hände auf dem Hügel seines Bauches gefaltet, obwohl es nichts zu beten gibt. Man singt das Lieblingslied des Verstorbenen: »Brüder, zur Sonne, zur Freiheit ...«

Die Fichtenzweigkränze duften. Eine Abordnung vom Kreissekretariat der Partei brachte einen Kranz – groß wie ein Kutschwagenhinterrad. Die Männer der Abordnung singen laut und herausfordernd. Der Sägemüller singt nicht. Er greift sich an die Kehle und krächzt: »Erkältet!«

Karl Krüger spricht vom Leben Anton Dürrs: »Der kleine nimmermüde Mann! Ein gewisser Jesus, sofern es den gab, hätte seine Freude an ihm gehabt.« – Die Krähen in den Tannwipfeln quarren. Der dicke Serno möchte die gottgesandten Vögel streicheln. Wie klug sie die lästerliche Predigt stören! Karl Krüger spricht vom Schicksal: »Schicksal gibt's nicht, Genossen, Freunde! Das Schicksal wird angefertigt wie die Wunder. Ein Kind stirbt am Scharlach. Schicksal? Keineswegs! Der Arzt wurde zu spät geholt. Ein Mann fährt mit dem Motorrad gegen einen Baum, ist tot. Schicksal? Keineswegs! Die Straße hatte Schlaglöcher. Das Schicksal hat Ursachen, und das böse Schicksal nährt sich von Versäumnissen. Unser lieber Genosse Dürr wurde von einem Baum erschlagen. Schicksal? Keineswegs! Vielleicht wurden die Arbeitsschutzbestimmungen nicht beachtet. Man muß das untersuchen, Genossen!«

Sägemüller Ramschs Langstiefel trampeln unruhig auf den ausgestreuten Tannenzweigen umher. »Kalt!«

Karl Krüger sieht auf den nußbraunen Sarg des Freundes. An seinen Wimpern hängen die Tränen wie Tautropfen. »Da liegt er nun, der kleine Mann. Er wurde von edler Unruhe getrieben und säte edle Unruhe aus. Hat er umsonst gesät? Das liegt bei uns. Laßt uns unruhig sein in seinem Sinne!«

Die alten Frauen schluchzen. Sie vergessen, daß dort der ehemalige Kutscher Karl Krüger steht, nicht der Pastor. Sie schneuzen sich und kommen auf ihre Rechnung. Umsonst schüttelt Serno den dicken Kopf.

Auch manche Männer kämpfen mit ihren Tränen. Beim letzten Gruß für den Toten nehmen sie die Hüte ab. Auf der Halbglatze des Sägemüllers klebt ein Pflaster. Bienkopp nickt zufrieden: Laßt die Toten ruhn! Aber dann sieht er die Langstiefel des Sägemüllers. Er vergleicht sie mit den seinen: gleicher Schaftschnitt, gleiche Länge, gleiche Ledergüte. Bienkopp schaut sich um. Grinsen die Leute ihn nicht schon aus? Anngret hat ihn zum Nachäffer und Popanz gemacht. Er kehrt sich ab und läßt Begräbnis Begräbnis sein. Auf der Dorfstraße rennt er fast. Ihm ist, als ob er in glühenden Pantoffeln liefe.

11

Daheim in der Küche schneidet sich Bienkopp die Langstiefel von den Beinen. Er fährt mit der Schere die Schäfte hinunter bis zu den Zehen. Seine Frau sieht stumm zu, wie der Schafpelz nach außen quillt. Bienkopp pellt Waden und Füße frei und wirft die Lederlappen in den Brennholzkasten vor dem Küchenherd.

Frau Anngret nimmt das Lappleder, trägt es auf den Dachboden und hängt es an einen Balken. Sie setzt sich auf einen Kornsack und weint. Die zerschnittenen Langstiefel sind eine Niederlage für sie.

Unten in der Schlafstube zieht Bienkopp sich um und wirft die Stiefelhose zum Fenster hinaus. Er will auch den schwarzen Rock hinterherwerfen, aber da besinnt er sich: Der Rock hat wohl nichts mit den Stiefeln zu tun. An die Füße tut er ausgetretene Schnürschuhe, die er sonst zur Arbeit trägt.

Als er das getan hat, geht er in die Küche, spricht mit der Katze, spricht mit dem Hund, stopft seine Pfeife, raucht wie eine Kleinbahnlokomotive und wartet. Er erwartet seine Frau vom Dachboden zurück, denn er hat ihr ein paar Worte zu sagen. Sie hat ihn zum Popanz gemacht; und das ist nicht wenig.

Es vergeht eine Stunde. Draußen dunkelt es. Bienkopp stopft sich die achte Pfeife. Er wartet immer noch auf Anngret. Schließlich steigt er auf den Dachboden. Im grauen Mondlicht sitzt die Frau auf einem Kornsack. »Anngret!«

Keine Antwort. Trotz fährt in Ole. Diesmal ist er nicht an der Reihe, Verzeihung zu erbitten. Soll Anngret im Mondlicht bleichen, bis sie zur Einsicht kommt!

Ole wandert in seinen ausgetretenen Schnürstiefeln durch den gefrorenen Neuschnee. Der Wolfsspitz folgt ihm. Bienkopp ist's, als ginge etwas Wärme von diesem treuen Tier auf ihn über.

12

Die Erde reist durch den Weltenraum. Der Mensch sendet eiserne Tauben aus und harrt ungeduldig ihrer Heimkehr. Er wartet auf ein Ölblatt von Brüdern auf anderen Sternen.

Im Wirtshaus von Blumenau trinken Männer in schwarzen Röcken, Leichenträger und Totengräber. Ab und an lallt einer, ab und an lacht einer. Anton Dürrs Freunde dämpfen den Schmerz mit Schnaps ab; seine Feinde feuern die Freude mit Schnaps an. Alle zusammen feiern ein Fest, und das heißt Leichenfellversaufen.

Bienkopp ist kein Wirtshaussitzer, aber an diesem Abend treibt's ihn ins Schenkengetümmel.

Die Schenkentür quietscht. In ihren Angeln sitzt Frost. Dampfschwaden quellen Bienkopp entgegen.

Bei der Tür sitzt Ramsch. Er ist angetrunken und streckt die Beine von sich. Bienkopp muß über die fellgefütterten Langstiefel des Sägemüllers steigen. Er ist versucht, darauf zu speien.

Stimmengebräu, Gelächter und Gelall. »Bienkopp!« Jan Bullert macht einen Platz für Ole frei. Bullerts Gesicht glüht wie ein Schaufelblatt im Schmiedefeuer. »Bienkopp, wir müssen uns versöhnen!«

Bienkopp stößt mit Bullert an. Ihre Adamsäpfel hüpfen im Trinktakt. Bullert legt seinen Arm um Ole. »Wer trägt die Hosen, *reschpektive* – wer hat sie an bei euch? Du oder Anngret? Der Bull muß weg! Machen wir morgen Bullbegräbnis! Abgemacht?«

Ole antwortet nicht. Er ist zu nüchtern für die Bullenpredigt. Aber sie trinken und versöhnen sich.

Bürgermeister Nietnagel sorgt, daß Ole beim Trinken nachholt, was die anderen ihm voraus sind. »Zornsdorfer Korn bringt dich nach vorn!« heißt es auf dem Reklameschild über der Theke. Ole ist uneins mit sich selber und der Welt; er sträubt sich nicht. Er trinkt.

In den blauen Wolken aus Pfeifen- und Zigarrenqualm hält sich ein Wicht versteckt. Er hüpft von Tisch zu Tisch, zischelt einem Bauern etwas ins Ohr und zupft den anderen an der Nase. Ole setzt sein Glas zum Trunk an. Der Wicht schwingt sich auf den Glasfuß und hilft kippen. Der Wicht heißt Bauernstreit. Er wird zudringlicher. Bienkopps Trinkzüge werden hastiger. Drei Biere und drei Korn verschwinden.

Der Sägemüller trägt seinen Hut auch in der warmen Schenkstube. Americanlike. Die Beine hat er auf dem Stuhlsitz seines Botengängers Mampe-Bitter stehn. Mampe hockt auf der Stuhlkante. Der Sägemüller hebt sein rechtes Bein und winkt damit dem Wirt. »Go to the devil, Gotthelf, eine Stubenrunde und so weiter!«

Bienkopp wendet sich ab. Die verfluchten Stiefel! Ein reines Schicksal! Er will kein Bier von Ramsch. Er nicht!

Bürgermeister Nietnagel feuchtet sich die Finger am Bierschaum und zwirbelt seinen Bart auf. »Du tlinkst nicht, Ole? Tlink man, tlink, mach einmal Klassenkämpferpause!«

Auch Wilm Holten schiebt das Freibier von sich; Ramsch ist sein Chef, sein Freibier stinkt ihm. »Von dem nicht einen Schluck!«

Der Sägemüller klatscht sich auf die Stiefelschäfte. »Hahoo, gelungen: Mein Bier taugt meinem Knecht nicht. Die Hand hoch, wer mein Bier nicht will!«

Dreizehn Hände heben sich. Bienkopp springt auf. »Hand hoch, wer Bier von mir will!«

Wieder heben sich dreizehn Hände. Fünfundzwanzig Männer sind in der Stube. Mampe-Bitter wünscht Bier von beiden Parteien.

Der Wirt stellt sechsundzwanzig saubere Gläser auf den Schanktisch. Der Bierhahn spuckt. Bienkopp stockt auf. »Noch dreizehn Korn auf meine Rechnung!«

»I kill you!« krächzt der Sägemüller. »Hallo, dreizehn Doppelte für mich!«

Das Bier zischt, schäumt und perlt. Die Schnäpse funkeln. Der Streitwicht kichert.

Bürgermeister Nietnagel erhebt sich. »Wir tlinken jetzt ein letztes Mal auf Amton. Leicht sei ihm der Sand!«

Bei der Gegenpartei bringt Serno den Trinkspruch aus. Er ächzt sich von der Bank. »Aufs Leben trinken wir, aufs Leben! Ihr habt's gesehn am Dürr; habt ihr es nicht? Rasch tritt der Tod den Menschen an. Der kleine Mensch fällt einen Baum, doch wie der Baum fällt, liegt in Gottes Händen.«

Bienkopp zittert. »Dann hat wohl euer Gott auch Antons Frühstück in der Hand gehalten?«

Großes Hinhören. Der Schankhahn zischt, und Sägemüller Ramsch springt auf. Seine Narben laufen blau an. »Verletzung heiliger Gefühle. Leute, Gotteslästerung!« Er zieht einen Ochsenziemer unterm Tisch hervor und geht auf Bienkopp los. Bienkopp steht auf und höhnt: »Komm her mit deiner Gänserute! Tu deinen Hut herunter, zeig deine Beulen, Leichenschänder!«

Der Lehrer stellt sich zwischen Ramsch und Bienkopp. »Ich wünsche keinen Glaubensstreit, Genossen!«

Der Sägemüller rempelt Lehrer Gürtler an. »Ich bin nicht dein Genosse, merk dir! Die Kirche lassen wir nicht schmähen und so weiter. Drauf, Leute! To the guns!« Ramsch senkt den Kopf und geht zum Angriff über. Ein Tisch fällt um. Der Ziemer surrt durch Tabaksqualm. Ein Bierglas fliegt. Bienkopp duckt sich. Das Bild des Präsidenten fällt ihm auf den Rücken. Der Ziemer surrt. Sein Hieb trifft Bienkopp. Ein hohler Knall – Blut spritzt aus Bienkopps Stirn. Er taumelt, kann sich nicht mehr halten, stürzt über eine Bank und fällt zu Boden.

Der Wirt brüllt: »Feierabend!« Er trommelt mit dem Bierschaumlöffel auf den Schankhahn. Niemand beachtet ihn.

Der Kampf geht weiter. Der Lehrer wehrt sich, ficht und boxt. Bienkopp liegt lang. Sein Kopf ist taub. Er sieht das Kampfgetümmel über sich. Er sieht die gottverfluchten Sägemüllerstiefel. Jetzt treten sie nach ihm, und kein Genosse merkt es; denn Bienkopp liegt in einem Wald von Männerbeinen. Die Stiefel treffen ihn, am Leib, am Kopf. Für Bienkopp wird es dunkel, und er brüllt: »Wer hat die Lampe ausgeschlagen?« Da sehn sie ihn und zerren ihn ins Freie.

Jan Bullert und Wilm Holten schleppen Bienkopp durch die Wintermondnacht. Der graue Wolfsspitz folgt mit eingezogenem Schwanz.

Hinter winterkahlen Pflaumenbäumen leuchtet Bienkopps gekalktes Neuhaus. Vor dem Eingang steht eine Laube. Die Träger setzen Bienkopp auf die Laubenbank. Sie fürchten Anngret, und sie gehn so still davon wie nachmittags beim toten Dürr.

Die Laubenbank ist kühl. Bienkopp kommt zu sich. Er tastet nach der Stirn, hat Blut an seinen Händen. Wo ist er hier? Er hockt vor seinem Haus in Anngrets Laube. Sie wünschte sich zwei Jahr zuvor die Sommersitzgelegenheit. Sie wollte eine Laube, wollte, wollte, weil Sägemüller Ramsch auch eine hatte.

Ach, Anngret hat mit Ole, wer weiß wie sehr, in dieser Laube sitzen wollen. Es wurd nichts daraus. Die Arbeit und die Wünsche ... keine Zeit. Das Bauernleben ist wohl so. Das Bauernleben? Ole, lebst du noch?

Er will ins Haus. Sein rechtes Bein ist steif und schmerzt. Er wankt und hält sich an der Hauswand und greift dort in die Wildweinranken. Die Spatzen fahren aus den Reben in die Winternacht.

13

Ole Bienkopp kam eintausendneunhundertundfünf Jahre nach dem von Gott gezeugten Schreinersohn Christus auf die Welt. Er nahm sein Kreuz auf sich und stolperte davon.

An seinem ungewöhnlichen Namen war die Mutter schuld. Sie las jahrsüber den Kalender drei- bis fünfmal; besonders die Geschichten aus fernen Ländern. In einer Kalendergeschichte kam ein schöner Sklave vor. Er hieß Ole, war aufständisch und wurde hingerichtet. Mutter Hansen wollte diesem schwarzen Menschensohn noch nachträglich etwas Gutes tun: Sie ließ ihren einzigen Sohn unter Schwierigkeiten auf den Namen Ole taufen.

Ole war ein Träumer, aber keiner von jenen, die an den Ecken des Lebens sitzen und auf Wunder warten. Er versuchte, seine Träume mit Taten in das Leben zu zwingen. Das ging unterschiedlich aus.

Als ihn seine Beine schon trugen, knüpfte sich der kastanienköpfige Junge eine Schaukel aus Ziegenstricken und hängte sie an einen Kiefernast. Im tollsten Schwingen breitete er die Arme aus und suchte sich über die Baumkronen zu erheben. Er landete mit blutendem Gesicht im Heidesand. Großes Geschrei um den zerschellten Traum.

Die Mutter: »Was ist?«

»Ich bin beim Fliegen ausgerutscht.«

»Dummling, kein Mensch kann fliegen!«

Ole breitete seine Arme aus. »Siehst du denn meine Schwingen nicht?«

Die Mutter sah die Schwingen nicht.

Die Schule war dem jungen Ole ein dumpfer Lernkeller. »Zu dünnes Sitzfleisch!« sagte der Lehrer, und seine Schnurrbartenden hingen herunter wie die Flügelfedern eines eingeregneten Hofhahns.

»Wo warst du gestern?«

»Ich wartete am Waldrand auf euch.«

»Soll die Schule deinetwegen zwischen Blaubeeren und Gestängel stattfinden?«

»Ja, Herr Küster.«

Der Lehrer gerbte Oles Sitzfleisch. Er tat es nicht mit der beim Gerben üblichen Eichenlohe, sondern mit Haselrinde, hinter der noch Holz saß. Verzeiht ihm die Unkenntnis; er war ein ausgedienter preußischer Feldwebel.

Oles Heimatdorf Blumenau war damals der Besitz von zwei Herren. Über den Wipfeln der Wälder herrschte der Himmelsherr. In den Wäldern und auf den Feldern herrschte Baron von Wedelstedt.

Oles Vater Paule, ein gottesfürchtiger Sozialdemokrat, arbeitete in den Wäldern des Barons. Der Himmelsherr und der Gutsherr zeichneten ihn für seine Gottesfurcht mit einem Haumeisterposten aus.

Aus dem Kriege im vierzehnten Jahre des 20. Jahrhunderts hielten die ringgeschmückten Hände des Barons seinen frommwilligen Vormann und Haumeister Hansen zunächst heraus.

Ole half der Mutter in den kargen Kriegsjahren beim Versorgen des Haus- und Kleinviehwesens, sammelte Ähren und Haferrispen. Er schnitt mit der Flickschere der Mutter auch Ähren von den Kornpuppen. Der Gutsvogt ertappte ihn. Ole hatte das Hansen-Häuschen mit Schande überzogen.

Die Mutter: »Wie konntest du das tun?«

»Ich nahm nur Ähren von der Stelle, wo ich im Frühjahr Disteln stach. Die Halme kannten mich, nickten mir zu und wollten in meinen Sack.«

Die Mutter mußte den Kopf in den Sack stecken, und da hörte auch sie, wie die Ähren flüsterten.

Der Krieg, der dahinten in Bosnien aufgeflammt war, entwickelte sich zu einem Weltfeuer. Er saugte auch die Süße aus dem Leben der Kinder. Da zwang Ole die Hummeln auf Feldern und Wiesen, ihm den fehlenden Zucker zu bringen. Er suchte Hummelnester, zeichnete sie und holte sie nachts heim. Am Morgen standen auf dem Fenster der Kate die umgekippten Töpfe der Blumen. Darunter waren Oles Hummelschwärme. Schwarzbraune und graugelbe Hummeln fuhren zu den Topfbodenlöchern ein und aus. Sie trugen Honig heran, und Ole saugte ihn durch einen Strohhalm aus den Waben.

Die Mutter: »Wer hat dich das gelehrt?«

»Mein Heißhunger.«

Oles barfüßiger Freund hieß Jan Bullert. Er hinkte und war der Sohn des herrschaftlichen Stallschweizers. Jan Bullert quartierte seinerseits daheim die Fensterblumen aus und hielt Hummeln.

Als Ole und Jan zwölf Jahre alt waren, schickte der Baron dem Lehrer einen Zettel: »... und wünsche ich, daß die Söhne meiner Sassen Hansen und Bullert in so schweren Notzeiten des Vaterlandes sommers fortan der Schulpflicht enthoben sein sollen ...« Unterschrift und Siegel: ein Ochse mit einer Krone.

Ole und Jan wurden Hirtenjungen. Sie mußten nur einmal in der Woche den Konfirmandenunterricht des dürren Pastors besuchen. Sonst waren sie freie Hirten unter freiem Himmel.

Zwei Stunden war Ole der Hund und Jan der Hirt, und zwei Stunden ging's umgekehrt. Ole, der Hirt, suchte Hummelnester, schleckte Honig, betrog seinen hungernden Magen, sah den Wolken, den knurrenden Kriegsdoppeldeckern und den Zugvögeln nach. Gewaltige Träume durchzogen seine Seele. Er war darin ein großer Herr und Gutsbesitzer, pfiff ein Locklied, und die grauen Kraniche schwebten von den Wolkenwiesen zur Kuhwiese hernieder. Ole sprach mit den Kranichen, seinen Gutsarbeitern, gab ihnen Aufträge und schickte sie zum Silbersee nach Afrika um den Samen der Apfelsine. Er ließ die Kuhweide mit fremdländischen Früchten bepflanzen, und nichts war ihm zu teuer, bis er wieder Hund sein und mit hängender Zunge den Kühen nachhetzen mußte.

Ein entkräfteter Wallach stürzte am Weiderand aus einem Pfluggespann. Der Inspektor schickte nach dem Schinder. Ole und Jan zerrten das Tier in eine Schonung, versteckten es dort und fütterten es wieder auf. Sie wurden für einige Wochen berittene Hirten.

Der Inspektor sah den doppelköpfigen Zentauren um die Kuhherde kreisen, erkannte das Schinderpferd, verfolgte die kleinen Reiter auf seiner Stute und stellte sie. Er gab Ole und Jan je eine Mark für kühnes Reiten. Den Wallach führte er zum Roßschlächter. Auf die kalten Markstücke in den Jungenhänden tropften heiße Tränen.

14

Zwei Weidesommer, zwei Schulwinter. Der Krieg platzte mit Krawall. Der Vater, Paule Hansen, kehrte unversehrt heim.

Gott ist gütig! Ole wurde konfirmiert und bekam Hosen mit langen Beinlingen. Er wurde Waldarbeiter in der Kolonne seines Vaters, lernte die Säge führen, die Axt handhaben, Keile setzen und Klafter stellen. Seine Hände und seine Muskeln härteten sich; seine Taschen blieben trotz der schweren Arbeit leer. Als künftiger Erbe mußte er dem Katenanwesen der Eltern aufhelfen, eine Kuh kaufen, Ferkel und neue Dachziegel erschinden.

Doch die harte Waldarbeit und das Racksen um die kleinen Dinge des väterlichen Anwesens erstickten Oles Hirtenträume nicht. Er fing einen wilden Bienenschwarm, fütterte, mehrte und teilte ihn, erntete Honig und verkaufte ihn in der Kreisstadt.

Er entdeckte, daß viele Leute vor ihm die Bienen beobachtet und über sie geschrieben hatten. Er trieb Bienenbücher auf, las sich im Winter in seiner Kammer einen dicken Kopf an, phantasierte von einer Bienenburg, von Gebrumm und Gesumm und träumte sich zum Herrn fliegender Bienenvölker hinauf.

In seinem vierten Honigsommer baute der junge Waldarbeiter aus dem Werkstattabfall des Dorfstellmachers einen Wagen. Es war ein Reisewagen für Bienen; denn Ole wollte mit ihnen von Blütenfeld zu Blütenfeld ziehn und sie fleißiger machen.

Mit einem geborgten Bauernpferd vor seinem Wagen zog er zum Hoftor hinaus. Hinter der Hofpforte stand Vater Paule mit der Holzaxt. »Halt! Soll das Dorf dich verlachen?«

Zum ersten Male in seinem Leben packte Ole ein großes Zittern. Er stürzte sich auf den Alten, entrang ihm die Axt und fuhr zur Rapsblüte in die Felder.

Paule Hansen sann, wie er den ungehorsamen Sohn einer Bestrafung von höherer Hand zuführen könnte. Es ergab sich.

Eines Tages in der Schwarmzeit huschte Ole in der Frühstückspause zu seinen Bienen. Soeben ging ein Volk auf die Reise. Ole verfolgte es, beklopfte einen alten Eimer, suchte das Summgeräusch des Weisels zu übertönen und den Schwarm zu verwirren. Am Dorfrand brachte man ihm eine Spritze. Ole stäubte Wasser über den schwirrenden Schwarm. Der Weisel ließ sich auf der hellen Sommermütze seines Verfolgers nieder. Im Nu waren Oles Kopf und Gesicht von Bienen bedeckt. Das Atmen wurde dem jungen Imker schwer.

Er wollte den Schwarm nicht verlieren. Behutsam trug er die Bienenkappe durchs Dorf zu seinem Wagen.

Frühstückende Holzfuhrleute und Immersäufer höhnten aus dem Gasthausfenster: »He, Ole, mit einer Pelzkappe im Frühling? Hast du Mumps und dicke Mandeln? Geh herein und wärm dich!« Ole ging mit steifem Nacken weiter. »Seht den Bienkopp«, schrien die Immersäufer. – Die Bienen bekam Ole vom Kopf; den Spottnamen bekam er nicht mehr los.

Einen Tag später wurde Bienkopp aus der Waldarbeit entlassen. Der Baron könne keine Waldarbeiter beschäftigen, die Bienen im und am Kopfe trügen, hieß es. Hinter der Entlassung steckte Vater Paule Hansen mit seinem Krameifer. Sein Sohn sollte für eine Weile mit Arbeitslosigkeit gestraft sein. Vielleicht würde ihn dieser Ausstand dringen, sich in der Zwerglandwirtschaft der alten Hansens nützlich zu machen.

Ole hatte den hartholzenen Schädel seines Großvaters. Dieser alte Mann hatte aus lauter Eigensinn die Großmutter sitzenlassen und war nach Amerika ausgewandert. Sein Enkel Ole baute sich zu seinem Bienenwagen einen Schäferkarren, und darin hauste er. Er reiste von der Akazien- zur Linden-, schließlich zur Heideblüte und nährte sich von Zwiebeln und Trockenbrot. So hielt er durch bis zur Honigernte.

15

Die meisten Dorfleute mieden den Sonderling Ole. Dafür sorgten die Büttel des Barons, als da waren der Gutsförster, der Gutsinspektor, der Vogt, deren Anhang und nicht zuletzt Vater Paule.

Ole hatte um diese Zeit nur einen Freund. Das war der Wanderarbeiter Anton Dürr. Anton arbeitete tagsüber in der Holzfällerkolonne, ließ sich von Paule Hansen nicht gegen Ole einnehmen und verbrachte seine Abende am Schäferkarren.

Die Freunde phantasierten sich zu den Sternen hinauf oder die Sterne zu sich herunter. Anton kannte schon die Hinterhöfe des Lebens und hatte eine umschweifende Art, Ole zu belehren. Plötzlich schienen seine Gedanken die Flügel zusammenzulegen wie Purzeltauben und von den Sternen herab auf die Erde zu kullern. »Schön und gut, aber mit deinen Bienen wirst du die Welt nicht umkrempeln!«

»Wie? Nein, aber ich zeig ihr die Zähne und laß nicht mit mir umspringen.«

»Unternehmer und Gutsbesitzer kirrt man nicht, wenn man zu ihrem Stand hinaufschielt.«

»Schiele ich?«

»Bienenbesitzer!« knurrte Anton.

Man konnte Oles Phantasie im kalten Wasser eines solchen Gesprächs aufzischen hören; und der künftige Bienenburgbesitzer war froh, wenn der Freund ging und ihn mit seinen verletzbaren Höhenträumen allein ließ. Ole war jetzt auf ein Pferd, auf ein eigenes Gespann, aus. Das sollte sowohl seinen Bienenwagen als auch seinen Schäferkarren umherziehn.

Soso, Ole träumte von Pferden in einem Alter, das ihn berechtigte, von Mädchen zu träumen?

Auch von Mädchen träumte Ole. Er war rank. Sein Haar hatte die Farbe ausgereifter Kastanien, sein Gesicht war von Wind und Wetter geschliffen, und seine Haut duftete nach Blumen und Wachs. Aber die Mädchen sahen ihn an wie eine verbotene Frucht. Hauste er nicht wie ein Puppenspieler und zigeunerischer Topfflicker in einem Karren? Konnte er nicht nach Küssen und Liebesnächten sein Ponystütchen vor den Wagen spannen und von dannen ziehn, noch ehe der Mond sich im Walde verkroch?

Und es war in den Sommernächten ein Kichern und Necken um Oles Schäferkarren; sobald der Imker aber die Hand nach einem der neugiernasigen Mädchen ausstreckte, purrte es davon wie ein Heuhüpfer.

»Laß die Grasaffen!« konnte Anton Dürr sagen, und er raschelte mit Flugblättern.

Ole ging mit Anton in die Nachbardörfer. Anton redete mit Gutsarbeitern, Kleinknechten und Holzhauern in lichtlosen Stuben und verqualmten Schenken über eine neue Welt, die her und heran müsse. Ole verteilte die Flugblätter. Man fragte ihn: »Nun, und was meinst du zu dem, was dieser kleine Mann erzählt?«

»Man muß die Zähne zeigen!« sagte Ole vieldeutig.

»Die Zeit reift heran. Die Arbeitsleute werden sich befrein«, überschrie ihn Anton Dürr.

»Selbst ist der Mann!« schrie Ole.

Auf dem Nachhauseweg randalierten Anton und sein Flugblattverteiler und zankten sich, daß der Wald dröhnte und dem Gutsförster die Hirsche absprangen.

Die Zeit ging hin, und es sah so aus, als ob das Leben Bienkopp und nicht dem kleinen Dürr recht geben sollte; denn Ole brachte es wahrhaftig zu seiner Bienenburg. Da stand der verwirklichte Traum auf einer windgeschützten Ecke Brachland!

Ein blütenreicher Frühling. Jedermann sah das. Nur Anton sah es nicht. Er lief an den Feierabenden über Land, suchte Versammlungen auf, warb und warnte. Das Glück und den Erfolg seines Freundes Ole schien er nicht zu bemerken. Stand nicht eine Bienenburg aus hundert Völkern mitten in dieser zerzausten Welt?

16

Ole wurde siebenundzwanzig Jahre alt. Er lebte sommers im Schäferkarren und winters in der heizbaren Stallstube eines Kleinbauern. Er besaß ein Bett, einen Schrank und einen Tisch. Für die Mädchen im Dorf war er bereits ein schrulliger Junggeselle. Manches Mädchen, das nachts wie eine Heidgrille vor seinem Schäferkarren gezirpt hatte, war verheiratet und Mutter.

Da trat das ein, was Oles ferneres Leben bestimmen sollte:

Es traf ihn ein Blick der Fischerstochter. Das konnte nicht wahr sein! Anngret war schlank und blank, war in der Heide zwischen den Seen aufgewachsen. Vielleicht war sie schüchtern und gab sich einen Ruck, bevor sie aus dem Wald trat. Durchs Dorf ging sie stolz. Wer sie begehrlich ansah, wurde von ihren Blicken niedergeprügelt. Es wäre zu verstehn gewesen, wenn sich der Sohn eines reichen Bauern um sie bemüht hätte.

Ole suchte nach Gelegenheiten, Anngret zu sehn und sich zu vergewissern. Er grüßte verlegen und genoß die Blicke der Fischerstochter. Sie waren auffordernd und versprechend. Bienkopps Herz flatterte wie eine Taube im Sack. In seiner Seele flammte es auf wie Wunderkerzen in der kindlichen Weihnachtszeit.

Der Sommer summte sich durchs Land. Ein schwerer Sommer für Leute wie Anton Dürr, die sich um das Schicksal des deutschen Landes sorgten! Ein fröhlicher, fülliger Sommer für Leute, denen es wie Ole um die Tracht der Bienen und eine Liebe ging.

Ole dachte sich nachts im Schäferkarren Gespräche aus, die er mit der schwarzäugigen Anngret Anken führen wollte. Allein, wenn er tags drauf das Mädchen sah, schrumpften seine Worte, die wie süße Birnen sein sollten, zu knorrigem Backobst zusammen. Und es wurde ihm heiß, daß er sich das Hemd aufriß und den kühlenden Waldwind über seine behaarte Brust fächeln ließ.

Eines der kühnsten Traumgespräche Oles ging so:

Guten Tag, Anngret.

Guten Tag, Ole. Ist dir so warm, daß du mit offenem Hemdlatz umhergehst?

Kleine Verlegenheit und großes Aufblicken.

Du erwärmst meinen Schäferkarren Tag und Nacht wie eine Sonne.

Anngret schweigt.

Verzeih, aber ich werde dich nicht beleidigt haben!

Nein, aber woher nimmst du so verlogene Worte?

Es stehn mir noch andere zur Verfügung, aber ich habe sie nicht bei der Hand. Wenn du einmal abends zur Bienenburg kommen wolltest.

Aber ich will ja.

17

Träume. Das Leben war gewaltiger. Der Sommertag, der sie zusammenbrachte, war ein Sonntag. Bienkopp saß mit der Angel am See. Es war vor der Honigernte, die Zeit des Trockenbrots und der Zwiebeln für den Imker. Das Seegestrüpp summte und sang. Anngret stakte den Flachkahn durch die Seebucht. Sie sah nach den Hechtreusen ihres Vaters. Ole, der Fischdieb, sah Anngret und stupste die Rute ins Wasser, als triebe er Frösche von den Seerosen. Die Überraschung zerbrach den Damm seines verliebten Schweigens. »Daß du allein auf dem See umherflatterst wie eine hahnlose Schwänin!«

Anngret legte den Kopf in den Nacken und lachte. »Du siehst nicht aus, als ob du der Schwanenhahn wärst, der mich bändigen könnte!«

Nun war's gesagt. Ole warf sich ins Wasser und schwamm zum Boot. In Anngrets Augen funkelte Wollust. Als Bienkopp den Bootsrand packte, hieb sie mit dem Ruder zu.

»Bist du verrückt?«

»Auch die Schwänin kämpft, bevor sie sich gibt!«

Bienkopp kippte das Boot um. »Kämpfe, du bissige Schwänin!« Die gefangenen Hechte schlüpften ins Wasser zurück. Anngret tauchte mit angststarren Augen zwischen den grünen Blattschwertern der Wasserlilien auf. Sie klammerte sich an Bienkopp und zog ihn wie eine Nixe zu den gelben Schläuchen der Seerosenwurzeln hinunter. Bienkopp schlug auf Anngret ein, bis sie bewußtlos wurde. Eine sonderbare Liebeserklärung.

»Nun mach, was du willst, mit mir, du hast mein Leben gerettet und in der Hand!« sagte Anngret am Ufer. Und Bienkopp machte mit Anngret, was er wollte. Alles war ungeschickt, und seine Küsse waren wie Bisse.

Acht Tage später offenbarte sich Anngret: Ein Kind würde kommen. Bienkopp benahm sich wie ein Verrückter, zückte sein Messer und schnitt sogleich Weidenzweige für eine Korbwiege. Ein Kind im Schäferkarren! Großartig!

»Aber du wirst mich nicht wollen, wenn ich dir sage, was ich weiß«, sagte Anngret.

Ole starrte auf die Schläfen des Mädchens, und die waren fein geädert wie Marmor.

»Sag, was du weißt, und ich werd dich noch wilder wollen!«

Anngret wurde gerührt. Sie sagte wohl nicht, was sie sagen wollte, aber sie sagte: »Ich sollte wen nehmen, den ich nicht mochte. Wenn ich nun dich nehme, wird kein Erbteil in meiner Brautlade sein.«

Nichts einfacher als das. Was fragte Bienkopp nach einem Kasten, den man Brautlade nennt!

Er flocht eine Wiege aus Weiden, und er flocht neue Bienenkörbe aus Stroh. Vögel, Bienen und die Blätter der Bäume besangen sein löbliches Tun. Das Schicksal war über alle Maßen gut zu ihm. Er schleppte Anngret am Abend auf den Armen durch den Wald zum Bienenstand. Er sang dazu, und sein Sang war rauh wie das Röhren eines Hirsches.

»Wie geht's unserem Kind, besiegte Schwänin?«

»Es geht ihm, wie ich fühle, gut. Ausgezeichnet!«

Wilde Nächte und das sanfte Säuseln in den Bäumen. Reiherschreie in der Vollmondnacht und die Trompete des Kranichs als Weckruf am Morgen. Sieben Tage tropften zu einer Woche zusammen.

Und wieder fragte Bienkopp: »Wie geht es unserem Kind?«

»Ich spüre es nicht.«

»Du bist vielleicht nicht still genug?«

»Nein, ich spüre es nicht mehr.«

Kalter Atem. Anngret hielt Bienkopp von sich fern. Bienkopp fand es nicht sonderbar. Er hatte die Tiere unterm Himmel beobachtet. Es mußte wohl so sein.

Aber dann blieb Anngret viele Tage aus. Als sie wiederkam, sagte sie: »Nun bringe ich dir weder ein Erbteil noch ein Kind ins Haus.«

Bienkopp schaute wehmütig auf seinen Schäferkarren. »Aber ich will dich, wie du bist!«

18

Bienkopp und Anngret heirateten. Segen von nirgendwoher, von Oles Eltern nicht, von Anngrets Eltern nicht, selbst Anton Dürr wollte nicht Trauzeuge sein. »Werd ich dich binden helfen in einer Zeit, die wer weiß was bringen kann?«

Bienkopp begriff nicht. Die Welt bestand für ihn aus zwei schwarzen Augen und Mädchenhaar, aus dem ihn Seeduft anwehte, aus Tag und Nacht, aus Mond und Sonne.

Das Jungpaar zog in zwei Kammern auf den Boden eines Kleinbauernhauses. Es mietete und nistete sich dort ein. Und die Wärme, die der kleine Eisenofen nicht hergab, gab das einzige Bett.

Bevor der neue Bienensommer kam, gingen große Veränderungen in Deutschland und im Dorfe vor. Ein Gedröhn von Pauken und Trommeln ging durch das Land. Viele Bauern in Blumenau stellten sich auf das Marschieren ein, bestiefelten ihre Beine und erprobten die lederbewickelten Füße. Einen Fußtritt für den sozialdemokratischen Lehrer, der nicht lehren wollte, daß die deutsche Kultur bis nach Afrika reiche. Einen Fußtritt für den Viehhändler, der jüdisches Gebaren an den Tag legte und den Kleinbauern mehr Geld für ihr Vieh bot als seine Konkurrenz. Einen Fußtritt für den Poststelleninhaber, der beim *Wessellied* die Hand in der Hosentasche behalten hatte. Einen Fußtritt für Bürgermeister Nietnagel, der nicht angeben konnte, wohin Anton Dürr verzogen war. Nur am Pfarrer war nichts auszusetzen: Er hatte vor der *Erhebung* Lichtbildervorträge über das Wesen eines Vereins gehalten, der sich *Stahlhelm* nannte und das Marschieren auf seinem Programm stehen hatte.

Anngret blieb taub. Die Liebesnächte des jungen Paares verloren an Innigkeit. Bienkopp wurde satt von der Süße ohne Sinn. Er sah das Leben draußen vor der Kammertür wieder. Es war traurig und voll dunkler Fragen. Der alte Freund Anton Dürr begann Bienkopp zu fehlen. Er forschte insgeheim nach ihm. Auch der neue Bürgermeister, der in blanken Langstiefeln um die Pfützen auf der Dorfstraße stolzierte, forschte nach Anton.

Unter den kleinen Leuten im Dorf ging die Sage, Anton Dürr habe eine Braut hinterlassen. Schwer zu glauben! Anton hatte einige Bücher zurückgelassen; das war richtig. Die Bücher wurden beschlagnahmt wie die Sparkassenbücher eines Gelddiebes. Anton hätte ein Mädchen geküßt? Das wollte Ole nicht in den Kopf. Hatte Dürr nicht oft von Grasaffen gesprochen, wenn er die Mädchen meinte?

Allein die Sage von Antons heimlicher Braut verdichtete sich. Sie schlüpfte in gewaschene und ungewaschene Ohren.

Antons Braut sollte Emma Timm, ein keckes Gutsarbeitermädel, die Tochter eines Ochsenkutschers, gewesen sein.

Die kleine Emma saß auf sonnigem Felde, jätete Mohrrüben, und der Schatten des langen Ole fiel auf sie.

»Kommst nun auch du mit spitzfindigen Fragen?«

»Anton war mein Freund.«

»Warst du auch der seine?«

»Ich denke.«

»Siebzehn Küsse – ich hab sie genau gezählt –, das ist alles, was ich mit Anton zu tun hatte.«

Bienkopp wurde traurig. »Er hat dir verboten, mit mir zu reden.«

»Was fragst du, wenn du sein Freund bist?«

Auf dem Heimweg kämpfte Bienkopp mit den Tränen. Anton hatte ihn aus seinem Leben ausgeschlossen. Und mitten im Sommer war's ihm, als wär es Winter geworden. Er fror. Er suchte bei Anngret nach Wärme.

Anngret war nicht mehr die liebeslustige Frau der ersten Ehemonate. Sie arbeitete kleintüchtig auf ein unsichtbares Ziel zu.

»Was muß ich tun, damit du mich in dein Bett nimmst und wärmst?« fragte der frierende Bienkopp.

»Such dir Arbeit!« sagte Anngret.

19

Eines Tages erschien Vater Paule Hansen in der ärmlichen Wohnung der Jungleute. »Heil und Segen!«

»Wie?«

Vater Paule wollte sich mit Ole und der Schwiegertochter versöhnen. Oles Mutter war bettlägerig geworden und hatte ein wenig am Strang des Versöhnungsglöckleins gezogen.

Paule Hansen legte zwei Bündel Kienholz am Ofen ab, schob ein Stück hausgemachter Butter auf den Tisch und zog ein Fläschchen Holzhauerschnaps aus der Rocktasche. Anngret war nicht zu vornehm, aus der Flasche zu trinken.

Vater Paule erzählte kleine Geschichten aus vergangenen Zeiten, halbglückliche Erinnerungen, in denen ein gewisser Starrkopf Ole eine Rolle spielte. Nun sei die Mutter krank und müde; das Jungpaar solle heimziehen. Keine Antwort von Ole.

Vater Paule wurde beredsamer: Ole könne wieder im Wald arbeiten, der Baron habe verziehen. Paule Hansen nickte, Anngret nickte; eben wollte auch Ole nicken, da sagte Vater Paule: »Allerdings ...«

»Was, allerdings?«

Ole müßte in die *Front der Arbeit* eintreten, wie es jetzt üblich sei; der Gutsinspektor, seine Eleven, der Revierförster – alle in der *Front der Arbeit*.

»Nein!« Ole wollte nicht mit so zweistöckigen Leuten in einer Front marschieren. Es war wohl doch hier und da ein Wörtchen von Anton Dürr in ihm steckengeblieben.

Vater Paule ging halb versöhnt. Ein Bündel Kienholz nahm er wieder zurück.

Ein großer Sommer und ein hoher Herbst gingen durchs Land. Der Honig blinkte in den Bienenbeuten. Dem jungen Paar stand ein guter Winter mit Speck zu den Abendbroten und Kuchen zu den Sonntagen bevor. Ein Glücksstein schien auf seinen Weg gerollt zu sein.

Der Baron stolperte über diesen Stein. Was hatte dieser Herr auf den Wegen der kleinen Leute zu suchen? Die Frage war die: Wo hatten Oles Bienen Honig, Wachs, Süße und Seim – alles, was die Beuten bargen, hergenommen?

»Die Bienen holen das alles aus Gottes Blumen und Blüten«, antwortete Anngret dem Inspektor, und der überbrachte einen Brief des Barons. Ole verbesserte Anngret: »Es handelt sich um Blüten und Bäume der Natur.«

Ein frommer Irrtum: Die Natur hatte ihren Besitzer. Das war der Baron. Das Ödland, auf dem Oles Bienenburg stand, gehörte dem Herrn. Das Schreiben aus der Kanzlei wies darauf hin: »... Zum geregelten Ablauf der Waldarbeiten macht es sich nötig, daß Sie den herrschaftlichen Waldraum räumen, den Sie sich eigenmächtig für Ihre Gewerbezwecke aneigneten ... Sollten Sie innerhalb ... sehen wir uns genötigt ...« Siegel: Ochse und Krone.

Der Baron machte Bienkopp darauf aufmerksam, daß er ohne herrschaftliche Erlaubnis nichts aus sich und seinen Bienen machen konnte.

Aber Bienkopp, der zähe Träumer, gab nicht auf. Im Frühjahr ging er mit der Mütze in der Hand ins Dorf zu den Bauern und erbat sich auf ihren Feldern Standplätze für seine Bienenburg. Die Bauern machten sich über den Waldarbeiter lustig, der ein Unternehmer in Sachen Bienen zu werden gedachte.

Bienkopp ging zähneknirschend über den großen Holzplatz zum Hause des Sägemüllers.

Sägemüller Ramsch, der nicht älter als Bienkopp war, aber fast ein Doktor in Amerika geworden wäre, war guter Laune und zum Scherzen aufgelegt. »Und wenn ich dir kein permit gebe?«

»Es wird euer Schade sein.« Ole wußte nicht, ob es angängig sei, einen so weitgereisten Menschen mit du anzureden. »Ohne meine Bienen wird euer Raps und Flachs nur halb soviel Samen ansetzen.«

»Probieren wir's! An example und so weiter!« sagte der Sägemüller. »Laß deine Bienen antreten und sag ihnen, sie mögen meine Felder dieses Jahr verschonen. Understand? Aufs Nachbarfeld aber laß sie fliegen! Im Herbst werd ich die Ernte mit meinem Nachbarn messen. Dann werden wir sehn, was deine Bienen taugen. Well?«

Bienkopp ging gedemütigt umher und überlegte, wie man den Baron entmachten und die Selbstherrlichkeit des reichen Sägemüllers vernichten könnte. Sein Hirn zermarterte sich, und sein Herz pochte: zu spät, zu spät, zu spät.

Als Anngret hörte, welchen Bescheid der Sägemüller Ole gegeben hatte, wurde sie blaß, geriet in Zorn und sagte mehr, als sie wollte. »Das geht auf mich, aber ich will's ihm beweisen!«

Anngret erwirkte von ihrem Bruder, dem Erben des Fischeranwesens, einen Standplatz für Oles Bienenburg im Staudengarten der Fischerhütte.

20

Die Jahre vergingen. Das Glück der Bienkopps schien aufzublühen. Zu allem Überfluß wurde Ole anheimgestellt, wieder im Walde des Barons zu arbeiten, ohne ein Marschierer in der *Front der Arbeit* zu sein. Glück oder Trick?

Noch ehe sich Bienkopp entschieden hatte, trat ein Ereignis ein, das die Freuden der kleinen Leute verschlang wie das Schwein die Eicheln: *Der Krieg.*

Bis an die Schwelle des Krieges reichten Anton Dürrs Belehrungen, die in Bienkopp geblieben waren, nicht. Der Krieg war für ihn wie der Dammbruch am Flusse Leben. Alle Mann an die Sandsäcke!

Er überließ seine Bienenburg der tüchtigen Anngret und zog davon. »Leb wohl«, sagte Anngret, »und dräng dich nicht zu den Stellen, wo man schießt!«

Bienkopp wurde ausgebildet und mit anderen Männern in Viehwagen an die Front transportiert. Er sah Siege. Er hörte Siegesgeheul. Er sah Geschosse zerbersten, hörte das Tosen der Schlachten. Er sah Kameraden lachen und weinen. Er sah Kameraden kämpfen und fallen. Er kämpfte, weinte und fiel nicht.

Im Urlaub empfing ihn der Dorfbürgermeister braungestiefelt und dankte ihm. Bienkopp wußte nicht, wofür er bedankt sein sollte.

Anngret war für zwei Tage jugendlich und neu. Sie hing an seinem Halse. Sie küßte ihn. »Mein Soldat ist gekommen!«

Er küßte sie. Fast vergessene Genüsse!

»Nun packst du wohl deinen Tornister aus?« Anngret zerrte erwartungsvoll an den Schnallen des Felldeckels: Schmutzige Hemden, eine blutige Unterhose, ein Kanten hartes Brot – das war in Bienkopps Tornister.

»Du warst wohl dumm und ganz vorn?«

»Ganz vorn.«

»Sahst du nirgendwo fellgefütterte Damenstiefel?«

Ole wußte nichts zu erwidern. Ihn fror. Anngrets Freude an ihrem Soldaten verflog. Ole fühlte sich schuldig. Er war nicht der Soldat, den Anngret sich erträumte.

Ein Lob für Gott, wenn es einen gab, daß Oles Bienen trotz des Krieges gediehen, daß Flachs und Linden in der Heimat blühten! Kein Mensch in der Kriegszeit, der nicht sehnsüchtige Augen bekam, wenn Honig im Glase glänzte.

21

Ole sollte mit Anngret in die Stadt. Was dort? Honig in Geld und brauchbare Dinge verwandeln! Nein! Ole war nicht im Urlaub, um Kramhandel zu treiben.

Er schlenderte wie früher durch die Wälder, doch ihm war's, als schleppte er den Krieg hinter sich her. Was sollte dieser vorgetäuschte Friede? Was sollten ihm diese, den Bomben und Kanonen abgetrotzten, sonnigen Tage? Er klopfte sein Leben mit Fragen ab. Da war zum Beispiel dieses vielgeschriene Wort *Vaterland*. Wo war Bienkopps Vaterland? Hier bei der enttäuschten Anngret, in der Kate am Waldrand, aus der die Mutter herausgestorben war? Waren die Wälder und Felder des Barons sein Vaterland?

Die Kiefern rauschten. Die Birken raschelten. Eine Antwort fand Bienkopp nicht, und am liebsten wäre er wie ein verwundetes Einhorn gegen einen Baum gerannt, um seine Gedanken zum Schweigen zu bringen.

Aber da! Er taumelte und sank in die Knie wie die Helden des Alten Testaments vor einer Erscheinung: Anton Dürr hockte vor ihm und sah ihn mit großen Augen an.

»Du wolltest wissen, wo ich bin. Da bin ich.«

Bienkopp sah es; doch wo war Anton vorher gewesen?

Anton hatte unbekannt in fremden Gegenden für die große Zeit der kleinen Leute gearbeitet, die heranreifte. Eines Tages erkannten sie ihn, griffen ihn und schleppten ihn ab. »Zur Erholung«, betonte Anton. »Kraft durch Freude! Etwas anderes zu sagen, verbietet mir mein Gerechtigkeitssinn.«

Jetzt war Anton auf *Bewährung* zur Arbeit entlassen. Der Landgendarm, der Inspektor, der Vogt, der Bürgermeister, der Revierförster – mehr als zwanzig Augen überwachten ihn. Anton sah sich nach allen Seiten um. Er hockte sich hin und ließ die Hosen herunter. »Hast du mir was zu sagen? Dann schnell!«

»Ich begreif dich jetzt, Anton.«

»Zeig es! Beweise!« Abgerissene Sätze folgten, Wortfetzen,

verschlüsselte Lehren, eine Lektion in der Sklavensprache, und die war nicht mehr als eine Minute lang.

Es knackte im Busch. Ein Häher schrie auf. Anton drehte sein nacktes Hinterteil in die Richtung, aus der das Geräusch kam. Ole lag lang im Blaubeerkraut und war nicht zu sehn.

22

Oles Gruppe hatte eine Partisanin gefangengenommen: ein stolzes Mädchen, Kühnheit in den Augen, Entschlossenheit im schmutzigen Gesicht. Das Mädchen wurde zum Kompanieführer, einem jungen Leutnant, gebracht. Der Leutnant kniff ein Auge zu. »Ausziehn!« Die junge Frau begriff nicht. Der Gefreite riß ihr die Kleider herunter.

Das Mädchen stand nackt und abgemagert vor der Soldatengruppe. Die Männer nestelten an den abgelegten Kleidungsstücken. Suchten sie nach versteckten Waffen, oder suchten sie ihr Weibsbegehren zu stillen? Der junge Leutnant erkannte die Lage. Er spuckte auf den blassen Leib des Mädchens. »Denkt an das Vaterland!« Der Blick des Mädchens traf Bienkopp. Ihm war, als schaute ihn Anton Dürr an.

Der Leutnant befahl, das Mädchen nackt zum Gefechtsstand des Regimentsstabes zu bringen. Bienkopp raffte die Frauenkleider vom Lehmboden des Unterstandes. Draußen gab er sie dem Mädchen zurück. Der Gruppenführer ließ es geschehen. War auch er sich nicht mehr sicher? Bienkopp empfing von der Fremden einen dankbaren Blick. Hatte er genug getan?

Das Mädchen wurde zum Gefechtsstand des Regimentskommandeurs gebracht. Niemand sah es je wieder.

In Bienkopp blieb eine Aufforderung zurück.

In der nächsten Nacht hatte er auf Horchposten zu ziehn. Er ging nach vorn. Unter seinem Schafspelz hatte er leere

Konservendosen versteckt. Die Konservendosen legte er im Graben aus. Das war seine Warnanlage. Der Offizier vom Dienst, jener junge Leutnant, sein Feind, sollte ihn nicht beim Grübeln überraschen.

Der Wind heulte. Der Frostschnee zischelte. Bienkopp saß auf seinem Horchposten und war das ausgereckte Ohr des *Vaterlandes*, ein graues Eselsohr. Der Wind umheulte dieses Ohr, das sich in der Kälte zusammenrollen und schließen wollte, anstatt zu lauschen.

Der junge Leutnant ging durch das Schneetreiben, kontrollierte den Grabenabschnitt, versuchte die Posten zu überraschen und pürschte sich auch zu Bienkopp nach vorn. Er stieß auf die ausgestreuten Konservendosen. Es schepperte. Der junge Leutnant fluchte unterdrückt. Bienkopp erschrak. Er erschrak mächtig und auffällig. Der Schreck fuhr ihm in die Hände. Er packte den Infanteriespaten und hieb in den Schneewirbel. »Mutter, hilf!« schrie der Leutnant und war auf einmal klein und kläglich.

Alarm im Grabenabschnitt. Bienkopp wollte über die Deckung ins Vorfeld. Sie griffen ihn. Sie zogen ihn in den Graben zurück.

Verhandlungen beim Gerichtsoffizier des Regiments. Bienkopp war bisher ein »guter Soldat« gewesen. Was war ihm eingefallen?

»Ich hielt mich vom Feind umgangen!«

Es gab Stimmen, die sagten: »Möglich.« Es gab Stimmen, die sagten: »Zweideutig, sehr zweideutig!«

Bienkopp wurde nach hinten gebracht und verurteilt: Festung.

23

Der Marsch nach Hause begann aus einem Zuchthaus in Niederschlesien. Die Sowjetarmee rückte näher. Die Häftlinge wurden die Landstraße entlanggetrieben. Neben Bienkopp ging ein Muttermörder, vor ihm marschierte sein Freund Gerhard Frenzel, hinter ihm ging ein *Zeuge Jehovas*. Die angefrorenen Zehen des Gotteszeugen stachen durch das Oberleder der Holzschuhe. »Der Herr wird richten!«

Der Muttermörder weinte in einem Anfall von Irrsinn und bat seinen leiblichen Vater, der längst nicht mehr lebte, um Entschuldigung für den Muttermord. Sein Heulen ging im Knurren der Hetzhunde unter.

Gerhard Frenzel zählte seine Schritte. »Das Zählen gibt Kraft. Du vergißt auf die Schmerzen!«

»Kraft kann nur von Gott kommen!« jammerte der *Zeuge Jehovas*.

Fünfhundert Mann waren sie, als sie in Niederschlesien aufbrachen. In der Niederlausitz waren sie nur noch zweihundert ausgemergelte Männchen.

Sie lagerten vor der Neiße, um auf weitere Marschbefehle zu warten. Die Befehle kamen nicht. Sie sahen die kindischen Schützengräben und Panzersperren der Volkssturmleute am jenseitigen Ufer des Flusses. Die Wachmannschaft wurde unsicher. Die Gefangenen durften sich für die Nacht eingraben. Beim Graben verließen Bienkopp die Kräfte. Er, der viele Bäume im Wald des Barons von Wedelstedt gefällt hatte, lag nun selber da wie ein gefällter Baum.

Die Kameraden stießen beim Ausheben der Gräben auf Wasserrüben und warfen die weißleuchtenden Erdfrüchte wieder mit Sand zu. In der Nacht stopfte Gerhard Frenzel Bienkopp vorgekaute Wasserrüben in den Mund. Ole schluckte und wurde wieder.

Sie kampierten am Rande eines Waldes. Die Wachmannschaft lag am Feuer. Die Hetzhunde umkreisten die Häftlinge. Sie zogen beim unaufhörlichen Hinundherrennen eine unsichtbare Grenze zwischen die sich Wärmenden und die Frierenden.

Die Wachmannschaft trank Kognak und geriet in Streit. Es bildeten sich zwei Parteien. Die Partei des Unterscharführers war für das Abknallen aller Gefangenen. Die andere Partei war für einen Weitertransport. »Überstellung in die Heimat!« Heimat nannten sie das Land hinter der Neiße. Ihre Heimat war klein geworden. Sie auch.

»Laßt uns würfeln!«

Der Unterscharführer sprang hoch. »Würfeln um Verbrecherleben?«

Ein einäugiger Wachsoldat umkreiste nervös das Feuer. »Verbrecher hin, Verbrecher her, was geschieht, wenn der Russe uns überrumpelt?«

»Dreck in den Hosen?« Der Unterscharführer spuckte aus. »Würfeln wir!«

Die Horchposten der Gefangenen zogen sich zurück. Gerhard Frenzel riet: »Jeder einen Knüppel!«

Es war keiner unter den Gefangenen, der sich zu schwach dünkte, einen Knüppel zu schwingen. Auch den *Zeugen Jehovas* verließ sein milder Gott.

Am Feuer wurde gewürfelt. »Ein Lied!« befahl der Unterscharführer. Niemand sang. Man hörte das Knistern des Feuers. Endlich stimmte einer das *Schlesierlied* an. »Wir sehn uns wie-hieder, mein Schlesierland ...«

Mitten im Liede stand der Einäugige auf. Er lauschte zum Wald hin und ging ein Stück abseits.

»Das mach einer nach: auf einem Auge heulen!« höhnte der Unterscharführer.

Dumpfes Donnern hinterm Wald. Rollen und Rasseln. Der Waldboden begann zu zittern. »Russenpanzer!« schrie ein Gefreiter. Die Wachmannschaft schwärmte aus. Schüsse fielen.

Die Häftlinge ächzten vor Spannung. Kam die Rettung wirklich? »Überrollen lassen! Größte Vorsicht!« mahnte Gerhard Frenzel.

Maschinengewehre knatterten. Kugeln sirrten. Querschläger blurrten. Gerhard Frenzel wurde getroffen und fiel.

Bienkopp verspürte Lust, sich zu seinem sterbenden Freund auf das Moos zu werfen, doch da sah er die Kameraden: Die bevorstehende Rettung verwirrte sie. Er übernahm die Führung.

Der Unterscharführer drängte sich zwischen die Häftlinge. »Kameraden, über die Neiße, in die Heimat!«

»Seine Heimat ist nicht unsere Heimat!« schrie Bienkopp.

Der Knüppel des *Zeugen Jehovas* traf den Unterscharführer.

Die sowjetischen Panzer stießen zum Ufer der Neiße vor. Vom jenseitigen Ufer klapperten Schüsse aus den Gräben der Volkssturmleute. Ein Häftling ging mit einem roten Tuchfetzen an einem Knüppel durch die sirrenden Kugeln auf einen Panzer zu. Bienkopp.

24

Der Frühling war noch jung. Bienkopp hatte einen Soldatenmantel gefunden und über seine dünne Zuchthauskleidung gezogen. Er trug einen grauen Hut dazu. Der Hut war ihm im Winde auf blachem Felde entgegengerollt. Es konnte der Hut eines Kaufmannes sein.

Blumenau war nur noch das Gerippe eines Dorfes. Das Dachgebälk der Häuser ragte knochenstarr zum Himmel. Schon am Spätnachmittag gingen die Ratten auf Raub. Sie balgten sich im Pfarrgarten um einen Staubwedel aus Hühnerfedern.

Die Sonne schickte einen Abschiedsstrahl durch ein Wolkenloch. Ein weißer Schmetterling fiel vom Himmel auf einen zerbeulten Stahlhelm und wippte mit den Flügeln.

Ole suchte nach Menschen. Er fand sechs sowjetische Soldaten, die sich wie Märzböckchen friedlich unter den Angerlinden balgten. Als sie Bienkopp sahen, wurden ihre Gesichter ernst. Der Heimkehrer knöpfte den Soldatenmantel auf und zeigte seine Sträflingskleider. Die Strenge in den Gesichtern der jungen Soldaten zerstob.

»Du Lager?«

»Du Vater, Mutter, Frau?«

Bienkopp konnte darauf nicht antworten. Er wußte nicht,

was ihn erwartete. Für einen Abend wurden Bienkopp und die Sowjetsoldaten zu einer Familie: ein junger Vater und sechs Söhne. Sie aßen, tranken und drehten sich Zigaretten aus Machorka und Zeitungspapier. Ein Lied klang auf: »Es blühen rote Blumen in der Taiga ...«

Bienkopp wurde blaß. Sein Magen feierte nicht mit. Er wankte in den Hof und fiel vornüber in einen Spreuhaufen. Er schlief und schlief.

Als er erwachte, lag er auf dem Schreibtisch in der Bürgermeisterei. Seine Freunde hatten ihn in eine Decke gehüllt. Sein Kopfkeil waren Akten. *Reichsnährstand* war mit Schnörkelschrift darauf geschrieben.

Draußen war ein zwitschernder Frühlingsmorgen, und zwischendrein brummte eine Kuh. Es war ein warmes Brummen, ein Signal des Lebens.

Die Kuh stand vorm Fenster und trampelte vor Milchdrang. Bienkopp zog die Zuchthausjacke aus, krempelte die löchrigen Hemdsärmel auf und ging hinaus.

Er trank die ersten Schlucke Milch aus dem grauen Fundhut. Sie waren wie Labung aus einem Jungborn. Bienkopps neues Leben trieb die erste Faserwurzel. Es war ein märchenhafter Anfang: Sechs Söhne trieben ihrem kranken Vater eine Kuh zu ...

25

Bienkopp stand am zerzausten Waldrand auf den Trümmern der Elternkate. Die dürren Obstbäume im mageren Hausgärtchen waren verbrannt und tot. Eine von des Vaters Purzeltauben zuckte wie ein weißer Gruß überm Brandplatz aus den tiefhängenden Wolken. Sie schleppte einen Nesthalm in die Gabelung einer Kiefer.

Baust du schon wieder, weiße Täubin? Bienkopp spähte umher, aber da war nur der stumme, zerschossene Wald und der weiße Gruß von einer Taube. Die Taube Noahs brachte einen Ölzweig. Die Taube Oles brachte einen Nesthalm nach der Sintflut.

Der Heimkehrer legte die angesengte Falltür des Katenkellers frei. Vermutete er Schätze in der Hansen-Kate?

Im Keller fand er eine Leiche. Paule Hansen lag lauernd an der Kellerluke. In der Hand hielt der Alte einen Karabiner. Der Tod hatte ihn überrascht.

Paule Hansen, der Mann ohne Anker, die Flaumfeder im Wirbelwind fremder Ansichten. – Nun hatte er hier gelegen und ein Schießrohr auf seine Befreier hingehalten. Ein Knechtsleben war zu Ende gegangen. Der Karabiner Vater Paules war auch gegen Ole gerichtet gewesen.

Als Anngret vom Kriegstreck zurückkehrte, war Ole dabei, über dem alten Keller der Hansen-Kate neue Grundmauern aus Feldsteinen und zweimal gebrannten Ziegeln zu setzen. Anngret trug eine Bürde auf dem Rücken und kroch wie ein Holzweib aus dem Walde. Ole erkannte sie nicht. »Wo wollt ihr hin, Mutter?« Anngrets Bündel flog in den Wegsand.

Sie gingen langsam aufeinander zu. Jedes wollte erkennen, was vom anderen noch übriggeblieben war. Sie küßten sich im Hausgärtchen unter den verbrannten Bäumen. Oles Kuß schmeckte salzig vom Arbeitsschweiß. Anngrets Kuß schmeckte bitter vom Schweiß des Buckelns. Eine Weile standen sie und hielten sich fest. Dann fühlten sie wohl, daß ihnen ihre Hände noch geblieben waren. Sie ließen sich los. »Nun will ich weitersehn«, sagte Bienkopp und war schon ganz von der Zukunft durchdrungen.

26

Das Frühlicht sickert schneeblau in die Stube. In den Wildweinreben zanken die Spatzen. Bienkopp erwacht, sein Schnapsrausch ist verflogen. Körperschmerzen überfallen ihn wie gereizte Hornissen.

In den Ställen röhrt und brüllt es. Schlachthausgeräusche. Die Stute wiehert, und der Wallach schlägt ungeduldig gegen die Stallwand.

Ist Anngret nicht daheim? Bienkopp sucht sich im vergangenen Tag zurechtzufinden. Er wälzt sich vom Lager und bricht auf dem Bettvorleger aus Schaffell zusammen. Sein rechtes Bein trägt ihn nicht. Er erhebt sich, hüpft, taumelt, breitet die Arme aus, hopst wie ein flügellahmer Kranich.

Er sucht in der Wohnstube, und er sucht in der Küche nach Anngret. Die Angst packt ihn. Er nimmt ein Schlachtmesser, taumelt zur Bodentreppe, zieht sich am Geländer hoch und stapft treppan.

Er durchsucht den Hausboden: Säcke, loses Getreide, das Leder der zerschnittenen Langstiefel am Balken, Kornduft und Mausgestank – und dort der Kornsack, auf dem Anngret gestern saß.

Der hemdige Mann seufzt, wirft das Messer weg und hüpft treppab. Sie hat sich nichts angetan, nein, so unklug ist sie nicht. Die Treppe rutscht unter ihm weg. Die Stufen sind wie Wasserwellen ...

Als Bienkopp aus der Ohnmacht erwacht, kriecht er durch den Hausflur zur Schlafstube, wälzt sich wieder ins Bett und liegt still. Sein Bett ist eine Insel; die Tierlaute im Hof sind die brüllende Brandung.

Mittag. Anngret ist da. Wintertagduft strömt aus ihren Kleidern, sie lächelt und beugt sich zu Ole. »Mein lieber Mann!« Der Stiefelstreit ist vergessen.

Frau Anngret tastet den krank geschlagenen Mann ab. »Das wirst du Ramsch nicht schenken.«

Bienkopp lächelt. Er wird eine Wagendeichsel nehmen und Ramsch damit bleuen. »Rache ist Honig bei Gelegenheit!«

Anngret, unerbittlich und hart: »Angezeigt wird er!«

Der Arzt kommt: Platzwunde auf der Stirn. Ein Bein gebrochen. Krankenhaus.

»Ich bin hier nötig, Doktor.«

Der Arzt gibt nach; macht einen Streckverband. Drei

Mauersteine sind das Streckgewicht. Die Ziemerwunde wird verpflastert.

Bienkopp schläft ein, erwacht, schläft wieder ein und erwacht. Sein Leben ist in ein Loch gefallen. Windstille. Kein Hasten, kein Racksen, keine Fahrt in die Stadt, keine Kreistagsitzungen, keine Versammlungen.

Gern würde Bienkopp sehn, wie die Saat unterm Schnee liegt, gern draußen unter den großen Kiefern stehn, wenn die Krähen aus der Feldmark ziehn und sich in den Wipfeln zur Nacht zurechtzanken. Er richtet sich auf, und das Zimmer kreist um ihn. Die Gewichte der Standuhr zittern. Der Spiegel schlägt Wellen. In seinem Kopfe dröhnt es.

Die Nacht bricht an. Bienkopp denkt an Anton: Eine Kiefer krachte – eine Tür schlug zu. Hinter der Tür steht die große Nacht. Nichts zu erkennen. Bienkopp friert. Weltraumkälte.

Der Morgen kommt. Anngret geht umher wie die liebe Seele am Sonntag. Sie duftet, und aus der Küche duftet's verführerisch.

Bienkopp wird gewärmt; er braucht nicht drum zu bitten. Anngret tippt zärtlich auf seinen Gipsverband. »Du bist fast ein Denkmal!«

Sie lachen und sind einander in keiner Weise zuviel, bis Anngret einhält und sagt: »In der Haut des Sägemüllers möcht ich jetzt nicht stecken.« Lüstiges Beben geht durch Anngrets Leib.

Bienkopp kann sich nur wundern, wie der Sägemüller zu ihnen ins Bett kommt.

27

Das Sägemülleranwesen ist tagsüber in das Kreischen der Sägemaschinen gehüllt. Wenn zum Feierabend die aufreizenden Geräusche verstummen, ist das Gurren der Tauben in den Schlägen wie eine vornehme Musik. Der Schwalbenbach, der einst die Mühle trieb, fließt durch den Garten, teilt den großen Holzplatz und macht sich murmelnd in die bewirtschaftete Feldmark davon.

Für die Altvorderen tötete Gott mit dem Frost Mücken und Geziefer. Ein bißchen viel Aufwand! Schon den alten Prinzipal Ramsch störte diese unökonomische Allmacht Gottes. Er stellte für den zugefrorenen Bach einen Diener ein, der der Winterkälte spottete – den Elektrostrom.

Der alte Prinzipal ist tot. Gott sei mit ihm! Die übriggelassene Prinzipalin zankt mit der Kochfrau. Herdringe klirren, und Töpfe scheppern.

Neben der Küche sitzt der junge Prinzipal Julian Ramsch in seinem Büro und rechnet. Das Gezänk der Frauen stört ihn. Er wirft die Löschwiege gegen die Tür. »I beg you for silence! Haltet die Mäuler!«

Drüben wird's still. Er kann wieder denken: Was ist sein Werk ohne den Segen des Waldes? Auf dem Humus der Wälder wächst neben Pilzen und Beeren der Rohstoff für Sägemühlen. Was ist ein Sägemüller ohne die gute Zusammenarbeit mit einem Förster? – In Blumenau gibt's keinen Förster mehr. Sein Ersatzmann, der rote Dürr, kam so tragisch ums Leben. Schade um jeden Christenmenschen!

Im Dorfe fragt man: »Wie konnte das Unglück geschehn?« Der Himmel mag wissen! Ramsch kann nur sagen, was er gesehn hat: Der rote Anton rannte in such a hurry, in solcher Eile, in sein Unglück. Er prellte hinter dem Hügel hervor, als ob Wespen hinter ihm her wären. Keine Wespen, ladies und gentlemen, der Bienkopp. »Weiß man, was er mit Anton hatte?«

Die Bürotür wird leise geöffnet. Mampe-Bitter, der Allesmacher, schleicht herein. Er stolpert über die Löschwiege. Abergläubisch geht er zurück, kommt wieder und tappt in zerrissenen Gummistiefeln zur Küchentür. Dort kniet er nieder und lugt durch das Schlüsselloch.

»Betest du, damned?«

Mampe-Bitter betet nicht. Er prüft, ob die Luft rein ist. Es stinkt nach Plapperweibern.

Sie gehen ins *gelbe Rosenzimmer*. Dort duftet's nach echtem Pflaumenschnaps. Mampe möchte sich suhlen wie ein Kater, der Baldrian riecht. »Ein Schnäpschen, Julian!«

Der Sägemüller holt die Pflaumenschnapsflasche. »So früh schon saufen. Du trinkst nur little, daumenbreit, oder I kill you!« Mampe trinkt drei Daumenbreiten und lächelt. »Den Ziemer, Julian, die Polizei, versteck ihn!«

Ramsch zeigt seinen Schreck nicht. Den Ziemer kann jeder sehen. Ein Souvenir, Familienerbstück.

Mampe lächelt verschlagen und pflaumenschnapsselig. »Dem Bienkopp hat's den Kopf gespellt, das Erbstück.«

»Hinaus und so weiter, du Schnapsfaß!«

Der Sägemüller geht in die Lagerhalle. Wilm Holten bündelt dort Blumenstäbe. Das Frischholz duftet. Wilm Holten zählt. Der Sägemüller befingert die Bündel. Sind sie nicht zu dick?

»Je Bündel hundert Stäbe wie immer.«

Ramsch öffnet ein Bündel und zählt seinerseits: »Eins, zwei, drei ...«

Wilm Holten empört: »Ich werd doch zählen können!«

»Silence und stör nicht! Achtundneunzig, neunundneunzig ... drei Stäbe zuviel. Du bringst mich ums Geld.« Ramsch nimmt die drei Stäbe mit ins Büro.

Im Büro am Aktenschrank hängt der berüchtigte Ziemer. Ramsch schiebt sich den Ziemer unter die Jacke, pfeift einen Schlager und steigt in den Keller.

Eine Stunde später kommt ungebetener Besuch: Volkspolizist Marten und ein Fremder im Ledermantel. Die Studentennarben des Sägemüllers gehn freundlich in die Breite. Er holt Kognak, Zigarren und Zigaretten.

Nein, keinen Aufwand, die Männer sind dienstlich gekommen. Ramsch wird beredsam. »Wozu diese Eile?« Die Eile, die hurry, wird von Menschen fabriziert wie Bretter und Bohnenstangen. Man hat studiert, man weiß das: Save our souls! Ein Schwall von Worten. »Kommen die Freunde um

Förster Flunkers Flucht?« Diese Geldscheingeschichte! Die Förstersfrau, diese Wachtel und woman. Alles Einbildung. Wie wäre Ramsch dazu gekommen, Geld hundertmarkscheinweise in ihrer Wohnung zu verlieren? So foolish! Säße Ramsch noch hier und am Platze, on this place, wenn er Bestechungsgelder ins Revier des Försters gestreut hätte? »Think that, bedenkt das!«

Volkspolizist Marten nimmt den Ochsenziemer vom Aktenschrank.

»Ah, ah!« Jetzt weiß Ramsch, weshalb die Herren kommen. Er reißt seinen grünen Hut vom Kopf. Das Pflaster auf der Halbglatze scheint über Nacht gewachsen zu sein. Hat man ihn gestreichelt? Man hat ihn geschlagen, nur weil er ein Christ ist. »Auge um Auge und Zahn um Zahn und so weiter.«

Marten lächelt. »Hat das Christus gesagt?«

»Christus kam später, little bit late, er war schon weicher, war degeneriert.«

Der Mann im Ledermantel untersucht den Ochsenziemer. Er zieht den Blumenstab heraus. Der Fund befriedigt ihn nicht. Er geht hinaus, geht schräg über den Hof in die Lagerhalle.

Ramschs Stuhlsitz wird heiß. Seine Narben lächeln noch immer freundlich. Er unterhält sich mit Marten, erzählt Geschichten aus längst verlassenen Lieblingsländern: Medizin und Amerika. »Der Mensch paßt sich an.«

»Nicht jeder«, sagt Marten.

In Amerika, diesem country der unbegrenzten Möglichkeiten, sah Ramsch einen Mann, der hatte Hühneraugen an den Fingern.

Marten schüttelt den Kopf.

Ramsch sieht den Mann im Ledermantel mit Wilm Holten ins Haus gehn. Gegenüberstellung, denkt er. Holten wird ihn nicht schonen. Für Marten erzählt er weiter: »Sie glauben es nicht?« Es war nicht anders zu erwarten, aber jener Mann mußte Hühneraugen an den Fingern bekommen. »Er lief auf den Händen. Die Beine waren ihm in einem Cowboygefecht abhanden gekommen und so weiter.«

Marten lacht nicht.

Ramsch hört die Männer durch den Flur gehn und auf den Boden steigen. Vielleicht wird keine Gegenüberstellung stattfinden! Er muß Marten eine lustigere Geschichte erzählen: »Da war ein tauber Mann, goddam, er hörte den Donner eines Gewitters früher als seine Frau mit zwei heilen Ohren.«

»Nicht möglich!«

Ramsch hört die Männer die Treppe heruntersteigen. Sie gehn in den Keller. Er erzählt: »›Wumm!‹ sagte der Gehörlose, ›ich höre das Donnern.‹ – ›Ja, wie denn?‹ fragte die woman, die Frau. Der Taube zeigte auf sein Gesäß. ›Ich höre es hinten.‹«

Jetzt lächelt Marten.

Ramsch gäbe wer weiß was, wenn jener vertrackte Stahldraht aus dem Ziemer nicht im Kartoffelhaufen im Keller steckte, sondern als Rauchspieß, mit zehn Schweineschinken belastet, im Rauchfang hinge. Er lacht mit Marten über seine Geschichte und betet ein wenig. Es betet in ihm. Gefährlich, wenn ihn der Ledermann nun verhaftet. Man wird ihn die kreuz und die quer vernehmen. Was weiß der Bienkopp vom Frühstück des verstorbenen Dürr? »Befiehl mir, mich mit meinen Feinden zu versöhnen, aber rette mich, rette ...«

»Eine neue Geschichte?« fragt Matten.

Der Sägemüller hat laut gebetet.

28

Mildes Wetter. Die Meisenlieder werden kühner. Die Hühner trillern in der Sonne. Sie lauschen in sich hinein. Hören sie die Eier in ihren Leibern kullern?

Mampe-Bitter treibt eine Kuh auf den Bienkopp-Hof. Es

ist eine Kuh des Sägemüllers, und sie ist groß. Anngret muß auf die vorletzte Stufe der Haustreppe steigen, um auf Mampe und die Kuh hinuntersehn zu können. »Sag deinem Sägemüller, Kühe aus zweiter Hand decken wir nicht. Er soll sich selber herbemühn!« Anngret weiß, der Sägemüller wird nicht kommen. Es tut ihr wohl, so etwas zu sagen: Abzahlung auf eine alte Rechnung. Sie lacht. Ihr Lachen kommt von tief innen.

Der Sägemüller kommt doch. Er treibt seine Kuh ohne Gepolter und Flüche auf den Bienkopp-Hof. Er ist ein vornehmer Mann, hat studiert; seine Umgangsformen wirken sogar auf Kühe. Er zieht den Hut und faßt an das Pflaster auf seiner Halbglatze. »Entschuldige, Anngret!«

Anngret kommt aus der Scheune, trägt ein Strohbund unterm Arm, und das zittert. Es zittert wohl vom Tauwind? Sie geht um die große Kuh des Sägemüllers herum.

»Rindert sie denn?«

»Sie schrie die ganze Nacht und so weiter. Sie seufzte lauter als my heart.«

Anngret steigt auf die höchste Stufe der Haustreppe. Sie kneift ein Auge zu und sieht auf den Sägemüller und seine Kuh hinab. Der Sägemüller zieht seinen Hut noch einmal. »Excuse. Es ist schwer.«

Anngret holt den Bullen aus dem Stall. Batzen von Backschnee flattern umher. Der Stier stürmt heran, beschnüffelt die Kuh und bläst ihr seinen feuchten Liebesatem unter den Bauch. Die Kuh wird unruhig. Sie bricht aus.

Der Sägemüller beißt die Zähne männlich zusammen und bändigt sie. Sein Hut fällt in den schmutzigen Schnee. »Excuse me!«

Das Feuer des Stiers ist erloschen; er schnauft umher, findet einen Strohhalm, kaut und steht kalt wie eine Lokomotive ohne Dampf.

»Er will sie nicht!« sagt Anngret zweideutig. Sie führt den Bullen in den Stall. Der Sägemüller wartet. Anngret bekommt den Knebel nicht durch den Ring der Bullenkette.

Die Kette zittert in ihren Händen. Weht der Tauwind auch im Stalle?

Der Sägemüller tritt an sie heran. »Ich muß dich sprechen, Anngret, muß.«

»Du?«

»Sag, wann und wo! Befiehl!«

Anngrets Ohren röten sich. »Ich hab nicht Zeit. Mein Mann liegt krank.«

Anngret hört das Flüstern des Sägemüllers. Sie wird von Erinnerungen berannt. Sie weist auf das Wohnhaus. Ihr Zeigefinger zittert. Aus ihren Wangengrübchen hüpft ein Lächeln. »Wenn du was willst – ich wohne dort! Ich schenk dir nichts, wenn du das denken solltest.«

Der Sägemüller zieht den Hut. Er grüßt und dankt. Am Hoftor schaut er sich noch einmal um. In seinen Augen schimmert's jugendheiter.

Anngret steht da und starrt. Was gibt's zu starren? Ein Hoftor, brettgrau, grün bealgt. Was siehst du sonst dort, Anngret?

29

Es war vor neunzehn Jahren, da blühte zwischen Seerosen und Wasserminzen, zwischen Sumpfdotterblumen und gelben Wasserlilien auch die Tochter des Fischers Anken auf. Wo sie war und hintrat, schien das Leben sich zu erfüllen; denn was sind Seerosen und Lilien ohne den Menschen? Und Anngret war ein schöner Mensch; lange Zeit war's ein Vorzug an ihr, daß sie es am wenigsten wußte.

Aber der alte Fischer Anken, der reich werden wollte, wußte es wohl. Er hatte dem Baron einige Seen abgepachtet, und das Rechnen gehörte neben dem Fischfang zu seiner Beschäftigung.

Als er seine Tochter mit dem Sohn des Sägemüllers im Heidkraut zwischen Kuh- und Kalbsee sitzen sah, hatte er nichts dagegen. Anngrets Blondhaar flatterte wie Wollgras im Winde. Ihre Hände waren auch zum Sonntag und zu so entscheidender Stunde nicht still und aufmerksam. Sie flocht einen Kranz aus harten Grasnelken, und den sollte sich aufsetzen, wer ihn haben wollte.

Der alte Fischer Anken sah das Paar von weitem sitzen, und je näher er mit seinem Flachkahn kam, desto weniger sah er es. Zuletzt sah er nur noch die Fischreusen im Wasser, sonst nichts. Er war nicht umsonst so behutsam, denn der Sohn des Sägemüllers war ein Student. Dieser Student trug sogar am Sonntag ein Pflaster quer über seiner Wange und schien Blut und Wunden nicht zu fürchten. Der Sägemüllersohn war auf dem besten Wege, ein Arzt zu werden. Er studierte am eigenen Leibe. Gesegnet, wer das aushält und auf sich nimmt!

Der angehende Doktor brachte in jedem Urlaub eine neue Wunde mit. Er kam ein zweites und ein drittes Mal zu Anngret. Sie saßen auf dem Heidhügel zwischen den beiden Seen und fanden nichts auszusetzen aneinander. Der junge Sägemüller griff in die Rocktasche. Anngret verfolgte es aufmerksam, und was der Sägemüllersohn aus der Tasche zog, war am wenigsten ein Geschenk für sie.

»Oh, pardon!« Dieser Holzmüllersohn sprach vor lauter Gelehrtheit französisch, lateinisch und die Sprache der Blumenauer Bauern durcheinander, und es waren Mullbinden, die er aus der Tasche zog. So zerstreut war er schon. »Pardon, pardon, mille mal pardon!«

Einen Handkuß dazu. Anngret war mit dem Handkuß zufrieden, wenn es schon kein anderes Geschenk sein konnte. Ein Handkuß war nicht wenig, und er fühlte sich an wie der irrtümliche Besuch eines Schmetterlings. Anngret konnte sich noch am Abend an dieses Gefühl erinnern, und ihr Handrücken rötete sich an der beküßten Stelle. Aber nun? Es waren Mullbinden, kleine Röllchen, unschuldig und weiß; weshalb sollten sie nicht die Gelehrsamkeit des jungen Doktors in das rechte Licht rücken helfen? Julian Ramsch zeigte

Anngret, wie Wunden verbunden werden. Anngret war geschickt. Sie stickte daheim Lochdecken, und sie stickte ganze Namenszüge in ihre Brautwäsche.

»Eine Verletzung am Ellenbogen«, sagte Julian. »Was nun?«

Anngret verband den Ellenbogen des Sägemühlendoktors. Das war nicht schlimm.

»Verletzung an der Oberlippe!« Das wurde schwieriger. Der Doktorlehrling war der Ansicht, die Wunde müßte zuerst mit Medizin bestrichen werden. Die Medizin hieß Rosenblattinktur. Woher nehmen? Aber da war Anngret gescheit: Sie küßte dem jungen Medizinmann die Oberlippe, und es war das erstemal, daß sie es wagte. Die Medizin schlug an. Der Doktorlehrling wollte nur noch diese Tinktur, keinen Verband mehr. Der Mensch ist anfällig. Er kann sich an allen Körperteilen verletzen.

Später lehrte der Medizinmann Anngret auch schwierige Wunden verbinden. Von einer Arztfrau und Sprechstundenhilfe wird viel verlangt.

Der junge Ramsch reiste ab. Zwei Monate vergingen. Anngret wartete und saß oft allein im Liebesversteck auf dem Heidhügel. Andere Burschen im Dorf bemühten sich um sie. Doch sie war stolz und wollte keinen von ihnen. Sie war nicht umsonst so dunkeläugig unter ihrem Haar, das wie die Flügel der Wollgrassamen schimmerte. Sie durfte wohl mit dem Sohn des Sägemüllers rechnen.

Fischer Anken konnte sich nicht enthalten, in der Schenke zum alten Ramsch zu sagen: »Ja, ja, wir müßten wohl miteinander reden!«

Der alte Prinzipal sah Fischer Anken von der Seite an. »Wenn du Aale bringst, gib sie am Hintereingang bei der Kochfrau ab!«

Da stand Fischer Anken mit all seiner Hoffart!

30

Und wieder waren Ferien. Julian kam nicht pünktlich heim. Er hätte noch in der Stadt zu tun, hieß es. Praktikum, Approbation, Physikum, Promotion, und wie die gelehrten Gründe alle heißen konnten. Anngret war schon ganz verrückt von den vielen fremdländischen Wörtern. Sie hatte ihrem Studenten etwas Wichtiges zu sagen. Es war so dringend.

Nun war Fischer Anken an der Reihe. Es handelte sich nicht um Aale, die er bei der Kochfrau abgab. Er hatte mit dem Prinzipal zu reden und benutzte den Vordereingang des Sägemüllerlandhauses. Der Prinzipal: »Seit wann nimmt man den Hut nicht ab, wenn man bei mir eintritt? Ziehst du deinen aalschleimigen Kopfdeckel nicht auch vor dem Baron?«

Fischer Anken sah, die Wetter standen nicht gut. Er begnügte sich mit Andeutungen.

Der Prinzipal: »So? Weiter war's nichts? Wer macht aus so Sachen heut noch ein Trauerspiel? Rundheraus: Was kriegst du? Ich zahle bar und im ganzen. Die monatlichen Kleckereien machen nur unliebes Aufsehen.« Dabei betupfte der alte Ramsch mit dem Taschentuch ein Geschwür an seiner Oberlippe.

Fischer Anken wußte nicht, wie ihm war. Das mußte mit der Tochter und mit dem Sohn, dem künftigen Erben des Fischereianwesens, besprochen werden.

Der Prinzipal: »Überleg nicht! Kühe und Stuten werden billiger, wenn man lang um sie handelt. – Geh!« Er öffnete die Tür. Die Kochfrau fing Fischer Anken ab. »Einen schönen Schlei, wenn du wieder hättest!«

Das war ein Maischnee für die eben erblühte Anngret. Sie wollte nicht Handel mit sich treiben lassen. Was hatte der alte Sägemüller, der seit Jahren still unter seiner Haut verfaulte, mit ihrer Liebe zu tun?

Anngret schrieb an Julian in die Stadt. Es war ein Brief voll

Sehnsucht und Klage. Schulmädchenschrift auf punktierten Linien und Vergißmeinnichten auf dem Briefrand: »... Wenn Dein böser Vater denkt, daß ich mein Kind verkaufe, so wirst Du's ihm schon weisen, wenn Du kommst. Du hast mir leider nicht gezeigt, wie man die Wunden am Herzen verbindet ...«

Anngret wartete. Nach Tagen kam ein Brief. Es war Anngrets eigener Brief. »Unbestellbar. Zurück.« Der Sohn des Sägemüllers sei nach Amerika gegangen, um auch die amerikanische Medizin zu studieren, hieß es. Ja, hatte er nicht in Blumenau ein Mädchen, zu dem es ihn hinzog?

Julian Ramsch blieb nicht lange in Amerika. Er wurde zurückgerufen. Sein Vater war sterbenskrank. Der Sohn des Sägemüllers kam heim. Well! Und obwohl er die ärztliche Kunst studiert und studiert hatte, bis nach Amerika hinein, war er nicht der Mann, der seinen Vater retten konnte. Verfault ist verfault! Julian rettete lediglich die Sägemühle. Da allerdings zeigte er, daß er nicht umsonst von vielen Wassern getrunken hatte.

Eines Tages erkundigte er sich auch nach Anngret, aber sie war verheiratet, die stolze Frau eines Hungerleiders, und mied ihn.

»Well, let's go!«

31

Frau Anngret sitzt am Bettrand bei Ole. Sie ist so mitteilsam, erzählt und erzählt: »Ein blindes Kalb bei den Bullerts geboren ... Die erste Henne hat heute gelegt ...«

»War da nicht wer mit einer Kuh?« fragt Ole.

»Heuer wird's Heu knapp«, sagt Anngret.

Bringt der Stier Anngret nicht mehr Arbeit, als sie dachte?

»Weg muß er!«

»Der Stier?«

»Der Sägemüller.«

Bienkopp wirft sich herum. Ihm ist's, als ob der Sägemüller die ganze Zeit hinter ihm gelegen hätte.

Der milde Tag geht zu Ende. Der Abend kommt. Anngret geht müde umher und duftet nach draußen. Bienkopps Sehnsucht nach Feldern und Wäldern nimmt zu.

Die Nacht kommt. Niemand nimmt sie Bienkopp ab. Der Wallach schlägt stallmutig gegen die Krippe. Das Donnern der Hufe wird im fahrigen Schlaf des Bauern ein quälender Traum: Ein morsches Geschütz schießt; es fällt zusammen. Soldaten ohne Gesichter zerren den toten Anton aus Eisentrümmern. Sie richten das frostgraue Männchen auf. Antons zerquetschter Mund sagt zu Ole: »Fang an!«

Ole wird wach und friert. Er will sich bei Anngret wärmen, berührt sie leise.

»Rühr mich nicht an, du Schuft!« schreit Anngret.

Es war im Jahre neunzehnhundertdreiundvierzig, da kam die Nachricht ins Dorf: »Ole Hansen hat das *Vaterland* verraten«, nicht Bienkopp, nein. Der nüchterne Familienname Hansen gab der Nachricht amtlichen Charakter. »Hansen hat einen Leutnant umgehaun!«

»Ein Leutnant ist kein *Vaterland*«, sagte Jan Bullert.

»Bist du jetzt Kommunist?« fragte der Landgendarm.

»Für euch ist Kommunist, wer nur die Stirn kraust.« Jan Bullert war gewarnt und schwieg.

Die Dorfobrigkeit riet Anngret, sich von Ole scheiden zu lassen. »Wer kann verlangen, daß du den Ring eines Verräters trägst?« sagte Ortsbauernführer Hinterofen.

Sägemüller Ramsch durfte zu seinem Leidwesen nicht am Kriege teilnehmen. Man schloß ihn aus von Ruhm und Ehren. Das hatte er einer Herzkrankheit zuzuschreiben, die er sich in Übersee zugezogen hatte.

Ramsch war dem Vaterland auf seine Weise nützlich, war Amtsvorsteher und Standesbeamter im Dorf. Auch er kümmerte sich um Anngret.

»Well«, sagte er, »der Mensch hat Jugendsünden. Sie vergehn wie die Masern und so weiter. Du denkst nicht gut von mir, aber ich will dir wohl. Soll ich deine Scheidung einleiten?«

»Sorg dich um deine Weiber!« Die wilde Fischerstochter Anngret war wieder erwacht. Sie ließ sich nicht scheiden. Sie wußte nicht, ob sie Ole liebte. Das war wohl nicht zu verlangen.

Sie wußte aber: Ole liebt sie.

Der Krieg war lang. Die Männer in den gelben Heimatuniformen und ihre Weiber aus der germanischen Frauenschaft sahen über Anngret hinweg. Es war schwer für die Tochter des Fischers, die Verachtung der Dorfobrigkeit zu tragen. Sie hätte sich freilich am Wohlwollen der kleinen Leute wärmen können, doch das stand ihr nicht an, und sie war so sehr mit sich und ihrem Schicksal beschäftigt.

Sie traf Hermann Weichelt, einen Verehrer und Untertan des Himmelsherrn, auf dem Feldweg. Der Gottesmann kniff ein Auge zu. »Sei geduldig im Herrn und warte!«

Anngret fuhr auf den Frommen los: »Sollst du einer alleinstehenden Frau Anträge machen?«

Der fromme Hermann weinte fast, so fern lag ihm das.

»Dein Gott ist ein Klopphengst!« schrie Anngret und lachte schrill.

Julian Ramsch ging mit dem Förster durch den Wald. Er ließ Bäume für das Sägewerk zeichnen. Anngret pflückte Blaubeeren hinter dem Kuhsee. Der Förster übersah sie und ging grußlos vorüber. Die Frau eines Verräters war für ihn ein Stubben im kühlen Wald, aber der Sägemüller blieb bei Anngret stehen. »Hallo, Anngret, ich seh deine Lippen trauern!«

Anngret wischte sich die Blaubeerlippen mit dem Ärmel. Julian sah weg. Er hatte Manieren. Er fragte Anngret dies und das und scherzte mit ihr. Anngrets Lippen wurden schmal.

»Kennst du das Lied vom Mädchen, das am frühen Morgen irgendwelche Beeren, berries, und so weiter pflücken ging?«

»Das paßt nicht auf mich. Es ist Mittag.«

»So ernst, so strong, man sieht nichts mehr von deinen schönen Zähnen, Fischertochter.«

»Soll ich grinsen, wenn sie mich schmähen?«

»Schmäht dich wer?«

»Nein«, erwiderte Anngret wild. »Sie tragen mich auf Händen. Selbst du bist dir nicht zu schade, im dunklen Walde mit mir zu reden!«

Der Sägemüller befühlte die Schmißnarben auf seinen Wangen, »Ich dächte, du wärst es gewesen, die sich nicht scheiden ließ, please.«

»Sag nur, du hättest es erwartet!«

Anngret wandte sich ab und ging. Aber im Traum kam der Sägemüller ihr nach und berührte sie. Sie schrie.

32

Ein mondloser Abend. Die Sterne wimmeln am Himmel. Dem Menschen erscheint ihr Gesetz wie Wirrwarr und Spiel. In das Wasser des Schwalbenbaches, der früher die Sägemühle trieb, wird durch ein Eisloch ein kleinfingerdicker Stahldraht gesenkt. Der Stahldraht sinkt auf den schlammigen Grund. Keine Aufregung unter den erstarrten Lurchen! Die Frostnacht überzieht das Wasserloch mit einer neuen Eisdecke. Die Erde reist durch den Weltenraum.

Frau Anngret sperrt Oles Wolfsspitz ein. Er stört den Abendfrieden mit seinem Gebell.

Ole liegt lang, übt Geduld, raucht und liest. Er hört den verharschten Schnee unter den Sohlen eines verspäteten Heimgängers quietschen. Anngret hantiert im Haus. Ab und an dringt ein beruhigendes Geräusch bis an das Bett des Kranken.

Frau Anngret zieht ihr neues Kostüm an. Sie löst ihr Haar und läßt es sich auf die Schultern fallen. So trug sie's, als sie ein Mädchen war. Hat sie Geburtstag? Sehnt sie die Jugend zurück?

Ein Mann geht in pelzgefütterten Winterstiefeln lautlos durchs unverriegelte Hoftor.

Die *Gute Stube* ist blau tapeziert. Blaue Rosen auf gelbem Grund. Andere Leute haben ein *gelbes Rosenzimmer*, aber die *Gute Stube* bei Bienkopps ist blau berost.

Der Mann steht auf dem Teppich aus blauem Velour. Seine Hose ist grün, seine Joppe ist grün. Alles ist grün am Besuch, sogar der Hut in der Hand. Die blauen Zimmertapeten sind nah dran zu platzen.

Der Sägemüller grüßt flüsternd.

Frau Anngret grüßt laut: »Guten Abend, hier ist nichts geheim!«

Der Sägemüller weiß nicht, ob er sich setzen darf. Er will nicht lang stören. Er hat eine Bitte.

»Bitte, die Bitte!«

Ramsch zögert. Er ist nicht mehr der in allen Sätteln gerechte Mann. In seinem englischen Schnurrbart begann das Alter mit seinem Gespinst. »Wie schön du noch bist!«

»Du wolltest was bitten!«

Ramsch bittet: Anngret soll ein Wort für ihn bei Bienkopp einlegen. Die Zeiten sind *bad* und so weiter. Die Zuchthaustüren stehen weit offen. »Man wird geschlagen, schlägt derb zurück – schon wird's politisch.«

Anngret steht vor dem großen Spiegel. Sie wirft ihrem Spiegelbild einen Blick zu. Der Blick heißt: Triumph! Ausgezeichnet. »So, weiter war's nichts? Wer macht aus so Sachen heut noch ein Trauerspiel?«

»Wie meinst du?«

»Das sagte dein Vater einmal zu meinem Vater.« Frau Anngret öffnet die Tür. »Ole, mein Mann, liegt drüben!«

Der Sägemüller nimmt seinen Hut. In seinen Augen flackert es kindertraurig. Er faßt Anngrets Hand. »Ein Wort, sag! Ich hol dich … für immer!«

Anngret erschrickt, entreißt Ramsch die Hand. »Jetzt geh! Good-bye!« grüßt Anngret wie in der Jugend.

33

Zur Nacht fiel neuer Schnee und tilgte alle Spuren. Ein Sonntag schält sich aus dem Winterdunst. Die Sonne hebt sich aus dem Waldbett. Sie ist stumpfrot, dann steigt sie, und der Schnee glänzt auf.

Das Vieh ist gefüttert. Anngret bringt Ole Frühstück. Sie lächelt sanft. Ole lacht nicht zurück. »Wer war der Mann bei dir?«

Anngrets Gesicht wird grau. »Der Mann?«

»Ich hörte draußen eine Männerstimme.«

Anngret atmet auf. Sie wischt die Hände an der Schürze. Sie wischt und wischt. Was wischt sie? Im Hofe war Wilm Holten. Er kam und half. Er hat die Pferde ablongiert. Sie sind schon fußtaub, klamm vom Stehen. Er will jetzt täglich kommen.

»Hat die Partei ihn hergeschickt?«

»Doch wohl.«

Bienkopp freut sich. Man hat ihn nicht vergessen!

Anngret starrt in den Schnee vorm Fenster. Sie hat gelogen: Wilm Holten ist von Ramsch geschickt. Er kam mit Freuden, wollte gleich zu Ole. Anngret hielt ihn auf. »Wer zahlt dir, wenn du bei uns hilfst?«

»Ramsch zahlt.«

Frau Anngret faßte Holtens Hand. »Das sagst du Ole nicht!«

Wilm Holten war verwirrt, und er ging nicht zu Bienkopp.

Frau Anngret starrt und starrt.

»Was ist?« fragt Bienkopp.

Anngret fährt herum. »Ich hab den Sägemüller angezeigt. Ein Kriminaler war bei ihm. Im Ziemer war nur Holz, ein Blumenstab. Ich hab mich lächerlich gemacht.«

Bienkopp haut mit der Faust aufs Fensterbrett. »Auch mich hast du blamiert!« Hat Ole nicht gesagt, er rechnet selber mit Ramsch ab?

»So war's wohl! Ausgezeichnet!« Anngret nickt zufrieden.

Nachmittag. Das Sonnenlicht zaubert Funken aus dem Schnee. Vor Bienkopps Fenster betteln Meisen. Ein Ton schwebt durch das Haus. Er kommt vom *blauen Rosenzimmer*. Ein Ton – dann wieder einer. Frau Anngret spielt Klavier. Es folgt ein dritter Ton – dann wieder nichts – und endlich doch ein vierter. Frau Anngret spielt mit einem Finger. Die Töne stehn wie Bäume in der Stille. Sie fügen sich zu einem Liebeslied: »Ich reit zu meiner Liebsten durch Kält und tiefen Schnee ...«

Das war vor einem halben Jahr, da holte Bienkopp das Klavier aus Maiberg. Ein hellgelbes Klavier für das *blaue Rosenzimmer*.

Bienkopp hat den Wagen mit Heusäcken gepolstert. Das Klavier ist mit einer Plache bedeckt. Die Pferde schnauben. Ihr Zaumzeug klingelt. Im Klavier klingen leise die Saiten. Bienkopp summt.

Anton kommt aus dem Wald. Immer muß Anton kommen. Er will Bienkopps neue Zuchtsau begutachten und hebt die Plache. »Aha, eine singende Sau!«

Ole verlegen: »Eine Art Leierkasten, billig gekauft.«

Anton gerät in Begeisterung. Ole soll Klavier spielen lernen. Frist: drei Monate. Auf Weihnachten muß er einen Singeklub, einen Volkschor, übernehmen.

»Das Klavier ist für Anngret.«

»Ach so«, Anton wendet sich ab, »eine Art Anrichte.«

So war Anton, Genossen: Alles aus einem Sack: begeistert und bissig.

»Das Eis ist mein Geschmeide, wenn ich zur Liebsten reite, wohl durch den tiefen Schnee ...« Anngret klappt den Klavierdeckel zu. Abgesperrt die einsamen Töne! Wieviel Liebeslieder sind in einem Klavier? Träger Sonntagnachmittag. Bienkopp schlummert ein.

Im Hofe scheppern Schlittenglocken, als er erwacht. Ein Pferd schnaubt und galoppiert mit gedämpften Hufschlägen an. Bienkopp schreckt auf und lauscht. Wie gut, denkt er, die Frau fährt spazieren! Der Neuschnee hat sie verlockt – die Sonne. So soll sie! Sie hat es verdient!

Es sind wohl sechs Jahre, daß sie hier schuften. Sieben Mützen hat Ole fleckig und speckig geschwitzt. Sieben Paar Holzpantinen hat Anngret zu dünnen Brettchen verschliffen. Aus dem Keller der alten Hansen-Kate wuchs, wie ein Jungbaum aus einem alten Wurzelstumpf, das Neuhaus der Bienkopps. Sein erstes Huhn fing Ole im kahlen Feld. Es lebte dort wild und herrnlos wie ein Rebhuhn. Im Frühling trug er es um einen Hahntritt in das Nachbardorf.

Die Ställe füllten sich mit Vieh. Früchte und Tiere verwandelten sich und zogen stumm ins Wohnhaus: Ein Zentner Zuckerrüben ward zu Bettbezügen. Kartoffeln wurden Kleider. Ein Schweinskopf ward zum Teppich. Ein Zentner Korn – ein Radioapparat. Zehn Kilo Speck – ein Pelzcape für die Frau. Sechs Kilo Wurst – die Stuben wurden blau und gelb und bunt, Rosentapeten, eine Traube Lampen.

»Täterätäh!« Trompeten unter Bienkopps Fenster. Drei eingemummte Kinder stehn wie Bettelkönige im Neuschnee. Die aufgeblasenen Kinderbacken sind vom Frost gebläut.

»Abordnung Thälmann-Pioniere zum Krankenbesuch mit dem Tausenderbock. Seid bereit!«

Emma II setzt den Bock zu Ole aufs Bett. Der Tausenderbock ist das beste Tier aus der Angorazucht der Pioniere. Eintausend Gramm Wolle im Jahr!

Ole, Pate und Zuchtberater der Gruppe, soll ihn bitte begutachten. Ohrbüschel? Backenbehang? Wollprobe!

Ole hält ausgezupfte Wolle gegen das Licht. »Wolle und Grannen in gutem Verhältnis. Gratuliere!«

»Der Bock soll dir zu Ehren Ole heißen!«

»Nein – nennt ihn Casanova.«

»Was hat Casanova geleistet?«

»Eigentlich nichts. Nein, nennt ihn *Champignon*.«

»*Champignon* ist ein Pilz, Onkel Ole.«

»Es kann auch ein Sieger auf der Rennbahn sein. Wer hat ein Taschenmesser?«

Alle drei Jungen haben Taschenmesser. Der Gastgeber Bienkopp will an einem so schönen Tag nicht im Bett liegen. Anton II soll die Schnur des Streckverbands zerschneiden. Die kleine Emma II warnt streng: »Anton, das kannst du nicht verantworten.«

Die Jungen verteilen die Verantwortung. Sie zerschneiden die Schnur mit zwei Messern. Sie wollen Bienkopps Bein ohne Gewichte in die Höhe fliegen sehn. Es fliegt nicht. Es bleibt eine Gipssäule.

Emma II muß Kaffee kochen. Ole und die Jungen durchsuchen die Schrankfächer nach Kuchen. Die Trompeten stehn im Schirmständer auf dem Hausflur.

34

Die Stute trabt. Der Stallmut treibt sie. Schneestaub wirbelt. Er glitzert in der harten Wintersonne. Die Peitsche knallt. Die Glöckchen klingeln. Frau Anngrets Wangen glühn.

Die Stutenhufe poltern über die Schwalbenbach-Brücke. Das Haus des Sägemüllers leuchtet lehmgelb, die Laube zartgrün hinter kahlen Linden aus der Felderweite. Anngret fährt Schritt am schneebehäubten Lattenzaun entlang. Sie schaut zum Wohnhaus hinüber und knallt mit der Peitsche. Die Schlittenglocken klimpern im Polkatakt. Die Stute will davon. Anngret sitzt steil, und ihre dunklen Augen fordern: Schaut aus dem Fenster, Leute!

Niemand kommt. Der Duft von frischen Krapfen kräuselt um das Haus. Der Schlitten hinterläßt zwei Spurenzeilen vor dem Zaun. Die Zeilen fordern: Schreib eine Nachricht in den Schnee!

Im Walde wendet Anngret, läßt die Stute bis zum großen

Holzplatz galoppieren, pariert und fährt dann langsam durch den Hof der Sägemühle. Sie fährt dicht an das gelbe Haus heran. Eine junge Frau steht in der Laube. Anngret sieht wie von einem Thron auf sie herab. »Es ist der Sägemüller, den ich sprechen möchte!«

Ramsch kommt, ist überrascht und plaudert. Kein Wort von Anngret. Sie sitzt, ganz *hohe Frau*, und nickt. Der Sägemüller schaut sie fragend an. Frau Anngret nickt noch einmal. Da nickt auch Ramsch, und Anngret fährt davon.

35

Der Sägemüller kam in seinem hellblauen Auto aus Maiberg. Vor der Försterei sah er einen Möbelwagen auf der Waldstraße. Ein vierschrötiger Jungförster und eine junge Frau schleppten Auflegematratzen und birkenholzfurnierte Nachtschränke ins Forsthaus. Die junge Frau war blauhaarig und rassig – eine Bilderbuch-Italienerin. Ramsch schickte den neuen Förstersleuten zwei Sägewerksarbeiter zur Hilfe.

Die jungen Förstersleute nahmen den Liebesdienst des Sägemüllers nicht ungünstig auf. Da ließ auch Ramsch sich sehn, verneigte sich vor der jungen Frau, lobte ihre Madonnenfrisur, überreichte einen blühenden Azaleenstock und bewies Lebensart. Er erdrückte die jungen Leute mit seiner Liebenswürdigkeit. »Welcome in this place! Herzlich willkommen! Unseren Eingang segne Gott! Fühlen Sie sich wohl und so weiter!« Er lud die jungen Leute auf Sonntagnachmittag zu einer Tasse Kaffee.

Die jungen Förstersleute besuchten Ramsch in seinem gelb getünchten Landhaus bei der Sägemühle. Sie bestaunten im *gelben Rosenzimmer* den Teppich mit eingewebten Haifischen. Spielende Meerungeheuer mit Zähnen wie Zacken von Kreissägen.

Sie tranken Kaffee. Nach den ersten Schnäpsen faßte der

Gastgeber nach der Hand der jungen Frau. »How beautiful! So schöne Hände!«

Die schwarzhaarige Frau erschrak. Sie steckte die Hand vor Verlegenheit in die Hosentasche ihres Mannes.

Das prüde Gehabe beeindruckte Ramsch nicht. »A little drink, please!«

Zwei Schnäpse, ein Likör.

Die junge Frau erzählte von ihren fünf Ziegen.

»Sie melken Ziegen, gnädige Frau?«

Die Förstersfrau errötete. Bisher hatte ihr noch niemand gesagt, daß sie gnädig wäre.

Ramsch kam in Fahrt. »Weg mit den Ziegen!« Er packte jetzt die Hand des Revierförsters. »Ich stall Ihnen eine Kuh ein!«

Förster Stamm zog seine Hand zurück; eine harte Hand, die eine Motorsäge zu führen versteht. Nein, eine Kuh kommt vorläufig nicht ins Haus!

Ramsch lenkte ein. Genug von Ziegen! Und Freunde, wenn das junge Paar sich Freunde suchen sollte: Hier sitzt ein Freund, der die Herrschaften jederzeit in seine Arme nehmen wird. Ramsch sah die junge Frau dabei so an, daß sie aufstand und hinausging.

Ramsch schenkte wieder ein. Er stieß mit dem Förster an. Sie tranken. »Und jetzt ein Wort unter Männern!«

Da fuhr Anngret Bienkopp im Schlitten vor. Zu dem Wort unter Männern kam es nicht.

36

Am Abend kommt der Wind. Wimmern und Brummen im Schornstein. Katzenschnurren in der Stube. Anngret plaudert von ihrer Schlittenfahrt, aber dann schaut sie auf die Uhr. So spät schon! Sie hat noch zu tun. Der vertane Nachmittag!

Der Frost knackt in den Bäumen vor dem Fenster. Wie gut, daß die Saat im Schneebett liegt! Bienkopp durchforstet den wild wachsenden Wald seiner Vergangenheit. Immer wieder trifft er darin auf Anton.

Als Bienkopp die alte Hansen-Kate aus dem Kriegsschutt hob, zog Emma, die flinke Zwerghenne, einen Handwagen ins Dorf. Im Handwagen saßen zwei Kinder: Anton II und Emma II. Sie waren Emmas ganzes Hab und Gut.

Ole sah die Kinder, ließ das Dach seines Nothauses ungedeckt und richtete für Emma eine Waldarbeiterkate her.

Er setzte neue Dielenstücke in den brüchigen Fußboden. Das Holz holte er vom Stapel des Sägemüllers. Er rechnete damit, angehalten zu werden, und hatte Lust auf eine kleine Rache. Er wurde nicht angehalten. Der Sägemüller kam nicht.

Bienkopp zimmerte und flickte. Die neuen Dielenstücke leuchteten wie Sonnenflecke im Fußboden, da tat sich die Tür auf. Anngret stand in der Katenstube. »Bist du nun hierhergezogen?«

War Anngret eifersüchtig? Das wohl, aber weniger auf Oles Liebeskraft. Ole verschleppte seine Arbeitskraft und ließ Anngret im unbedachten Haus sitzen. War das schicklich?

Anton kam zurück, und alles Tun im Dorf erhielt eine neue Richtung. Anton, Bienkopp, Jan Bullert und Adam Nietnagel saßen nachts wie Verschwörer in der Schulstube.

Dann kam der Tag, an dem die kleinen Leute ihr Los zogen. Das Land des Barons von Wedelstedt wurde verteilt.

Auf dem Tisch stand ein Hut. Es war der Kaufmannshut, der Ole auf seiner Heimwanderung zugeflogen war. Im Hut waren Zettel, Ränder von Zeitungspapier. Manchmal griffen mehr als sechs Hände zugleich in den Hut, und die Öffnung war zu klein. Die Ländereien des Barons wurden zerschnitten wie Hochzeitskuchen. Jeder Neubauer erhielt ein Stück mageren, ein Stück mittleren und ein Stück guten Acker.

Auch Ole zog sein Los. Er übergab's Anngret. Anngret war erregt, ihre Augen leuchteten, und ihr Haar hatte noch immer den seidigen Wollgrasschimmer.

Anton verteilte die Besitzurkunden. Die Leute prüften sie Wort für Wort und kratzten am Stempel.

Anngret hatte eine Frage: »Muß nicht auch der Sägemüller sein Land hergeben?«

Anton lächelte. »Weshalb so radikal, Anngret? Der Sägemüller hat sechzig Morgen und soll sie behalten!«

Anngret hatte noch ein Anliegen: Das Land der Bienkopps wird am äußersten Ende der Dorfgemarkung liegen und das schlechteste sein. »Daran ist Ole schuld! Seine Bescheidenheit macht Würmer rasend!«

Gelächter. Anngret durfte selber ein Los ziehn. Jetzt hatte sie wohl das Himmelreich gegriffen? Nein, sie hatte eine Parzelle dicht am Nothause der Bienkopps gezogen und war zufrieden. Ole schämte sich.

37

Sehnsucht und Hunger schwangen ihre Peitschen. Arbeit und Eifer machten die Nächte zu Tagen. Auf den von Haus zu Haus laufenden Fußsteigen verschwand das Gras wieder. Die geflickten Dächer leuchteten wie Zigeunerinnenkleider in der Sonne. Wind und Regen wurden aus den Behausungen geworfen, drinnen und draußen wieder geschieden.

Jeder der kleinen Landempfänger machte aus seinem Los, was er vermochte. Was im einzelnen Mann oder in der einzelnen Frau war, war auch im empfangenen Land. Nicht jeder Neubauer steckte wie ein Erdgeist in seinem Acker und listete ihm Höchsterträge ab.

Ole, der Vorsitzende der GEGENSEITIGEN BAUERNHILFE, ging umher und agitierte. Die Städte brauchten Brot. Die *Starkbauern* sollten für die Fehlernte der *Schwachbauern* einstehn und liefern, was da fehlte. Das Statut der BAUERNHILFE sah das vor.

Das Statut war nur für Anton, Ole, Jan Bullert und einige

Gerechte ein Statut. Für andere war es Abfallpapier und konnte ebensogut Stutat heißen.

Am schwersten war's für Ole, bei sich selber, das heißt bei Anngret, für die gerechte Sache zu agitieren.

»Gemeinwesen?« sagte Anngret. »So ein Tier sah ich nie, nicht einmal im Zirkus.«

Für die Agitation mit Anngret mußte eine stärkere Anspannung her: Anton Dürr.

Anton wurde mit Anngret fertig: Er ließ sich ihr Vieh zeigen. »Schönes Vieh. Du hast eine glückliche Hand, Anngret!«

»Das soll sein!«

Anton besichtigte die Schweine, befühlte die Legebäuche der Hühner. »Sie legen am Ende täglich, lassen keinen Tag aus. Du mußt Getreide die Fülle haben.«

»Daran brauchst du nicht zu zweifeln!« Anton durfte getrost einen Blick auf den Kornboden tun, bitte.

Anton staunte. »Fast eine Musterwirtschaft!«

»Wieso fast?«

Anton brach mit seiner Agitation in Anngrets Eitelkeit ein. »Es fehlt ein wenig Gemeinschaftsgeist.«

»Aber nein doch: Bei uns fehlt's an nichts.«

Anngret schaufelte zehn Zentner Aushilfsroggen für das Staatsaufkommen ein. Anton durfte die Säcke aufhalten.

Ole bekam zu spüren, daß er Anngret einen Verführer wie Anton auf den Hals geschickt hatte. Die Frau ging wie ein Hauch von Liebreiz im Hause umher und quälte ihn. Er mußte drei Wochen warten, bis er gewärmt wurde.

Du hast von Bauern gehört, denen die Glut aus einem feuerspeienden Berg die Hütten wegfraß und das Fluchthemd versengte. Sobald der Berg sein Glutmaul schloß, nisteten sie sich wieder in die noch warme Lava, bauten neue Hütten, pflanzten, schufteten, tranken, tanzten, trieben es toll und vergaßen den unbewältigten Berg.

Bienkopp muß diesen Berg bewältigen. Er hat es Anton versprochen. Antons Vermächtnis hat wieder Gewalt über ihn bekommen. Das Ticken des Weckers ist flink, wie Antons Worte oft waren. Bienkopp starrt auf die Leuchtziffern der Uhr. Er muß mit Anngret darüber sprechen. Einmal muß es sein!

In der erleuchteten Küche sitzt die Katze dickbäuchig auf dem Tisch neben einem leeren Teller und schnurrt.

Bienkopp stolpert durch den Flur. Strenge Luft weht beim Haustürritz herein. Der Bauer atmet gierig. In der Wohnstube ist's dunkel. »Anngret!« ruft Bienkopp, so sanft es gehn will. »Anngret, bist du hier eingeschlafen?«

Keine Antwort, aber ein Rascheln im Dunkel. Bienkopp macht Licht.

Der Sägemüller springt auf. Ein Tiger beim Reißen überrascht. Bienkopp ächzt, prellt in den Flur und stolpert. Der Gipsfuß, verflucht! Im kranken Kopfe donnert das Blut. Roter Jähzorn zuckt auf. Unter der Treppe packt der Bauer sich einen Knüppel. Er hastet zur Stube und heult wie ein Wolfshund: Der Sägemüller ist durch das Fenster davon.

Im Vorgarten niemand. Stiefelspuren wie dunkle Löcher im Neuschnee. Bienkopp rennt mit schleifendem Gipsfuß die Straße hinunter.

Der Wind fährt dem Rasenden unter das Hemd. Schnee rieselt herab und hüllt ihn ein. Bienkopp schlägt in den stöbernden Schnee. Bald schreit er, bald schluchzt er, bald lacht er irr: »Her mit dem Schänder! Hohaa! Hohuu!«

Lichtbalken im Schnee. Der Rasende stutzt: Lampenlicht aus den Fenstern der Schenke. Bienkopp kehrt um.

Er schleppt sich zur Holzhauerkate der Dürrs. Seine Schreie hallen durch den Winterwald: »Anton, ach, Anton!« Eine Wildente schnarrt hoch oben im Schneegestöber. Bienkopp hinkt ruhiger heim, doch im Hause packt es ihn wieder.

Er sucht nach Anngret. Die Frau ist verschwunden. »Hervor, du Hure, hahoi, hervor!« Schreckliche Schreie. Der Wolfsspitz heult, die Pferde scharren, und der Stier schnaubt. »Hahoi, du Hure, heraus!« Ole schlägt mit dem Knüppel auf das Klavier. Mißklänge donnern durchs Haus. »Wenn ich zu meinem Liebsten reite! ...«

Vom Hemd des Betrogenen tropft der geschmolzene Schnee wie Tränen. Das große Zittern hat ihn gepackt: »Was muß ich tun, damit du mich in dein Bett nimmst und umbringst?«

38

Was ist geschehn, Genossen? Ein Mann war wochenlang krank. Seine Frau bestellte sich einen anderen. Der Mann überraschte die Frau mit dem anderen. Er raste.

Was weiter? Nichts. Das Paar wird sich trennen oder versöhnen. Die Erde reist durch den Weltenraum.

Bienkopp liegt im Krankenhaus. Sein Bein ist heil. Der Gipsverband wurde ihm abgenommen, aber jetzt ist seine Lunge krank. Sie ist entzündet. Ein Mann rannte in einem Eifersuchtsanfall in einer Winternacht hemdig durch Sturm und Schnee. Seine Lunge vertrug es nicht.

Bienkopps Schreie erschrecken die Mitkranken. Er sieht Antons Mörder im Hemd durch den Schnee fliehn. Der Fliehende hat kein Gesicht. Seine Nase und sein Mund sind Zahlen. Eine steile Eins ist die Nase, eine umgekippte Drei ist der Mund. »Halt! Nieder mit ihm!«

Ein Bettnachbar redet auf Bienkopp ein. Er netzt ihm die aufgesprungenen Fieberlippen. Bienkopps Phantasien umgaukeln schon andere Dinge: Anngret liegt mit ihrem Stier auf dem gelben Diwan. »Da liegt sie, die *Babylonische*!« Bienkopp singt: »Wenn ich zu meiner Liebsten reite, die wärmt mich tief im Schnee ...«

Am neunten Tage seiner Krankheit wird Bienkopp in die Sterbekammer geschoben. Der Arzt ist verzweifelt, zerknirscht. Er hat es nicht geschafft. Eine junge Schwester sieht nach dem sterbenden Bauern.

»Bist du Anngret?«

Die junge Schwester schweigt.

»Wir werden mit deinem Klavier andere glücklich machen!«

Die junge Schwester schweigt.

»Hörst du Anton rufen?«

Die junge Schwester weint.

Ole bäumt sich, springt aus dem Bett, schwankt und fällt nieder. Seine Schreie durchgellen das Haus: »Wort werd ich halten, Anton!«

In der Nacht wird's stiller in der Sterbekammer. Greift der Tod nach Bienkopps Kehle? Nein. Der Bauer hat die kritischen Stunden überstanden. Der Arzt wundert sich: Gesetze der Krankheit scheinen für diesen dickschädeligen Bauern keine Gültigkeit zu haben.

39

Einmal war Julian Ramsch nicht mehr und nicht weniger als ein Bauernjunge aus Blumenau und besuchte die Dorfschule. Mit zehn Jahren jedoch wurde er in die Stadt aufs Gymnasium geschickt und begann sich zu verwandeln: Er lernte Französisch, er lernte Englisch, trug eine farbige Mütze, erhielt Nachhilfestunden, quälte sich von Klasse zu Klasse, war ein ausgezeichneter Bummler und machte sich mit dreizehn Jahren schon Gedanken um die Farben des Unterzeugs der höheren Töchter.

Mit Ächzen und einem englischen Schnurrbart machte er sein Abitur, sollte Architekt werden und ins Holzfach. Das war nicht nach seinem Sinn. Ihn zog's zur Medizin, und er dachte an junge Frauen, die zu ihm in die Sprechstunde kommen würden. Ach, du nackter Engel, du!

Der alte Prinzipal willigte ein. »In Gotts Namen!« Medizin war vielleicht keine üble Wissenschaft. Der alte Sägemüller litt an einer schleichenden Krankheit.

Die ersten Liebschaften des jungen Sägemüllers waren echt und edelig. Allein, die Prinzipalin fand klavierspielende, batikstempelnde, kräutersammelnde und halbblutreitende

Mädchen nicht so reizend wie ihr Sohn und ekelte solche Musenmäuschen aus dem Haus. »Du brauchst eine harte Frau, die rechnen kann, Junge!«

Julian versuchte es mit der Fischerstochter Anngret. Die nun war weder dem Vater noch der Mutter genehm.

Als Julian Ramsch von den Knochensägen zu den Holzsägen überwechselte, mußte er dem alten Prinzipal auf dem Sterbebett schwören, die Ländereien der Sägemühle hoch- und heiligzuhalten. Ein Geschäft ist Wechselfällen unterworfen. Land nährt seinen Besitzer. Am besten, man hat beides!

Der junge Ramsch blieb unbeweibt und begann, sich in den Eherevieren anderer zu belustigen und zu pürschen. Schließlich hielt er das für den Reiz der Liebe überhaupt.

Ist Ramsch ein schlechter Mensch, jener Ausbund von Gemeinheit, für den ihn kleine Leute halten? Was weiß dieses Kleinzeug von Geschäften und ihren Gesetzen! Er ist der ehrsame Erbe eines Betriebes, in dem der Rohstoff Holz verarbeitet wird. Das heißt in den heutigen Klein-Leute-Zeiten: sich regen und bewegen. Das heißt klug sein, Gesetze und Verordnungen in der scharfen Brandung der Zeit umschiffen. Das heißt: das Steuer des Unternehmens rücksichtslos auf den blauen Landstreifen Zukunft hinreißen.

Manchmal bereut Ramsch, daß er damals nicht in Amerika geblieben war. Aber wie hätte er als Mann ohne Beruf, ohne die Zuschüsse aus dem väterlichen Geschäft, in Amerika hochkommen sollen? Dazu war ihm nicht Fleiß genug angeboren. Sein Brot war hier in der Heimat bereitet. Er nahm es, aß es und ehrte das Andenken seines Vaters.

Dann und wann fährt Ramsch auf eine Insel, die einen Hauch vom Lande seiner Sehnsucht Amerika ausströmt. Gerade das ist in diesen vertrackten Zeiten möglich geworden: Er trifft sich dort mit alten Geschäftsfreunden des Vaters und besucht Studienkollegen.

»Na, du von hinter dem Mond? Machst du noch immer Holzpantinen für die Neger der russischen Kolonie?« Das war so, und das mußte er sich sagen lassen.

»Hast du wenigstens ein Bankkonto in der *Freien Welt*?«

Das hatte er.

Und die alten Freunde haben neue Freunde: Zeitungsleute und Amerikaner. Er kann englisch plaudern und sich seiner Zeiten im alten Amerika erinnern. Aufwind für seine *Sirs-Seele*. Hat ein Unternehmer keine Seele?

»What you say! How interesting!« und wie die Wörter des Staunens in Gottes Landessprache alle heißen mochten.

Da ist ein seriöser Mister mit einer Nickelbrille, wie sie weiland der alte Prinzipal Ramsch trug. Klug und väterlich. Ein Gentleman. Mit ihm unterhält sich Ramsch besonders gern. Zuneigung auf den ersten Blick. Das geistblasse Gesicht dieses Gentlemans ist ein großes, wohltuendes Zuhören. Ein Freund, der zu trösten versteht: Nicht alle Geistmenschen können nach dem guten, alten Amerika oder seinen Kolonien fliegen. Ausharren, wo man steht! Stehn wie ein Denkmal aus alten Zeiten! Sein Volk an die verlorenen Ideale erinnern! Die Stunde wird schlagen, allright!

Ramsch fährt getröstet zurück. Doch der Trost hält nicht lange vor. Was dieser nette Gentleman auf der Abendinsel auch sagen mochte, hier in Ramschs Heimat hat nach dem Kriege eine neue Rasse von Menschen die Oberhand gewonnen. Dieser Rasse scheint wenig an der Vermehrung ihres persönlichen Reichtums zu liegen. Sie gibt vor, irgendein unsichtbares Eigentum des Volkes zu verwalten und zu mehren. Unnahbare Menschen sind in die Amtsstuben, besonders in die Waldverwaltung, eingezogen. Waldmenschen!

40

Das Wetter ändert seine Laune. Milde Luftströme sausen über das Land. Zur Nacht fällt Regen und weicht die Frosthaut der Erde auf. Die Meisen zirpen, und die Krähen krächzen schon frühlingstoll.

Die Bauern mißtrauen dem frühen Frühlingswetter. »Eine Atombombe aus dem Sack gelassen.«

»Wer?«

»Die Amerikaner wieder«, sagen die kleinen Leute. »War's nicht genug mit Japan?«

»Nein«, sagen Ramsch und Serno, »die Russen waren es, die Russen.«

Förster Stamm nutzt die milde Witterung, um Versäumnisse seines Vorgängers nachzuholen. Er läßt die Frauen von der Pflanzbrigade seinen Hausgarten umgraben.

Die blauhaarige Frau Stamm sitzt am sonnblitzenden Fenster, stopft ein bißchen und flickt ein wenig, bis ihr Mann sich auf das alte Motorrad schwingt und ins Revier fährt; dann holt sie ein Buch aus dem Nähkasten. Ein dickes Buch, gut seine achthundert Seiten stark. Frau Stamm kann ihre schöne Seele in Papier einschlagen.

Manchmal trifft der Spaten einer Waldfrau beim hastigen Graben auf einen Quarzstein. Das Herz der Erde seufzt auf. Die Frau am Fenster erschrickt. Ihre schwarzen Augenbrauen hüpfen vor Ungehaltenheit bis in die Stirn.

»Guten Tag«, sagt Emma Dürr. Die junge Frau Stamm nickt huldvoll. Das hat sie wohl aus dem Buch gelernt.

»Wir stören vielleicht«, ruft Emma, denn die Försterin soll es durchs geschlossene Fenster hören.

»Nicht so schlimm, fast gar nicht schlimm!« Frau Stamm liest weiter.

Eine Viertelstunde später hält das blaue Auto des Sägemüllers auf der Straße vor dem Forstgarten. Ramsch durchquert den Garten und grüßt die Waldfrauen. Er grüßt und begrüßt alles, was mit Wald und Holz zusammenhängt. Vor der kummerigen Emma Dürr macht er sogar eine Verbeugung. Emma spuckt aus.

Ramsch sieht die junge Förstersfrau am Fenster sitzen und geht über den Grabacker.

»Excuse me, Entschuldigung, bitte.«

Frau Stamm erschrickt, errötet und öffnet das Fenster. Sieh da! Ramsch greift nach ihrer kleinen Hand. »Betrachten Sie sie als geküßt, gnädige Frau, please.«

Eigentlich ist es Revierförster Stamm, mit dem der Sägemüller zu reden hätte, aber die junge Frau ist ihm natürlich ebenso lieb, noch lieber.

Ramsch ist ein Mann von Wort. »Your friend, be sure!« Wie steht's mit der Milchkuh?

Revierförster Stamm und seine Gattin haben nichts weiter zu tun, als sich zu entschließen, alles andere übernimmt Ramsch.

Die junge Frau Stamm kann darüber nicht entscheiden. Sie weiß nicht, ob sie und ihr Mann sich entschlossen haben. Erst heute morgen feuerte wieder eine der jungen Ziegen aus. Sie schlug Frau Stamm den Milchtopf aus der Hand. Eine fromme Kuh wäre wirklich angenehmer, aber wie gesagt: Es ist Revierförster Stamm, der das letzte Wort spricht.

Ist Ramsch ein Mann, der mit jungen Frauen nur ungebildet über Ziegen und Kühe spricht? Keineswegs. Er kann ebensogut mit einer Dame über Bücher und Erzeugnisse des Geistes reden. Verfügt er nicht über die heiligen Wundmale der Wissenschaft, über Studentenschmisse? Der Sägemüller lobt das Buch der jungen Förstersfrau, hebt den Roman geradezu in den Himmel. Das Buch heißt »Vom Winde verweht«. Wie bezüglich! Ist nicht die junge Förstersfrau auch ein wenig vom Winde verweht worden und so weiter? Und das Buch hat ein Amerikaner geschrieben. »Think that!« Ja, ja, Amerika!

Die junge Frau errötet und berichtigt scheu: »Das Buch, diese Bibel der Seele, schrieb eine Amerikanerin.«

»Auch das natürlich!« Ist Ramsch in Verlegenheit zu bringen? »Ladies and gentlemen, vollkommene Gleichberechtigung!« Die Hauptsache, ein amerikanisches Buch, nichts kauderwelsch Rot-Russisches und so weiter.

Frau Stamm liest dieses Buch heimlich. Das kann sie wohl gestehen, ohne ihrem Manne direkt in den Rücken zu fallen.

Eigentlich müßte sie den Ziegenstall ausmisten und das Gartenland düngen.

Ramsch weiß Rat und Trost. Er kennt den Garten der Revierförsterei. Nirgendwo wächst es so gut ohne Mist wie in diesem Garten. Das Land ist ausgeruht. Der Vorgänger hat es nicht genutzt. Übrigens würde fetter Ziegenmist die Wurzeln der jungen Pflanzen nahezu verätzen.

Hin und her, es sei Ramsch eine reine Freude gewesen, hier am Fenster gestanden und über geistige Dinge wie Bücher und »Vom Winde verweht« gesprochen zu haben. Man trifft so selten geistreiche Menschen in den Wüsten hierzulande.

»I respect you, thanks!«

Die junge Frau errötet wieder.

»Good-bye, adieu!«

»Auf Wiedersehen!«

41

In Bienkopps Haus ächzen die Balken vor Traurigkeit. Anngret hört es nicht. Sie ist mit sich beschäftigt. Wie in ihren Jugendjahren kann sie vor dem großen Spiegel stehn und sich in verschiedenen Kleidern anschaun. Sie geht in Schuhen mit hohen Absätzen in der blauen Wohnstube auf und ab, nickt ihrem Spiegelbild zu und betrachtet ihren Mund, wenn er sagt: »Heute haben wir Gesellschaft, Frau Ramsch.«

Wenn Wilm Holten mit der Dungkarre unterm Fenster vorüberfährt, setzt sich Anngret rasch, tut demütig und betrachtet Photos aus der Jugendzeit. Eines der Photos zeigt sie mit Julian Ramsch, dem Medizinstudenten, auf den Heidhügeln zwischen den Seen: *Ernemann-Box-Foto* sechs mal sechs. Unbetrogene Gefühle. Faltenlose Jugend.

Anngret kann sich nicht satt sehn. Ist sie jetzt alt? Hoho, ihre Blicke blitzen! Eine zweite Jugend rauscht heran wie ein Gewitter.

Und Julian? Voller Makel? Nimmermehr. Hätte sie ihn sonst vor Jahren lieben können? Er war ihre Liebe um und um; auch in den schweren Jahren mit Ole, weiß sie jetzt. Ja, aber Julian? Er war ein guter Sohn, respektierte die Wünsche des alten Prinzipals, und der war schlecht.

Wie vor Jahren schreibt Anngret einen Brief an Julian Ramsch: »… aber jetzt bist Du nicht in Amerika. Wege sind zwischen uns, kleine Fußsteige durch die Gärten – kein Ozean mehr. Ich warte und warte. Du kommst nicht …« Eine Herde von unsinnigen Worten und Kosenamen. »Du gewalttätiger Tiger! O Liebe ohne Grund und Boden!«

Wird Anngret verrückt?

Auf der Poststelle in Blumenau macht man sich über die Vornehmheit gewisser Ehebrecher lustig. Jetzt schreibt man sich also Briefe über drei Häuser weit. Sollte man sich nicht über das Wunschkonzert im Rundfunk ein wenig begrüßen?

Die Tage vergehn, doch aus der Sägemühle kommt kein Zeichen. Dafür kommt ein zischelndes Gerücht, eine siebenköpfige Natter aus dem Dorf: Julian Ramsch im Garten der neuen Förstersfrau. Tiefe Blicke. Angenehme Unterhaltung und *Hautevolee*.

Anngret kämpft einen Tag lang mit diesem Gerücht. Hebe dich von mir, sündige Natter! Sie betet ein bißchen wie in Kindertagen um die Erfüllung der Weihnachtswünsche. Sie zieht Arbeitssachen an, schafft auf dem Hofe, sieht nach dem Rechten, betut das Vieh, und keine Arbeit ist ihr zu schwer. Sie spricht umgänglich, fast zärtlich mit dem erstaunten Wilm Holten; und die Tauben auf dem Dache sind nicht weißer in der Seele als sie.

Am nächsten Morgen aber zieht sie ihr vornehm-schwarzes Kirchkostüm an und fährt in die Stadt.

42

Bienkopps Gesundheit kehrt Schritt für Schritt zurück. Und wieder ist's ihm wie im Jahre Null: Er wird sein Leben in die jetzt noch blassen Hände nehmen und neu anfangen. An sonnigen Tagen ist es ihm, als habe er das Krankenhaus, diesen Berg von Betten, Gestöhn und Krankheitsgesprächen, Spritzen und Tabletten, schon hinter sich.

Die jungen Thälmann-Pioniere besuchen ihn. Emma II zieht ein Angorawollhemd aus ihrem Rucksäckchen. »Wir hörten, daß du, mehr als gut ist, unter Schüttelfrösten leidest, Onkel Ole.«

»Wer sagt?«

»Die Mutter sagt's. Die Gruppe wünscht dir Wärme und Gesundheit. Seid bereit!«

Auch Jan Bullert besucht den alten Hütebruder. Er klatscht einen halben Schweinshinterschinken auf Oles Zudeck. »Mut und Kraft wünscht dir Familie Bullert!«

In seinen Gesprächen bemüht sich Jan, das Dorf Blumenau nicht zu erwähnen, als hätte der Rat des Kreises es inzwischen nach Sachsen verkauft.

Ole denkt nicht daran, um sein Heimatdorf zu schleichen. Seine Gedanken sind dort, nur dort. »Noch ein paar Tage, und ich steh wie ein Klotz, sollst du sehn!«

»Nein, nein, kurier dich erst aus!«

»Zur Rechten siehst du wie zur Linken einen halben Türken heruntersinken!«

»Keine Aufregung!«

»Reiner Tisch wird gemacht! Was Neues wird angefangen!«

»Sei ruhig! Wir sind bei der Sache: Antons Tod wird geklärt.«

So reden sie aneinander vorbei.

»Es war eine Frau für Sie da«, sagt die junge Schwester an einem sonnigen Vormittag.

Ole liest in einem Buch: »Kompost oder die Sparkasse des Bauern.«

Jetzt hält er inne. »Eine Frau? War es eine kleine, mehr ein Hühnchen?«

»Es war eine große Frau, blond und dunkeläugig. Sie trug ein schwarzes Kostüm.«

»Ach, so eine?«

»Sie wurde übrigens nicht vorgelassen.«

Ole blättert nervös. »Trug sie den Kopf gesenkt, als ihr sie fortschicktet?«

»Nein. Ich brachte sie zum Arzt, aber er ließ sie nicht vor, wie ich schon sagte. Dann ging sie. Mir schien, es glitzerte ein wenig in ihren Augen.«

»Es ist vielleicht gut, daß wir sie nicht einließen.«

»Wen bitte?« fragte die hantierende Schwester.

»Diese Dame da.«

43

Jetzt tritt Bienkopp wieder ins Leben. Er geht mit einem Bündel durch das Hoftor und muß sich mit dem Willkommensgewieher der Stute begnügen. Es gibt Bänkelsänge und Volkslieder von Wanderern, die nach langer Fahrt in die Heimat zurückkehren. Das Liebchen hat einen anderen gefreit.

Bienkopp hat von solchen Singelsängen glücklicherweise nie etwas gehalten. In seinem Herzen gibt's keine Abteilung Mutlosigkeit, keine Unterabteilung Lebensüberdruß. Er spürt die warme Zunge des Wolfsspitzhundes am Handrücken, und er fühlt das Geschmeichel der gescheckten Katze um seine schlotternden Hosenbeinlinge.

Das zweispännige Ehebett der Bienkopps ist auseinandergebrochen. Anngret hat ihr Lagerteil ins blauberoste Wohnzimmer, in die *Gute Stube*, gebracht. Oles Betteil steht wie mit einer aufgebrochenen Wunde einsam in der Mitte der Schlafstube.

Bienkopp schiebt das Bett an die Wand. Jetzt wäre Platz für ein Tanzfest in der Stube.

Abends ist's, und der Hunger rührt sich. Bienkopp geht über den dunklen Flur in die Küche und tastet dort nach dem Lichtschalter.

Fremde Atemzüge in der Dunkelheit. »Ist hier jemand?« Keine Antwort, aber erregtere Atemzüge. Bienkopp stößt auf eine Hand in der Nähe des Schalters. Die Hand ist schmal und kühl. Sie gleitet langsam in die Dunkelheit zurück. Zwei Türen klappen. Die Küche bleibt dunkel und unbenutzt.

Drüben in der Schlafstube schaut Bienkopp auf seine Taschenuhr: Es ist die Zeit des gemeinsamen Abendessens von früher.

Keine Traurigkeiten! Es gibt Wichtigeres in der Welt: *Der Stein der Weisen, die Bauerngemeinschaft vom Neuen Typus*, hat in Oles Krankenhausnächten mehr und mehr Glanz bekommen. Der Glanz tröstet ihn, und er kann den Augenblick nicht erwarten, den Wunsch des fernen Anton Dürr ins Leben zu zwingen.

44

Das Licht einer Petroleumlampe erhellt die Knechtskammer. An der Wand hängt ein Stück grüner Pappe. Darauf ist ein Spruch gemalt. Auf den Silberbuchstaben klebt Fliegendreck. Die Fliegenpunkte wirken wie Eingänge von Würmern:

Wo Glaube, da Liebe.
Wo Liebe, da Friede.
Wo Friede, da Segen.
Wo Segen, da Gott.
Wo Gott, keine Not.

Neben dem Spruch hängt auf einem selbstgebastelten Kleiderbügel aus Kiefernzacken ein schwarzer Zellwollanzug. Die leeren Ärmel der Jacke bewegen sich in der zugigen Kammer wie die Ärmelinge einer Vogelscheuche.

Das ist die Knechtskammer von Hermann Weichelt im Anwesen des Altbauern Serno. Hermann war früher Ochsenkutscher auf dem Gute des Barons von Wedelstedt. Für ihn ist die Erde nur ein Zwischenaufenthalt. Er kommt vom Himmel und wird wieder zum Himmel gehn, wenn er die sündigen Fallen der Erde unangefochten hinter sich gebracht haben wird. Auf Erden ist's Hermann von Kindheit an nicht gut gegangen.

Altbauer Serno ist freundlich zu Hermann, aber er ist nicht sein Freund. Soviel hat der Gottesmann in fünf Dienstjahren bei ihm erfahren.

An diesem Abend sind Serno und seine dürre Frau ausgegangen. Hermann hält Abendandacht. Wenn die Sernos daheim sind, darf Hermann seine Andacht nicht mit Gesang verschönen; denn wenn er singt, heult der Hofhund. Wie soll eine Kreatur ihre Freude an frommen Gesängen sonst ausdrücken?

Hermann hat das Gesangbuch auf den pichigen Knien seiner Arbeitshose liegen. Trotz der Brille muß er seine Augen anstrengen, um beim trüben Licht der Petroleumlampe die Gesangbuchworte erkennen zu können. Die Brille ist eine Schießbrille. Sie hat Gummibänder anstelle von Stahlbügeln. Hermann fand sie nach dem *Großen Krieg* an einem Soldatengrab.

> Der beste Freund ist in dem Himmel;
> auf Erden sind die Freunde rar …

singt Hermann, und der Hofhund heult. Beim zweiten Vers geht das Hundegeheul in das Verbellen eines Fremden über. Hermann singt, bis der Fremde in seiner Kammer steht, dann setzt er die Brille ab. Einen Gast mit bebrillten Augen anzusehn, scheint ihm unhöflich wie ein Händedruck in Handschuhen.

In Hermanns Kammer gibt es keinen Stuhl. Der Bienkopp-Bauer setzt sich unaufgefordert auf die Bettkante.

Eine wundersame Himmelsfreude durchglüht Hermann: Nun kommt der geprüfte Ole. Seinen roten Freund, den Freidenker Anton Dürr, hat Gott in seinem unerforschlichen

Ratschluß zu sich genommen. Zudem nahm Gott dem Bienkopp-Bauer nach einem noch unerforschlicheren Ratschluß die Frau. Bienkopp blieb allein und sucht geistigen Trost. Das widerfährt Hermann in seinem gottgefälligen Leben zum ersten Male, und er klaubt Worte für eine kleine Predigt zusammen: »Seid getröstet, ihr Kleingläubigen, dem Herrn entgeht ihr nicht. Seine Augen dringen in die verborgenste Falte, seine Ohren vernehmen den leisesten Wind, und seine Hände sind groß wie das Brachland hinter dem Dorfe ...«

Bienkopp wehrt ab. Er will hören, weshalb Hermann vor fünf Jahren bei der großen Landverteilung zurückstand.

»Weil's Diebstahl und eine Sünde gewesen wär.« Hermann setzt seine Schießbrille wieder auf. Sein Respekt vor dem undemütigen Gast läßt nach.

Wer denn hat Hermann damals beredet, der Landverteilung fernzubleiben?

Der Kirchenvorstand Serno hat Hermann Gott sei Lob gewarnt.

Ole lacht, und sein Lachen steht wie eine große Sünde in der kalten Kammer. »Der Serno also hat dich gewarnt und hat sich zu deinem Herrn gemacht.«

»Mein Herr ist droben!«

Ole ist's, als ob Anton ihn aus dem Jenseits ermuntere: Nicht lockerlassen! Offensive Agitation treiben!

Ole treibt offensive Agitation mit Hermann. »Hör zu, Knecht Gottes und der Menschen!«

Hermann fühlt klingende Versprechungen und fremdländische Worte in seine Ohren fahren: BAUERNGEMEINSCHAFT vom neuen Typ, alle Brüder und Schwestern, einer dem anderen zur Seite. Kein Herr, kein Knecht! Alle Braten zu Mittag, oder niemand Braten zu Mittag ...

Hermann schluckt. Schöner als das von Bienkopp geschilderte Schlaraffia hat er, der Gottesmann, sich den Himmel niemals vorstellen können. Er bekommt wieder Respekt vor Bienkopp und setzt die Schießbrille ab. »Und wie mit dem Kirchgang?«

»Dreimal am Tage, wenn du willst!« Ole ist nicht kleinlich. Hermann wird mißtrauisch: Mehr als einmal in der Woche predigt der Pfarrer nicht.

Ole versucht's mit einem agitatorischen Kniff. Er fällt wie eine weiße Taube in die frommen Seelenfelder Hermanns ein. »Wir werden gemeinsam sitzen an einem Bache, darin Milch und Honig fließt, und werden uns nähren von Brathuhn und Schweinskopf ...«

Jetzt wehrt Hermann ab. Er muß das mit dem Pfarrer besprechen. Es ist vorgekommen, daß der Teufel, als Landmann verkleidet, die Guten und Gerechten auf die Probe stellte.

Bienkopp kommt mit der frömmsten Agitation bei Hermann nicht weiter; er schimpft lieber. Unflätig fluchend, wie Satan persönlich, fährt er zur Kammertür hinaus.

Hermann lächelt fein wie ein biblischer Sieger, setzt die Schießbrille wieder auf und singt weiter:

... Denn bei dem falschen Weltgetümmel
ist Redlichkeit oft in Gefahr ...

Auf dem Hofe verbellt der Hund Oles Abgang. Nach einer Weile heult er wieder zu Hermanns Gesang.

45

Das blaue Auto des Sägemüllers steht vor dem Hotel der Handelsorganisation in Maiberg. Weshalb soll es nicht dort stehn? Hat Ramsch nicht das Recht, die Frau eines künftigen Freundes zu einer Tasse Kaffee und einem Gläschen sowjetischen Kognak einzuladen? Kann ihm jemand verwehren, daß er sich in der Ecke hinter dem Garderobenständer mit dieser Dame unterhält und ihr kleine, kostenlose Komplimente macht? »Stellen Sie sich vor, gnädige Frau, eine Hornziege stößt Ihnen eines Ihrer schönen Augen aus. What a danger!«

Die Förstersfrau schüttelt sich und trinkt hastig den dritten Kognak. Sie hat die Gabe, so reizend verlegen zu werden.

In diesem Augenblick wird der Sägemüller auf dem Umweg durch einen Spiegel vom bösen Blick getroffen. Frau Anngret sitzt in einer anderen Ecke der Gaststube und trinkt ihrerseits Kognak, Doppelstockkognak.

Ramsch vergißt seine gute Erziehung. Er trällert in Gegenwart einer Dame: »Die Frauen von Tahiti erdolchen dich mit Blicken, ersticken vor Entzücken, sobald der Dollar blitzt ...« Die reine Verlegenheit!

Frau Stamm fährt sich über die Augen: Sitzt dort die Frau von jenem Sonntag, die Schlittenkönigin, oder trank sie zuviel und hat jetzt Gesichte? Es ist vielleicht besser, aufzubrechen. Daheim warten die Ziegen aufs Melken.

Sie lehnt sich zurück, seufzt wie ein seekranker Backfisch, beugt sich dann zu Ramsch und packt seinen Ärmel. »Ich muß jetzt, gestatten ... gestatten Sie, ich muß gehn.«

»Never! Beg your pardon!« Ramsch nimmt eine Illustrierte vom elektrischen Klavier und reicht sie der Förstersfrau. »Moment, please!«

Er wird gleich, sofort und so weiter einen Mokka-double-double bestellen.

Frau Stamm sieht in die Zeitschrift. Die Illustrierte steht auf dem Kopf. »Wie chic, die modernen Kleider der Flimmschlauspielerinnen!«

Ramsch begrüßt auf dem Wege zur Theke Anngret. Anngret im schwarzen Kostüm und weißer Hemdbluse. Eine Dame!

»So sorry in the spring-time?«

»Sprich deutsch in dieser peinlichen Stunde!«

Der Sägemüller zieht die Schleusen seiner Beredsamkeit. »A bad error! Wenn du nur sanft, verständnisvoll und so weiter sein wolltest, Anngret!« Eine junge Frau an seinem Tisch? Zugegeben, irreführend, aber es handelt sich um Geschäfte, um nichts als Geschäfte.

Anngret ist nicht weniger betrunken als die Förstersfrau,

doch sie sitzt steil und gerade wie die Frau auf einem Gemälde: *Dame in Schwarz.* Jeder Zentimeter eine Anngret Anken aus jungen Jahren, Anngret Anken mit prügelnden Blicken.

Aus dem elektrischen Klavier klimpern sacharinsüße Töne. Die Förstersfrau singt gelangweilt mit: »Kleines Haus am Wa-hald, morgen komm ich ba-hald …« Frau Stamm zupft den Kellner beim Rockschoß, als handle es sich um einen früheren Mitschüler von der Oberschule. Sie sucht in ihrer Handtasche nach Geld und packt Taschentuch, Puderdose, Lippenstift und kleine Intimitäten auf den Tisch.

»Hoho, haha!« lacht die stolze Fischerstochter Anngret.

Ramsch springt auf und küßt Anngret rasch die Hand. »Excuse me! Wir sehn uns!« Zur Theke aber schreit er: »Zwo Mokka double, rasch und so weiter!« Er setzt sich wieder zur Förstersfrau.

Anngret klopft an ihr Glas und erhebt sich wie zu einer feierlichen Rede. »Herr Ober, ein scharfes Messer, bitte!«

46

Unter den Schirmen der Fichten stoßen die ersten Grüngrasspitzen durch die Erde. Die Finkenhähne kämpfen mit liebreizenden Flötentönen um die Weibchen. Anngret sieht weder das junge Gras, noch hört sie die Lieder der Finkenhähne.

In der Nähe der Revierförsterei steigt sie vom Fahrrad und geht am Garten entlang.

Revierförster Stamm stößt sein Motorrad hastig durch die Pforte und starrt die Bäuerin an. »Können Sie Ziegen melken? Guten Morgen, übrigens.«

Anngret kann Ziegen melken.

»Dank sei Gott – Gott sei Dank!«

»Die junge Förstersfrau ist wohl krank?«

»Unpäßlich, ehrlich gesagt, nicht daheim. Schon die ganze Nacht nicht. Hoffentlich stieß ihr nichts zu.«

Anngret kann den Förster beruhigen. Sie entsinnt sich, die junge Frau in der Stadt gesehen zu haben. In guten Händen übrigens. Was soll passiert sein? Sie wird bald dasein, im Auto vorfahren, fröhlich, gesund und Sonne auf allen Wegen. Ausgezeichnet!

Die graugrünen Augen des Försters flackern vor irrer Angst. Er rennt los, schiebt sein Motorrad an, schwingt sich hinauf und ist davon. Keinen Gruß, keinen Dank – nur eine Staubwolke.

Anngret melkt die Försterziegen und stellt den gefüllten Milcheimer auf die Hausschwelle. Dort stehen die Holzpantinen der Frau Stamm.

Die Bäuerin speit in die kleinen Pantoffeln. Weiter kann sie wohl im Augenblick nichts tun, und sie tut es dreimal nach der Regel.

Das blaue Auto des Sägemüllers flitzt über die Landstraße. Der Kopf der jungen Förstersfrau lehnt an Ramschs rechter Schulter. Sie schläft.

In der Kurve vor dem dichten Buschwald, der Dom genannt, begegnen sich ein grüner und ein blauer Husch. Der Förster rast auf dem Motorrad in die Stadt.

Ramsch tritt stärker aufs Gaspedal, doch nach einer Weile sieht er im Rückspiegel, daß der Förster ihm folgt. Der Sägemüller macht Platz zum Überholen und gibt gleichzeitig mehr Gas. Eine Jagd, ein kleines Wettrennen, beginnt.

Eine Weile steht's unentschieden, doch dann kämpft sich der Förster mutig nach vorn. Die junge Frau erwacht vom Getöse. »Mein Mann!«

»Keep silent, sweet blue-hair!« Ramsch hält an, steigt aus, geht dem jungen Förster entgegen und verbeugt sich, noch bevor er Stamm erreicht. »Große Verzeihung, bitte, never mind und so weiter!« Der Sägemüller spült den Förster mit einem Redeschwall fast in den Straßengraben! »Keine Sorge, bitte!« Der jungen Frau ist nichts zugestoßen. Sie lebt, liebt und ist über alle Maßen munter. Sie verpaßte den Omnibus. Ramsch wollte sie heimfahren. Aber, o Gott, eine Verkettung unglücklicher Umstände! Ein Streich des Schicksals! Als sie abfahren wollten, sah Ramsch das Schlachtmesser. Ein Schlachtmesser im Hinterreifen seines Autos! Kein Reserverad. Keine Werkstatt am Abend geöffnet in diesem Beamtenstaat! Die junge Frau war müde, strapaziert und so weiter. Sie mußte wohlbehalten im Hotel übernachten … »That's the matter. Excuse me!«

Die junge Frau kommt heran. Sie ist bleich und übernächtig, doch sie lebt, und ihr Lächeln ist unverletzt.

Stille. Starre. Der Förster ahnt vielleicht ein wenig was. Nein, er ahnt lieber nichts. Er ist ein trotziger Junge, hat sich ein Bild von seinem Mädchen gemacht: nacktes Mädchen unangefochten zwischen Tatzen von Berberlöwen …

Er nickt Ramsch, nickt seiner Frau zu und deutet mit zitterndem Daumen auf den Soziussitz seiner Maschine.

Die Frau steigt auf. Kein Blick mehr für Ramsch.

Der Motor heult. Blauer Qualm … Ramsch sieht einen breiten grünen und einen schmalen blauen Rücken in der Ferne zu einem farblosen Punkt verschwimmen. Er wird dem Förster eine Kuh aufstallen müssen – zur Probe wenigstens und, wenn es sein muß, unentgeltlich.

47

Wo der Wald vom Norden her in das Dorf leckt, steht ein einsames Neubauernhaus, und das sieht noch immer wie ein Rohbau aus. Kein Zaun trennt den Hof vom Wald. Auf dem Hof stehen Kiefern. An einer der Krüppelkiefern lehnt eine Hundehütte aus Kistenbrettern. »Eßt mehr Fisch, und ihr bleibt gesund!« ist in die Kistenbretter gebrannt. Der Hund kümmert sich nicht um den Werbespruch. Der Barsoi gehörte Baron von Wedelstedt und frißt alles, was er bekommt. Die Tierliebe des Barons war erschöpft, als er sich beim Kriegsende in Sicherheit brachte. Hat man ihm etwas antun wollen? Nein, aber er hätte fünfzig Kilometer entfernt von Blumenau wie ein Bauer auf zwanzig Morgen Land arbeiten sollen. Vor dieser Zumutung floh er.

Am Stall raschelt der Wind in Brennesselstauden. Ein leckes Kuhfaß liegt am Hauseck. Auf dem Misthaufen hockt ein zerbrochener Handwagen.

Nur das Pferdestallfenster blinkt geputzt wie ein Wohnhausfenster in der Sonne, obwohl kein Pferd in diesem Stall steht.

Das ist das Neubauernanwesen von Franz Bummel, der früher Leibkutscher beim Baron von Wedelstedt war. Franz fuhr vor allem den alten Herrn Baron. Der junge Baron chauffierte sich und seine Gemahlin eigenhändig im Auto.

Er hatte keine Lebensart mehr, und der alte Baron war unglücklich über die plebejischen Charakterzüge seines Sohnes.

Der junge Baron hinwiederum war unglücklich über den Irrglauben seines Herrn Vaters. Der Alte behauptete, der Horizont sei eckig, und wollte das beweisen. Er sah seine Lebensaufgabe darin, die Ecken des Horizontes mit seinen eigenen Händen zu begreifen und die Welt vom Grundirrtum des Rundhorizontes zu erlösen.

Franz Bummel war dazu ausersehn worden, den alten Baron an seine Lebensaufgabe heranzuführen.

»Los, Bummel, fahren Sie!« sagte der Baron, und Franz Bummel fuhr dem Horizont entgegen. Er fuhr Stunde um Stunde und kam dem Ziel nicht näher.

»Fahren Sie, Bummel, fahren Sie! Dreiundzwanzig Uhr null müssen wir dort sein!«

Franz fuhr gen Horizont, bis der Baron einschlief, dann fuhr er heimzu. Der Alte wurde von den Dienern schlafend aus dem Wagen gehoben. Der Horizont blieb rund.

Auch Franz Bummel erhielt bei der Landverteilung nach dem *Großen Kriege* Ackerland und Wald, obwohl er es mit seinen Irrfahrten zum Horizont kaum verdient hatte. Seid nicht kleinlich, Genossen! Er war ein Opfer der Verhältnisse, in die man uns hinein gebar. Ein Leibkutscher guckt sich kleine Leidenschaften von seinen Herrschaften ab. Sie passen nicht zu seiner Lage.

Franz Bummel jagt heimlich Hasen mit dem Windhund, spielt gern Karten und hört damit nicht auf, bis er verspielt hat. Seine aufgekrempelte Nase habe er sich beim Kartenspielen zugezogen, behaupten Leute mit Moral im Leibe: Bummel muß schnüffeln, wo die Trümpfe liegen. Franz Bummels größte Leidenschaft aber sind Pferde; keine Ackerpferde, Rassepferde. Franz fühlt sich den edlen Tieren verwandt. »Wenn ich wieder auf die Welt komm, nur als Hengst!«

Franz Bummel, der von einem Araberpferd träumte, erwacht jäh. Im Hofe hat jemand seinen Namen gerufen. Er lauscht: Die Meisen zirpen in den Kiefern. Die Kuh brüllt im Stall. Bummels Frau ist schon auf den Beinen und nicht daheim. Sie geht zuweilen fürs Essen und ein paar Pfennige auf die Hand zum dicken Serno arbeiten.

Da ist sie wieder, die Stimme, die Franz aus dem Schlaf schreckte: »Bummel, deine Kuh hat Hunger!«

Franz fährt in die Hosen und zieht den alten Leibkutscherrock an.

Eine Gestalt, blaß wie ein Engel, tritt ein.

»Bist du's, Bienkopp, oder ist's dein Geist?«

Hier steht Ole und kein geistiges Wesen! Bummel soll sich nicht von der schlotternden Joppe und den flatternden Hosenbeinlingen beirren lassen; unter dem wehenden Gewand sitzen die bekannten Knochen, aber Oles heisere Stimme kann nicht gegen das Kuhgebrüll an.

Bummel jagt die Kuh in den Wald. Er kann Kühe, diese Dünnscheißer, nicht leiden. Es ist eine dumme Angewohnheit von Leuten in diesen Breiten, Rindvieh in Ställe zu sperren. In einem Lande, das Franz und der alte Baron bereisten, blieben die Kühe sommers wie winters draußen und sogar auf den Straßen. Nur die Autofahrer hatten die Schererei. Die Stadt hieß Bombay im Lande Indien.

Die Kuh trottet unschlüssig in den Wald. Sie hat wohl noch Hoffnung, daß ihr Futterfaß gefüllt wird.

Franz macht Feuer mit nassem Holz. Ole steht im Rauch und hustet. Die Sache ist die: EINE NEUE BAUERNGEMEINSCHAFT muß her und gegründet werden!

»Reicht die BAUERNHILFE nicht?«

»Bewahre!« Auch Vereine und Gemeinschaften können sich abnutzen wie Wasserpumpen. Einmal wird ein neuer Pumpenstiel, ein anderes Mal ein neuer Schöpfer nötig, und Ole denkt jetzt an eine BAUERNGEMEINSCHAFT vom neuen Typ: Niemand einen Augenblick mit seiner Not allein, niemand ein Bittsteller um Hilfeleistung!

»Hört sich an wie Hochzeit im Himmel.« Franz Bummel frühstückt: ein Stück Kautabak, lauwarmen Gerstenkaffee dazu. »Wie hoch ist der Beitrag für diesen Himmelsverein?«

Kein Beitrag, nur Eintritt mit Sack und Seele, mit Frau und Familie. Milch zum Frühstück! Wurst aufs Brot!

Franz möchte den Verheißungen des Engels Ole glauben, aber darf man in seinem Himmel Skat spielen und Pferde kaupeln? Am Ende wird verlangt, daß man die Augen verdreht und einen politischen Propheten anbetet. Ohne Pferde und Kartenspiel ist für Franz das Leben eine Wüste.

Ole vieldeutig: »Man kann alles, was man will.« Er hat über die Bedeutung der Pferdezucht und des Kartenspiels für seine NEUE BAUERNGEMEINSCHAFT noch nicht nachgedacht.

Der Windhund kratzt an der Tür. »Herein, Abgesandter des Hundehimmels!«

Der Hund legt einen getöteten Hasen nieder. Franz lobt das Hundetier. »Fleisch für Mittag wär da. Fett läuft leider nicht auf dem Felde umher.«

Ole stiftet zwei Mark für Margarine. Franz wirft das Zweimarkstück in die Luft. Verschwunden ist es! Das Kunststück heißt *Pfaffensack*. Ole bekommt es sofort zu spüren. Wo Franz Geld riecht, ist er unermüdlich. »Sollten wir nicht ein Spielchen machen?«

Ole gelüstet's nicht danach. Er schenkt Franz lieber drei Mark.

Nun kann Franz der NEUEN BAUERNGEMEINSCHAFT nicht

mehr fernbleiben. Das Draufgeld ist da. Das Geschäft kann steigen. Es wird auf Pferdehändlermanier mit einem Handschlag besiegelt. »Eingetreten mit Haut und Haar!«

Ole atmet auf und geht hustend davon: ein zufriedener Prophet, ein wenig gekrümmt, aber erfolgreich.

Bummel pelzt den Hasen. In seiner Jugend hat er in der Bibel lesen müssen: Engel zogen im Bauernrock durchs Land. Vielleicht lag hier so etwas vor? Ein Spruch hieß wohl: »Und übersieh den Engel nicht im Rocke deines Bruders!« Paßt!

48

In Anngret tost es vor Eifersucht. Bald lauert sie auf ein Zeichen von Ramsch, bald plagt sie sich mit Vorwürfen. Diese Unbesonnenheit! Sie zerschneidet Julian den Autoreifen und verschafft ihm höchsteigen eine Nacht mit diesem fremdschwarzen Weibe.

Anngret ist entschlossen, in die Försterei zu fahren. Hören Sie, Neuling von einem Förster, es geschah das und das, und denken Sie nicht, Ihre schwarze Katze sei eine Jungfer; nicht einmal im Traum!

Anngret kommt nicht dazu, in die Försterei zu fahren. Mampe-Bitter bringt ihr einen Brief vom Sägemüller. »Danke!«

Mampe-Bitter bleibt stehn und wartet.

»Ja, Dank auf Erden und im Himmel!«

Mampe-Bitter scharrt mit durchlöcherten Gummistiefeln über den blauen Velourteppich. »Nun haben wir diesen Brief geschrieben, aber du hast wohl kein Schlückchen hinterrücks für einen durstigen Menschen und Botengänger?«

Anngret gerät in Verlegenheit. Sie sucht in der Kredenz nach Kümmel oder Pfefferminz. Nichts. Mampe-Bitter lächelt fordernd und überlegen. »Ein Mann ohne Frau – das verträgt sich. Ein Weib ohne Mann – das verträgt sich nicht. Der Schnaps stirbt im Hause aus. Die Eiszeit beginnt.«

Anngret holt einen Fünfmarkschein. Mampe kratzt zufriedener über den Teppich. »Wohl bekomm dir der Brief, Anngret!«

Anngret öffnet den Brief: Worte in veilchenblauem Seidenpapier, Höflichkeiten, Entschuldigungen, Lebensart. »... und willst Du bitte pp verstehen, wenn ich Dir meine Aufwartung nicht machte. Ein kluger Geschäftsmann reizt Konkurrenten und Feinde nicht ... Aber nun ruht Dein Brief in meinen Händen, und ich, der Endesunterzeichnete, erwarte Dich ...«

Aufgerichtet und unnahbar geht Anngret Bienkopp in der Dämmerstunde die Dorfstraße hinunter. Selbst der Abendwind fühlt sich zu schwach, der Bäuerin in das wollgrassamenfarbene Haar zu fahren. Nur Anngret allein weiß, daß ihr glasharter Stolz bei diesem Gang ein wenig klirrt.

In der Laube vor dem Sägemüllerhaus trifft Anngret auf Julians Schreibmädchen, und das starrt gruselig-bewundernd auf die sündige Frau Ole Bienkopps.

Ramsch empfängt Anngret liebenswürdig und kulant mit einer blühenden Hyazinthe. Er führt sie ins *gelbe Rosenzimmer*. Duftgemisch von Pflaumenschnaps und Reseda. Widerlich und aufreizend.

»Present for you.« Ramsch fuchtelt mit der Hyazinthe. »Ergebenster Diener!« Er küßt Anngret und ist hitzig wie in jungen Jahren. Anngret erkennt ihn wieder. Es durchrieselt sie warm. Sie hat sich nicht getäuscht. Da sitzt er, da hängt er an ihrem Munde, ist toll und närrisch, und die helleren Haare in seinem Bart sind vielleicht nur vom Widerschein der eben untergehenden Wintersonne so bleich.

Und Ramsch kennt sich selber nicht, so hat seine Jugend ihn gepackt. Alles, was er sagt, was er mit Anngret tut und noch tun will, ist ehrlich gemeint. Ein großer Tag!

Aber der Tag bleibt nicht groß. Die Eifersucht stößt Anngret wie das Bockslamm die sonnverträumte Vogelscheuche. Plötzlich sind Tränen da. Die fremdländisch-schwarze Frau! Was begann Julian eine Nacht lang mit ihr?

»Nichts begann. Keine Liebschaft. Nicht einmal im Entwurf. Unversteuerbare Geschäftsunkosten und so weiter.« Kann Anngret sich nicht vorstellen, daß ein Sägemüller die Gunst des herrschenden Försters, die Gunst dessen Weibes, Knechtes, der Magd, des Viehs und alles, was sein ist, benötigt?

Anngret kann sich das nicht vorstellen. Ramsch ist Ramsch, und Julian ist Julian. Kein Bauchkriechen um Geschäfte, bitte; das kränkt Anngret.

Der Sägemüller wird still. Er erinnert sich vielleicht eigener Jugendideale von der Lauterkeit seines Unternehmens. Anngret krault das Randhaar seiner Halbglatze. »Jetzt bist du beleidigt, wie?«

Julian ist nicht beleidigt. Anngret hat recht, und wenn er's bedenkt, wäre die Sache mit den Förstersleuten mit einer einzigen Kuh in anständige Bewegung zu bringen.

»Gib ihr die Kuh!«

»Um Himmels willen!« Die Prinzipalin würde Julian zausen, daß die Haare flögen.

»Da sei Gott vor!« Hat Julian vergessen, daß eine gewisse Anngret Anken jetzt zu ihm gehört? Die Kuh steht bereit, eine Kuh mit Kette, Euter und vier Strichen.

Der Sägemüller schüttet einen Sack voll Dank und guter Worte über Anngret aus. Da ist der Diwan! Da sind die Kissen! Anngret soll wieder Platz nehmen und den Widrigkeiten ihre schöne Zunge zeigen, haha! Sie sind gerettet aus höchster Liebes- und Seenot und so weiter.

49

Anngret verläßt den Sägemüller mitten in der Nacht. Sie benutzt den hinteren Ausgang durch den Garten, und der führt in die Felder hinaus. Die Nacht ist mondlos. Die erwachte Erde duftet. Eine satte Nacht.

Der Bullterrier im Zwinger bei der Sägemühle bellt noch und bellt. Eine Viertelstunde vergeht. Der Hund beruhigt sich nicht.

Ramsch fährt noch einmal in die Hosen, packt einen Knüppel und geht auf den randalierenden Hund los. Aber da ruft's verhalten unterm Gatterdach hervor: »Julian, hör mich an! Es eilt!« Mampe-Bitter tritt ins Licht der Hoflampe.

Das Gerücht um Anton Dürrs unnatürlichen Tod hat sich verdichtet. Der Genosse von der Kriminalpolizei kam dieses Mal ohne Ledermantel in das Dorf. Es ist Frühling. Er trug seinen Hemdkragen offen und wurde für einen Instrukteur vom Forstamt gehalten.

Die Männer aus Antons Brigade wurden vernommen. Alle sagten übereinstimmend aus, der Sägemüller sei zur Zeit des Unfalls nicht mehr am Platze gewesen. Etwas anderes konnte auch Bienkopp nicht aussagen.

Der Sägemüller bringt Mampe-Bitter ins *gelbe Rosenzimmer.*

»Es riecht nach Weibern, Julian.«

»Was geht's dich an? Was willst du?«

Mampe-Bitter will zuerst einen Pflaumenschnaps. Das ist sicher. Dann wären ein Paar abgelegte Gummistiefel nicht übel; denn aus den seinen schaun jetzt bei Schneeschmelze und Frühlingsbrei die nackten Zehen. Das ist unmoralisch. Und was Mampe-Bitter sonst noch will? »Sie kümmern sich um Antons Tod, sie untersuchen, Julian.«

Der Sägemüller wird hiesiger und schenkt Mampe einen Pflaumenschnaps ein. Mampe trinkt und schüttelt sich vor Wonne. Ja, morgen wird der Kriminal-Forst-Instrukteur sicher auch Mampe ausfragen und verhorchen; denn heute habe er sich versteckt gehalten.

Ramsch fährt auf. »Ist nicht alles klar? Du hast Dürrs Frühstück weggestellt, als ich mich zu euch setzte. Idioten, wollen sie dir Mordabsichten unterschieben?«

»Mir Mordabsichten, Julian? Dir!« Mampe-Bitter schenkt sich selber ein. »Ruhig Blut, Julian! Niemand kann dir was anhaben. Du hast nur Antons Frühstück noch ein Stückchen weitergetragen. Das ist nicht verboten.«

Die Hand des Sägemüllers zittert beim Einschenken. »Hast du um Stiefel gefragt?«

Mampe-Bitter trinkt und weist seine blauroten Zehen vor. Der Sägemüller holt seine pelzgefütterten Winterstiefel aus dem Vorraum und schiebt sie Mampe hin. »Das elfte Gebot lautet: Du sollst nicht frieren!«

Es braucht seine Zeit, bis Mampe-Bitter begreift, was er bei seiner Vernehmung auszusagen hat. Eine gefährliche Stunde für den Sägemüller, denn Mampes Widerspruchsgeist wächst mit dem Grad seiner Trunkenheit.

»Was sagst du also, wenn man dich fragt?«

»Ich frage ... ich sage ... die Stiefel, sage ich ...«

»Zieh endlich die Stiefel an!«

Mampe-Bitter versucht, sich die Gummistiefel von den Füßen zu trecken. Es gelingt nicht. Der Sägemüller soll helfen. Er hilft. Mampe schmunzelt wie ein satter Säugling.

»Julan, Julan, so eine Flöhlichkeit ist mir nicht oft im Leben palssiert!« Der Sägemüller wirft Mampes Gummistiefel zum Fenster hinaus. Mampe fährt in die pelzgefütterten Langschäfter und seufzt wohlig. »Wie im Bette! Nun noch von oben wärmen, plies oder pleis und so weiter!«

Mampe-Bitter sieht sein Glas auf einem Fünfzigmarkschein stehn. »Teure Bierdeckel, Julian. Go bei die Deibel! Zu schade zum Wegschmeißen!« Er trinkt, steckt den Geldschein weg, erhebt sich, schwankt und will sich auf den Heimweg machen.

»Was sagst du, wenn sie dich fragen?«

»Ja, was sag ich, Julian, alles Scheiße, gute Nacht!«

Ramsch reißt Mampe herum. »Nur du hast Dürrs Frühstück weitergestellt, als ich mich setzen wollte. Und weiter sagst du nichts.«

»Weiter nichts? Ein bißchen weiter hast du es doch geschleppt, Julian, Muttersohn!«

»Nein! Nein!«

»Aber doch, mein Söhnchen!«

Kein leichtes Leben für Ramsch. Kein Klima für eine neue Beschwörung edler Studentenliebe. Keine Gelegenheit, den Widrigkeiten die Zunge herauszustecken.

50

Jan Bullert hinkt. Als Neugeborener mußte er mit dem Backtrog als Himmelbett vorliebnehmen. Die Wiege in der Kate des *herrschaftlichen* Viehpflegers Bullert war noch besetzt. »Der Backtrog war zu kurz für einen Neunpfünder. Mein linkes Bein streikte und wuchs nicht mehr mit.« Mit diesem Scherz geht Jan Bullert über seinen Körperfehler hinweg.

Ein kurzes Bein kann seine Vorzüge haben, besonders in Kriegszeiten. Jan durfte den längsten Teil des letzten Krieges im Kuhstall des Barons bleiben. Als der Krieg jedoch ins Heimatland zurückkroch, beorderte man Jan zum Volkssturm. Das war um die Zeit, als der Baron eine Erholungsreise zu westlichen Verwandten nötig hatte.

Ehe Bullert sich dem letzten Aufgebot, den Volksstürmern, stellte, versteckte er seine Familie in einer Plaggenhütte auf der Kuhseeinsel. Danach besuchte er das herrschaftliche Schloß. Dort hauste jetzt ein Regimentsstab, der die *planmäßigen Absetzbewegungen des Großdeutschen Heeres* regelte.

Die Wachen hielten Bullert an. »Woher?«

Bullert knallte die Hacken zusammen, so gut er's mit seinem kurzen Bein vermochte. »Meldegänger des Barons von Wedelstedt!«

»Und der Baron?«

»Beim Volkssturm. Ich bitte um sein Fernglas!«

Bullert erhielt das Fernglas. Ein Nachtglas. Er hatte sich auf diese Weise selber zum Meldegänger ernannt. Er hinkte von Graben zu Graben, erzählte Späße und brachte die schlappe Front der Volkssturmmänner in Verwirrung.

So ließ er eine Kompanie mit ihrem Hauptmann, einem Lebensmittelhändler aus Maiberg, auf eine Feldscheune im Hinterland losmarschieren. Jan hatte gemeldet, es seien dort *eiserne Staatsreserven*, vor allem Bohnenkaffee, zu bewachen. Der Lebensmittel-Hauptmann führte nichts lieber als diesen Befehl aus. Die Kompanie machte sich auf den Marsch ins Hinterland, um den Kaffee zu retten.

Bald tauchte Bullert an einem anderen Volkssturmabschnitt auf und war diesmal Meldegänger des eben eingetroffenen Regimentskommandeurs von Hinstorff. Der Hauptmann des Abschnitts, ein treudeutscher Oberförster, war vom Hasenschießen ein wenig taub. »Wie bitte?«

Jan Bullert stramm: »Befehl des neuen Regimentskommandeurs von Hinstorff: ›Waffen sofort vergraben! Zivil anziehen! Überrollen lassen! Waffen ausgraben! Werwölfe!‹«

Der Oberförster legte beide Hände muschelförmig an die Ohren. »Befehl wiederholen!«

Jan Bullert wiederholte.

Der Kompanieführer: »Telegrafist zu mir! Gespräch mit Regimentsstab!«

Der Telegrafist, Postmeister von Maiberg, war blaß vor Diensteifer. »Leitung gestört. Entstörungstrupp unterwegs!«

Jan Bullert umklammerte die Drahtschere in seiner Hosentasche und stahl sich davon.

Der alte Oberförster fluchte. Er wollte kein *Werwolf* sein, sondern *Wölfe* schießen. Doch er fügte sich der *Führung des Vaterlandes* und schickte seine Leute zum Umkleiden nach Hause.

Um diese Zeit lag Jan, *die Führung des Vaterlandes*, in einem Moorloch, das er mit Binsengewöll wie ein Vogelnest ausgepolstert hatte. Durch das Nachtglas des Barons beobachtete er die Bewegungen der sowjetischen Front.

In der Nacht kroch er hinüber. Hinter sich hatte er einen Oberförster-Frontstreifen außer Gefecht gesetzt, vorn aber konnten Minen liegen. Er kroch in schlammigen Ackerfurchen, und wenn eine Leuchtkugel das Niemandsland überstrahlte, wünschte er, ein Wurm zu sein.

Mit dem Oberförster traf Bullert am nächsten Tage auf der Mannschaftslatrine beim sowjetischen Regimentsstab zusammen. Dem Oberförster blieb dies und jenes stecken. Er bedeckte sein hinteres Angesicht, wollte mit einem so gemeinen Volksstürmer nicht auf einem Balken sitzen und suchte nach einer anderen Gelegenheit.

»Papier beim Regimentsstab links«, sagte Jan Bullert und blieb sitzen.

51

»Nirgendwo geht es lustiger zu als in der Welt!«

»Doch, bei Bullerts!«

Bei Bullerts ist's im Winter musikalisch. Vater Jan, der Spaßvogel, kratzte schon in seiner Jungmännerzeit leidlich auf der Violine, vertrat zuweilen den zweiten Geiger der Dorfkapelle und spielte für Geld zu Tanzmusiken auf.

Die Zeiten sind vergessen. Jetzt ist Bullert ein angesehner Bauer, kein Spielmann und Hans Dudelsack mehr, Musik stellt er nur noch für den Hausgebrauch her, und zwar mit der ganzen Familie.

Jan, der rotbäckige Vater, spielt die erste Geige; Sohn Klaus summt auf der zweiten Geige die Begleitung; eines der Mädchen befingert die Ziehharmonika, und das andere tremoliert auf der Mandoline. Die Mutter ließ sich letztes Weihnachten ein kleines Schlagzeug schenken. Die Teufelsgeige mit Pferdeschwanzsaiten war ihr über geworden.

Die Hauskapelle Bullert spielt Volkslieder, Bauerntänze, Charakterstücke, aber auch neue Schlager: »Der Mais, der Mais, ein jeder weiß: Das ist die Wurst am Stengel ...«

Wer Bullerts Musik hört, vermutet nicht, daß versteckte Mißtöne mitschwingen: Der siebzehnjährige Klaus möchte in die Stadt und richtige Musik studieren. Jan Bullert aber kann auf die kräftigste Stütze seiner Musterwirtschaft nicht verzichten. »Du kannst auch hier die erste Geige spielen. Ich trete zurück«, sagt Vater Jan.

Eine Zeitlang spielt Klaus die erste Geige im Familienorchester, aber dann verlangt's ihn nach einem Saxophon; er will menschliche Lachtöne erzeugen.

»Ein Saxophon ist mehr ein Negerinstrument«, nörgelt Vater Jan, um die Kosten zu sparen. »Die Neger haben nichts Besseres.«

Klaus mault und ist nicht bei der Arbeit, wie er soll, bis Vater Jan sich bequemt und ein Saxophon ankauft.

Keine große Dankbarkeit, keine Verneigung! Hat Klaus nicht Arbeitslohn zu beanspruchen? Der werdende Saxophonist sitzt bis in die Nacht und quiekt auf der blechernen Tabakspfeife.

»Schlimmer als ein Wurf hungriger Ferkel«, tadelt Vater Jan.

Morgens ist Klaus unausgeschlafen und melkt die Kühe nicht gut genug aus. Vater Jan wird streng. »Erst die Kühe, dann die Ferkelpfeife! Wo keine Milch, da keine Musik!«

Klaus wartet auf seinen Geburtstag. Da wird er achtzehn Jahre alt und braucht die Erlaubnis des Vaters zum Musikstudium nicht mehr.

Vater Jan ärgert sich über die Unvernunft der neueren Zeiten. Weiß ein Junge mit achtzehn Jahren schon, was er will? »Die Partei gräbt sich zuweilen eigenhändig Fallgruben!«

Nun ist es März, und die Kapelle Bullert nimmt mit der »Petersburger Schlittenfahrt« Abschied vom Winter. Die Frühjahrsarbeit soll beginnen. Wie ein Jährlingsstar im Frühlingskonzert der Vögel piept auch Klaus mit seinem Saxophon die Schlittenfahrt mit. Die Mutter rasselt heftig mit den Schlittenglocken, damit Vater Jan die falschen Töne nicht hört.

Bienkopps Anklopfen geht im Musikgetümmel unter. In klobigen Filzstiefeln tritt er unter die wilden Schlittenfahrer.

Vater Jan quetscht einen Tusch aus seiner Geige. Herta fingert einen Akkord aus der Ziehharmonika. Auf einmal kommt aus der Ferkelpfeife von Klaus ein Pferdegewieher.

Alle sehen sich betroffen an, als sei etwas sehr Unanständiges geschehen. Vater Jan faßt sich zuerst. »Gegrüßt sei Bienkopp unter den Lebenden!« Er spielt das Lied vom Holderstrauch und weist Ole zwischendrein mit dem Fiedelbogen einen Sitzplatz an. Die Mädchen singen:

> Der Holderstrauch, der Holderstrauch,
> der blüht so schö-hön im Mai.
> Darinnen sang ein Vögelein
> ein Lie-hied von Lie-hieb und Treu ...

Die Mutter fuchtelt mit den Trommelstöcken. Sie findet das Lied nicht paßrecht auf den armen Bienkopp. Die anderen Musikanten bemerken das Gefuchtel der Mutter nicht. Sie sind in ihre Arbeit vertieft.

> ... Kehr bald zurück, kehr bald zurück,
> Herzallerlie-hiebster, mein ...

Die Mutter haut vor Verzweiflung auf das Becken der großen Trommel. Alle wenden sich ihr ungehalten zu. Das ist doch kein Marsch!

> ... Kein Vogel singt im Holderstrauch,
> der blüht schon lang nicht mehr ...

Ole zündet sich die Pfeife an, hustet und versucht, zuzuhören. Keine besondere Traurigkeit, nur die Tränen von Christiane Bullert tropfen auf die Pauke.

Nachher sitzen die Freunde am Ofen, trinken Erdbeerwein, erzählen viel und vermeiden, von Anngret zu sprechen. Der gegorene Saft der Erdbeeren kriecht Hütebruder Jan in den Kopf und spornt seine Zunge zu Prahlereien an. »Wieder zwei Jungkühe angebunden dieses Jahr!« Eine Front von Rinderhüften und Kuhschwänzen im Stall. Das Gemäuer wird platzen. Jan wird anbauen müssen.

Ole bedächtig und mit erzwungener Verhaltenheit: »Zwanzig Morgen Land bleiben zwanzig Morgen Land.« Woher wird Jan das Futter für soviel Rindvieh nehmen?

Jan, weindurchsäuselt und unvorsichtig: »Gibt's nicht noch herrenloses Land in der Gemeinde?« Bürgermeister Nietnagel wird zufrieden sein, wenn das Brachland vor dem Dorf aus den Akten verschwindet.

Ole überlegen: »Und die Arbeitskräfte?« Kann Jan für alle Zeiten mit den Kindern rechnen?

Keine Not! Jans Kinder sind Gott sei Dank anhänglich und gut erzogen. Ein Goldschatz, die Familie!

Ole fein lächelnd: »Hat jeder Neubauer eine so große Familie wie du?«

Nein, nicht im Ansatz; zum Beispiel Bienkopp nicht, der hat nicht einmal eine Frau mehr, wenn er schon davon anfängt, aber so was wird sich wohl wieder finden und einstallen lassen, wie?

Bienkopp ist weder traurig noch beleidigt. Der Erdbeerwein schürt seine Phantasie. Die Neue Bauerngemeinschaft erhält neue Glanzpunkte: eine Hühnerfarm, eine Entenfarm, Blumenproduktion für den Markt. Arbeit zusammen! Das Land zusammen! Fröhliche Gesichter ringsum. Auch Jan Bullert wird dem Sog des Wohlstandes nicht widerstehn.

Jan Bullert voller Teilnahme: »Hast du Beschwerden von der Kopfwunde?« Wann endlich wird Ole auf Ramsch losgehn und dem zeigen, wo ein alter Landproletarier die Zähne hat?

Ole versonnen: »Ich bin schon losgegangen!«

Das ist zuviel für den besäuselten Jan. »Musik«, ruft er, »Musik!«

Die Kapelle läßt nicht auf sich warten:

> Die Blümelein im Garten,
> die freuen mich nicht mehr.
> Mein Schatz ist fortgegangen.
> Das Herze ist mir schwer …

singen die Bullert-Mädchen. Ole sitzt blaß, doch nicht mutlos in der Ofenecke. Aus seiner Stummelpfeife qualmt's wie aus dem Schornstein einer Lokomotive. Sie steht nur ein Weilchen auf einer Station, auf der niemand einstieg.

52

In der Revierförsterei hängt das Hirschgeweih über der Haustür schief. Revierförster Stamm war ein tüchtiger Waldarbeiter und wurde von den Kollegen seines Betriebes auf die Forstschule delegiert. Das Revier Blumenau ist seine erste Försterstelle. Er ist tüchtig, hat seine Augen allüberall. Im Walde entgeht ihm kein Span.

Alles hätte gut gehen können, wenn Förster Stamms Augen auch daheim ein wenig schärfer zuschaun würden, aber er ist noch jung verliebt. Seine Frau mit der feingeschnittenen Nase ist ihm wie ein Geschenk zugefallen. Er hatte von seinem Leben in dieser Hinsicht nicht soviel Glück und Auszeichnung erwartet.

Die junge Förstersfrau! Es perlt in ihrem Blut. Sie hat schon auf der Oberschule so viele Wald- und Wildgeschichten gelesen. Hermann Löns: »Dahinten in der Heide«, »Kraut und Lot« und was nicht alles! Sie las alle Bücher um und um. Wenn sie ihren Herrn Vater im Tabakladen vertreten mußte, drang sie bis in die finstersten Gebiete der Literatur vor.

Forstlehrling Stamm kaufte bei Cordelia im Laden seinen Tabak. Erst ein Päckchen die Woche, dann ein Päckchen am Tag. Zarte Fäden wurden zu handfesten Stricken.

Die junge Cordelia träumte von Vollmondnächten mit Uhurufen in der *wilden Wohld*, von Hirschgeröhr und Septemberduft.

Später kam der werdende Förster Stamm auch abends und probierte hinter dem Laden die abgelagerten Zigarren des werdenden Schwiegervaters. Eine Verlobung war nicht mehr aufzuhalten, und sie war das Samenkorn für eine regelrechte Hochzeit. Nach Stamms Examen wurde geheiratet; nicht aus Gründen, aus denen sonst junge Leute zeitig zu heiraten pflegen. Nein, in dieser Hinsicht wußte sich Revierförster Stamm im Zaum zu halten. Er schonte seine junge, romantische Frau. Nur nichts zerstören!

Nun waren sie also verheiratet, und der junge Stamm schien

nicht der mutige Förster und Hirschbockbezwinger zu sein, den die Oberschülerin Cordelia erwartet hatte. Brachte er jemals wildblutgetränkte Zweige am Hute heim, ging er jemals mit seiner Frau in der Mondnacht auf Auer- und Birkhuhnjagd? Nein, er jagte überhaupt nicht, hatte nichts als Holz, Kiefernpflanzen und Festmeter im Kopf und war unromantisch wie ein Eisenmast im Walde.

Die Förstersfrau war eine Nacht ausgeblieben – das ist richtig. Es gab einen Wortwechsel! Erklärungen. Beteuerungen. »Nie wieder!« schwor die schwarze Försterin, und ihre blauen Augenränder ließen sie so leidgeprüft und gewandelt erscheinen. Der Förster stutzte. »Wieso nie wieder? Es sei nichts geschehen, sagtest du.«

»Freilich, freilich – nicht einmal dieses Nichts wieder.«

Junge Liebe verzeiht gern. Ein Glück, daß Förster Stamm seine scharfen Augen wie immer mit der Motorradbrille abgelegt hatte! Er ging hinaus, nagelte ein paar lose Latten am Gartenzaun fest und fing sich wieder. Als er ins Haus wollte, fiel sein Blick auf das schief hängende Hirschgeweih über der Haustür. Das hatte ihn all die Tage geärgert. Er zwang es mit neuen Schrauben fester an die hölzerne Hauswand.

Hinter der braunen Stirn der Förstersfrau geht ungeachtet des erneuerten Hausfriedens allerlei vor. Sie sitzt, wenn ihr Mann nicht daheim ist, verklärt im Lesestuhl am Fenster und läßt die Ferne in ihre schwarzen Augen fallen. Ihr geht seit der Hotelnacht in Maiberg ein gewisser Duft nicht aus dem Wege. Ein Mischduft von Juchten und amerikanischem Zigarettentabak. *Virginia.* Das Wort läutet wie eine Präriеglocke in der Ferne. Aber da ist wohl nichts mehr zu hoffen.

Doch dann winkt das Schicksal. Es winkt mit einem Ziegenhinterbein. Das Bein trifft die Förstersfrau beim Melken. Ein Schlag in den Unterleib. Eine Weile liegt die Försterin milchübergossen auf der Streu. Das Atmen wird ihr schwer.

Ein Weilchen später kann sie wieder aufrecht stehn und im Stallgang hin und her gehen. Sie hört das Motorrad ihres Mannes in der Ferne. Gleich nehmen die Schmerzen zu.

Der Förster fährt durch die Pforte. Die Frau schleppt sich über den Hof, wirft sich milchnaß, wie sie ist, aufs Bett und stöhnt. Sie stöhnt leise, erregend und zwingend. Förster Stamm setzt sich vor Schreck auf den Nachttisch und dort auf eine Vase mit Frühveilchen.

Der Arzt kommt, untersucht und befühlt den Leib der Förstersfrau. Förster Stamm rennt hinaus, halb Eifersucht, halb Mitschmerz. Der Arzt lächelt. »Noch einmal gut gegangen, aber Vorsicht, Vorsicht ... junge Frau ... Unterleib ... nicht zu spaßen.«

Der Arzt geht. Der Förster zittert. Die junge Frau stöhnt leise. »Wir hätten doch eine fromme Kuh ...«

Der Förster dringt geradezu darauf, daß nun die von Ramsch angebotene Kuh ins Haus soll. Der jungen Frau geht es gleich ein wenig besser.

53

Vor achtzehn Jahren ließ sich Bauer Serno ein Waisenkind kommen. Er bestellte es wie nach dem Warenkatalog des Versandgeschäftes August Stuckenbrok: »Senden Sie mir ein Stück kräftigen Jungen, der dem Landleben gewachsen ist, zu den bekannten Bedingungen! Hochachtungsvoll, Serno.«

Der Junge wurde gebracht. Er hieß Wilm, und sein Name wurde in der Bestandliste des Waisenhauses gestrichen.

Serno musterte den Jungen, als ob es sich um ein neu gekauftes Bullkalb handelte. »Er wird doch deutschblütig und nicht von Zigeunern oder Juden sein?«

»Du siehst, daß er blauäugig, rothaarig und mit deutschen Sommersprossen bespritzt ist«, antwortete seine dürre Frau, und ihr gerbledernes Gesicht verzog sich zum Versuch eines Lächelns.

Einmal im Monat nahm Serno sein Ziehkind auf den Arm und prüfte dessen Gewicht. Messen und Wiegen gehören auf dem Serno-Hof zu den lebenserhaltenden Tätigkeiten. Die

Gewichtsprüfung und ein paar freundliche Klapse von der dürren Bäuerin waren alle Zärtlichkeiten, mit denen Wilm Holten aufwuchs. Nein, nein, er hatte es nicht schlecht, denn Serno war kein Unmensch. Der Junge erhielt jedes Weihnachten einen neuen Anzug und an zwanzig, auch fünfzig bare Mark auf die Hand.

Wilm hütete sommers die Viehherde und war winters eine unentbehrliche Stallkraft. Er wuchs schnell. Seine Hände blieben schmal, seine Arme dünn und wie geschaffen zum Auskratzen der schmalen Jaucherinnen im Kuh- und im Schweinestall.

Nach seiner Konfirmation wurde Wilm für eine Truppe angefordert, die der schwarzbärtige Arier *Arbeitsdienst* getauft hatte.

Der dicke Serno machte eine Eingabe: »Der Junge ist noch nicht ausgewachsen ...« Serno dachte dabei an sein Vieh. Er schrieb in Großbuchstaben KIRCHENRATSVORSITZENDER unter seinen Namen, aber das half nicht. Der Krieg war bereits seine vier Jahre alt geworden. Die Kriegslüsternen hatten keine Zeit zu warten, bis ihre Spaten- und Waffenträger reif und ausgewachsen auf die Kriegsschauplätze sprangen.

Jung und rothaarig lernte Wilm Holten den Spaten schultern, und ehe er sich's versah, verwandelte der sich auf seiner Schulter in eine Granate: Wilm gehörte zur Mannschaft eines Fliegerabwehrgeschützes. Er durfte sogar unentgeltlich ins Ausland, nach Polen, und von dort als Gefangener in die Sowjetunion reisen. Was war die Welt doch weit und merkwürdig!

In der Sowjetunion arbeitete Wilm anstellig und treuäugig in einer Kollektivlandwirtschaft. Das gefiel ihm, und seine ersten Einsichten in die großen Lebensvorgänge wuchsen mit seinen Bartstoppeln zugleich.

Als Wilm aus der Gefangenschaft entlassen wurde, wußte er nicht, wohin er als Waisenmensch heimkehren sollte. Er ging nach Blumenau. Dort lebten Leute, die er kannte.

Bald stellte sich heraus, daß er seinen Pflegevater Serno

bisher nicht gekannt hatte. Sie gerieten miteinander in Streit. Wilm wollte nicht mehr wie früher fürs Essen und einen Weihnachtsanzug arbeiten.

»Aber wir haben uns geängstigt, als man dich in dieses grausame Rußland verschleppte. Ist das nichts?« sagte der dicke Serno. »Jeden Sonntag haben wir für dich gebetet. Haben wir nicht?« Die dürre Frau Serno nickte und wischte sich mit der linken Hand eine Träne aus dem rechten Auge; so wahr war das!

Wilm ließ sich nicht halten. Er fand Arbeit als Handlanger beim Bau der Neubauernhäuser von Blumenau und bezog eine Koststelle bei der Kriegerwitwe Simson. In politische Obhut nahm ihn Anton Dürr, der Dorfvater und Seelsorger aller, die sich von der gottgewollten Gewalt befreiten.

Anton hatte auch nichts dagegen, als Wilm später Arbeit beim Sägemüller annahm.

Sägemüller Ramsch erinnerte sich gerade um diese Zeit der Mahnung seines Vaters und kümmerte sich ein wenig mehr als sonst um die Landwirtschaft. Wozu benötigte er zum Beispiel den großen Holzplatz? Es ging kein Holz mehr auf Stapel. Alles wurde sofort verarbeitet – von der Hand in den Mund! Der Sägemüller ließ seinen Knecht Wilm Holten kommen. »Also den Holzplatz umpflügen und so weiter!«

»Was soll da drauf, Chef?«

»Frühkartoffeln … die bringen Prämienpreise.«

»Gut, melden Sie's auf dem Gemeindeamt!«

»Was geht's dich an?«

Wilm Holten strahlend vor Naivität: »Bin bei der Volkskontrolle!«

Der Sägemüller biß sich auf die Zunge. Was für eine Blockpolitik! Er suchte nach einer Gelegenheit, seinen Aufpasser Wilm Holten auf ehrsame Weise loszuwerden. Die Gelegenheit fand sich. Wilm Holten wurde auf den Bienkopp-Hof überstellt. Seine Arbeitskraft wurde zum Wettermachen verwendet. Gut Wetter für den Sägemüller bei Anngret!

Zur Zeit ist Wilm Holten bei den Dorffrauen ein gern gesehener Mann. Ob junge, ob alte Frauen – alle möchten ihn mit kleinen Aufmerksamkeiten verführen, etwas von den zerstrittenen Bienkopps zu erzählen. Auch Frieda Simson, die Tochter seiner Zimmerwirtin, benutzt die Gelegenheit. »So ein Liebesmatsch und Durcheinander bei den Bienkopps nun! Muß ein einspänniges Mädchen wie ich nicht Furcht vor dem Heiraten bekommen?«

Wilm Holten hat nichts dazu zu sagen.

»Schläft Ole nun im Stall und Anngret mit Ramsch in den Ehebetten?«

Auch darauf weiß Wilm Holten keine Antwort.

»Würdest du weinen, wenn deine Frau dich verließe?«

»Ich würde auf die Wanderschaft gehn und nie mehr wiederkommen.«

»Nein, das darfst du mir nicht antun!«

Wilm errötet. Er hat Frieda nie geheiratet, nicht einmal geküßt.

Wilm Holten kann sich nicht bei Frieda Simsons Neugier aufhalten. Ein geheimer Kummer zwackt ihn. Auf der Dorfstraße sprang ihn wie ein Floh eine verschwiegene Nachricht an. Die Nachricht kam von Franz Bummel. »Hat auch dich der Bienkopp zu seiner Bauerngemeinschaft neuer *Typhus* verführt?«

Drei große Fragezeichen von Wilm, aber aus Bummels geheimnisvollen Reden erkennt er: Ole übergeht ihn, ist ihm böse.

Er setzt sich am Abend zu Bienkopp in die halb ausgeräumte Schlafstube. Leeres Gerede und Drucksen, bis er sich endlich von seiner Bedrückung befreit. Ole soll verzeihen, Wilm hat ihm die Wahrheit vorenthalten: Nicht die Partei, Ramsch hat ihn auf Bienkopps Hof geschickt.

Keine Überraschung, kein Zündstoff. Ole geht nicht an die Decke. Musik aus fernen Zeiten. Vergeben und vergessen. Neuer Frühling, neue Nester.

»Bitte zuzulangen.« Bienkopp lädt Wilm zu seiner kümmerlichen Einspännermahlzeit ein: Würfelsuppe, Pellkartoffeln und ungewässerter Salzhering; ein Abendbrot, mühelos in der Viehküche zusammengestellt.

Wilm Holten schaut den traurigen Hering an. »Nimm mich auf in deinen Kolchos, Ole!«

Bienkopp schluckt eine Pellkartoffel unzerkaut hinunter.

54

Mampe-Bitter treibt eine Kuh in die Försterei. Die Kuh hat eine Narbe an der Brust und kommt Mampe bekannt vor. Stand sie nicht früher in Anngret Bienkopps Stall?

Mampe-Bitter kann nicht über das wechselvolle Leben der Kühe nachdenken: Befehl ist Befehl, und Auftrag ist Auftrag. Er treibt die Kuh in den Förstereihof.

Die junge Försterin versucht sogleich zu melken. Die Kuh läßt sich's gefallen.

»Die Kuh ist bibelfromm«, versichert Mampe-Bitter. »Ein Schlückchen was zu trinken wär wohl nicht da?«

»Aber ja, aber ja!« Wie konnten die jungen Förstersleute so unaufmerksam sein und vergessen, daß Mampe-Bitter zeitweise zum Stammpersonal des Forstreviers gehört?

In der Wohnstube findet sich mehr als ein Schlückchen für Mampe-Bitter. Der Förster übergibt dem Kuhüberbringer einen Hundertmarkschein zu treuen Händen für Ramsch. Das ist mit dem Sägemüller nicht vereinbart, doch die Förstersleute wollen niemandem etwas schulden. Quittung bei Gelegenheit.

Mampe-Bitter steckt den Geldschein unter seine Wachstuchmütze, koppelt die Ziegen zusammen, spuckt Kautabaksaft gegen die Stalltür: »Viel Glück!« Er zieht mit den fünf gehörnten Teufelstieren zum Dorfe.

Im Akazienwäldchen grüßt der Ziegentreiber einen Wegweiser, nimmt die Mütze ab und schwenkt sie wie vor einer hohen Persönlichkeit. Der Geldschein fliegt davon. »Nun hab ich dich so gut wie aus Versehen verloren«, sagt der Ziegenführer zum Hundertmarkschein und gibt acht, wohin sich der Schein beim leichten Waldwind verflattert.

Am Ausgang des Akazienwäldchens bindet der Treiber die Ziegen an einen Baum, geht zurück und begegnet einem Geldschein. Er staunt. Es wird schwer sein, im Dorf jemanden zu finden, der imstande war, einen Hundertmarkschein zu verlieren.

55

Altbauer Serno hatte damals den *Großen Krieg* nicht besonders willkommen geheißen, und er hatte ihn andererseits nicht verflucht. Ein hübscher Krieg hat nichts Nachteiliges für einen großen Bauern, besonders, wenn er sich draußen irgendwo weit weg abspielt und wenn der Bauer nicht selber in diesen Krieg ziehen muß. Der Krieg liefert billige Knechte in Form von Kriegsgefangenen. Man braucht keine Krankenkasse für sie zu zahlen, kann sie billig mit Schweinekartoffeln ernähren, und man braucht ihre Ruhezeit weniger zu beachten als die eines guten Pferdes.

Nicht immer ist ein Krieg rentabel, und dieser große und vorläufig letzte Krieg entpuppte sich als Fehlspekulation und Mißgeburt: Er ging rückwärts wie ein Krebs. Als er bei seinem Rückwärtsgang fast Maiberg erreicht hatte, ging Altbauer Serno, unchristlich fluchend, mit drei vollgepackten Leiterwagen und drei Gespannen auf die Flucht, genannt *Treck*.

Im Jahre Null kehrte Serno mit einem Wägelchen und zwei dürren Pferden davor zurück. Sein Doppelkinn war verschwunden. Seine Weste warf Falten. Es sah aus, als ob er kleiner geworden wäre, wenn er zerknirscht murmelte: »Wer hätte das gedacht von den Unsrigen, daß sie sich so verdreschen lassen würden!«

Die Monate vergingen. Körner und Vieh vermehrten sich wieder, denn Sernos Fabrik, der Ackerboden, war, abgesehen von ein paar Schützengräben und Panzerspuren, heil und unverletzt geblieben.

Der ehemalige Bauernführer von Blumenau, Heinrich Hinterofen, schrieb aus dem Rheinland einen Brief an Serno: »Lieber Freund, und möchte anfragen, ob Ihr die Russen schon bei Euch raus habt. Mit treudeutschen Grüßen Dein Heinrich Hinterofen.«

Altbauer Serno schrieb zurück: »Keine Aussicht. Bleib, wo Du bist, und ob Du mir tätest ein Kilo Kaffee schicken können, weil Ihr dort näher an den Kolonien seid.«

Das Wechseln der Briefe währte seine zwei Monate. Das Kilo Kaffee kam nicht. Deshalb schlug Serno ein Stück Land seines Freundes zu seinen Äckern und pflügte es um. Land nährt seinen Mann!

Und die Zeit ging hin. Serno wurde dicker, und sein Gallenleiden stellte sich wieder ein. Er richtete sich in den neuen Verhältnissen ein und wurde sogar sozial. Er verbot seiner Frau, von Knechten und Mägden zu sprechen, und beschäftigte nur noch Landwirtschafts- und Hausgehilfen. Er ging sogar noch weiter und beteiligte sein Gesinde am Gewinn, den seine Wirtschaft jahrsüber abwarf.

Jedes Jahr zu Beginn der Frühjahrsarbeiten hält Serno auf seinem Hof ein *Wiegefest* ab. Er läßt sich vom Gesinde wiegen. Was er an Pfunden zugenommen hat, erhalten seine Leute als Speck oder Wurst nach freier Wahl über den landläufigen Lohn hinaus.

Nun ist die Zeit wieder einmal heran. Das *Wiegefest* wird auf der Tenne vorbereitet. Auch Mampe-Bitter, Gelegenheitsarbeiter, Botengänger, Allesmacher und Quartalssäufer, erscheint in pelzgefütterten Langstiefeln zu diesem Fest.

Die dürre Frau Serno stellt einen Liter Kornschnaps auf die Häckselmaschine. Hermann Weichelt bringt die Waage. Die Mägde flechten einen Kranz aus rankendem Immergrün und geben die dicksten Ähren des Vorjahres hinein.

Mampe-Bitter bewacht den Schnaps und probiert ihn. Es ist vorgekommen, daß er gewässert war. Außerdem hält er darauf, daß die Mägde nicht zuviel vom flüssigen Korn bekommen. »Nichts ist dir schrecklicher als ein besoffenes Weib!«

Damit ist auch Hermann Weichelt einverstanden. Schnaps ist ein Gebräu der Hölle.

Mampe-Bitter läßt Hermann gern bei diesem Glauben. Er nimmt an Hermanns Stelle noch einen kräftigen Hieb, steckt zwei Finger in den Mund und pfeift. Die Haustür öffnet sich. Der dicke Serno tritt heraus.

Der Altbauer trägt einen leichten Sommeranzug und ächzt barfuß in Holzpantinen zur Tenne. Die dünnen Sommerhosen spannen über Sernos Schenkeln.

Mampe-Bitter nimmt wieder einen Schluck vom Schnapsliter. Der Kornteufel macht ihn dreist. Er betastet die dünne Sommerhose des Bauern. »Gehst du im tiefen Winter ohne Unterhosen?«

»Stell solche Fragen nicht, es sind hier Mädchen.« Serno ist streng und sittlich.

Die Altmagd kichert. Die Jungmagd kneift Hermann bei den Rippen. Hermann zuckt zusammen, als hätte ihn die Schlange vom Baum des Lebens im Paradiese gebissen.

Serno tritt barfuß auf die Waage. Mampe-Bitter löst den Hebel. Zwölf Augen starren auf die Waagezungen. Acht Augen gehören dem Gesinde, vier dem Bauernpaar. Acht zu vier Augen mit unterschiedlichen Wünschen hinter der Hornhaut.

Zwei Zentner und elf Pfund – das ist Sernos Gewicht vom Vorjahr. Die Gewichte rasseln nach unten. Serno lacht schnarchelnd. Er hat abgenommen.

Mampe-Bitter hockt sich hin und rüttelt an der Waage. »Die Waage ist ausgehakt.« Die Altmagd breitet einen Sack auf die Tenne. Der Bauer tritt zitternd auf den hingebreiteten Sack. Hermann rückt die Waage ein. Das Spiel der zwölf Augen wiederholt sich: Die Gewichte rasseln nach oben.

»Hurra!« Mampe-Bitter legt Gewichte auf. »Zuviel!« Mampe nimmt Gewichte ab. Hin und her, her und hin, und die Mägde fassen einen Hieb aus der unbewachten Schnapsflasche.

Endlich stehn die Waagezungen auf gleicher Höhe. Gewichtszunahme: zwei und ein halbes Pfund. Die junge Magd kraust die niedliche Nase. »Es lohnt nicht mehr.«

Die Altmagd setzt die Schnapsflasche an. Einen Trost braucht der Mensch. Mampe-Bitter entzieht ihr die Flasche für immer.

Serno fährt in die Pantinen. »Ihr habt mich zuwenig geschont – habt ihr mich. Das ist es. Ohne Schonung kommt man vom Fleisch.«

Gemurmel, Gemunkel, versteckte Unzufriedenheit.

Die Altmagd hängt dem Bauern den immergrünen Kranz um den Speckhals. »Gott geb dir beßre Eßlust, Bauer!«

»Dann koch du besser!«

Das Gesicht der Altmagd wird sauer.

»Das reinste Affenspiel«, sagt die Jungmagd.

Ein Blick der Bäuerin trifft sie. Die Jungmagd steckt die Zunge heraus.

»Was soll das heißen?«

»Ich lüft meine Zunge ab. Es war Spiritus im Schnaps.«

Hermann macht sich traurig an der Waage zu schaffen. Nur Mampe-Bitter scheint die geringe Gewichtszunahme des Bauern wenig zu bekümmern. Er hat glücklicherweise in letzter Zeit andere Nebeneinnahmen gehabt.

Die dürre Bäuerin teilt die Naturalien aus. Altbauer Serno stakt wie ein geschmückter Preisstier über den Hof und verschwindet zufrieden im Hause. Das *Wiegefest* ist beendet.

Hätte Serno sich an diesem wichtigen Tage nicht ein Zehnpfundgewicht in die Hosentasche stecken sollen, um zehn Pfund schwerer zu sein?

Hermann Weichelt räumt Waage und Gewichte von der Tenne. Der sonst frohgemute Mund des Gottesmannes ist verkniffen. Es lohnt nicht mehr! Hermann hat seinen Frühlingsspeck der Pfarrersgattin kredenzen wollen. Zwei und ein halbes Pfund – was ist das? Kaum genug, einen mageren Hasen zu spicken. Sprach Ole, der Bienkopp, nicht davon, daß in seiner Neuen Bauerngemeinschaft nach dem Gesetz der Urchristen gehandelt werden soll: »Was mein ist – ist dein?«

56

Ein stiller Märzabend. Der Vorfrühling holt Atem: Soll er die vorwitzigen Knospen mit Schnee erschauern? Soll er sie mit Sonne streicheln?

Bienkopp meint, Anngrets Herzschlag aus der Wohnstube zu hören. »Äääch!« Es war sein eigenes Herz, das ihn narrte. Sei still, du rastloser Muskel! Gewesenes Glück wärmt nicht! Eine Pause ist wie ein Loch auf dem Wege des Suchenden. Der Schnee der Erinnerungen weht in das Loch, und der Suchende stolpert. Keine Pause, kein Stolpern!

Bienkopp klopft bei Josef Bartasch an und spricht bei Karl Liebscher vor. Beide sind Neubauern, ehemalige Umsiedler, eifrige Mitglieder der Bauernhilfe, und Ole recht und gut für seine Bauerngemeinschaft vom neuen Typ, diesem Stein der Weisen.

Josef Bartasch ist ein zurückhaltender Mann. Er braucht für lebensverändernde Schritte Bedenkzeit. Es fiel ihm nicht leicht, in einer neuen Heimat Wurzeln zu schlagen.

Er nickt Bienkopps glanzvollen Plänen bedächtig zu, doch die Hand streckt er dem Werber für eine noch so unsichtbare Gemeinschaftswelt nicht hin wie der leichtlebige Franz Bummel. »Das muß beschlafen sein, no?«

Auch Karl Liebscher, ein abgeklärter Mensch und Genosse dazu, behält die Hand in der Hosentasche. Das ist kein Rindviehverkauf und kein Pferdehandel! »Man müßte vielleicht eine Reise nach Rußland machen und sich dort so was ansehn.«

Bienkopp hat keine Zeit für eine Reise. Zwei Zweifler, zwei Absagen. Es täte not, sich wo zu erholen, ein offenes Haus und ein offenes Herz anzusteuern, aber Anton ist tot.

Der Märzmond steht schon hoch über dem Schornstein. Bienkopp nähert sich seinem Wohnhause. Auf der Hausschwelle sitzt ein Mann. Der Mann hat den Kopf und das Gesicht in ein Bündel vergraben und schläft. Ole weckt ihn. Hermann Weichelts frommtraurige Augen schauen ihn an. »Hier bin ich, und wo ist meine Kammer?«

»Ach, du himmlischer Pferdefuß!« Der erstaunte Bienkopp dreht sich zweimal rundum.

Hermann ist nah dran, über die unfromme Redensart seines neuen Herrn und Meisters zu weinen. »Wohin leg ich nun mein Haupt?«

Bienkopp stottert. Die Zähne klappern ihm. Sein Werk hat sich auf die Beine gemacht und überfällt ihn in einer Märznacht bei zwei Grad unter Null. Wohin mit dem ersten Mitglied der BAUERNGEMEINSCHAFT?

Zwei Männer stehen ratlos unter dem Nachthimmel. Bienkopp kratzt sich den Kopf durch die Mütze. »Ja, die Kammer!« Da wäre die Futterkammer. Nicht zu vergleichen mit Hermanns elender Knechtskammer. Eine fünfundsiebzigkerzige Glühbirne!

Hermann schaut mit Knopflochaugen in das grelle Kunstlicht. Sparsam frommes Lächeln! Hier wird er am Ende ohne Brille in seiner Bibel lesen können; aber wird in der NEUEN BAUERNGEMEINSCHAFT nur Licht und kein Bett sein?

Auch das, auch das! Hermann soll mit der Zeit zwei Betten übereinander haben, eines für wochentags, eines für sonntags. Es geht um diese erste, einzige Nacht. Bienkopp hat in solchen entscheidenden Nächten schon auf blanker Erde geschlafen, einen größeren Feldstein als Kopfkissen. Für willige Menschen ist nie etwas am Bettmangel gescheitert.

Bienkopp stopft drei Säcke mit Häcksel. »Duftendes Haferstroh, ein Labsal für die Nase!« Er legt die Säcke nebeneinander, füllt Lücken und Mulden mit loser Spreu aus und bringt klamme Pferdedecken herzu. »Nichts angenehmer als der frische Duft von Pferden!« Ein Himmelbett soll Hermann haben.

Hermann hat eine andere Vorstellung von seinem Bett im Himmel. »Versündige dich nicht, Ole!« Er öffnet sein Bündel und hängt den Kirchanzug an das Schwungrad der Häckselmaschine.

Hermann gab dem Kirchenratsvorsitzenden die Abschiedshand, wie es rundum auf Erden Sitte ist, wenn eins fortgeht. Serno bot dem Knecht drei Pfund Speck als Überlohn. Hermann ließ sich nicht halten. Die NEUE BAUERNGEMEINSCHAFT hat ihn! Demütig steht er vor seiner Lagerstatt. »Nun habe ich mich in Gottes und deine Hände begeben, Ole. Führt mich nicht in die Irre!«

Bienkopp wird's schwindlig. Hermann hob ihn in Gotteshöhe. Er wird Hermann ein weißes Laken aus dem Hause holen. Hermann bittet außerdem um ein Scheibchen was zu essen. Seinen Überlohn, den Speck von Serno, kann er nicht benagen. Er ist der Frau Pfarrer versprochen. Es ist Himmelsspeck.

Bienkopp tappt in den Kuhstall und melkt eine Kuh. Die Kuh gibt die Milch widerwillig her. Sie ist nicht gewohnt, zweimal am Abend gemolken zu werden, denn sie hat keine Ahnung von den Erfordernissen der NEUEN BAUERNGEMEINSCHAFT.

Der Märzmond taucht in das Buschgezweig der Dorfaue. Ole klopft an die verschlossene Haustür. Anngret öffnet nicht. »Na, he!« Er geht um das Haus, tritt in das Vorgärtchen und klopft an das Fenster der Guten Stube. Widerwillig ruft er den Namen seines gewesenen Weibes in die Mondnacht. Nichts rührt sich. Ole schaut den weißkäsebleichen Mond an. Der Mond scheint zu grinsen. Ole spuckt in die Mondrichtung und pocht wütend gegen das Fensterkreuz. Er lauscht und hört endlich ein Flüstern hinter der Scheibe: »Julian, du?«

Bienkopp prallt zurück, als sei ihm der Leibhaftige entgegengesprungen. So gehärtet ist sein Kummer noch nicht, daß er nicht unter geflüsterten Worten für seinen Nebenbuhler wieder aufbräche.

Traurig stillen die Männer ihren Hunger gemeinsam aus der Milchsatte. Bienkopp legt sich zu Hermann auf die Häckselsäcke. »Was mein ist – ist dein!« Der Stamm der NEUEN BAUERNGEMEINSCHAFT wärmt einander in der frostigen Märznacht.

57

Die Sonnentage fördern auch bei der Bäuerin Anngret Bienkopp die Ungeduld. Dieses Jahr gehört sie nicht zu denen, die mit geschulterten Mistgabeln auf die Felder ziehen, um das Land für die Frucht zu düngen. Sie hat sich im Winter verwandelt: Felder und Früchte sind aus dem Kreis ihrer Gedanken herausgefallen.

Anngret zieht ihr graues Kostüm an, schlüpft in die Damenschaftstiefel, hängt ihren Übergangsmantel nach städtischer Art um die Schultern und geht wie eine Urlauberin durch das Dorf.

Auf der Dorfstraße mangelt's an einem so sonnigen Tage nicht an Schwatzgefährtinnen. Das Winterleben brachte wenig Abwechslung. Wie schmackhaft war Anngrets kühner Ehebruch! Dort kommt sie, kostümiert und vornehm, die Ehebrecherin; kann man sie unausgenutzt vorüber lassen?

Die schmalen Lippen der dürren Bäuerin Serno raspeln Süßholz. »Die Maihexe schlag mich, Anngret, aber du wirst alle Monat schöner! Kann man's den Männern verdenken?«

Anngret schleckt die süßen Worte wie die Katze die Sahne. »Denkt nicht, daß es mir leichtfiel!«

Keine Rede davon! Frau Serno kann nachfühlen, wie schwer es einer Frau fallen muß, sich vom Angetrauten zu trennen, aber es war vorauszusehen: ein Kommunist und eine Bäuerin, eine Mischehe. Das Bauernblut mußte aufständisch werden und sich befreien.

Nein, das war's weniger, kann Anngret versichern: Es war die Liebe.

»Die Liebe, Gott ja, aber nun wird bald Hochzeit sein oder was?«

Die Frage trifft bei Anngret auf eine kümmerniswunde Stelle. »Danke der Nachfrage. Alles wird sich finden!«

Die Dorfbibliothek verwaltet Frau Nietnagel, die Frau des Bürgermeisters. Anngret betritt Frau Nietnagels Bibliothek zum ersten Male. Frau Nietnagel freut sich. Eine neue Leserin! Ein Bibliothekar scheidet die Menschen in Leser und Nichtleser; so auch Frau Nietnagel, und sie erfaßt Anngret für die Statistik. »Ich habe hier die Leserspalten *Landarbeiter, Kleinbauer, Neubauer, Mittelbauer, Großbauer und Sonstige.* In welche Spalte soll ich dich setzen, Anngret?«

»Das mußt du selber wissen! Ich hätte Spalte *Großbauer* gedacht.«

Anngret sucht lange, bis sie ein Buch nach ihrem Geschmack findet. Es soll vor allem kein russisches Buch mit verdrehten Namen sein, die sich ein normaler Mensch nicht merken kann.

Endlich findet Anngret ein Buch, das ihr zusagt: »Ich singe Amerika«.

Daheim kocht sie sich Kaffee und versucht zu lesen. Ihre Gedanken irren ab.

In dem Buch handelt es sich übrigens um einen Negersänger, weniger um Amerika. Anngret kann sich nicht vorstellen, daß die schwarze Förstersfrau wirklich Bücher liest. Dieses Weib spielt vielleicht nur mit Folianten, um Eindruck auf die Männer zu machen.

Unruhe bis in die letzte Zelle der Seele. Ein zitterndes, wartendes Häufchen Frau – das ist Anngret in diesem Frühling.

In der Dämmerung sitzt sie im Ausgedingehäuschen der Altmutter Sebula. »Leg mir die Karten, lies mir die Handrillen, befrag deinen Spiegel!«

Anngret ist so verliebt und jenseitig, ihre Nerven sind so

dünn! Altmutter Sebula soll helfen wie damals, als sie der Fischerstochter Anngret Anken half.

Anngret rudert und redet. Altmutter Sebula, die *kluge Frau*, lächelt ermunternd. Wer Leute mit Rat schlagen soll, muß was von ihnen wissen.

Endlich schweigt Anngret. Stille in der muffigen Altweiberstube. Aus Mutter Sebulas Rocktasche kriecht eine Fledermaus.

»Igitt, diese kriechende Abscheulichkeit!«

Die Sebula lächelt, öffnet das Fenster und läßt die Flügelmaus in den Abend huschen. »Der erste Teufel ist hinaus!« Alle Wirrnis in Anngrets Leben kommt aus dem Wohlstand.

Anngret widerspricht. Sie steht zwischen zwei Männern, daher ihre Wirrnis. Den einen Mann mag sie nicht mehr, hat ihn nie recht gemocht; und von dem, den sie mag, weiß sie nicht, ob er sie mag, wie er müßte.

Mutter Sebula hat verwirrtere Dinge im Leben geregelt. Sie lächelt fein und hinkt in die Schlafkammer. Aus der Schlafkammer bringt sie ein Pülverchen und bestreicht es mit einem gebleichten Knochen. »Gib das dem Sägemüller ins Trinken, und er wird zu dir stehn wie der Bull zur rindernden Kuh.« Die Sebula zieht ein Spiegelchen aus der Rocktasche, murmelt und starrt in das halbblinde Glas. »Drei Leute seh ich im Spiegel: einen Weibsrock und zwei Hosen. Hose links, Hose rechts – in einer steckt ein Verrückter. Verschnitt, verschnatt, verschner! Spiegel, sag wer?«

Stille. Anngret meint, das Trippeln der fetten Frühlingsfliegen an den Fensterscheiben zu hören. Mutter Sebulas Hand mit dem Spiegel neigt sich nach rechts. »In der rechten Hose sitzt der Verrückte!«

Was soll Anngret tun?

Altmutter Sebula wird sagen, wie man Verrückte dienst- und nutzbar macht, wenn Anngret nicht zu geizig ist, einen Fünfzigmarkschein zu verbrennen.

Anngret ist nicht zu geizig. Sie legt einen Fünfzigmarkschein auf den Tisch.

Die Bäuerin soll die Hand auf den Geldschein legen, in die geröteten Altmutteraugen ihrer Freundin schaun, bis der Schein heiß wird.

Anngret tut zitternd, wie ihr geheißen. Der Schein wird warm, sie hört ihn knistern. Der Schein wird heiß, er verbrennt ihr die Hand. Sie reißt die Hand zurück, bebläst sie und bringt sie an ihr Ohrläppchen. Nur keine Brandblasen!

Der Geldschein ist verschwunden. Die Sebula lehnt mit leichenstarrem Gesicht im Stuhl. Die fetten Fliegen brummeln. Die Zeit vergeht. Furcht fährt in Anngret: Ist die Sebula vor ihren Augen gestorben?

Das Doppelkinn der Alten bewegt sich. Sie schluckt, hustet ab und kehrt aus der Unterwelt zurück. Das ist der Rat der Unterirdischen: »Da war ein Mann, der hielt sich für den König von Flandern und wollte nichts mehr tun. Sein Verstand setzte aus, aber seine Frau war klug. ›Eija, bist du der König von Flandern?‹

›Das bin ich und der Prinz von Oranien dazu.‹

›So zeig mir deine Schätze!‹

Der Verrückte ging ins Feld und kam mit einer Hucke Steine zurück.

›Soll das all dein Gold sein, du König von Flandern?‹

Der Mann ging und brachte mehr Feldsteine. Er schleppte vom Morgen bis zum Abend gewaltige Brocken herbei. Am dritten Tage waren es genug, eine Mauer um das Gehöft zu ziehn und den Verrückten einzusperren. So kamen beide zum Ziel: der Verrückte und die Frau.«

Anngret soll nehmen, was ihr in diesem Gleichnis angeboten wird. Deutlicher kann Altmutter Sebula nicht werden. Die Volkspolizei ist strammer als der alte Dorfgendarm, der Mutter Sebula selber zuweilen um Rat befragte.

58

In der kleinen Waldarbeiterkate der Dürrs hat die Holzschwelle eine Mulde. Vier oder fünf Waldarbeitergenerationen wuchsen in diesem Holzhaus auf. Harte Holzhauerstiefel, Holzpantinen und nackte Kinderfüße traten die Schwellenmulde aus. Die Dielen in der Stube sind weiß wie die Platte eines Eßtisches; selbst die Dielennägel glänzen, als ob sie mit Scheuersand geputzt wären.

Emma Dürr kann nicht trauern und trauern, Genossen; denn wahre Trauer sitzt nicht im Gesicht. Seit Antons Tod arbeitet sie in der Waldfrauenbrigade. Harte Arbeit, ungeschützt unter den mürbenden Wettern des Jahres.

Daheim kochen sich die Kinder ihr Mittagbrot, so gut es gehen will. Es kommt vor, daß Anton II, der geschickte Junge, die Kartoffeln zu salzen oder die Suppe zu zuckern vergißt. Emma II verzieht den Mund. »Es schmeckt nicht nach Himmel, es schmeckt nicht nach Erde.«

Anton II tut großmächtig und wer weiß wie erwachsen. »Denk an neunzehnhundertfünfundvierzig!«

Emma II denkt an diese Jahreszahl, aber die Kartoffeln und die Suppe werden nicht schmackhafter. Die Kinder streiten, bis der Suppentopf umkippt und jedes auf einem anderen Weg in den Wald zur Mutter rennt, um sich zu beklagen.

»Wart, wart, wenn ich heimkomm«, sagt Emma. »Ich koch euch Knüppelsuppe mit Rutenpfeffer!«

Die Kinder lachen. Die Einigkeit der kleinen Welt ist wiederhergestellt.

Jetzt kommt der Frühling, und der große Gemüsegarten hinter der Kate muß bestellt werden; denn auf die Gemüselieferungen des Dorfkonsums kann man sich nicht verlassen. Anton fehlt Emma nicht nur im Garten: niemand da, mit dem man auf den Abend ein bißchen streiten oder schöntun kann.

Und was war das für ein Leben in der Kate, als Anton noch da war! Die Genossen gaben sich die Türklinke in die Hand. »Wie machen wir das, und wie siehst du die Lage, Anton?«

Anton suchte nach Rat und gab davon, soviel er hatte.

Jetzt würde Emma hin und her ein Prischen Rat benötigen, doch die Türklinke bleibt an den Abenden starr; keiner der Genossen kommt.

Und doch! An diesem Abend wird die Klinke der Katentür heruntergedrückt, und ein Stäubchen der alten Zeit weht herein: Bienkopp steht bleich, immer noch halb krank, nach Atem haschend, in der niedrigen Stube. Er setzt sich, und der wurmstichige Stuhl knarrt.

Emma: »Das ist wohl nicht wahr!«

Was nun? Bienkopp schaut Emma, und Emma schaut Bienkopp an. Die Frau erinnert sich der Zeiten, als Anton hier am Tische saß und sagte, was zu sagen war. Zwei Tränen rinnen über ihre blauroten Bäckchen. Bienkopp kratzt sich verlegen den Nacken.

Wasser kommt in dieser Welt überall vor, aber wenn es aus den Augen eines schmerzgeplagten Mitmenschen tropft, ist's stärker als beim Turbinentreiben, denn es erzeugt den Strom des Mitleids. Und das Mitleid, dieses Kind des Leids, hat zwei Hände. Mit der Streichelhand richtet's nichts aus, und mit der Tathand beseitigt es Leidursachen.

Zwei Minuten vergehn, und man hört die Kinder nebenan in der Schlafkammer flüstern. Es ist Bienkopp, der sich zuerst faßt. Donnerwetter, er kommt nicht mit leeren Taschen! Er hat keine Zeit zu verlieren. »Könntest du ein wenig nachlassen mit dem Weinen, Emma, es wird gleich Versammlung sein.«

»Versammlung? Wo?«

Hier in der Kate wie in alten Zeiten, wenn verhandelt wurde, was nicht alle Welt gleich wissen mußte.

»Parteiversammlung?«

Auch das ein bißchen, vielleicht ganz und gar. Wo ist überhaupt die Parteigruppe seit Antons Tod? Nichts zu sehn weit und breit. Könnte nicht Emma Sekretär sein und Antons Werk fortsetzen? Jedenfalls wird eine Versammlung sein, nicht die schlechteste, und Bienkopp wird anderthalb abgekehrte Stubenbesen verschlingen, wenn Emma nicht ihre Freude dabei haben wird. »Kein Wort mehr jetzt!«

Emma hat kaum Zeit, ein rotes Fahnentuch über den Stubentisch zu breiten, ihre Sonntagsjacke anzuziehn und ihren Haarknoten ein wenig zu schnatzen, denn pünktlich wie der Schlag der Kirchturmuhr erscheint Hermann Weichelt im schwarzen Kirchanzug. »Gott segne euch!«

»Summ, summ«, sagt Emma. »Versammlung der Heiligen der letzten Tage, wie? Sehr gemütlich. Hast du ihn bestellt?«

Bienkopp bleibt die Antwort erspart. Wieder geht die Tür auf: Wilm Holten, kinderäugig und rotblond, tritt ein und setzt sich auf den Holzkasten am Herd.

Franz Bummel schiebt seine Sophie in die Katenstube. Seine Leibkutscherlivree ist frisch entfleckt, und Frau Sophie mit der Zahnlücke steckt in ihrem über die Jahre geretteten Brautkleid.

All die feinen Leute werden von Bienkopp mit Achtung empfangen, und er sitzt in der grünen Lodenjoppe unter der Hängelampe. Seine Haut ist noch stubenblaß, doch seine Augen glänzen wie in verrückten Jugendjahren.

Alle zusammen sind die NEUE BAUERNGEMEINSCHAFT mit Ole, ihrem Anstifter, und der ahnungslosen Emma als Gastgeberin.

Bienkopp klopft mit der Klinge seines Taschenmessers an eine kleine Vase. In der Vase sind Schneeglöckchen aus Emma Dürrs Vorgarten. Die Tagesordnung ist eröffnet. Wilm Holten soll aus Rußland erzählen.

»Ich?«

»Ja, bist du nun Mitglied oder nicht?«

Wilm springt auf und stottert. Er hascht vor Verlegenheit nach dem Feuerhaken und fuchtelt damit herum. Emma nimmt ihm den Haken weg. »Willst du mir die Lampe zertrümmern?«

»Nein, niemals!« Aber Wilm muß etwas in der Hand haben, wenn er redet. Emma gibt ihm ein Holzscheit.

Wilm erzählt aus Rußland, spricht von Riesenäckern und

wimmelnden Viehherden, zahllos, wie Wolken am Himmel. Dort hat Wilm als Kriegsgefangener gelebt und gearbeitet wie ein Heimischer. Er führt seine Zuhörer auch in die Häuser der Kolchosbauern. Die Frauen recken die Hälse. »Haben sie dort Wasserleitung in der Küche?«

»Nein, Ziehbrunnen auf dem Hofe.«

»Wasser ist Wasser! Keinen Aufenthalt, bitte!« Bienkopp ist ein strenger Versammlungsleiter.

Wilm berichtet vom Dorfchor, von Tänzen und Gesängen an Abenden unter Linden, die sich vom Kriege erholt hatten und wieder grünten. »O Abendklang!« und »Leise läutet das Glöckchen ...«

Franz Bummel fährt dazwischen. »Bei dieser Arbeit müßte ich ausfallen. Ich war immer Brummer.«

Ole klopft an die Vase. Anton II huscht in die Versammlungsstube und tauscht die Vase gegen ein Weihnachtsbaumglöckchen aus.

Hermann Weichelt hebt die Hand. »Wie halten sie es mit Gott im weißen russischen Land?«

Wilm sucht nach einer Antwort. »Ja, wie halten sie es mit dem Herrn über den Wolken? Sie gehn in die Kirche wie du, oder sie bleiben zu Hause wie ich! Ihr Gott ist ein freiwilliger Gott.«

Hermann: »Aber ihre Pastoren tragen langes Haar wie Frauen, hört man. Das öffnet der Sünde Tür und Tor.«

Ole schüttelt das Tannenbaumglöckchen. »Zur Sache!«

In diesem Augenblick geht die Tür auf: Bürgermeister Nietnagel erscheint. Die Enden seines Schnurrbarts stehn steif, als ob sie mit Riemenwachs gezwirbelt wären.

Kleine Verlegenheit. Bürgermeister Nietnagel, dieses Teilstück von einer Obrigkeit, ist nicht geladen.

Nietnagel sucht nach einer Sitzgelegenheit. »Es wird wohl erlaubt sein oder was?«

»Du kannst hier unser Gast sein oder nicht; es fällt nicht ins Gewicht. Was zu tun ist, wird getan!«

Nietnagel setzt sich auf Emmas Fußbank. Nun schaut er

nach oben auf den Tisch und spricht wie aus einem Keller: »Die Wege der Abweichungen sind wunderlich!« Die hier zusammengekommene Gesellschaft soll nichts befürchten und es geradezu begrüßen, wenn er hier sitzt, zuhört und teilnimmt, um alles Gerede von aufglimmender Parteifeindlichkeit mit sozusagen seinen Füßen zu ersticken.

Jetzt wird Emma, die Gastgeberin, wild. »Parteifeindlichkeit? Da wärst gerade du mit der Schnupfennase der Richtige!« Was hier geschieht, geschieht im Geiste Antons, soviel sie bis jetzt herausgehört hat. Und wenn Anton parteifeindlich gewesen sein soll, dann sollte wohl auch mit Lenin nicht alles in Ordnung sein, von dem sich Anton allerlei abgelernt hat!

Nietnagel sinkt in seinen Fußbankkeller. Er ist fast nicht mehr vorhanden. Wieder einmal wird er verkannt. Es war Frieda Simson, seine Sekretärin, die ihn als Aufpasser in die unerlaubte Versammlung delegierte. »Adam, alter Trottel, sei wachsam!«

Jetzt tritt Ole, der Einfädler, aus den Kulissen. Da steht er, stattlich und lodengrün. Kein Aufenthalt mit Nebensachen wie Dorfchor, Kirche und Popen. In Blumenau wird etwas geschehn, und das wird nicht von schlechten Eltern sein. Ole spart nicht mit Farben und Zahlen. Volle Erntewagen fahren durch die kleine Katenstube und drohen die Holzdecke herunterzureißen. Rinderherden drohen die Dielen zu zertrampeln.

Aber da hebt Hermann Weichelt, der Gottesmann, die Hand und springt furchtlos zwischen die Zukunftsrinder. »Vergiß nicht, daß ich zwei Betten haben soll. Ich hätte sie am liebsten übereinander!«

Dann wieder ist es Franz Bummel, der Ole unterbricht. »Ich bemängele, daß Ole hier nicht verlautbart: Pferdehandel und Kartenspiel werden in diesem neuen Verein erlaubt sein!«

Immer wieder und immer häufiger muß zur Freude der wispernden Kinder in der Schlafkammer das Tannenbaumglöckchen mit seinem glasdünnen Geläut die Erwachsenen in der Stube ermahnen, bei der Sache zu bleiben.

Endlich kommen die Versammelten dazu, sich der Wirklichkeit zuzuwenden. Sie ermitteln, wie groß die Ländereien der NEUEN BAUERNGEMEINSCHAFT sein werden.

Da gibt's nicht viel zu rechnen. Ole Bienkopps und Franz Bummels Besitztümer ergeben zusammen neunundvierzig Morgen Ackerland, Wiese und Wald. Nicht einmal eine mittlere Bauernwirtschaft.

Bürgermeister Nietnagel weiß plötzlich, weshalb er hier ist. Eine gute Gelegenheit offenbart sich ihm, wie sich die Fee dem Wanderer im Labyrinth offenbart. Er ist verantwortlich für eine noch unaufgeteilte Landfläche vor dem Dorfe, *Bodenfonds* genannt. *Bodenfonds* ist ein besseres bürokratisches Wort für Brachland. Nietnagel ist verantwortlich, daß dieses Land nicht taub daliegt und mit herrlichen Unkrautblüten die Kritik der Kreisverwaltung herausfordert.

Alljährlich mußten Nietnagel und Ole, der Vorsitzende der BAUERNHILFE, wie Bittsteller von Haus zu Haus gehen und die Bauern auffordern, das Gemeindeland wenigstens notdürftig zu bestellen. Manchmal wurde es bestellt, manchmal nicht, je nachdem, was die Bauern gerade gegen Nietnagel vorzubringen hatten.

Nun hier dieser herrliche Zufall, der günstige Augenblick, das Gemeindeland in eine feste Pflegehand, in die verbürgte Hand von Bienkopp, zu legen!

Nietnagel erhebt sich von seiner Fußbank, kriecht gleichsam aus dem Keller, offenbart sich und schöpft aus dem vollen: immer hin, immer weg mit dem Gemeindeland!

Wilm Holten springt auf. »Hierher zwanzig Morgen!« Er ist nicht zaghaft. Er hat Kolchosen gesehn, für die zwanzig Morgen Land ein Taubendreck waren.

Zwanzig Morgen Land für Hermann Weichelt, aber ohne Kolchose. »Keine Bange. Unerschöpfliche Landreserven.«

»Adam Nietnagel zwanzig Morgen!« grölt Franz Bummel aus der Ofenecke. »Will sich die Obrigkeit raushalten?«

Nietnagel dreht sich einmal um und um, als habe ihn ein

Geschoß getroffen, dann aber hält er sich an seinem Schnurrbart fest und schlägt ein.

»Hurra!«

Die Brachlandverteilung geht weiter. »Zwanzig Morgen für Emma Dürr«, ruft Bienkopp.

Emma schüttelt sich, daß ihr eine Haarnadel aus dem Knoten fällt. »Nein! Nichts wird!«

»War's nicht Antons letzter Wunsch?«

Schweigen. Stille wie ein Loch. Alle schaun auf Emma. Die Nadeln im altmodischen Haarknoten der Genossin glänzen und verraten, daß sie in der Eile etwas Pomade abbekamen. »Mein Vorredner hat von Antons letztem Wunsch gesprochen. Antons letzter Wunsch und Wille war: Mein Vorredner soll zu Hause reinen Tisch machen. Ich seh keine Anngret Bienkopp hier, oder hat sie sich irgendwo versteckt?«

59

Fäden aus grauem Regengarn verbinden Himmel und Erde. Wetter für Gerede und Gerüchte. »Bienkopp verlor die Frau. Das Leben freut ihn nicht mehr. Er verschenkt, was er hat. Wer was braucht, der eile!«

»Bienkopp hat den Ziemerhieb des Sägemüllers nicht ertragen. Er hält sich für einen Propheten und will durch das Nadelöhr in den Himmel.«

»Bienkopp erhielt einen Auftrag aus Rußland. Er will einen Kolchos gründen und die Bauern zu Paaren treiben.«

Die Gerüchte aus der Gegend des Kirchenrats und der Sägemühle drängen auch bis an die etwas zu groß geratenen Ohren von Frieda Simson. Was »schiebt sich zusammen« hinter dem Rücken der Partei?

Die Partei ist Frieda Simson. Andere Genossen haben größere oder kleinere Abweichungen. Was der Mustermeterstab, der in Paris in einem Keller aufbewahrt wird, für die

Geometer der Welt ist, das ist Frieda Simson für die Partei in Blumenau.

Gleich wird der Wecker klingeln, und Frieda wird dreißig Jahre alt sein. Sie ist nicht hübsch und nicht häßlich, mehr fad als aufreizend. Das ginge noch hin, und Frieda wäre vielleicht schon verheiratet, wenn sie nicht an einer Sucht litte; nein, nicht an Gelb-, sondern an Belehrungssucht.

Der Witwer Rettich aus Anton Dürrs Holzfällerbrigade warb um sie. Er traf sich heimlich mit ihr, küßte sie und verschloß ihr den Mund.

Frieda sprang nach den ersten Küssen ab. Der Waldarbeiter traf sie vor dem Konsumladen. »Es wird wohl nichts aus uns beiden?«

»Nein, du bist nicht ausgerichtet.«

»Wie das?«

»Ideologisch.«

»Ich geh ins Parteilehrjahr, wenn eins stattfindet.«

»Aber du priemst.«

»Senkt die Waldbrandgefahr!«

Eine logische Erklärung, doch Frieda bearbeitete Rettich trotzdem und sparte nicht mit hohen Begriffen wie *indifferent* und *Kautabaksbewußtsein*.

Rettich schüttelte sich wie der Hund nach dem Seifenbad, denn Schlagworte, die er nicht verstand, mochte er ebensowenig wie Frieda den Kautabak.

»Keine Feindschaft! Es kann nichts werden aus uns!«

Hätte Frieda nicht lieber Lehrerin werden sollen? Nein, sie hat kein mütterliches Gemüt, und Kinder mögen belehrende Lehrer nicht.

Frieda hat Aussicht, ein Schmalreh mit ewiger Jungfernschaft zu bleiben, wenn man diesen Begriff nicht zu engherzig auslegt.

Im *Großen Krieg* war Frieda Schreiberin in der Kaserne von Maiberg. Sie leugnet nicht, daß sie die Uniformen liebte; je mehr Silbertressen und Blechsterne, desto heftiger.

Gegen Schluß des Krieges gewahrte das Mädchen, daß in

den gold- und silberbetreßten Röcken nicht die besten Kerle steckten. Dann fiel Friedas Vater an der Front, und sein Tod machte sie nachdenklich. Als die Soldaten der Heimatkaserne zur Rettung des schon klein gewordenen *Vaterlandes* auszogen, marschierte sie nicht mit und ließ sich von ihrer Mutter, der Waldarbeiterin, auf einer Bruchinsel verstecken.

Nach dem *Großen Krieg* machte sich Frieda im Dorfe nützlich. Sie half Kriegsschäden beseitigen, schonte sich nicht, nahm sich der Umsiedler an und führte die Protokolle bei der großen Landaufteilung und auf vielen Sitzungen, die nötig wurden. So wuchs sie in die Parteiarbeit hinein. Anton Dürr mühte sich väterlich. Frieda hatte sich beim Umgang mit *Deutschlands harten Söhnen* eine Art Räubersprache zugezogen. »Den hätten wir aber fertiggemacht!« Anton Dürr hielt sich die Ohren zu. »Bist du eine Frau oder eine Landserin?«

Frieda verstand nicht, doch sie gelobte Besserung. Anton und seine Genossen delegierten sie auf die Kreisparteischule. Wandelt sich der Mensch, wandelt sich seine Sprache.

Frieda kam mit unverwandelter Sprache von der Kreisparteischule, doch sie hatte sich zu einer Meisterin im Auswendiglernen von Lehr- und Leitsätzen entwickelt und verfügte wachend und schlafend über die vier Grundsätze der Dialektik und anderes erdrückendes Diskussionsmaterial.

In ihrem Belehrungseifer warf Frieda sich auch auf Wilm Holten, den Kostgänger ihrer Mutter. Wilm las unter ihrer Anleitung gelehrte Parteibücher, gab sich Mühe und wurde nicht dümmer, doch wenn Frieda ihn prüfte, wichen seine Antworten vom gedruckten Text in den Büchern ab, denn er gab das Gelernte mit eigenen Worten wieder.

Frieda unterbrach ihn unzufrieden: »Wo soll das hinführen, wenn jeder dumme Genosse die Worte der Klassiker mit seinem Kaleika entehrt?«

Der heitere Wilm wurde aufsässig und legte die Lehrbücher weit weg.

Bald war Antons Wortgestümper nichts mehr gegen Friedas

wohlfließende Phrasen mit der *kämpferischen Note* aus der Räubersprache.

Der feinfühlige Anton litt. Er hatte was gegen dressierte Menschen. Sie waren ihm eine traurige Unzierde des Höchsten, was die Erde hervorbrachte. »Die Partei ist eine Interessengemeinschaft zur Vernichtung einer überlebten Gesellschaftsordnung!«

»Sehr richtig!« bestätigte Frieda, doch sie redete und handelte, als sei die Partei eine Gemeinschaft von Betern und Büßern.

Frieda wurde Sekretärin auf dem Gemeindebüro und belehrte dort auch Adam Nietnagel, den alten Sozialdemokraten, wenn niemand sonst zum Belehren zur Hand war. Solange Anton lebte, blieb Frieda im Gemeindebüro und war dort nützlich, weil eine Sekretärin mit verläßlichem Gedächtnis gut in ein Gemeindebüro paßt.

Bürgermeister Nietnagel diktiert eine Aktennotiz. Die lebendigen Sätze erstarren in Friedas Maschine zu bürokratischem Eisdeutsch.

»Der Neubauer Ole Hansen, genannt Bienkopp, gründete eine BAUERNGEMEINSCHAFT neuer Art ...«

Frieda hascht nach der Zigarette, tut zwei tiefe Lungenzüge, greift in die Tasten und schreibt: »Der Neubauer Ole Hansen, genannt Bienkopp, bildete einen wesentlichen Hebel zur Durchführung der Gründung einer ...«

Frieda stockt. »›BAUERNGEMEINSCHAFT‹ neuer Art, was ist 'n das für 'n Kaleika?«

»Man muß sehn, was es wird.«

»Ist so ein Apparat erlaubt?«

»Unerlaubt nicht.«

Frieda muß sich sehr wundern. Dreht Nietnagel wieder seine sozialdemokratische Strähne? »Ich hab dich jedenfalls gewarnt, lieber Adam! Sollst überwachen und kriechst selber in eine Kiste, die vielleicht dein Sarg ist. Daß du nicht baden gehst, verehrter Adam!«

Nietnagel hat sich's abgewöhnt, Friedas Umgangston als

unangebracht zu empfinden. Das Mädchen hat seine guten Seiten und ist als Schreibkraft geradezu ein Genie. Nietnagel braucht nur ein paar zusammenhanglose Worte von sich zu geben, da hat sie Frieda schon amtlich formuliert und ohne sozialdemokratische Einsprengsel zu Papier gebracht.

Nach der Unterredung mit Nietnagel wird Friedas Mund zu einem Strich. Es lohnt nicht, mit Adam, diesem sozialdemokratischen Trottel, zu verhandeln. Parteischädliche Umtriebe in Aktion! Frieda muß etwas unternehmen.

60

Der Vorfrühling schmückt sich mit einer Kette aus sonnigen Tagen. Der letzte Grauschnee taut in den Weggräben. Die Felder liegen wassersatt.

Dann fährt der Märzwind heran. Die Bäume werden unrastig und rauschen. Unter ihren Rinden pulst der Saft für ihr Sommerleben.

Die Unrast bemächtigt sich auch der Menschen. Sie laufen die Feldwege entlang und prüfen, ob die Äcker die Pflüge schon tragen. Das Bauernjahr beginnt.

Weder Frieda Simsons Drohung noch Emma Dürrs Absage haben Bienkopp erreicht. Er geht, den Blick nach innen, wie ein Erfinder umher, alle Sinne auf sein Ziel gerichtet. Die Nützlichkeit seiner Erfindung muß bewiesen werden.

Was soll man zu Emma sagen? Sie kommt am Abend zu Bienkopp in die traurige Schlafstube, packt ein Wolltuch aus einem Henkelkorb und aus dem Wolltuch einen Topf. Im Topf ist dampfende Suppe.

»Was fällt dir ein, Emma, ich bin versorgt!«

»Versorgt wie die Maus in der Schmiedewerkstatt: Huf- und Eisenspäne früh, mittags und abends!« Nein, keine Widerrede! Ob Emma am Abend für drei oder für fünf Menschen kocht – das kränkt keine Behörde. Bienkopp und

Betbruder Hermann könnten ihr aber gern den Weg hierher abnehmen und sich allabendlich in die Dürr-Kate bemühen. Kein bürgerlicher Mittagstisch, aber satt zu essen, ein warmer Löffel im Munde. »Spar dir die Worte. Auf Wiedersehn!«

Über Nacht sprengen die zarten Blätter des Flieders ihre Knospenhüllen. Der Frühling geht einen Schritt weiter. Der Wind versieht die Fluren mit Märzenstaub, als hätte er nachts die bezügliche Bauernregel studiert.

Die Gemeinschaftsbauern ernten Schlamm. Es war nicht zu erwarten, daß Bienkopps und Bummels Wirtschaften Mist für eine ganze Gutsbesitzerei wie die der NEUEN BAUERNGEMEINSCHAFT aufbringen würden. Faulende Wasserpflanzen und der vom See ausgespiene Unrat sind von gewaltiger Dungkraft. Bienkopp kennt sich darin aus. Er muß.

Er, Sophie Bummel und Wilm Holten verwandeln sich zu Moorwesen. Sie stapeln schlüpfrigen Schlamm am Seerand und gönnen sich keine Pause.

Franz Bummel und Hermann Weichelt fahren um die Wette. Wenn Franz mit der flotten Stute Hermann mit dem Wallach überholt, dreht er dem Gottesmann eine Nase. Spaß muß sein, sonst wäre für Bummel die einförmige Arbeit nicht zu ertragen.

Altbauern und die sich so halten, als wären sie es, lächeln und spötteln: »Bienkopp verändert die Welt von Grund auf. Zuerst den Schlamm weg! Anton Dürrs Vermächtnis.«

In der heißesten Arbeit läuft Anton II herzu: Der Traktor ist zum Pflügen gekommen.

Bienkopp verläßt See und Schlamm, rennt ins Dorf und verhandelt mit dem Traktoristen. »Eine kleine Umstellung, lieber Mann und Kollege!« Der Traktorist soll zunächst Schlamm fahren. Keine Furche ohne Dung!

»Schlamm fahren?« Der Traktorist ist zum Pflügen geschickt, zum mittleren Pflügen und zum Erfüllen seiner Norm. Basta!

Bienkopp diplomatisch und schmeichelnd: »Die Gemeinschaftsbauern bitten dich, Kollege.«

»Gemeinschaftsbauern? Die Sorte ist unbekannt!«

Bienkopp schickt Anton II nach Bier aus. Die Flaschen klimpern aneinander. »Prost!« Der Traktorist wird zugänglicher.

Bienkopp fährt mit dem Traktoristen zum See. Dort ist Zank aufgekommen. Franz Bummel und der Fischer, Anngrets Bruder, streiten. »Wo in aller Welt ist es üblich, daß man sich ohne Erlaubnis etwas aneignet?«

»Dreck ist vogelfrei«, antwortet Bummel.

Der Fischer geht auf Bummel los. »Über den Schlamm bestimme ich!«

»Bestimme doch!« schreit Bummel und wirft dem Fischer eine Schippe Seeschlamm vor den Bauch. Die zweite Schippe Schlamm aber fliegt dem Fischer ins Gesicht.

Bienkopp muß das Handgemenge schlichten. Der Fischer spuckt und schimpft. »Das wäre noch schöner!« Er läßt sich die Fischbrut nicht zerstören. Er wird sich weiterwenden.

Er holt Volkspolizist Marten zu seinem Schutz. Marten fühlt sich nicht wohl in der Rolle eines Salomo. Er bittet Bienkopp, den Genossen, die Schlammabfuhr einzustellen. Der Fischer muß sein staatliches Aufkommen an Fischen bestreiten, auch er trägt Verantwortung. Alles soll behördlich geklärt werden. Eine Weile bewacht Marten das Seeufer noch, damit kein neuer Schlammkrieg ausbricht.

Die behördliche Entscheidung läßt auf sich warten. Predigte nicht schon Thomas Müntzer: Äcker, Wälder und Gewässer in des Bauern Hand? Was geht die Behörde Thomas Müntzer, dieser alte Knattel, an? Hier geht es um Volksfischzucht.

Die Zeit vergeht, der Acker muß bestellt werden. Das Dungproblem wird mächtig. Bienkopp versucht sein Glück bei der Kreisverwaltung. Er braucht Kunstdünger, wenigstens für das Gemeindeland, das er und seine Getreuen übernahmen.

Wie naiv ist Bienkopp eigentlich? Um vier Uhr erscheint er mit einem komplizierten Wunsch auf der Kreisverwaltung, und um fünf Uhr ist Feierabend und Büroschluß. Nicht genug, daß man ihn einließ, obwohl kein Sprechtag ist.

Ja, aber Bienkopp ist Kreistagsabgeordneter.

Der Kreistag faßt die Beschlüsse, aber die Kreisverwaltung findet die Schwierigkeiten.

Man ist nicht unfreundlich gegen Bienkopp, das kann man nicht sagen, aber es ist schwierig, die Kompetenz für diesen besonderen Fall von verfrühter Kunstdüngerlieferung festzustellen. Konnte Bienkopp sich nicht im Herbst mit genügend Kunstdünger eindecken?

Das betreffende Land fiel der NEUEN BAUERNGEMEINSCHAFT erst in den letzten Wochen zu. Man blättert im Gesetzblatt. Nirgendwo etwas von NEUER BAUERNGEMEINSCHAFT, keine Verordnung, keine Durchführungsbestimmungen. Was nicht im Gesetzblatt vermerkt ist, existiert nicht. Das sollte Bienkopp als Kreistagsmitglied nun wahrhaftig wissen. Weiß er das nicht?

Bienkopp wird wild. Er wird zum nächsten Sachbearbeiter geschickt.

Bienkopp trägt dort seinen Wunsch vor. Er wird zum übernächsten Sachbearbeiter geschickt.

Schließlich wird er völlig unleidlich. Soll er auf den Knien um Kunstdünger bitten? Will er ihn geschenkt? »Eine präzise Auskunft wünsch ich!«

Fünf Minuten vor fünf erhält Bienkopp die präzise Auskunft: Sofern es sich um das Blumenauer Gemeindeland, um den *Bodenfonds*, handelt, ist alles klar: Bürgermeister Nietnagel soll warten, bis ihm wie alljährlich der Kunstdünger geliefert wird. Weshalb so eilig dieses Jahr?

Bienkopp will zu einer neuen Erklärung ansetzen, aber nun ist es fünf Uhr. Der Kollege muß zu einer dringenden Sitzung nach außerhalb. Er kann jetzt nicht. Auf keinen Fall!

Bienkopp pocht an die Tür des Ratsvorsitzenden. Sie ist verschlossen. Es ist schon halb auf sechs. Der Pförtner rasselt unten mit den Schlüsseln. Bienkopp möchte heulen vor Wut, möchte dreinschlagen, aber hier handelt es sich nicht um einen Sägemüller, hier handelt es sich überhaupt nicht um die Reaktion und nicht um Gegner.

61

Maiberg, die Kreisstadt, ist eine Bauernstadt. Sie grüßt den Wanderer mit drei Türmen. Zwei Kirchentürme grüßen himmlisch – evangelisch und katholisch. Der dicke Speicherturm am Bahnhof grüßt irdisch. In seiner Nähe duftet es nach Brotgetreide. Rund um den Marktplatz stehen Häuser. Sie sehn aus wie alte Bürgerfrauen, die dort unter Hauben stehn und schwatzen.

Die Marktplatzmitte ziert ein Denkmal, ein Grabmal für die alte Königin von Preußen. Die Königin soll schön gewesen sein wie alles Junge auf der weiten Welt. Sie starb drauß in der Fremde, doch man holte ihre Leiche heim. Die Trauerpferde zottelten sie nach Berlin. Nachts ward gerastet, so auch im Städtchen Maiberg. Hier auf dem stillen Marktplatz weilten Leiche und Gefolge eine Sternennacht. Das war die Nacht der alten Bürger Maibergs. Die Inschrift auf dem Grabmal zeugt davon: AN DIESER STELLE HIER, ACH, FLOSSEN UNSRE THRÄNEN … O JAMMER, SIE IST HIN … NACHTS D. 19. JULIUS STAND IHRE LEICH ALLHIE …

Die Bürgertränen sind in Stein gehaun. Man kann sie nicht berühren; eine Eisenkette schützt sie und den Sarkophag. Hinter schattigen Kastanienbäumen steht ein Bürgerhaus im Landhausstil der Gründerzeit, und darin ist das Kreissekretariat der Partei untergebracht.

Dort zieht soeben ein neuer Kreissekretär ein. Der alte Kreissekretär Karl Krüger war nicht mehr so gesund, wie er sein sollte. Seine Spannkraft ließ nach, die Zügel entglitten ihm, wie's heißt, und sein Redestil verriet wenig Parteischule.

Die vielen Neuerungen auf dem Gebiete der Landwirtschaft verwirrten ihn und verknäulten sich in ihm. Er ließ den Bauern zuviel freie Hand und war von seiner früheren landwirtschaftlichen Praxis gehemmt. Er war zuwenig wendig, und die Zeit war reif für ein neues Gesicht und eine jüngere Kraft im Kreissekretariat, für einen Kopf, der die Theorie aller Neuerungen souverän beherrschte. Für Karl Krüger machte sich ein längerer Erholungsurlaub nötig.

Der neue Kreissekretär Wunschgetreu steckt noch in den Umzugsarbeiten. Er ist nicht mehr da, wo er herkommt, und ist noch nicht hier, wo er hin soll.

In diesem Trubel springt ihm sozusagen Frieda Simson auf den Hals. Sie will sich vorstellen und von vornherein von der wachsamen Seite zeigen. Große Beschwerde: Unregelmäßigkeiten in der Parteigruppe in Blumenau, womöglich Parteischädlichkeit und sonstiges Kaleika! Wunschgetreu hat nicht Zeit, sich in die Sorgen seiner ungebetenen Besucherin zu vertiefen. »Was sagt die Grundeinheit dazu?«

»Die Grundeinheit?« Der alte Sekretär ist tot, ein neuer nicht zu sehn.

»Da sitzt er doch!« scherzt Wunschgetreu.

Für Frieda läuten die Parteiglocken. Sie schlägt die Augen nieder, so gut es ihr möglich ist. »Gestatte, Genosse, ich bin nur ein Schräubchen!«

Wunschgetreu winkt ab. »Parteigruppe tritt zusammen, nimmt Stellung, Bericht zu mir! Gerade Linie! Durch!«

Ungeahnte Aussichten für Frieda. Am Abend stürzt sie sich auf die Lehrbücher. Ein angehender Parteisekretär muß was herunterschnurren können!

Frieda Simson raschelt in Büchern wie die Maus im Heuhaufen. Wilm Holten schnitzelt an einem Ferkeltrog für Bienkopps Schweinekümmerlinge. Mutter Simson ist, abgeschafft von der schweren Waldarbeit, schon zu Bett gegangen.

»Du hast es gut«, seufzt Frieda. »Bei dir ist Feierabend und Sense. Unsereins muß büffeln und sich qualefizieren.«

»Kannst ja auch sensen!«

»Du, das ist Sabotage an der Parteiarbeit!« Der Scherz gelingt Frieda fast. Sie ist so locker heute. Es sind ihr so angenehme Aussichten entgegengetreten. Sie verspürt eine seltsame Lust, Unfug bis zu der ihr möglichen Spitze zu treiben. »Jetzt zündest du mir zur Strafe eine Zigarette an!«

»Warum nicht?« Wilm tut es.

»Steck mir die Zigarette in den Mund!«

»Warum nicht?« Wilm tut auch das.

»Nun hast du mich so gut wie geküßt!«

»Warum nicht?«

Friedas gelockerte Gefühle gehen durch: Sie stürzt sich auf Wilm. Eine regelrechte Beißerei! Wilm beißt zurück und läßt sich nicht lumpen. Grober Klotz braucht groben Keil! Auf einmal fühlt sich Wilm wie damals, wenn eine angetrunkene Bauernmagd den armen Waisenjungen freihielt und ihn halb liebevoll, halb gnädig auf das Kirmeskarussell hob ...

Die Erde reist durch den Weltenraum. Nach einer Viertelstunde sagt Frieda: »Jetzt hast du mir so gut wie die Ehre geraubt. Nimm selbstkritisch Stellung!«

62

Die Parteigruppe tritt endlich zusammen. Eine von Frieda Simsons guten Seiten wurde sichtbar: Sie machte Dampf.

Wer soll der neue Sekretär sein? Große Unschlüssigkeit. Drei Vorschläge: Jan Bullert, Ole Hansen oder Frieda Simson? Frieda spart nicht mit Hinweisen und Durchblicken, daß sie sozusagen von der Kreisleitung mit dem neuen Kreissekretär Wunschgetreu an der Spitze zum Dorfsekretär ausersehen wurde.

»Nein!« Ole ist dagegen. Frieda mag eifrig sein und das Beste wollen, doch es kommt darauf an, wie man das Beste will. Frieda redet so vom Guten und von der Wahrheit, daß sich die Leute davor ängstigen. Das war auch Antons Meinung. Frieda gelb im Gesicht und eisern: »Anton steht hier nicht zur Debatte!«

Maurer Kelle, der Zweimetermann: »Dann steht wohl auch Lenin nicht zur Debatte, weil er tot ist?«

Frieda schnippisch: »Der Vergleich ist schiefgewickelt und hinkt!«

Emma Dürr empört: »Da habt ihr die Probe!« Frieda, die verstorbenen Genossen keine Achtung entgegenbringt, als Parteisekretär? Nein!

Der Vorschlag Ole Hansen kommt an die Reihe. Frieda wäre nicht Frieda, wenn sie nun nicht an Bienkopp das ihrige auszusetzen hätte. »Es ist zu verzeichnen, daß der Genosse Hansen unerlaubte Institutionen hinter dem Rücken der Partei aufzieht!« Wenn Bienkopp gewählt wird – ohne Frieda. Sie wird nicht baden gehn.

Schließlich wird Jan Bullert, der bisherige Stellvertreter des Ortsparteisekretärs, gewählt.

Es wird spät, sehr spät. Ob spät oder nicht, Frieda verlangt, daß über Bienkopps parteischädigende Abweichungen verhandelt wird. Es ist Bericht zu erstatten. Frieda ist der Kreisleitung verantwortlich.

Emma Dürr springt auf. »Nein; auch hier dreimal nein!« Verantwortlich ist ab jetzt und per Minute Jan Bullert, der Sekretär.

Jan Bullert hat seine eigene Auffassung von der Arbeit eines Dorfparteisekretärs; nicht gesagt, daß sie richtig ist: Bienkopp ist in das Elend der Weibslosigkeit gestürzt worden, eine unverschuldete Krankheit, ein leichter Irrsinn, von dem man ihn heilen muß.

Bullert lädt Bienkopp zu einer Familienfeier ein. Sein Sohn Klaus ist achtzehn Jahre alt und mündig geworden. Bienkopp ist Klaus Bullerts weltlicher Pate. Er hat dem kleinen Mann die erste Flöte aus Holunderholz geschnitzt. Er kletterte mit dem barfüßigen Jungen auf den Kirchturm, zeigte ihm die Glocken und läutete an einem friedlichen Mittwochabend zu einer Hochzeit. Als die Leute vor die Türen traten, lagen die Missetäter schon in einem Strohschober versteckt.

Musik aus allen Knopflöchern – wie kann's auf einem Fest bei Bullerts anders sein? Bienkopp wird mit einem Tusch empfangen. Er soll sich's auf dem Sofa bequem und lustig machen. Auf dem Sofa sitzt Rosekatrin Senf, eine geschiedene

Hübsche aus Oberdorf. Glitzerndes Gablonzgeschmeide an allen freien Stellen. Gehänge wie ein Berliner Brauerpferd. Rosekatrin klopft einladend aufs Sofa. »Hier, Bienkopp, Leidensgefährten müssen sich trösten!«

»Man müßte noch mal zwanzig sein ...«, spielt die Hauskapelle. Die dreizehnjährige Herta und die fünfzehnjährige Tilda singen den Schlager voll Inbrunst und als ob sie nahezu fünfzig Jahre alt wären.

Rosekatrin protestiert: »Dieses Volkslied schmeckt mir nicht!« Sie kneift den nachdenklichen Ole ins Knie. »Sind wir schon leere Pfefferbüchsen?«

Klaus' Saxophon lacht, und die künstlichen Blumen in einer Kristallvase zittern. Klaus hat sich zu seinem Ehrenfest einen neuen Haarschnitt anfertigen lassen. Nicht übertrieben elegant. Georg Schaber, der Dorfbarbier, besitzt noch keine Messerbürste. Er hieb Klaus das Haar mit dem Rasiermesser im Sensenschnitt herunter. Mühselig, aber der Fortschritt wird auch in Blumenau siegen!

Das Familienfest entwickelt sich: Hammelbraten und rote Grütze. Schweinskopf und Sauerkohl. Torte mit einer Achtzehn aus Buttercreme und starker Kaffee dazu. Erdbeerwein, Wodka und Flaschenbier. Verstaubte Couplets von Jan Bullert. »O Mensch, hast du 'ne Weste an, du bist doch sonst so bong ...« Jan Bullerts Couplets kennt Ole aus der Jungburschenzeit; fremder sind ihm Hammelbraten, Torte und Sauerkohl geworden.

Rosekatrin sorgt, daß ihr Tischnachbar nichts ausläßt. Er muß von der Schweineschnauze probieren. »Wenn ich wieder einen Mann hätte und er wäre ausgehungert wie du, würde ich dich lieben, glaubst du?«

Was soll Ole erwidern. »Prost!« Er trinkt das vierte Glas Erdbeerwein. Rosekatrin nickt und rückt näher. »Schade, daß wir schon per du sind! Wie flott wär's jetzt, Brüderschaft mit einem Kuß zu trinken. Für so was bin ich sehr berührungsfähig.«

Ole wird's heiß. Er zieht den Rock aus. An seinen Hemdmanschetten fehlen die Knöpfe. Er krempelt die Ärmel hoch, Rosekatrin kann sich an den haarigen Männerarmen nicht satt sehen. »Wenn ich dieses Glas noch austrinke, ist es schon vorgekommen, daß ich einen Mann sofort in den Arm beiße.«

Ole gesellt sich lieber zu Jan und seinem Schwager Tuten-Schulze. Sie streiten ums Kartoffelstecken. Tuten-Schulzes Zunge hakt schon. »Quadratnest? Russische Moden! Sie sind dort gegen *Invidualismus*. Einzeltum ist ungern gesehn. Auch Kartoffeln müssen zu dritt ins Pflanzloch! Meine unmaßgebliche Zeugung!«

Jan Bullert gibt Rosekatrin Senf einen Wink. »Bist du eingeladen, das Sofa warm zu halten?«

Das Fest klettert auf der Stimmungsleiter empor. Pfänderspiele! Rosekatrin verpfändet ihren Schmuck: Ringe, Ketten, Armreifen und Gehänge liegen schon beim Spielleiter Klaus. »Nun muß ich mir wohl die Bluse ausziehn«, zwitschert Frau Senf und ist gut zu leiden.

»Die Bluse? Nein!« Das will Bullerts Frau nicht verantworten. Wer kennt die Innereien der Männer? Christiane tischt flink die Nachtmahlzeit auf: Bockwurst und Kartoffelsalat – weltliches Gewicht gegen Rauschdummheiten!

Nach der Bockwurst Kirschenkosten. Die Pfänder werden mit saftigen Küssen zurückgekauft. Ein Kuß in Ehren kann niemand verwehren! Auch Bienkopp nimmt hin, was nicht zu umgehn ist, bis Rosekatrin wieder angeschirrt mit ihrem Geschmeide in der Stube steht.

Dann wird getanzt und wieder getrunken. Dabei helfen die Freunde von der FREIEN JUGEND. Sie kommen aus der Versammlung und gratulieren. »Wir wünschen dir, was du dir selber wünschest.« Der Tanz wird moderner. Walzer und Polka sind Großmüttertänze. »Chiko, chiko Charlie« und »Der Theodor, der Theodor ...«

Jan Bullert hält die Rede, eine schwankende Rede, und Frau Christiane hält ihn beim Rockschoß. »Lob auf die Frauen! Ehret die Frauen, sie flicken und kleben ... Sie sind die blauen Kornblumen in der goldenen Männersaat! Männer, die hier nicht genannt werden sollen, kommen ohne Frauen herunter! Der Wohlstand rinnt ihnen wie Sand aus der Hand. Die alles zusammenhaltenden Frauen leben hoch!«

»Sehr richtig!« Beifall von Rosekatrin Senf.

Bienkopp ist nach dem neunten Glas Erdbeerwein so gerührt, daß er sich von Rosekatrin hinausbegleiten läßt. Hinter ihm zwinkert Jan Bullert wie ein Händler auf dem Pferdemarkt.

Bienkopp und Rosekatrin sitzen in der Laube vor Bienkopps Haus. Die kühle Frühlingsluft ernüchtert. »Denk keinen Augenblick, daß Anngret nicht mehr in mir umgeht. Es war ein Schreck. Die Liebe schien dir lebenslang gesichert. Du öffnest eine Tür. Zwei Menschen fahren auseinander. Du spürst es im Herzen klirren. Das Leben ist dunkler geworden. Eins seiner Lichter ist verlöscht!«

Keine verheißungsvollen Worte für die liebeslustige Rosekatrin. Sie legt den Kopf vorsichtig und tröstend an Oles Schulter. Sie versucht es mit einem Seufzer. »Unsereins hat selber das seinige durchgemacht, und das war nicht von Pappe.« Auch der brückenschlagende Seufzer erreicht Bienkopp nicht.

63

Ole umkreist in der Abendstunde die Feldstücke der NEUEN BAUERNGEMEINSCHAFT. Er ist fast wieder gesund. Die paar Kopfschmerzen vom Ziemerhieb dann und wann sind erträglich.

Der Mond geht auf. Die Erde duftet. Bienkopp ist's, als ob ihn der starke Duft der Äcker trüge. Ein Gedanke fliegt ihm zu: Rettung aus Düngernot.

Bienkopp setzt sich auf einen Feldstein und besieht seinen Einfall sozusagen von allen Seiten.

Am nächsten Morgen sprudelt die neue Düngerquelle: Die Mitglieder der NEUEN BAUERNGEMEINSCHAFT fahren verrottete Quecken und Unkrauthaufen, Heidplaggen und Müll auf das ehemalige Gemeindeland vor dem Dorfe.

Die fettesten Dreckhaufen findet Hermann. Gott, der Schöpfer aller Dinge, hat auch den Unrat zum Nutzen der Menschen geschöpft. Hermann lädt Dreck und schwitzt, da hört er einen bekannten Pfiff. Der dicke Serno stampft über den Acker. »Es ist weit mit dir gekommen, Christenbruder. Ein Spitzbub bist du jetzt!«

Aber die alten Quecken verschandeln den Waldrand und Gottes edle Natur.

Natur hin – Gott her – der Dreckhaufen gehört dem Kirchenratsvorsitzenden. Gestohlen ist gestohlen.

Hermann schämt sich rot bis über die Ohren. Er will wieder abladen, aber Serno will nicht so sein: Hermann soll mitkommen sogleich und sofort und auf dem Serno-Hof beim Klauenschneiden der Kühe helfen.

Hermann fährt mit dem Dreck und Serno obenauf ins Dorf. Er hilft bis zum Mittag Klauen verschneiden. Zu Mittag erhält er von der dürren Frau Serno eine Mahlzeit. Nachmittags arbeitet Hermann die Mahlzeit ab. Er, als Mitglied von Oles Gemeinde der Gerechten, wird sich von Serno nichts schenken lassen. Erst am Frühabend fährt er den Dreck aufs Gemeindeland. Teurer Dünger.

Die Scham und ein wenig Widerspruchsgeist treiben Hermann zum Pfarrer. So und so, Herr Pastor.

Der Pfarrer überlegt lange. Keine Seelsorge ohne Diplomatie und Politik! Der Schluß: »Es ist keine Sünde, mein Sohn, ungenutzten Unrat in Fruchtbarkeit zu verwandeln!«

Hermann darf sogar die heilige Grube des Pfarrhofaborts leeren und auch die dortige Jauche in Fruchtbarkeit verwandeln.

Alle Nasen lang läuft Bienkopp, dem Bepflüger der Zukunft, jetzt Rosekatrin Senf über den Weg. Sie spart nicht mit Feuerblicken und Freundlichkeiten. »Ich komme von Bullerts, doch wenn ich dich so einspännertraurig umhergehen sehe, ist es schon vorgekommen, daß ich dir am liebsten die Wäsche waschen möchte.«

Bienkopp mit unerreichbarem Blick: »Mach dir meinethalben keine Mühe!«

Aber Rosekatrin findet andere Gelegenheiten. Sie ist auf dem Wege zur Stadt. In Blumenau zischt ihr die Luft aus dem Fahrradreifen. Kann Ole nicht so lieb galant sein und nachsehen?

Bienkopp sieht nach. Am Reifen fehlt das Ventil, denn Rosekatrin hat es in der Handtasche.

»Wie kannst du das Ventil verlieren?«

Rosekatrin weiß es nicht. Sie ist so zerstreut, und das macht der Frühling. Es könnte vorkommen, daß sie sich selber verliert, wenn sie gewiß sein könnte, daß sie jemand findet, der ihr so nahesteht wie Ole.

Bienkopp mit jenseitigem Erfinderblick: »Gibt's bei euch in Oberdorf herrnlose Dreckhaufen?« Auch ein Liebesgespräch, und die Sage, Ole Bienkopp sei seit seiner Krankheit nicht mehr Herr seines Kopfes, verdichtet sich.

Anngret tut das ihrige dazu. Sie verstreut hier und da kleine Lügen und nicht zuletzt unter die Klatschbasen auf der Dorfstraße: Nichts da von Ziemerhieb! Es war schon ein Wurm in Bienkopps Hirn, ein Bazillus, bevor ihn Julian Ramsch aus Eifersucht mit einem Holzstab auf den Kopf klopfte. Welche Frau wird hinnehmen und gelassen ertragen, wenn ihr Mann mit einer Axt zu ihr ins Bett kommt? Wo in aller Welt braucht man zur Liebe eine Axt!

»Gott steh mir bei! Hast du ihn angenommen mit der Axt?«

Niemals! Anngret wehrte sich, sperrte Bienkopp aus, und er lief mitten im Winter im Hemd auf die Dorfstraße. Jeder weiß das, und wer zweifelt, soll sich ansehn, wie Bienkopp jetzt die Leute um Unrathaufen anbettelt und sich sozusagen über jeden Dreck freut.

Anngret bestaunt ihre eigenen Übertreibungen. Sie hüpfen ihr so leicht von der Zunge; und sie wundert sich über ihre Tränen.

Abends schleicht sie wie eine Diebin um die Sägemühle. Sie hat so Sehnsucht, doch sie versagt sich's, ans Fenster zu klopfen. Julian verhandelt mit Serno und anderen Männern. Geschäfte.

Die Bienkopp-Bäuerin ist sich nicht zu schade, Mampe-Bitter in seiner verkommenen Witwerstube aufzusuchen. »Heißer Bohnenkaffee für Julian Ramsch, bitte. Kleines Labsal nach schwierigen Geschäften. Das Fläschchen Wodka für den Zuträger!«

Im Becher der Thermosflasche ist ein Zettelchen. Im Kaffee ist ein Pülverchen.

64

Förster Stamm geht mit besorgten Jungenaugen umher. Geht's nicht gut in seinem Revier? Alles geht gut: Die Waldarbeiter mögen ihn, weil er kein Forstvergehen darin sieht, wenn er dann und wann seinen Dienstrock auszieht und mit ihnen für eine Stunde Stammholz aus den Dickungen buckelt.

Die Waldarbeiterinnen lieben ihren Jungförster und sprechen achtungsvoll von Horst, dem großen Jungen. Förster Stamm ist unbestechlich, freundlich und hilfsbereit. »Ihre Plaggenhacke hat einen unhandlichen Stiel, Frau Simson.«

»Das ist wahr. Der alte Stiel zerbrach gestern. Wilm Holten muß mir einen besseren schnitzen!«

»Darf man bald zur Verlobung gratulieren, Mutter Simson?«

Nein, beim Charakter von Mutter Simsons Tochter Frieda darf man bitte nicht gratulieren, bevor das erste Kind geboren ist. Ein verquertes Mädchen, die Frieda! Hoffentlich klappt's diesmal mit Wilm Holten. »Sauberer Junge – willig und gut zu leiden.«

Ja, aber was läßt den jungen Förster so besorgt dreinblicken? Er sorgt sich um seine Frau. Sie ist so unpäßlich die letzte Zeit, erwacht am Morgen mit Übelkeit und rennt hinaus. Der Förster hört sie im Hofe stöhnen, springt in die Pantoffeln und eilt ihr nach. »Wieder das Erbrechen?«

»Nein, ja, es ist schon vorüber.«

Seit einiger Zeit belästigt die Försterin der Geruch kuhwarmer Milch. Förster Stamm sieht sich gezwungen, die Kuh eigenhändig zu melken. Die Milch verteilt er mittags an die Waldfrauenbrigade.

Sollte bei der Frau etwas von jenem Ziegentritt zurückgeblieben sein? Stamm sorgt sich, will seine Frau zum Arzt bringen, doch sie wehrt ab. »Never mind!«

»Was sagtest du?«

»Nicht der Rede wert.« Die junge Förstersfrau hat als zwölfjähriges Mädchen eine ähnliche Periode absolviert. Sie konnte damals keinen Hering mehr essen. Was war es? Würmer, Parasiten, waren in ihrem jungfräulichen Leibe zugange.

Förster Stamms Sorgen werden nicht geringer. Es muß ein Riesenwurm sein, ein Bandwurm am Ende, der das Wesen seiner Frau beherrscht.

Der fürsorgliche Förster holt Wurmtabletten aus der Apotheke. Die Frau knabbert daran, und am Nachmittag geht es ihr etwas besser.

Der junge Forstmann versucht, sein Weib zu zerstreuen, und nimmt es mit in den Wald. Er zeigt seiner Cordelia die Reiherkolonie, und er zeigt ihr das Nest des Fischadlers. Diese beflügelten Tiere gibt es, jawohl, aber die Förstersfrau hat mehr Spaß an Bäumen und Holz. »Das ist eine Birke, sehe ich, aber was ist das dort?«

»Es ist eine Lärche.« Der Förster ist froh, seiner Frau botanisch behilflich und ein Lehrmeister sein zu können.

Beim nächsten Waldgang hat die schwarze Förstersfrau Spaß an den verschiedenen Holzstapeln. »Das ist Grubenholz, sehe ich, aber was ist das dort?«

»Es sind Derbstangen.«

»Und was wird damit bewerkstelligt?«

»Wie?«

»Wer bekommt die derben Stangen?«

»Die Derbstangen werden in die Sägewerke gebracht.« Der Förster ist glücklich, seiner Frau auch auf Holzfragen erschöpfend antworten zu können.

Und die Förstersfrau ist voll Liebreiz wie in älteren Tagen, zupft ein Robinienblatt ab und befragt das Orakel: »Er liebt mich, liebt mich nicht, liebt mich ...«

Aber dann will sie wissen, in welches Sägewerk der Stapel Derbstangen kommen wird, vor dem sie jetzt stehn.

»Nach Maiberg, mein Kätzchen!«

»All diese derben Stangen nach Maiberg?« Die junge Frau kann sich so schön wundern. »Wird auch der Herr Ramsch Derbstangen für sein Sägewerk erhalten?«

Jetzt beginnt sich der Förster zu wundern. Seine liebevollen Blicke färben sich um. Er ist im Walde und nicht daheim unter dem rosaroten Lampenschirm. Frau Stamm erschrickt. Aus mit dem munteren Gezwitscher über Bäume und Stangen! Der Förster geht heimzu.

Frau Stamm hat Mühe, die langen Försterschritte mitzuhalten. Sie versucht, das gute Herz ihres Mannes zu erweichen, bleibt stehn, zieht einen Schuh aus, reibt sich den Fuß und stöhnt. Nichts. Das Herz des Försters ist in diesen Minuten aus Hartholz. Steineiche.

Der Förster holt die Kuh aus dem Stall und treibt mit ihr ins Dorf. Er bindet das sanfte Teufelsvieh vor Ramschs Büro am Fensterladen fest. »Hier ist übrigens die Kuh!«

Ramsch wundert sich sehr. »Milcht sie nicht, hat sie Untugenden?«

»Sie ist gefährlich.« Weiter läßt sich Stamm nicht darüber aus. Er hat genug vom Kuhhandel.

Aber die fünf Ziegen sind geschlachtet. »What a pity!«

»Pity oder nicht – dort steht die Kuh!«

Ramsch begreift und rechnet: fünf Ziegen das Stück zu siebzig Mark – macht dreihundertundfünfzig. Er reicht dem

Förster das Geld. Der Förster zögert mit dem Einstreichen. So auf Rosen und Lilien gebettet ist er nicht, daß er einen Hundertmarkschein an ein Kuhbein binden kann, und den Geldschein sandte er Ramsch mit dem Kuhüberbringer.

Ein Hundertmarkschein ist Ramsch nicht untergekommen. Leider. »So sorry!« Aber wenn ein Ehrenmann es sagt, wird es stimmen, und es kann sich nur um Vergeßlichkeit bei Mampe-Bitter handeln.

»Hundert Mark, please!« Kulant, kulant – bis in das Grab.

Der Förster steckt das Geld ein und geht ohne Gruß.

65

Wenn das Geld reicht, trinkt Mampe-Bitter vier Tage hintereinander und schmückt sich seine Umwelt mit wasserklarem Wodka rosarot aus. Am fünften Tage aber, wenn sein Kopf voll Glassplitter zu stecken scheint und die Haare ihn schmerzen, packt er sich beim Hemdausschnitt, beutelt sich und hält Gericht ab. »Schliwin, Schliwin, wie wirst du enden!«

Die jüngeren Leute im Dorf nehmen es wie eine Sage, daß Mampe-Bitter früher Schliwin hieß und ein flinker Dorfschneider war. Die Alten aber erinnern sich noch gruselnd, wie der Gutsinspektor des Schneiders junge Frau verführte und in den Tod trieb. Schliwin, der sein erstes Kind von dieser Frau erwartete, wurde nach ihrem Tode, statt mit den Leuten, auf die es ankam, uneins mit der Welt. Er fand nichts weiter mehr zu bestellen, als seine dunklen Gedanken aufzuhellen. Später wurden die Schmerzen erträglicher, der Blick wieder freier, doch die angenommenen Gewohnheiten Schliwins blieben an ihm hängen wie die Kletten am Bettelmannsrock. Schliwin vertrank seine Schneiderwerkstatt und wurde ein unzuverlässiger Gelegenheitsarbeiter. Die Dorfleute, die an seinem Kummer nicht so lange litten wie er, gaben ihm den Spitznamen und hänselten ihn.

Eine Ausnahme machte der alte Sägewerksprinzipal Ramsch. Schliwin durfte zu ihm kommen und sich ausklagen. Der Prinzipal lieh Schliwins Jammer ein halbes seiner großen Ohren. Das hatte seinen Grund: Auch ein harter Geschäftsmann wie der alte Ramsch, dessen Seele mit Hornhaut überzogen war, braucht dann und wann einen Menschen, bei dem er sich ausklagen kann.

Zuerst aber hörte der Prinzipal sich Mampe-Bitters Klagen an und hielt ihm eine Strafpredigt. Manchmal nahm er dabei nicht einmal den Telefonhörer vom Ohr. Das Fräulein von der Kreispost durfte der Predigt entnehmen, was ihm gefiel. »Was sagst du? Am Ende bist du? Kein Mensch ist am Ende, bevor Gott ihn nicht richtet. Du elender Herumsäufer, du Saufsack, du Schnapsfaß, du Bierkeller, Neigenschlucker, du Spritflasche! Deine Seele schwimmt in Schnaps. Der Schnaps wird dir zu den Ohren herauslaufen. Als Feuerzeug und Fackel wird dich Gott am Jüngsten Tag benutzen. Was kommst du her und klagst? In die Küche mit dir! Friß dich voll, dann geh Derbstangen schlagen!«

Der alte Prinzipal tat nichts umsonst. Er schimpfte nicht einmal umsonst. Jedes seiner Schimpfworte war mindestens einen Pfennig wert. Je länger die Strafpredigt, desto kürzer der Lohn, den Mampe-Bitter von Ramsch erhielt. Doch Mampe-Bitter fühlte sich gerettet, war dankbar für das Essen, das ihm die schrullige Kochfrau auf die Ofenbank stellte, tat Buße und hörte sich am nächsten Abend die Klagen des alten Ramsch an.

Im alten Prinzipal ging eine schleichende Krankheit um. Er hatte sie sich auf einer Lustfahrt in Berlin zugezogen. Niemand, im Namen Gottes, sollte davon etwas wissen; besonders Frau Ramsch, wohnhaft im Hause, durfte nicht die Spur davon ahnen. Ja, der alte Ramsch litt schwer an Geschwüren, und die waren da, und die waren dort.

»Ihr solltet vielleicht ausgeglühtes Tannharz draufschmieren«, riet Mampe.

Nein, der alte Sägemüller schmierte schon mit Totenpech von Altmutter Sebula. Nun wollte er die Geschwüre mit dem

Rauch von Teufelsdreck bedoktern, und Mampe sollte ihm, um jeden Verdacht zu verwischen, den Teufelsdreck aus der Apotheke holen.

So ging es mit Mampe und dem alten Prinzipal. Aber auch der Teufelsdreck rettete den alten Ramsch nicht. Er starb – »nach langem in Geduld ertragenem Leiden«.

Die Anhänglichkeit an den alten Ramsch versuchte Mampe-Bitter auch auf den Sägemüllersohn Julian zu übertragen. Julian übernahm den Gelegenheitsarbeiter und Allesmacher von seinem Vater wie ein Inventarstück.

In lichten Stunden erinnert sich Mampe-Bitter der Mahnung seines alten Schullehrers: »Gott sieht dich!« Er versucht, sich gut mit Gott zu stellen, und wird probeweise fromm. Er bittet Gott um dies und das. Gott aber will wohl nicht gerade Mampes Notnagel sein. Er erhört seinen Knecht Mampe nur bei guter Laune. In den letzten Wochen hat Gott selten versagt. Das muß Mampe ihm lassen. »Führe die Wege des Försters und des Sägemüllers aneinander vorüber!« betete er, und Gott erhörte ihn. Er half das Versaufen eines Hundertmarkscheins vertuschen.

Mampe-Bitter arbeitet wieder einmal beim Altbauern Serno. Die Zeiten sind schlecht. Serno kann sich keine arbeitsfähigen Knaben mehr aus dem Waisenhaus schicken lassen. Knechte … äh – Landwirtschaftsgehilfen – sind rar und hoffärtig. Noch ehe sie die Mütze für einen unterständigen Gruß gezogen haben, sprechen sie von *Tarif*. *Tarif* gehört für Serno zu den seuchenhaften Wörtern wie Pflichtablieferung und Schweinerotlauf.

Nach dieser Sauftour von vier Tagen scheuert die dürre Bäuerin Mampe-Bitter die Seele. »Der Herr straft die Sünder nach ihrem Tode mit dem, was sie auf Erden am meisten begehrten.« Die Bäuerin richtet ihre blassen Augen gen Himmel. »Den Hurer bestraft er mit losen Weibern, die ihn auszehren.«

Dann treff ich dich kalte Schraube im Himmel nicht, denkt Mampe.

»Den Wucherer gräbt er in Geld ein.«

Das kann sich nur um Inflationsgeld handeln, denkt Mampe.

»Dem Säufer litert er Schnaps ein.«

Da kann er bei mir schon was anfahren, denkt Mampe. Er geht an die Arbeit und läßt's an Fleiß nicht fehlen. Er ist wieder zufrieden mit sich, und Serno ist zufrieden mit ihm.

Am Abend verdaut er auf seinem Lager, dem ehemaligen Schneidertisch, die Sernoschen Pellkartoffeln. Mampes Bett fand Käufer, der Schneidertisch nicht. Er war zu groß und zudem von dem kleinen Schneiderzahnrädchen beim Anfertigen von Hosen- und Jackenschnitten zerradelt.

Mampe ist wieder einmal gewillt, ein neues Leben zu beginnen. Bevor er sich zur Abendruhe legte, trug er alles, was Flaschenform hatte und ihn an sein vergangenes Leben erinnerte, aus seiner Gerümpelstube; sogar die Essigflasche versteckte er im Stall.

Auf den Dorflinden zirpen die Heuschrecken. Mampe hört in der dunklen Stube den grünen Flügelfiedlern zu. Sie leben von Sonnenschein und Blattgrün. Mampe-Bitter kann sich nicht erinnern, je einen besoffenen Heuschreck gesehen zu haben.

Die Stubentür wird aufgestoßen. »Mampe, are you there?« Eine knarrende Stimme zerstört das liebliche Heuschreckengezwitscher. »Bist du zu Hause? Antworte!«

Mampe zieht vor, nicht zu Hause zu sein, aber da flammt ein Feuerzeug auf. Mampe schließt die Augen. Oh, wär er jetzt ein Heuschreck in den Lindenblättern! Ein Geprassel von Flüchen ergießt sich über ihn. Zwischen den Flüchen spielt das Wort *Unterschlagung* eine Rolle.

Mampe nimmt, wie stets an nüchternen Tagen, alles ohne Widerspruch hin. Die Tür klappt zu. Ramsch geht. Die kleine Stube ist noch voll von rasselnden Flüchen und unflätigen Worten. Sie scheinen gegen die Fensterscheiben zu drängen wie Schmeißfliegen.

66

Der Sägemüller geht bedrückt umher. Kein Anlaß, den Mund für lustige Liedchen zu spitzen. Eine Kuh bewegt seine Gedanken. Man kennt das, man hat studiert: Duplizität der Fälle. Wieder Schwierigkeiten oder Mißverständnisse in seinen geschäftlichen Beziehungen zu einem Förster. Die Rückgabe der Kuh scheint das Ende der mühselig geknüpften Geschäftsverbindung zu bedeuten; und das, bevor diese Verbindung überhaupt funktionierte.

Die Kuh spricht sozusagen Bände: Die kleinen Intimitäten des Sägemüllers mit der schwarzen Förstersfrau sind vielleicht in einer schwachen Stunde im Ehebett aufgekommen.

Nicht leicht, Geschäfte mit Liebe zu vermischen und jeden dieser Tätigkeitszweige auf die ihm gemäße Art wachsen zu lassen! So schwierig hat sich's Julian Ramsch nicht vorgestellt, als er das Geschäft aus den Sterbehänden des alten Prinzipals übernahm: Haus Ramsch, Naturzäune, Kisten pp., Weltruf. Dein Lattenzaun von Ramsch! Träume voll Lauterkeit von damals.

Andere Zeiten erfordern neue Sitten, Gewohnheiten, Methoden und Höchstleistungen an List. Die Ratschläge der Alten sind unmodern gewordene Regenschirme. Sie stehen im Schrank und verstauben.

Was fehlt dem Sägemüller? Hat er nicht zu essen, zu trinken, zu wohnen, zu leben, er, die alte Prinzipalin, eine Kochfrau und dergleichen? Hat er sein Sägewerk nicht vergrößert? Reißt man ihm die Waren nicht aus der Hand, Staatsaufträge und so weiter? Lebt er nicht ohne Absatz- und Konkurrenzschwierigkeiten, ohne Risiko?

What is the matter? Was will er? Frage eines kommunistischen Jünglings. Ein echter Geschäftsmann will seinen Betrieb nach Belieben vergrößern: Arbeiterheer, Respekt, Dampfsirene, Bahnanschluß, Spiel mit Geld, Heil und Unheil, Sitz im Parlament, wenn so was nun schon einmal da ist. Träume. – Diese Republik der Kleinen Leute ist kein Nährboden dafür. Der Sägemüller hat Trost und aufrichtende Worte nötig.

Unter den jungen Linden der Hauptstadt hält ein blaues Auto. An seinen Kotflügeln blättert der Lack schon ein wenig ab. Es steigt ein Mann aus dem Auto, und der schleppt zwei Koffer die Friedrichstraße hinunter. Der Mann liest mechanisch die Schilder an den Büro- und Geschäftshäusern. DEUTSCHER SCHRIFTSTELLERVERBAND, DEMOKRATISCHE BAUERNPARTEI DEUTSCHLANDS, AUSSCHUSS FÜR DEUTSCHE EINHEIT – alles das kennt und sucht der Mann nicht. Er strebt einer Kellertreppe zu und verschwindet mit seinen Koffern unter der Erde. Dort besteigt er ein unterirdisches Fährboot.

Zwei Arbeiter steigen ins Abteil. Sie tragen Armbinden, sind Volkskontrolleure und sehn sich die Reisenden an.

Der Mann lümmelt sich über seine Koffer, verkriecht sich hinter ein Buch, tut vertieft und liest. Der gut sichtbare Buchtitel heißt: »Über kommunistische Erziehung«.

Das Fährboot setzt sich summend in Bewegung. Die Plakate an den Wänden des Tunnels scheinen langsam, dann schneller zu wandern: *Erst mehr arbeiten, dann besser leben!* Die Schrift verschwimmt, die Plakate werden zu Farbklecksen. Das Fährboot verschwindet im unterirdischen Kanal.

Fünf Minuten Fahrt unter der Erde, und die Lichter eines anderen unterirdischen Hafens tauchen auf. Wieder huschen Plakate an den Fenstern vorüber, sind zuerst nur Farbflecke, werden bemalte Rechtecke und werden lesbar: *Leiste dir was; du hast es verdient, rauch Camel!*

Der Mann atmet auf. Der Duft der *Freien Welt* umweht ihn. Zwar stinkt der Staub des unterirdischen Hafens nicht anders als drüben an der *Roten Küste*, doch hier ist er leise mit dem Duft von Apfelsinen und dem narkotischen Rauch der Präriezigaretten vermischt.

Der Mann staunt sich durch die Straßen der Inselstadt, starrt in die Schaufenster und wird den hastenden Inselbewohnern ein Hindernis. Der Mann versucht, sich anzupassen. Nun schaut er im Siebenkilometertempo auf all die reizenden und erregenden Dinge. Ei, ei, die Funkeldamen! Wie verliebt sie ihn schon am Morgen anschaun! Kurfürstendamm und Tauentzien, jawohl, yes.

Die Heilsarmee singt ihre Lieder zur Gitarre in den sündigen Inseldunst: »Oh, wie schön wird es sein, wenn wir ziehn zu Jesum ein ...«

Diesen Mahngesang empfindet der Mann als einen häßlichen Fleck im munteren Treiben des *Freien Lebens*. Wie? Ist er nicht fromm und im Kirchenrat seines Heimatkirchspiels? Ist seine Frömmigkeit etwa nur Parteigeist, der sich schützend vor Althergebrachtes stellt?

Unangenehmes Gedankengeplauder. Der Mann frühstückt lieber, ißt Schildkrötensuppe und schlürft Austern, Genüsse der *Freien Welt*. Er nimmt hier einen und dort einen drink.

In einer Wechselstube des Freihafens tauscht der Mann rotes Geld in Geld der *Freien Welt* um. Das Geld ist der Erlös für eine verkaufte Kuh. Die Kuh war ein Geschenk, ein Geschenk von der Geliebten des Mannes. Fast eine story aus einem vergangenen Jahrhundert. Der Mann bringt das vertauschte Geld von der roten Kuh auf sein Inselbankkonto der *Freien Welt*.

Der Mann trifft seine Freunde.

»Hallo, Ramsch, old boy, lebst du noch?«

»You see. Du siehst es.«

»Immer noch mit dem Proviantrucksack für Sibirien neben dem Bett?«

Das ist wohl so, und Ramsch hat nichts Nennenswertes zu erwidern. Sie kauen ein Weilchen Gummi miteinander, kauen Erinnerungen, spucken weit und können sich gut leiden.

Am Spätnachmittag trifft Ramsch seinen väterlichen Zusprecher und Ratgeber, jenen seriösen Herrn mit der Nickelbrille und dem philosophischen Tiefblick. Ja, ja, die alte Erde, dieser unmoderne Stern! Das Leben auf ihr ist eine Kette von

Zusammenbrüchen und Niederlagen. Hie und da ein Edler als Zeugnis vergangener Zeiten, ein lebendes Denkmal. »Wie weit ist's übrigens drüben bei Ihnen mit dem Zusammenbruch, Verehrtester?«

Von Zusammenbruch keine Rede! Eine besonders zählebige Rasse kleiner Leute drüben. Rotten sich zusammen, stützen einander! Dem totalen Zusammenbruch wird's nicht leicht gemacht. Nun dieser Kolchos wieder, der sich im Heimatdorf des Sägemüllers auftat!

»How interesting!« Ramschs väterlicher Freund putzt die Brille. Seine Augenlider sind halb geschlossen, seine Luchspupillen funkeln. »Erzählen Sie, bitte!«

Ramsch erzählt. Nicht zu kleinlich und knapp: ein Achtel der Dorfgemarkung schon Kolchos. Keine Einwände. So geht es, und so wird es weitergehn.

Der Mister, seriös lächelnd: »Not at all! Be sure, das ist nun wirklich der Anfang vom Untergang!«

Ramsch ist nicht so empfänglich wie sonst für die alten Trostvokabeln. Das halte aus, wer mag! Schönes Bild: Denkmal alter Zeiten in roter Brandung, aber er ist nicht aus Granit; nein, das ist er nicht!

Der Tag zergeht wie Schokolade an der Sonne. Der Sägemüller erleichtert seine schweren Koffer von frischer Bauernbutter und Räucherspeck. Delikatessen für Inselbewohner!

Die Koffer füllen sich mit Over-Sea-Zigaretten, Nägeln fürs Geschäft, Gummiband für die Kochfrau und Haftpuder für das künstliche Gebiß der alten Prinzipalin.

Der Sägemüller läßt seine Koffer von einem Gepäckträger auf den Bahnsteig schleppen, steigt in den fernenumwehten Interzonenzug und fährt, jeder Zoll ein Gentleman, vom Zoologischen Garten zur Friedrichstraße der Stadt Berlin.

Dort steigt er aus.

67

Die Sonne versieht die Erde mit Mutterwärme. Hafer und Sommerroggen regen sich und keimen. Bienkopp muß oft in sein Spargeld greifen: Süßlupinen- und Luzernesaat, Kunstdünger und Sonnenrosen, Maissaat und dies und das – nichts ohne Geld auf dieser Welt! Franz Bummel bittet um Vorschuß für einen neuen Anzug. Er kann nicht ewig in der alten Leibkutscherlivree umhergehn und als Mitglied der NEUEN BAUERNGEMEINSCHAFT Zeugnis von der ehemaligen Güte des Barons ablegen.

Franz erhält den Vorschuß. Bienkopp geht's darum, den Bittsteller schnell loszuwerden. Er hat andere Sorgen: Die Kartoffelbestände des ehemaligen Bienkopp-Hofes sind dem Saatbedarf der NEUEN BAUERNGEMEINSCHAFT nicht gewachsen.

Kartoffeln, diese harmlos-runden Erdfrüchte, nehmen Bienkopps Gehirn in Anspruch. Er sattelt sein Motorrad und fährt in die Nachbardörfer. Er fuchtelt mit Geldscheinen vor den Nasen der Bauern. Die Kartoffelkeller tun sich auf. Für Blumenau ist Wilm Holten in Sachen NEUER BAUERNGEMEINSCHAFT Kartoffelaufkäufer. Sie erhalten hier fünf Zentner und dort zehn Zentner Saatkartoffeln zu Überpreisen. Gelobt sei, wer das aushält!

Wo Bienkopp Kartoffeln zugesprochen bekommt, spießt er eine Seite der Parteizeitung »Neues Deutschland« auf eine Latte am Vorgartenzaun. Das ist das Zeichen für den Gottesmann und Gespannführer Hermann Weichelt, wo er Kartoffeln aufzuladen hat. Die Bauern lächeln sich zu: »Ein Verrückter!«

Der erste Saatkartoffelhaufen auf Bienkopps Hof. Kleines Aufatmen. Es wird werden! Franz Bummel und seine Sophie könnten schon mit dem Kartoffellegen beginnen. Aber wo ist Franz?

Franz Bummel ist auf und davon, und in Bummels Stall fehlt seit seinem Verschwinden auch die Kuh. Sophie weint und klagt: Es ist wahr, Franz hat die Kuh nicht leiden können, aber schuld an allem ist Bienkopp. Er hat Franz einen neuen Anzug gestiftet und ihn hoffärtig gemacht. Am Ende ist Franz in westliche Länder gereist und ließ sie sitzen!

Bienkopp fährt Trost an: Was soll Sophie geschehn? Sie gehört einer Gemeinschaft an, einer Bauerngemeinschaft vom neuen Typus.

Sophie braucht nicht nur Gemeinschaft und *Typhus* schon gar nicht, sie braucht auch einen Mann. Mag er gewesen sein, wie er will.

Bienkopp verspricht, Franz windelweich zu dreschen, sobald er zurückkommt. Auch ein Trost! Sophie hört auf zu weinen. Sie schluchzt nur noch. Ein paar Eier, kann Bienkopp ihr ein paar Eier geben? Sie hat noch nicht gefrühstückt, denn Franz hat alles, was im Schrank war, als Mundvorrat mitgenommen.

Bienkopp kann Sophie mit Brot versorgen, auch ein Klecks Butter findet sich in der Schlafstube unter seinem Bett, aber Eier! Sophie hat Hühner! Es ist Frühjahr und Legezeit.

Das ist wahr, aber Sophies Hühner legen im Wald hinter Sträuchern. Sophie hat nicht Zeit, diesen Biestern nachzurennen. Es müssen Kartoffeln gesteckt werden, soviel sie sieht.

Eine neue Zwischenaufgabe für Bienkopp: Ordnung im Hühnerhaushalt! Eine moderne Großlandwirtschaft wie die NEUE BAUERNGEMEINSCHAFT kann ihren Eiern nicht hinterherlaufen. Sie kann außerdem nicht warten, bis es ein paar alten Hennen einfällt zu glucken und für die Brut zu sorgen. Also: Hühnergemeinschaftsstall, gemeinsame Kükenaufzucht!

Bienkopp überfällt die Familie Nietnagel beim Mittagessen. »Jetzt wirst du für Eier sorgen!« sagt er zur Genossin Nietnagel.

»Ja, bist du verrückt?«

Wieso verrückt? Die Nietnagels sind mit zwanzig Morgen Land an der NEUEN BAUERNGEMEINSCHAFT beteiligt. Die

Genossin Nietnagel soll die Hühner der Gemeinschaft besorgen und zweihundert Küken aufziehn. Das wird nicht zuviel sein.

Eine halbe Stunde später fangen Bienkopp und die Genossin Nietnagel Bummels Hühner ein. Geschrei, als ob der Fuchs zwischen den Hennen säße. Franz Bummels Hühner widersetzen sich der zugedachten Gemeinschaftshaltung in Bienkopps großem Hühnerstall.

Frau Nietnagel, die bisher das von Dichtern geschriebene Schöne in der Gemeindebibliothek verwaltete, kriecht zerkratzt und zerzaust aus einer Stachelbeerhecke. Bienkopp überschlägt sich beim Einfangen des Bummel-Hahns wie ein Hase nach dem Schuß. Der Hahn fliegt auf einen Apfelbaum, klatscht mit den Flügeln und kräht aufreizend auf seinen Gegner hernieder.

Bienkopp hangelt sich auf den Baum. Mampe-Bitter kommt vorüber. »Was hast du mit dem Hahn, Olechen?«

Der Hahn fliegt vom Baum ins Feld. Bienkopp will hinterher, seine Jacke verfängt sich im Gezweig. Er hängt zwischen Himmel und Erde, rudert mit den Händen, fällt endlich herab und bleibt ein wenig benommen liegen.

»Der Anfall ist vorüber. Jetzt beruhigt er sich«, sagt Mampe-Bitter zu sich selber und geht weiter.

Auch am anderen Ende des Dorfes kreischen die Hühner. Es sind die Hühner Jan Bullerts. Sie kreischen, weil Jan sie einfängt.

Der Frühling lockt die Hennen in die Weite. Die Bauern zogen Zäune um ihre Gehöfte. Die Hühner erkennen diese menschlichen Begrenzungen nicht an. Ihr Scharraum ist die Welt.

Es kommt vor, daß die Hennen bei ihren Ausflügen in die Nachbarschaft der Legedrang überfällt. Sie sind nicht engherzig und legen dort, wo sie eine geeignete Neststelle finden, ohne sich um die Eigentumsverhältnisse ihrer Besitzer zu kümmern.

Josef Bartasch hat nicht gern Streit mit den Einheimischen. Er geht zu seinem Nachbar Bullert. »Holt eure Hühner heim, bitte!«

Jan Bullert muß zu Bartasch hinüber. Bartasch ist umgänglich, höflich und hilft beim Fangen. Kein Wort des Vorwurfs der zerkratzten Gartenbeete wegen. »So Viehzeug, es hält eben zusammen und ist vielleicht gescheiter als wir, no?« Bullert betrachtet seinen Nachbarn wie einen Krankheitsverdächtigen.

Bei Bullerts stehn gepflegte Obstbäume im Garten. Die Felder sind sauber, als sei das Unkraut mit einem Besen hinweggefegt worden. Die große Familie hat viele fleißige Hände.

Bartasch hat nicht mehr und nicht weniger Land und Wald als Bullert, doch sein Ochse ist langsam, und sein Pferd ist alt.

Wenn die beiden Neubauern morgens auf den Hof treten, begrüßen sie sich über den Zaun hinweg und tippen an die Mützenschilder.

»Wie geht's?«

»Es geht!«

»Dann geht's.«

Bartasch könnte ganz gut ein wenig nachbarliche Unterstützung bei der Frühjahrsbestellung vertragen, aber er bittet nicht gern. Er hat zu oft Absagen einstecken müssen, wurde empfindlich und fühlt sich noch immer wie ein geduldeter Fremdling im Dorf.

Und Jan Bullert, bot er Bartasch seine Hilfe an? Nur, wenn Bienkopp, der Vorsitzende der BAUERNHILFE, auf ihn eindrang: »Hilf dem Bartasch ein bißchen! Erinnere dich der Zeiten, wo arm und reich eine Rolle im Dorf spielten!«

»Arm und reich sind heutzutage Charaktersache«, antwortete Jan Bullert.

Ole und Bullert stritten wie vor Jahren als Hütejungen auf der gräflichen Kuhweide, bis Bullert endlich sein Gespann aus dem Stall holte und Bartasch half.

Nun hilft Bartasch Jan Bullert die eingefangenen Hühner wegbringen. Durchs Hoftor kommt Wilm Holten. »Paar Steckkartoffeln für die NEUE BAUERNGEMEINSCHAFT übrig?«

Bartasch zeigt sich geneigt. »Aber ja, warum nicht?«

Jan Bullert schleicht sich mit seinen Hennen davon. Er lacht nicht mehr über Bienkopp wie tags zuvor. Dieser verfluchte Dickschädel bringt es fertig, ihm das Gemeindeland vor der Nase mit Kartoffeln zu bestecken. Kann die Partei sich solche Abweichungen leisten?

68

Der davongeflogene Hundertmarkschein bereitet Mampe-Bitter weitere Unannehmlichkeiten. Der dicke Serno muß, so schwer es ihm fällt, auf eine Mitarbeit Mampes in seinem christlichen Haus- und Feldstand verzichten. Der Altbauer ist nicht in der Lage, einen Landwirtschaftsgehilfen zu beschäftigen, der mit dem Herrengeld von Christenbruder Ramsch wie mit Straßendreck umging. »Hier sind sieben Mark Arbeitslohn für die angefangene Woche. Aus!«

Mampe verspürt eine zwickende Lust, die sieben Mark im Dorfkonsum in Schnaps zu verwandeln. Es wird dem Sünder nicht leicht gemacht, ein neues Leben zu beginnen. Er grübelt die Nacht lang und den ganzen nächsten Tag. Am Abend ist sein Hirn von den Grübelgedanken wie von Maden zerfressen. Er geht in den Konsum um eine Flasche Schnaps. Er wird das farblose Feuerwasser trinken, dann zu Ramsch gehn und dem sagen, was er von ihm hält. Mörder – wird der zahmste Titel sein, den Ramsch von ihm hören soll.

Sodann wird Mampe den alten Ziegenstrick aus dem Stall holen und sich am Haselbusch über dem Grabe seiner Frau aufhängen. Er wird nicht mehr zu sprechen sein und allen Fragern eine blaue Zunge entgegenstrecken.

Es ist ein Sonnabend, und die Frühabendluft ist leicht und lau. Die Holunderblüten duften. Ein Abend, wie geschaffen, sich in die Erde zu verlieben. Selbst Gott scheint zermürbt von den großen Kriegsschauplätzen der Welt gekommen zu sein, um sein Wochenende daheim zu feiern. Er macht sich ein Sonntagsvergnügen und erfüllt die Wünsche der kleinen Leute. Er sieht Mampe-Bitters Kontrollampe rot aufleuchten, raspelt mit seinem breiten Daumen über die Menschen-Wunsch-Kartei, stößt auf Mampe-Bitters Wünsche und schickt ihm einen Schutzengel.

Der Schutzengel geht im schwarzen Kirchanzug die Dorfstraße hinunter und verwickelt Mampe-Bitter noch vor dem Dorfkonsum in ein Gespräch. Der Engel heißt mit irdischem Namen Hermann Weichelt und ist auf dem Wege zur sonnabendlichen Bibelstunde. Hermann, der Gottesmann, kann den heruntergekommenen Mampe-Bitter nicht vorüber lassen, ohne ein wenig für das Reich über den Wolken und seinen Diktator Gott zu agitieren. »Wohin gehst du?«

»Das weiß der Himmel!«

Ja, der Himmel weiß es, aber Hermann, einer seiner Vertreter auf Erden, weiß es auch: Mampe-Bitter will sich seinen Sonnabendschnaps holen. »Berausche dich lieber am Wort Gottes!«

Hermann stößt – wider Erwarten – bei Mampe auf Bereitschaft. Der ehemalige Schneider Schliwin findet es nicht nutzlos, sich vor dem Hängen mit Gott auszusöhnen. Vielleicht rühren seine Umkehr und Reue das Herz des Pfarrers, und der sieht davon ab, Mampe unfeierlich und ohne Grabrede einscharren zu lassen, wie es mit anderen Selbstmördern geschah.

Mampe-Bitter geht mit Hermann in die Bibelstunde. Der Pastor phantasiert ein wenig über die Bibelstelle: »So dich aber dein Auge ärgert, reiße es aus und wirf es von dir.« Mampe-Bitter denkt: Wenn nur der Konsum nicht schließt, bevor der Pfarrer mit dem Augenausreißen fertig ist. Ohne Schnaps wird er außerstande sein, sich zu hängen. Schön und gut: Das Auge liegt im Gesicht, sozusagen an der Oberfläche, aber Mampe müßte sich die Gurgel ausreißen. Da kommt er nicht heran, ohne sich zu zerfleischen. Nette Gedanken in einer Bibelstunde!

Doch Gott aast an diesem Abend geradezu mit seiner Güte.

Hermann läßt Mampe-Bitter nach der Bibelstunde nicht aus und sorgt dafür, daß er fast unangefochten am Konsumladen vorbeikommt. Mampe-Bitter soll in die *Gemeinschaft der Gerechten* eintreten, und das ist Oles NEUE BAUERNGEMEINSCHAFT. Mampe wird dort eine Mark pro Stunde erhalten, wenn er seine Hände nicht schont. Eine Mark, sozusagen aus Gottes Tasche.

Hermann und Mampe suchen Bienkopp. Er ist nicht daheim und nicht bei Emma Dürr, nicht auf den Feldern, nicht in der Scheune; er ist flüchtig wie das Wasser im Korbe. Endlich finden sie ihn im Hühnerstall.

Hermann ist unzufrieden: der Direktor zum heiligen Wochenende so unheilig rastlos!

Bienkopp auf dem Sprung: »Sind wir auf Erden, um uns Bäuche anzumästen?«

Hermann bibelkundig und belesen: »Keiner der Propheten hat sich gegen ein wenig Bauch ausgesprochen!« In der Bibel ist nur von der Sünde der Völlerei die Rede. Völlerei ist so etwas wie Hartleibigkeit. Ole magert ab, weil er hastet. Der Hastige läßt Gott keine Zeit, sich in ihm niederzulassen. Die Hastigen entwischen Gottes bedachtsamem Segen. Die Mitglieder der NEUEN BAUERNGEMEINSCHAFT werden schlecht abschneiden, wenn der Direktor im kommenden Frühjahr gewogen wird. »Was wirst du wiegen? Nicht mehr als ein Heuschreck, und die Mitglieder werden dir Wurst und Speck bringen müssen, damit du dich auffrißt!«

Bienkopp hört sich Hermanns fromme Sonnabendbelehrung lächelnd an. Alles zu seiner Zeit! Im Winter wird er sich mästen, aber was will Mampe-Bitter, der dort untertänig und mit demütig offenem Munde steht?

Mampe-Bitter will in die *Gemeinschaft der Heiligen* eintreten. Hermann will für ihn gutsagen! Der alte Schneider Schliwin ist gerettet und in den Schoß des Himmels zurückgekehrt!

Bienkopp weiß, Mampe-Bitter wird in der NEUEN BAUERNGEMEINSCHAFT nur ein Gastspiel geben, doch es reizt ihn, sich diese Lustbarkeit zu verschaffen, weil er seinen Feind, den Sägemüller, damit ärgern kann.

Zu welchen Umwegen Gott sich gezwungen sieht, wenn er ernstlich vorhat, eines seiner Geschöpfe vor dem unsicheren Tode zu retten!

Also nicht nur Mühe und Sorgen für Bienkopp, auch kleine Freuden. Am Sonntag kehrt Franz Bummel zurück. Er hat seine Kuh gegen ein Pferd vertauscht. Bummel war weit, ganz oben in Mecklenburg, es brauchte seine Zeit, bis er das Pferd zu Fuß nach Blumenau brachte.

Kein Freudentanz von Sophie. Was ist das für ein Pferd? Rippig und mager; an die Hüftknochen kann man Hut und Kopftuch hängen, kein weißes Pferd, kein schwarzes Pferd, ein wie von Fliegen über und über beschissener Schimmel und mindestens zwanzig Jahre alt. Und wie sieht Franz aus? Wo ist der neue Anzug von Bienkopp?

»Da ist er doch!«

Sophie besieht sich die Lumpen am Leibe ihres Mannes. »Ja, bist du völlig ohne Verstand?«

Alles, was Sophie will, aber kein Wort gegen das Pferd! Franz hat es mit Mühe und Strapazen erhandelt. Ein Vollblutaraber, und hier ist der hundertjährige Stammbaum!

Sophie spuckt vor Verzweiflung auf das Papier. Lug und Trug alles!

»Von wegen!« Franz wird unleidlich. Ist nicht an ihm zu sehn, was in dem Pferd steckt? Ein Edelblut, nur mit allen Kräften des Leibes und der Seele zu halten, wenn es loslegt. Eine Blüte der arabischen Prärie! Eine Braut des Windes, diese Stute! Und wie zahm und zutraulich, im Stall, und wenn sie steht. Sophie soll sich lang auf die Erde legen. Franz wird die Stute über sie hinwegführen. Sophie wird heil und unzertreten aufstehn. »Leg dich hin, Sophie!«

Die gequälte Sophie springt ihren Franz an, ohrfeigt ihn und zerkratzt ihm das Gesicht. Dann rennt sie zu Bienkopp. »Sei ihm gnädig, vergib ihm! Es ist alles erledigt!«

69

Seit ihrem achtzehnten Lebensjahr hat Anngret einen so unruhigen Frühling nicht erlebt. Damals folgten die Tage mit Julian auf dem Heidhügel, Erfüllung folgte, aber was jetzt?

Nachts liegt die Bienkopp-Bäuerin schlaflos, zerdenkt, zermürbt sich und fühlt sich alt werden.

Seit einiger Zeit hat sie Wein und Likör im Wäscheschrank für alle Fälle. Sie trinkt von dem bunten Süßschnaps. Vergebens. Auch das Gesöff bringt ihr weder Ruhe noch Schlaf: Wenn Julian nun doch seinem Vater nachgeartet wäre, jenem alten Prinzipal, der um seine Geschäfte einen Mord nicht gescheut hätte? Nein! Siebenmal nein! Sie hat beim Warten und Alleinsein nur vergessen, daß Julian Julian ist, ein Weltmann, ein Kavalier, keine Axt im Walde.

Es währt seine Zeit, aber endlich wirkt das Liebespulver der Altmutter Sebula. Ramsch kommt nachts und steigt beim Fenster ein. Sind das Herrengewohnheiten? Anngret denkt nicht darüber nach. Er ist gekommen. Sie hat gesiegt.

Julian strahlt, ist umgänglich, ein fünfzölliger Herr wie immer. Galante Zeremonien, Kaffee, kleines Gebäck, Konversation, Bildung, Vorgeplänkel, das in kleine Handgreiflichkeiten übergeht. Jugendneckereien, Spiele.

Anngret vergißt die trostlosen Wartetage. Sie vergißt sich und alles.

Julian kost, tost und schwärmt. Er trägt seidene Unterhosen. Fein wie früher. Jugenderinnerungen.

Nachher sitzen sie wie von einer Reise aus südlichen Ländern zurückgekehrt. Die große Standuhr tickt. Der Mond malt Muster auf den blauen Velourteppich. Die Tapetenrosen sind ein blauer Brei.

Julian sitzt auf dem Bettrand. Seine Waden sind muskellos und blaß. Die weißen Haare in seinem Bart flimmern im Mondlicht. Der Sägemüller kratzt sich häuslich die nackte

Brust und tastet nach seinen seidenen Unterhosen. »So sorry, daß wir damals nicht miteinander nach Amerika gingen!«

Ein Liebesbeweis. Anngrets Herz hüpft lammsdumm. »Wieso Amerika? Ist's nicht auch hier schön?« Damals stand so vieles im Wege: der alte Prinzipal und sein Geschäftsgeist, das dumme Medizinstudium. Jetzt ist die Zeit der großen Tage! Anngret lächelt verführerisch wie in den Stunden des Heidhügelfrühlings. »Nichts mehr im Wege. Du könntest mich holen, wenn du nur wolltest!«

Oh, was weiß Anngret! Sie denkt vielleicht die ganze Zeit an die zukunftsträchtige Firma Ramsch, Naturzäune, Kisten pp. Kein Garten ohne Zaun von Ramsch? All das ist Gewesenes, Vergangenheit, abendrote Segel in der Ferne.

Das Leben ist Anngret nicht mit einem Goldkamm durchs Haar gefahren, aber ihr Julian ein Mann, der rechnen muß? Gebündelte Geldscheine, zwei Zentner Blumen für eine kleine Hochzeit, zwei bis drei Klaviere für meine künftige Gattin, bitte – das war Ramsch für sie.

Julian ist ehrlich traurig, nach diesem Liebesflug ohnegleichen davon zu sprechen, doch da Anngret einmal damit begann: Sorry, so sorry, aber wenn er heiratet, muß er leider ein wenig mit dem Mitbringsel der Braut rechnen. Reiner Wein: Er ist darauf angewiesen. Peinlich, so peinlich! »That's the matter.«

Tränengefunkel in Anngrets Augen. Ehrliche Besorgnis beim Sägemüller: nein, aber nein! Jetzt sind sie wohl wirklich aus dem weichen Liebeshimmel auf die hartgebackene Erde gestürzt, auf diesen unmodernen Stern, auf dem das Leben aus lauter Zusammenbrüchen besteht. Kaum hat Gott den schweren Verdacht, der durch den absurden Tod des roten Dürr auf ihm lastete, vom Sägemüller genommen, da tritt dieser Mampe, dieser Bitter, in den Kolchos des verrückt gewordenen Bienkopp ein.

Anngret mit der Hellhörigkeit der Liebenden: »Was hat Mampe-Bitter mit uns zu tun?«

Hat Julian von Mampe-Bitter geredet? Das war nicht seine

Absicht. Immerhin, Mampe war eine treue Seele, ein Erbstück vom Vater, zu mancherlei zu gebrauchen, ein Denkmal aus alten Zeiten. Pietät!

Anngret zieht den Sägemüller wieder ins Bett. Küsse. Liebessiegel. Rote Flämmchen, keine lodernde Flamme mehr, denn Anngrets Gedanken irren ab. Ja, hat sie den Verstand verloren? Sie sitzt in ihrer Stube, wartet und träumt. Eines Tages wird die Tür aufgehn. Mampe-Bitter wird seine Hand an die Hutkrempe legen: Melde eine Neuigkeit!

Die Neuigkeit?

Anngret, du bist verarmt.

Wie das?

Ein Mann namens Bienkopp hat dich arm geplündert!

Merkwürdige Zeiten! Anngret hat sich vom Leben treiben lassen. Das Leben war luderig, lustig, aber blind. Sie streichelt den stumm gewordenen Sägemüller. »So arm bin ich vielleicht nicht, daß du mich nun verschmähen müßtest!«

»Ich fürchte.«

»Du sollst dich nicht fürchten. Es paßt nicht zu dir.«

70

Bienkopp kommt spät aus dem Hühnerstall. Die Genossin Nietnagel betreut dort zweihundertundfünfzig Küken. Ein Zuwachs für die NEUE BAUERNGEMEINSCHAFT, eine Freude.

Und jetzt diese Überraschung: Sein Bett ist wieder in die Mitte der Schlafstube gerückt, steht dort, hat keine Rißwunde mehr, und das zweite Ehebett steht daneben.

Keine Kleinigkeit! Eine große Freude möchte sich dem Bienkopp-Bauern auftun, eine unverhoffte Blüte. Eine Blüte? Eine Herbstzeitlose. Bienkopp trampelt sie nieder. Ist Anngret mit Ramsch fertig? Will sie ihn zwingen, sein Wärmebedürfnis ausnutzen und sich auf diese Weise mit ihm aussöhnen? Bienkopp wagt nicht, sich auszukleiden und zu Bett zu gehn. So niedrig hängen bei ihm die Kirschen nicht.

Ein verstörter Bienkopp stampft durch die Feldmark. Kann's eine Versöhnung mit Anngret geben? Gibt's noch gemeinsame Wege? Hat es sie je gegeben?

Zerlumpt und hungernd hatte er damals seine Bienenburg zusammengebastelt, aber befriedigten ihn Honig und Geld, das sie ihm einbrachte? Anngret durfte die Bienenstöcke gern übernehmen, Honig und Gewinn aus den Waben schleudern. Bienkopp war schon wieder auf anderen Wegen. Er versuchte, Bienen mit längerem Rüssel zu züchten, und die sollten den Honig aus den tiefen Blütenkelchen des Klees holen. Er zerstörte einige Bienenvölker, suchte sich die langrüsseligsten Bienen heraus und gab ihnen einen passenden Weisel.

In jenen Tagen erschien zum ersten Male die steile Falte über Anngrets schmaler Nase. »Was bist du für ein Mensch? Rennst Schrullen nach und mißachtest den Nutzen!«

Als Neubauer trieb Bienkopp mit den Zuchtsauen seine Versuche. Er wollte sie fruchtbarer machen und fuhr in der Rauschzeit mit ihnen im Pferdewagen über Land zu einem Eber, den er sich zu diesem Zwecke ausgesucht hatte. Den eigenen Eber aber ließ er ungenutzt im Stalle stehn.

Es gab Erfolge: In der zweiten Generation erschienen Zuchtsauen von größerer Fruchtbarkeit. Es gab auch Rückschläge: Mit seinen Schweinehochzeitsfuhren holte sich Bienkopp den Rotlauf in den Stall. Einige Tiere krepierten. Anngrets Vorwürfe wurden böser. »Ich habe nie einen Menschen gesehn, der unfähiger gewesen wäre als du, das Seine zu erhalten!«

»Taramdadei, das Leben ist keine Versicherungsanstalt!« Ole führte seine Schweineversuche weiter und zum Erfolg.

Und schon saß Anngret auf diesen Erfolgen, spreizte sich wie eine Glucke und hackte um sich.

Es ist schon spät. Bienkopp schleicht in die Schlafstube zurück. Das zweite Bett ist noch leer. Er setzt sich angekleidet auf den Bettrand ... für alle Fälle.

Die Tür geht auf. Bienkopps Herz bebt. Keine Unkosten! In der Tür erscheint Hermann Weichelt, der Gottesmann, und der scheint nicht nur vom Nektar des Himmels getrunken zu haben. Hermann lächelt wie ein zufriedenes Kind, schwankt zum Bett und streicht über die Kissen; sodann hängt er seinen schwarzen Kirchanzug in Bienkopps Kleiderschrank, packt seine Sächelchen aus und plaudert: »Eine gottgefällige Bäuerin, die Bienkopp-Anngret! Füttert kein Vieh, kocht kein Essen, lebt zurückgezogen und tut doch ihre Christenpflicht.« Bienkopp hat Hermann ein Bett versprochen, aber hat er ihm eins gegeben? Die Bäuerin, dieser Engel in Halbschuhen, gab Hermann Stube und Bett. Wie gesagt: Ole ist zu hastig. Der Herr kann sich nicht in ihm niederlassen.

Hermann setzt seine Schießbrille auf, nimmt sein Bibelchen her, holt seine Abendandacht nach und singt: »Harre, meine Seele, harre des Herrn! ...«

»Hermann, hast du Schnaps gesoffen?«

»Gesoffen? Nein!« Hermann hat mit der Bäuerin fünf Viertelgläser Abendmahlswein verzehrt. Weiß Bienkopp nicht, daß dieser Wein Christi Blut ist? Hermann singt weiter: »... Wenn alles bricht, Gott verläßt dich nicht ...« Er singt, bis er rückwärts ins Bett fällt.

Fette Kost für Bienkopps Nachtgedanken. Er wälzt sich im Bett und nimmt die Schnarchparade seines neuen Schlafgenossen ab. Erst gegen Morgen schläft er selber ein, aber schon wird er von Wilm Holten geweckt. »Ein Einbruch, Ole, ein Einbruch!« Zur Nacht ist der Bull aus dem Stall gestohlen worden, eine Herdbuchkuh dazu.

Bienkopp macht kein Geschrei. Sicher wie ein Traumwandler klopft er an Anngrets Tür. Anngret öffnet verschlafen. Ein Bild für den Familienkalender: Ehemalige Eheleute begegnen sich vor Sonnenaufgang im Nachtzeug. Anngrets vertrauter Duft umfängt den ausgehungerten Bienkopp. Er zittert. »Was muß ich tun, damit du ... du hast den Stier und die Kuh gestohlen!«

Anngret ruhig und überlegen: »Was zitterst du? Es war mein Stier.«

»Aber es war jetzt die zweite Kuh, die du nahmst.«

»Die Hälfte der Wirtschaft gehört mir.«

Bienkopp geht rückwärts in den Flur zurück. Er schließt die Tür, als ob sie zentnerschwer wäre.

71

Das Zimmer des ehemaligen Kreissekretärs Karl Krüger wurde frisch tapeziert und mit Gummi- und Lorbeerbäumen dekoriert. In jeder Zimmerecke ein Baum im Topf. Wenn gelüftet wird, rauscht es wie in einem südlichen Wald.

Karl Krügers schwarzer Schreibtisch wurde neunzehnhundertfünfundvierzig aus einer verlassenen Fabrikantenvilla ins Kreissekretariat der Kommunistischen Partei geschleppt. Jetzt wurde er gegen einen helleren Schreibtisch mit vielen Schubfächern ausgetauscht. Die Zeiten sind lichter, doch komplizierter geworden. Als der neue Kreissekretär Wunschgetreu gewahr wurde, daß sich der lange Schreibtisch wie eine Schranke durch sein Zimmer zog, war es zu spät. Er konnte das teure Möbel nicht nach vierzehn Tagen auswechseln lassen, ohne anspruchsvoll zu erscheinen.

Schuldlos ist Wunschgetreu auch an dem hohen Armstuhl mit ledergepolsterter Lehne. Die Schreibtischhöhe forderte die Stuhlhöhe heraus. Der Klubsessel für Einzelbesucher vor dem Schreibtisch ist aus der Konsumproduktion und vor allem tief. Die Wand hinter dem Lutherstuhl des Sekretärs ist von einem Ölgemälde bedeckt. Es stammt vom fortschrittlichsten Maler des Kreises Maiberg und wurde Wunschgetreu zum vierzigsten Geburtstag von den Parteiarbeitern des Sekretariats geschenkt.

Eigentlich hätte das Gemälde in der Wohnung des Sekretärs hängen müssen, doch es war zu groß und geriet mit den Fensterstores der Genossin Wunschgetreu in Konflikt. Außerdem vertritt Wunschgetreu die Meinung: »Kunstwerke gehören der Öffentlichkeit. Die Zeiten kapitalistischer Kunstsammler sind vorüber!«

Wunschgetreu war früher Stubenmaler, hatte seine Träume und befaßte sich mit dem Kopieren von Ölbildern. Das Gemälde hinter seinem Stuhl scheint ihm kein Kunstwerk zu sein. Es behandelt einen Eisenguß, und der Maler hat nicht mit Rot gespart. Trotz der üppig gemalten Eisenglut bleibt der Betrachter kalt. Die Gesichter der Eisengießer sind von Schutzschirmen verdeckt. Der Maler hat sich's leicht gemacht.

Immerhin, das Bild ist ein Geschenk und wurde auf der Bezirksausstellung von der Kritik gelobt. Schließlich müssen Kritiker, die ihr Fach studierten, besser wissen, was Kunst ist, als Wunschgetreu mit seinem Laiengeschmack.

Das ist die Malerei. Mit der Literatur hat's Genosse Wunschgetreu nicht leichter: Er verabscheut, sich mit Büchern zu umgeben, die er nicht gelesen hat. Zum Lesen gehört Zeit. Die Zeit Wunschgetreus reicht nicht, die Tagespresse, die vielen Vorlagen, Broschüren und Rundschreiben gründlich durchzusehn. Zum Lesen marxistischer Klassiker benutzt der Sekretär zuweilen zwei, drei Stunden eines freien Sonntags. Er entzieht die Zeit seiner Familie.

Wenn von der Bezirksleitung oder dem Zentralkomitee hin und wieder gefordert wird, ein literarisches Werk als *Arbeitsrüstzeug* zu lesen, läßt sich Wunschgetreu das Buch aus der Kreisbibliothek bringen.

Aus diesem Grunde läuft Wunschgetreu oft mit schlechtem Gewissen umher. Überall soll er mitreden und etwas Fundiertes zu sagen haben, und er kommt nicht einmal dazu, die Werke der Schriftsteller des Bezirks zu lesen. Weniger bedrückt ihn, daß er die Bücher der beiden Schriftsteller seines Kreisgebietes nicht las. Es sind parteilose Kinderbuchautoren.

Über Kinderbücher kennt Wunschgetreu von der Parteischule her die Gorkische Maxime: »Für Kinder muß man schreiben wie für Erwachsene, nur besser!« Das traut Wunschgetreu den beiden Kreisschriftstellern nicht zu. Säßen sie sonst in Maiberg? Würde »Neues Deutschland« sonst so beharrlich über sie schweigen?

Oft und oft wechselte und verbesserte Wunschgetreu seinen Arbeitsstil. Trotzdem gelang's ihm nicht, sich auf allen Gebieten, in denen Sachkenntnis von ihm verlangt wird, zu unterrichten.

Es dämmert. In den blühenden Kastanienbäumen vor dem Kreissekretariat säuselt ein lauer Wind.

Es ist einer von Wunschgetreus seltenen freien Abenden. Vor ihm liegen die ungelesenen Tageszeitungen und dort das neueste Heft der »Einheit«, ach ja! Wunschgetreu könnte nach Hause gehn, aber da käme er nicht zum Lesen. Er müßte mit den Jungen Schularbeiten machen. Er würde die Vorwürfe seiner Frau hören. »Man muß sich schämen; die Jungen vom Ersten Kreissekretär so schlecht in der Schule!«

Wenn Wunschgetreu seinen Jungen bei den Mathematikaufgaben helfen soll, wird er unsicher. Man verlangt viel von den Kindern, und Wunschgetreu muß, wenn er über die Volksbildung spricht, sogar noch mehr von ihnen und ihren Lehrern verlangen. Er müßte selber Mathematik studieren!

Um diese Zeit wird heftig an das Portal der Kreisleitung gepocht. Der Nachtpförtner ist schon beim Teekochen. Er hopst nicht gerade zum Eingang. »Ja, man ja!«

Im Portal erscheint der rotbäckige Jan Bullert. »Zum Genossen Wunschgetreu!«

»Bestellt?«

»Muß man jetzt bestellt sein?«

Bullert sitzt vor Wunschgetreu. Sie machen sich bekannt. Wunschgetreu ist wortkarg. »Was gibt's? Erzähl!« Wunschgetreu hat eine Granatsplitternarbe auf der linken Wange.

Die Narbe spannt. Wunschgetreus Gesicht wirkt, als ob es ewig überlegen lächelt. Bullert kommt sich in dem niedrigen Konsumsessel vor wie David vor Saul. »Bitte rauchen zu dürfen!«

Er darf.

Die Sache ist die: Jan Bullert braucht die Hilfe der Partei. Sein Sohn ist ausgerissen. In der heftigsten Frühjahrsarbeit. Der Bengel will auf eigene Rechnung Musik studieren. »Vereinbart sich das mit unserer Auffassung vom Jugendleben?«

Wunschgetreu gleichmütig: »Ist das alles?«

Nein, direkt alles ist es nicht. »Da wäre zum Beispiel ein Fall krankhafter Verschenksucht.«

»Verschenksucht?«

»Reine Verschenksucht auch wieder nicht. Der Genosse heißt Bienkopp und eignete sich hinwiederum unterderhand das Gemeindeland an.«

»Bienkopp?« Der ungewöhnliche Name erinnert Wunschgetreu an Frieda Simsons Besuch. »Wo bleibt der Bericht? Neuer Gruppensekretär bestimmt?«

Der neue Sekretär ist Jan Bullert. Hier sitzt er. Noch unerfahren in der Leitung. Es wäre gut, wenn jemand vom Kreis käme, ein Instrukteur oder dergleichen.

Die Feierabendunterhaltung zwischen Bullert und Wunschgetreu ist nicht lang, ist keine Festsitzung. Wunschgetreu denkt: Lauer Genosse. Familienprobleme liegen ihm näher als Parteiprobleme. Er hat seinen Sohn übrigens ausgebeutet. Er sagt: »Instrukteur wird geschickt. In Ordnung? In Ordnung!«

Eine Viertelstunde später fährt Wunschgetreu nach Hause in die Stadtrandsiedlung. Der Fahrer reckt sich frühjahrsmüde. Der Wind säuselt in den Marktplatzlinden. Aus dem Autoradio quäken einförmige Pseudo-Jazzrhythmen: »Im Frühling sind die Frauenaugen tscha, tscha ...«

»Ausschalten?« fragt der Fahrer.

»Laß dudeln!«

Auch der Frühling hindert das Denkmal der toten Königin

auf dem Marktplatz nicht, eisengitterumgeben vor sich hin zu weinen: An dieser Stelle hier, ach, flossen unsere Thränen ... Sie fahren über das Kopfsteinpflaster des Platzes. Es knackt im Rundfunkapparat, kleine Pause – dann die Stimme des Nachrichtensprechers: »Das Schicksal der Kaiserin Soraya ist ungewiß ...« Wunschgetreu horcht auf. »Was hast du auf der Kiste?« Der Fahrer fingert am Schaltknopf: die Stimme des Nachrichtensprechers wie aus einem Keller: »Erster Kolchos in der Ostzone ...« Wunschgetreu packt den Fahrer bei der Schulter. »Laß!«

»... wurde in Blumenau, einem Dorfe des Kreises Maiberg, der erste Kolchos nach sowjetisch-russischem Muster gegründet. Die Gründung ging auf Weisung höchster kommunistischer Parteifunktionäre vonstatten. Die Bauern wurden gezwungen, ihr Vieh zusammenzutreiben und wie Muschiks gegen Hungerlöhne zu arbeiten ...«

Wunschgetreu läßt halten. Er steigt mitten auf der Hauptstraße aus. »Zigarette? Gib!« Der Sekretär raucht hastig wie alle Nichtraucher, ist blaß und geht auf dem Bürgersteig hin und her.

Nach einer Weile steigt er wieder ein. »Zum Kreissekretariat!« Der Fahrer fährt an. »Halt! Kennst du den Weg nach Blumenau?« Der Fahrer kennt ihn.

Sie überholen Jan Bullert auf der frühlingsfeuchten Landstraße. Der Kreissekretär geht zornbebend auf den einsamen Radfahrer los. »Seid ihr in eurem Kaff verrückt geworden?«

72

Ein Hirtenjunge steckt seine Rute in einen Ameisenhaufen und wühlt neugierig ein wenig darin. Die Ameisengemeinde kommt in Bewegung. Eine halbe Minute vergeht. Der Haufen scheint nur noch aus aufgeregten Ameisen zu bestehn.

So ist's in der Gemeinde Blumenau einen Tag nach der Unterredung von Wunschgetreu und Bullert. Jan Bullert kommt zu keiner Arbeit auf den Feldern. Er rennt hierhin und dorthin. Der Gemeindebote hastet klingelnd durchs Dorf. Nach der Schule rennt auch Anton II als Expreßbote von Genossen zu Genossen: Außerordentliche Versammlung der Parteigruppe mit dem neuen Kreissekretär Wunschgetreu an der Spitze!

Bürgermeister Adam Nietnagel zittert. Frieda Simson hat ihm kurz *ein paar Takte* geflüstert, und die waren nicht dem *Leitfaden zur demokratischen Menschenbehandlung* entnommen. »Jetzt gehst du Wasser saufen, lieber Adam!«

Friedas reger Geist ersinnt eine besondere Losung zur Ausschmückung des Versammlungslokals. Die Genossin Danke vom Dorfkonsum schreibt die Losung mit Kaufmannsschrift auf rotes Fahnentuch: JEDER HAMMERSCHLAG FÜR DEN PLAN IST EIN NAGEL ZUM SARGE DER KRIEGSTREIBER!!! Drei Ausrufezeichen.

Nun ist's Abend. Ein lauer Abend. Auf dem Dorfanger nah beim Auto des Kreissekretärs trillern die Kröten. Die Rallen rufen in den Wiesen, und die Käuze jauchzen. Alle Wesen, die tagsüber mit der Liebe nicht fertig wurden, nutzen die Nacht.

In der Gastwirtschaft Zur Krummen Kiefer sind zwei Stuben erleuchtet: die Gaststube und das Vereinszimmer. In der Gaststube sitzen die Altbauern Serno, Tuten-Schulze, Rinka, Mahrandt, Fischer Anken und alle, die auf ihre Weise mit den Geschicken des Dorfes verflochten sind, auch der Sägemüller fehlt nicht.

Im Vereinszimmer sitzen die Genossen. Niemand hat Zutritt, ausgenommen der Gastwirt Gotthelf Mischer. Mischer kennt sowohl die Meinung der Kommunisten als auch die Meinung der Altbauern über bestimmte Dinge, insbesondere über den *Kolchos* von Ole Bienkopp. Mischer könnte sich ein Bild machen, wenn er könnte. Sein Geschäft verträgt nicht alles. Deshalb gehört Mischer auch keiner Partei an. Er ist zahlendes Mitglied der BAUERNHILFE, denn er betreibt an normalen Tagen eine Landwirtschaft, und er ist FREUND DER VOLKSSOLIDARITÄT. Das genügt.

Im Vereinszimmer brennt am Kronleuchter nur eine Lampe. Mischer muß erst sehn, was verzehrt wird. Die Gesichter der Genossen sind in Dämmer getaucht. Frieda Simsons erdachte Losung steht nicht im richtigen Licht.

Am Tisch sitzen: der Gast, Genosse Wunschgetreu, Frieda Simson, die Genossin Danke, Maurer Kelle, Emma Dürr, kurzum, dort sitzt die Gruppenleitung. Die anderen Genossen hocken verstreut auf den Wandbänken.

Jan Bullert eröffnet die Versammlung. Er begrüßt vor allem den Gast aus der Kreisstadt und bedankt sich für die Ehre. Frieda Simson hebt die Hand: »Zur Geschäftsordnung. Zuerst ein Lied, wie es Sitte und Mode ist!«

Sie singen schlecht, aber sie singen.

Wer Versammlungen einberuft, der soll reden. Jan Bullert ist kein Versammlungsredner. Er spricht nicht frei, natürlich und humorvoll wie sonst im Dorfe oder auf den Feldern. Seine Sprache ist auf Stelzen geschnallt. Bullert hat den Stil amtlicher Versammlungsredner übernommen. Alles muß seine Richtigkeit haben, und in der Kirche darf man nicht pfeifen. »Genossinnen und Genossen, in Anbetracht der großen Aufgaben, die vor uns stehn, rüstet man sich in Berlin zur Parteikonferenz. Auch die Arbeit der Blumenauer Gruppe muß wesentlich verstärkt werden ... Kritik und Selbstkritik sind der Hebel des Gleichgewichts ...«

Jene Genossen, die früher der Kirche angehörten, kennen dieses Drumherum. Beim Gottesdienst nannte man es Liturgie. Sie ist Opium für das Volk. Alle warten darauf, was wirklich kommen soll und muß.

»Wie steht es mit der Frage der Parteidisziplin? Mit der Frage der Parteidisziplin steht es leider in der Blumenauer Gruppe etwas schief ...«

Die Mitglieder auf den Wandbänken rücken sich zurecht. Jetzt kommt's! Jan Bullert holt Atem, ein bißchen viel und lange Atem. »Nehmen wir zum Beispiel den Genossen Ole Hansen, genannt Bienkopp. Hat er nicht in der Vergangenheit hervorragende Verdienste geleistet? Niemand kann sagen, daß er nicht einen wesentlichen Anteil zur Unterstützung des verstorbenen Parteisekretärs Anton Dürr beitrug. Bienkopp war ein vorbildlicher Vorsitzender der BAUERNHILFE …«

Bienkopp ist's, als höre er die Rede zu seinem Begräbnis. Er hat in seinem rechten Gummistiefel ein Loch entdeckt und starrt dorthin.

»Bienkopp hat in seiner Funktion als Kreistagsabgeordneter Wesentliches geleistet! Er war hilfsbereit im Rahmen der bäuerlichen Möglichkeiten. Was aber jetzt, Genossen? Jetzt hat er diesen Rahmen überschritten. Ihr wißt, wovon ich spreche: Bienkopp hat sich hinter dem Rücken der Partei etwas ausgedacht, und wo soll das hinführen? …«

Gastwirt Gotthelf Mischer geht mit gesenktem Blick durch den Sitzungsraum und nimmt Kundenwünsche entgegen. Er tut, als stamme er von einem anderen Stern und verstünde kein Wort. Bier, Zigarren und Schnaps werden bestellt. Mischer kann zwei weitere Lampen am Kronleuchter einschalten.

In der Gaststube richten sich die Augen der Altbauern auf den Gastwirt. »Werden sie den Bienkopp zwischen die Beine nehmen und verdreschen?«

»Sie behacken ihm soeben die Ohren!« Gotthelf Mischer beißt sich auf die Zunge. Hoffentlich verträgt sein Geschäft das!

Anlaß für den Sägemüller zu einer kleinen Bierrede. Eine Bierrede ist eine Rede mit Augenzwinkern und Umgucken. »Kolchosen? Nicht im Entwurf und so weiter.« Augenzwinkern. »Nichts gegen unsere Freunde, aber Rußland ist Rußland, viel Land und wenig fleißige Leute. Deutschland ist Deutschland! Sorry, aber der deutsche Mensch ist nicht für maschinell hergestellte Körnerfrüchte und Kartoffeln. Er ist für landwirtschaftliche Wertarbeit!«

Tuten-Schulze spült sein Kopfnicken mit einem Schluck Bier hinunter. Gotthelf Mischer versagt sich diese Art von Beifall, aber innerlich glüht er zustimmend, und die Warze an seinem Kinn färbt sich rot.

Sernos fette Stimme fällt ein. Eine Stimme wie aus einem verstopften Grammophontrichter. »Gott straft Blumenau. Die Leute gehorchen *Ihm* nicht mehr wie vor Jahren. Kaum hat der *Herr* den Dürr, diesen Unruhgeist, zu sich geholt – hat er nicht? –, da schlägt er den Bienkopp, einen geachteten Bauern und Mann, mit Irrsinn und läßt ihn auf die Gemeinde los – läßt er nicht?«

Im Vereinszimmer hat Jan Bullert die Rednerweste ausgezogen. Er spricht, wie's kommt, schimpft zwischendurch, und das geht ihm besser von der Hand. »Jeder weiß, daß der Genosse Bienkopp zu gegebener Zeit, ob aus Eifersucht oder nicht, einen Ziemerhieb der Reaktion auf sich nehmen mußte, und der war nicht von schlechten Eltern!« Leider hat Bienkopp dem Drängen der Genossen, den Schläger zur Rechenschaft zu ziehn, aus männlicher Eitelkeit nicht stattgegeben. Aber dieser Ziemerhieb hat beim Bienkopp etwas zurückgelassen. »Genosse Bienkopp ist krank. Er stürzt das Dorf mit einer verrückten Spielerei in Verwirrung. Alles aber nahm an jenem Winterabend mit einem Stockschlag seinen Ausgang. Nun rede, wem das Wort gegeben, vor allem Bienkopp, auf den es ankommt! Diskussion!«

Die übliche Pause. Niemand will zuerst sprechen. Adam Nietnagel fürchtet sich, ein gutes Wort für Ole einzulegen. Man wird ihm seinen alten Sozialdemokratismus vorhalten.

Frieda Simson sucht ehrgeizblaß nach einem der Situation gerechten Ausspruch der Klassiker. Außerdem hat der Genosse Wunschgetreu noch nicht gesprochen. Er sitzt da, hört zu und scheint überlegen zu lächeln. Die Situation ist unklar und heikel. Frieda balanciert gewissermaßen auf dem Hochseil.

Wilm Holten ist für Bienkopp und seinen Kolchos, aber er darf nicht, wie er will. Wenn man einem Mädchen die Ehre geraubt hat, ist man kein unbescholtener Mensch mehr. Frieda hat ein bißchen gedroht: »Halt den unausgegorenen Rand in der Bienkopp-Sache, sonst holt dich die Kontrollkommission!«

Die Genossin Danke ist neutral. Wie das Land auch bewirtschaftet wird: einzeln oder gemeinsam – die Bauern müssen im Konsum kaufen. Ihr Umsatzplan ist nicht gefährdet.

Emma Dürr wird rot wie ein Hennchen vor dem Eierlegen im Frühling. »Ole, du sollst verrückt sein, hast du das gehört?«

Jan Bullert: »Das hab ich nicht behauptet.«

Alle schaun auf Bienkopp. Bienkopp ist blaß. Seine Wangenmuskeln mahlen. Er scheint seine Worte von einem Block herunterzubeißen und auszuspeien. »Ich bin nicht krank. Ich bin nicht verrückt.

Da ist ein guter Bauer. Er arbeitet und wirtschaftet wie ein Teufel. Er verläßt sich nicht auf den Zufall, nicht auf die Witterung. Er holt aus seinem Boden, was herauszuholen ist. Der Staat zahlt die Produkte gut. Der Bauer wird reich.

Da ist ein schlechter Bauer. Er wirtschaftet nicht fürsorglich, verläßt sich aufs Glück. Sein Boden bringt nur halbe Erträge. Er kann dem Staat wenig verkaufen, schädigt ihn unbewußt und bleibt arm! Die Menschen sind nicht gleichmäßig befähigt. Die ehemalige Bäuerin Anngret Bienkopp fährt am Sonntag in der Kutsche über Land. Die Bäuerin Sophie Bummel muß daheim hocken, weil sie kein Sonntagskleid hat, geschweige eine Kutsche. Altbauer Serno läßt auf seine Rechnung die Kirche anstreichen; Neubauer Bartasch ist nicht fauler als Serno, aber er kann sich keine Latten für einen Vorgartenzaun leisten. Ich habe fort und fort darüber nachgedacht, wie man die Unterschiede ausgleicht. Ich mache einen Versuch. Die Glucke brütet drei Wochen. Dann spürt das Tier, daß sich unter ihm etwas verändert. Etwas Neues ist unter seinem Bauchgefieder entstanden. Das sind die Küken. Ihr versteht: Sie wollen nicht still sitzen, wollen aus dem Nest in die Welt, miteinander scharren, picken, flattern und lustig sein. Die Glucke macht sich nichts vor. Sie bleibt nicht hocken und wartet ab, was wird. Sie folgt dem Neuen, das unter ihrem Gefieder hervorkriecht. Sie schützt und hütet es. Versucht ein Küken zu greifen, meine Lieben! Ich möcht's euch nicht raten. Die Hände werden euch bluten, und euer Lachen wird unter den Schnabelhieben der Gluckhenne zum Geschrei.

Wir sitzen, wie die Glucke im Nest, im warmen Heute. Die verbrauchte Luft in einer warmen Stube stinkt. Die Zukunft erscheint uns wie Zugluft. Solln wir dümmer sein als eine bescheidene Glucke? Solln eure Enkel auf ein Grab zeigen und sagen: Da liegt der Großvater? Oder sollen sie auf eine große Viehherde zeigen: Dort grast die Herde! Ihre Stammutter zog der Großvater auf. Seht den Park! Der Großvater und seine Genossen legten ihn an, und sie waren weder Gutsbesitzer noch Sklaven. Ihr habt's in der Hand, wie man von euch reden wird!

Der neue Weg führt durch Urwald. Was lauert auf dich im Dunkel? Was springt dir vom Baum herab in den Nacken? Und doch wird man fällen, lichten und blühende Wiesen anlegen. Die Tiere werden sich tummeln vom Morgen zum Abend. Die Menschenhand wird den Wildapfelbaum berühren. Die Grobfrüchte werden golden und groß sein!«

Die harte Emma wischt sich die Augen. An dieser Rede hätte Anton seine Freude gehabt. Auch dem Konsumfräulein, der Genossin Danke, ist in diesem Augenblick nicht mehr gleich, wie das Land bewirtschaftet wird.

Die Erde reist durch den Weltenraum. Bienkopp hat ein Stück Weltraum in die dumpfe Versammlung gerissen.

Der Kreissekretär ist beeindruckt. Etwas verflucht Wahres hinter diesen Bauernworten. Eigenwillige Ansichten. Wunschgetreu hat nichts dagegen, aber stiften sie nicht Verwirrung, wenn sie in die Welt posaunt werden? Der Kreissekretär ist unsicher. Um so sicherer fühlen sich Bullert und die Simson. Frieda genießt den großen Augenblick ihres Auftritts. »Genossen, wenn wir als Partei nichts von Kolchosen wissen wollen, womit haben wir es dann als Partei zu tun, Genossen? Dann haben wir es offensichtlich mit einer nationalen Besonderheit zu tun. Ich frage den Genossen Bienkopp: Dulden wir nicht auch noch den Einzelhandel? Würden wir ihn dulden, wenn's ein Fehler wär? Antwort!« Bienkopp antwortet Frieda nicht. Bullert erteilt sich das Wort: Das Schlimmste, Bienkopp will, daß andere Genossen sich seiner Sekte anschließen. Das Land zusammen? Vogt und Inspektor wie beim Herrn Baron? Die Partei macht sich nicht lächerlich: Soll ein Mann wie Bullert seine Musterwirtschaft aufs Spiel setzen und verplempern? »Was wird diese Sekte auf den übernommenen Brachländern ernten? Der Bankrott zieht herauf. Bienkopp spielt mit dem Hunger.«

Wunschgetreu lächelt. »Gestatte eine Frage, Genosse Bienkopp: Hätte die Partei nicht längst zum Sammeln geblasen, wenn sie das wollte, was du tust?«

Emma Dürr meldet sich. »Bienkopps Sorgen sind nicht vom Himmel gefallen. Er hat sie von Anton übernommen, das war mein Mann. Hat Bienkopp bisher Schaden gemacht?«

Jan Bullert: »Das dicke Ende ist hinten!«

Emma: »Ist die Partei ein Versicherungsunternehmen? Der Kommunismus ist das größte Experiment seit Adams Zeiten. Das ist von Anton.«

Frieda Simson: »Du mit deinem Anton!«

Emma flink: »So einen such dir erst!«

Maurer Kelle, der Zweimetermann, haut auf den Tisch. »Neuer Kapitalismus darf nicht durch! Ich bin für Anton und Bienkopp!«

»Es lebe der Kolchos!« Das war Wilm Holten. Frieda Simson gelang's nicht, ihn niederzuhalten. »Es lebe Bienkopp!«

Bienkopp bleibt ruhig, obwohl ihn das große Zittern bis in die Stiefel hinein gepackt hat. »Ich habe alles überdacht. Mir deucht, ich such nach vorwärts, nicht nach rückwärts!«

Wunschgetreu: »Was vorwärts und was rückwärts ist, bestimmt, dächt ich, noch immer die Partei. Willst du sie belehren?«

Bienkopp zitternd: »Ich stell mir die Partei bescheidener vor, geneigter anzuhören, was man liebt und fürchtet. Ist die Partei ein selbstgefälliger Gott? Auch ich bin die Partei!«

Es zuckt in vielen Gesichtern; Köpfe werden eingezogen. Bienkopp bringt sich um!

Die Simson wird gelb und bissig. »Das geht zu weit!«

Wunschgetreu: »Das kann man klären. Schlimmer ist: Genosse Bienkopp hat dem Gegner Fraß gegeben. Der Feind hetzt. Er besudelt unseren Kreis im Rundfunk! Wie stehn wir beim Bezirk da?«

Bienkopp wühlt in seiner Rocktasche. Er legt sein Parteibuch mit zitternder Hand vor Wunschgetreu auf den Tisch. »Wenn du der Meinung bist, ich helf dem Gegner ...«

Wunschgetreu springt auf und hält Bienkopp am Ärmel fest. Bienkopp reißt sich los. »Du hast mir nicht ein gutes Wort gesagt. Ist die Partei so?« Er geht zur Tür.

Trotz seiner Gummistiefel hört man jeden seiner Tritte. Die Tür klappt. Die Genossen starren.

Bienkopp stampft durch die Gaststube und sieht an den trunkgeröteten Gesichtern vorbei. Die Gespräche der Altbauern versiegen. Bienkopp ist's, als ob Anton ihn wie früher bei der Schulter packte. Das Schwerste ist der Übergang!

Bienkopp will die Tür schließen, da hört er die verhaßte Stimme seines Feindes: »Jetzt haben sie ihn endlich weich geprügelt und so weiter ...«

Das große Zittern übermannt den Bauern. Nun ist alles gleich: Mit einem Satz springt er den Sägemüller an und reißt ihn nieder. Geklirr, Gepolter. Der jähe Zorn macht Bienkopp blind. Er rauft und prügelt, läßt die Fäuste sausen. Der Sägemüller schreit: »Help, help!« Es rührt sich niemand, ihm zu helfen. Die Hände weg vom Leiermann! Hier geht's um Frauen und um Politik!

73

Die Dorfstraße ist menschenleer. Bienkopp wandert durch die helle Nacht zum Kuhsee. Der Wald rauscht. Wildenten streichen am Mondhimmel.

Die warmen Tage trieben das Gras in den Wiesen himmelan. Bienkopp taucht die Hand in die taunasse Grasflut. Auf einem Wiesenstück verweilt er. Es ist die Wiese aus der Zwerglandwirtschaft seines Vaters Paule Hansen.

Bienkopp sieht sich als Junge mit offenem Munde lauschen. Der Vater teilt ihm das Geheimnis dieser Wiese mit: »Der Mensch wird hin und her geworfen. Alles darfst du hergeben; wenn es sein muß – dein Bett, aber diese Wiese vertu nicht!«

Der Vater enthüllte ihm damals das Geheimnis der Wiese. Der junge Bienkopp wuchs in jener Stunde um drei Zentimeter. Er war ein Erbe und war ins väterliche Vertrauen gezogen worden. Er wußte ein Geheimnis.

Was will Bienkopp jetzt zur Nachtzeit bei dieser Wiese? Ist er kopfkrank, wie Bullert behauptet? Hat der Ziemerhieb des Sägemüllers sein Hirn verrückt? Bienkopp nimmt die Ledermütze ab und beklopft seinen Schädel. Wenn ihn jemand so sieht!

Der Vater des dicken Serno stopfte sich sonntags Erde von seinen Feldern in die Taschen. Während der Predigt fingerte er den Ackersand heraus und ließ ihn segnen.

»Was hast du so dicke Hosentaschen, Gotthold?«

»Blut und Boden!«

Es wurde schlimmer mit dem alten Serno. Zuletzt streute er Erde zwischen die Seiten seines Gesangbuches. Verrückt! Man wollte ihm das Erdbesegnen verwehren. Er protestierte. Für ihn war verrückt, wer's mit der Erde nicht so hielt wie er.

Der Vorgänger des jetzigen Nachtwächters zog sich eine Decke über den Kopf, wenn er abends zum Wachen aufzog. Für die Augen schnitt er zwei Löcher in die Decke. »Ich komm dir an jeden Einbrecher heran, und er sieht mich nicht«, sagte er. Die Dorfleute, vor allem die Frauen und die Kinder, fürchteten das Nachtwächtergespenst mehr als Diebe und Einbrecher. – Die Irren wissen nicht, daß sie irren.

Uneins mit sich selber, sucht Bienkopp gegen Morgen sein Lager neben dem selig schnarchenden Gottesmann Hermann auf. Er fühlt sich krank, so krank, daß er zu Bett liegen muß. Mag werden, was will! Er ist ein Mensch zweiter Güte.

Ein Dorfnachrichtenapparat läuft ohne Elektrizität, ohne Draht. Er braucht nur raspelnde Münder und Riesenohren, dann läuft er schon. Ein reines Perpetuum mobile, das allerdings zuweilen geschmiert werden muß wie jede Maschine.

Die Dorfnachrichtenagentur hat zwei Zentralen. Den Barbierladen von Georg Schaber und den Konsumladen. Der Konsumladen ist gleichzeitig das Ersatzcafé der Frauen von Blumenau. Man knabbert ein wenig Keks oder Konfekt, plaudert und wartet auf das Konsumlieferauto.

Der Nachrichtenapparat meldet: »Bienkopp ist aus der Partei ausgetreten.«

Gegenmeldung: »Er ist ausgeschlossen worden.«

Kommentar: »Austreten ist nicht gestattet. Man wird immer ausgeschlossen, auch wenn man austritt.«

Der Nachrichtenapparat meldet: »Bürgermeister Nietnagel abgesetzt!«

Gegenmeldung: »Nietnagel beurlaubt, weil er leichtsinnig mit dem Gemeindeland umging.«

Kommentar: »Sozialdemokraten sind weichlich und wakkelig. Frieda Simson hat die Bürgermeistergeschäfte übernommen.«

Der Nachrichtenapparat meldet: »Bienkopp schlug den Sägemüller nieder!«

Keine Gegenmeldung.

Kommentar: »Das Maß war voll.«

Wie überall in der Welt werden die neuesten Nachrichten nach einer Viertelstunde Geschichte. Die Frauen durchforschen das Schwangerschaftsregister des Dorfes.

Die junge Förstersfrau Stamm betritt den Laden. Sie grüßt

höflich. Sie kauft Brötchen, ein Taschenfläschchen Wodka und eine Flasche Carmol. »Carmol tut wohl«, sagen die Frauen. Sie betrachten Frau Stamms Sommermantel und durchforschen ihr Gesicht. »Wir gratulieren, Frau Stamm. Es war Zeit. Das Nest ist wohl lange gemacht!«

Die Försterin errötet. »Grundfalscher Irrtum!« Die Damen befinden sich sozusagen auf tauber Fährte. Die Försterin hat sich den Magen an kuhwarmer Milch verdorben.

Das Konsumauto trifft ein. Eine Wundertüte, dieses Auto! Es bringt die Segnungen des ferngesteuerten Landhandels: einen Posten warmer Socken für den Sommer, dicke Winterhandschuhe für die Ernte, niedliche Rodelschlitten zum Baden, einen Posten Nagelscheren statt der erwarteten Wäscheklammern.

Frau Stamm schlendert durchs Dorf. Sie hat sich hier noch so wenig umgesehn. Welcher Baustil prägt zum Beispiel die Kirche? »Nein, Gotik ist es nicht.« Die Förstersfrau schaut sich auch andere sehenswerte Gebäude an, das Spritzenhaus, die alte Schule und Gastwirtschaft Zur Krummen Kiefer. Aus der Gastwirtschaft tritt – welch ein Zufall! – Herr Mampe, der Kuhüberbringer.

Die Försterin erinnert sich gern jenes Kuhhandels. Die Kuh war so lustig. »Nanetze!« rief die Försterin, und die Kuh sagt: »Maaah!«

Ja, ja, der Herr Mampe also! Mit Herrn Ramsch kommt er wohl nicht in Bälde zusammen?

»Wenn es nicht sein muß.«

Die junge Försterin ist nicht engherzig. Sie hat zufällig ein Fläschchen Wodka in ihrer Einkaufstasche. Vielleicht frischt das Herrn Mampes Laune ein wenig auf. »Bitte!«

Herr Mampe bedient sich und läßt seinen Adamsapfel hüpfen. Er nimmt ein Briefchen für Ramsch entgegen, hält es an die Nase und weiß Bescheid. »Ein Himmelhund, der Julian.«

»Wie meinen?«

»Er spielt auf zwei Klavieren, mein ich.«

Die Förstersfrau versteht nicht. Mampe-Bitter steckt den

Brief unter die Mütze. Das Briefchen wird über die Kochfrau zu Ramsch gelangen. »Ist's recht so?«

»Mehr als recht, Herr Mampe.«

Der Dorfnachrichtenapparat versorgt auch Frau Anngret. Kleiner Auftrieb für ihre Eitelkeit: Ramsch und Bienkopp kämpfen um sie. Kleiner Zweifel: Weshalb läßt Ramsch nicht von sich hören? Ist sie aus Stein?

Am Abend nimmt sie Zuflucht zum Pfefferminzlikör. Im Sonntagskostüm stolziert sie vor dem großen Spiegel hin und her: Ist die Abendgesellschaft vertagt, Frau Ramsch?

Gott soll es wissen!

Es pocht leise am Fenster. Anngret verjüngt sich mit einem Ruck. Draußen steht Mampe-Bitter. »Go in, Engel Gottes!« Anngret giert nach einer Nachricht.

Mampe muß in einem früheren Leben ein Insekt gewesen sein. Er riecht den Schnaps durch die Wände. »Ein Schlückchen, Anngret.«

Anngret schenkt ein. Mampe ist ihr wie ein Bekannter aus einer gemeinsamen Heimat, der Sägemühle. Sie stoßen an. »Auf das, was wir lieben!«

Mampe hat nichts dagegen. Er liebt den Schnaps.

»Wie geht's in der Sägemühle?«

»Es geht. Hin und wieder ein Brief, aber wenig Zaunholz.« Mampe hat mit der Sägemühle nichts mehr zu tun.

Sie trinken noch eins. Weshalb hat Mampe den Sägemüller im Stich gelassen?

Der Sägemüller hat Mampe mit Polizei und Gericht bedroht. Er hat ihm die Arbeitsstelle bei Serno verkümmert. »Ist er ein Herrscher, der? Leben wir im *feuladistischen Zölibat*?«

Anngret: »Rede deutsch, nicht russisch mit mir! Was war mit dem Hundertmarkschein?«

Mampe: »Schweig und schatt ab!«

»Deutsch sollst du reden!«

Hundert Mark hin, hundert Mark her. Mampe hat schwere Arbeit dafür getan.

Also hat er *schwarzes Langholz* für Ramsch verladen, wenn Anngret richtig versteht?

»Langholz?« Mampe trinkt rasch zwei Pfefferminz. »Ein Baum fällt auf einen Mann. Wie ist der Mann unter den Baum gekommen? Langholz. Darüber schweigt man. Schweigen ist Schwerarbeit. War das deutsch genug?«

Anngret hebt die halbleere Flasche und droht: »Hör auf!«

»Willst auch du mir das Wort verbieten? Noch bist du nicht die Frau Ramsch.«

»Ich bin Anngret Anken!«

»Eine ganz gewöhnliche Metze!« Mampe geht rückwärts zur Tür hinaus. Die Flasche hat er an sich genommen. Notwehr.

Anngrets Lippen zittern. Sie sieht sich – eine angetrunkene Altfrau – im großen Spiegel. Sie tritt in den Spiegel. Die Scheibe zerklirrt. Die Scherben kichern über die Dielen.

Anngret rennt in die Sägemühle. Sie muß den Geliebten vor Mampe warnen. Der Sägemüller ist nicht daheim.

74

Der Abend ist dunkelblau und voller Sterne. Der Sägemüller macht ohne Auto und sonstigen Aufsack einen Besuch in der Försterei. Der Förster ist seit zwei Tagen zur Schulung in der Bezirksstadt. Die junge Frau hat wohl keinen Besuch erwartet, denn sie empfängt den Gast – »pardon mille fois!« – im Morgenrock.

Sie trinken einen Plattenseer Riesling aus dem Fünfflaschenvorrat des Försters. Dem Sägemüller ist's nicht behaglich in der Stube mit den Hirschgeweihen. Sie starren wie Heugabeln von den Wänden. Er ging hierher, weil der Brief der Förstersfrau so eindringlich von wichtigen Mitteilungen sprach. Holzgeschäfte? Vielleicht?

Das Gespräch erwärmt sich. »Ja, was war mit der Kuh?«

Die Kuh war gut, aber die Försterin konnte und konnte den Milchgeruch nicht vertragen. »Mein augenblicklicher Zustand …«

Der Sägemüller hebt sein Glas. »Be happy all the days!« Sie stoßen an. Nach dem dritten Glas Riesling verläßt das Gespräch die Kuhebene. Die Försterin schaut verträumt in eine nicht vorhandene Weite. »Ich kann mich nicht erinnern, daß wir letzt so förmlich miteinander waren, du.«

»Danke, ebenfalls. The same opinion.« Aber diese … diese Hörner ringsum. Eine Folterkammer!

»Oh!« Sie können gut nach nebenan gehn. Macht es Ramsch etwas aus, wenn es sich um das Schlafzimmer handelt?

Nein, das will Ramsch nicht. Er fühlt sich nicht sicher, dieser *Gentleman*.

Die Försterin trinkt ihren vierten Riesling. Sie neigt den Kopf und sucht ein Wort. Sie trinkt noch etwas, findet das Wort, doch sie sagt es nicht. Ist's nicht schrecklich für Ramsch, allzeit allein und ohne Kinder zu leben?

»Kinder? Netter Scherz!« Der Sägemüller zerrt an seinem blauen Binder. »Heiß hier!«

Aber bitte, er darf sich's bequem machen, den Rock ablegen, die Weste, ganz wie er will.

Ramsch legt den Rock ab. Die Weste – nein. Er weiß, was sich gehört. Ramsch hält seine Hosen mit Trägern. Sein Sportbauch verträgt keinen Gürtel. Alles zu seiner Zeit!

Der Sägemüller geht im Zimmer auf und ab, bleibt stehn und lauscht.

»Ging da wer unterm Fenster?«

»Der Hund macht die Runde.«

Die Säbelnarben des Sägemüllers sind blaß. Sollte man nicht die Fensterläden schließen?

Die Försterin, balzdumm und erregt: »Keine Not. Hierher verirrt sich kein Mensch.« Sie bohrt ihre feine Nase in die abgehängte Jacke des Sägemüllers. *Virginia* – endlich das Wort. Save our souls! Ramsch kann sich nicht retten.

Über einer Weile kuschelt sich die Förstersfrau an den Sägemüller. »*Virginia!*«

»What mean's that?«

»Ein Kind wird kommen.«

»Wie?« Konzert auf dem zweiten Klavier: Kinder sind etwas, was sich Ramsch bei seinem unsicheren Geschäft in so unsicherer Zeit am wenigsten leisten kann. Der Gentleman fällt zusammen. Nun kann auch die Förstersfrau hören, wie sehr Derbstangen und Zaunriegel, respektive die Holzzuteilung pp., das geschäftliche Wohlbefinden des Sägemüllers regulieren. Ein Geschäft? Was ist heutzutage ein Geschäft? Eine Marter, ein Golgatha. Hundert Aufpasser und Blutegel auf einen Geschäftsmann.

Die Förstersfrau bedauert unendlich. Sie versuchte zu tun, was sie konnte. Zaunholz und derbe Stangen; sie hat sich mit ihrem Mann verstritten deshalb.

In den Augen des Sägemüllers funkeln Tränen. Es ist möglich, daß sie echt sind.

Der romantische Held, von dem die Förstersfrau träumte, beginnt vor ihren Augen zu schmelzen wie ein Schneemann in der Märzsonne. Sie wird vermeiden, was sich vermeiden läßt. Niemand wird ein Wort über den Vater des kommenden Kindes erfahren.

»Dank im Himmel und auf Erden!« Der Sägemüller weint wirklich. »Ewige Treue und Ergebenheit!«

»*Virginia*«, flüstert die Förstersfrau und ist halb und halb fertig mit dem Sägemüller. Der Kitsch treibt seine Blüten aus Queckenhaufen und Schlamm.

Ramsch zieht seine Brieftasche. Die Försterin rümpft die Madonnennase. »Was soll's?«

»Einen Kinderwagen! Einen Wagen mit Sonnenverdeck und Frostschutz. Doch!«

Der Förstersfrau ist der Sägemüller nicht mehr geheuer. Vielleicht ist sein Hirn nicht gleichmäßig durchblutet?

75

Anngret verfolgt den Geliebten. Die Spuren führen zur Försterei. Die ehemalige Bienkopp-Bäuerin steht unterm Förstereifenster zwischen unschuldigen Sommerblumen. Die Fenster sind hoch. Sie kann nicht hineinsehn, aber sie hört, wie Julian mit der Förstersfrau plaudert, lacht und einig ist.

Der Himmel verhüllt sich. In der Förstersstube wird's still. Licht einer Nachttischlampe. Flüstern. Anngret, die einsame Wölfin, möchte heulen.

Sie steht die halbe Nacht unter einer Hängebuche an der Straße. Es beginnt zu regnen. Tropfen wie kalte Schläge. Der Regen durchnäßt Anngrets Haar, ihre Kleider …

Der Tag zieht herauf. Die Straße belebt sich. Die Waldfrauen gehn zur Arbeit. Anngret streunt zum Kuhsee hinüber. Eine Weile steht sie am Wasser, dem Abbild des regnenden Himmels. Der Regen raspelt im Schilf. Tausend Mäuse nagen an Lebensfäden. Nein! Nein! Anngrets Herzschlag ist stärker als das Todesflüstern.

Dieses graue Elend! Bienkopp liegt noch im Bett. Hermann, sein Stuben- und Bettgenosse, ist längst hoch und versorgt das Vieh. Weichelt ist angefüllt mit dem Gleichmaß Gottes. Der Herr hat ihn gegen die Höhen und Tiefen des Lebens gefeit.

Die Tür geht auf. Das Hühnchen Emma huscht in Bienkopps halbdunkle Stube und zetert: »Was fällt dir ein? Leidensmiene und Nachthemd – sieht so ein Kämpfer aus? Was soll unsereins von dir denken? Sei froh, daß Anton dich nicht sieht!«

Bienkopp wehrt müde ab: Weshalb soll er aufstehn? Vielleicht ist er verrückt, vielleicht ein Feind; jedenfalls ein Mann ohne Parteibuch.

Emma schlägt die Vorhänge zurück, öffnet das Fenster, läßt Luft und Morgensonne in die Stube. »War Anton verrückt?«

»Nein.«

»War Anton ein Feind?«

»Nein.«

Also ist auch Bienkopp weder verrückt noch ein Feind. Was das Parteibuch betrifft: In der Sowjetunion gibt's Genossen mit und ohne Parteibuch. Das hat Anton oft gesagt. Der Herr schaut das Herz an! Also, was ist Bienkopp für ein Klappergestell?

Emma hat ihre Arbeit im Forstrevier aufgegeben. Ab heute steht sie der NEUEN BAUERNGEMEINSCHAFT zur Verfügung. Wird Frieda Simson das Gemeindeland jäten? Niemals! Wer geknetet hat, muß backen!

Bienkopp springt aus dem Bett.

»Herrgott, diese haarigen Mannsbeine!« Emma spuckt aus. »Anton war so haarig nicht!« Hinaus ist das Hühnchen.

Bienkopp ächzt sich in die Stiefel und sucht seine Arbeitsjacke, da öffnet sich leise die Stubentür: Anngret. Sie fällt nicht vor ihm nieder. Sie küßt ihm nicht die Hand. Sie steht nur da und sucht nach Worten. Große Verlegenheit.

»Es zieht«, sagt Bienkopp und schüttelt sich.

Keine Antwort. Gestaute Stille. Endlich fragt Anngret: »Muß ich dich um Verzeihung bitten?«

»Das mußt du nicht, und das sollst du nicht. Was sind Worte? Nichts als geformter Wind.«

»Aber du hast mir einmal das Leben gerettet.«

»Das habe ich. Einmal!«

»Wird's nun wieder so sein, wie es war?«

Bienkopp schaut seiner Vergangenheit ins übernächtige Gesicht: das Fältchengespinst des Alters in den Augwinkeln der Frau! Er friert. »Was muß ich tun ... es wird nie wieder so sein, wie es war!«

»Danke!« Anngret wirft den Kopf in den Nacken. Sie geht, geht noch einmal stolz und steil wie die Anngret Anken von damals, um hinter der Tür des *blauen Rosenzimmers* wie betrogene Frauen in aller Welt durchschnittlich zu weinen. Bienkopp bleibt zitternd zurück.

Frau Anngret geht in der blauen Rosenstube auf und ab, auf und ab. Sie geht über zerspelltes Eis. Noch immer liegen die Scherben des großen Spiegels am Boden. Es klickt, und es klirrt.

Die Bäuerin raucht neuerdings. Sie hat wo gehört, daß Rauchen beruhigt. Sie trinkt Pfefferminzschnaps und geht auf und ab: Soll sie dem Sägemüller adieu sagen? Es wird traurig und weinerlich süß sein, so wie sie es einmal in einem Roman las: Gehab dich wohl, es war ein Traum. Ich war nicht mehr Anngret. Du warst nicht mehr Julian. Vorbei die Jugend, die Heidhügelzeit! Und die letzten Worte werden bitter sein: Du bist nicht besser als dein Herr Vater. Geschäfte, Geschäfte. Du gehst über Leichen. Adieu denn, adieu!

Aber die Wirkung des Pfefferminzschnapses bleibt nicht aus: Die wilde Fischerstochter erwacht. Gibt eine Anken her, was sie liebt?

Sie denkt an die törichten Träume der Heidhügelzeit. Unter ihnen war einer, der läßt sie nicht los: der Traum von der Insel.

Spät in der Nacht schreibt sie einen Brief mit Roggenmehlkleister, mit einer Zeitung und einer Schere. Sie zerschneidet Zeitungsschlagzeilen. Sie zerstückelt Sätze und erhält Worte. Sie zerpflückt die Worte, erntet Buchstaben und setzt sie zu neuen Worten zusammen. Aus dem Wort Sozialismus werden zum Beispiel die Worte: So muß. Gegen Morgen ist der Brief mit Mühe und Mehlkleister fertig.

»Lieber Herr Ramsch!
Wir, einige Leute, sorgen sich um Ihr Schicksal. Aus sicherer Quelle wissen wir: Der Todesfall des roten Anton Dürr wird wieder aufgewickelt. So muß doch jemand geschwatzt haben, daß Sie es gewesen sein sollen, der das Frühstück von jenem unter den Baum getan hat. Wenn Ihnen Ihre Freiheit lieb und wert ist, rät Ihnen obige Stelle, die *Quonsekwensen* zu ziehen. Noch ist es nicht zu spät. Mit Gruß von diesen, die es wissen müssen.«

76

Die Sägewerksarbeiter der Firma Ramsch, Naturzäune, Kisten pp. sitzen im Hof im Nußbaumschatten. Sie frühstücken. Aus dem Wasser des Schwalbenbachs kriecht eine Schlange. Der Schwarze Schulz wirft seine blecherne Brotbüchse nach der verwirrten Natter. Die Natter verschwindet in einem Lattenstapel.

Das Frühstück ist aus. Der Appetit ist verflogen. Die Männer packen den Lattenstapel um. Unter den letzten Latten sitzt zischelnd die Schlange. Sie sieht keinen Ausweg. Ihre Drüsen sprühn beizenden Reptilgeruch in die Luft. Sie züngelt und züngelt. Die Männer stehn da mit Stöcken und Steinen. »Siehst du den Giftzahn?«

»Ich rieche das Gift!« Drei Steine, ein Stockhieb. Tot ist die Schlange.

Die Männer nageln die Natter an eine Stange. Sie stellen die Stange am Schuppen auf.

Die Kochfrau humpelt über den Hof. Ein Zucken geht durch den Leib der Schlange. Er reckt sich steif in die Luft. Eine Schlangenpeitsche gegen das Wohnhaus gerichtet. Die Kochfrau schreit. Die alte Prinzipalin erscheint. »Ihr habt mir die Hausschlange umgebracht!«

Die Frauen begraben die harmlose Ringelnatter unter den Fenstern des *gelben Rosenzimmers.* »Wenn's nur kein Unglück gibt!« Die alte Prinzipalin stellt eine Schüssel mit kuhwarmer Milch auf das Schlangengrab. Sie muß den Schutzgeist des Hauses versöhnen.

Das Unglück sitzt schon im Haus. Der junge Prinzipal erhielt einen Brief. Der Brief ist dick und duftet nach Sauerteig. Er bringt die verstecktesten Nerven des Sägemüllers zum Zucken. Diese Waldmenschen sind wieder hinter ihm her. »In drei devils Namen!«

Auf der Dorfstraße brummt ein Auto. Der Sägemüller versteckt sich im Keller. Nach einer Weile kriecht er wieder hervor. Ein Bierauto fuhr zum Gastwirt Mischer. Gleich drauf hockt der Sägemüller wieder im Keller. Er wird gewahr, wie viele Autos an einem Tage durch ein Dorf der rückständigen *Ostzone* brummen. Verkehrsminister müßte er sein. Was haben Autos in Dörfern zu suchen? Ein wirres Gedankengeschwätz in so heikler Lage!

Dem Sägemüller bleibt wohl nichts übrig: Er wird sein Wort, das er dem alten Prinzipal auf dem Sterbebett gab, brechen müssen. Hat er die Felder der Heimat verspielt? Bleibt da kein Ausweg? Versagt sein wendiger Kopf?

Er schickt die Kochfrau nach Mampe-Bitter.

Es schummert. Endlich kommt Mampe, und Mampe ist angetrunken.

Ramsch gibt sich freundlich. »Hast du gegessen, getrunken? Wie geht's dir?«

Mampe geht's gut. Essen bei Emma Dürr. Verdienst eine Mark die Stunde in Bienkopps NEUER BAUERNGEMEINSCHAFT.

Windstille im Gespräch. Ramsch rechnet. Mampe lauert und trinkt. Holzduft zieht beim Fenster herein. Am Waldrand bellt ein Rehbock.

»Jemand schwatzt über uns«, sagt der Sägemüller. »Bist du es gewesen?«

Mampe versteht nicht.

»Ich rede nicht vom veruntreuten Geld. Es soll dir geschenkt sein.«

Mampe hat kein Geld veruntreut. Es war verdient. »Verschiedene Leute sind billig davongekommen.«

»Was brauchst du?«

»Fünftausend.«

»I kill you!«

Mampe trinkt.

Der Sägemüller verlegt sich aufs Feilschen. Er bietet eintausend.

Mampe-Bitter ist taub.

Der Sägemüller verlegt sich aufs Bitten. Mampe tut's wohl, einmal im Leben die Stiefel geleckt zu bekommen. Er trinkt.

»My dear«, bettelt der Sägemüller, »denk an den alten Prinzipal!«

»Was bin ich? Ein Tier?« Mampes Schnapsteufel fährt aus. Haha, der alte Prinzipal! Sein Sohn ist ein Pfuschwerk. Nicht die Hälfte vom Alten. Venerisch gezeugt, ein Pappmann, ein Hosenscheißer, ein Aufguß!

Der Sägemüller stößt seinen Stuhl um, packt die große Papierschere, holt aus und wirft ...

Mampe-Bitter ist schon hinaus. Die Schere steckt in der Tür. Sie klirrt ein wenig und zittert.

77

In den nächsten Tagen ist der Sägemüller hellhörig und aufgeregt, eine große Waldameise, der man den Weg zum Heimathaufen abschnitt. Ramsch fingert an seinem Schicksal: Er schickt einen Eilbrief ab und wartet auf Antwort. Er nächtigt auf dem Heuboden und hält sich bereit, aus der Bodenluke auf einen Sägespänhaufen im Garten zu springen, wenn sich nachts ein Auto der Sägemühle nähern sollte.

Nach drei Tagen kommt Antwort. Ein Telegramm aus Dinslaken im Rheinland. Es ist an die alte Prinzipalin gerichtet: *»Lieschen lebensgefährlich erkrankt.«* – Die leibliche Schwester der alten Prinzipalin darf nicht ohne Erbschaftsregelung sterben. Die Prinzipalin reist ab.

Der dicke Serno ist überrascht: Seit Hermann Weichelt davon ist, muß er wieder eigenhändig in der Landwirtschaft mitarbeiten. Die Arbeit strengt an. Er kommt vom Fleische. Das Fahrradtrampeln zur Stadt ist ihm ein Graus. Jetzt soll er ein Auto haben. Hat Freund Ramsch keinen Spaß mehr an seinem Auto?

Ramsch kann sich kein Auto mehr leisten. Die Geschäfte gehn schlecht. Ehrlich gesagt: Er will sein Glück in andren Welten versuchen. »Kein Wort darüber! Zu niemand!«

Der dicke Serno schüttelt sich vor Bedauern. Nun auch der Sägemüller! Wieder ein Christenbruder weniger in der Gemeinde. Sehr zu bedauern, sehr zu bedauern. Aber Bedauern nährt seinen Mann nicht.

»Bißchen teuer, das Auto.«

Soll Ramsch als Bettler in andere Welten einziehn?

»Das Inselkonto, wird es so blank sein? Es wird nicht.«

Sieh, eine Falle! Serno erpreßt. Christliche Bruderliebe. Ramsch wird blaß und verschleudert sein Auto. Seine Hoffnungen fliegen zur *Alten Welt.* Eine Welt mit solider Geschäftsmannsehre. *Haus Neuerburg – ein Begriff für solides Rauchen.* Eine Welt mit Korpsgeist. Der Studentenschmiß ersetzt den schmutzigen Personalausweis.

Bereitet Ramsch eine Reise ins Schlaraffenland vor? Er packt ja Silberbestecke ein. Fährt er zu einem Bankett: schwarzer Anzug erwünscht? Er packt ja den seidenbeschlagenen Rauchanzug ein. Er hastet durchs Haus, ächzt und wägt ab. Er reißt das kunstgemalte Bild des alten Prinzipals aus dem Rahmen und schiebt's in den Koffer zu den Silberbestecken. Er rupft den Silberhochzeitskranz der Prinzipalin. Alte Leute hängen an Kleinigkeiten! Echt Silber die Blätter der Jubiläumsblumen!

Die gescheckte Katze schmeichelt ums Tischbein. Ramsch verriegelt die Tür der Vorratskammer. Er schließt die Fenster im *gelben Rosenzimmer.* Der Himmel zwinkert gewitterig. Es fällt ihm nicht leicht, dieses Fortgehn, ihm, einem alten Amerikaner. Halt dich ans Land! Es nährt seinen Mann! Weisheit der Alten, ohne Wissen vom Nachher.

Der Sägemüller hat seine Mutter zum Hause hinausgelistet. Ihre Tränen würden seine Entschlüsse angesäuert haben. Er hätte sich vielleicht überreden lassen, auf das Unmögliche zu warten, bis sich die Zuchthaustore hinter ihm geschlossen hätten.

Ist er ein Verbrecher? Er hat seinen Ruin abwenden wollen, hat Zufall gespielt. Notwehr. War sein Ruin denn so nahe? Das vielleicht nicht. Aber war's nicht sein Recht, seine Geschäftswege zu ebnen? Ist das nicht üblich? Er weiß von Leuten, die Eingeborene und Untervolk hordenweis aus ihren Geschäftswegen räumten.

Ramsch geht durch die Ställe. Sonst hat er nur hineingesehn, um fettes Verkaufsvieh auszusuchen.

Die Kühe springen auf. Sie äugen träge ins künstliche Licht. Ramsch stößt mit dem Reisehut an ein Schwalbennest. Die Jungschwalben girren verängstigt. Die Altschwalben stoßen spitze Warnschreie aus.

Der Sägemüller sieht sich als Kind auf dem Hofe im Sand spielen. Die Schwalben fahren über ihn hin und verschwinden im Kuhstall. Er entdeckt das Schwalbennest. Er sah die bedaunten Jungschwalben über den Nestrand lugen. Er wollte sie haben,

Er lernte eine Leiter erklimmen. Er patschte ins Schwalbennest. Seine begierigen Hände drückten das verletzbare Leben aus den nackten Jungvogelleibern. Was er in Händen hielt, war nicht das, was er haben wollte.

Aber da waren die Altschwalben, blau schillernd und flüchtig. Er lernte schießen. Er schoß, und er traf. Ein Bündelchen Federn flatterte ihm vor die Füße. Das, was er in Händen hielt, war nicht das, was er haben wollte.

Sein ganzes Leben lang war das, was er in Händen hielt, nicht das, was er haben wollte. Doch die Wünsche, haben und haben zu wollen, nahmen nicht ab; sie vermehrten sich.

Er wünschte die stolze Fischerstochter. Er hielt sie in seinen Armen, da beugte sie ihren Nacken und war nicht mehr das, was er haben wollte.

Er lenkte einen fallenden Baum auf den Querulanten Dürr … Das Ergebnis war nicht, wie er's haben wollte.

Kein Keim von Weisheit und Reife: Jetzt will er die Freiheit, wie er sie versteht.

Der Sägemüller lädt seine Koffer ins Auto. Er fährt vom Hofe, steigt aus, schließt das Tor. Der alte Prinzipal mochte geöffnete Tore nicht.

Er fährt bis auf Sernos Hof und lädt seine Koffer auf einen Pferdewagen. Das Auto wird in die Scheune geschoben. Serno fährt Ramsch zum Nachtzug. Es blitzt. In der Ferne grollt Donner. Altbauer Sernos fleischige Abschiedshand – das letzte Stück Heimat, das Ramsch berührt.

78

Die Sommersonne scheint den Gerechten und Ungerechten. Die Gerste ist reif, und der Roggen gilbt. Der Weizen wogt noch wie fischvolle See an die Uferraine.

Keine Verzagtheit bei den Leuten der NEUEN BAUERNGEMEINSCHAFT. Seht Kapitän Ole! Wie er dasteht in schwerer Seenot! Seht die fröhlich keifende Emma, ein Hühnchen, das sich nicht fortscheuchen läßt, wo es scharrt! Seht Wilm Holten, der lieber die Braut verließ als Ole und seinen Kolchos!

Auch die andern Mitglieder tummeln sich und tun, was sie können. Sie warten nicht auf die Maschinen von der Ausleihstation. Wer weiß, wann die kommen! Ihr Fleiß wird sich lohnen. Die Ernte wird gut.

Bienkopps Motorrad steht vor der Tür. Bienkopp will in die Stadt um Geld. Er flitzt ins Haus, sein Sparbuch zu holen. Er verwahrt es in einer Zylinderhutschachtel. Den nutzlosen Hochzeitszylinder hat Bienkopp dem Schornsteinfeger geschenkt. In der leeren Hutschachtel lag auch Bienkopps Parteibuch, als er noch ein Genosse und vollwertiger Mensch war.

Bienkopp langt in die Schachtel: Das Sparbuch ist weg. Das Sparbuch weg? Bienkopp hat's die letzte Zeit so wenig nicht benutzt, er hat's fast so fleißig gehandhabt wie Hermann sein Gesangbuch.

Bienkopp durchkramt alle Jackentaschen. Versagt sein Gedächtnis? Er sucht, er mißtraut sich selber, sucht unterm Schrank. Ist Hermann ehrlich? Gott stiehlt nicht. Und Anngret? Das Sparbuch hat Anngret!

Bienkopp belagert Anngret im *blauen Rosenzimmer.* Verläßt sie denn nie mehr das Haus?

Bienkopp feilt einen Nachschlüssel. Er schleift und poliert ihn am Schleifstein im Hofe. Vom Schleifstein kann er in Anngrets Stube sehn. Anngret tritt barsch an das Fenster.

»Was ist?«

»Nichts ist. Ich schleife hier was!«

Es dämmert. Die Wachteln singen im Roggen. Der Sprosser flötet. Anngret geht aus. Sie geht an den Kuhsee. Wildenten plärren, ein Reiher krächzt heiser. Anngret hört's nicht. Abend und perlmuttgefärbte Wellen, Kornduft weht aus der Feldmark herüber. Nichts mehr für Anngret. Sie ist eine Fremde. Eine ausgerissene Rose im See. Ein Spielzeug von Wellen und Wind.

Es ist schon dunkel, bis Anngret ins Dorf geht. Am Schwalbenbach vor der Sägemühle quaken die Frösche.

Anngret steht unterm Fenster des *gelben Rosenzimmers.* Sie wartet und wartet. Nichts rührt sich. Sie pocht, geht ums Haus, pocht hier und pocht dort. Das Fenster der Kochfrau, das Fenster der Prinzipalin. Nirgendwo Antwort. Die Frösche quaken. Die Sterne stehn hoch. Die Erde reist durch den Weltenraum.

Ein Stein fliegt ins Fenster. Die Scheiben zerklirren. Frau Anngret steigt ein. Wie eine Diebin steigt sie ins *gelbe Rosenzimmer.*

Fast um die gleiche Zeit klirren die Scheiben in Bienkopps Haus. Bienkopp steigt in das *blaue Rosenzimmer.* Der Schlüssel, den er sich feilte und schliff, hat versagt.

Bienkopp tastet sich durch die Stube. Eine Vase zerklirrt, ein Bild fällt vom Nachttisch. Was für ein Bild schon? Ein Photo seines Rivalen, sicher. Er schleudert das Bild in die Ofenecke.

Bienkopp durchstöbert Kasten und Kästchen. Er findet gebündelte Briefe, Ketten, ein Armband, ausgeschnittene Zeitungsbuchstaben, Hautcreme, Parfüm und Schönheitswässer, aber das gemeinsame Sparbuch findet er nicht.

Bienkopp sucht auch im Kachelofen. Das Feuerloch ist voll Papier. Er reißt es heraus und durchtastet den Rauchabzug. Er zündet ein Streichholz an und sieht das zerschmetterte Nachttischphoto: der junge Bienkopp mit steifem Hochzeitszylinder, die weiße Nelke im Knopfloch. Anngret an seine Schulter geschmiegt. Verlogene Vergangenheit!

Bienkopp sitzt auf dem Bettrand, ein wenig ratlos, die rußigen Arme baumeln ins Leere. Hermann schnarcht gottergeben. Die Erde reist durch den Weltenraum.

So lang auch die Nacht wird, einmal muß Anngret kommen. Was aber dann? Er braucht das Sparbuch. Er hört Sophie Bummel jammern: Kein Geld mehr im Hause! Ole, gib Geld!

Im Dorf wird man lachen: Die Sekte geht Wasser saufen!

Anton, was machen? Mit Anngret versöhnen? Würdest du das verlangen?

Der Kummer drückt Bienkopp aufs Bett. Anngret kommt heim. Bienkopp geht zu ihr. Im *blauen Rosenzimmer* steht Mondlicht. Anngret ist bleich. Sie sitzt wie damals auf einem Kornsack.

Gib mir das Sparbuch! Sophie Bummel braucht Geld. Emma Dürr hat zwei Kinder, Anngret, das Sparbuch! Anngret geizig und herrisch: Niemals! – Du machst mich zum Popanz. Hörst du die Leute lachen?

Bienkopp erwacht. Zwei Hühner gackern vor dem Fenster.

Aus dem zerschlagenen Fenster des *blauen Rosenzimmers* weht die Gardine. Zögerndes Abschiedswinken. Die Stubentür steht auf. Die hinausging, hatte keine Hand frei, die Tür zu schließen. Auf dem Tisch steht ein Kornblumenstrauß. Sind's Blumen, ist's Unkraut? Unter dem Strauß steht ein zerbrochenes Bild. Das Bild ist mit blauer Zimmermannskreide durchstrichen. Einer der Strichbalken zieht sich quer durch Oles Gesicht.

Bienkopp tappt vom Tisch zum Klavier. Ihm ist's, als stünde er in der Stube einer Verstorbenen. Er klappt den Klavierdeckel zurück. Ein schmerzender Mißklang prellt gegen die blauen Tapeten.

Zweiter Teil

I

Die Erde reist durch den Weltenraum. Eine matte Sonne wälzt sich aus den Wäldern. Bleiches Licht fließt über die Erde. Die Landschaft lichtet sich. Die Sicht wird weiter. Frühherbst.

Durch das taugraue Gras zieht sich eine Naht aus großen Tapfen. Die Tapfen hinterläßt ein Mann. Er geht in hohen Gummistiefeln durch die Seewiesen.

Die Sonne trifft den Waldsee. Der See schlägt sein Auge auf. Der Mann hebt die Hand an die Stirn. Das Geglitzer des Sees ist ihm zu laut. Frühherbst.

Die Naht der Mannstapfen zieht sich weiter um den See und sagt: Hier ging der Vorsitzende der Landwirtschaftlichen Produktionsgenossenschaft BLÜHENDES FELD. Er ging am Sonntag vor Sonnenaufgang den See befragen.

Vor Jahren hieß die Genossenschaft NEUE BAUERNGEMEINSCHAFT. Bienkopp und seine Freunde wurden gehänselt wie Sektenheilige. Vergangene Zeiten, Geschichte.

Die Genossenschaft BLÜHENDES FELD zählt jetzt fünfundzwanzig Köpfe und mehr; denn Bienkopp ist ein Mann mit drei Köpfen und einem Dickkopf dazu. Es ist nicht zu verlangen, daß ihn Leute wie der dicke Serno, Fischer Anken, der Rechner, oder Tuten-Schulze, der bäuerliche Schläuling, lieben. Für sie ist Bienkopp ein roter Bull in einer Herde schwarzgescheckter Kühe, ein Verbrecher an gutbäuerlichen Sitten, ein Sittlichkeitsverbrecher.

Es nimmt auch nicht wunder, daß Jan Bullert, der ehemalige Hütebruder, Bienkopp nicht gerade verehrt. Für Bullert ist Bienkopp ein Hans Wagemut, der mit dem Glück spielt und die kaum erreichte Ehre des Neubauernstandes untergräbt.

Bedenklicher ist's, wenn nicht alle Genossenschaftsmitglieder Bienkopp gleichmäßig und beharrlich zur Seite stehn. »Ist das BLÜHENDE FELD nicht ein freiwilliger Verein?« fragen sie. »Wurden nicht allen Mitgliedern Himmelszeiten versprochen?« Was jetzt? Man muß sich in den Himmel dienen, viel arbeiten bei niedrigen Einkünften. Dabei lag das Geld auf der Straße. »Langt zu! Macht der Gemeinde mit eurer Armut keine Schande!« sagte der Staatsapparat aus dem Munde der Bürgermeisterin Frieda Simson.

Bienkopp, der Dickschädel, nahm nur einen kleinen Kredit für die Zeit des schweren Beginns, und sogleich setzte sich dieser Steinfresser in den Kopf, die Schulden wieder abzutragen. »Kredite hin, Kredite her – niemand hat etwas zu verschenken; am wenigsten ein junger Staat der kleinen Leute«, sagte er und fertig!

Wohin wurde der Topf mit Himmelshonig gerückt, aus dem Franz Bummel und Mampe-Bitter naschen wollten? Was wurde aus dem wohltätigen Vorsitzenden, seit er diesen pensionierten Kreissekretär Karl Krüger ins BLÜHENDE FELD nahm? Ein Gutsinspektor müßte man sagen, wenn Bienkopp sich nicht selber am wenigsten schonen würde. Ein Pferd, der Ole, in dieser Hinsicht!

Seit einem Jahr leuchtet aus dem Gewirr der vermoosten Dorfdächer ein Dach im Rot frischer Ziegel. Das ist das Dach des neuen Genossenschaftskuhstalles, eine Zierde, eine Pracht! Das Denkmal einer neuen Dorfgeschichte, ob's von allen Bauern erkannt wird oder nicht. Für Mampe-Bitter bedeutet der neue Stall vielleicht zweihundertunddreißig nicht gesoffene Flaschen Schnaps; für Franz Bummel fünfhundertundachtzig ungeklopfte Kartenspiele. Für den dicken Serno und seine Kumpane ist der neue Genossenschaftskuhstall eine Herausforderung, eine noch unbestrafte Gotteslästerung.

Aber Bienkopp trägt auch jetzt die Hände nicht sattbäuerlich verschränkt und läßt das Leben auf sich zukommen. Nein, er geht dem Leben entgegen: Zeig her, was hast du für die Leute vom BLÜHENDEN FELD im Sack!

Letzte Nacht schlief er schlecht. Das Leben hielt ihm den Kuh- und Kalbsee entgegen. Was ist ein See?

Ein See ist eine Fläche wasserbedeckten Landes. Was kann wasserbedecktes Land, das nur von hundert Leuten mit einer Menge Maschinen trockengelegt werden könnte, einer Genossenschaft nutzen? Bienkopp redet noch wie in der Kindheit mit Dingen und Tieren. »Da liegst du nun in deiner Pracht, aber was kannst du leisten?« sagt er zum sonnentrunkenen See.

Die Sonnenstrahlen erwärmen die Luft. Die Luft säuselt. Das Schilf rischelt im Morgenwind. Auch eine Antwort.

Bienkopp redet auch mit den erwachten Schilfhalmen. »Hier steht ihr stolz, wispernd, fast unnütz und könntet eine Zeitung, ein Plakat oder eine Matte sein.«

Dem See entfließt ein Bach. Der Bach trödelt durch die Wiesen, versumpft und versäuert sie. Dort bleibt Bienkopp auf einer Wiese stehn und schneidet sich eine Erlrute. Die Rute ist doppelt so lang wie er. Er mißt einen Meter und achtzig Zentimeter – Militärmaß, als der Krieg begann.

Bienkopp schiebt die Mütze in den Nacken. Sein Haar quillt hervor. Es hat jetzt die Farbe verschimmelter Kastanien. Er bohrt die Erlrute in die Sumpfwiese, zieht sie heraus, läßt sie durch seine Handfläche gleiten, nickt befriedigt und sichert nach allen Seiten. Hat er eine Untat begangen? Nein, das Sichern ist eine alte Gewohnheit. Sie gehört zu dieser Wiese.

Hat Bienkopp eine Antwort vom See erhalten? Es scheint so; denn er geht nicht gemessen, wie es einem Vorsitzenden zukommt, sondern hüpft über die Riedgrasbüschel, schaut überwältigt zum Himmel, als ob dort wunder was flöge, und benimmt sich albern und gegen alle Norm.

2

Seit seinen Hirtentagen trägt Bienkopp einen Traum umher. Manche Menschenträume sind aus Spinnfäden gewoben. Bienkopps Traum scheint aus Netzgarn geknüpft zu sein.

Der junge Ole steht in diesem Traum unter dem Frühlingshimmel. Über die Wolkengebirge schwebt eine Schar Zugvögel aus südlichen Gastländern ins Nistland zurück. Der Leitvogel trompetet. Ole erschauert, und der süße Schauder macht, daß dem Jungen ein Lied beifällt. Der reine Zauber! Ole hat das Lied nirgendwo gehört; er brachte es wohl mit auf die Welt. Er pfeift das Lied, und der Leitvogel antwortet aus der Luft. »Terääääh!« Er segelt auf die Kuhweide herab, und die Vogelherde folgt ihm. Sie setzt sich zu Ole Hansens Füßen. Der Junge füttert die reisedürren Vögel; sie recken die Hälse, schaun erwartungsvoll auf Oles Hände und schnattern.

Dann sind die Vögel satt. Sie erheben sich und fliegen davon. Am Himmel ordnen sie sich zu zwei Reihen, zu einem Keil. Eine unbekannte Keilschrift ist an den Himmel geschrieben. Nur Ole kann sie lesen.

Träume ohne Taten sind taube Blüten. Wieder ist's Sonntag. Bienkopp sattelt sein asthmatisches Motorrad und reist bis an die Meeresküste. Seine alte Maschine verspeist die Kilometer mit Mühe wie eine Großmutter die Brotkanten.

Bei einem Fischer kauft Bienkopp Flugenten: neunzig Mutterenten und zehn Erpel.

Er fährt heimzu. Es wird Nacht. Das Motorrad klappert und plauzt, doch Bienkopps Phantasie übertrifft das Getön. Ihm ist's, als flöge ein Schof Enten mit Gekrächz und Geschnarr oben am Sternhimmel den Blumenauer Gefilden zu.

Drei Tage später kommen die Flugenten auf dem Bahnhof in Oberdorf an. Bienkopp beschneidet den flugfreudigen Vögeln die Schwingen und sperrt sie in einen Stall der Hühnerweide. Die Entenvögel tummeln sich tagsüber im Vorgatter; zierliche Tiere, schnittig wie Wildenten und zutraulich wie die Entenvögel der Inder.

Bienkopp muß die Enten zähmen. Die Entendressur wird ihm für Tage das Wichtigste der Welt. Er streut Körnerfutter unter einen Fliederbaum und pfeift dazu. Er pfeift das Hirtenjungenlied von damals. »Jetzt geht's im Fluge vorwärts; der Vorsitzende spielt mit Enten«, stichelt Mampe-Bitter. Er hat schon ein Taschenfläschchen Wodka hinter sich.

In der Tat: Das merkwürdige Tun des Vorsitzenden mutet an wie ein Spiel! In Bienkopps verschimmeltem Kastanienkopf ist die kindliche Schöpferkraft noch immer wie ein heiteres Tänzchen zugange. Beim Pfeifen des Hirtenliedchens sagt er die Worte in Gedanken mit. Später summt er, und dann singt er sie:

Fort, grauer Ganter, fliege!
Der Nebel steigt.
Der Ammer schweigt.
Der Frost ist steif.
Der Schnee ist reif.
Zerschneid mit deinen Schwingen
den schwarzen Hagelwolkenhauf!
Die grünen Winde singen.

Eine Woche vergeht. Bienkopp öffnet das Gatter. Die Enten watscheln zögernd in den großen Genossenschaftshof. Sie beschnattern Ackerwagen und Maschinen; sie bequarren Pferde und Hunde. Wenn wo Wasser rinnt, laufen sie herzu, halten die Köpfe schief und lauschen dem Geplätscher.

Da rinnt Schlempe für die Rinder aus einem Wagenfaß in die Futtereimer. Die Enten vernehmen es wassergierig und versuchen, im Sand zu tauchen. Die Leute lachen, am meisten Mampe-Bitter.

Hühnermutter Nietnagel verteidigt die Enten. »Wie menschlich! Ich kenn einen Mann, dem hüpft der Adamsapfel, wenn Flaschen aneinanderklirren.«

Mampe-Bitter wendet sich beleidigt ab. »Sei froh, daß du die Saufsucht nicht hast!«

Nach der Herbstmauser sind Bienkopps Enten wieder flügge. An einem Frühfrostmorgen erheben sie sich und umkreisen die Genossenschaftsgebäude. Zweihundert Flügel flirren und pfeifen. Ein schwarzer Erpel übernimmt das Leit der Herde. Der Aufwind fährt den Vögeln unter die Flügel. »Wart, wart!« schreit der Leitvogel über der Hofkastanie. Bienkopp, der Entenlehrer, bezieht den Ruf auf sich. Er lächelt zufrieden.

Die Vögel entdecken das große Wasser, den Kuhsee. Sie streichen dorthin ab.

Es wird Mittag. Die Vögel kommen nicht zurück. Bienkopp lächelt nicht mehr ganz zufrieden. Es wird Nachmittag. Bienkopp kaut an seiner Stummelpfeife. Er schaut den Himmel hinauf und hinunter. Am Kuhstall steht Theo Timpe, der Melker, und grinst. »Wie wird das Wetter?«

Es dunkelt. Die Feldbaubrigade kommt heim. Bienkopp schaut den Himmel ab. Die Leute der Feldbaubrigade bleiben stehn. »Was gibt's zu sehn?« Sie helfen dem Vorsitzenden schaun. Sogar der neue Parteisekretär Karl Krüger ist sich nicht zu schade, hoffend in den Himmel zu sehn. Bienkopp ist der Mann, der in einer Jahrmarktsbude das Nagelrad anstieß. Wird er den Räucheraal gewinnen?

Die Hühner sind längst auf den Sitzstangen, da kommen die Enten. »Wart, wart!« Sie kreisen über den Hühnerställen. Bienkopp lächelt unsicher. Sein Kopf dreht die Entenkreise mit. Sein Mund pfeift das Entenlied: »Fort, grauer Ganter, fliege!«

Theo Timpe, Mampe-Bitter, Karl Krüger und die Leute der Feldbaubrigade starren. Es rauscht. Die Enten fahren hernieder. Bienkopp füttert sie. Der Leiterpel schnappt ihm Brotbrocken aus der Hand. Karl Krüger nimmt den verschwitzten Hut ab und nickt anerkennend. »Qualitätsarbeit!« Bienkopp wird vor Stolz ein Stück länger. Er ist der Herr der Traumvögel aus seiner Hütejungenzeit.

3

Spätherbst. Das Land nebelt sich ein. Das Jahr fließt weiter. Die musikalischen Enten des Vorsitzenden werden alltäglich.

Die Kühe, der Zuchtbull, alles was Hörner hat oder kuhmäßig brummt, befindet sich in der Obhut von Theo Timpe, dem Melker. Er kam auf ein Inserat in der Bauernzeitung in das BLÜHENDE FELD von Blumenau.

»Wunderschöner Ort, viel Wasser, Badegelegenheit und Stadtnähe …«, hieß es im Inserat, das Buchhalter Bäuchler aufgab.

Theo Timpe schrieb zurück: »Eine wunderschöne Wohnung will ich, sonst stelle ich mein Erscheinen ein … Mit genossenschaftlichem Gruß, Theo Timpe.«

Blumenau war nicht mit geräumigen Wohnungen gesegnet. Die Gemeindewohnungskommission beriet. »Die geräumigste Wohnung hat Bienkopp, der Einspänner«, entschied Frieda Simson und hatte dabei vielleicht ihre Nebengedanken.

Es fiel Bienkopp nicht leicht, sein Haus einem Fremden zu überlassen. Er hatte es, wie wir wissen, Genossen, eigenhändig gebaut, und eine gewisse Frau Anngret hatte dabei geholfen. Jeder Mauerstein des Hauses war durch Bienkopps Hände gegangen. In die Mörtelfugen sickerten seine Schweißtropfen. Zwischen den Hauswänden hatte Bienkopp immerhin ein paar glückliche Stunden gehabt.

Bienkopp versuchte, seinen Auszug abzuwenden. Er ging zu Jan Bullert. Die ehemaligen Hütebrüder empfingen einander lächelnd. Vergeben und vergessen, die alten Geschichten?

Bienkopp hielt keine lange Vorrede und Präambel. »Ich bin in Not. Du könntest mir helfen! Das BLÜHENDE FELD braucht einen Kuhpfleger. Neuer Stall. Moderner Stall. Komm zu uns! Es wird dein Schade nicht sein!«

»Här, hemm, hemm!« Bullert bekam auf einmal Husten, Schnupfen und alles miteinander: »Ein Wetter zum Hundekriegen!«

Bienkopp sprach nicht von Hunden, sondern von Kühen.

Das mag alles sein, aber Bullert ist ausgebildeter Schweizer oder Melker, modern gesagt.

»Komm als Oberschweizer zu uns!«

»Nicht als Generalschweizer.« Bullert pfeift nicht auf dem letzten Loch wie gewisse Leute, die aus Angst vor dem Ruin ins BLÜHENDE FELD flüchten, außerdem ist er kein Notnagel. Bienkopp will sein Haus retten, es keinem zugereisten Schweizer geben. »Ist's nicht so?«

Ole, der Beackerer der Zukunft, fühlte sich ertappt. Er machte sein Haus für Theo Timpe frei und zog zu Emma Dürr in die Waldkate.

Theo Timpes Frau ist anmutig. Ein Eichkätzchen! Sie wuchs in der Stadt auf, ist anstellig, gutherzig und weiß, was sich gehört. Sie wollte den Vorsitzenden ein wenig trösten. Es sind keine Unmenschen in sein Haus gezogen. Eines Sonntags lud sie ihn zum Kaffee ein.

»Hast du ein Auge auf diesen Juan?« fragte Timpe.

Erna Timpe kennt die Eifersucht ihres Mannes. Sie ließ sich nicht auf Streit ein. Der Vorsitzende kam.

Das Kaffeegespräch drehte sich um Kühe, ums Milchkannenscheuern und eine Milchrampe für die Genossenschaft. Timpe ist tüchtig, weiß, was er kann, und betrachtet seine Anwesenheit im BLÜHENDEN FELD als eine Gnade, die er Bienkopp erweist. Milch macht Musik!

Bienkopp hat nichts gegen einen tüchtigen Melker, aber Timpe ist ihm fast zu tüchtig. Er möchte die Rinder sozusagen im Renntempo vermehren. Viel Rinder, viel Pflegegeld, viel Milch, viel Prämien.

Bienkopp ist für Rindvieh- und Futtervermehrung im gleichen Takt. Was ist eine Kuh ohne ausreichendes Futter? Ein fellüberspanntes Bündel Knochen mit einer Troddelverzierung, dem Euter.

Timpe haut auf den Tisch. Die Kaffeetassen klirren. »Futter kaufen! Andre tun's auch.«

Futter ist überall knapp. Soll Bienkopp Kredit nehmen und Futter zu Liebhaberpreisen erhandeln? Schlechtes Geschäft. In zwei, drei Jahren wird das BLÜHENDE FELD genügend Futter erzeugen. Die Genossenschaft bleibt schuldenfrei!

Timpe hat eine Hakennase. Er benutzt sie beim Melken wie der Reiter den Sporn. Die Kühe geben ihre Milch im Galopp, behauptet Mampe-Bitter. Der Melker bringt seine Nase aber auch anderweitig ins Spiel, zum Beispiel beim Streiten. Er rümpft sie ironisch, und seine Gegner lassen sich zu Unbedachtheiten hinreißen.

Was geht Timpe das Futter an? Kühe werden verlangt. Milch wird verlangt. Bienkopp ist reaktionär.

Die Männer stritten, und Erna Timpe, die gutherzige Frau, trank vor Aufregung aus Bienkopps Tasse. Theo Timpe verdrehte die Augen. »Leckst du schon seine Tasse ab?«

Die Frau errötete trotz ihrer drei Kinder wie ein Backfisch. Ihre Erklärungen blieben nutzlos. Theo Timpes Eifersucht rastete ein, in seinem Kopf setzten sich blindwütige Verdächtigungen in Bewegung. Er sah in Bienkopp fortan einen brünstigen Staats- und Preisbullen, dem man ab und an mit dem Knüppel zwischen die Hörner hauen muß.

4

Timpe hakte seine Nase hinter die Bürgermeisterin Frieda Simson. »Wollt ihr einen weither gereisten Melker verhungern lassen?«

Frieda Simson war wieder einmal nicht gut auf Bienkopp zu sprechen. Wieso das? Hatte sie nicht bereut und eine fundierte Selbstkritik abgelegt?

Richtig, richtig, Genossen, aber das Leben läuft seine merkwürdigen Wege: Frieda Simson hoffte nicht mehr auf

Wilm Holten. Seine *Qualefezierung* machte ihr zuwenig Fortschritte. Holten war zwar neben Bienkopp und Krüger einer der guten Geister des BLÜHENDEN FELDES, ein unermüdlicher Traktorist und Vorwärtsdränger, aber was wollte das bei Frieda heißen? Hatte er nicht beim zehnten Kapitel der »Geschichte der KPdSU(B)« unter ihrer Anleitung schlappgemacht?

Für Frieda wurde plötzlich Bienkopp, der Mann mit dem zurückgekehrten Parteibuch, ein Kader mit Glanz und Aussichten. Ole Bienkopp war *Aktevist* geworden, hatte sich *qualefeziert* und sicher in weibslosen Nächten Unmengen von Literatur verbraucht, um auf seinen Stand zu kommen. Er wurde der Mann, den Frieda sich vorstellte ... Er war so wegreißend!

Sie setzte sich in der Parteiversammlung an seine Seite, schüttete ihm Selterswasser ins Glas und hatte stets Streichhölzer zur Hand, wenn Bienkopps Stummelpfeife ausging. Sie machte sich auf jede mögliche und unmögliche Weise nützlich und war freundlich zu Bienkopp wie ein Maienmorgen, ein nebeliger Maienmorgen. Sie achtete sogar auf Bienkopps Wohlergehen. »Mach dich nicht zur Minna! Laß Dampf ab, damit du nicht die *Manegerkrankheit* kriegst! Es steht geschrieben: ›Im Mittelpunkt steht der Mensch‹: Wer stopft dir jetzt die Bollenlöcher in deinen Strümpfen?«

Bienkopp wurde hilflos unter Friedas kalter Fürsorge, doch Frieda ließ nicht nach.

»Was ist dabei, wenn du mir deine Strümpfe gibst? Wir sind Genossen.«

Was bleibt in einem Dorf verborgen? Bienkopp wußte, daß Frieda ihre eigenen Strümpfe nicht stopfte. »Soll ich deine Mutter noch mit meinen zerlöcherten Strümpfen plagen?« sagte er.

Frieda ließ ihr Visier herunter. Rache ist süß. Bei Gelegenheit.

Die Gelegenheit war also da: Bienkopp *hinkte in der Offenstallfrage* und brachte Frieda zum Mithinken. Sollte Blumenau als einzige Gemeinde im Kreis ohne Offenstall bleiben? Bienkopp war auf den Massivstallraum bedacht und vermehrte Rinder im *Arbeite-langsam-Tempo.* Der reine Jammer! Der parteilose Timpe wollte mit *hundertprozentiger Initiative* weiter, und ein dickschädeliger Genosse unterdrückte ihn.

Die Simson sah sich gezwungen, administrativ zu werden. Das war zu verantworten. Noch schöner!

Eines Tages schwenkt ein Autolastzug in den Hof der Genossenschaft, und der ist so lang, daß sein Anhänger halb auf der Dorfstraße bleiben muß. Balken, Bretter, Sparren, Dachverbinder, allerlei andere Holzteile, eine Last, hoch wie ein Heufuder. »Wohin mit dem Zirkus?«

Bienkopp ist unterwegs. Theo Timpe beschnüffelt die Fuhre sachkundig. Er läßt sie in der Hauskoppel hinter dem Kuhstall abladen.

Bienkopp kommt heim und betrachtet den wirren Holzstapel. Ein Offenstall! Modeafferei. Was soll der Unfug?

Bienkopp stolpert mißmutig ins Büro. Mit dem Offenstall mag sich vergnügen, wer ihn bestellte. In der Vollversammlung wurde nicht beschlossen, ihn anzufordern.

In der Kuhstalltür steht Theo Timpe. Er genießt den Ärger des Vorsitzenden.

Die Offenstallteile bleiben liegen, wo sie liegen. Sie schimmeln den Winter lang in der Hauskoppel. Ein alter Feldhase macht sich's unter ihnen gemütlich. Kein Mensch wird denken, daß jemand um diesen Offenstall sterben könnte.

5

Der Winter kommt. Das Dorf schneit ein. Geruhsame Zeiten beginnen. Aber doch nicht für die moderne Landwirtschaft? Befehlen die Zeitungen nicht deutlich und groß: *Hockt nicht hinterm Ofen!*

Nicht so hastig, Genossen, keine Faulenzerei, natürlich,

aber Wintermuße ist nötig. Die Dorfgeschichten müssen erzählt und überliefert werden. Schlechte Zeiten, wenn sie versiegen und der Mensch dem Menschen gleichgültig wird wie ein Stein!

Muß man nicht erzählen, weshalb Jan Bullert, dieser Spaßvogel und Eulenspiegel, langsam vertrocknete und nicht zum Parteisekretär taugte?

Das war im Sommer vor sechs Jahren und mitten in der Ernte. Jan Bullert rüstete zur Reise. Er sollte und mußte als Delegierter zur Parteikonferenz nach Berlin. Daheim lag die Frau krank, sie hatte sich verhoben.

Jan Bullert warf ein Nachthemd, zwei Päckchen Tabak, einen Kanten Brot, ein Pfündchen Butter und eine Mandel gekochter Eier in eine bretthharte Aktentasche, gab der Frau einen brummeligen Kuß und sagte: »Ich wünscht, es wär Nacht, oder die Preußen kämen!«

Er gab den Töchtern Verhaltungsmaßregeln. »Bewegt mir täglich den Stier, füttert die Zuchtsauen mager, laßt den Hund nachts los, gebt den Hühnern keinen Weizen, gießt die Gurken im Garten, und liebstert nicht mit den Kerlen! Ihr seid noch zu jung! Dem Schafbock tut ihr das Schurzleder an, versteht ihr!«

»Sollen wir nicht auf die Mutter achten?«

»Meinetwegen tut auch das!«

Bullert hastete zum Bahnhof, erreichte den letzten Zipfel des Zuges, fiel auf die Holzbank und schlief ein. Er schnarchte, er pustete und röhrte, bis er umsteigen mußte.

Nach dem Umsteigen verließ ihn der Schlaf, denn sein Ziel rückte heran, und seine Aufträge fingen ihn an zu ängstigen. Er hörte Frieda Simsons farblose Stimme: Ich, als Partei, erteile dir den Auftrag ...!

Reden sollte Bullert in Berlin. Du meine Güte! In was für ein Wagnis hatte er sich drängen lassen. Er kann zwar reden, aber erst nach fünf, auch sieben Glas Wodka. Wird es den geben auf einer so heiligen Konferenz?

Beim nächsten Umsteigen kaufte sich Bullert zur Vorsicht zwei Fläschchen geistigen Motorsprit. In seinem unbeleuchteten Abteil probierte er ein bißchen davon. Das Frösteln verließ ihn. Er trank noch zwei Hieb, und der geistige Motor sprang an. Kleine Gedanken schoben sich zusammen und dichteten sich zu einer Proberede: Wenn man die Sachen richtig betrachtet, Genossen, die ihr hier sitzt, wenn man die Fragen scharf ventiliert, so muß man doch sagen, Genossen, man muß auch monieren. Ich hätte was zu monieren, Genossen, und was ich monieren müßte, wär das: Es gibt doch Genossen, Genossen, die sind so von Gott verlassen und schmeißen das mühsam verteilte Land der Gutsherrn wieder zusammen! Nein, »Gutsherrn« schien Bullert zu zahm. »Die Junker«, wollte er sagen. Das hörte sich politisch bewußter an. Jetzt werdet ihr fragen, Genossen: Wer schmeißt denn das Land der Junker zusammen? Da kann ich nur sagen, das kann ich nicht sagen. Ich nenne hier keine Namen. Bloß soviel hätte ich noch zu sagen: Unter normalen Verhältnissen wäre derjenige welcher schon längst für verrückt erklärt, denn er ist, das übernehm ich als Selbstverpflichtung, von allen guten Geistern verlassen, und so ruf ich euch auf, man muß ihm den Riegel vors Loch schieben, auf daß wir wieder zur Einheit des Dorfes und somit zur Einheit des Vaterlandes beitragen bis an unser Ende!

Die letzten Sätze erschienen Bullert besonders eindrucksvoll. Er sah die Delegierten sich von den Plätzen erheben und hörte den Beifall tosen. Aber dann pfiff jemand grell dazwischen. Es handelte sich um die Lokomotive.

Jan Bullert saß auf der Parteikonferenz. Er hörte sich die Reden an; ihr Sinn ging ihm nicht auf. Er war in eigener Sache beschäftigt und saß wie auf einer Wiese, in der statt Gräser Wörter sprossen. Bullert suchte sich Wortblumen für den Strauß seiner Rede zusammen. Wörter, die ihm besonders gefielen, kritzelte er sich auf die Fingernägel; zum Beispiel das Wort *Obstrukteur*. Bullert fand es gelungen und für seine Rede geeignet: Genossen, klopft auf die Finger der *Obstrukteure* in den Fragen betreffs der Freiheit der Bauern!

Noch schöner fand Bullert das Wort *Eklektizismus*. Eine Löwenzahnblüte von Wort! Es schien ihm das gewöhnliche Wort Kleckerei vornehm und stubenrein zu ersetzen. Sehr fein! Bullert schrieb sich das süffige Wort auf den Daumennagel.

Die Arbeit strengte an. In der Pause hielt Bullert sich ans kalte Büfett. Er trank drei Schnäpse auf eigene Rechnung, für den Fall, daß die Diskussion, früher als erwartet, heranreifen würde.

In einer Ecke der Wandelhalle entdeckte Bullert Kreissekretär Wunschgetreu. Endlich ein Bekannter, ein bißchen Heimat!

Bullert wollte den Kreissekretär begrüßen, aber es standen so viele Menschen im Wege, redende Menschen, in Diskussionen verwurzelt wie Bäume im Humus. Es rauschte in der Halle, Bullert suchte sich bemerkbar zu machen, hob sein Schnapsglas, schwenkte es und prostete.

Endlich nahm Wunschgetreu Bullert wahr, hob sein Glas und prostete mit Selterswasser zurück.

Bullert schob sich entschlossen durch das Gedränge. Die Schnäpse hatten ihn mutig gemacht. »Ich werde hier reden, mein Lieber!«

Wunschgetreu hörte sich den Redeentwurf Bullerts an. Die Granatennarbe in seinem Gesicht hielt das überlegene Lächeln zusammen wie eine Brosche.

Bullert begeisterte sich am eigenen Redeentwurf. Er zeigte dem Kreissekretär sogar die klangvollen Worte auf seinen Fingernägeln.

Ein Zeitungsmann schickte sich an, Bullert und Wunschgetreu zu photographieren. Wunschgetreu legte Bullert die Hand auf die Schulter. »Du solltest vielleicht abwarten mit deiner Rede, Genosse Bummert!«

»Bullert, bitte, aber ich bin beauftragt.«

Wunschgetreu lächelte fein: Die Welt entwickelt sich. Was gestern falsch war, kann morgen richtig sein.

Bullert ließ sich belehren. Die Schnapswirkung verflog.

Seine Redeangst kam wieder nach vorn. Gegen Frieda Simson und die Kritik dieses neunmalgescheiten Geheuers war er jedenfalls gedeckt. Er hatte einen Gegenbefehl vom Kreissekretär erhalten.

Wie ein Hölzchen im Wasserstrudel kreiselte er in den Saal und hakte sich an seinem Platz fest. Wieder flatterten Neuwörter vom Rednerpult. Ein langes Wort wehte hernieder und verfitzte sich fast in der Konferenzluft: LANDWIRTSCHAFTLICHE PRODUKTIONSGENOSSENSCHAFT. Bullert versuchte, seinen Sinn zu ergründen. Es konnte wohl nicht sein, daß in diesem Riesenbegriff etwas Ähnliches steckte wie das, was sein leider verrückter Freund, der Bienkopp, nun schon seit dem Winter betrieb und betrieb!

Bullert lauschte noch eine Weile, dann wurde ihm klar, daß LANDWIRTSCHAFTLICHE PRODUKTIONSGENOSSENSCHAFT oder ELLPEGE wirklich nur ein gelehrtes Wort für Bienkopps NEUE BAUERNGEMEINSCHAFT war. »Sind jetzt alle von Gott verlassen?« Bullert sagte es laut, sehr laut sogar. Die Genossen Platznachbarn zischten. Bullert duckte sich. Sein Nebenmann richtete ihn auf. »Was ist dir, Genosse?«

»Ich muß mal raus.«

»So geh schon und stör nicht!« Jan Bullerts Nachbar erhob sich; der Nachbar des Nachbarn erhob sich, so weiter und weiter, bis eine Reihe Genossen für Bullerts Bedürfnis Ehrenspalier standen.

Was wollte Bullert machen? Er zog den Bauch ein und wuselte sich durch die Reihe. Schwitzend erreichte er den Gang und ging gesenkten Blickes hinaus. Er sah sich nach den Türwärtern um und verschwand verabredungsgemäß auf dem Abort. Er wußte nicht, was er dort anstellen sollte, und um nicht ganz umsonst hineingegangen zu sein, wischte er sich vor dem Spiegel den Schweiß von der Stirn.

6

Bienkopp, dem die Sicht in die Zukunft sonst nötig wie Butter zum Trockenbrot war, schlappte um die Zeit der Parteikonferenz umher wie ein halbflügger Vogel, der zu zeitig aus dem Nest fiel: Noch immer hatte sich kein Rädchen von einem Traktor auf den Erntefeldern der NEUEN BAUERNGEMEINSCHAFT sehen lassen. Frieda Simson, die Bürgermeisterin, bestrafte die Sekte wie eine Rachegöttin. Mutter Partei ließ Bienkopp, den eigenwilligen Jungen, in der Ecke stehn. War das nun, was er sich gewünscht hatte, als er die NEUE BAUERNGEMEINSCHAFT gründete?

Wieder schlaflose Nächte. Bei halber Nacht stand er auf, nahm seinen Bräutigamsanzug aus dem Schrank und bürstete ihn aus. Was sollte ihm diese Erinnerung aus schwarzem Tuch?

Er schlich noch vor Tag wie ein Dieb in den Hühnerstall. Im Futterraum stand eine Wanne, und die war mit frischen Eiern gefüllt. Da lagen sie, die Eier des Staates, eines so weiß wie das andere! Es war früh, und der Staat schlief noch. Bienkopp schüttete Späne in einen Korb und packte die Eier hinein.

Bienkopp betrog also den Staat? So weit war er gesunken ohne Parteibuch? Seid nicht so streng, ihr Selbstgerechten! Bienkopp brauchte Geld für die NEUE BAUERNGEMEINSCHAFT. Ja, fraß der Staat die Eier denn, ohne zu bezahlen? Das nicht, doch der Staat zahlte für Bienkopps Lage zuwenig. Ole brauchte jeden Pfennig. Für sich nicht; ihr wißt es.

Bienkopp reiste auf den Bauernmarkt in die Kreisstadt, stellte sich dort auf und rief mit verstellter Stimme: »Frische Eier aus freien Spitzen!«

Er brauchte nicht lange zu rufen. Frauen umdrängten die seltenen Frischeier. Wenig gereiste Eier waren rar; denn die Leute vom Staatlichen Handel waren der modernen Ansicht, ein gutes Verkaufsei müsse mehrfach erprobt und gereift sein wie Lagerbier.

Zwei Männer in Lederjacken gingen an den Marktständen entlang. Es waren Männer der Marktkontrolle. Bienkopp hatte kein Papier in der Tasche, auf dem bescheinigt war, daß seine BAUERNGEMEINSCHAFT das Staatsaufkommen an Hühnereiern erfüllt hatte. Er deckte den Eierkorb mit dem Bräutigamsanzug zu und stellte sich zu den Kunden am Konsumverkaufsstand. Die Gefahr in Leder ging vorüber. »Kauft frische Eier aus freien Spitzen!«

Ein Rentner blieb stehn, setzte seine Brille auf und betrachtete den Bräutigamsanzug. »Weshalb verkaufst du ihn?«

»Die Zeiten sind gut. Man wird dicker von Tag zu Tag. Die Knöpfe platzen mir von der Weste, wenn ich anständig lache!«

»Du siehst nicht aus, als ob du zu lachen hättest.« Wie dem auch sei. Der Rentner benötigte einen schwarzen Anzug. Er kann nicht in karierter Joppe zum Rentnerball gehn und tanzen. »Was kostet der Anzug?«

»Nicht viel und in jede Tasche ein Ei obendrein.«

Eine Hand legte sich auf Bienkopps Schulter. »Handelst du hier mit Textilien, Friedensfreundchen?« Es war der Verkäufer vom Konsumtextilstand.

Bienkopp ging mit dem Rentner in einen Hausflur. Der Alte befühlte den Anzug und zwinkerte. »Es wird sich doch nicht um Diebesbeute handeln?«

Auf einmal fuhr Karl Krüger, der alte Kreissekretär, in den Hausflur wie der Teufel, der Christenschweiß schnuppert. »Machst du hier schwarze Geschäfte, Bienkopp? Ich zieh dir die Ohren stramm!«

Ole zitterte vor Zorn. »Du vergreifst dich im Ton! Ich bin parteilos.«

»Eine Ohrfeige wirst du gleich ernten! Was lügst du?«

»Naturreine Wahrheit!«

Krüger und Bienkopp starrten sich an wie angriffslustige Bullen, bis Krüger schnaubte: »Die Partei ist kein Kegelklub! Sie ist eine Truppe. Man tritt nicht aus. Man fällt!«

»Ich bin gefallen. Von hinten erschossen.«

Krüger wurde blaß.

Eine Stunde später saßen die alten Freunde in Krügers Rentnerstübchen. Sie tranken ein Schnäpschen, und die Sonne beschien Pelargonienblüten am Fenster. Bienkopps Eierkorb stand in der Flurgarderobe.

Bienkopp erzählte. Endlich hörte ihn seit Antons Zeiten ein Genosse an und versuchte, ihn zu verstehn.

»Spiel nun nicht den Beleidigten! So was geht mir in die Zähne«, sagte Krüger.

»Soll ich mir eins grinsen, weil mich die Genossen abtaten?«

»Du hast sie zuerst abgetan.«

»Würdest du dir sagen lassen, daß du dem Feind zuarbeitest?«

Krüger kratzte sich den Kopf. »Du bist zu früh vorgeprellt. Das war die Sünde und wiederum keine ... Es renkt sich ein, sei sicher!«

Daran dachte Bienkopp am Nachmittag, als er wieder auf dem Felde die Sense schwang. Es renkt sich ein, es renkt sich ein! zischte die Sense. Aber gegen Abend wurde sie stiller. Bienkopps Schwünge wurden kraftloser, er zweifelte.

Am Abend saß er welk vom Schwitzen in Emmas Katenstube, denn seine Füße wollten ihn nicht in sein trostloses Junggesellenquartier tragen. Emma zog sich mit einem Küchenmesser Distelstacheln aus den Händen. Aus dem Lautsprecherlein sickerte fette Marschmusik in die Stube. Die Kinder waren schon zu Bett.

Bienkopp saß eine halbe Stunde und sagte nichts.

»Schlaf hier nicht ein! Ich wasche mir jetzt die Füße«, sagte Emma.

Bienkopp schwieg. Er verstand den Wink nicht und starrte ohne Absicht auf Emmas putzige Kinderzehen.

Emma verlegen: »Hast du auch Hühneraugen?«

Der Wecker tickte, und die Zeit verging. Bienkopp schwieg und erholte sich. Mit eins aber tappte Emma nacktfüßig über die Dielen. Am Lautsprecher zog sie sich das Kopftuch herunter und lauschte. Ein Sprecher verlas einen Kommentar von der Parteikonferenz: »... LANDWIRTSCHAFTLICHE PRODUKTIONSGENOSSENSCHAFTEN zu bilden ... Es ist bekannt, daß ernste Genossen sich bereits in dieser Richtung versuchten ...«

Emma schüttelte den stummen Gast. »Ole, sie reden von uns, mach dich gerade!«

Zwei Minuten später tanzten Bienkopp und Emma im Katenstübchen. Ein Hühnchen versuchte, einen Bären das Tanzen zu lehren. Emma schuftete und schob. »Nicht einmal Schieber kannst du mehr tanzen, Schlafsack!«

Sie schoben und schabten. Emmachen barfuß, Bienkopp in Arbeitsstiefeln. »Das hätte Anton erleben sollen!« keuchte die kleine Frau. Na, was denn, was denn? Was hätte Anton erleben sollen? Daß seine Witwe hier barfuß den Bienkopp betanzte?

Emma II kam hemdig von nebenan aus der Kammer. »Hochzeit mit Onkel Ole?«

Aber Anton II, der wachsame Junge, rief aus dem Bett: »Mutter, es klopft jemand.«

Durch die niedrige Katentür kam Karl Krüger. Die erhitzten Tänzer standen wie ertappte Sünder. Karl Krüger dampfte. Er war schnell gefahren, hatte sich die Jacke, die Weste aufgerissen, und seine Beinlinge waren breit und gespreizt von den blechernen Hosenklammern. »Bienkopp, du bist durch!«

7

Ach, Jan Bullert! Denkt nicht, daß er nach seinem albernen Auftritt wieder an der Parteikonferenz teilnahm. Sie interessierte ihn nicht mehr, weil sie Bienkopp und seiner widersinnigen NEUEN BAUERNGEMEINSCHAFT recht gab. Bullert fühlte sich gekränkt; er fühlte sich überhaupt krank. Er durchstreifte Berlin nach Nägeln und Maschendraht. Nägel erhielt er, Maschendraht, diese Seltenheit, nicht. Dann fuhr er nach Hause.

In der Abenddämmerung schlich er mit seinem Nägelpaket ins Dorf. Am liebsten hätte er sich gelegt und die Bettdecke über den Kopf gezogen. Er konnte sich nicht legen. Es lagen schon zwei Mitglieder seines Hausstandes: die Frau und die jüngste Tochter. Der Bull der BAUERNHILFE war schuld. Die Mädchen hatten zuviel zu tun gehabt, sie waren hierhin und dorthin gerannt wie die webenden Stuten. Die Zeit reichte nicht, den Stier zu bewegen.

Zwei Tage ging's hin, dann dampfte der Bull. Die Mädchen brachten ihn in den Hof. Der Bulle zog ab. Die Mädchen baumelten an der Bullkette wie Eberzähne an der Uhrkette eines Fettviehhändlers. Der Stier stob durchs Hoftor. Er quetschte die kleine Herta ein und brach ihr drei Rippen.

Frau Christiane saß bleich auf dem Bettrand. »Der Bull muß aus dem Haus! Gib ihn Bienkopp und seinen Leuten! Dorthin gehört er.«

Da schmiß sich Bullert ins Bett. Nun war also die Seuche NEUE BAUERNGEMEINSCHAFT auch in seine Frau gedrungen.

Eine Woche verging. Jan, dem nichts Ernstliches fehlte, mußte aus dem Bett und eine Parteiversammlung einberufen. Die Kreisleitung verlangte es.

Es wurde eine merkwürdige Versammlung. Auch der Erste Kreissekretär, Genosse Wunschgetreu, fuhr im Auto vor und nahm daran teil.

Jan Bullert begrüßte die Genossen und den Genossen Kreissekretär an der Spitze und schob dem das Wort zu. Wunschgetreu protestierte. Zuerst sollte Jan Bullert, dem die Auszeichnung zuteil geworden war, persönlich an der Parteikonferenz in Berlin teilzunehmen, berichten.

Alle guten Geister im Himmel und auf Erden! Jan mußte ran. »Ja«, sagte er, »das sind so verteufelte Sachen: Da wäre als erstes, eh ich zum Eigentlichen komme, wär da das Essen. Das Essen war ausgezeichnet, ob nun früh, mittags oder abends; man konnte nicht klagen über das Essen. Braten und Soße, Kartoffeln, soviel man wollte, Bananen; man fühlte sich wohl, Genossen!«

Und als zweites, bevor Bullert zum Eigentlichen kam, berichtete er von den kulturverbreitenden Veranstaltungen. Als erstes war da ein Film über Neulandgewinnung, und man konnte sich eine Scheibe davon abschneiden. Als zweites war da eine Tanzgruppe, und die Tänzer sprangen übereinander hinweg wie die Heuhopser. Außerdem trat ein Künstler auf, und das war ein Laie. Er spielte wie der Wirbelwind auf der Zither. Das tat er als Laie, aber dann spielte er gleichzeitig als Künstler noch Mundharmonika zur Zither und trat mit den Beinen ein Schlagzeug.

»Ein musikalischer Mähdrescher!« rief Maurer Kelle.

Bullert hob seine Stimme. »Genossen, was kann man daraus ersehn? Die Fragen der Kultur müssen auch in Blumenau breiter ventiliert werden!«

»Du hast nicht gewollt, daß dein Sohn Musik studiert«, rief Wilm Holten.

Bullert überhörte den Vorwurf. »Schluß jetzt, Genossen, mit einem so kleckrigen Eklektizismus von einer Kinovorstellung pro Woche in Blumenau!«

Emma Dürr hob die Hand. »Mir ist, als hätte man in Berlin Beschlüsse gefaßt.«

»Beschlüsse? Auch, natürlich. Erhabene Beschlüsse! Enorme Beschlüsse! Ihr werdet sie in der Zeitung lesen!«

Der Kreissekretär mischte sich ein: eine schlecht vorbereitete Berichtsversammlung. Kein Transparent, keine Fahne, kein Tischtuch und keine Blumen. »Sieht's beim Genossen Bullert daheim auch so trostlos aus?«

»Noch trostloser: die Frau krank, die Tochter rippenbrüchig, der Sohn ausgerückt.« Bullert schüttete seinen Sack Sorgen aus. Er liegt nicht auf Rosenblüten. Er konnte der Tragweite der Konferenz nicht folgen. Himmel und Erde mögen verzeihen! Der Genosse Wunschgetreu soll berichten.

Unruhe im Vereinszimmer. Die Mitglieder lächelten. Manche aus Schadenfreude, manche aus Mitleid. Jan, dieser Mensch, der früher, wie man so sagt, ein Pfiffikus war, war jetzt reinweg vom Glitzern des Geistes verlassen. Was hat ihn verdummt? Die eigenen Kühe und Schweine? Klebt zuviel Hofmist an seinen Sohlen? Frieda Simson war gelb und murmelte verkniffen: »Eine Niete, der Bullert, ein Rohrkrepierer!«

Der Genosse Wunschgetreu gab den Bericht von der Parteikonferenz knapp und schneidig. Nichts mehr von Essen, Trinken und Kurzweil. »Die Konferenz gab uns Hoffnung und Kraft. Sie gab uns ein Marschziel in die Zukunft.«

Die Augen von Maurer Kelle leuchteten, und die Genossin Danke vom Konsum nickte.

Genosse Wunschgetreu fuhr fort: »Was aber den Marsch in die Zukunft betrifft, so ist man in Blumenau trotz aller Unzulänglichkeiten schon wesentlich vorn!«

Die Genossen lauschten überrascht.

»In Blumenau haben einige Genossen ein leuchtendes Beispiel für den ganzen Kreis errichtet.«

Emma Dürr fuhr fort: »Welche Genossen?«

»In erster Linie wohl der Genosse Bimskopf.«

Maurer Kelle lachte. »Lebst du auf dem Mond?«

Emma Dürr sprang eine Haarnadel aus dem Zopfknoten. »Wenn du den Genossen Bienkopp meinst, so solltest du wissen, was mit ihm geschah.«

Aufregung, Tumult, Gelächter. Wunschgetreu winkte beschwichtigend. Natürlich erinnerte er sich an Bienkopps Ausschluß, aber war die Gruppe nicht zugegen? War sie nicht hier und anwesend wie heute? Hatte sie Wunschgetreu nicht desorientiert, ihn auf eine falsche Fährte geführt? »Wo sind die Genossen, die es damals so eilig mit Bienkopps Ausschluß hatten?«

Jan Bullert hob die Hand. »Mir ist kotzübel. Ich muß mich legen. Am Ende ist es der Blinddarm.« Bullert, ein Bild des Jammers, schleppte sich hinaus.

Gehen auch wir, Genossen, ersparen wir uns die gestanzte Selbstkritik Frieda Simsons. Sie blieb übrigens Bürgermeisterin. Jan Bullert blieb nicht Parteisekretär. Ein schlecht gespielter Blinddarmanfall ist keine Selbstkritik.

8

Bienkopp steckte sein Parteibuch tief in die Seitentasche, dorthin, wo er durchs Jackenfutter den Herzschlag fühlte; sodann tat er drei gewaltige Sprünge mitten auf der Dorfstraße.

Zwei Pappdeckelchen, einige Seiten Papier, mit gestempelten Marken beklebt – ist's möglich, daß sie einen erwachsenen Menschen glücklich und unglücklich machen können?

Papier und Pappe sind es nicht. Was dann? Das Statut, das dem Büchlein beiliegt? Es verspricht seinem Herumträger keine Vergünstigungen, nur Pflichten und nichts als Pflichten.

Was ein Genosse zu tun und zu lassen hat, ist ungewöhnlich und dem Tun und Lassen der Kleinmenschen entgegen.

Das ist der Lauf der Dinge, seufzt der Kleinmensch.

Den Lauf der Dinge bestimmt der Mensch, antwortet der Genosse.

Du nicht! sagt höhnend der Kleinmensch.

Wir! erwidert der Genosse.

Den Lauf der Dinge bestimmt, wer Mittel und Macht hat! klügelt der Kleinmensch.

Aber wir bestimmen, wer die Macht und die Mittel hat, antwortet der Genosse. Und er hält daran fest, auch wenn die sichtbaren Zeichen ihn noch Lügen zu strafen scheinen. Ein Genosse versteht sich auf unsichtbare Zeichen, die ihm recht geben werden.

Nein, es ist einem Menschen wie Ole Bienkopp nicht gleich, ob er im Zuge zur Zukunft vorn oder hinten marschiert. Er muß zu den Wegsuchern und Spurmachern gehören.

Bienkopps kleines Parteibuch beschäftigte damals die Menschen im Dorf. In Klatsch gewickelt, ging die wertvolle Nachricht straßauf und straßab. »Bienkopp hat sein Parteibuch wieder!«

Altbauer Serno verkroch sich, soweit es seine Fülle erlaubte, hinter Gott. »Ist ein Parteibuch mehr als die Bibel?

Gott wird nicht dulden, daß man am Bauerntum rüttelt. Sein Mund wird sich auftun und Feuer speien!«

Jan Bullert kränkelte lange. Dieser viereckige Fortschritt wollte nicht in seinen runden Kopf. Die Partei schien ihm rückwärtszugehen. Sollte er wieder mit allen zusammen aufs Feld wie früher? Wer würde jetzt Inspektor und wer der Baron sein? Wer hätte gedacht, daß sich Serno und Bullert in ihren geheimsten Gedanken und Befürchtungen einmal so nähern würden?

Emma Dürr gab in ihrer Kate einen Empfang für Bienkopp und sein zurückgekehrtes Parteibuch. Festessen: Pellkartoffeln, Hering in dicker Milch, Bier und Wacholderschnaps. Emma hatte sich das Haar mit einer Kreppschere gebrannt und bekam rote Bäckchen von der Wacholderschnapsprobe. »Macht's dir was aus, wenn ich dich ausnahmsweise umarme?«

Bienkopp machte es nichts aus.

»Weißt du, was ich denke?«

Nein, Bienkopp wußte es nicht.

»Manchmal denk ich, es gibt so was wie Parteiengel, und Anton half ein wenig schieben.«

Bienkopp biß knurrend ins Heringsschwanzstück. »Das sag beileibe nicht in der Parteiversammlung!«

Zwei Tage später fing Bienkopp an, fast an Emmas Parteiengel zu glauben, denn er wurde berühmt: Ein Redakteur und ein Photograph fuhren auf den ehemaligen Bienkopp-Hof. Der Photograph kroch auf die Hofkastanie am Torweg und photographierte den Genossenschaftshof komplex. Sodann wollte er ein Porträt vom Kollegen Wespenkopp machen.

»Macht, was ihr wollt, aber schnell!«

Es sollte kein gewöhnliches Porträt sein. Der Redakteur suchte nach einem Einfall. Er dachte nach, und der Einfall knallte aus verbrauchten Luftschichten auf ihn nieder. Ole sollte sich vor ein fülliges Kornfeld stellen, vor Neuland unter Früchten gewissermaßen.

Anngret saß wohl doch noch in einer von Bienkopps Herzecken. Er dachte an sie. Vielleicht sollte er ihr eine Zeitung schicken? Er wurde schwach und folgte dem Photographen. Bienkopp sollte sich ins Roggenfeld stellen. Er tat's nicht gern. Er ist kein Wildschwein, und es ist kein Krieg. Der Photograph versprach, die niedergetretenen Halme hernach zu restaurieren.

Bienkopp stellte sich in den Roggen. Der Photograph war noch nicht zufrieden. Bienkopp sollte sich, bitte, in eine Furche stellen. Die Perspektive verlangte es: Der Mensch wird kleiner, die Halme länger.

Wieder dachte Bienkopp an Anngret und tat's. Der Photograph warf sich hin, rutschte auf dem Bauche, guckte durch den Sucher, und seine Beine strampelten genüßlich. Das Porträt war fertig, und der Redakteur ging wieder auf Bienkopp los. »Sie sind nun ... wie sagt man ... was hat Sie bewogen?«

Anton hat Bienkopp bewogen. Er ist tot, sonst könnte er es erzählen. Bienkopp hat bei Antons Tod einen Schwur getan, aber man hat ihn für verrückt gehalten ...

Der Redakteur winkte ab. Zu dunkel für seine Zeitung, zu mystisch, nicht optimistisch genug. »Haben Sie nicht ... wie sagt man ... das Gemeinwohl im Auge gehabt?«

»Das auch, aber man hat mich trotzdem für verrückt gehalten!«

»Schon gesagt, jetzt die Zukunft!« Wie schätzt der Genosse Bimskopf die Zukunft ein? »Man muß sehen!«

Der Redakteur fühlte sich wie Rumpelstilzchen; er hätte sich zerreißen mögen. Er benötigte eine Fanfare von einem Bericht. Er bekam einen neuen Einfall von früher, zog eine Zeitung aus der Tasche und reichte sie Emma Dürr. Klein Emma sollte lesen. Franz Bummel und Hermann Weichelt sollten lieb sein und über Emmas Schultern ins Blatt sehn: LPG studiert Konferenzbeschlüsse.

Klein Emma zerknüllte die Zeitung. Sie warf sie dem Redakteur vor die Füße. »Wir sind keine Schausteller!«

9

Bienkopps Photo erschien in der Kreiszeitung. Die Halme waren hoch; der Mensch war klein. Er blickte mit fragenden Augen aus dem Kornfeld, seine Stirn war gekraust: *Gesicht eines Neuerers – Vorstoß in Zukunft.*

Bienkopp wunderte sich nicht wenig über die vorzüglichen Eigenschaften, die ihm zugeschrieben wurden. Außerdem wurde er ein *Initiator* genannt. Das klang so vornehm wie *Senator* oder *Imperator*. Ole wollte sein Gesicht im Spiegel betrachten. Es mußte was an ihm sein! Der einzige Spiegel in Bienkopps Wohnungseinrichtung war leer. Ein Nachgruß von Anngret, eine Erinnerung an ihren Spiegeltritt.

Der Zeitungsartikel bewirkte, daß außer zwei Traktoren auch ein Mähdrescher den Weg auf die Felder der Neuen Bauerngemeinschaft fand. Der Mähdrescher toste über das Halmfeld. Seine Tenne war hier und überall. Staunen und offene Münder.

Auch die sündige Welt hat ihr Gutes! Hermann Weichelt brauchte die Halme nicht mehr mit der Sense abzuprügeln; man brauchte sie nicht mehr zu raffen, zu binden, zu puppen und zu gabeln. Das reinste Gotteswerk, so ein Mähdrescher! Hermann erschrak. Soeben hatte sein Glaube ein wenig geschwankt, nicht mehr als ein Grashalm beim Niesen der Kuh. Gott mochte ihm die Sünde verzeihen!

Ole ging abends froh vom Feld und summte sogar. Ein Strählchen Glück, ein Zipfelchen Zukunft waren sichtbar geworden.

Aber es war noch nicht aller Tage Abend, auch diesmal nicht. Hermann, Wilm Holten und Bienkopp fütterten gemeinsam das Vieh, und zwischendrein tranken sie am Brunnen, tranken und tranken. Am Horizont hing Sommerdunst. Die Sonne schwebte wie ein Kürbis aus Feuer hinter der großen Hofkastanie, da rollte ein Auto in den Hof der Neuen Bauerngemeinschaft. Es hatte weiße Reifenräder, auch eine weiße Gardine am Hinterfenster. Es lief leise und mußte gut geschmiert sein.

Aus dem Auto, das da sozusagen auf den Hof schlich, stieg der Genosse Wunschgetreu. Er lächelte, und wenn die Granatennarbe nicht in seinem Gesicht gewesen wäre, wäre das ein Lächeln der Verlegenheit gewesen. Er begrüßte Bienkopp mit freundlichem Handschlag. Bienkopp stand finster vor dem Kreissekretär.

Wunschgetreu blickte zum Himmel, dann zur Erde und tat einen Schritt zur Seite, als müßte er hinter eine Wand schaun. Hinter der Wand war Finsternis. Bienkopp war nicht zu erkennen. Wunschgetreu wagte einen Schritt in die Finsternis. »Dein Parteibuch hast du nun zurück.«

Ole dankte nicht. Er nickte nur.

Wunschgetreu tat einen zweiten Schritt. »Vergiß, was war! Auch ich trag nichts nach.«

Kein dankbares Lächeln, keine Antwort von Bienkopp.

Räuspern von Wunschgetreu: Ja, er ist gekommen, Bienkopp zu beauftragen. Die Kreisleitung macht einen Werbefeldzug. Bienkopp, der Fachmann in Genossenschaftsfragen, soll helfen. Die Partei braucht ihn.

Drei Monate zuvor hätte Bienkopp keinen Augenblick gezögert. Jetzt tat er es: die Partei? Wer ist die Partei? Verschiedene Antworten, so verschieden wie die Genossen, die sie geben: Die Partei ist die Mutter! Wer ist der Vater, wer sind die Kinder? Die Partei ist die Familie! Wer sind die Eltern, wer sind die Kinder?

Die Partei ist die Heimat! Wo ist die Fremde?

Partei ist der Geist, der Genossen eint! Ein stehender Geist? Ein schwebender Geist? Ein Heiliger Geist?

Bienkopp merkte, daß er das nie recht überdacht hatte. Für ihn war die Partei eine Summe. Eine Summe von Klugheit, eine Summe von Mut, eine Summe von Taten, eine Summe Gedachtes, eine Summe Erkanntes, eine Summe von Sehnsucht, eine Summe von Liebe für alles, was unterdrückt ist, eine Summe von Menschen, Lebenden und Gestorbenen.

Was jetzt? Die Partei beauftragte Bienkopp. Der Auftrag kam aus jenem Munde, der ihn vor Wochen in Bann tat. Macht sich da jemand zum Mund? Wird er zum Mund gemacht? Woher bezieht ein Pastor den Heiligen Geist?

Bienkopp wurde es schwindelig. Waren das nicht Feindgedanken, Zweifel an der Rangordnung innerhalb der Partei? Ein Kreissekretär ist nicht dieser und jener. Man wird nicht von Engeln auf diesen Platz gehoben.

Wunschgetreu wartete willig. Bienkopp hatte nie jemand so willig warten gesehn. Oder war's Täuschung, war zwischen Frage und Antwort gar keine Zeit vergangen? »Was soll ich?« fragte er.

Bienkopp sollte mitfahren, mit Bauern in anderen Dörfern reden. Das wollte Bienkopp nicht. Seine Genossenschaft stand noch vor dem Berge. »Reden ist nicht meine Sache. Ich bin fürs Tun!«

»Aber du sprichst verständnisvoll und menschlich mit den Bauern.«

»Es ist auch dir nicht verboten.«

Wunschgetreu hatte sich wohl daran gewöhnt, daß man seinen Bitten schneller nachkam. Er, der oft über *die Kritik von unten* sprach, fühlte sich von Bienkopp beleidigt. »Ich erteile dir einen Parteiauftrag!«

Bienkopp lächelte. »Ein Parteiauftrag und der Genosse, der ihn ausführen soll, müßten ein bißchen zusammenpassen.«

Bienkopps Lächeln reizte Wunschgetreu noch mehr. Das war nach seiner Meinung eine Verletzung der Parteidisziplin. Er zog ein schwarzes Diarium aus der Tasche. »Gestatte, daß ich mir deine Ansichten notiere.«

»Geht es wieder los?« fragte Bienkopp, und es war das letzte Gespräch, das er und Wunschgetreu für lange Zeit führten.

10

Bienkopp vergaß den Zwischenfall bald. Es gab andere Sorgen: zum Beispiel die Rückzahlung des Staatskredites. Es waren keine Millionen, doch auch die paar Tausender drückten. Bienkopp sann auf Möglichkeiten, der Schulden quitt zu werden. Er ließ Sommerblumen schneiden, und Franz Bummel mußte die Sträuße in der Bezirksstadt verkaufen.

Im Spätherbst, um die Totensonntagszeit, wanden Emma Dürr, Sophie Bummel und Mutter Nietnagel Totenkränze. Franz Bummel ließ sein Leibkutscher-Redetalent spielen und verkaufte die Kränze in der Markthalle der Hauptstadt. Trauer wurde zu Geld gemünzt und half Schulden tilgen, doch über Franz Bummel gewann das alte Lotterleben wieder Gewalt.

Eines Tages, mitten in der Frühjahrsbestellung, verschwand Franz. Er war mit seiner arabischen Stute weit über Land zu einem Hengst gezogen und blieb mehrere Tage unterwegs. Wieder weinte Sophie, die ewig in ihren Bummel verliebte Frau, aber diesmal konnte sie ihn nicht vor dem zürnenden Bienkopp schützen. Der Vorsitzende brüllte seinem Verkäufer von Totenkränzen die harte Meinung um die Ohren: »Herumtreiber, Lump und Leibkutscherseele, Pferdenarr und Spielteufel!«

Bummel ging wie gewaschen und nicht ausgewrungen umher. Der dicke Serno ließ sein Mitleid am bejammernswerten Franz aus. »Hast du das nötig? Hast du nicht.« Serno war bereit, das Opfer herrschsüchtiger Kommunisten in Dienste zu nehmen. Bummels vornehme Stute sollte es auf dem Serno-Hofe haben wie im Himmel.

Das war Südwindsäuseln für Bummels Ohren. Seine edle Stute wurde im BLÜHENDEN FELD nicht anerkannt. Dort war man nicht auf Schönheit, sondern nur auf Arbeit und Gewinn aus. Selbst der fromme Hermann Weichelt spöttelte: »Es ist zu schade, dein göttliches Hochzeitspferd, zum Jauchefahren.«

Franz wurde der Knecht seiner Stute und des dicken Serno. Sophie, seine Frau, war unglücklich, doch sie blieb bei aller Liebe für ihren Franz in der Genossenschaft.

Eine Weile ging alles gut. Bummel unterhielt den dicken Serno nach Feierabend zuweilen mit seinen Zaubereien. Er zog Eier aus allen möglichen Taschen und Verstecken, sogar aus der langen Nase der dürren Frau Serno. Bummel trank fünfzehn Eier – eine kleine Abendbrotnachspeise. Der dicke Serno lachte ahnungslos und schnurchelnd. »Ein Sauspaß! Ist's nicht?«

Bummels Zaubervorstellungen brachten Serno auf den Einfall, sich von Bummel in der Kutsche mit der Araberstute in andere Dörfer fahren zu lassen. Er wollte sich mit seinem Hofkünstler bei Freunden zeigen.

Das gefiel Bummel weniger, weil es sonntags geschah. Es war fast wie beim alten Baron, nur daß die Trinkgelder ausblieben. Dazu kam der Dorfspott. Die Waldarbeiter hänselten Bummel, Wilm Holten machte sich über ihn lustig, und Maurer Kelle lief neben der Kutsche einher und rief: »Dickleibkutscher!«

Die Ausfahrten wurden Bummel leid. Er kam nicht einmal sonntags mehr zum Kartenspiel. Er suchte nach einem angemessenen Abgang.

Wieder gab's eine Zaubervorstellung für Freundbauern im Nachbardorf. Serno verlangte von seinem Hofzauberer den Eiertrick. Das war schwierig. Bummel kannte die Hühnernester auf dem fremden Hofe nicht. Er wollte lieber die goldene Uhr des Freundbauern aus Oberdorf verschlucken.

Der Bauer holte die Uhr. Franz verschluckte sie. »Wupp!« Weg war sie. Bummel ließ andere Kunststücke folgen, zog sich eine Nähnadel durch die Wange und spie Feuer, aber die Uhr brachte er nicht wieder zum Vorschein. Man erinnerte ihn. Franz rülpste. Die Uhr kam nicht. Große Verlegenheit. Bummel bat um Rizinusöl. Er trank die Flasche halb leer. Die Wirkung blieb aus. Man fuhr nach Hause. Serno überwachte Bummels Stuhlgang. Nichts. Die Uhr schien sich in Bummels Magen aufgelöst zu haben. »Du machst mir Schande mit so schlampiger Zauberei«, sagte Serno.

Am Abend lief die Bäuerin schreiend über den Hof. Sie hatte die goldene Uhr des Freundbauern in ihrer Handtasche gefunden. »Hexer!« schrie sie. »Teufelsbruder, Satan!«

Grund genug für Bummel, vom Serno-Hof zu gehn. Das waren schlimmere Beleidigungen als die von Bienkopp. Er war ein Zauberer von Jungmännerbeinen an, aber kein Satan.

Bummels Rückkehr in die Genossenschaft begann am nächsten Sonntagmorgen. Bienkopp wurde bei Morgengrauen von kräftigen Axtschlägen geweckt. Im Schuppen stand Franz Bummel und spaltete Brennholz.

»Was tust du hier?«

»Ich hab gerade Zeit ...«

Sorgen hatte Bienkopp auch mit Wilm Holten. Gibt's denn das? Wilm Holten, Bienkopps Schatten, der Kolchosbefürworter und Dränger? Doch! Holten blieb für einige Tage verschwunden und gab Rätsel auf.

Urteilt nicht zu streng über Wilm, Genossen, er rannte einer Märchenliebe nach. Einmal hatte er ein Mädchen gekannt, das ihm sehr zu Herzen gegangen war. Es war eine Zierliche, braun wie Nußlaub nach dem ersten Frost; ein ebenso heimatloser Vogel bei den wilden Kriegspreußen wie er. Sie war Luftwaffenhelferin. Ein vieldeutiger Dienstgrad. Aber sie gehörte nicht zu jenen, die allerschnellstens Fluchen, Spucken und auf zwei Fingern pfeifen lernten, um *in Ordnung* zu sein.

Wilm und das Nußmädchen wurden getrennt, doch sie wollten sich nach dem Kriege wiederfinden. Sie schworen's einander wie Märchenkinder, die auf den Tod des feurigen Drachens vertraun: pünktlich ein Jahr nach dem Kriege, am zwanzigsten August, abends um acht Uhr, auf dem Marktplatz in Weimar!

Der Krieg war ein Jahr, zwei Jahre zu Ende. Sie trafen sich nicht. Konnte Wilm aus der russischen Gefangenschaft nach Weimar rennen?

Wilm kam heim. Zwei Jahre zu spät. Drei Sommer lang stand er am zwanzigsten August, abends acht Uhr, am verabredeten Ort. Vom Nußmädchen war nichts zu sehn. Im vierten Sommer bewachte Frieda Simson Wilm. Aber jetzt versuchte er es nochmals. Er wollte und wollte nicht wortbrüchig werden.

Und diesen Sommer kam mit dem Glockenschlag acht eine kleine Frau über den Marktplatz, und die führte an jeder Hand ein Kind, einen Jungen und ein Mädchen. Die Frau war dicklich, und ihr Haar war nur wenig nußbraun; es war aufgefärbt und schimmerte rötlich. Wilm starrte die Frau an und zählte die Glockenschläge. »Was guckt der Onkel?« hörte er den Jungen drüben auf dem Bürgersteig fragen. Die kleine Mutter blieb stehn. »Er wartet.«

»Auf wen wartet er?«

»Wer weiß!«

Das war die Stimme des Nußmädchens. Wilm stand so leblos da wie die Denkmalsfigur zu seiner Rechten.

II

Als Karl Krüger, der alte Kreissekretär, vom jüngeren Genossen Wunschgetreu abgelöst wurde, lag ein Berg freier Zeit vor ihm. Wie sollte er ihn verbrauchen und ausstreuen? Sollte er sich mit anderen Rentnern und Veteranen vormittags auf eine Bank in den Anlagen setzen, die Pfeife rauchen und an Erinnerungen knabbern wie ein alter Kanarienvogel am Biskuit?

Seine Frau schob ihm die löcherigen Töpfe aus ihrem Haushalt zu. Karl Krüger lötete sie. Anderntags hatten sich ein zerbrochener Stuhl und ein klemmender Schubkasten eingefunden. Karl Krüger leimte und hobelte. Dann war das große Waschfaß zusammengefallen, und tags zuvor war es noch heil gewesen. Karl Krüger stutzte. »Hast du nachgeholfen?«

Die Genossin Krüger errötete schulmädchenhaft. Sie

wollte ihrem Karl den Gang ins Rentnerdasein erleichtern, aber alle Reparaturen im vernachlässigten Haushalt waren bald getan und erledigt. Krügers Aktionsradius erweiterte sich: Er behackte und beharkte das Gärtchen vorm Haus, besserte den Bürgersteig vor dem Gartenzaun aus, stopfte die Frostaufbrüche im Asphalt der Siedlungsstraße, half den städtischen Arbeitern Hecken und Bäume verschneiden, und unversehens war er wieder im Stadtgewimmel. Er kramte in den Höfen des Staatlichen Handels, befreite sie von leeren Kisten und Flaschen und rottete Ratten und Mäuse aus.

Es gab Genossen, die nachsichtig lächelten, wenn sie den alten Kreissekretär so entrümpelsüchtig und proletarisiert im schmutzigen Schlosseranzug hier und da in der Stadt trafen. »Gib endlich Ruhe, Karl, willst du dich umbringen?«

Karl Krüger lächelte in seiner Art zurück. »Ist ein Genosse je außer Dienst?«

Man seufzte: »Ein Original, der Krüger!« Das hörte sich an, als seien originelle Menschen die Plage unseres Jahrhunderts. Da war zum Beispiel Krügers Geschichte mit dem Sarkophag auf dem Marktplatz: Die eiserne Nachbildung des Königinnensarges wäre längst vergessen gewesen, wenn es nach ihm gegangen wäre. Am Platze des Grabmals stünde eine Halle für Leute, die auf den grünen Landomnibus, genannt der *Grasfrosch*, warten müssen. – Es ging nicht nach Karl Krüger, der sich damals in die Funktion des Kreissekretärs hineintastete. »Was soll uns ein Sarg auf dem Marktplatz?« fragte er. »Hatten wir nicht Särge genug von dreiunddreißig bis fünfundvierzig?«

Der Bürgermeister war der gleichen Meinung. »Alteisen wird gebraucht! Weg mit dem Ding!«

Eines Vormittags rückten die städtischen Arbeiter mit Vorschlaghämmern an. Der Zahnarzt Zitter sah es. Er hatte Zeit und stand am Fenster. Der Gipsabdruck für eine Zahnprothese mußte härten. Er sah die Männer mit den Hämmern auf das Gitter schlagen. »Sie schänden Schinkeln!« schrie er.

Der Kulturbund rückte aus. Karl Krüger sah sich einer Menge von Kulturträgern gegenüber und kratzte sich den Kopf. »Wie sollt ich wissen, daß das Ding von Schinkeln ist. Kein Mensch kann alles wissen. Alteisen wird gebraucht.«

Karl Krüger belehrte sich an dem Vorfall. In seinen kurzen Nächten las er dies und das über Bildhauerkunst. Er ging sogar heimlich auf den Friedhof, sah sich dort die Skulpturen an und kam zu dem Schluß: Pfusch und nichts als Pfusch! Qualität bleibt Qualität, ob in der Fabrik oder in der Kunst, ob für Arbeiter oder Könige.

Die Zeit verging, und es kam der Tag, da Krüger fremden Stadtbesuchern voll Stolz das Denkmal auf dem Marktplatz zeigte. »Von Schinkeln. Nicht vermutet, was?«

Die Leute lächeln, wenn sie auf dem Denkmalsockel lesen: »O Jammer, sie ist hin ...« Karl Krüger lachte nur im stillen, wenn er daran dachte, wie schief das mit dem Schinkel hätte gehn können. Zum hellen Lachen blieb ihm nicht viel Zeit: Er mußte Tag für Tag entscheiden.

Man tadelte Krügers Arbeitsstil, denn er ließ zu jeder Tages- und Nachtzeit Besucher vor. »Wer zu mir kommt, den drückt's doch wo!« war Krügers Antwort.

Die Angeln seiner Bürotür liefen sich heiß. Krüger aber hatte vorgesorgt und hinter den Bänden der marxistischen Klassiker ein Ölkännchen versteckt. Als alter Kutscher konnte er nicht vertragen, wenn Achsen quietschten und Eisen sich an Eisen rieb.

Wenn Krüger das Büro überhatte, nahm er seine Mütze und rückte durch eine Nebentür aus. Die Sekretärin verständigte er nicht. Was waren das für Praktiken!

Machte Krüger nun etwa Feierabend und ging spazieren? Keineswegs. Da war zum Beispiel eine Wand an einem Neubau eingestürzt, und es handelte sich um das Städtische Kühlhaus.

Krüger stieg aufs Fahrrad. Auch das konnte er sich nicht abgewöhnen. »Sport muß sein!« Er fuhr zu den Ziegelwerkern hinaus. »Ihr macht hier viel, aber schlechte Ziegel, meine Freunde.«

»Hoho, was für Weisheiten!« Die Ziegler erboten sich, gute, dafür aber weniger Ziegel zu machen. »Alle Tage, Sportsfreund!« Krüger bestand auf viel Ziegel und gute Ziegel, aber in dieses Paradies schien kein Weg zu führen.

»Du bist parteilicher Kreissekretär«, sagte ein junger Ziegler, »aber verstehst du was von Ziegeln?«

Krüger blies die Backen auf. »Jungchen, dazu braucht ein alter Kutscher kein Mikroskop. Leg deine Hände auf den Tisch!«

Der junge Arbeiter gehorchte Krüger wie einem Vater. Auch Krüger legte seine Hände auf den Tisch. »Welches Handpaar hat mehr Mauersteine gewuchtet? Preis- oder Quizfrage, wenn es schon amerikanisch sein muß. Fünf Minuten Bedenkzeit.«

Eine Weile verging, da klopfte der Junge Krüger, Verzeihung heischend, auf die Handflächen. »Red weiter!«

»Danke für die großmütige Erlaubnis!«

Gelächter. Krüger hatte gewonnen.

Aber manchmal tauchten Fragen auf, für die Krüger die Antwort durchaus nicht griffbereit unter der Mütze hatte. »Das muß ich überschlafen«, sagte er dann. Das war nichts als eine Ausrede, denn er tat das Gegenteil. Er las nachts und suchte nach einer Antwort, oder er klingelte noch spät bei einem Fachmann, der etwas von der unbeantworteten Frage verstand, und beriet sich mit dem.

Konnte das der Autorität eines Kreissekretärs auf die Dauer guttun? Dieses Konsultieren von Fachleuten war ja geradezu blamabel! Nicht nur, daß Krüger den Bauern bei der Jarowisation des Getreides freie Hand ließ, nein, die Fachleute brachten ihn so weit, daß er das fast lebenswichtige Quadratnestverfahren beim Kartoffelanbau gröblichst unterschätzte. »Meinetwegen pflanzt im Dreiecksverfahren, aber erhöht die Erträge!« sagte Krüger und kannte kein Erbarmen.

Was sollte man davon halten? War das nicht die reinste Anarchie, wenn nicht Sowjetfeindlichkeit?

Jedenfalls führten all diese Unregelmäßigkeiten dazu, Krüger schonend und leise in den Rentnerstand zu versetzen. »Du hast das Deine geleistet, Karl, gib Ruhe!«

Und die Genossen, die Krüger nun doch wieder im Arbeitsanzug in der Stadt trafen und *Einmischungspolitik* betreiben sahen, seufzten: »Ein Original muß so verbraucht werden, wie es ist!«

Alles das störte Krüger nicht. Er hatte lange genug nachgedacht, worin seine Altersschwäche und seine Fehler bestanden haben mochten. Die Zeit ging hin. Das Trawopolnaja-System, die Mitschurin-Gärten, die Jarowisierung und das Quadratnestpflanzverfahren kamen aus der Mode. Hatte man Krüger vielleicht ganz ungerechterweise den Großvaterbart umgehängt?

Krüger machte sich auf dem Wochenmarkt zu schaffen, und wenn es dort sonst nichts zu tun und zu helfen gab, stand er bei den Pferdegespannen der Bauern. Er schnupperte den vertrauten Pferdeduft, schaute den Pferden ins Maul. »Du bist schon bei Jahren, Alterchen, sieh dich vor!« Er schaute sich die zuweilen vernachlässigten Pferdehufe an, tadelte die Bauern und fuhr gleich mit ihnen zum Hufschmied.

Auf diese Weise traf Karl Krüger, wie wir wissen, Genossen, eines Tages den Bienkopp beim Verkauf seines Brautanzuges, und Bienkopp und sein ungewöhnliches Unternehmen gingen ihm hinfort nicht mehr aus dem Sinn. Das war eine Sache nach seinem Geschmack.

12

Es war ein duftender Maimorgen, denn in der Nacht hatte es leise geregnet. Mairegen – Wachsregen. In den Blumenauer Bauerngärten rieselten die Blütenblätter der Obstbäume auf die Beete, und das Grün der sprießenden Salatpflanzen leuchtete aus dem Blütenschnee. Um fünf Uhr in der Frühe sprang Krüger in der Feldmark vom Fahrrad, denn er sah einen

Mann. Der Mann war ein Gottesmann und hieß, wie sich herausstellte, Hermann Weichelt.

Krüger tippte an seinen Allwetterhut, und Hermann Weichelt tippte an seine Schimütze, und das hieß nichts anderes als einmal »Guten Morgen« und einmal »Grüß Gott«! Hermann Weichelt versagte sich das Sprechen. Er rechnete mit den Beinen die Saatmenge für das Kartoffelfeldstück aus, wie weiland vor zweitausend Jahren sein biblischer Bruder Abel.

»Ist das dein Feld?« fragte Krüger.

»Es ist mit Gottes Hilfe mein und nicht mein Feld.«

»Schwer zu verstehn.«

»Ich arbeite in der Gemeinschaft der Gerechten!«

Krüger erfuhr, daß die Gemeinschaft der Gerechten mit Gottes und Bienkopps Hilfe sieben Mitglieder habe. Hermann kargte nicht mit Auskünften: Die Gemeinschaft der Gerechten wird von Gott geleitet. Bienkopp ist mehr zweiter Direktor und hält nichts vom Himmelsherrn, erfüllt jedoch dessen Gesetze, ohne es zu wissen. »Selig sind die Unwissenden im Geiste, denn sie werden Gottes Kinder heißen ...«

Das waren wirklich erschütternde Auskünfte.

»Kennst du mich?« fragte Krüger den Gottesmann.

»Wer wirst du sein? Ein Menschenbruder von der weltlichen Behörde.«

»Kennst du den Superintendenten?«

»*Superdent* Hannemann bist du nicht.«

»Danke für die Auskunft.«

»Bitte für die Auskunft. Der Herr sei mit dir!«

Krüger ging weiter, denn er sah einen anderen Mann, und der führte ein Pferd den Feldweg hinunter. Der Schimmel schien am blauen Maihimmelhorizont entlangzuschweben.

Als Kutscher hatte sich Krüger oft so ein Pferd gewünscht, doch es ging damals nicht nach seinen Wünschen. Es hing vom Gewinnstreben seines Arbeitgebers ab, wie die Pferde aussahen, mit denen er zu kutschieren hatte. Er fuhr mit sogenannten *Krücken*.

Der Schimmel wieherte zum frommen Mann auf dem Kartoffelacker hinüber und trug sich wie ein Pferd vor der Quadriga eines lateinischen Gottes, soviel Krüger aus der Kunstgeschichte wußte. »Junge, Junge, Qualität!« Eine alte Frage bestürmte den ehemaligen Kreissekretär. Darf ein Mensch, der an der Veränderung der Welt arbeitet, anbetend vor der Schönheit einer einzelnen Kreatur stehenbleiben und ihr seine Zeit opfern?

Krüger ging auf den Pferdetreiber zu. »Deine Stute?«

Franz Bummel zog die Mütze und hielt sie wie vor dem Baron in der Armbeuge. »Habe die Ehre. Meine Stute.«

»Vollblut?«

»Arabisch und rein gezogen, wenn erlauben.«

»Setz deine Mütze auf!«

»Ich bin für Anstand.«

»Kennst du mich?«

»Der beste Skatspieler des Kreises sind Sie nicht, vielleicht ein hohes Parteitier, wenn erlauben.«

Krüger erfuhr, daß auch Franz Bummel Bienkopps wohltätiger Bauerngemeinschaft, einem zufriedenstellend arbeitenden Verein ohne Mitgliedsbeiträge, angehörte. Bummel hatte sogar einen neuen Anzug von Bienkopp erhalten. »Unterzeug muß noch selber gestellt werden, aber auch für Untertextilien wird Bienkopp den Kampf aufnehmen, wenn erlauben.« Was Bummel am neuen Bauernverein zu tadeln hatte, war der fehlende Pferdeverstand.

Krüger schwang sich wieder aufs Fahrrad. Er suchte Bienkopp. Das schien eine prächtige Himmelsgemeinschaft zu sein, die sich der Freund und Genosse da angelegt hatte!

Bienkopp war dabei, mit seinem Adjutanten, Wilm Holten, Fallennester für den Hühnerstall zu zimmern.

Krüger sprang vom Fahrrad, stolperte über einen Hobel, vergaß zu grüßen und ließ seine Vorwürfe aus dem Sack springen. »Die Dorfarmut auf einem Klumpen! Nennst du das Produktionsgenossenschaft?«

Bienkopp hatte einen guten Tag und war sanft wie eine Schäferwolke am Maihimmel. »Unser Kapital ist unmeßbar:

vierzehn willige Hände, eine Unmenge von Einfällen, sozusagen kostenlos aus dem Äther.«

Ja, da brauchte sich Krüger über die Mitglieder nicht zu wundern, wenn der Vorsitzende von Äther und unsichtbaren Dingen redete.

Bienkopps Laune verdunkelte sich. »Was geht's dich an?«

»Eintreten will ich!«

»Mach deine Witze mit Stadtleuten!«

Krügers Eintritt ins BLÜHENDE FELD begann mit einer handfesten Auseinandersetzung.

Brachte er vielleicht große Reichtümer in die Genossenschaft? Keineswegs, doch er brachte seinen politischen Kopf ein, und das war nicht wenig.

Er warb zum Beispiel den Umsiedler Mahrandt und den Genossen Karl Liebscher fürs BLÜHENDE FELD. Nirgendwo hatte er es leichter als bei Liebscher. Kein Gefuchtel mit der Parteiehre. Jedes Wort überflüssig. Karl Liebscher war schon seit längerer Zeit bereit, aber bisher war niemand bei ihm gewesen.

»Auch Bienkopp nicht?«

»Bienkopp ja, aber im frühen Mittelalter.«

Schlechter ging's Krüger mit Jan Bullert. »Du willst nun Biß bei Biß für dich allein reich und ein Kulak werden, wie ich höre, und deine Familie soll arbeiten und stillhalten?«

»Arm und reich sind Charaktersache«, sagte Jan Bullert. »Es hat das Jahr Null gegeben, und keinem war's verboten, sich kräftig ins Zeug zu legen.«

Das war richtig, aber hatte jedermann die gleichen Produktionsmittel und -kräfte wie Jan Bullert?

Produktionsmittel sind Traktoren, Maschinen, Dinge, die von selber laufen; die hatte Bullert nicht!

»Und dein Acker?«

»Der Acker produziert Unkraut, wenn man ihn laufen läßt.«

Krüger benötigte viele Feierabende, bis Bullert seine Felder als Produktionsmittel gelten ließ. Aber war er deshalb eingefangen und bereit? Nicht in den wildesten Träumen! Bullert schob die Schuld auf die Partei. »Kann ich für den Fehler? Man schmiß mir diese sandigen und verqueckten Produktionsmittel sozusagen nach. Hier ist die Urkunde!«

Krüger mußte bei Bullert mit dem Partei-Abc beginnen. Auch dieser hartgesottene Bursche sollte das Lesen im Geschichtsbuch lernen!

Es war nicht übel, einen Mann wie Krüger zur Seite zu haben. Bienkopp schien's, als seien die alten Zeiten mit Anton Dürr wieder an der Reihe.

13

Der Winter kommt. Knackende Kälte setzt ein. Denkt nicht, Genossen, daß im Blühenden Feld die ganze Winterzeit alte Geschichten erzählt werden!

Bienkopp bringt zwei geheimnisvolle Schiebeschlitten auf den Hof. Er hat sie beim Dorfstellmacher anfertigen lassen.

Mampe-Bitter hat winters mehr Zeit, als für ihn gut ist.

Sommers hütet er die Jungrinder den ganzen Tag, aber im Winter stehn sie im Stall. Mampe trägt seine blaurote Saufnase wie eine Wünschelrute umher und spürt Schnapsquellen auf. Der alte Gelegenheitsarbeiter und Botengänger erwacht in ihm. Sein Auftraggeber mit Schnapshinterhalt ist jetzt Theo Timpe, der Herr der Rinder.

Mampe-Bitter beschnüffelt Bienkopps geheimnisvolle Holzschlitten. »Der Winter wird lustig. Ich sitz im Schlitten, und du schiebst mich!«

Timpe rümpft die Nase. Kinkerlitz! Der Boß soll sich um den Aufbau des Offenstalles kümmern! Die Winterhasen rammeln dort am Bretterstapel und werden ihre Jungen drunter setzen. Eine Schande!

Bienkopp packt Mampe-Bitter. »Hast du nichts vor? Komm mit!«

Mampe sieht sich nach Timpe um, aber Theo rettet ihn

nicht. Mampe muß mit Bienkopp, Wilm Holten und Hermann Weichelt auf den zugefrorenen Kuhsee. »Wilm Holten ist Adjutant für jeden Wind, den der Vorsitzende in die Welt setzt«, behauptet Mampe-Bitter.

Bienkopp und Holten fahren mit dem Schiebeschlitten gegen die Wand des glashart gefrorenen Schilfs. Die Halme brechen ab und legen sich zur Seite. Die Wimpern des Sees werden rasiert. Scharfe Schilfstoppeln ragen aus dem Eis.

Mampe-Bitter und Hermann sollen Schilf bündeln. Mampe trägt noch immer die pelzgefütterten Winterstiefel eines Menschen, der Ramsch hieß, kein besonders gütiger Engel war und einen amerikanischen Floh mit sich umhertrug. Let's go! Jetzt räsoniert Mampe mit Bienkopp. Dieses verrückte Unterfangen mitten in der pfleglichen Winterzeit! Will der Vorsitzende das Schilf in den Kuhstall streuen? Sollen sich die armen Kühe die Euter zerschneiden? »Gott steh mir bei, wenn er Zeit hat!«

Hermann hält Mampe eine Strafpredigt für gottloses Reden. »Hat der Himmelsherr dich nicht vorm Hängetod gerettet?«

Alles Schilf am Kuhsee wird auf diese Weise umgebrochen und gebündelt.

Kaum ist's geschehen, da ist Bienkopp wieder unterwegs. Er bringt eine alte Frau auf den Genossenschaftshof. Mampe-Bitter betrachtet die zahnlose Altmutter durch seine Taschenflasche. »Eine zahme Bienkopp-Braut. Sie kann nicht beißen.«

Bienkopp hat nicht Zeit, sich um Mampes giftige Müßiggängerreden aufzuregen. Dieser Mensch ist ein Opfer seines schwachen Willens, und er schiebt es einem Geist zu, den er Schicksal nennt.

Bienkopp trommelt die Frauen der Feldbaubrigade aus ihren Winterküchen, läßt Schilf vom Kuhsee heranfahren und in den geheizten Vorraum des Abferkelstalles bringen. Die Frauen vom BLÜHENDEN FELD lernen von der alten Umsiedlermutter Schilfmatten knüpfen. Auch Bienkopp selber ist sich nicht zu schade, im schartigen Schilf zu wühlen.

Buchhalter Bäuchler residiert im ehemaligen Büro der

Firma Ramsch, Naturzäune, Kisten pp. Er ist eine *deutsche Kernnatur*: blank geputzte Stiefel, gebürsteter Rock und gotische Handschrift. Er war im letzten Kriege Feldwebel, eine Mutter der Kompanie, ein Herrscher in kleineren Machtbereichen mit viel Angst vor der praktischen Seite des Krieges.

Bevor er seine Zehnmorgenlandwirtschaft und seine Schreib- und Rechenkenntnisse dem BLÜHENDEN FELD zur Verfügung stellte, bestritt er seinen Nebenverdienst als Versicherungsvertreter. Diesen Nebenberuf betreibt er auch jetzt als Genossenschaftsbuchhalter. Die Menschheit seiner Umgebung zerfällt in zwei Klassen: Versicherte und Unversicherte. Interessant sind für Bäuchler die Unversicherten. In ihnen schlummern ungehobene Prämienschätze.

Bäuchler war stets zur Stelle, wenn Theo Timpe den feurigen Zuchtstier des BLÜHENDEN FELDES auf dem Hofe oder in der Hofkoppel bewegte. Der Bulle schnaubte, senkte den Kopf, verfertigte seine Sperenzchen und machte Theo Timpe zu schaffen. Bäuchler bewunderte den heldenhaften Theo. »Nein, diese Courage, es ist nicht zum Ansehen! Ich an deiner Stelle würde zumindest eine Unfall-, wenn nicht eine Lebensversicherung nehmen. Denk an deine Familie!«

Timpe stellte eine Bedingung. »Kommst du zu Prämien, so mach, daß auch ich zu Prämien komme!« Bäuchler sollte Bienkopp bewegen, endlich den Rinderoffenstall anzukaufen und aufzustellen.

Für Bäuchler ist Bienkopp der Hauptmann und Timpe so etwas wie ein Leutnant und Zugführer. Der Zugführer steht ihm näher. Der Hauptmann hat seinen eigenen Kopf.

Bäuchler wartet in seinem Büro auf Bienkopp. Einmal muß er doch kommen!

Bienkopp kommt, wirbelt durchs Büro, daß die Belegpapierchen umherfliegen, und verschwindet wieder.

Endlich bekommt Bäuchler Bienkopp zu packen. »Du rennst umher, aber hier im Büro schlägt das Herz der Genossenschaft.«

»Ein Herz kann verfetten!«

»Soll das auf mich gehn?«

»Auf alle Büros der Welt.«

Bienkopp schaut sich den von Bäuchler vorgefertigten Planentwurf an. »Bündiger, viel bündiger, keine Flunkereien, keine Phrasen!«

Bäuchler zeigt sich einsichtig, aber was wird mit dem Offenstall?

»Nicht bestellt. Schulden werden nicht gemacht!« Fort ist Bienkopp.

Für Bäuchler hat der Hauptmann gesprochen, doch er wünscht den verrückten Vorsitzenden, diesen Entendompteur und Schilfschneider, auf den Mond. Timpe wird sich nicht versichern lassen.

Am Jahresende verkauft die Genossenschaft BLÜHENDES FELD einen Posten Schilfmatten an Gärtnereien. Eine unerwartete Einnahme zum Jahresschluß, die den Einzelgewinn der Mitglieder erhöht.

Eingehendes Geld erzeugt bei Bäuchler Bauchjucken. Er kratzt sich ausgiebig.

Parteisekretär Krüger zieht wiederum den Hut vor Bienkopp. »Qualitätsarbeit!«

»Laß die Kindereien!« sagt Bienkopp.

14

Ja, dieser Offenstall! Ist er auf einem Zauberteppich ins BLÜHENDE FELD geflogen, um Meinungsverschiedenheiten auszulösen? Keineswegs. Es ging real und recht zu.

Rinderoffenställe zu bauen ist eine Anordnung von *oben*. Vom Himmel? Nein doch, vom Ministerium vielleicht. Anordnungen werden nicht aus Langweile getroffen! Milch macht Musik! Viele Rinder! Billige Ställe!

Sind Offenställe billig? Sie sind aus Holz, sind leicht und schnell zu transportieren. Das ist erwiesen.

Ist erwiesen, daß sich Kühe in einem Stall vom Format einer Theaterbühne wohl fühlen und so stramm milchen wie in einem hellwarmen Massivstall? Keine Antwort.

Vielleicht ist der Bau von Offenställen nur eine Empfehlung, aber Empfehlungen werden Befehle, wenn sie im Dorf ankommen.

Die Dorfbürgermeister werden von verschiedenen Angestellten der Kreisverwaltung auch *verlängerte Arme* genannt. Am Bau von Rinderoffenställen wird abgelesen, ob die *verlängerten Arme* modern und fortschrittlich reagieren.

Auf Tagungen befragen die Dorfbürgermeister einander: »Na, und dein Offenstall?«

»Er steht.«

»Wie fühlen sich die Kühe?«

»Ich sagte: Der Stall steht!«

Gut, der Offenstall steht und kann von den Kreisstatistikern erfaßt, gezählt und als vorhanden weitergemeldet werden.

Die Jahreshauptversammlung der Genossenschaft findet statt. Auch Frieda Simson erscheint. Der Plan für das neue Jahr wird besprochen und verbessert. Er soll verabschiedet werden.

»Was wird mit dem Offenstall?« schreit Timpe.

Bienkopp legt seine Ansichten dar: keine Rindervermehrung im Renntempo ohne ausgiebige Futtergrundlage! Gefährlich!

Es wird abgestimmt. Für den Offenstall sind Theo Timpe, seine Frau, Mampe-Bitter und Buchhalter Bäuchler. Einundzwanzig zu vier Stimmen. Frieda Simson knirscht. Wie wird sie bei der Kreisverwaltung ohne Offenstall dastehn? Sie sinnt auf Mittel, ihre Macht über den Dickkopf Bienkopp zu verstärken.

15

Der Frühling schickt seine Sendboten: fünf sonnige Tage am Ende des Februars. Das Eis auf den Wegpfützen schmilzt. Wintermücken umtanzen die Wegwässer.

Aus der großen Legehalle dringt das Gegacker der Hühner wie Maschinenlärm in die Feldmark. Die alte Genossin Nietnagel, die früher Deckchen häkelte, Strümpfe stopfte, die Dorfbibliothek verwaltete und ihrem Manne das Mittagessen warm hielt, ist jetzt eine Hühnermutter von Kreisgeltung. Im Februar täglich zwei Eimer Eier aus einem Hühnerstall – das haben in Blumenau nicht einmal die Kaisertreuen erlebt, die nicht müde werden zu seufzen: »Ja, ja, das waren Zeiten damals, und der Hering kostete einen Sechser!«

»Im kommenden Jahr werden wir dreitausend Küken aufziehen!« heißt's im Jahresplan der Genossenschaft BLÜHENDES FELD.

Wer ist wir? Vorläufig Grete Nietnagel. Sie schleppt vorgewärmten Sand in die Aufzuchthalle und streut eine Schicht Torfmull darüber. Bienkopp scheint vergessen zu haben, daß er der Hühnermutter eine junge Gehilfin versprach.

Bienkopp hat's nicht vergessen. Er bat Buchhalter Bäuchler mehrmals, ein Inserat in der Bauernzeitung aufzugeben. Er selber braucht nichts dringender für seine Seenutzungspläne und die halbwilden Enten als eine junge Fachkraft mit flinken Beinen, denn die Tage werden länger. Die Kraft der Sonne nimmt zu. Das Eis schmilzt auf den Seen. Die Enten fliegen wieder hinaus. Sie finden ihr Futter auf dem Wasser und trödeln abends lange heraußen. Das Abendfutter vor dem Stall ist ihnen kein zugkräftiger Leckerbissen mehr. Jeden Abend bangt Bienkopp: Werden die Enten zurückkommen oder ihre Eier draußen am Seerand legen?

Der Frühling bringt seinen Sack Arbeit. Bienkopp wird nicht jeden Abend auf dem Hof sein können, um die Enten abzuwarten. Höchste Zeit, daß eine junge Kraft kommt!

Aber Buchhalter Bäuchler nimmt kleinliche Rache. Bienkopp lehnte den Offenstall ab, Timpe ließ sich nicht versichern. Bäuchler verschiebt die Inserataufgabe von Woche zu Woche.

Bienkopp verfaßt eines Abends selber eine Suchanzeige für die Bauernzeitung. »Junge Geflügelzüchterin per sofort und zum schönen Frühling für Wald- und Seengegend gesucht ...« Dabei träumt er sich in den Frühling. Er sieht die neunzig halbzahmen Entenmütter mit ihrer Brut morgens zum Kuhsee marschieren. Neunzig mal zehn – neunhundert Jungenten, die ihr Futter draußen suchen und finden, aber abends heimkommen. Neunhundert halbwilde Vögel in Menschenhand. Geringe Kosten und großer Nutzen für das BLÜHENDE FELD. Ein großes Rauschen von zweitausend Flügeln, gewaltige Aussichten! »Wassergeflügelzucht, bei Eignung freie Hand und Entwicklungsmöglichkeiten«, schreibt Bienkopp ins Inserat.

16

Der Waldarbeiter Ewald Trampel ist ein dürrer, ewig hüstelnder Mann. Seine dralle Frau Hulda ist breithüftig und paßt besser zum Familiennamen als ihr Mann.

Ewald Trampel nahm im Jahre Null zwanzig Morgen Land zu eigen und mühte sich nach Kräften, doch er fühlte sich beim Ackerbekratzen nicht wohl. Er ging lieber wieder in den Wald. Daheim herrschte die Frau, und er fühlte sich geknechtet.

»Ewald!«

»Hier bin ich!«

»Du hackst mir Holz!«

»Chä, chä, ich hacke!«

»Ewald!«

»Hier bin ich!«

»Für Sonntag schlachtest du eine Gans!«

»Chä, chä, ich schlachte!«

Hulda Trampel hielt drei Sauen und züchtete schöne Ferkel mit ihnen.

Eines Tages klopfte der Werber für die Genossenschaft BLÜHENDES FELD an Trampels Tür. Das war kein anderer als Bienkopp, der unbeweibte Vorsitzende und Tausendkerl. Hulda fühlte sich wohl nicht nur mit der Arbeit in der kleinen Wirtschaft ein wenig einsam und allein gelassen. Bienkopps Antrag ehrte sie und setzte ihre Gefühle in Bewegung.

»Ewald!« sagte sie am Abend zu ihrem Mann.

»Hier bin ich!«

»Ich trete in das BLÜHENDE FELD ein!«

»Chä, chä, tritt nur!«

Hulda Trampel trat ein. Bienkopp, der Diplomat in Sachen Genossenschaft, übertrug ihr die Sorge für den Sauenstall.

Hulda Trampel sieht den hohlwangigen Ole besorgt an. »Mein Mann solltest du sein!«

»Ich bin nicht dein Mann.«

»Leider.«

»Was fehlt dir?«

Hulda benötigt eine Heizsonne für den Ferkelstall.

»Laß sie dir von Bäuchler verschreiben!«

Hulda umarmt Bienkopp. »Wann heiratest du wieder?«

Bienkopp flüstert Hulda etwas ins Ohr. »Du hast mir ins Ohr gespien, Lappack!«

Bienkopp, der Einspänner, ist für die Frauen der Genossenschaft ein Anlaß zu fröhlichen Spötteleien. »Ist dein Bett nicht klamm und wie eine leere Landschaft, wenn du abends hineinfährst?«

»Es ist geräumig. Niemand liegt mir im Wege.«

Scherze und Derbheiten.

In der Kreiszeitung steht ein Inserat. In Oberdorf, Haus Nummer zweiundzwanzig, ist ein gummibereifter Ackerwagen abzugeben. Bienkopp fährt hin. Er will den Wagen billig für die Genossenschaft kaufen. In Haus Nummer zweiundzwanzig wohnt Rosekatrin Senf. Bienkopp wird's erst gewahr, als er bei ihr im Stübchen steht. Sie empfängt ihn mit unverwüstlichem Liebreiz, schmachtet, zupft sich vor dem Spiegel die Löckchen zurecht und singt: »Das Glück hat tausend Launen, doch einmal kommt's zu dir …«

Rosekatrin holt Bier aus dem Keller. Bienkopp soll sich wie zu Hause fühlen. »Trink hübsch und sing hübsch!« Erst muß man sich in der Zeitung ausbieten, dann existiert man für so einen politischen Kerl wie Bienkopp.

Bienkopps Augenbrauen werden zu umgekippten Fragezeichen.

»Was starrst du?« Rosekatrin hat in der Kreiszeitung nicht nur eine Verkaufs-, sondern auch eine Heiratsanzeige losgelassen. »Wer erfüllt Anfangsvierzigerin Herzenswunsch? Angebote von netten, soliden Herren mit dauerhaften Absichten werden angenommen …«

Der ahnungslose Bienkopp wollte sich einen Ackerwagen ansehn – sonst nichts, aber Rosekatrin läßt ihn nicht zu Wort kommen. »Hier, alles Bewerbungen!« Ole ist nicht der erste. Sie wirft Briefe auf den Stubentisch. »Sieh dir das Photo an! Dieses Bierfaß von einem Kerl! Er würde mich platt walzen. Und der hier: abstehende Ohren! Ich müßte die Haustür für ihn verbreitern.« Kein Bewerber ist Rosekatrin schön genug, aber Bienkopp … der könnte ihr passen. Weshalb hat er sich nicht schon früher für Rosekatrin erwärmt?

Bienkopp, der überrumpelte Beackerer der Zukunft, versucht aus dem zerzausten Gewölle einen Strumpf zu stricken. Rosekatrin soll in die Genossenschaft eintreten, und ihre Einsamkeit wird abnehmen wie die Butter auf dem Dreschertisch.

»Nie und nimmer!« Rosekatrin schenkt ihre Wirtschaft nicht ohne Gegenleistung her. Wenn sie wo eintritt, dann ist es schon vorgekommen, daß sie auch Oles Trauring mitbezahlt.

Bienkopp trinkt rasch sein Bier aus und legt zehn Mark auf den Tisch.

»Wieso? Es ist nichts passiert.«

»Zehn Mark für das Inserat.« Rosekatrin soll Bienkopps wegen keine Unkosten haben. Hinaus ist er.

Rosekatrin bleibt enttäuscht zurück: Anngret Bienkopp war vielleicht so im Unrecht nicht, als sie diesen Mann verrückt schreiben lassen wollte.

Die Frühjahrsarbeiten treiben Bienkopp hin und her. Er eilt über die Dorfstraße. Frau Stamm, die Förstersfrau, verwaltet jetzt die Gemeindebibliothek und betreut die Kinder im Sommerkindergarten. Sie ist rührig, anstellig und hat nicht umsonst das Abitur hinter sich gelassen. Ihr Söhnchen wird bald sechs Jahre alt sein und sicher der Mutter in der Schule keine Schande bereiten. Eigentlich hätte Frau Stamms Söhnchen *Virgil* heißen sollen, aber nun heißt es Peter. In Frau Stamm ging damals ein fremdländischer Name um und klang wie eine kleine Prärieglocke: *Virginia!* Förster Stamm wollte nichts von Virgil und dergleichen wissen.

»Ein gewisser *Virgil* hat in älteren Zeiten über Land- und Forstwirtschaft geschrieben«, gab Frau Stamm zu bedenken.

Förster Stamm wurde unleidlich. »Der Junge heißt Peter und keinen Zentimeter mehr oder weniger!«

Frau Stamm weidet die Kleinkinder in der Märzsonne auf der Dorfaue. Die Kinder erblicken den eilenden Bienkopp. »Onkel Ole kommt!« Sie laufen Bienkopp entgegen. »Was bist du heute, Onkel Ole, ein Pferd oder ein Kamel?«

Bienkopp ist heut ein Elefant. Er hat wenig Zeit. Auf einem Elefanten können drei bis vier Kleinkinder zugleich reiten.

Frau Stamm sieht Bienkopp nicht ungern; Bienkopp aber schaut weg, wenn Frau Stamm ihn taxiert. Verwirrt ihn die Madonnenfrisur? Fürchtet er schwarze Augen?

Frau Stamm hilft den Kindern beim Aufsitzen. Es läßt sich nicht vermeiden, daß sie Bienkopps haarige Arme berührt. Sie zittert elektrisiert.

»Sind Sie nicht sehr einsam, Herr Bienkopp, wenn ich fragen darf?«

Ein Glück, daß Bienkopp eine Antwort einfällt: Könnte Frau Stamm nicht die Kultur im BLÜHENDEN FELD in die Hand nehmen?

»Aber gern!«

Die Kinder werden ungeduldig. »Los, Onkel Ole!«

Der Vorsitzende der Genossenschaft BLÜHENDES FELD, dieser wunderbare Reitelefant, kriecht über die Dorfaue.

Es ist schwer, mit dem Vorsitzenden Bienkopp über ein gewisses unausbleibliches Innenleben zu reden. Nun wohnt er im Kinderstübchen der Kate bei Emma Dürr, denn Anton und Emma II flogen aus. Emma II lernt Gärtnerin in Maiberg, und Anton II wohnt im Lehrlingsinternat der Traktorenstation.

»Seht, seht, die Emma!« munkeln gehässige Münder. »Und wie tat sie, als ihr Anton starb!«

»Ja, wer die Augen schließt, ist bald vergessen!«

»Warum nicht? Auch die Zwerghenne braucht einen Hahn«, stichelt Mampe-Bitter.

Bienkopp und Emma lassen sich von dem Geschwätz nicht stören. Sie sind nicht Mann und Frau; sie sind nicht Bruder und Schwester; sie sind Kameraden, Genossen. Vielleicht würde sich Bienkopp mit seinen Plänen zuweilen in den Wolken verlieren, wenn ihn Emma, dieses Neunzigpfundgewicht, nicht zur Erde zöge.

Eines Morgens beklopft Bienkopp die Wände der Kate mit einem Hammer. Er hält sein Ohr an die Balken, als ob es sich um dicke Stimmgabeln handele.

Emma fährt aus dem Schlaf. »Was wird nun wieder?« Bienkopp hat nachts beschlossen, die Kate zu einem Bienenhaus für die Genossenschaft umzubauen. »Ertragssteigerung durch gelenkte Blütenbestäubung.« Verkennt die Bienen nicht!

»Niemals!« Emma gibt die Kate nicht her. Hier lebte Anton. Gezänk wie zwischen Bruder und Schwester. Verstehen und Einigung.

Aber auch wenn Bienkopp und Emma einig sind wie Mann und Frau, ihr Bett teilen sie nicht miteinander. Dazu ist ihnen Anton zu gegenwärtig.

Bienkopp schuftet und rennt, fängt Einfälle aus dem Nichts

und zwingt sie in die sichtbare Welt. Trotzdem hängt ihm die Einspännigkeit an wie ein Makel. Manche Frauen schaun mitleidig auf ihn wie auf einen Körperbehinderten.

Manche Männer beneiden ihn. »Schwebt er nicht über den Weibern wie Gott über den biblischen Wassern, der Bienkopp?«

17

Die Erde reist durch den Weltenraum, und die Kinder spielen in aller Welt mit dem, was sie in der Heimat vorfinden: mit Kieseln, Muscheln, Blumen, Bombensplittern und bleichen Knochen auf Friedhöfen. Der Henkel der zerschlagenen Festtagstasse wird zum Goldkalb und der durchlöcherte Topf zur Königskrone.

Ein Mädchen wächst zwischen ausgekohlten Tagebauen und Abraumhalden auf, das wird Märtke gerufen. In den Tagebaulöchern steht ölig schillerndes Wasser, und der Strand ist gelb vom trockenen Eisenoxyd. Kein Schilf am Rand, kein Vogel im Ried, und auch in der Tiefe des gestorbenen Wassers bewegt sich kein Fisch, nichts.

Märtke spielt mit Kohlenkrümeln. Sie kann mit ihnen auf weißem Sand Muster und Zeichnungen auslegen: Blumen, Herzen und einen Erdball mit seinem Geflecht von Längs- und Breitengraden. Die Knaben, die mit dem Mädchen spielen, sind kleine Neger, denn der Kohlenstaub hat ihnen Gesichter und Hände geschwärzt. Sie bauen eine Puppenstraße und pflastern sie mit Kohlensteinchen. Sie singen im Eisenbahnrhythmus ein Lied dazu, und das heißt: Kohlen, Kohlen für den Krieg! Kohlen, Kohlen für den Sieg! …

An der Grubenbahnbrücke klebt ein Plakat. Auf dem Plakat ist der Schattenriß eines lauschenden Mannes zu sehn, und drunter steht geschrieben: *Pssst! Feind hört mit!* Die Kinder nennen den Schattenmann den Herrn Pssst und streiten um ihn.

»Herr Pssst belauscht die Kinder. Er ist Gehilfe beim Weihnachtsmann.«

»Herr Pssst ist kein Weihnachtsmann. Er ist ein Russe.«

»Aber Russen tragen Pelzmützen. Der Herr Pssst trägt einen Hut.«

»Herr Pssst ist ein perfider Engländer.«

»Nein, Herr Pssst ist Goebbels«, sagt Märtke. »Fragt meine Mutter!«

Jeden Spätnachmittag erlebt Märtke das Märchen vom häßlichen Mädchen, das sich am Zauberbrunnen schön wäscht. Das Mädchen ist Märtkes Mutter. Sie arbeitet auf den Braunkohlenhalden.

Es klopft, und die kleinen Neger kommen herein. »Guten Tag, Frau Mattusch! Ist's wahr, daß Goebbels der Pssst ist?«

»Wie? Aber gern sollt ihr ein Stück Würfelzucker haben«, sagt die Mutter.

Die kleinen Neger kauen Würfelzucker. Die Mutter erzählt angestrengt lustig von einem Kater: Der Kater jagt auf der Abraumkippe nach Krähen. »Er springt – wupp! ›Quark‹, sagt die Krähe, fliegt weg, und der Kater schlägt einen Purzelbaum.«

Die Jungen schmunzeln und kauen Zucker, bis die Tüte leer ist. Dann gehn sie endlich; und die Mutter will aufatmen, aber ein Neger kommt zurück. »Ist es Goebbels oder nicht? Wir haben gewettet, Frau Mattusch.«

»Wie? Aber Märtke ist dumm!« sagt die Mutter.

»Nein!«

Die Mutter hält Märtke den Mund zu. Die Jungen ziehn johlend ab. »Märtke ist dumm!«

Die Mutter hat mit Märtke über Dinge gesprochen, die ein Kind verwirren. Es braucht lange, bis die empörte Märtke versteht: Sie hat etwas Gefährliches ausgeplaudert, und die nächsten Tage darf sie nicht auf die Straße. Die Mutter lehrt sie Osterküken aus Wollresten basteln.

Märtke knüpft Osterküken. Sie will die Mutter erfreuen. Zu Mittag zieht sie die steife Roggenmehlsuppe aus dem

Ofenröhr, ißt schnell und bastelt wieder: Küken für alle Kinder der Nachbarschaft.

Abends liegt sie zuweilen lange wach. Das Zimmer ist dunkel und dunkel. Schwarzes Papier vor den Fensterscheiben. Jeder Fensterspalt verhangen, verstopft. So muß es in einem Sarg sein. Aber draußen über den Kohlenhalden zwinkern jetzt vielleicht die Sterne; auch der Mond wird dort sein, dieser hinterlistige Gesell. Mitten in der Nacht brüllen die Sirenen. Der Mond hat den Bombenfliegern den Weg gezeigt.

Im Luftschutzkeller baut Märtke einen Turm aus Brikettsteinen. Draußen fallen Bomben aus den Sternen. Märtkes Briketturm zittert.

An den Vater erinnert sich das Mädchen nur ganz sacht. Eine Männerstimme sagt zärtlich: »Märtke.«

Märtke weiß von einer Narbe in einem Gesicht, und die Haut darüber war neu und glatt. Sie fuhr neugierig mit dem Zeigefinger über die Narbe an der Stirn eines Mannes, der sie auf dem Arm hielt.

Der Vater kam nicht wieder. Er wurde weder von Russen noch von Engländern, sondern von Deutschen erschossen. Sind die Deutschen Feinde? Sie sprechen deutsch. Das war für Märtke schwer zu verstehn.

Den letzten Brief des Vaters las sie erst viel später: »Möcht unsere Märtke nie erfahren, was der Krieg aus den Menschen macht ...« Das war nicht minder dunkel.

Eines Tages wurde das schwarze Nachtpapier von den Fenstern genommen. Märtke konnte vom Bett aus die Sterne sehn, und der Mond verlor seine Hinterhältigkeit. Die Flieger kamen nicht mehr. »Der Krieg ist aus«, hieß es.

Märtke wird in die Schule geführt, aber an ihrem häuslichen Leben ändert sich nichts. Die Mutter geht wie früher auf die Arbeit, und die Mahlzeiten bleiben dürftig und dürr. Die Mutter raucht jetzt, tauscht Grubenschnaps gegen Mehl und geht auch abends fort. Sie ist eine Funktionärin, heißt's. Eine Funktionärin schreibt Reden und liest sie anderen Leuten, aber nicht Märtke vor. Vielleicht sollte Märtke eine

Funktionärin werden, damit sie abends nicht allein sitzen muß.

Graue Wintertage kriechen über die Kohlenhalden und sind schon alt und abendlich, ehe sie jung und morgendlich waren.

Märtke sucht nach Nestwärme. Frau Kurrat, die Mutter ihrer Freundin Romie, arbeitet nicht auf der Abraumhalde, sondern in Kurrats Lebensmittelgeschäft. Frau Kurrat bleibt abends daheim. Sie kocht Kakao für Romie und manchmal auch für Märtke.

Kakao ist ein südlich-süßes Geheimgetränk. Es kommt von weit her und wandert unsichtbar von Handtaschendunkel zu Handtaschendunkel. Um die Handtaschen von Funktionärinnen macht der Kakao einen Bogen. Funktionärinnen halten nicht dicht. Sie sitzen abends in Gasthäusern, trinken mit Männern *Alkolat* oder Dünnbier, machen sich stark und rumoren: »Gleicher Lohn für gleiche Arbeit!« Sie sind per du mit den Männern und schimpfen auf den Schwarzmarkt. Wenn sie Appetit auf Schwarzmarktwaren haben, spielen sie *Volkskontrolle*. Sie nehmen anständigen Hausfrauen auf dem Bahnhof, oder wo sie sie treffen, den Kakao weg.

Das erfährt Märtke von Frau Kurrat. Sie wird mißtrauisch gegen die Mutter. Eines Abends schleicht sie ihr nach. Sie steht im Garten des Gewerkschaftshauses, schaut zum Fenster hinein und sieht die Mutter mit Männern Bier trinken. Frau Kurrat hat recht.

Märtke beschließt, sich einen neuen Vater zu suchen, der abends daheim und streng mit der Mutter ist.

Märtke hat einen Lehrer. Der Lehrer ist blaß. An seiner Schläfe sitzt eine Kriegsnarbe. Manchmal möchte Märtke mit dem Zeigefinger über diese Narbe streichen.

Sie lädt den Lehrer nach Haus ein und sagt der Mutter: »Mein Lehrer wird kommen.«

»Dein Lehrer? Stehst du schlecht in der Schule?«

Die Mutter wischt den Staub aus den Wohnungswinkeln und zieht ihren blauen Faltenrock an. Hoffentlich bleibt der Lehrer nicht lange! Die Mutter muß zum Kreisfriedenskongreß.

Der Lehrer kommt. Sein Haar ist glatt gekämmt und duftet. »Sie wollten mich sprechen?«

»Sie mich, hört ich!«

Verlegenheit. Märtke sieht sich die Bilder in »Brehms Tierleben« an und lauscht.

Kaffee und Kuchen. Mühsame Gespräche. Märtkes Mutter raucht nervös. Sie denkt an den geschwänzten Friedenskongreß. In der Küche tropft der Wasserhahn. Er reizt sie. Der Lehrer zieht sich die Jacke aus. »Wenn Sie eine Flachzange hätten?«

Märtke holt die Zange. Der Lehrer repariert den tropfenden Wasserhahn. Märtke ist stolz.

Der Lehrer geht. Die Mutter zankt: »Du hast gelogen. Wer lügt, der stiehlt auch!« Tantengeschwätz und Afterweisheit. Zorniges Zucken um Märtkes Stirn. »Wer Bier trinkt, stiehlt auch Kakao.«

18

Die Mädchen wachsen heran. Sie tragen ihre Schultaschen nicht mehr am Griff, sondern tändelnd gegen die sich leis abzeichnenden Hüften gestemmt. Junge Männer schaun ihnen nach. Romie nestelt an ihrer Frisur. Der Sohn des Baumeisters hat herübergeschaut. »Schaut er dich oder mich an?«

Märtke weiß es nicht.

»Du bist nicht so eingerichtet, daß Jungen dich mögen.«

Märtke ist beleidigt. Sie schmollt ein paar Tage. Romie kommt und entschuldigt sich: »Ich kann so bös sein. Das hab ich vom Vater.« Sie denkt dabei an die Hausaufgabe in Mathematik. Märtke soll sie ihr lösen helfen. Versöhnung, Filmtränen.

Sonntag ist's und Versöhnungsfeier mit Kaffeeduft bei den Kurrats. *Schwarze* Schlagsahne, Leckereien und Gespräche über Moden in anderen Welten.

»Daddy, wann kaufst du mir Westernschuhs?«

Herr Kurrat streicht sich über die Reserveleutnantsfrisur. »Bracht ich dir nicht Bananen?«

»Immer Bananen, die stinken mir schon.«

Auf einmal ist der Sohn des Baumeisters da. Wo hat er sich hergenommen? Wieso wird er begrüßt wie ein Sohn des Hauses? Hat Romie Geheimnisse vor Märtke?

Herr Kurrat bietet dem jungen Mann amerikanische Zigaretten an. Sie setzen sich abseits ans Rauchtischchen. Alles muß seine Ordnung haben.

Der junge Mann läßt den Zigarettenqualm aus den Nasenlöchern hinaus.

Die Damen sprechen über Strickmoden. Nanu, ist Märtke jetzt eine Dame? Wie der Regen so fällt. Hier ist sie eine. Mag draußen die Welt ihr Wesen treiben!

Märtke hat glücklicherweise zwei Ohren, ein kluges und ein dummes. Das kluge Ohr hört wohl mehr, als es soll. Ist das taktvoll und ladylike? Herr Kurrat bittet den jungen Herrn, sich bei seinem Vater, dem Baumeister, für ihn zu verwenden. »Wir bekommen Zuwachs, ein Auto.« Kurrat benötigt eine Garage.

Der junge Mann macht sich wichtig. »Legal oder schwarz?«

Herr Kurrat schenkt Wein nach und winkt Romie an den Rauchtisch. »Hilf ein wenig im Geschäft!«

Märtke findet's albern, mit Romies Mutter über Hüte zu schwätzen und eine Geräuschkulisse für Herrn Kurrats Schwarzmarktgeschäfte aufzurichten. Sie fühlt sich überflüssig und geht.

Unten am schwarzstaubigen Hydranten holt Romie sie ein. »Märtke, verzeih, ich ließ dich so solo sitzen.«

Diesmal ist die magere Märtke in ihren ausgetretenen Schuhen nicht so flugs zu versöhnen. »Du bist imstande und küßt diesen Muttersohn. Das wäre mir ekelig. Ich sah ihn einen Radiergummi kauen.«

»Gummikaun ist modern.« Romie denkt wohl wieder an ihre Mathematikaufgaben. Sie wird auch Märtke einen Freund beschaffen. Märtke soll tanzen lernen, nicht so rotfromm sein und aus der FREIEN JUGEND austreten. »Der moderne Mensch kommt ohne Kirche aus.«

Märtke läßt Romie am grauen Hydranten stehn.

Ein halbreifer Mann trat auf die Bühne der Schulmädchenfreundschaft. Der Freundschaftsring erhielt einen Sprung.

Ein Jahr vergeht. Noch ein halbes Jahr, und Märtke wird ihr Abitur machen. Sie ist fleißig, und die Mutter freut sich.

Eines Nachmittags kommt Romie. »Bist du noch meine Freundin, Märtke?«

»Warst du es nicht, der ich zu rotfromm roch?«

»Große Verzeihung!« Romie ist am Ende. Der Sohn des Baumeisters hat sie verlassen.

»Brauchst du ihn so dringend?«

Wie kindlich und ahnungslos Märtke ist! Romie übergibt ihr zwei Briefe. Einen für den Baumeisterssohn, den anderen für den Vater, Lebensmittelhändler Kurrat. Romie wird sich – ob sie will oder nicht – in ein Tagebauloch stürzen, das ölige Wasser soll über ihr zusammenschlagen.

Märtke lacht.

Romie wischt sich, gar nicht mehr ladylike, die Tränen mit dem Handrücken. »Liebste Märtke, du bist nicht die Natur, der so was zustößt. Kannst du schweigen?«

Es ist so, wie es ist: Romie bekommt ein Kind, doch sie will keine verlassene Mutter sein. »Rette mich, Märtke!«

Märtke lacht nicht mehr. Ein Kind im Klassenraum, ein Babykorb auf der Schulbank, so ein Neugeborenes verlangt schließlich pünktlich seine Nahrung! Aber wie soll Märtke Romie helfen?

Romie fällt ihr um den Hals. »Meine einzige Freundin, du!«

Märtke wird gerührt.

Sie schwänzen die Schule. Sie fahren nach Berlin. Märtke geht bang auf die unerlaubte Reise. Romie ist ihre Freundin nicht mehr, aber sie ist ein Mensch. Man muß verhindern, daß ein Mensch sich im Kummer etwas antut. Da darf man vielleicht gar Unerlaubtes wagen.

Eine kummerige Fahrt. Zweifel und Bedenken. Sie sprechen kaum miteinander und drehn ihre Taschentüchlein in den Händen. Romie weiß einen Arzt, einen *freien Arzt* in der *Freien Welt*, der Geschehenes ungeschehen macht. In Romies Handtasche rascheln aus der Ladenkasse gestohlene Geldscheine.

Am Bahnsteigausgang in Berlin erwartet Lebensmittelhändler Kurrat die Mädchen. Nanu!

Romie, das schlaue Mädchen, schob den Abschiedsbrief an den Vater unter den Wecker auf dem Nachttisch, und den Wecker hatte sie so gestellt, daß ihr Pa den Zug der Mädchen nach Berlin erreichen konnte. So klug war Romie! Und in dem Brief stand: »... schuld bist du, Pa; denn du wolltest die Garage ...«

Herr Kurrat freut sich, die Tochter und ihre Freundin in Berlin zu treffen. »Wie sich das fügt!« Er ist auf Geschäftsreisen. Wen trifft er? Zwei Schulschwänzerinnen, Ausreißerinnen! Wie fein, wie geschickt!

Herr Kurrat findet es ratsamer, daß sich die Mädchen die *große Welt* in väterlicher Begleitung ansehn. Ein Lob dem Zufall, der es Herrn Kurrat ermöglichte, ein glänzender Vater zu sein!

Sie bleiben zwei Tage in Berlin. Das mit der Schule wird sich regeln lassen, wie? Sie bummeln am Kurfürstendamm, sie sehen sich im Zoo Kamele der *Freien Welt* an. Sie schlendern durch die Markthalle am Alexanderplatz. Ganz schön, nicht gerade zu verachten, aber wo sind die Bananen, wo ist der südliche Duft der Apfelsinen?

Sie stehn vor den Kükenvitrinen der Kleintierhändler. Romie hält sich die Ohren zu. »Das Gepiep macht mich rasant!«

Märtke wünscht sich, zwischen diesen Küken einherzugehn, sie zu füttern und zu tränken.

»Das find ich *ixentrisch*, fast blöd«, sagt Romie; sie ist frech, dreist und munter und denkt nicht daran, sich zu ertränken.

Am Abend gehen sie ins Varieté. Richtiges Varieté gibt's

leider nur im Ostsektor. »In dieser Sache ist man auf der russischen Seite groß«, erklärt Herr Kurrat und gibt sich loyal. »Was wahr ist, ist wahr. Leben und leben lassen!«

Sie sitzen nach der Varietévorstellung im Ganymed am Schiffbauerdamm, trinken Sekt und essen Weinbergschnekken. Romie will mit dem Vater tanzen. Es ist schick, mit einem älteren Herrn zu tanzen und für seine Geliebte gehalten zu werden.

»Das hier ist kein Tanzlokal, wie du siehst, mein Kind!« Herr Kurrat schenkt Sekt nach. Zuerst für sich, dann für die Mädchen. Romie wird böse. »Ich seh nur, daß du kein Kavalier bist!« Herr Kurrat beachtet Romies gekrauste Ferkelnase nicht. Er stößt mit Märtke an. Es macht sich nötig, auf einen Eid zu trinken. Es wäre angebracht, wenn niemand erführe, weshalb Märtke Romie nach Berlin begleitete. Kann Herr Kurrat mit Märtkes Verschwiegenheit rechnen?

Die boshafte Romie gibt keine Ruhe. »Daddy, damit du es weißt, ich hätt nicht mit dir getanzt. Dein Schlips ist nicht western.«

Lebensmittelhändler Kurrat aus Senftenberg hat keine Zeit für den Schnickschnack seiner unerzogenen Tochter. Er muß die ernste Märtke unterhalten und umstimmen. Hat Märtke schon von eingebildeter, von hysterischer Schwangerschaft gehört? Nein, Märtke hat nichts davon gehört, aber Romie geht schwankend auf den Vater los. »Ich soll *histo … histirisch* soll ich sein?« Sie kreischt und zaust sich das Haar.

Der Kellner eilt herzu. »Ist der Dame nicht gut?«

Romie schreit den Kellner an: »Was geht's dich an, Domestike?«

Der Kellner holt den Geschäftsführer. Alles läuft ab wie in einem verkitschten Film. Gemunkel an Nebentischen.

Märtke rafft ihren Mantel und rennt davon. Sie erreicht den letzten Zug und fährt heim.

Lebensmittelhändler Kurrat und seine Tochter kommen nicht in die Bergarbeiterstadt zurück.

Es ist, als ob Märtke in Berlin kleiner geworden wäre; so schämt sie sich. Auch ihre Augen sind klein geweint. Die Mutter ist unerbittlich und wie der *Engel des Jüngsten Gerichts.* Sie haßt, was das Leben verwirrt. Märtke muß von der Schule. Sie soll erkennen, wohin sie gehört, soll in die Lebensschule, in den Braunkohlenbetrieb. Die Mutter will sie in der Nähe haben.

»Nein!« Märtke wird störrisch. Sie kann nicht ertragen, daß ihr die Mutter mißtraut.

»Ja, weißt du denn, was du willst?«

Märtke weiß es. Sie will aufs Land, will mit Tieren umgehn, mit Hühnern.

Die Mutter lächelt. »Romantik, alles Romantik!« In fünf Jahren stellt man Eiweiß künstlich her. Hühner sind Museumstiere.

Märtkes Lieblingslehrer und der Jugendsekretär reden mit der Mutter. »Jugend hat Recht auf Romantik«, sagt der Lehrer.

»Junge Kader aufs Land!« sagt der Jugendsekretär.

Die Mutter gibt nach.

Märtke lernt Geflügelzüchterin. Das erste Jahr wird ein Jahr vieler Enttäuschungen: Die Küken sind nur acht Tage weich und gelb wie Löwenzahnblüten. In der zweiten Woche werden sie stoppelig, sind nicht gelb, sind nicht weiß, sind nicht weich, sind nicht hart, sind nicht groß und sind nicht klein, doch sie wachsen von Woche zu Woche. Sie verzehren nicht nur Futter, sondern auch Märtkes Arbeitskraft: Viele Eimer Weich- und Körnerfutter muß das Lehrmädchen Märtke zur Farm schleppen. Viel verdautes Futter muß das Mädchen, das fast eine Abiturientin mit Studierberechtigung geworden wäre, als Mist in die Dunggrube karren, und trotz aller Pflege und Fürsorge sterben Küken. Heute eines und morgen eines. »Keine Lebenskraft«, sagt der Lehrmeister, aber Märtke fühlt sich schuldig. Sie sieht, wie die lebenstüchtigen Hähnchen auf den Leibern der toten Hühnchen umhertrampeln und um Futter betteln. Sie möchte davonrennen.

Dann kommt endlich der Tag, da eine Junghenne das erste Ei legt. Ein Siegestag für Märtke.

Der Winter bringt ihr neue Arbeit. Bauernhühner legen nur im Frühling und im Sommer. Märtkes Junghühner sollen auch im Winter legen. Wintereier machen eine Hühnerfarm rentabel. Was eine Geflügelzüchterin alles wissen und lernen muß!

Das Lehrmädchen harkt Körner in die Stallstreu. Die Hühner sollen sich warm scharren. Es hängt Rübenstücke in den Stall. Die Hühner sollen danach springen. Das Lehrmädchen verlängert den Hühnertag mit künstlichem Licht. Das Ergebnis: frühlingsfrische Hühnereier im Winter. Märtke hat den Hühnern in der Schneezeit einen Stallfrühling gezaubert. Was der Mensch alles kann!

Der Frühling bringt Einblick in neue Wunder: Märtke lernt mit einem Apparat umzugehn, der Wärme und Brutkraft von tausend Hühnerglucken hat. Das Lehrmädchen zaubert im Vorfrühling in einer kleinen Kammer einen Hühnersommer. Das schöne Sommerlied mit der Zeile: »Die Glucke führt ihr Völklein aus«, ist ungültig. Die Glucke ist jetzt ein Holzschrank, der scharrt nicht, der gluckt und lockt nicht. Die löwenzahnblütengelben Leghornküken aber wissen vom ersten Lebenstage an, was sie zu tun haben: Sie fressen und wachsen.

Schon kann Märtke nicht mehr verstehn, wie sie früher auf einer Schulbank sitzen und auf das Leben hat warten können. Sie öffnet ein Schrankfach der Holzglucke. Dort hat sich das dottergelbe Leben aus weißen Eischalen gepellt und schaut sie mit Stecknadelkopfaugen an. »Piep!« Und Märtke weiß: Wer auf Totes starrt, dem wird die Welt zum Leichenhaus. Wer aufs Lebende schaut, dem wird sie zum Frühling.

Die Lehrjahre vergehn. Märtke findet kaum Zeit für Mutterbesuche in der Stadt. Sie besteht die Gehilfinnenprüfung; aber war das nun alles, was es zu lernen gibt? Gibt es nicht eine ganze Vogelwelt zwischen Menschen und Säugetieren? Enten, Gänse, Tauben, Ziergeflügel. Märtke will sich auch diese Welt ansehn.

Sie liest das Stellenangebot vom BLÜHENDEN FELD in der Bauernzeitung. Kann sie wissen, was Bienkopp in das Inserat hineinträumte?

20

Die Kleinbahn ruckelt. Lehrer Sigel kann nicht weiterlesen. Er klappt das Buch zu. Es ist ein populärwissenschaftliches Buch über Die sieben Weltwunder.

Lehrer Sigel ist ein ewiger Schüler. So sieht er auch aus; pickelig im Gesicht und immer noch wie in der Pubertät. Er legt eine Hosenklammer als Lesezeichen zwischen die Seiten, steckt das Buch in seine kunstlederne Aktenmappe und sucht in seinen Rocktaschen nach dem Schlüsselchen. Er muß die Tasche abschließen, weil ihr Schloß nicht mehr einschnappt. Das ist ein historischer Zustand.

Sigel findet das Schlüsselchen, schließt das Buch ein, putzt seine Brille, setzt sie auf und fängt an, Milieustudien zu treiben. Sigel nutzt jede Minute. Alle Menschen, die es im Leben zu etwas brachten, nutzen die Minuten, beginnen mit dem Nächstliegenden und schreiten fort in die Ferne.

Das Nächstliegende ist für Sigel ein junges Mädchen, und das sitzt ihm gegenüber. Mädchen machen Lehrer Sigel sonst befangen, aber nun hat er einmal mit Milieustudien begonnen, und nichts steht dem werdenden Weisen schlechter an als Prinziplosigkeit.

Sigel müht sich, das Mädchen objektiv und wissenschaftlich zu betrachten wie einen Gegenstand der Zoologie: Gattung Jungtier, Abteilung Einhufer. Alle Menschen, die es in der Wissenschaft zu etwas brachten, schritten vom Bekannten zum Unbekannten.

Sigel ist bemüht, sich das Aussehen des Mädchens so einzuprägen, als hätte er in einer Kollegiumsitzung darüber zu berichten: Die Herren Kollegen wollen sich bitte vorstellen:

a) Aschfarbenes Haar, rötlich durchwirkt, hin und her funkelnd, zum Zopf geschnatzt, zirka fünfzig Zentimeter lang, vorn rechtsseitig getragen. Ähnlichkeit mit Reißverschluß; Reißverschluß für reserviertes Wesen.

b) Augen. Sigel sucht lange nach Analogie. Märzblau vielleicht.

c) Stirn und Nasenwurzel verhalten sommersprossig.

Sigel versucht, die Sommersprossen auf einem Quadratzentimeter Stirn zu zählen. Seine Reisegefährtin wird unruhig. Sie schaut in ein Spieglein. Ist sie reiserußig? Sie ist es nicht, und sie findet sich vom Gefunkel der Sigelschen Brillengläser belästigt, deshalb blickt sie den pickeligen Mann streng an.

Sigel verkriecht sich hinter dem vom Gepäcknetz herabhängenden Lodenmantel. Er treibt seine Milieustudien durch ein Mantelknopfloch, treibt sie vom Bekannten ins Unbekannte.

Der Schaffner tritt ein. Sigel schnellt vom Sitz, schließt die Mappe auf und sucht seine Fahrkarte. Er findet sie nicht, entsinnt sich der *goldenen Regel des Suchsystems* und durchtastet jetzt systematisch Hosen-, Westen-, Rock- und Manteltaschen und noch einmal die Aktentasche, und zwar Fach für Fach.

Der Schaffner setzt gelangweilt die Mütze ab, putzt das Lackschild mit dem Ärmel und sieht aus dem Fenster.

Märtke bekommt Mitleid mit Lehrer Sigels Suchtraurigkeit. Sie sucht mit. Im Gepäcknetz liegt Sigels Mütze. Am Rand der Ohrenklappenlasche lugt die Fahrkarte hervor. Märtke reicht dem suchenden Sigel die Mütze.

Der Lehrer atmet auf. »Dieses Eigenleben der Dinge! Tausend Dank! Dank wie Sand am Meer! Sigel mein Name. Sigel ohne e.«

Auch Märtke stellt sich vor: »Mattusch mit Doppel-t.«

»Schätze, Sie heißen Marie.«

»Eigentlich nicht.«

»Verzeihung, Assoziation: Goldsprenkelhaar, Zopf, Märchen, Goldmarie«, stammelt Sigel.

Auf diese Weise kommen der fast neue Lehrer aus Blumenau und die neue Geflügelzuchtgehilfin der Genossenschaft BLÜHENDES FELD in ein Gespräch.

Die Tür des Genossenschaftsbüros wird hastig aufgerissen. Buchhalter Bäuchler tut sehr beschäftigt und starrt in einen Schnellhefter, aber dann hört er Poststellenhalter Krampe keuchen: »Ein Telegramm. Eilig. Von übermorgen.«

Immer diese Telegramme! Reines Gift für einen Mann mit Kreislaufstörungen! Eine gewisse Märtke Mattusch schickt sich an, für die Genossenschaft auf dem Bahnhof Oberdorf einzutreffen. Bäuchler ist zufrieden, daß es sich nicht um Kunstdünger handelt, denn dann müßte er sofort Gespanne herbeirufen und die Waggons entladen lassen, um kein Standgeld auflaufen zu lassen. – Märtke Mattusch? So ein Weiblein ist ihm nicht bekannt. Vielleicht eine Instrukteurin in Kulturfragen. Soll sie den kulturlosen Waldweg ausprobieren!

Eine Viertelstunde später zwängt sich Lehrer Sigel mit zwei Koffern durch die Bürotür. Auch er keucht, denn es handelt sich um Märtkes Koffer, die er auf dem Fahrrad brachte. Sigel hat nicht viel Vorsprung. Er mußte auf dem Bahnhof seine Hosenklammer suchen. Sie befand sich in der Reiselektüre über Die sieben Weltwunder, Abschnitt: Eigenleben der Dinge.

Lehrer Sigel ist für Buchhalter Bäuchler nur ein Halbmensch. Er kam schon fix und fertig versichert nach Blumenau. »Was bringst du geschleift? Ist mein Büro ein Hotel?«

»Psst!« macht Sigel. Das neue Hühnermädchen steht möglicherweise schon im Flur. »Feines Weib! Klassik!«

Buchhalter Bäuchler bezweifelt Sigels Zuständigkeit für Rassefrauen. Auf seinem Gesicht erscheint der Versuch eines

Lächelns. Sein Kinn teilt sich in Ober- und Unterkinn. Er denkt an eine ungehobene Versicherungs-Werbeprämie, speichelt Daumen und Zeigefinger ein und zieht seine Bügelfalten aus der Tertiärzeit nach. Er rückt auch das Vorhemdchen mit dem angenähten Schlips zurecht, den Büroarbeiterausweis. Schließlich war er einmal Feldwebel.

Mampe-Bitter verbreitet die Nachricht: Eine Geflügelzüchterin, ein Zopfmädchen, galoppierte in den Hühnerstall. Für das Übermitteln der Neuigkeit fällt hier und da ein Schlückchen ab. Das braucht der Mensch, denn die Kälte hat noch einmal angezogen.

Gegen Abend wagt er sich sogar bis an den Waldrand zur Dürr-Kate und wittert dort wie ein krummer Dachs. Mit Emma Dürr, dem Arbeitsgewissen der Genossenschaft, hat er nichts im Sinn. Emma, dieser Wachtmeister in Röcken, ist, gottlob, nicht daheim. Die Luft ist sauber.

Mampe-Bitter findet bestätigt, was Timpe ihm zuzischelte: »Der Boß studiert jetzt auf Enten. Das Kuhstudium ist ihm zu schwer.«

Bienkopp hockt hinter einem Bücherstapel und kritzelt. Mampe beschreibt ihm die neue Geflügelzüchterin: »Adrett, beleckt, fast wie die Dame von der Kreiskultur, die einmal hier war.« Der Vorsitzende blickt nicht auf. Sein Geist ist leider abwesend.

Mampe legt zu. »Wimpern – wie eine im Film.« Er wagt sich bis an die Bücherschanze und sieht's dahinter grünlich schimmern: eine Halbliterflasche Pfefferminzschnaps. Mampe greift an. »Blicke hat das Mädel wie Dolche. Möchte Gott verhindern, daß es jemand verwundet oder umbringt.«

Endlich blickt Bienkopp auf. »Was willst du?«

»Ich rede vom Hühnermädchen. Trinkst auch du Pfefferminz für die geistige Kopfarbeit?«

Bienkopp gießt Schnaps für Mampe in seine Kaffeetasse. »Fort, fort!« Er will nicht länger gestört sein.

Die Genossenschaftsmitglieder begrüßen Märtke in ihrer

Art. Die Schweinemeisterin Hulda Trampel taxiert Märtke. »Schöne Schuhe, die du trägst, Ost oder West? Wenn's regnet, ist's hier dreckig. Willkommen also!«

Emma Dürr verhält sich ausnahmsweise unkritisch. Sie denkt wohl an Emma II, das Gärtnerlehrmädchen. »Sei schön gegrüßt, Genossin. Wenn dir die Männer dumm kommen, bin ich da.«

Märtke errötet. Sie ist noch keine Genossin.

»Das möchte aber sein, Genossin, wegen der Parität!«

Wilm Holten weiß nicht, was er dem fremden Mädchenwesen sagen soll. »Willkommen«, stottert er, »und gut, daß Sie nicht ein bißchen verlobt sind. Ich bin der Wilm, wenn's recht ist, danke!«

Karl Krüger, der Parteisekretär, prüft das neue Hühnermädchen. »Was kommt hinter neunhundertneunundneunzigtausendneunhundertneunundneunzig?«

Märtke überrascht und brav: »Eine Million.«

»Gut, gut, das ist die Perspektive: fünftausend Hühner – eine Million Eier. Du hast übrigens schöne Augen. Schade, daß ich schon alt bin und den Walzer nur linksherum kann.«

Bienkopp hat an andere Dinge zu denken. Die neue Geflügelzüchterin lief ihm noch nicht über den Weg. Er stöbert am Kuhsee umher, stolpert über die Schilfstoppeln, mißt, schreibt Zahlen in sein Notizbuch und nutzt die letzten Tage der Winterstarre. Bald wird es heißen: »Saatfurche, Saatfurche!« Die Instrukteure aus Maiberg werden sich sorgen, die Bauern könnten den Frühling verschlafen, und so zahlreich anrücken, daß sie einander in die Hinterräder fahren.

Buchhalter Bäuchler schnauft auf einem klapperigen Fahrrad heran. Sein Bauch bebt. »Immer diese Telegramme! Dreitausend Küken auf der Bahnstation!«

Bienkopp knattert mit dem Motorrad nach Oberdorf. Auf dem Soziussitz hockt Märtke. Der Radfahrerfußsteig windet sich durch den Wald. Er umschlängelt Löcher, eisbedeckte Pfützen, Steine und Stubben. Märtke sucht nach Halt. Sie greift in Bienkopps grüne Winterjoppe.

Soll sie zittern! denkt Bienkopp. Blumenau ist keine Süßholzlecke.

Auf dem Bahnhof bleibt keine Zeit, einander nach dem Befinden zu befragen. Bienkopp und Märtke müssen prüfen, ob die Küken in den Kartons alle leben. Märtke öffnet den ersten Karton. »Du lieber Himmel!«

»Alles tot?«

»Nein, wie schön immer wieder!«

»Wie alt sind Sie eigentlich?«

»Gleich zwanzig ... einundzwanzig, zweiundzwanzig ... nein, jetzt hab ich mich verzählt.«

Den letzten Kükenkarton zählen Ole und Märtke gemeinsam aus. Ole schaut dabei auf den Frachtbrief. Statt eines Kükens erwischt er Märtkes Hand. Eine lebendige Hand, warm und schmiegsam. Er wird verlegen. »Guten Tag übrigens. Ja, nun lassen Sie es sich gut gehn. Ich bin Ole Bienkopp und heiße so.«

21

Märtke wohnt bei den Nietnagels. Konnte es besser gehn? Eine warme Heimat unter den Gluckenflügeln der Nietnagelin. Die Nietnagels haben eine Tochter, einen Ausgleich für den Sohn, der im *Großen Kriege* fiel. Sie wärmen ihr Herz an Märtke.

Emma Dürr hängt Wäsche auf. Die Leine ist hoch gespannt, damit die Enden der Bettücher nicht über den Rasen wedeln und sich grün färben. Die Leine so hoch und Emma so klein! Sie hüpft wie ein Huhn im Winterstall nach aufgehängten Runkeln.

Märtke kann nicht zusehn, wie Emma sich plagt. Sie hängt ihr die Wäsche auf. Emma lobt Märtke: »Ein hilfsbereites Weibsbild.«

Wilm Holten lockert eine Schraubenmutter am Traktor. Die Mutter sitzt fest. Holten legt sich sozusagen auf den großen Schraubenschlüssel. Der Schlüssel rutscht ab. Wilm stößt mit der Stirn gegen den Motorblock. Die Stirn platzt auf und blutet.

Holten geht ins Büro um ein Pflaster. Im Büro sitzt Märtke und schreibt Legelisten ab. Sie wäscht Wilm die Wunde aus und verpflastert sie. »Tut's weh?«

»Eine Wohltat!«

Egon, der vierjährige Bummelsohn, klettert über den Hühnerzaun zu Tante Märtke auf die Farm. Er zerreißt sich am Stacheldraht die Hosen, ist unglücklich und weint. Mutter Sophie wird ihn zausen. Das ist wahr. Sophie Bummel fällt's leichter, mit der Mistgabel als mit der Nähnadel umzugehn. Flicken und Fädeln sind für sie wie eine Expedition in Urwälder mit Schlingpflanzen.

Märtke flickt Egons Hosen. Egon schenkt ihr drei Spatzeneier und einen Kuß.

Für Hermann Weichelt war Anngret ein Engel, doch dieser Engel wurde hoffärtig und flog davon. Nun kam Märtke. Sie ist fast ein Erzengel. Sie bügelt ihm seinen Kirchenanzug und steckt ein Abzeichen an den Rockaufschlag: einen roten Stern mit einem Hammer und einer Sichel. Schöne Gerätschaften!

Tu dem wohl, der dir wohltut! Hermann sucht nach einer Gelegenheit, Märtke zu erfreuen. Er wartet auf Mondschein. Er will vor Märtkes Fenster singen.

Die Traktoren brausen durch die Feldmark. Sie reißen das Land aus dem Winterschlaf; ihre Pflüge wenden die Winterhülle der Felder und kehren sie den Regenwolken und den Sonnenstrahlen zu. Seithinter den vierteiligen Pflügen schleppen die Traktoren die Eggen. Die Eggen zerkrümeln die Erdwülste und glätten das Bett der Saat.

Die Frühjahrsbestellung verschlingt den Vorsitzenden Bienkopp. Keine Zeit für irgendwas sonst, nur wenn er Kinder sieht, befällt ihn ein hungerartiges Gefühl.

Er setzt Klein Detlef Timpe auf seinen Motorradtank. Sie

fahren in die Welt. Die Welt ist eine Bucht des Schwalbenbaches draußen in den Wiesen.

Bienkopp fängt Stichlinge für Klein Detlef. Er will ihm auch einen Molch fangen, doch dazu ist er zu hastig, zuviel Vorsitzender. Das frühlingsbunte Molchmännchen scheint sich über ihn lustig zu machen. Es krümmt den Flossenschwanz vor Lachen.

Bienkopp schöpft Bachwasser in seine verschweißte Ledermütze. Die Stichlinge schwimmen in diesem Aquarium, so gut es geht. Klein Detlef hat eine Frühlingsfreude.

Die Frühlingsfreude währt nicht lang. Die Stichlinge werden in Timpes Küche in ein Weckglas geschüttet. Bienkopp braucht seine Mütze. Ohne sie ist er kein Mann. Timpe, der Frühaufsteher, hält seinen Mittagsschlaf. Erna, die sanfte Mutter, schüttet die Stichlinge um. Timpe kommt, nackt wie Adam, aus der Kammer. »Das Bett ist frei, wenn ihr es brauchen solltet.«

Erna Timpe läßt vor Schreck die Stichlinge fallen. Sie zappeln auf den Küchenfliesen! Klein Detlef weint, und Bienkopp tröstet ihn. Er hat keine Lust, sich mit dem eifersüchtigen Timpe zu zanken. Es handelt sich nicht um ökonomische Dinge.

Eine Weile später findet Bienkopp die weinende Märtke im Hühnerstall auf der Streu sitzen. Neben ihr liegen fünf tote Küken, Schwächlinge, die unter die Füße ihrer lebenstüchtigeren Gefährten kamen und erdrückt wurden.

Bienkopp versucht zu trösten. »Fünf Küken – Null Komma fünf Prozent aufs Tausend – normal. Keinen Produktionsausfall durch Tränen!«

Märtke weint noch üppiger als zuvor. Bienkopp wird ratlos, holt Mutter Nietnagel und stellt sie zur weiteren Tröstung an. Mit halbwüchsigen Kindern kennt Bienkopp sich nicht aus. Dieses Zopfmädchen ist vielleicht gerade in den Wechseljahren.

Märtke weint wohl nicht nur der Küken wegen: Die Flugenten des Vorsitzenden sind auf und davon. Bienkopp hat sie Märtke mit großer Wichtigkeit übergeben. Er hat sie ihr sozusagen ans Herz gelegt. »Das sind hier nicht hundert Paar Beine, zweihundert Flügel und einige Säcke Federn. Es handelt sich um ein Laboratorium, um einen Versuch für großartige Möglichkeiten.« Bienkopp pfiff Märtke das Entenlied vor. Sie hielt nicht für schicklich, sich's mehr als dreimal vorflöten zu lassen. Es war ihr peinlich, den hastenden Vorsitzenden mit Liedchenpfeifen aufzuhalten.

Märtke stand im Entenlaboratorium. Morgens öffnete sie den Stall. Die Enten flogen quarrend auf. Sie umkreisten die Stallungen, flogen zum Kuhsee. Wenn sie sich abends am Himmel zeigten, spitzte Märtke den Mund und pfiff.

Die Enten nahmen Märtkes Gepfiffel nicht ernst. Jeden Abend fielen sie später und unbestimmter ein; an einem Vollmondabend umkreisten sie nur noch den Stall und strichen wieder ab.

Märtke rannte zum See, pfiff dort und pfiff. Der Abendwind küselte. Wellenlos lag das schilffreie Wasser. Der Vollmond spiegelte sich. Glanz, Gleiß und Poesie, aber nicht für Märtke. Sie hielt den Atem an. Fern in einer Bucht quarrten die Enten. Märtke rannte dorthin. Aus der Bucht strichen Wildenten ab. Der Kauz klagte, und Märtke schluchzte. Eine sonderbare Vorfrühlingsnacht!

Auch der nächste Abend brachte nichts als Enttäuschung. Die Enten kamen, meldeten sich über der Hofkastanie, belustigten sich über Märtkes Schulmädchengepfeife und flogen davon. Das ganze Laboratorium verschwand hinterm Wald.

Märtke klagte sich bei Mutter Nietnagel aus. »Keine Tränen! Es geht nicht um Menschen; es geht um Tiere, mein Kind!« Mutter Nietnagel half suchen. Einen Abend später suchte auch Adam Nietnagel mit. Die Enten, diese Fliegebiester, hatten auch vor einem ehemaligen Bürgermeister keinen Respekt. Der abnehmende Mond stand wie angeknabbert über drei erfolglosen Entensuchern.

»Was soll sein, man muß es Ole Bienkopp mitteilen!« Adam Nietnagel erbot sich, diplomatische Vorverhandlungen zu führen.

Nein! Märtke wollte selber zum Vorsitzenden gehn, ihm fest in die Augen sehn und sagen: »So und so …«

Die Frühjahrsbestellung lief gut an. Bienkopp atmete ein wenig auf und fühlte sich sofort wie ein Schiff mit vermindertem Ballast. Seine Nase hebt sich. Wie steht's mit seinen Enten? Legen sie schon, brüten sie?

Er schlendert abends zur Farm und klopft auf das Entenstalldach. Kein Schnattern. Er kriecht in die unbeleuchtete Bucht. Nichts als alter Entendreck!

Wütend hastet Bienkopp ins Katenstübchen und trinkt drei Pfefferminzschnäpse. Sie machen ihn nicht lustiger. Er legt sich knurrig zu Bett und kann nicht einschlafen: Das neue Hühnermädchen ist also ein Hopserling, eine Marie in allen Gassen, überall beliebt, bei ihm nicht. Beim Schreiben des Inserats hatte er an eine gesetzte Person gedacht, an eine mit Augen, die bis hinter seine Mütze sehn. Soll ich dir einen Tee auf den Abend bringen, Genosse Vorsitzender? So eine!

Ein regengrauer Morgen zieht herauf. Märtke sucht Bienkopp. Bienkopp hat das Tränengeständnis des Zopfmädchens nicht mehr nötig. Er könnte selber Trost und Wärme vertragen.

Märtke sucht Bienkopp im Schweinestall. Bienkopp huscht bei der Hintertür hinaus. Märtke sucht Bienkopp im Büro. Der schlüpft in den sogenannten Kulturraum und überprüft dort die Erdleitung des Rundfunkgeräts, aber im Kuhstall kann Bienkopp nicht mehr ausweichen. Märtke ist blaß und nimmt allen Mut zusammen. Bienkopp läßt sie nicht zu Wort kommen. »Weiß, weiß, die Enten sind fort. Wozu haben wir dich? Kein Geheul hier!«

Märtke rennt davon. Sie rennt mit ihren Tränen um die Wette.

22

Die Tage vergehn. Die Küken rekeln sich in der Frühlingssonne, strecken die Beine von sich und wachsen. An den Köpfen der Hähnchen schimmern schon die Kämmchen wie Ränder von Rosenblättern. »Ausgezeichnete Jungtiere!« Das Lob hört Märtke von Großmutter und Großvater Nietnagel, sie hört es von der Schweinemeisterin Hulda Trampel und sogar von Timpe, der sich sonst lieber selber lobt. Von Bienkopp hört Märtke nicht einen freundlichen Atemzug. Der Vorsitzende geht durch den Aufzuchtstall wie ein zürnender Gott. Dieses Zopfmädchen Märtke, oder wie es heißen mag, betrachtet er wie einen unausgereiften Schatten. »Die Hähnchen von den Hennen trennen. Höchste Zeit!« Bienkopp putzt mit seiner Ledermütze eine Fensterscheibe.

Märtke würde ihren Zopf abschneiden und herschenken, wenn sie damit verbergen könnte, daß es in ihrer Stimme schon wieder zittert.

Am Nachmittag putzt sie die Scheiben des Aufzuchtstalles. Sie kauft auf eigene Rechnung ein Wischtuch im Konsum, reibt und poliert. Der Aufzuchtstall glänzt wie ein Feenpalast. Die Sonne spiegelt sich eitel in seinen Scheiben. Bienkopp kommt nicht.

Märtke trennt die Hähnchen von den Hennen, wirbelt neuen Staub dabei auf und putzt die Scheiben wieder. Das Wischtuch wetzt sich durch, denn sie scheuert auch die Futterautomaten. Alles gleißt, nur Märtkes Herz nicht. Soll dieser Jammer sich ausbreiten über Himmel und Erde? Lieber will Märtke davongehn. Wo sind die ersten Tage voller Wohlwollen von allen Seiten? Wo die Stunden des ersten Sonntags mit Lehrer Sigel und seinen Weltwundern? Auch der Vorsitzende begrüßte sie nicht gerade wie ein bissiger Hund. Aber jetzt ist Märtke für ihn wohl weniger als eine Ente.

Sonntag. Bienkopp ist früh am Kuhsee. Das Wasser glitzert. All die vertrauten, langweiligen Stimmungen beieinander. Bienkopp sucht seine Enten.

Der Seerand ist kahl. Das nachtreibende Jungschilf ist kümmerlich. Kein Teich-, kein Bleßhuhn, nirgendwo ein Haubentaucher, von Enten nicht die kleinste Feder.

Bienkopp, der unrastige Vorsitzende der Genossenschaft Blühendes Feld, hat die Seeromantik zu Schilfmatten verarbeiten lassen und verkauft. Die Enten hat er selber vertrieben. Und er schaut sich um: Hat ein Lauscher seinen Verdacht gesehn? Er kratzt sich den Kastanienkopf. »So, sososo«, summt er.

Am Abend versammeln sich die Leute der Genossenschaft. Vollversammlung. Nicht leicht, den rechten Tag und die richtige Stunde für fünfundzwanzig Mitglieder herauszufinden. In der Landwirtschaft haben die Tiere und das Wetter Stimmrecht. Die Schweinemeisterin Trampel fehlt trotzdem. Ist das zu verstehn, wenn Frieda Simson vom Staatsapparat der Versammlung ihre karge Sonntagszeit opfert? »Kollegen und Kolleginnen, hier steckt eine Unterschätzung der Vollversammlung im Rohre. Was sagt der Vorstand dazu?«

»Geh in den Stall und vertritt die Trampel! Eine Sau ist beim Ferkeln.«

Frieda schüttelt sich. Emma Dürr kichert. Muß Bienkopp die Simson in solcher Weise lächerlich machen? Kann er nicht ein einziges Mal Kritik auf sich wirken lassen, wie sich's gehört?

Der erste Punkt der Tagesordnung klingt geheimnisvoll: Bodenschätze im Blühenden Feld.

Bienkopp offenbart ein Geheimnis: Vater Paule Hansens Vermächtnis; eine Rücklage, die Bienkopp bisher für sich selber aufbewahrte. Vielleicht war in seinem Herzen bis da noch ein Rest von Zweifel am Fortgang der begonnenen guten Dinge; aber jetzt breitet er diesen Schatz allen hin: Nehmt!

Unter Bienkopps Erbwiesenstück am Kuhsee liegt Kalkmergel. Massen von Mergel. Keine Erlrute lang genug, die Mächtigkeit zu messen!

Die Mitglieder fallen Bienkopp keineswegs um den Hals. Gut und schön – Mergel. Ist das etwa Gold, eine Silbergrube oder gar Uran? Mergel, grauer Kalkkleister, ein Bodenschatz? Timpes Nase ergeht sich in ironischen Verrenkungen.

Aber haltet die Nasen still und die Münder offen: Der Mergel soll gehoben, auf die sauren Wiesen, zwischen die rostigen Blüten des Sauerampfers, gestreut werden. Die Tracht der Wiesen soll sich verdoppeln. Im gleichen Takt soll der Rinderbestand vermehrt werden. Schöner, runder, gut verspundeter Traum billig abzugeben. Redet und sagt eure Meinung!

Die Leute der Genossenschaft müssen sich erst von diesem Mergelüberfall erholen. Ein Hin- und Herzwinkern zwischen Theo Timpe und Frieda Simson ist keine Meinungsäußerung.

Karl Krüger nutzt die Pause, um aufzustocken: Nicht nur das BLÜHENDE FELD, sogar fünf, sechs Nachbargenossenschaften könnten vom Mergelsegen profitieren. Keine Eisenbahn- und Transportkosten, kein Warten auf Kalkzuteilungen mehr. Morgenröte. Das Ei des Kolumbus, vier Zipfel in einer Hand.

Die Meinungen der Mitglieder fangen an spärlich zu sikkern: Bienkopp habe mit Gottes Hilfe alles zum besten gekehrt; der Himmelsherr wird ihn auch beim Mergel nicht verlassen. Das ist Hermann Weichelts Meinung.

Bienkopp hat Leitungsverstand. Keine Fliege wird sich entsinnen, daß seine Pläne jemals zum Schaden der Genossenschaft ausliefen. »Wer's nicht mit reinem Gewissen bezeugt, ist nicht wert, daß der Mond nachts in seinen Garten scheint.« Das ist Franz Bummels Meinung.

»Sehr richtig!« bekräftigt Holten, Bienkopps Adjutant. »Die Hauptsache, der Kolchos blüht auf!«

Emma Dürr, das Zentnerchen Ballast bei Bienkopps Himmelsflügen, gibt zu bedenken, daß der Mergelabbau nicht ohne Maschinen geschehen könnte.

»Selbstredend!«

Timpes Nase bewegt sich im Veitstanz. Es wird Zeit, daß der Widerspruch zu seinem Recht kommt. Mergel hin und Kleister her, an allen Dreck wird gedacht, nur an ihn nicht! Den Rinderbestand erst vermehren, wenn die Wiesen diesen Schnupftabak von Mergel verdaut haben, ist feuchter Kehricht, Kaleika. Soll er als Melker die Armenkasse der Gemeinde in Anspruch nehmen, weil gewisse Leute zu bequem sind, ausreichend Futter von auswärts zu beschaffen? Oho!

»Verdienst du nicht mehr als genug?« Karl Krügers Zwischenruf macht Timpe nicht stumm. Soviel ihm bekannt ist, haben höchstverantwortliche Spitzen nichts dagegen.

Nicht gerade ideologische Musik für die Ohren der Simson. »Gestattet, Genossen, Kollegen!« Ein falscher Zungenschlag von Timpe. Verdienerideologie. Es sind Milch, Butter und Fleisch, um die es geht. Blumenau hinkt in der Kreisstatistik. »Nachziehn!«

Wieder nimmt Bienkopp nicht auf sich, was er zu tragen hat. Butter, Milch, auch Rindfleisch, alles richtig, doch es regnet kein Futter vom Himmel. In Büros wird keines erzeugt.

Karl Liebscher nickt, Josef Bartasch nickt, Sophie Bummel nickt; alle, die nicht an Wunder glauben, geben Bienkopp recht.

Die Simson schreibt in ein schwarzes Diarium.

Bienkopp wird wild. »Was kritzelst du da?«

»Ich konstatiere mangelhaftes Vertrauen zum Staatsapparat!«

»Wir vertraun auf uns selber! Schreib auch das ein!«

Der Streit bleibt wie ein unsichtbares Paket Zündstoff auf dem grauweißen Tischtuch liegen.

Nun soll abgestimmt werden, ob Märtke als neues Mitglied im BLÜHENDEN FELD willkommen ist. Märtke erzählt ihren kleinen Lebenslauf: Sie wurde geboren, wuchs auf und ging in die Schule – keine Schwierigkeiten. Später besuchte sie die Oberschule und verließ sie vorzeitig. Besondere Umstände. Sie erlernte die Geflügelzucht. Jetzt ist sie hier, um mehr zu lernen. Kurz und fertig! Das ist alles.

Kopfnicken reihauf, reihab. Niemand fragt nach den *besonderen Umständen* auf der Oberschule. Hier ist die Genossenschaft BLÜHENDES FELD, eine Oberschule besonderer Umstände. Bahn frei für wohlwollende Patenworte!

Emma Dürr läßt nicht auf sich warten: Ein hilfsbereites Mädchen, das muß gesagt werden. Scheiß auf hundert Enten, die umherflogen wie Sperlinge. Bienkopp soll nicht Feuer schnaufen. Was mußte er dieses Federviehzeug auf Pfeiferei und ein unbekanntes Lied abrichten, hä? »Gleich gibst du der Märtke die Hand und versöhnst dich!«

Bienkopp lächelt. »Andere Stimmen?«

Bitte, Bienkopp kann sie haben! Ein Lob für die junge Kollegin von Karl Krüger. Märtke ist die Tochter eines Vaters, der zur rechten Zeit tat, was zu tun war. »Das will ich berücksichtigt wissen!« Märtke ist nicht nur auf ihre Spezialistenarbeit versessen, wie gewisse Leute, mit denen Krüger noch zu reden haben wird. Sie sieht das Ganze, packt zu, ein willkommenes Mitglied!

Wilm Holten, Sophie und Franz Bummel, Josef Bartasch, sogar Theo Timpe, alle loben Märtke. Eine Lobessymphonie! Hühnermutter Nietnagel schwärmt: Märtke ist ein fröhliches Wesen. Sie verbreitet Wärme und Freundlichkeit. »Indirekte Produktivkräfte«, ergänzt Adam Nietnagel, und es wird doch nicht wieder sozialdemokratisch sein, was er herausstellt.

Hinterm Kachelofen hebt sich der wurzelgraue Zeigefinger Mampe-Bitters in die verqualmte Kulturraumluft. »Hat dieses Zopfmädchen nicht Bienkopps Musikenten davonfliegen lassen? Mehrere Zentner Winterfutter im Arsch?«

»Schlaf weiter hinterm kalten Kachelofen!« kräht Emma Dürr.

Mampe-Bitter nimmt verwirrt einen Hieb aus seiner Taschenflasche. Es war eine so gute Gelegenheit, sich beim Vorsitzenden in ein *mitfühlendes* Licht zu setzen.

Tritt sonst niemand für Bienkopp ein? Doch! Frieda Simson. Macht sie einen Versuch, sich mit Bienkopp zu versöhnen, oder reizt sie Märtkes Jugend zum biologischen Widerspruch? »Gestattet, Genossen, Kollegen!« Man kann über hundert verlorene Enten und mehrere Zentner vertanes Futter nicht hinwegsteigen wie über ein Kaleika! Muß man von einem neuen Mitglied nicht mehr Bewußtsein und Verantwortung verlangen?

Märtke meldet sich. Ihre Wangen glühn. Sie pustet sich eine Haarsträhne aus der Stirn. »Ich bin schuld, liebe Jugendfreunde!«

Gelächter. Märtke hebt die Hand und wischt umher. Ihre Blicke suchen Hilfe. Sie streifen auch Bienkopp.

Märtke hat viel gute Worte über sich gehört. Sie schämt sich. Ihr Schuldkonto ist kein weißes Blatt. Ein großer Klecks ist drauf. Sie hat das BLÜHENDE FELD durch Unachtsamkeit geschädigt. Soll sie weinen? Das hat sie schon getan. Sie versteht die Absicht des Vorsitzenden, die Seen zu nutzen. Muß das mit flüchtigen Enten geschehn? Märtke bittet um Gelegenheit, zahme Enten aufzuziehn, zweitausend Stück und mehr, wenn es sein könnte. »Bitte, bitte, bitte!«

Konnte Bienkopp nicht das günstige Versöhnungsangebot der Simson nutzen? Nein, dieser Kastanienkopf denkt nicht daran. »Die Flugenten hab ich selber vertrieben!« Er hat den Enten die Brutverstecke auf dem See geraubt. Der Kasse der Genossenschaft sind die verkauften Schilfmatten gut bekommen, den Enten nicht. Die Belange von zwei Nebenbetriebsversuchen überschnitten sich. Keine Panik, keine Verlustrechnungen von Neunmalgescheiten. Die Enten hat Bienkopp bezahlt. Das Futter war sein Deputatkorn. Weshalb nicht? Er hat nicht Weib und Kind, er kann es sich leisten. Tor auf für den Vorschlag des Hühnermädchens: dreitausend Mastenten herein, fünftausend von Bienkopps Seite! Willkommen die neue Genossenschaftsbäuerin!

Märtke blickt dankbar. Bienkopp zittert leise. Es handelt sich nicht um Weltraumkälte.

24

Das Geäst der Obstbäume ist mit Blüten überschüttet. Wie niedergefallene Weißwolken stehn die Schlehenhecken an den Wiesenrändern. Die Erlstümpfe am Schwalbenbach treiben Schößlinge und vervielfachen sich. Alte Koppelstangen und Steine schmücken sich mit vielfarbenen Moosen. Maizeit.

Hermann Weichelt findet endlich die passende Nacht und den richtigen Mondstand, um Märtke seinen Dank für viele kleine Gefälligkeiten abzutragen. Er singt krähend wie eine alte Frau und inbrünstig wie ein Weiser. Seine Schießbrille glitzert. Wie ein Weltraumwesen steht der fromme Hermann im fahlen Maimondlicht.

Märtke schläft fest wie alle unschuldigen Kinder der Welt. Dafür erwachen von Hermanns Gesang andere Wesen. An der Stelle, wo es im Kirchenliede heißt: »... Wohlauf, der Bräutgam kömmt. Steht auf, die Lampe nehmt! ...«, wird der Sänger von hinten gepackt. Es ist Bienkopp, der ihn schüttelt.

»Zwiebelt auch dich der Mai, Heiliger?«

Hermann spuckt dreimal aus und eröffnet einen frommen Disput: Der Mai ist pfarramtlich nicht untersagt. Die Kirche feiert den Frühling mit Maien als Pfingstfest.

Das läßt Bienkopp nicht gelten. Jesus kannte weder Birken noch Birkenhaarwasser.

»Das sagst du so hin, Olelein, aber Gott kennt keine Unterschiede: Mensch ist ihm Mensch, und Baum ist ihm Baum.«

Bienkopp gelingt's, Hermann von Märtkes Fenster weg auf die Dorfstraße zu disputieren.

Was führte Bienkopp in so trächtiger Nacht von der Dürr-Kate und seinen Lernbüchern ins Dorf? Der reine Zufall. Er war am Kuhsee, sah dort nach dem Bau der neuen Entenfarm und saß ein wenig am Wasser. Das verstehe, wer kann!

Wilm Holten reitet morgens auf seinem Traktor an die Milchrampe. Er wirft die gefüllten Kannen auf den Anhänger, als wären sie Korngarben und kein Pfund schwerer.

Märtke kommt hier glücklicherweise jeden Morgen vorüber, und jedesmal verwickelt Holten sie in ein maidummes Gespräch. »Nein, du solltest aufhören, hier Tag für Tag vorbeizugehn!« sagt er.

Märtke bleibt stehn. »Bin ich dir zuwider?«

»Es könnte sein, daß ich mir mit Absicht den Daumen oder einen Zeh quetsch, damit du ihn mir verbindest.«

Märtke lächelt fein, und Wilm steht da, an jedem ausgestreckten Arm eine gefüllte Milchkanne, ein seufzender Herkules. »Wissen möcht ich, weshalb gerade Lehrer Sigel die Palme davonträgt!«

Märtke schnatzt ihren Zopf und ist in diesem Augenblick nicht weniger eitel als alle Mädchen ihres Alters. »Ich weiß von keiner Palme, nein.«

Holten seufzt noch tiefer. »Ich würd es auch nie wagen mit meinen Pferdezähnen im Gesicht.«

»Der Mensch ist, wie er ist.«

»Aber ich bin schlimmer!«

Das soll ein Mensch verstehn! Märtke muß gehn. Das Hahnenkonzert von der Farm her wird lauter und fordernder.

In Lehrer Sigel regt sich der Mai in anderer Weise: Sein Forscherdrang schwillt an. Im Herbst vergrub er vor den Augen der Kinder im Schulgarten weiße Queckenwurzeln. Jetzt im Mai gräbt er sie aus. Sieh da, die Wurmwurzeln vermehrten sich. Ganze Wurzelnester entstanden. Die Quecken sind die Maden des Erdreichs. Sie fressen den Kulturpflanzen, als da sind Kartoffeln, Rüben oder sonstiges, die Nahrung weg. »Interessant und lehrreich!«

Die Kinder sind empört. »Heraus mit den Plaggeistern!« Lehrer Sigel führt die Schüler aufs Rübenfeld der Genossenschaft. Er verteilt Hacken und läßt Jungen und Mädchen nach madig-weißen Queckenwurzeln suchen. Die Kinder ereifern sich. »Kein Brot den Schmarotzern!« Bald liegen die Wurmwurzeln, Häufchen bei Häufchen, zwischen den Rübenreihen. Was für ein Tod soll ihnen beschieden sein?

»In den Pferdestall damit! Zerstampft sollen sie werden!« sagen die Jungen.

Nein, auf diese Weise wären die Queckenwürmer nicht zu vernichten. Sie gelangen mit dem Mist wieder auf den Acker. Bums, da sind sie an Ort und Stelle und treiben aus. »Sehr interessant und lehrreich!«

Man beschließt, die Queckenwürmer zu trocknen und zu verbrennen.

Das Frühlingsfeuer findet an einem Abend statt, und die Pioniere laden ihre Freunde von der FREIEN JUGEND dazu ein. Wer von den Kindern nicht nach Wurmwurzeln suchte, muß um diese Zeit im Bett kuschen und darf sich ärgern. Das hat er davon! Die PIONIERE blasen mächtig in ihre Fanfaren. Die trockenen Wurmwurzeln krümmen sich im Feuer, und das Laubwerk der Weglinden leuchtet unirdisch grün wie die Blätter an Theaterbäumen.

Die Freunde von der FREIEN JUGEND springen über den Feuerhaufen, und Lehrer Sigel führt Fräulein Märtke von der Hühnerfarm. Er steckt seine Brille in die Hosentasche und springt. Ohne Brille ist Sigel nur ein halber Mensch und auf keinen Fall ein Meisterspringer. Er springt mitten in die Glut der sich krümmenden Wurmwurzeln, und das kleine Fräulein

Märtke rudert mit den Händen, damit es nicht auch im Feuer landet. Sigel sitzt einige Sekunden in den glühenden Wurzeln und kramt nach seiner Brille. Interessant und lehrreich! Niemand lacht, nicht einmal die rüpeligsten der Jungen. Nein, die großen Jungen ziehn ihren Lehrer, hau ruck, aus der Glut und klopfen ihm die Funken von der Hose und vom Blauhemd. Wilm Holten beteiligt sich nicht ganz ohne Genuß an der Klopferei. Jedenfalls ist er überzeugt, daß dieser Mensch in keinem Falle die Palme trägt.

25

Es ist wahr: Über Lehrer Sigel kann sich niemand beklagen, ausgenommen Frieda Simson. Für sie ist der neue Lehrer eine *gesellschaftliche Niete.* Er steht für Friedas Begriffe zuwenig im Vordergrund. Das aber hat seinen Hintergrund: Frieda und Lehrer Sigel streiten zuweilen gelehrt und fahren aufeinander los. Frieda fährt dabei im Tank mit drei Geschützrohren, und Lehrer Sigel spaziert zu Fuß.

»Der Mensch entwickelt sich«, sagt Frieda.

»Aber langsam«, gibt Lehrer Sigel zu bedenken, denn er hat soeben die Bildnisse altägyptischer Kunst studiert.

Frieda fährt mit Vollgas. »Der Mensch entwickelt sich von Stunde zu Stunde.«

Lehrer Sigel springt zur Seite. »Was das menschliche Mundwerk betrifft, so sind wir einer Meinung, aber Herz und Hirn, und darauf kommt's an.«

Frieda läßt die Motoren aufheulen. »Das Herz ist ein Muskel! Bizeps!«

»Aber die Seele!« schreit Lehrer Sigel gequält.

Frieda überrollt Lehrer Sigel. *»Mistifizismus, Lyrik, Psychopatrie, Melioration und Reaktion!«*

Lehrer Sigel läßt sich überrollen und bleibt eine Weile scheintot liegen, dann steht er auf, rückt seine Brille zurecht und sagt: »Auch die marxistischen Klassiker verschmähten den Begriff Seele nicht!«

Frieda schleppt sämtliche Kladden heran, die sie auf der Parteischule vollschrieb. Nirgendwo ein Wort von einem Leibesorgan, das sich Seele nennt.

Lehrer Sigel sollte nun überzeugt und gedemütigt sein, aber er erkennt Aufzeichnungen aus zweiter Hand nicht an.

Frieda zerrt den Lehrer vor die Parteigruppe. Die Gruppe soll über seine Abweichungen entscheiden. Frieda hat Sigels *unqualefizierte Auswürfe* in ihrem schwarzen Diarium festgehalten.

»Richtig, daß ihr die Sache hier verhandelt, damit alle was davon haben!« sagt Karl Krüger und erzählt von frommen Männern, die in vergangenen Zeiten darum stritten, wieviel Engel auf einer Nadelspitze tanzen könnten. Moderne Leute streiten sich natürlich um ökonomische Dinge: Was war früher: das Ei oder die Henne? Gescheite Leute, die sich wie die Krähen um einen Knochen balgen, bis sie der Hund mitsamt dem Knochen schnappt. Scholastiker – eine feine Sorte! Seele hin, Seele her – ein Hilfswort für eine Qualität, die man Menschlichkeit nennt.

Lehrer Sigel bedankt sich voll Respekt bei Karl Krüger. Frieda reicht ihm nur die kühle Hand. Sie ist nicht zufrieden und überzeugt.

Frieda, Frieda! Die Rechthaberei zerfrißt ihre Lebensfreude. Sollte sie vielleicht zum Arzt gehn und sich neue Schablonen vorschreiben lassen?

Eines steht fest: Frieda will das Gute, aber das Gute ist eine Frucht, die sich nicht durch ein engmaschiges Sieb pressen läßt.

Lehrer Sigel wendet sich anderen Weltproblemen zu: Die Queckenwurzeln führen ihn in die weiten Gebiete der Vermehrung. Er schreitet, seinem Grundsatz gemäß, vom Bekannten zum nächstliegenden Unbekannten und studiert die verschiedenen Arten der Vermehrung am Himmel und auf Erden. Er macht zum Beispiel Versuche mit der Zimmerpflanze, die man *Brutblatt* nennt. Hat sich nicht schon der Olympier Goethe mit dieser merkwürdigen Spezies beschäftigt? Der Lehrer studiert sowohl die Vermehrung der Dasselfliege als auch die des Hundebandwurms und kann sich nicht genug über die regellose Fortpflanzung eines Tieres wundern, das Eier legt, sie der Sonne zum Ausbrüten überläßt, um dann die schlüpfenden Jungtiere zu säugen. Diese Spezies heißt Australisches Schnabeltier, und so etwas gibt es.

Wer voreilig Schlüsse zieht, wenn Sigel gerade im Mai, der Zeit des erhöhten Vermehrungsdranges, zu Märtke auf die Hühnerfarm geht, macht sich einer Verleumdung schuldig. Märtke soll Sigel die verschiedenen Entwicklungsstadien des Kükens im Hühnerei vorführen.

Märtke gibt sich Mühe, die Wißbegier des Lehrers zu befriedigen, aber Sigels Gier ist groß. Er kommt sogar des Abends zu den Nietnagels, wünscht Märtke zu sprechen und läßt sich von ihr erklären, wie das Küken am Ende der Brutzeit durch Reflexbewegungen, mit Hilfe eines harten Horndorns auf seiner Schnabeloberseite, die Eischale vom Ei-Innern her anritzt und spellt. Sigel wundert sich über die Weisheit der Natur. »Sehr interessant und lehrreich!«

Die Vermehrung der Hühner liegt in voller Sonne vor Sigel. Die Welt hat für ihn ein Geheimnis weniger und ein Wunder mehr. Wunder über Wunder, und wie merkwürdig, daß er Märtke auf einer Reise, sozusagen im Fluge, kennenlernte! »Wunder – wunderbar!« seufzt er und sucht seine Mütze. Er findet sie in seiner Hosentasche, setzt sie auf, errötet und setzt sie wieder ab. Er verbeugt sich vor Märtke und setzt die Mütze wieder auf. Nun sitzt sie verknüllt und wie ein wenig verweint auf seinem Kopfe. Nein, er ist nicht der Mann, der die Palme trägt!

Streut Märtke ihren Liebreiz bewußt unter den Männern aus? Keineswegs; denn sie ist bei den Frauen nicht weniger gern gesehn. Ja, was tut es denn, dieses Zopfmädchen Märtke? Es strebt nach Harmonie, und dieses Streben ist ihm eingeboren wie anderen Menschen die Zanksucht.

26

Märtkes liebe Zutraulichkeit verwirrt sogar Bienkopp, diesen vom Leben gewalkten Beackerer der Zukunft. Mit funkelnden Augen und funkelndem Zopf stand das Hühnermädchen zwei Tage nach der Vollversammlung vor ihm und bat um die Freigabe der verwitternden Offenstallteile auf der Hauskoppel. Aus diesem schimmelnden Holzhaufen sollte nun ein Entenstall entstehn.

»Weg mit dem Gerümpel!« sagte Ole und schmunzelte über Märtkes kindlichen Tatendrang.

Das Wunder geschah: Goldmarie Märtke hatte mehr Männer als Ringe an der Hand. Diese Männer machten den Bau der Entenunterkunft am Kuhsee zu ihrer Sache; dabei waren es nicht etwa windschiefe, sondern so gesetzte Kerle wie Karl Liebscher und Josef Bartasch, Wilm Holten mit seinem Traktor nicht zu vergessen. Holten? Ging es dem nun um Mastenten und Ökonomie oder um eine gewisse Palme?

Das war fast zuviel für Bienkopp, denn er wurde beim kindlichen Streich dieser Märtke, oder wie sie alle nannten, abseits und am Wege stehengelassen. Zwitscherten die Schwalben im Blühenden Feld jetzt so?

Bienkopp überfiel Unruhe, und die ließ sich nicht durch Arbeit beschwichtigen. Wünsche brachen auf, die schmerzten wie Wunden. Er verließ abends das Katenstübchen und wanderte draußen umher. Ja, er zog den Kopf ein und kroch aus seiner Höhle, die ihm früher in keiner Weise zu eng und zu niedrig gewesen war. Dort hinter dem wackeligen Tisch und den Fachbüchern fand er in den letzten Jahren durchaus, was ihm sein Leben zu ründen schien. Jetzt aber trieb's ihn umher wie eine unnütze Seele. Also war's kein Zufall, daß er den frommen Sänger Hermann vom Fenster der schlafenden Märtke zerrte.

Eines Tages macht er sich nach Feierabend wieder auf den Weg zur Baustelle am Kuhsee. Er wird dort von den Hilfsarbeitern des Hühnermädchens, Josef Bartasch und Karl Liebscher, feierlich, fast respektvoll begrüßt, aber zur Mitarbeit wird er nicht eingeladen. Diese Martha, wie sie vielleicht ganz und gar hieß, hüpft über Bretter und Balken, trägt Hosen zu dieser Beschäftigung, nickt Bienkopp freundlich zu und verschwindet hinter den rohen Stallwänden.

Wilm Holten aber treibt es mit Bienkopp auf eine verantwortungslose Spitze. »Vertu deine Zeit nicht! Alles geht mehr als seinen Gang. Ich bin ja hier!«

Soso, vorzüglich, erste Klasse! Dieser Rotkopf Holten schafft hier und tut sich wichtig. Bienkopp, dem Holten vorzeiten so nahstand wie ein Bruder, sieht auf einmal, daß dieser Verwandte nicht nur ein Spitzbubengesicht hat, sondern dazu häßlich lange Pferdezähne im Gesicht trägt, Pferdezähne – zum Grinsen geschaffen.

Aber denkt nicht, Genossen, daß sich Bienkopp abschütteln ließ wie eine trockene Klette! Er versucht's an einem anderen Abend und will sich mit guten Ratschlägen beim Bau, vielleicht auch bei Märtke, nützlich machen. Er kommt nicht dazu. Jemand umklammert ihn und hält ihm von hinten die Augen zu. »Rate!« Bienkopp braucht nicht lange zu raten. Er spürt am Griff und an der Leibsfülle, daß es sich um Hulda Trampel handelt. »Was willst du?«

»Hab ich dich, Springbock? Ich brauch deinen Rat. Es ist am Ende Rotlauf im Stall.«

Die Trampel schleppt Bienkopp vom Kuhsee in den Schweinestall. Bienkopp besieht die Ferkel, die Läufer, die Mastschweine; Hulda steht hinter ihm, und wenn er sich über die Boxenwände beugt, spürt er das Leben in ihrem maiwilden Busen, aber nirgendwo Schweinerotlauf. »Du hast mich genarrt!«

Derbe Worte. Püffe und Kniffe.

Hulda schreit auf: »Du hast mir einen Blaufleck geboxt! Wenn's mein Mann sieht!« Hulda knöpft sich die Bluse auf.

Bienkopp flüchtet.

27

Bienkopp steht auf dem Rain hinter Nietnagels Häuschen. Er hätte wichtige Dinge mit Märtke zu besprechen; aber kann er hineingehn, wenn sich Lehrer Sigel in Märtkes Stube tummelt und voll Liebreiz mit Rede und Antwort bewirtet wird?

Bienkopp könnte sich gemütlich auf den Rain setzen, den Laubfröschen zuhören, Pfeife rauchen, seine Arbeit für den nächsten Tag überdenken, vielleicht sogar ein Nickerchen machen und Vorrat schlafen, aber all das tut er nicht. Er geht auf und ab, auf und ab, und ist froh, daß Mutter Nietnagels Gardinen an Märtkes Fenstern vom vielen Waschen so vorteilhaft und freizügig einliefen.

Gehört sich's, daß Bienkopp beim Hinundherwandern durch die Gardinenschlitze in Märtkes Zimmer späht, statt den Kopf ins Raingras zu stecken, wie es einem Mann seines Alters zukommen würde? Bienkopp fühlt sich wie die Saite auf einem Cello. Gespannt! Das Leben schickt sich an, aus dieser Saite eine Melodie zu zaubern: Einmal ist's der Anfang einer sehnsüchtigen Sonate, dann wieder sind's die ersten Takte eines Galopps. Auf einmal klirrt's. Es wird still. Sucht sein Leben nach einem verhaltenen Walzer?

Ein Liebespaar geht vorüber. Bienkopp tritt in den Baumschatten.

»Du bist eifersüchtig, und das kränkt mich«, sagt das Mädchen.

»Ich bin krank, und das kränkt dich?« fragt der Mann.

»Vertrau mir!« sagt das Mädchen.

»Die Liebe steht mir im Wege«, antwortet der Mann.

Das Paar verliert sich im Baumschatten. Es wird wieder still, nur die Mainacht murmelt.

Genug für Bienkopp. Er ist mit anderen Dingen fertig geworden! Hat ihn nicht Anngret Anken, eine Meisterin der Hoffart, gequält und hintergangen? Warf ihn das aus der Bahn? Gefährdete das seine Träume und seine Arbeit?

Stämmiger Zuspruch, wie? Eigenbau.

Bienkopp liegt lange wach. Sein Katenstübchen wird ihm zur Nußschale. Wünsche treiben das Mühlrad seiner Gedanken, brausen und tosen, bis er in fahrigen Schlummer fällt.

Kaum sickert der erste Frühstrahl durchs Fenster, da toben zwei Kuckucksmännchen in den Büschen. Die lieblichen Kuckucksrufe entarten im schwefelgelben Feuer der Eifersucht zum Gebell giftiger Kleinköter.

»Soso!« summt Bienkopp und »jetzt muß Schluß sein!« Er steht auf, zieht sich an und wäscht sich nicht. Er stülpt die Ledermütze aufs ungekämmte Haar und knüppelt Eifersucht und Eitelkeit nieder! Was wollt ihr? Ich und der Ole sind so, wie wir sind!

Bienkopp nimmt ausgiebig von der Medizin, die er sich selber gegen seine Krankheit verschrieb. Er packt sich eine Hacke und steht den ganzen Tag zwischen den Frauen der Feldbaubrigade in den Rüben, hackt und hackt, ohne Aufschaun und Umsehn, bis die Frauen unmutig werden. »Willst du uns eine neue Norm aufpflanzen, du mit deinem ausgeruhten Rücken?«

Nein, nichts Derartiges. Bienkopp fühlt sich fiebrig. Er muß schwitzen. Das wird wohl erlaubt sein!

Bienkopp meistert den Maitag auf seine Weise, und am Abend ist's ihm, als hätten seine Erinnerungen an eine gewisse Martha mit Zopf langsam eine dünne Schimmelschicht angesetzt. Müde sitzt er im Katenstübchen. »Summ, summ, summ, fahrt dahin, ihr unreifen Freuden …«

Es klopft bei der Tür. Kleine Füße in flachen Schuhen hüpfen herein, und die können nur zu einem funkelnden Zopf und unausstehlich blitzenden Augen gehören.

Warme Luft. Fast vergessener Duft. Herbstblüte. Bienkopp ungekämmt und ungewaschen. Tausend Teufel und Schlingen auf seinen Wegen! Er wischt einen wurmstichigen Stuhl für Märtke mit den Händen ab. Der Besuch darf sich gern setzen, wenn damit nicht zuviel verlangt ist. Auch ein Pfefferminzschnaps wär da, wenn sich ein so seltener Gast entschließen könnte, ihn aus einer Kaffeetasse zu nippen.

Märtke setzt sich, schlürft Pfefferminz und plaudert. Keine Ecken, keine Reibungen. Das Natürlichste unterm Monde. Die kleine Kammer ist voll Mädchenreiz, und Märtkes Blicke sind überall. Bienkopp müßte, ungekämmt und ungewaschen wie er ist, unter den Tisch kriechen, um Platz zu schaffen.

Die Sache ist die: Märtke will die Jungenten auf Drahtgeflecht setzen. Maschendraht ist rar, im Nachkriegsgetümmel wie von der Erde verschwunden. Könnte Ole nicht so lieb und auf dem Posten sein?

Bienkopp ist nicht gescheiter als jüngere Männer in seiner Lage. Ja, dieser Wilm Holten, dieser Spieler auf Flöten, Geigen und Kontrabaß, wird er nicht das bißchen Draht besorgen können?

»Puh!« macht Märtke. »Wilm? Nie!« Und sie sagt noch etwas von einer Palme, aber das entzieht sich Bienkopps Verständnis. »Wenn einer den Draht beschafft und heranbringt, dann Ole-Vorsitzender!«

Das schmeckt nicht schlecht, schmeckt gar nicht schlecht! »Ole-Vorsitzender!« Auch dieser Titel ist nicht zu verachten, aber kann sich der Mensch seines Glückes freun, wenn Emma Dürr im Nachthemd mit aufgelöstem Dünnzöpfchen in der Tür erscheint und sagt: »Ich dächt, auch morgen wär ein Tag. Ich für meinen Teil geh jetzt schlafen, und, Märtke, du schon überhaupt!«

28

Von Theo Timpe kann man nicht sagen, daß er in Märtkes Bann blieb. Er beschwert sich über sie und Bienkopp bei der Simson. »Die Zopfmadam hat uns gefehlt!« Ein moderner Offenstall soll mit Entenmist bekleckert, ein strebsamer Melker vor aller Augen um Ehren und Verdienst gebracht werden!

Vor aller Augen? Nicht vor Frieda Simsons Augen. Sie

sieht längst, dieses hergelaufene Boogie-Woogie-Mädchen lädt die Männer mit Bienkopp an der Spitze auf ihre Schaukel. »Die knieweichen Kerle im BLÜHENDEN FELD!« Frieda wird sie scheuchen.

Der Sachbearbeiter beim Rat des Kreises Willi Kraushaar war früher Traktorist. Er saß bei Sonne, Wind, Frost und Regen auf seinem Traktorsitz, und keine Zelle seines Körpers war krank. Aber dann gab's eine Woche Eisregen, nichts als Eis und Regen. Menschen und Vieh verkrochen sich, doch Kraushaar saß auf dem Traktor und pflügte die Winterfurche.

Als er die Aktivistennadel erhielt, machten ihm seine Nieren schon zu schaffen. Er umkleidete seinen Traktorsitz mit einem Wetterfang. Es half nichts. Er mußte zum Arzt und schließlich ins Krankenhaus. Ergebnis: auf den Traktor nicht wieder!

Kraushaar fand sich mit seinem Unglück nicht ab. Er arbeitete tagsüber in der Werkstatt auf dem Traktorenstützpunkt und drang abends in die Wissenschaft ein wie in einen Dschungel. Kraushaar hieb sozusagen mit dem Taschenmesser um sich und kam langsam in lichtere Gefilde. Er wurde Agronom und kein schlechter. Bald konnten sich die Getreide- und Futterernten in seiner Genossenschaft sehn lassen. Sie wurden gesehn. »Wer steckt hinter den guten Ernten?« wurde gefragt.

»Agronom Kraushaar«, war die Antwort.

»Ausgezeichnet!« hieß es. »Ein Kader für die Kreisverwaltung!«

Kraushaar sträubte sich, denn er hatte noch sein von Wind und Wetter gerötetes Gesicht, und Büroluft bereitete ihm Übelkeit. Man machte sich über ihn her und überzeugte ihn. »Ist die Luft in den Wismutschächten von Aue besser als in einem Büro?«

Kraushaar verabschiedete sich von den Bauern und bat seine Freunde: »Haut mir eins in die Rippen, sobald ihr merkt, daß sich bei mir Kalk im Kopf oder Sirup am Arsch festsetzt!«

In vielen Verwaltungen herrscht ein feiner Sog zur Behäbigkeit und Selbstherrlichkeit. Willi Kraushaar spürte ihn und stemmte sich dagegen. Er war eine frische Kraft vom Lande, ein Dornstrauch, sperrig und nicht leicht einzusaugen. Er frühstückte zum Beispiel daheim und aß lieber bis zum Mittag nichts, wenn er einmal verschlafen hatte. Sein Herz arbeitete noch wie früher auf den Feldern und hatte keine Kaffee-Einspritzungen nötig.

Nach und nach wurde Kraushaar gewahr, welche Verantwortung ein Angestellter der Kreisverwaltung zu schleppen hat, besonders von *oben* her. *Oben* ist dort, von wo es Rundschreiben regnet.

Eine Weile später kam er drauf, daß ein Angestellter der Kreisverwaltung über Macht verfügt, besonders nach *unten* hin. *Unten* ist dort, wo die Rundschreiben von *oben* nicht gern gelesen werden. Die Verantwortung ist manchmal groß und bitter; die Macht ist manchmal klein und süß.

Aber auch in anderer Hinsicht wurde Willi Kraushaar überrascht, und das war an einem Tage, an dem er daheim gefrühstückt hatte und gar nicht hungrig war: Es kamen Sprotten in die Verwaltung. Sie schlichen sich, von DIN-A4-Schreibpapier getarnt und in rindledernen Aktentaschen versteckt, in die Büroräume.

»Himmelhunde!« Für Sprotten hätte Willi Kraushaar auch als Traktorist bei der Hektarjagd eine Kampfpause eingelegt.

Jetzt gingen diese mageren Fischchen, mit einer Scheibe Butterbrot, etwas Petersilie und einer Tasse Kaffee garniert, auf ihn los. Kraushaar entdeckte endlich, weshalb seine Sekretärin Petersilie im Topf an ihrem Fenster zog; es hatte jedenfalls nichts mit Landwirtschaft zu tun.

Sprotten, Butterbrot, Petersilie und Kaffee wurden Kraushaar mit unerschütterlicher Selbstverständlichkeit, wie etwa zum *internationalen Bürokratentag*, auf den Schreibtisch gestellt. Fast gleichzeitig verschloß die Sekretärin die Bürotür von innen. Das war eine Übereinkunft mit ihrem früheren Vorgesetzten. Draußen hing ein Schild: *Sitzung – nicht stören!*

Davon wußte Willi Kraushaar zunächst nichts. Man muß es zu seiner Entschuldigung sagen. Überhaupt muß gebeten werden, Genossen, die hier geschilderten Um- und Zustände nicht zu verallgemeinern, denn steht nicht geschrieben: Die Angestellten der Kreisverwaltung haben sich von ihren Schreibtischen zu lösen? Das ist richtig, aber wird nicht von *oben* gleichzeitig genug Leim geliefert, um die Angestellten an die Schreibtische zu kleben? Wie sollen Berichtsbogen für den Rat des Bezirks rechtschaffen und statistisch einwandfrei ohne Büro, Rundschreiben und Telefon ausgefertigt werden? Was geschieht, wenn Kraushaar als *Schreibtischgelöster* umherfährt, instruiert und ein Instrukteur vom Bezirksrat erscheint, um zu instruieren? Nehmen wir an, der Bezirksinstrukteur wäre gutwillig, würde Kraushaar suchen, sich ins Kreisgebiet bemühen und auf die unzulängliche Kartoffelkäferbekämpfung stoßen. Was würde geschehn? Willichen würde seine *Zigarre* bekommen, eine Auflassung erhalten, sich auf die Kartoffelkäfer zu stürzen, müßte sich zersplittern und notgedrungen *Offenstallkampagne* und *Rindervermehrungsplan* aus den Augen verlieren.

Ja, das sind Schwierigkeiten, die eins nicht erkennt, der als Traktorist auf dem Acker sitzt. Ein Sachbearbeiter für Landwirtschaft hat allerlei zu bedenken, wovon sich Laien und unsere Schulweisheit nichts träumen lassen! (Jetzt gehörte Kraushaar der Rippenstoß, den er sich beim Antritt seiner Funktion bei seinen Freunden ausbedang.)

Sonst ist über Willi Kraushaar in den letzten Jahren nichts Nachteiliges zu berichten. Er versieht sein Amt, ohne anzustoßen, ist solid und sparsam und fährt sonntags Motorrad. Die Maschine hat einen Soziussitz für seine Frau, aber noch keinen Beiwagen für seine Kinder.

Halt, ganz solid war Kraushaar nicht immer. Es gibt einen kleinen Fleck, einen Bleistiftpunkt.

Das war nach einer Tagung der Dorfbürgermeister. Eine neue Linie für die Landwirtschaft wurde ausgegeben. Hinterher war man lustig, weil die Linie so klar war: Der moderne

Bauer pflanzt quadrat! Man trank, und, weiß der Deibel, auch Willi Kraushaar trank ganz gegen die Regel etwas, nicht zuviel und nicht zuwenig.

Frieda Simson hatte einen gelockerten, einen gefährlichen Tag. Willi Kraushaar und Frieda Simson stießen aufeinander und stießen miteinander an. Frieda aaste mit der aufgesparten Freundlichkeit von Monaten. Sie lachte, rauchte und sah aus wie ein Denkmal: Erinnerung an Mädchentage.

Kraushaars Zunge war locker und lobfreudig. »Wenn ich nicht schon verheiratet wäre, Donnerwetter!« sagte er.

»Das ist mein Los«, seufzte Frieda und zwinkerte. »Die Besten sind verheiratet. Es führt kein Weg nach Paris.«

»Das sollte noch drauf ankommen«, antwortete Kraushaar und war tollmutig.

Das kleine Fest ging zu Ende. Die Dorfbürgermeister kletterten auf Fahrräder und Mopeds und fuhren mehr oder weniger gradlinig heimzu.

Willi Kraushaar überraschte sich in später Nachtstunde mit Frieda Simson am Arm. »Nein«, sagte er, »das ist wohl nicht zu machen!«, und er ließ Friedas Arm aus.

Das vertrug Frieda am wenigsten. »He«, sagte sie, »hast wohl den Kaiser gesehn? Sind wir nicht Genossen?«

Da fing Kraushaar an einzufallen, daß seine Frau mit den Kindern zur Schwiegermutter gefahren war. Es führte vielleicht doch ein Weg nach Paris.

Die Nacht mit dem zur Wand gedrehten Nachttischbild seiner Frau war nicht eine der erhebendsten für Kraushaar. Alles schmeckte nach Routine wie in einem schlechten Büro.

Das Schlimmste aber war der Morgen. Die Sonne beschien Frieda, und die fühlte sich halb und halb vergewaltigt, beklagte und bezichtigte sich. Kraushaar hatte zu reden und zu rudern, die geradwinkelige Frieda davon abzuhalten, ein Verfahren wegen Unmoral gegen sich selber einzuleiten.

So kann's dem Menschen gehn! Schließlich einigten sie sich auf ihre Verantwortung als Genossen, schwiegen über diesen Akt menschlicher, allzumenschlicher Verfehlung, vergaßen ihn fast oder dachten nur noch heimlich daran, wenn sie einander begegneten.

Willi Kraushaar führt soeben ein längeres Telefongespräch mit einem Mann, der in der Kreiszeitung einen gebrauchten Beiwagen ausbot, da wird ihm Frieda Simson, die Bürgermeisterin aus Blumenau, gemeldet.

Kraushaar läßt Frieda warten. Er muß mit der Taxstelle für Motorfahrzeuge telefonieren und seine Frau von der Beiwagenaussicht verständigen. Man hat schließlich ein kleines Privatleben!

Frieda Simson wartet gelbgesichtig und verkniffen. Gerade heute denkt sie mehr als sonst an jene Nacht nach der Bürgermeistertagung. War dieses Erlebnis für Kraushaar zu einem solchen Punkt und Fliegendreck zusammengeschrumpft, daß er sie im Vorzimmer warten ließ, nur, um Telefongespräche zu führen? Ist sie ein *indifferenter* Mensch, der höflichst um Futterzuteilung für ein Reitpferd bitten kommt?

Willi Kraushaar denkt an den Beiwagen. Billig geschnappt! Sein Gesicht kennt keine Kummerfalten. »Was gibt's, Friedchen, so sauer?«

Friedchen schleppt an der Verfehlung jener Nacht. Sündenbeladen, fast aussätzig, von allen Seelen verlassen, ohne Hilfe und Unterstützung tappt sie durch ihr trockenes Leben. Jetzt muß sie unwiderruflich mit diesem Quertreiber Bienkopp nachexerzieren, der darauf aus ist, sie als Mensch und Autorität zu zerstören.

»Was ist mit dem Bienkopp?«

Ach, Frieda spricht schon lieber nicht darüber. Sie hat keine Freude mehr am Leben. Sie weiß nicht, ob sie es nicht doch noch fertigbringt, sich der moralischen Gerechtigkeit zu stellen.

29

Lachende Blumen kippen unter den Messern der Mähmaschine in die Schwaden. Heuernte.

Gegen Mittag steht die Sonne steil. Bunte Kopftücher wimmeln über die Wiesen. Die Frauen der Genossenschaft trocknen das Gras an den moorigen Grabenrändern, wo Holten mit seinem eisernen Gabelwender versinken würde. Holten schmückt seinen Traktor mit Wiesenschaumkrautsträußen. Er brachte auch seine neue Ziehharmonika mit. Ist er schon Meister auf diesem Instrument, oder träumt er davon, daß Märtke seine Ziehmusik eines Tages mit ihrer Gitarre bezupft und begleitet? Das ist es. Holten kämpft immer noch um eine gewisse Palme beim Hühnermädchen.

Auch die anderen Männer der Genossenschaft sind im Heu, voran Kapitän Ole mit der Ledermütze. Theo Timpe nicht, nein! Was geht ihn das Rauhfutter an? Er ist für die Kühe verantwortlich.

Der Junitag ist klar und hoch. Eine Lerche singt, steigt, singt und steigt, ist nur noch ein singendes Sonnenstäubchen. Das Lerchenlied verlockt die Heuwenderinnen. Märtke singt Bienkopps Entenlied. Sophie Bummel summt mit, und die Schweinemeisterin Hulda Trampel untermalt's mit dem Gebrumm ihrer Mannsstimme. Zuletzt fällt Emma Dürr girrend wie ein Zwerghuhn ein.

Ein neues Lied, nur eine Strophe. Dorflieder müssen lang sein. Das Gefühl will Breite und Weite.

Bienkopp reckt sich eitel. Jemand muß an ihn gedacht haben. Holten, dieser Spitzbube, kann auf seinem Ziehkasten mitquäken oder nicht, es ist Bienkopps Entenlied, das hier gesungen wird. Holten sollte seinen Ziehkasten ölen. Diese Mißtöne! Hört er nicht, wie sehr er die singende Märtke stört?

Nist, blanke Saatgans, niste!
Der Tag, der steigt.
Der Wind, der schweigt.

Die Sonne wärmt.
Die Biene schwärmt.
Lüfte auch du die Schwingen
und laß die gelbe Gösselschar
im Schilf dem Frühling singen!

Das Entenlied hat eine zweite Strophe bekommen, und die scheint aus den Wiesen gewachsen zu sein.

Der Himmel bleibt klar und hoch. Kein Wölkchen, kein weißer Gewitterfinger. Aber es gibt Erdgewitter, Genossen. Zuerst ist's ein feines Säuseln in den Speichen von Buchhalter Bäuchlers Fahrrad, und das vermischt sich mit dem jappenden Atem des Kreislaufgestörten. Dann hört sich's an wie ein ferner Donner: Bäuchler ist vom Fahrrad gesprungen. Die Heuer heben die Köpfe: Kalbt's wo? Ferkelt's wo? Ist ein Brand ausgebrochen?

Der säuerlich-ernste Bäuchler läßt sich auf Scherze nicht ein. Er stampft durch das Lied der Heuerinnen.

»Bienkopp sofort ins Büro. Kraushaar vom Kreis. Die Simson dazu!«

Bienkopp schlägt keinen Purzelbaum vor Freude. »Wenn Kraushaar was will – ins Heu mit ihm!«

Bäuchler fährt sich mit dem Taschentuch unters Hemd. »Ich sag's auf deine Verantwortung.«

Eine halbe Stunde später kommt Bäuchler zornig zurück. Dieser eigensinnige Vorsitzende und Kastanienschädel will ihn wohl zu Tode hetzen! Kraushaar wünscht eine Aussprache an Ort und Stelle. Es geht um den Entenstall.

Bienkopp haut seinen Rechen in die Wiese. Die Zinken knacken. »Sind wir Hosenscheißer, Lakaien und Lamettalecker?« Er tritt sein Motorrad an und läßt den Motor aufheulen. Blaues Auspuffgas weht über die Wiese. Hermann Weichelt hält sich die Ohren zu und betet: »Allmächtiger, verzeih deinem zweiten Direktor die Sünde!«

Emma Dürr, das aufmerksame Hühnchen, stößt die singende Märtke an. »Die Enten – geht das nicht dich an?«

Will ein Mensch den anderen belehren oder bekehren, so redet er. Die Luft wird dick. Ein Wortwulst entsteht. Manchmal fliegt ein Zündwörtchen. Der Wulst explodiert. Im Kopfe des Zuhörers flammt's auf.

So war's, als die Simson auf Kraushaar einredete: »Der Bienkopp, der Bienkopp, der Bienkopp ...«

Kraushaars Ohren waren verstopft, doch dann fiel das Zündwort, und das hieß: Enten.

Kraushaar hatte soeben eine Entenfarm gegründet, eine Kreisentenfarm, und er hatte es nicht von sich aus und aus Langweile getan. Wie hätte er sich bei all seinen Pflichten freiwillig mit einer solchen Verantwortung belasten können! Kraushaar hatte eine Auflage erhalten: Produziert Geflügelfleisch, denn Rindfleisch ist knapp! Eine lobenswerte Empfehlung!

Kraushaar ließ sich einen früheren Kollegen, den passionierten Reisetaubensportler Schulz kommen. »Eine Entenfarm brauchen wir!«

»Habt ihr Futter?«

»Eine Entenfarm muß her!«

Zunächst Gehörgangverstopfung bei Schulz. Dann fiel das Zündwort, und das hieß: *Mann.* »Für Enten bist du der Mann!« sagte Kraushaar.

Schulz zögerte, denn er hatte es bisher nie mit mehr als zwanzig Enten zu tun gehabt.

Keine Bange. Das lernt sich. Nichts von Qualifizierung gehört? Ja, freilich, aber die Zeit war knapp.

Schulz las noch flugs Dr. Timms »Leitfaden für erfolgreiche Entenmast«, da ging's schon los. Die Jungenten drängten heran.

Es gibt zu vielen Dingen der Welt verschiedene Meinungen von Gelehrten. Warum nicht auch zur Entenmast? Der erwähnte Dr. Timm steht jedenfalls auf dem Standpunkt, Entenmast sei nur unter folgenden Gesichtspunkten rentabel: Man mästet nicht länger als neun Wochen. Den Tieren ist Schwimmen und Baden verboten! Man gewähre ihnen ein

Bad vor dem Schlachten. Das ist erwünscht und reinigt die Federn!

Bitte, ein Standpunkt ist kein Gehpunkt. Ein Narr, wer Enten im Wasser hält! Tauben-Schulz und Kraushaar wollten keine Narren sein und machten sich Dr. Timms Theorie zu eigen.

Die Entenfarm wurde auf der westlichen Kreisseite errichtet, eine trockene Gegend ohne Seen und Gewässer. Dort wohnte Tauben-Schulz. Keine Ente wurde in Verlegenheit gebracht, zu schwimmen oder zu baden. Punktum!

Fünftausend Jungenten. In der Kreiszeitung stand ein Artikel, darin erschienen die Enten erwachsen, gemästet und so, als ob sie schon in den Fleischläden hingen. Aber es war nur die *Perspektive*, die Kraushaar ausgeschlachtet hatte, und das *Perspektive*-Schlachtfest brachte ihm ein Lob vom Bezirk für *Initiative*.

Nun mischte sich der viereckige Bienkopp ungebeten in die Entenmast. Welche Narrheit! Schwimmende Enten? Wann sollen sie reif sein? Enten im Rinderoffenstall? »Eins auf die Finger, dem Planbrecher Bienkopp!«

Friedas und Kraushaars Gefühle trafen sich jetzt auf dieser Ebene. Nun sitzen sie hier, und dort steht der schwitzende Bienkopp, ein Fall für Spezialisten in Sachen menschlicher Triebwerke. Das Gespräch beginnt leise. »Wieviel Kälber ziehst du dies Jahr?«

Bienkopp nennt die Zahl.

»Wieviel Kälber sieht der Plan für dich vor?«

»Verhör mich nicht; du kennst meine Ansicht!«

Das Gespräch wird lauter. Kraushaar ist nicht hier, um sich Ansichten anzuhören. »Es geht um den Plan!«

Um den Plan geht's auch Bienkopp. »Sei kein Kalkkopf!« sagt er zu Kraushaar.

Das war der Rippenstoß, den sich Kraushaar einst ausbedang. Kraushaar hat sich verwandelt. Nun ist er beleidigt. »Kalkkopf?« sagt er. »Du bist ein Holzkopf.«

Die Tür tut sich auf, und Märtke tritt ein. Märtke mit Heu

im blinkenden Zopf. Ein Sonnenstrahl im Gewitterregen. »Ich pflege die Enten. Wollt ihr sie sehn?«

Gewässerte Enten, die Kuhfutter fressen? Kraushaar will Kälber, will Jungkühe sehn, aber der Offenstall ist vertan, verplempert, verschissen, zweckentfremdet verwendet! Und so was wie Bienkopp sitzt nun im Kreistag!

»Hansen heiß ich im Kreistag!«

»Na … und?«

»Man hat meinen Kopf, nicht den Arsch in den Kreistag gewählt!«

Der Blitz schlug ein.

Die Simson kritzelt in ihrem Diarium. Es wird still im Büro. Bäuchler zieht die Watte aus seinen Ohren. Ihm ist's, als rausche es draußen – vom Regen.

30

Märtke wünscht sich zwei oder drei Hühnerwagen.

»Was ist ein Hühnerwagen?«

»Na, einfach ein Wagen, in den man Junghühner sperrt.«

»Und dann?«

»Man fährt mit den Tieren auf die abgemähten Getreidefelder, läßt sie dort laufen und fröhlich sein.«

»Sind Hühner Wandervögel?«

»Nein, aber sie suchen sich ausgefallene Körner. Man spart Hühnerfutter ein, gibt's den Jungenten und bringt sie über die ersten Lebenswochen.« So verhält es sich.

Bienkopp wird vor Stolz zwei Zentimeter länger. Wieso? Ist es sein Einfall, Aufzuchtfutter für die Enten auf diesem Umweg heranzuhexen? Nein, es ist Märtkes Einfall. Ist Märtke Bienkopps Tochter? – Seid still! – So ein Mädchen nun, funkelnd und findig! »So, so, summ, summ!«

Aber woher die Hühnerwagen nehmen? Sie sollen vor allem billig sein, fast nichts kosten. Märtke hat an alte Ackerwagen gedacht, vor allem an Bienkopps Mithilfe.

Antrieb von drei Pferdekräften für Bienkopp! Er kann Märtke nicht enttäuschen. Sein Findergeist ist noch gelenkig wie ehedem, als er umherging und Dreckhaufen für das BLÜHENDE FELD zusammentrug.

Bienkopp findet bei Bartasch ein Wagenuntergestell, erstöbert zwei alte Ackerwagen im Schuppen des ehemaligen Ramsch-Hofes, durchkramt die Werkstatt des Stellmachers und schleppt nach Feierabend wie ein Mühlgeist Wagenräder, Achsen, Planken und Bretter zusammen. Vor dem Tor der Feldscheune erhebt sich alsbald ein Gerümpelhaufen.

Märtke kommt und klatscht in die Hände. »Ist denn das die Möglichkeit!«

Bienkopp hebt vor Verlegenheit eine Wagenachse mitsamt den Rädern hoch über seinen Kopf hinaus. Das ist vielleicht nicht nötig und geht über jede Hutschnur, aber er weiß sein Glück nicht anders auszudrücken.

Wieder gibt's Feierabendgetu für die Männer vom BLÜHENDEN FELD, und Bienkopp steht diesmal in keiner Weise hinten oder abseits. Sogar Mampe-Bitter erwirbt sich Verdienste, biegt alte Nägel gerade und macht sie brauchbar.

Klopfen und Hämmern in der Feldmark bis in die Sternstunden. Nieten und Hobeln auch am Sonntag. Eine Beschwerde von Altbauer Serno über das Zerklopfen der Kirchen- und Andachtsruhe.

Bienkopp spundet Bretter. Es ist ihm nicht unlieb, wenn Märtke dabei hilft und zur Hand geht. Neue Einfälle prasseln bei untergehender Sonne auf den eifernden Hobler herab. Sollte nicht einer der Wagen eine Wächterkammer aufweisen und mit einer Lagerstatt ausgerüstet sein?

»Ist denn das die Möglichkeit?« zwitschert Märtke. Absicht oder Zufall: Ihr Mund kommt Bienkopp beim Hantieren so nah, erheblich nah. Bienkopp ist's, als sei seine silbergraue Schläfe von einer morgenkühlen Erdbeere gestreift worden. Sein Herz klopft im Polkatakt. Du liebe Güte! Er packt den Hammer, schlägt ein paar Nägel ein, nur um sein Herz zu übertönen, dann nimmt er wieder den Hobel her: Eine Wächterkammer mit Lagerstatt, jawohl, das soll das wenigste sein, denn wenn Bienkopp verrückt wird, baut er noch einen Tisch dazu. »Einen Tisch? Kann man das glauben? Aber wenn Kraushaar die Enten wegholt, ist alles sinnlos.«

Die Enten wegholen? Ist Märtke hier fremd? »Wer das wagen wollte, müßte sich dicke Hosen anziehn!« So ist's und bitte sehr! Bienkopp bläst in den Hobel, daß die Späne umherfliegen, und denkt wieder an den kühlen Kußfleck. Die Stelle rötet sich. Nette Aussichten. Wird der Mensch mit den Jahren dümmer? »So, so, summ, summ!«

Jedenfalls spricht Bienkopp, dieser Bärbeiß, in Märtkes Nähe jetzt hochdeutsch. Welche Unkosten! Er rasiert sich täglich, bindet sogar ein seidenes Tuch in seinen Hemdausschnitt über die haarige Brust, und das hat er sich von flotten Männern in der Bezirksstadt abgeguckt.

Da bleibt Emma, dieses Hennchen, freilich zurück. Bienkopp kommt spät heim, und sie tritt ihm im Nachthemd mit losem Zöpfchen entgegen. »Sind wir verheiratet?«

Nein, Ole wüßte nicht.

»Ich suche mein kleines Sommerkopftuch. Wo hängt es? An deinem bartigen Hals!«

Bienkopp wird so rot wie das Tüchlein. Es lag so nutzlos und traurig umher. Nun trägt es Emma mit zwei Fingern wie ein fremdes Schnupftuch hinweg. Nein, Anton war nicht so tierisch behaart, niemals!

Der Sommer rollt heran. Die Sonne übernimmt die Herrschaft am Himmel. Am Morgen wehn die letzten Kuckucksrufe aus dem Wald, und die Abende sind lange hell über den Wäldern. Der milde Duft des reifenden Getreides zieht durch das Dorf.

An einem Mittag fährt der Mähdrescher an. Ein moderner Saurier weidet auf dem ehemaligen Brachland vor dem Dorf. Vor sieben Jahren gingen hier Gänse, Schafe und Häuslerziegen ruhlos umher und fraßen mäkelnd vom dürren Sandgras.

Jetzt leckt sich dieser rasselnde Saurierbulle von Mähdrescher mit seiner Wellenzunge dicke Ähren in den Rachen. Er zaust sie durch seinen Leib, drängt sie durch sein kurzes Eisengedärm, klopft und schleudert die Körner aus den Ähren, trennt Körner, Stroh und Spreu und speit aus: hierhin die Körner, dorthin das Halmgezaus. Ein modernes Tier, das läutert und hergibt, was es fraß, wie's ihm der Mensch, sein Erzeuger, befahl.

Karl Krüger überprüft die zerzausten Ähren. Kaum noch ein Korn in ihnen. »Es drischt!«

Bienkopp prüft den Strom der ausgespienen Körner. »Es lohnt!« Brummen, Sausen und Zausen! Bienkopp erinnert sich der Jahre, da er hier schwitzend und durstend die Sense schwang, und das war zu Anngrets Zeiten. Keine süßen Erinnerungen. Er bleibt ein wenig stehn, kaut ährenwarme Körner, wiegt den Kopf und starrt ins Sonnengeflimmer: Dort, wo eben noch der Mähdrescher zauste und fraß, steht mit eins eine Fabrik auf Rädern, eine Mehlfabrik, so groß wie eine Abraumförderbrücke. Sie kriecht über das Feld und versorgt sich selber; kein Mensch weit und breit, und von Zeit zu Zeit plumpst aus einer Luke ein versiegelter Mehlsack in einen Waggon. Fata Morgana?

Und was ist das? Das ist Holten, der mit dem Traktor querfeldein fährt. Märtke steht hinter ihm und hält sich an seinen Schultern fest. Keine Fata Morgana, nein.

Die Leute laufen herzu. Die Getreideernte steht still. Der Zirkus kommt!

Rufe, Pfiffe, Winken. Die Zugmaschine kläfft. Duft von Rohölgas und Schweiß. Gackern, Flattern und Kreischen im Innern der Wagen. Hühnergeschrei wie in jenen Tagen, da Bienkopp und Mutter Nietnagel die ersten Dorfhühner »genossenschaftlich« machten.

Es dauert seine Zeit, bis die drei Hühnerwagen auf dem weiten Stoppelfeld verteilt sind. Holtens kinderblaue Augen strahlen. Spitzbubenaugen. Hat er jetzt vielleicht die Palme errungen?

Märtke geht von Wagen zu Wagen und öffnet die Einstiegtüren. Weiße Hühner fliegen auf die Stoppel. Ein Schneefall. Eine Weile rennt das Hühnervolk kreischend und flügelschlagend durcheinander, dann neigen sich die ersten Hühnerhälse, die Schnäbel beginnen zu picken. Ein Hühnerfesttag beginnt.

Karl Krüger zieht den verschweißten Hut. Diesmal vor Märtke, und die verbeugt sich wie eine Tänzerin beim Applaus. Kein Grund zu Eifersuchtsinvestitionen für Bienkopp. Im Gegenteil, auch er will Märtke seine lobende Aufwartung machen, da hört er's hinter sich keuchen. Der schwitzende Bäuchler schnauft heran. »Bienkopp auf schnellstem Wege nach Maiberg! Wunschgetreu hat's persönlich befohlen!«

31

Die Erde reist durch den Weltenraum. Ein Gesetz herrscht hier wie dort: Druck pflanzt sich fort.

Der Erste Kreissekretär Herbert Wunschgetreu erhält Druck. Der Druck kommt in Druckerschwärze auf ihn zu: »Will der Kreis Maiberg Schlußlicht in der Rindervermehrung bleiben?« steht in der Bezirkszeitung. Wunschgetreu sieht eine Fuhrmannslaterne mit rotgefärbtem Glaszylinder an einem Kuhschwanz hängen. Vorn trabt die Herde der Bezirkskühe und hinten – halb lahm – die Maiberger Kreiskuh mit dem Schlußlicht.

Eine quälende Vorstellung für Wunschgetreu, denn er hat sich vor vielen Wintern vorgenommen, ein guter Genosse zu werden. Dieser Vorsatz ist nicht tief in sein Hirn und Herz gebrannt, wie es in Romanen zuweilen heißt, sondern er ist dort eingefroren.

Das geschah in dem großen Schlachtenkessel von Stalingrad, und Wunschgetreu war dort mit vielen anderen Deutschen eingeschlossen. Er erwachte nicht wie Bienkopp durch den Rippenstoß eines Freundes, sondern durch nordpolharte Kälte aus einer Art Suggestion. Sie saßen, warteten auf Entsatz und Endsieg, und ihre Eßrationen waren so zusammengeschrumpft, daß sie jedem anständigen deutschen Wintersperling Tränen entlockt hätten. Die hübschen, als Hilfsschwestern verkleideten Bürgermädchen, die ihnen auf den Bahnhöfen bei ihrer Fahrt zur Front mit heißer Brühe und Dreieindrittelpfennig-Zigaretten das Theaterstückchen von der Volksgemeinschaft vorgespielt hatten, erschienen ihnen jetzt als Engelinnen in ihren Träumen.

Sie hockten in Schneelöchern, bebliesen mit ihrem geschwächten Atem jedes Fünkchen Hoffnung und suchten, wenn man das von Eisklumpen sagen kann, einander zu wärmen. Sie kauerten oder lagen verkrümmt, glimmten nur noch leis, wie Glühbirnen an leer gewordenen Elektrobatterien, und ahnten nicht, daß sie die Bürgermädchen von der *Enn-Ess-Volkswohlfahrt* bereits mit zitternden Zeitungen in den Händen als auf dem *Felde der Ehre* gefallene Helden feierten. *Stolze Trauer*, jawohl!

Wunschgetreu saß mit Stosch und Kinsch, seinen besten *Kameraden*, in einem Schneeloch. Ihr Dach war eine gerettete Zeltbahn. Sie lagen, warteten und schwiegen. Alles war gesagt. Die Mädchen, die jeder von ihnen gehabt hatte, und das, was jeder mit ihnen getan hatte, waren längst in langen Erzählungen beschrieben und gewissermaßen als Trost und Licht verbraucht; waren so bekannt, als ob die Männer stets zu dritt bei ihnen geschlafen hätten.

Die *Kameraden* hatten sich gezankt. Es ging darum, ob man Kartoffeln, wenn man sie je wieder essen sollte, mit oder ohne Schale schlingen würde. Wunschgetreu war für geschälte, Stosch und Kinsch waren für ungeschälte Kartoffeln. Eine unerhebliche Meinungsverschiedenheit für normale Zeiten, doch hier im Loch stieg daraus ein steiler Streit auf.

Die drei Männer lagen sich bissig wie hungernde Wölfe gegenüber, bis Kinsch zum Loch hinauskroch, denn er war an der Reihe.

Wunschgetreu und Stosch hockten sich gegenüber. Sie warteten, wußten nicht, auf was, aber das Hoffnungsfünkchen in ihnen gloste.

Kinsch kroch draußen umher und war, wie ein Tier, auf etwas Freßbares aus. Nach einer halben Stunde kroch das Tier, das einmal als geschniegelter deutscher Soldat zum Brandenburger Tor hinausmarschiert war, ins Schneeloch zurück. Sein Blick war weniger stumpf als beim Auskriechen. Wunschgetreu und Stosch hoben die Köpfe. »Was?«

Der eingeschlüpfte Kinsch bohrte seine angefrorene Hand in die Hosentasche und stöhnte. Dreimal fuhr die Hand den schmerzvollen Weg in die Tasche. Jedesmal kam sie mit Beute zurück: drei *Hindenburg-Lichte.* Gefunden, erschnüffelt in der Gesäßtasche eines ehemaligen Furiers, und der war unweit des Schneeloches beim Urinieren in den Schnee gefallen und erfroren.

»Anfall. Nierenkolik!« sagte Stosch, und das klang wie die lakonische Bemerkung auf einem Totenschein. Zu mehr reichte es nicht. Keine drei Salven übers Soldatengrab wie auf rührseligen Feldpostkarten.

Im Schneeloch Nummer fünftausend und X, wer weiß, begann ein Fest: Ein *Hindenburg-Licht* war in diesen Tagen für die drei mehr als ein in Friedenszeiten von drei Fischern gefangener Walfisch. Tran, Wärme, Licht und eine geringe Ausbeute an Hoffnung als Nebenprodukt.

Eine Weile war's still im Loch, und alle drei fühlten in der Dunkelheit, daß sie einander anstarrten. »Jetzt«, sagte Stosch. Mehr war nicht nötig. Sie sparten in jenen Tagen sogar mit Worten! Ihr Krafttank war längst auf Reserve geschaltet.

Jetzt! Das hieß: Das seit langem präparierte Stück Koppelleder konnte gebraten werden. Dieser Augenblick war oft durch ihre Hungerträume gegeistert.

Und sie brieten das Stück Koppelleder in einer Art Pfanne, einem gebogenen Stück Blech. Das von Schuhkrem befreite Leder sog sich im geschmolzenen Tran und Stearin eines *Hindenburg-Lichtes* voll und begann zu brutzeln. Die drei

Männer benutzten das Gefunzel und die Wärme des Bratlichtes für ihr Fest: Sie spielten Karten bei Festbeleuchtung. Keine tolle Gemütlichkeit, nein, aber aus den Kartenbildern kroch ihnen ein Stück Heimat entgegen: Altenburg und Thüringer Wurst! Ja, das hatte es gegeben!

Wunschgetreu hütete sich, zur Stelle hinaufzusehn, die sie ihr Dach nannten. Die wirren Farbkleckse der Zeltbahn verursachten ihm Brechreiz. War es sein empfindsamer Farbensinn, oder war's der Hunger: Zucken und Rucken im Leibe, Schmerzen und Brennen. Weiter geschah nichts. Wunschgetreus Magen konnte sich den Luxus des Erbrechens schon lange nicht mehr leisten. Trotzdem war es schlimm genug.

»Nun!« sagte Kinsch.

Sie legten die Karten weg. Alle drei kannten die Bedeutung des Sparwortes. Jeder empfing seine genau ausgemessene Ration gebratenen Koppelleders auf seinem Kochgeschirrdeckel wie bei einem Kompaniefest.

Und sie schnitten das geblähte Koppelleder in griebengroße Stücke, kauten eine Weile auf der ersten Koppelgriebe, konnten sie nicht klein kauen und verschluckten sie. Das dritte und vierte Stück schluckten sie sofort und ohne daß sich ihre Zungen allzusehr mit Tran- und Stearingeschmack einließen. Sie löschten das Bratfeuerlicht, um den Rest für ähnliche Gelegenheiten aufzusparen, aßen die letzten Koppelgrieben im Dunkeln, nutzten den Hauch rückständiger Wärme und spielten weiter. Jawohl, sie spielten Karten im Dunkeln, denn wenn sie etwas in ihrem Loch gelernt hatten, dann das.

Sie spielten mit der Sonntagsnachmittags-Sattheit von deutschen Bierspießern. Bald begann es zu stinken wie nach faulem Fisch.

Es kann nicht anders sein; es wäre geradezu ein Wunder, wenn es besser röche, dachte Wunschgetreu.

Die Spielkarten waren nach einem System gezinkt. Die Fingerspitzen der drei Lochinsassen hatten durch Übung das feine Gefühl und die »Hellsichtigkeit« von Illusionistenfingern erlangt. Jeder Halberfrorene sagte die Karte an, die er ausspielte. Es ging, war sogar ein bißchen aufregend, und alle drei setzten ihre letzte *Soldaten- und Kameradenehre* drein, einander niemals zu betrügen.

Wohl beim zehnten Spiel bemerkte Wunschgetreu, daß Kinsch das Eicheldaus zweimal ausspielte. Er befühlte die Karte. »Du hast dich geirrt; Eicheldaus ist längst raus. Es ist der Rotunter.«

Kinsch schmatzte im Dunkeln. Wunschgetreu hielt es für Verlegenheit. Das Spiel ging weiter. Aber nach einer Weile und einem langen Zögern spielte Stosch die Schellendame zweimal aus. Das war zuviel für Wunschgetreu. »Ja, wenn ihr bescheißen wollt!«

»Wie?« Stosch schien schmatzend aus einer Art Schlaf zu erwachen. Kinsch kam Stosch zur Hilfe. »Du bist nicht bei der Sache, hast den Eichelbuben ausgespielt.«

Leises Schmatzen von Stosch. »Dja, dja, Eichelbube.«

»Beschiß! Sind wir so gesunken?« Wunschgetreu wollte nicht weiterspielen. Er sammelte die Karten ein, zog sich die Schimützenlaschen über die Ohren, steckte die Füße in seinen Tornister, rollte sich in seine Decke und schlief ein.

Die Nacht verging, und Wunschgetreu erwachte frierend. Das Zeltbahndach war verschoben. Ein Stück Himmel, grau und dreieckig wie ein Tortenstück, war zu sehn. Eine unsichtbare Hand schien Puderzucker zu streuen, und der Zucker fiel durch das milchgraue Himmelstortenstück hindurch in das Dreimannloch. Wunschgetreu war allein. Hatte er nach der Abendmahlzeit so fest geschlafen, daß er Entsatz oder Endsieg verpaßte? Sackleere Einsamkeit! Wunschgetreu schrie, kroch hinaus und schrie.

Draußen war alles wie immer. Aus dem Nachbarloch kräuselte dünner Rauch. Wunschgetreu zitterte vor Freude, strebte zum Rauch und stolperte über eine Leiche. Er kratzte den Neuschnee beiseite: Das verzerrte Gesicht von Kinsch starrte ihn an. Kinschs eines Auge war offen, das andere wie zwinkernd zugedrückt.

Ein Stück weiter stieß Wunschgetreu auf Stosch, und der lag mit dem Gesicht im Schnee. Wunschgetreu spürte keine Kälte mehr und drehte die Leiche um. Ein Häufchen Erbrochenes war an Stoschs Kinn festgefroren, klebte dort wie ein wirrer Bart.

Wunschgetreu schrie die Todesbotschaft ins Nachbarloch, aber von dort unten hieß es nur: »Ruhe in der Kirche, Ruhe!«

Wirr vor Kummer stolperte Wunschgetreu zu seinem Loch zurück, ließ sich fallen, rutschte hinein und stieß mit dem Fuß unterm Neuschnee auf eine flache Dose. Er hob sie auf, nur so, denn er war allein, ratlos und mehr als novembertraurig über den Tod der beiden besten *Kameraden*.

Es war eine Ölsardinendose. Ein Quentchen erstarrtes Olivenöl war noch drin, dazu ein Rest von Gestank, den selbst die Kälte nicht dämmte.

Wunschgetreu erkannte den Gestank, diesen Aasgeruch der letzten Nacht. Er befühlte den aufgebuckelten Boden der Dose, einer Dose aus der Tasche des erfrorenen Furiers. »Aha!« schrie er halb verrückt. »Ahaaa!« Die Trauer um die toten Kameraden verließ ihn: Stosch und Kinsch hatten also während des Spiels vorige Nacht vom stinkenden Lebensbaum des erfrorenen Furiers gefressen. »Hahaaa!« Sie wollten überleben. Aber ihn hatten sie vom Überleben ausgeschlossen. Der Kartoffelstreit! »Hahoi! Hoch die Tassen! Hoch die Kameradschaft! Es lebe die Weisheit der Irrenhäuser!«

32

Wer das erlebt hat und später als Gefangener Filzstiefel an den Füßen und jeden Tag seine Brot- und Breiration hat, hört gut zu, wenn ihm die Ursachen von Kriegen erklärt werden. Und er hört sehr hin, wenn ihm erläutert wird, wie gut das Leben unter gewissen Voraussetzungen sein kann, und zwar nicht im Himmel, sondern schon hier auf Erden.

Und wer das alles zusammen erfahren hat, der säubert seine Hirnkammern, schwefelt sie aus und hält sie rein von den Resten klassenfremder Denkexkremente, nicht nur in der Zeit einer gewissen Bußfertigkeit, nicht nur unter den Augen der sowjetischen Lehrer auf der Antifa-Schule, sondern auch später.

Jetzt aber wurde in der Bezirkszeitung, zwar ein wenig versteckt, aber immerhin vernehmlich ausgesprochen, in Wunschgetreus Kreisgebiet sei nicht alles in Ordnung, er sei vielleicht ein wenig guter Genosse.

Wunschgetreus Gegner hätten sehn können, wie er sich überheblich belächelte; doch es war wieder nur die Granatnarbe in seinem Gesicht, die nervös zuckte und seine Gesichtszüge wie eine Brosche zusammenraffte. Er telefonierte mit Kraushaar: »Was wird gespielt? Weshalb sind wir Schlußlicht?«

Kraushaar hatte sich bis zu diesem Tage bei Wunschgetreu noch nicht über Bienkopp, den Dickschädel, beschwert. Gleich nach der Auseinandersetzung um die Enten hatte er es gewollt, sehr gewollt, doch er fürchtete die Fragen des Kreissekretärs: Was hast du getan, Genosse? Ist's nicht dein Fehler, der da herumstinkt?

Jetzt kam Wunschgetreus kritischer Anruf und Gang von anderer Seite her in die Dinge. Kraushaar mußte die Säumnis in der Rindervermehrung erklären. Er sah keine Notwendigkeit, Bienkopp zu schonen.

Der Kreissekretär wünschte Kraushaar, die Simson und Bienkopp am Nachmittag in seinem Büro zu sehn. Klack!

Nachmittag.

Bienkopp kommt staubig und verschwitzt, wie er ist, vom Feld. »Alle Hände für die Getreideernte«, stand in der Kreiszeitung.

Kraushaar, die Simson und Bienkopp sitzen in Wunschgetreus Vorzimmer wie feindliche Parteien vor einem Gerichtsprozeß. Kraushaar liest Rundschreiben, Bienkopp säubert seine Stummelpfeife, die Simson blättert in einem schwarzen Diarium. »Alle Hände für die Getreideernte!«

Wunschgetreu stößt seinen Lutherstuhl zurück und setzt sich zu den dreien an den kleinen Konferenztisch. »Ich hoffe, ihr habt gelesen.« Kraushaar soll berichten und erklären.

Kraushaar berichtet umständlich und absichernd. Selbsterhaltungstrieb. Seine Nieren fühlen sich im Bürostuhl besser als auf dem Traktor. Bericht nach Schema: zunächst die Erfolge in der Kreislandwirtschaft. Auch die fragwürdige Kreisentenfarm wird auf der Erfolgsseite geführt. Vorwärts zu neuen Erfolgen! Allerdings muß gesagt werden, daß noch vereinzelt Schwächen ... lirumlarum, ihr kennt das, Genossen: Eine Schwäche zum Beispiel ist das langsame Tempo bei der Rindviehvermehrung. Kraushaar hat sich jetzt aber um gesundes Vieh aus anderen Breiten bemüht. Schwedisches Importvieh. Der Kreis kann per sofort schwedische Färsen übernehmen, aber wie und wo unterbringen, wenn sich geweigert wird?

»Wer, wo geweigert?«

»Bienkopp zum Beispiel!«

Wunschgetreus Lächeln. »Die Gründe, Genosse Hansen?«

»Die bekannten Gründe!«

Die Simson hebt brav den Finger. »Gestatte, Genosse Wunschgetreu, daß ich als Vertreterin des örtlichen Staatsapparats dazu referiere.« Frieda konstatiert mangelhaftes Vertrauen zur Staatsmacht beim Genossen Bienkopp. Sie blättert im schwarzen Diarium. »Seine Äußerungen zum Beispiel ...«

Wunschgetreu wird vom schwarzen Diarium der Simson gefesselt: Das war, bevor er als Erster Sekretär nach Maiberg kam. Er war noch Zweiter Sekretär in einem nördlichen Kreis der Republik und mußte sich mit einem Volksbuchhändler auseinandersetzen. Der Volksbuchhändler war ein älterer Genosse und behauptete, nicht alle neueren Romane aus der Sowjetunion seien gut.

Das war ein Hieb für Wunschgetreu: Ein alter Genosse vertrat feindliche Ansichten. Für Wunschgetreu waren alle alten Genossen Vorbilder und Helden. Dort stand nun so ein Held mit seinen Erfahrungen, und hier stand der kleine

Wunschgetreu, bepackt und bebuckelt mit seinem Fehlergepäck aus der Vergangenheit.

Der Genosse Volksbuchhändler bewies seine Behauptung an einem neuen sowjetischen Roman. Keine große Literatur, nein!

Eine bewegte Aktivsitzung! Wunschgetreu schrieb viel in sein schwarzes Diarium. Nachts konnte er nicht schlafen. Er war für das Ergebnis der Aktivtagung verantwortlich, er mußte einen Bericht machen. Er hatte die Sowjetmenschen zu verteidigen, die Freunde und ihre Bücher, die ihn vom Tode errettet und sehend gemacht hatten.

Wunschgetreus Zweifel an der Redlichkeit jenes alten Genossen schienen nicht unbegründet zu sein. Der Volksbuchhändler hatte die Zeit des *Großen Krieges* in englischer Emigration verbracht. Möglich, daß klassenfremder Zweiflergeist in ihn eingedrungen war. Zudem erhielt er, wie festgestellt wurde, häufig Postkarten aus der Tschechoslowakei. Die Karten waren breitzeilig mit harmlosen Grüßen beschrieben und mit *Hans* unterzeichnet. Verdachtsmomente. Man nahm den Volksbuchhändler in Haft.

In dieser Zeit wurde Wunschgetreu nach Maiberg versetzt. Er hatte dort den Ersten Kreissekretär Karl Krüger abzulösen.

Bis dahin war Wunschgetreus Leben nach dem Kriege ziemlich glatt verlaufen: Wahrheit war Wahrheit, und Lüge war Lüge. Alles schien unumstößlich. Wunschgetreu kannte die Geschichte der sowjetischen Kommunisten fast auswendig. Das wurde von ihm verlangt, und das kam seinem Bedürfnis entgegen. Er studierte die Lebensgeschichte des Mannes, der Stalin hieß. Er war in diesem Buche zu Hause, bis es ihm im Jahre neunzehnhundertsechsundfünfzig sozusagen aus der Hand fiel.

Was war nun? War er noch ein Mensch mit fünf gesunden Sinnen? Hatte er noch einen Kopf? Hatte dieser Kopf noch ein Hirn?

Wunschgetreu quälte und quälte sich. Er war nicht die Natur, die ratsuchend und heulend umherrannte, denn er war im Stalingrader Schlachtenkessel mit harten Geschehnissen fertig geworden.

Bei Zusammenkünften der Kreissekretäre gewahrte er, daß andere guter Dinge und mit den Enttäuschungen fertig waren. Keine Fehlerdiskussion! Vorwärts! Und das war wohl richtig, denn die Welt war nicht grau, sondern blinkte sommerlich.

Wunschgetreu sah sich selber wie einen Halm, vorn in einem Getreidefeld und dicht am Weg. Und er, der Halm, mühte sich zu wachsen und zu reifen. Ein Sturm kam und knickte den Halm. Der Regen klatschte ihn an den Boden. Aus? Nein, eines Tages hebt sich der biegsamere Teil des Halmschafts und versucht, die Ähre wieder dem Licht zuzudrängen. Ein Halm mit einem Knick steht da, aber nicht ohne Frucht, nein, nicht ganz ohne Frucht.

Eines bedrückte Wunschgetreu fort und fort: das Schicksal jenes alten Genossen, den er damals in gutem Glauben belastet hatte.

Herbert Wunschgetreu fand keine Ruhe, fuhr in sein altes Arbeitsgebiet, suchte nach dem alten Genossen, traf aber nur dessen Frau.

Wo war der Genosse? Er war gestorben, nicht im Untersuchungsgefängnis, nein, später, als er schon wieder frei war. Man hatte ihm nicht nachweisen können, daß er irgendwo feindlich zu denken gelernt hatte. Und die Kritik an einem sowjetischen Buch war keine Feindlichkeit, im Gegenteil. Das wußte jetzt auch Wunschgetreu, aber was half's! Es nutzte nichts, daß er sich einredete, der Genosse sei nicht vom Kummer, sondern vom Alter gefällt worden.

Da weinte Wunschgetreu wirklich. Nicht vor der Frau des alten Genossen, auch nicht vor seiner Frau, sondern im Büro, und das hatte er verschlossen. Und er weinte nicht wie ein Kind, nein, es war ein trockenes, tränenloses Röcheln.

Die Kunst mit dem schwarzen Diarium, wo hatte er sie erlernt? Wenn er sich recht erinnerte, so war's auf Sitzungen beim Bezirk. So ein schwarzes Diarium half, unerwünschte Diskussionen abzukürzen, und schien stärker zu wirken als Überzeugungskraft. Man brauchte einen lästig Diskutierenden nur aufmerksam oder scharf anzusehn, sich dann über sein Diarium zu beugen und etwas aufzuschreiben, und sofort kam Mäßigung in die Diskussion. Das war vielleicht Selbstbetrug, aber üblich.

Wunschgetreu verbrannte sein Diarium, in dem auch etwas über Bienkopp stand. Er haßte diese Art Kladden fortan. Weg damit! Man hat einen Kopf und ein Herz!

Nun sitzt hier die Simson, liest aus einem solchen Diarium vor und ist von der Rechtlichkeit ihres Tuns überzeugt: Ironie des Lebens! Am Ende hatte sie es von Wunschgetreu gelernt? Den Sekretär würgt der Ekel, doch er beherrscht sich und wirft die Simson nicht gerade hinaus. »Laßt mich mit Bienkopp allein!«

Die Simson ist nicht begeistert von der verlorenen Aussicht auf einen Genuß. Jetzt wird dem Bienkopp der eckige Kopf behackt, und sie hat nichts davon. Sie zwinkert Kraushaar zu. Kraushaar denkt an die Kreisentenfarm.

33

Bienkopp geht auf und ab, auf und ab. Auch Wunschgetreu setzt sich nicht wie sonst bei Einzelbesuchern in den Lutherstuhl. Er geht seinerseits im Büro hin und her. Ein merkwürdiges Wandererpaar!

»Erklär mir deine Bedenken, Genosse Hansen!«

Der kameradschaftliche Ton beirrt Bienkopp, doch was hat er zu befürchten? Er meint's gut, und er ist nicht gegen die Rindervermehrung, er ist für ein vernünftiges Tempo dabei: Rindvieh- und Futtervermehrung im gleichen Takt! Wiesen entsumpfen, entsäuern, Boden verbessern! Feldfutteranbau! – Partei und Kreisverwaltung sollten nicht nur befehlen, auch helfen. Bienkopp zum Beispiel brauchte dringend einen Bagger, Loren, Schienen. Er möchte ein Mergellager heben und die Wiesen im Umkreis ertragreicher machen. Die Genossen vom Kreis müßten ihm dabei helfen.

Noch immer wandern die beiden Genossen mit gedämpften Schritten über den grob-roten Kokosläufer. Vor dem geöffneten Fenster raunt der Sommerwind in den Kastanienblättern. Wunschgetreu bedenkt Bienkopps Vorschläge. Er fühlt sich eingeklemmt, eingeklemmt von zwei Kräften.

Das war nach dem Jahre neunzehnhundertsechsundfünfzig. Herbert Wunschgetreu wußte jetzt: Ein guter Genosse führt Anweisungen nicht blind aus, sondern denkt mit. Er meint's nicht unbedingt gut mit der Partei, wenn er alle Bedenken und vor allem das Mitdenken in eine Kiste verpackt, die er mit goldener Ehrfurcht vor den Erfahrungen alter Genossen ausschlug.

Aber die Einsicht war das eine, und die Praxis war das andere. In den letzten Jahren wurde viel von der Bodenverbesserung in der Landwirtschaft geredet und geschrieben. Wunschgetreu beriet sich mit erfahrenen Agronomen über die Bodenverbesserung in seinem Kreisgebiet.

»Dazu braucht man Zeit«, sagte ein Agronom.

Zeit und Abstand sind Pestwörter für einen Revolutionär. Wunschgetreu wurde schon wieder mißtrauisch. Zeit? Das klang reaktionär. *Zeit* – damit würde er beim Bezirk niemals durchkommen.

Der Fachmann beharrte auf seiner Behauptung. Er erbot sich, Wunschgetreu zu beweisen, daß man die Bodenfruchtbarkeit jährlich durch falsch gehandhabte Statistiken, Wettbewerbe und Termine verschlechterte.

Guter Wille und Eifer sollten etwas verschlechtern? Das war für Wunschgetreu die Höhe, wenn nicht multireaktionär.

Der Fachmann blieb dabei. »Überzeug dich!«

Wunschgetreu fuhr mit dem Agronomen hinaus, als die Äcker im Spätherbst gepflügt wurden. Die Felder waren feucht. Der Sekretär konnte sehn, wie die Pflugscharen den

Boden zwar oben zerwühlten, wie die Pflugfüße unten aber gleichzeitig den feuchten Boden zu einer Tenne glätteten und zementierten.

»Da hast du es!« sagte der Fachmann. »Eine Tenne. Pflugsohlenverdichtung. Die Tenne sperrt den Pflanzen im Sommer das Grundwasser, doch jedes Jahr verdichten wir weiter.«

Wunschgetreu überlegte: Mußte man jedes Jahr mit der gleichen Tiefe pflügen? Die Tenne müßte zerstört werden! – Er gönnte sich diesen Herbst keine Ruhe, fuhr von Traktorenstation zu Traktorenstation und achtete darauf, daß tief gepflügt und die schädliche Bodenverdichtung zerstört wurde. Die Traktoristen fluchten, wenn sie Wunschgetreu kommen sahen. Wie sollten sie bei so scharfer Kontrolle auf ihre Norm kommen und im Wettbewerb siegen?

Wunschgetreu erreichte, daß in seinem Kreisgebiet diesen Herbst durchschnittlich tief genug gepflügt wurde. Er schaffte den Feldpflanzen eine geregelte Wasserzufuhr für den Sommer, doch sich selber grub er das Wasser ab: Sein Kreis stand beim Wettbewerb an letzter Stelle. In der Bezirkszeitung erschien eine Zeichnung. Ein schlafender Traktorist auf einer Schnecke: *Maiberger Winterfurchentempo.*

Jahrs drauf hatte Wunschgetreu nicht Zeit, sich um die Winterfurche zu kümmern. Es mußte gehn, wie es ging. Sein Kreis wurde Bezirksdritter beim Pflügen. Er wurde nicht kritisiert. Statistik und Wettbewerb hatten ihn überfahren.

Nun geht Bienkopp hier auf und ab, löckt gegen den Stachel und will die Rinder bedachtsamer vermehrt wissen. Sein Standpunkt ist einsehbar. Außerdem ist Bienkopp nicht der und jener. Ein unbequemer Dickschädel, doch ein Pionier. Kann sich Wunschgetreu Bienkopps Ansichten zu eigen machen und gegen die Meinung der Genossen beim Bezirk anrennen?

Er versucht's noch einmal mit den bekannten Argumenten: mehr Milch, mehr Fleisch für die Republik, und zwar schnell.

Bienkopp gibt sich nicht uneinsichtig: nichts dagegen! Seinethalben zwanzig, dreißig Kühe mehr ins BLÜHENDE FELD, aber Futter dazu.

Wunschgetreu packt sofort zu. »Also, du nimmst dreißig Kühe!«

»Kein Stück ohne Futterzuschuß!«

Sie fangen wieder von vorn an. Frieda Simson und Kraushaar, die im Vorzimmer auf das *Urteil* über Bienkopp warten, finden Zeit, sich in Geduld zu üben.

Wunschgetreu und Bienkopp treffen ein Übereinkommen. Keinen Weltfriedensvertrag, nein, aber Bienkopp erklärt sich bereit, dreißig Importrinder aufzustallen. Wunschgetreu verpflichtet sich, für einen Bagger, eine Feldbahn und Zufutter zu sorgen. Der Kreissekretär denkt dabei an unbekannte Reserven. Kann man *obigerseits* auf eine rapide Rindervermehrung bestehn, ohne Futter im Hinterhalt zu haben? Er steckt Bienkopp mit diesem Optimismus sogar ein bißchen an.

34

Neumondnacht. Märtke sitzt auf der Treppe vor der Wächterkabine des Hühnerwagens. Mampe-Bitter gesellt sich zu ihr. Diese Neumondnächte! Er kann und kann keinen Schlaf auf die Beine bringen und würde gut und gern einen Nachtwächter abgeben. Märtke soll heim und sich hinlegen. Mampe wird die paar dürren Hühnerschwänze bewachen. Ein Knüppel dem ins Kreuz, der hier nach Braten sucht! »Ein Taschenfläschchen gibst du wohl aus, Hühnermädchen?«

Märtke hat weder ein Taschenfläschchen bei sich, noch wird sie Gesöff für Mampe-Bitter beschaffen. Sie hat einmal Sekt getrunken. Das war in Berlin. Mehr als ekelig!

»Du hast Sekt gesoffen?« Das hätte Mampe-Bitter am wenigsten erwartet. »Eine Schwalbenseele und Sekt gesoffen!« Mampe versteht sich auf Seelen. Er hat in jungen Jahren eine bei der Hand geführt – eine Taubenseele. »Früher war ich nüchtern wie zwei Pfarrer. Schon auf ein *Plikat* gemalter Schnaps übelte mich an. Dann kam das Schicksal. Niemand erkennt's, wenn es kommt. Es kommt in vielerlei Gestalt. Auf mich kam's als Gutsinspektor und warf seinen Blick auf meine Frau. Es riß mir diese Taubenseele von der Seite.

Erst ging sie in die Beeren, dann ging sie in die Pilze, dann ins Holz. Ich saß auf meinem Schneidertisch und nähte. Die Frau türmte Zacken und Reisig im Hof – ein ganzes Storchennest. Ein Nest für die Brut, dacht ich, denn der Leib meines Weibes schwoll. ›Gott küß dich, Taubenseele! Welchen Namen werden wir dem Ding unter deinem Busen da geben?‹

Sie antwortete nicht.

›Soll es denn namenlos bleiben?‹

›Ja.‹

Und nach einer Weile sagte sie mehr. Ich erfuhr, daß ein Kind des Schicksals in mein Haus fallen würde. Das Schicksal trug Langstiefel und eine Lodenjoppe.

Ich ging auf das Schicksal los und nannte es einen Hurenbock, da zog's seine Hand von mir ab. Das ist schlimmer, als wenn es dich heimsucht. Keine Aufträge mehr, nichts zu nähen, keinen Lodenanzug, keine Reithosen, keinen Cutaway, keine Weste. Ein Wanderschneider kam auf den Gutshof. Er nähte für die Herrn, für den Vogt, den Inspektor, die Eleven, sogar die Bauern folgten dem Wink meines Schicksals. Gott regne Dreck auf sie!

Ich stocherte mit der Elle die Spinnweben vom Schneidertisch. Meine Nadel wurde zum Zahnstocher. Da saß ich!

War's nun genug? Du kennst das Schicksal nicht! Im Spätherbst ging sie noch einmal ins Holz. Sie kam nicht wieder. Am See, dort, wo deine Enten jetzt schwimmen, trieb es sie ins Wasser. Sieben Tage suchten wir sie, sie und das namenlose Kind.

Aber da erbarmte sich das Schicksal meiner. Es schickte mir die Saufsucht. Es pichte mein wundes Herz aus.

Und eines Tages sagte es in der Gestalt dieses venerisch gezeugten Sägemüllersohnes zu mir: ›Lege das Frühstück eines gewissen Anton Dürr unter einen bestimmten Baum!‹ Hörst du noch, oder schläfst du, Hühnermädchen?«

Märtke hört. Sie hört mit drei Ohren. »Und was sagtest du?«

»›Nicht um fünftausend Mark‹, sagte ich. Ich tat einmal nicht, was das Schicksal wollte!«

»Aber wer tat es dennoch?«

»Das Schicksal selber.«

»Und jetzt? Wie kommt ihr zurecht, Onkel Schliwin, du und dein Schicksal?«

»Windstille. Ich liege am Boden. Das Schicksal beachtet mich nicht. Hast du je gesehn, daß es einen Maulwurfshaufen heimsuchte?«

Da sitzt nun Märtke mit ihren paar Pfennigen Mädchenerfahrungen, möchte trösten und weiß nicht wie …

Bienkopp kommt aus Maiberg. Das Licht seines Motorrades reißt gekalkte Chausseebäume aus dem Schlaf und läßt sie wieder zurück in Dämmer und Finsternis sinken.

Der Bauer hält am großen Stoppelacker vor dem Dorf und stellt die Maschine in den Straßengraben. Nach und nach dringt das Zwitschern der Feldgrillen an seine fahrttauben Ohren. Auch die Heuschrecken knarren, und die große Sommernachtmusik ist im Gange. Bienkopp schlendert querfeldein, will nachsehn, was der Mähdrescher am späten Nachmittag noch schaffte, und stößt auf den ersten Hühnerwagen. Er legt sein Ohr an die Wagenwand: Die Junghennen girren im Schlaf. Alles in Ordnung unterm geteerten Himmel.

Märtke hockt in der Wächterkabine. Mampe ist gegangen. Sie hat ihn getröstet, so gut sie's vermochte. »Zeit teilt, eilt, heilt!«

Mampe-Bitter lacht. »Schnaps heizt, reizt, beizt, du Schwalbenseele!«

Mehr war Märtke wohl wirklich nicht als eine Schwalbenseele. Sie hockt hier, kämpft mit der Furcht und müht sich einzuschlafen. Ein Schrei erschreckt sie. »Kiuuch!« Sie benagt ihre Lippen. Lehrer Sigels putzige Empfehlung fällt ihr ein. Alle Menschen, die es im Leben zu etwas brachten, schritten vom Bekannten zum Unbekannten ... »Kiuuch!« Märtke denkt an die lautmalerischen Angaben von Raubvogelschreien aus dem Brehm. Trockene Buchstaben. Hier war die Wirklichkeit! »Kiuuch!« Sie wirft die Decke ab, springt zur Tür. Ein Kauz schwebt lautlos davon.

Märtke setzt sich auf die Treppe und lauscht in die große Sommermusik der Grillen und Schrecken ... Sie gleitet in einem Kahn über den See. Die Wellen glitzern. (Was sollen sie sonst in der Sonne tun?) Plötzlich wird's dunkel. (Wie in einem schlechten Film.) Es braust in der Luft. Eine Wolke sinkt auf den See herab: tausend Enten. (Niemand hat sie gezählt, aber es sind tausend.) Flugenten, schwarze, weiße, gescheckte, auch grüne. (Wie es im Traum zu sein hat!)

Nun ist der See wieder sonnig. Das Gefieder der Enten schimmert. Bienkopp tritt aus dem Schilf. Hurra, die Enten!

»Unsere Enten«, hört Märtke sich flüstern. Bienkopp nimmt Märtke auf den Arm. (Das kann doch nicht sein, und weshalb wehrt sie sich nicht?) Märtke lebt leicht und ohne Nachtfurcht wie als Kind.

Es raschelt im Schilf. Das Schicksal! (Aber das hat doch Mampe-Bitter gesagt!) Das Schicksal ist eine Frau, ein Nebelleib. (Wie kann man so leben!) Haare wie Wollgrassamen. (Das hat Emma Dürr Märtke erzählt!) Das Herz der Frau ist aus Bernstein und pendelt an einer silbernen Kette frei in der Brust. (Geht denn das?) Märtke drückt Bienkopp die Hand. (Das hat sie längst einmal tun wollen.) Schlürfenden Schritts kommt das Schicksal näher. »Märtke, bist du es?«

Märtke schreit auf, springt von der Treppe und prescht davon.

Bienkopp steht unter den Linden der Dorfaue und schaut zu Nietnagels Häuschen hinüber, bis das Licht hinter Märtkes Fenster verlischt. Der junge Tag wälzt sich über die blaue Wand des Kiefernwaldes. Die Schleiereule kehrt ins Gebälk des Kirchturms zurück.

35

Ein neuer Erntetag beginnt. Bienkopp will sein Motorrad holen, das er nachts im Graben am Weg stehenließ. Das Motorrad ist weg. Ein Ölfleck im Gras wie ein Gruß.

Die Jungrinder sind satt. Sie schlugen sich unbelästigt die Pansen voll Haferhalme. Ihr Hirt war mit anderen Dingen beschäftigt. Nun ruhn sie, auch ihr Hirt sielt sich im Schatten. Er schaut übers flimmernde Feld. Gott schütz ihn vorm Hitzschlag!

Was ist der Mensch gegen einen Mähdrescher? Ein besoffener Kornkäfer neben einer Futterkiste. Was so ein Mähfresser tagsüber ausdrischt, Himmel und Wolken! Wieviel Kornschnaps ergäb das? Ein Faß – so groß wie eine Schneiderstube ...

Mampe füllt den Mähdrescherschnaps auf Flaschen; eine Wagenladung Flaschen, klar, süffig, voll weißem Feuer, da wird seine Aussicht in die flimmernden Möglichkeiten von einem Schatten versperrt. »Mein Motorrad, du Saufaus!«

Mampe muß sich erst in der schnapslosen, fordernden Welt zurechtfinden. »Dein Motorrad, Olelein?« Wunder über Wunder! Eine Vorgesetztenmaschine sozusagen, und Mampe-Bitter dachte, sie gehörte einem Pfiffikus in schwarzer Lederjacke. Er erhebt sich ächzend und führt den zornigen Bienkopp ins Gebüsch nahbei. Dort liegt das Motorrad: der Lenker verbogen, der Rückspiegel eingetrümmert, das Nummernschild zerschabt, der Tank verbeult. Bienkopp springt zornig umher. »Für den Schaden kommst du mir auf!«

Mampe starrt, bis der Vorsitzende mit der Maschine bei der Wegbiegung verschwindet. Das Schicksal meint's wieder nicht gut mit ihm. Er hat mit einem Finderlohn gerechnet; nun soll er zahlen. Die Lebensunlust überfällt ihn. Er läßt die satten Rinder ruhn und geht ins Dorf: Hört ihr Leute, wie das Schicksal wieder auf unsereinen losgeht! Er schmückt die Geschichte aus wie einen Pfingstwagen. »Ein Motorrad bei halber Nacht auf der Stoppel, nahe beim Hühnerwagen. Ein Schätzchen vom Hühnermädchen, denk ich. Leben wir *im feuladistischen Zölibat*? Dich krieg ich, heißes Hengstlein, denk ich; ein Fläschchen Sprunggeld wirst du zahlen!«

Die Schweinemeisterin Hulda Trampel leckt sich die lüstigen Lippen. »Wer war es?«

Keine Antwort, denn Mampe sitzt der trockene Schreck in der Kehle.

Hulda Trampel langt in die Stallapotheke. Ein Taschenfläschchen blinkt. Mampe ist geblendet.

»Wer war es?«

Die Trampel ist nicht Mampes Knöchelfreundin, aber das Fläschchen ...

Er greift danach und nimmt einen Hieb. Es wird ihm besser. Er flüstert der Trampel etwas ins Ohr. Die Trampel schüttelt sich geil. »Igittigitt, der alte Eber!« Sie stampft davon. Die weißen Ränder ihrer umgekrempelten Gummistiefelschäfte wippen kichernd gegen den Rockrand. Sie hat sich ein Geheimnis gekauft.

Ein Gerücht zischelt durchs Dorf. Es fährt in offene Weiber- und Mannsohren, bleibt ein wenig hocken, mästet sich mit schmutziger Phantasie, schlüpft aus und kriecht weiter: der Bienkopp und das Hühnermädchen! Nachts auf der Stoppel, nachts, nachts, nachts. Geschrien soll sie haben, gespien soll sie haben. Gekoppel auf der Stoppel, nachts. Dieser Saubär, nein, dieses Vieh, aber sie schrie ...

Offene Türen, offene Fenster. Die Natter kriecht ein und aus. Ein Segen wär's für die Menschheit, wenn alles Vieh so rasch fett würde: schlachtreif in zwei Stunden.

Theo Timpe läßt seine Nase ironisch tanzen. Er hat es immer gesagt: »Ein Preisbull, der Bienkopp, den Knüppel zwischen die Hörner!«

Und das Gerücht kriecht weiter. Je dreckiger die Ohren, je dumpfer der Kopf, desto lieber kriecht es hinein. Die Bäuerin Serno, dürr wie eine Strähne Sattlerzwirn, rollt die frömmelnden Augen himmelwärts. »Die Kommunisten bespringen Kinder!«

Frieda Simson erreicht das Gerücht beim Bearbeiten der Schälfurchenstatistik. Der Bienkopp und das Hühnermädchen also! Die Simson stützt den Kopf in die Hand. Kleine, kleidsame Traurigkeit. Ihr Kopf ist runderneuert. Sie hat sich das Haar bleichen lassen. »Blond macht jung!« steht im Kreiskalender der Sektion Naturfreunde. Und wie blond jung macht! Jugendschmelz und Männerleim scheinen zur Simson zurückgekehrt zu sein.

Der Mensch kann kombinieren. Das hebt ihn wolkenhoch über den Affen. Wenn der Mensch falsch kombiniert, wird er trotzdem kein Affe. Die Simson kombiniert: Bienkopp – Hühnermädchen – Herbstfurche. Es hält sie nicht mehr im Büro. »Löst euch vom Schreibtisch!« steht geschrieben. Die Simson kombiniert im Gehen weiter: Den Bienkopp hat Wunschgetreu *fertiggemacht*, am Boden zerstört. Sie ist nicht so. Sie wird ihrem alten Widersacher trotzdem die Hand reichen. Sieh mein Haar, so jung macht blond!

Die Simson geht über die Stoppeln. Sandalen und Dirndlkleid, Zigarette im Mundwinkel. Die Frauen vom BLÜHENDEN FELD laden Stroh. Emma Dürr reicht der Simson eine Gabel. Die Simson betrachtet die Gabel, dann Emma: »Haha, kleiner Scherz, wie?« Frieda läuft hier nicht zum Vergnügen umher. Es ist die Schälfurche, die den Staatsapparat interessiert. Sie geht zu den Männern hinüber.

Wilm Holten flüchtet. Hermann Weichelt spuckt dreimal aus wie vor einer Erscheinung. Er ist nah dran, in die Knie zu gehn wie dunnmals die Hirten auf dem Felde. Nur Franz Bummel ruft vom Fuder: »Friedchen, Friedchen, wie blond bist du gestrichen!«

Bienkopp liegt lang und bastelt an seinem Motorrad. Vier Wochen Schnapsentzug für Mampe-Bitter! Ans Spritzenhaus soll die Bekanntmachung gekleistert werden, und der Gemeindebote soll sie ausklingeln!

Nun noch die Simson, blond und gebleicht, bis an die Strümpfe. »Was gibt's?«

Frieda läßt's nicht an Sanftheit fehlen. (Bienkopp liegt ja wirklich am Boden!) Die Simson seufzt, als söge sie Luft durch die Löcher ihrer Sandalen. »Ach, Ole, Ole, wie viele Jahre kennt man sich schon? Wie viele Sommer, wie viele Winter?« Und die Kindheit war nicht von Pappe, die Schulmädchenschaft. Immer war Ole für Frieda ein Mann, der Mann, auf den sie schaute, und manchmal war's nur durch eine Fenstergardine. Aber die Jungfrau reift, das Mannshaar wächst! Ole ging mit einer gewissen Anngret Anken zum Traualtar. Glück und Segen den Neuvermählten! Friedas Jungfrauenleben sickerte schwer und entbehrungsreich dahin. Jedem das Seine! Ein Mann kann sich nicht teilen, aber ein wenig Hoffnung machte sich Frieda doch, und das wird nicht allzu verworfen gewesen sein!

»Hoffnung worauf?«

»Auf ein friedliches Nebeneinander, so als Genossen, so als Verantwortungsträger!« Die Lippen der Simson zittern. Sie lächelt, ist nicht ohne Liebreiz und fast zu bedauern. Sie beklopft ihre Dirndlrocktaschen. Keine Zigaretten. Sie nimmt dem liegenden Ole die zernagte Stummelpfeife aus dem Mund. »Laß uns Friedenspfeife rauchen!« Die Simson raucht mit vollen Zügen, setzt ab und betrachtet den Pfeifenstiel. Der Stiel ist mit Isolierband geflickt. »Wie ein Mann ohne häusliche Pflege verkommt!«

»Laß das Emma nicht hören!«

»Wer ist schon Emma?« Klein, krötig, neunzig Pfund, Wechseljahre. Ole braucht Saft, Kraft und ein Weib, das ihn hochhält.

Bienkopp wird wütend. »Was willst du von mir?«

»Du gefährdest den Staatsplan!«

»Wieso?«

»Spielst mit Tändelmädchen auf der Stoppel und läßt die Schälfurche nicht pflügen.«

»Welcher Dreck in deinem verschimmelten Schädel!«

»Das Dorf spricht davon: Kindsnötigung und Hurerei auf öffentlicher Stoppel!«

Bienkopp entreißt der Simson die Pfeife. Die Knie zittern ihm. Die Augen flimmern, und es wird dunkel. »Geh aus dem Lichte!« sagt er zur Simson.

36

Das Hühnermädchen scheint ein Schoßkind der Sonne zu sein. Das Gerücht, die Natter, findet Märtke nicht. Sie schleppt erspartes Junghennenfutter von der Hühner- zur Entenfarm.

Die Enten sind jetzt sechs Wochen alt und tummeln sich auf dem Kuhsee. Sie schwimmen, gründeln, sind gesund bis über die Bürzel, filtern Seewasser durch die Schnäbel, verschlingen grammweis Krebschen und Larven und beweiden die schwimmenden Wasserpestwiesen. Bald kommt der Tag, da Märtke den Mitgliedern der Genossenschaft sagen kann: Soundso viel tausend Mark Reingewinn für das BLÜHENDE FELD aus dem Wasser geholt! Und vielleicht tritt Ole-Vorsitzender vor die Versammlung und sagt: Der Schaden mit den Flugenten ist mehr als heil. Danke, Kollegin Märtke Mattusch! Und Emma Dürr wird vielleicht fragen: Wie titulierst du das Hühnermädchen? Es handelt sich um die Genossin Märtke. Hier stehn die Paten!

Oh, ihr Träume, schön und gerade gewachsen wie die Bäume am Seerand! Aber habt ihr Kraushaar vergessen, Genossen?

Kraushaar ließ damals, nach dem Streit mit Bienkopp, Tauben-Schulz kommen. »Du übernimmst sofort dreitausend außerplanmäßige Jungenten vom verrückten Bienkopp in die Kreisentenfarm!«

»Ausgeschlossen! Das Futter reicht kaum für meine fünftausend«, sagte Tauben-Schulz.

Schulz gehört der BAUERN-PARTEI an. Kraushaar konnte nicht mit Parteidisziplin drücken. Er sah sich gezwungen, telefonisch nach Futter umherzustöbern. Er riß Lücken in verplante Bestände, ließ hier was verschwinden und dort was erscheinen, trieb bürokratische Zauberei.

Die Enten wurden sieben Wochen alt und kränkelten. Den ersten Tag waren's zwanzig, und den zweiten Tag waren's vierzig. Die Tiere saßen matt vor den Futtertrögen, fraßen wenig und waren knickerig in den Beinen. Drei, vier Tage, dann fielen sie um und starben. Am fünften Tag waren es schon achtzig Tiere, die auf diese Weise die Herde verkleinerten. Hatte der Feind seine Hand im Spiel?

Tauben-Schulz sicherte sich. Her mit dem Tierarzt! Der Tierarzt kam. Den Enten fehlte Vitamin E, die Futtermittelmischung war zu einseitig. Muskelentartung.

Tauben-Schulz sagte schüchtern: »Enten brauchen vielleicht doch Wasser?«

»Komm mir nicht reaktionär!«

Tauben-Schulz wollte lieber schwindsüchtig als reaktionär sein. »Ich meine, die Enten brauchen vielleicht das Grüne im Wasser, die Entengrütze.«

»Scheiß drein.«

Tauben-Schulz schwieg. Er schleppte heimlich Grünfutter herzu, keimte Getreide an und trug sich mit dem Gedanken, Teichmücken und Wasserflöhe zu fangen. Als er schon fast kein Mensch mehr, sondern ein Vitamin-Esel war, der auf den letzten Strümpfen lief, besiegte er das Entensterben.

Um diese Zeit fragte die Redaktion der Kreiszeitung bei Kraushaar an: »Die Mastzeit läuft ab. Was ist mit den fünftausend Sonderenten für Muttis Bratpfanne?«

Kraushaar war's nicht zum Tanzen zumute. Er ließ Tauben-Schulz kommen. »Wieviel Verrecker sind abgeschmiert?«

Tauben-Schulz wagte die Zahl kaum zu nennen.

Kraushaar verfluchte den Reklameartikel mit den Vorschußlorbeeren für Initiative.

Zur Initiative von Kraushaarscher Art gehört Glück. Das Glück kam diesmal in der Gestalt von Fischer Anken, dem Bruder der ehemaligen Bienkopp-Bäuerin, in Kraushaars Büro.

Fischer Anken stand in voller Breite vor Kraushaars Schreibtisch. »Ich werde mein Fischsoll nicht erfüllen!«

Kraushaar war streng, wie sich's gehörte. »Komm mir nicht so, Anken-Fischer! Hast wohl Fische verschoben?«

Fischer Anken, immer noch breit, doch beleidigt: »Muß ich mir das sagen lassen? Die Fische werden von Bienkopps Enten gefressen.«

Bei Kraushaar fielen mehr als drei Groschen: Hier wurde ihm sozusagen die amtliche Befugnis geliefert, Bienkopps uneingeplante Enten seiner Kreisentenfarm einzuverleiben und die Verluste dort zu decken.

Märtke bereitet das Abendfutter vor, füllt die Tröge, deckt die Ententafel und läutet. Sie läutet mit jenen Glocken, die einmal am Schlittengeschirr der Stute einer Anngret Bienkopp hingen. Die Enten flattern aus den Buchten und Bögen des Sees zum Futterplatz. Sie löffeln und schlingen das eingesparte Junghennenfutter. Märtke summt und singt: »Nist, blanke Saatgans, niste! ...«

Vom Dorfe her zieht das Gebrumm eines Lastautos herüber. Nach einer Weile wird das Gedröhn so stark, daß der Entenstall zittert. Drei Lastautos fahren vor, und jedes hat einen Anhänger.

Sieben Männer schwärmen aus. Einer kommt freundlich auf Märtke zu. Es ist Tauben-Schulz. »Freu dich, wir holen die Enten!«

In Märtkes Händen zittert ein Stück Papier. »Betrifft: Umsetzung von zirka Stück in Worten: dreitausend Mastenten ...« Unterschrift unleserlich. Stempel echt.

»Kann man das glauben?« Märtke muß sich zusammenhalten, daß sie vor den lächelnden Männern nicht aufschluchzt. Sie sucht Bienkopp. Bienkopp ist in der Stadt. Sie sucht Karl Krüger. Krüger ist auf der Maschinenstation. Endlich trifft sie draußen Wilm Holten. »Hilf mir, Wilm Holten!«

Geschrei und klagendes Gequak aus der Entenfarm. Ist dort ein Zirkustiger eingebrochen? Federn fliegen umher – ein Turm aus Angst und Entenschreien.

37

Die Sterne stehn über den Stoppeln. Bienkopp sitzt auf der Treppe des Hühnerwagens. Er sucht in der Hosentasche nach seinem Feuerzeug für ein Nachtpfeifchen. Ein anderes Blechding rutscht ihm in die Hand, eine Bekannte aus fröhlichen Tagen, seine alte Mundharmonika. Sie hat sich in die Hosentasche geschlichen. Sieh einer an!

Und die Weißblechbacken dieser Hosentaschenorgel sind schon blind. Bienkopp nimmt sie zwischen die Lippen und bläst. Die Harmonika antwortet. Ihre Töne klirren altersschwach. Sie ziehen fort. Er lauscht ihnen nach. Hör, die hummeligen Baßtöne! Das ist Bienkopp selber; das sind seine Gedanken. Hör, die violinfeinen Hochtöne! Das ist Märtke; das sind ihre Gedanken. Kennt Bienkopp Märtkes Gedanken? Leider nicht. Kennt Märtke Bienkopps Gedanken, die Gedanken eines wandernden Mannes in weibslosen Lebenswäldern? Eine Lichtung im Wald? Ein Mädchen steht dort?

Worauf wartest du, Mädchen?

Ich warte auf dich.

Wie traurig, mein Mädchen, dann bist du wohl blind? Hier steht kein Jüngling. Mein Haar schimmelt schon.

Ich seh, wenn ich will, die Mücke im Kelche der Buschwindrose.

Du wartest auf mich?

Grillen und Grünschrecken zirpen zu Bienkopps Nachtmusik. Ein brausendes Orchester! Bienkopp, der *Aktivist der ersten Stunde*, hat einen nächtlichen Schwächeanfall. (Alle Journalisten und Porträtisten werden gebeten, es zu verschweigen!) Er träumt, träumt von der Liebe. *Es war einmal ein Mann*, der liebte das Mädchen Kemärt. Und die Liebe machte ihn schnell und geschickt. Ich übertreibe nicht: Er hätte den Sonnenschein fangen können. Und die Liebe machte ihn stark. Denkt von mir, was ihr wollt, doch der Mann hätte seinen eigenen Schatten aufheben und in die Müllgrube der Finsternis werfen können. Das war der Mann.

Das Mädchen Kemärt war nicht minder geschickt und lotrecht gebaut. Wen es ansah, mußte lächeln. Wen es berührte, wurde froh. Wer seine Stimme hörte, zitterte wie Blumlaub im Wind, und Kemärt hätte über einen Regenbogen gehn können wie über eine Straße.

Aber die Liebenden lebten nicht in der besten der Welten. Der Nachbar kam und klagte: »Ich rackere mich, sammele den Tag lang Beeren, doch am Abend ist nur der Boden meines Korbes bedeckt. Jemand bestiehlt mich.«

Und der Nachbar des Nachbarn klagte: »Ich friere. Mein Weib spann den Sommer lang. Ich webte den Sommer lang. Als der Herbst kam, ward uns das Tuch gestohlen. Und so Gott im Himmel lebt, hier steh ich und friere!«

Da schämte sich der Mann, der verliebte Mann, und sagte zu seinen Nachbarn: »Wer euch bestiehlt, wird auch mich bestehlen. Laßt uns den Dieb suchen und richten!« Und das sagte der Mann, weil seine Liebe gewachsen war.

Berauscht vom großen Konzert schläft der Vorsitzende der LANDWIRTSCHAFTLICHEN PRODUKTIONSGENOSSENSCHAFT BLÜHENDES FELD auf der Hühnerwagentreppe ein. Der Nachtwind trägt den Duft der Erntefelder herüber. Die Fledermäuse umhuschen das Wächterhäuschen auf dem Sommerland. Die Mundharmonika gleitet auf die stumpfen Stoppeln. Die Sterne zwinkern.

Ein voller, voller Tag war's für Bienkopp: das verschwundene Motorrad, die Reparatur, die gebleichte Simson, das bösartige Geschwätz. Sollte er Märtke mit dem Frost dieses unzüchtigen Weibergewäsches verschrecken? Nein.

Bienkopp fuhr in die Stadt. Es tat ihm gut, sich vom Fahrtwind die behaarte Brust zausen zu lassen. Es war, als wüsche der Wind seinen Zorn hinweg. Eigentlich war es so vernichtend nicht, ihn, den Fünfziger, mit einer Zwanzigjährigen zu verdächtigen. Aber wie stand die Zwanzigjährige zu diesem zweifelhaften Glück?

Bienkopp dachte sein Leben hinauf und hinunter. Allzuviel Glücksgeschenke hatten nicht auf seinen krummen Wegen gelegen. Es wäre so übel nicht, Fräulein Glück, wenn Sie eine Kleinigkeit übrig hätten. Anzutreffen täglich von Null bis Null in der Genossenschaft BLÜHENDES FELD, letztes Haus, die kleine Tür links.

Die Bäume am Straßenrand schienen heranzugleiten und sich vor dem wilden Motorradfahrer zu ducken. »Psst, psst!« Linden und Kastanien zischelten wie warnende Altweiber. Was fiel ihm ein, an die Liebe zu denken? Noch war er der Mann einer gewissen Anngret Anken. Er beschloß, das zu ändern.

Im Anwaltsbüro hatte man nicht auf Bienkopp und sein Scheidungsgesuch gelauert. Nun kam er, ein Riesenkunde mit einem Eilauftrag. Die Bürotür war geschlossen. Was für eine ausgewachsene Bürokratie: Scheidungsgesuche am Mittwoch. Ist's nicht Mittwoch? Das wohl, aber nicht sechzehn Uhr.

Ole nutzte die Zeit, fuhr zur Maschinenstation und suchte dort nach einem zweiten Strohbinder für die Ernte im BLÜHENDEN FELD.

Die Sonne stand schon schräg, als der Bauer wieder an seine Scheidung dachte. Beim Rechtsanwalt war die Bürozeit vorüber. Diesmal donnerte Bienkopp, bis ihm aufgetan wurde. »Mann, o Mann, sechs Jahre hatten Sie Zeit. In welchem Monat ist denn die Neue?«

Bienkopp war auch jetzt nicht beleidigt. Er lächelte geschmeichelt, gab vieldeutige Antworten und leitete ein, was einzuleiten war. Es wurde Abend und dunkel draußen.

Als Märtke mit Holten zur Entenfarm kam, warfen die Männer die letzten Enten auf die Lastautos, rauchten, wischten sich den Schweiß und bliesen sich Federchen von den Lippen. Das Geschrei der Tiere war in ein ängstliches Geschnatter umgeschlagen.

Holten schwoll vor Wichtigkeit und machte sich stark. »Wer schickt euch, ihr Entenräuber?«

Die Männer lachten. »Zum Laden kommst du zu spät, liebes Söhnchen.«

Großer Streit, garniert mit erlesenen Tiernamen aus Schimpfmaiers Kraftwörterlexikon, kleiner Erfrischungsaustausch in der Abendschwüle.

»Die Enten herunter!«

»Zahlst du die Leerfahrt, du Kavalierlein?«

Holten sah sich hilflos nach Märtke um: nichts mit der Palme.

Märtke fuhr nach Maiberg. Sie radelte, wie das Mädchen im Märchen, den hauchzarten Entenfedern nach, die über die Straße tanzten.

Die Kreisverwaltung war geschlossen. Sollte man dort Überstunden machen, um auf die Beschwerde eines wehleidigen Hühnermädchens zu warten?

Märtke erbat vom Pförtner Kraushaars Wohnungsadresse. Das kleine Radio dudelte. Der Pförtner war mild gestimmt. Eine Musikwolke aus Wiener Walzern umhüllte ihn. Er war unerwartet höflich und sagte sogar: »Bitte!«

Bei Kraushaar wurde das fremde Fräulein von den Kindern empfangen und in ein halbdunkles Zimmer geführt.

Kraushaar und seine Frau sahen fern: ein Fußballspiel. »Was gibt's?«

Märtke stammelte ihr Anliegen wie ein Weihnachtsgedicht in das halbdunkle Zimmer. Kraushaars Frau taxierte sie mißbilligend. Kraushaar starrte aufs Fußballspiel. »Die Enten wurden benötigt.«

»Aber sie waren nicht reif.«

»Jetzt muß ich doch ein bißchen bitten, Fräulein«, mischte sich Kraushaars Frau ein, »mein Mann wird wissen, was er tut.«

Märtke ließ sich nicht einschüchtern. Jedenfalls wird sich Bienkopp, der Vorsitzende, mit dem Abtransport der Enten nicht abfinden!

»Bienkopp war einverstanden.« Kraushaar zündete sich eine Zigarette an und vertiefte sich wieder ins Fußballspiel.

Fünf Minuten später war das Spiel zu Ende. Kraushaar schaltete die Deckenbeleuchtung ein. Märtke war gegangen. »Sie verschwand beim zwei zu null, gerade beim zwei zu null«, sagte die Frau. »War sie nicht wie ein bißchen verrückt?«

Kraushaar fühlte wohl, daß noch eine Spur Traurigkeit in der Stube stand, und wurde für eine Minute nachdenklich, dann kamen die Abendnachrichten, und er mußte sich über die Weltfriedenslage orientieren.

Märtke fuhr voll Zorn und Weh nach Hause. Nach Hause? Ihr Zuhause, die gemeinsame Arbeit an einer nützlichen Sache, war verraten worden.

Mutter Nietnagel, Märtkes Vertraute, schlief schon. Keine Seele und keine Maus rührten sich. Märtke ging wieder hinaus, um nach den Hühnern auf der Stoppel zu sehn. Eine große Nacht stand ihr gegenüber.

Auf der Hühnerwagentreppe sitzt Bienkopp noch immer und schläft. Märtke ist zu kummerig, um zu erschrecken. Da sitzt nun dieser Mann und Abgott! Seine Ledermütze ist zur Seite gerutscht, und sein Roßatem fährt zum halb geöffneten Munde ein und aus. Märtke stößt an die Mundharmonika.

»Halt, wer da? Parole?« Bienkopp schlägt um sich, springt auf und ermuntert sich. Es fällt ihm ein, daß er sich beim Hühnermädchen entschuldigen wollte.

Sie reden aneinander vorbei wie in einer konventionellen

Verwechslungskomödie: Er redet von der vergangenen Nacht und daß er sie nicht erschrecken wollte. Sie redet von abgeholten Enten.

»Was ist mit den Enten?«

»Du wirst alt und vergeßlich!«

Was weiter? Nichts. Die Sterne zwinkern, und die Heuhüpfer fiedeln. Die Erde reist durch den Weltenraum.

38

Bienkopp ist also alt. Ein Großvater. Am liebsten würde er sich vorn zwei Zähne ausreißen, einen Flaschengummi auf sein Pfeifenmundstück schieben, zischeln und sabbern wie ein Methusalem.

Der neue Tag ist noch grau und ohne Glanz, da ist Bienkopp wieder hoch. Alte Leute kommen mit wenig Schlaf aus. Er will aus der schummerigen Kate, da vertritt ihm Emma den Weg. »Stellst du jetzt Kindern nach, alter Graukopf? Anton würde dich maßregeln!«

»Wetzt du jetzt den Schnabel am Dorfklatsch? Anton würde sich wundern!«

»Hast du das Hühnermädchen bestiegen? Antwort!«

»Nein, nein«, schreit Bienkopp.

»Das sollst du auch nicht! Keine ägyptischen Sitten in meinem Hause!«

Bienkopp knallt die Tür zu, daß die Kate zittert. Das Gerücht hat also auch Emma erreicht. Ist die Welt ein Irrenhaus? Graukopf hat sie ihn genannt. Eine schöne Genossin! Er wird ausziehn: Wohin? Vielleicht um ein Zimmer in seinem Hause bitten? Theo Timpe würde sich die Nase ausrenken.

Das Ungemach, gegen das Bienkopp früher so hornhäutig war, verfolgt ihn weiter. Er fährt in die Stadt zu Wunschgetreu. Er ist dort der erste Besucher, noch ehe sich im Büro eine Sitzung zusammengeballt hat.

Wunschgetreu ist nicht entzückt von dem Überfall. Er verbrachte die halbe Nacht auf einer Dorfversammlung; jetzt fliegen ihm dreitausend Enten an den Kopf. Der Deibel soll Kreissekretär sein!

Er telefoniert mit Kraushaar. »Was war mit den Enten? Wer gab die Anordnung?«

Bienkopp wandert über den fahlroten Kokosläufer. Endlich legt Wunschgetreu auf. »Ein Mißverständnis. Entschuldigung.« Kraushaar wollte behilflich sein, den Entenstall für die Importrinder frei zu machen.

Bienkopp klopft auf den Schreibtisch. »Die Enten zurück!«

Neuer Anruf bei Kraushaar. Neues Gespräch, diesmal nur fünf Minuten, dann legt Wunschgetreu den Hörer sehr sacht auf und sagt mit seinem unfreiwilligen Lächeln: »Schon geschlachtet – die Enten!«

Bienkopp knallt an diesem Morgen die zweite Tür zu. Tannensteil geht er die Treppen hinunter, aber vor der Tür muß er sich an seinem Motorrad festhalten. Die Kastanienbäume zittern, und die Pflastersteine des Bürgersteigs scheinen sich aufzubuckeln. Bienkopps Herz produziert ein kleines, ganz und gar privates Erdbeben. Sieht das Alter so aus, Graukopf? Geh heim, Großvater! Bienkopp sieht Märtke lächeln. Sind auch dir die Enten weggeflogen, Großväterchen? Gleich dreitausend Stück?

Gelächter. Die ganze Straße lacht. Bienkopp ermannt sich und merkt, daß ein paar Pferde an der Getreidesammelstelle wiehern.

Eine halbe Stunde später tritt Bauer Bienkopp verwandelt aus einem Barbierladen. Vor dem Schaufenster bleibt er stehn, spiegelt sich und betrachtet seinen geschorenen Kopf. Er läßt sich den sanften Sommermorgenwind ein wenig um den Kahlkopf wehn, setzt dann die Ledermütze wieder auf. Er muß an die gebleichte Simson denken.

Auf dem ehemaligen Bienkopp-Hof steht eine fremde Kuhherde, Gebrüll in allen Rindertonarten. Dreißig Jungkühe, und zehn davon sind trächtige Färsen. Mampe-Bitter geht zwischen ihnen umher. Weit gereiste, westliche Kühe, doch sie glotzen nicht weniger blöd als Mampes heimische Jungrinder. »Mah«, sagt eine der Färsen. Mampe fährt herum. »Was du glotzen? Ich Mampe-Bitter. Du lernen Deutsch. Da kommen Bienkopp, Leitbull, verstehn?«

Schönes Vieh, doch Bienkopp ist nicht beglückt. »So, so, so«, summt er. So läuft der Hase: die Enten raus! Die Kühe rein! Zweimal gegen die Abmachung verstoßen. Hast du mich rasiert, Brüderchen? Bienkopps Verhältnis zum Kreissekretär, das nun ein wenig auskömmlicher zu werden versprach, erhält einen neuen Knacks.

Timpe steht in der Kuhstalltür. Sein Nasewackeln zeigt an, daß er Bienkopps Niederlage genießt.

39

»Jedes Ding hat zwei Seiten«, sagen die Alten. »Jedes Ding hat seine positive und seine negative Seite«, sagt Lehrer Sigel. Das ist umständlicher, dafür wissenschaftlich und keineswegs falsch. Haben Gerüchte zwei Seiten? Es scheint so.

Eines Spätsommertags läuft Bienkopp in die nackten Arme von Rosekatrin Senf. Die Senf ist sommerlich ausgeschnitten, zirkusbunt, flinkäugig und bezüglich. »Grüß dich, Bienkopp, du bist, hör ich, des Alleinseins müde und willst dich verändern?« Bitte näher zu treten! Rosekatrin ist ohne Anhang und Aufsack. Sie steht auf Abruf für Bienkopps Pläne.

Bienkopp weiß nichts von Plänen mit Rosekatrin.

Aber er hat Rosekatrin geraten, in die Oberdorfer Genossenschaft einzutreten. »Das ist geschehn.«

»Dank schön, sehr zum Wohl«, stottert Bienkopp.

Die Senf spielt an ihrer Halskette aus taubeneigroßen Steinen. »Wenn ich dich seh, so rasiert und geschoren gegen Ungeziefer und Läuse, ist es schon vorgekommen, daß mich das

Mitleid ergriff, und ich überlaß meine Wirtschaft dem Kolchos und ziehe zu dir.«

Ein Glück, daß Mutter Nietnagel die Dorfstraße herunterkommt. Bienkopp muß mit ihr sprechen. »Leb also wohl, Rosekatrin, Glück und Segen auf allen Wegen!«

Nicht immer laufen Bienkopps Rettungsengel so frei und verfügbar umher. Eines Abends steht er auf der Mergelwiese am Kuhsee, da erhebt sich in einer Bucht ein gewaltiges Plätschern: Hulda Trampel planscht aus dem seichten Wasser. Dort glänzt sie blank und prall wie ein Zweizentnerengel. »Das sind Qualitäten, mein Ole-Böckchen, wie? Friedensware!«

Bienkopp tritt geblendet zur Seite. Die Trampel bleibt im Seemodder stehn. »Wirf mein Hemd her, wenn du nicht sehn willst, was Gott dir gibt!«

Bienkopp wirft der Trampel ihr Hemd zu und drückt sich in die Büsche.

»Versteckst du dich, Hasenschwanz! Igittigitt! Wie ging's zu, daß eine mit dir ins Gerede kam?«

»Halt's Maul!« ruft Bienkopp hinter den Büschen hervor.

»Igittigitt, du Anfänger, du Zittergrasbündel in Hosen!«

Bienkopp rennt, als sei der wilde Jäger hinter ihm her. Im Hausflur der Kate reißt er sich die Ledermütze vom schwitzenden Schädel. Emma kommt ihm entgegen. »Es ist Besuch da. Frau Stamm.«

Frau Stamm ist noch immer schlank und voll Rasse. Madonnenscheitel und weiche Hände. »Verzeihen!«

Bienkopp öffnet die Tür seiner Kammer. »Bitte.«

Emma fährt dazwischen. »Hier wird geblieben!« Emma hält Hausputz. Sie hat Bienkopps Betten noch nicht bezogen.

Frau Stamm ist's peinlich. »Verzeihen, aber es ist so dringlich.«

»Man raus mit der Sprache!«

Ja, Frau Stamm hat an eine Lyrikveranstaltung zum Erntefest gedacht.

»An eine – was?«

Frau Stamm will einen Dichter kommen lassen. Es liegt im Zuge der Zeit.

Emma: »Und was soll Bienkopp dabei?«

Bienkopp soll bitte die Einladung als Genossenschaftsvorsitzender mit unterschreiben.

Ja, die Frage ist: Was kostet ein Dichter? Keine Schulden in der Genossenschaft!

»Pas de quoi, nicht von was«, sagt Frau Stamm. »Verzeihung, das war französisch«, aber ein Dichter ist eine ideelle Einrichtung. Wie sollte das aussehn: zwanzig Gedichte per Stück vier D-Mark. Dichter sind kostenlos.

Bienkopp denkt an kostenlose Druckschriften. »Was umsonst ist, guckt keiner an.«

Frau Stamm klärt auf: Dichtung ist eine kulturelle Spezialität und hat nichts mit Agitationsbroschüren zu tun. Die Dichtung ist überhaupt ein weites Feld. Frau Stamm könnte stundenlang darüber sprechen.

»Bienkopps Bett muß ich auch noch beziehn«, sagt Emma.

Frau Stamm hat verstanden und geht. »Verzeihn.«

Am nächsten Abend huscht Herta Bullert in die Dürr-Kate. Das magere Hertchen, die Stallmagd ihres Vaters, sanftäugig und ein bißchen schief. Es hat sich herausgeputzt und ist mit einer neuen Schürze und einem weißen Krägelchen versehn.

Emma fährt mißtrauisch herum. »Was gibt's?«

»Kann Onkel Ole zu Vater Jan kommen? Es eilt.«

»Will Vater Jan in die Genossenschaft?«

»Vielleicht.«

»Aber nicht vor dem Abendessen.«

Gut, Hertchen hat Zeit und wird warten. Allein ist's ihr zu finster und gruselig draußen.

Hühnchen Emma wittert den Habicht. »War's herwärts denn heller?«

»Ja, nein, aber jetzt ist es später.« Dünn-Hertchen plaudert arglos vom Vieh, von Milch und von Butter, von Perlonunterwäsche und Moden. »Jetzt hast auch du, wie ich seh, dich von deinem Zöpfchen getrennt, Tante Emma?«

Emma greift sich ertappt in den korbrunden Bubikopf. »Ich mußte. Das Haar ging mir aus. Es flog fast im Winde davon.«

»Aha!« sagt Bienkopp. »Der Wind letzten Herbst.«

»Halt's Maul, du Glatzkopf!«

Bei Bullerts gibt's keine Musik mehr. Dafür aber Eigentum und Wirtschaft. Christiane, die Bullert-Frau, ist nicht zu sehn. »Ist sie krank?«

»Sie ging in die Gegend, bitte.« Bienkopp braucht sich nicht zu bangen. Dünn-Hertchen wird ihn hausfraulich betun und versorgen.

Hertchen trägt hausgemachten Erdbeerwein auf. Die Männer trinken wie früher. Hertchen trägt Beispeise auf: Eisbein, auch Sauerkraut. Vater Jan läßt die Augen funkeln. »Tüchtig und kochsam das Hertchen, wie?«

Bienkopp nickt. »Schmächtig und sittsam.«

Vater Jan kaut hastig. Er faßt vielleicht mächtige Entschlüsse. Mit eins rennt er raus und bleibt eine Weile fort. Sicher zählt er Rinder und Schweine.

Bienkopp und Hertchen bleiben allein. Dünn-Hertchen knabbert an einem Schweinsohr und seufzt: »Die Welt wird modern. Man kommt fast nicht mit!« Manche Mädel nehmen sich Witwer mit Kindern. Das würde sich Hertchen nicht wollen. Witwer ohne Kind wäre angenehm.

Bienkopp kaut und hört hell. Was wird Hertchen sich einen alten Schrank von Mann aufbuckeln! Rennt nicht Lehrer Sigel los und ledig umher und zählt die Sterne am Himmel und die Küken in den Eiern? Könnte ein Mann wie Wilm Holten mit seiner pferdezähnigen Sommersprossigkeit nicht dem Himmel auf Knien für ein Mädel wie Hertchen danken?

Hertchen errötet. Schon wahr, aber sie soll etwas Gesetzteres nehmen.

Vater Jan kommt zurück. »Habt ihr euch hübsch ein bißchen berochen?«

Die alten Freunde trinken, stoßen an, trinken wieder und sind lachlustig wie früher. Aber weshalb sitzt Bienkopp noch immer beim Eisbein wie ein hungriger Zugereister? Will er sich nicht die Neuheiten in Bullerts Hausstand ansehn? Hertchens Heiratsausstattung zum Beispiel?

Bienkopp ist ein alter Mann. Amtlich bescheinigt. Er ist zu müde zum Treppensteigen. Er will lieber noch eins trinken und zur Sache kommen. Weshalb hat Bullert ihn holen lassen?

»Summ, summ, summ. Wer lange fragt, ist dumm!«

»Du willst also eintreten?«

»Was bleibt mir übrig, wenn du das Hertchen nimmst.«

Bienkopp verschluckt sich, hustet und hustet, Bullert klopft ihm besorgt den Rücken. Der Husten hört trotzdem nicht auf. Bienkopp hustet sich langsam zum Hause hinaus.

40

September kommt mit blauen Morgen und goldenen Mittagen. An den Nachmittagen fällt das Sonnenlicht schräg ein, und die jungen Herbstwinde üben ihre Flügel. Sie wehn nicht über die Stoppeln, wie es in alten Gedichten heißt. Die Stoppeln sind geschält und modern zu Humus.

Der lange Georg Schaber kann nicht den ganzen Tag in seinem Barbierladen hocken und auf Kunden warten, kann nicht immerzu Preise auf Haarwasserflaschen, Zahnpastatuben und Lockenwicklerpäckchen schreiben. Er betreibt im Hofe eine Mikrolandwirtschaft: zwei Ziegen, ein Schwein und fünfzig Zuchtmeerschweinchen. Die peruanischen Fellschweinchen züchtet der Dorfbarbier als alter Militärsanitäter für die medizinische Wissenschaft und bezeigt ihr damit seine stille Verehrung.

Im Spulenkästchen über Schabers Ladenklingel nistet eine Spinne. An normalen Wochentagen hat diese Spinne Muße genug, zwischen zwei Kundenbesuchen Spulen und Klingelklöppel der Ladenglocke mit ihren Fäden zu verbinden. Es entsteht ein leiser Kurzschluß. Der Klöppel wackelt nur andeutungsweise, und die ausgesaugten Fliegen zittern im Spinnennetz, als wollten sie es noch einmal mit dem Leben versuchen.

Sonnabends und sonntags kommt die Ladenglockenspinne zu nichts. Der Glockenklöppel zerreißt ihr jedesmal das Webgerüst. Schabers kleine Barbierkasse füllt sich, und die Spinne muß hungern.

Das Erntefest kommt heran. Georg Schaber klebt einen Zettel an seine Ladentür: »In Erwartung des Festandrangs bitte ich die wehrte Sonnabends-Kundschaft, sich auf Donnerstag und Freitag zu verteilen.«

Zu Georg Schabers Kundschaft gehören alle Dorfleute, die sich nicht zufällig in der Stadt barbieren und frisieren ließen. Schaber teilt die Kundschaft in Gruppen ein. Die Gruppen hält er streng auseinander und stellt sich in seinen Barbiergesprächen auf sie ein.

Zur ersten Gruppe gehören Karl Krüger, Ole Bienkopp, Wilm Holten, Emma Dürr und jene, für die das Erntefest eine Demonstration ist: Schaut her, das haben wir trotz Mißgunst und abträglicher Redereien geschafft! Wir, die Genossenschaft! Schaber ist nicht für Bienkopp und seine Genossenschaftsfreunde. Sie wollen die Feldraine vernichten. Auf den Feldrainen wächst das Futter für Schabers Meerschweinchen.

Zur zweiten Gruppe zählt Schaber Leute wie Frau Stamm, Josef Bartasch, Hertchen Bullert, Franz Bummel, Karle mit dem Gänseflügel, Hermann Weichelt und viele andere. Bei ihnen braucht man seine Worte nicht zu wägen. Sie sind verträglich und rennen der Zeit nicht voraus. Was da kommt, wird genommen. Die Erde rollt so und so weiter.

Zu einer anderen Gruppe gehören Leute, die sich eigentlich mit dem Rücken zum Frisierspiegel setzen müßten: der dicke

Serno, Fischer Anken, Tuten-Schulze und andere Altbauern. Sie trauern den Zeiten nach, da ihr Wort im Dorf noch Gewicht hatte. Sie betrachten das rot befahnte Erntefest schnaufend wie der Bull an der Stallkette die Frühjahrsweide.

Zwischen diesen Kundengruppen Schabers hüpfen einige Leute hin und her wie Sperlinge, die auf frischen Pferdemist lauern: Buchhalter Bäuchler, Mampe-Bitter und Gastwirt Mischer. Schaber selber gehört zu ihnen, doch das ist ihm nicht bekannt. Er glaubt zu den Leuten zu gehören, die sich in keine Gruppe einreihen lassen wie Jan Bullert, Konsumfräulein Danke und Frieda Simson.

Frieda Simson ist für Schaber eine Sondernummer und -natur, denn sie ließ sich in der Stadt bei der Konkurrenz ihr Haar bleichen. Wozu diese Hoffart? Das Haarbleichen hätte Schaber zur Not auch hingebracht. Hat er nicht den Messerschnitt für die Jungburschen eingeführt und einen Dauerwellapparat für die Frauen eingestallt?

Der Erntefestandrang in Schabers Laden beginnt: Die hohlwangige Frau Schaber fegt das Mannshaar aller Schattierungen vom Fußboden, säubert die altmodische Vase, in die ihr Mann den Stoppelschaum von rasierten Bauernwangen wirft, und überwacht gemeinsam mit einer unzuverlässigen Weckeruhr den Dauerwellapparat. Das Damenhaar wird auf Verlangen in Aluminiumröhrchen gekocht, gewellt und gekräuselt.

Unter der Metallhaube des Apparates sitzt Hertchen Bullert. Ein Wunder, daß sie an einem Freitagnachmittag daheim abkommen konnte.

Kein Wunder, nein! Vater Jan hat Hertchen geschickt. Sie wird beim Erntefest die Ziehharmonika spielen; ganz allein und solo, weil es sich Lehrer Sigel so wünscht. Und Hertchen wünscht sich für ihren Auftritt lange Korkenzieherlocken bis auf die Schultern.

Karle Zeitz läßt sich von Schaber mit der Messerbürste rupfen. Eine Haarsträhne fiel ihm stets in die Stirn. Sie trug ihm den Spitznamen »Karle mit dem Gänseflügel« ein.

Die Schaberin hantiert bald in der Küche, bald im Barbierladen. Sie beobachtet unablässig die Weckeruhr. Eine Dauerwelle braucht ihre vorgeschriebene Zeit. Die beste Kartoffel platzt, wenn sie zu lange gekocht wird.

Nun hat der große Weckerzeiger sein Ziel erreicht. Hertchens Korkenzieherlocken sind gar gekocht, aber das Weckerwerk rührt sich nicht. »Klingling!« macht die Schaberin.

Georg Schaber weiß, was die Glocke geschlagen hat. Er läßt Karle Zeitz sitzen, schaltet den Wellapparat aus und klopft dem erhitzten Hertchen die Wangen. »Gleich fertig, gleich fertig!«

Am Abend kommen die gesetzten Männer in Schabers Laden. Ganz spät kommt der dicke Serno. Der Barbierstuhl ist zu eng für sein Gesäß. Die Schaberin bringt die Ofenbank aus der Küche. Serno nimmt ächzend Platz. Erntefest? Was hat er damit zu tun? Er feiert im Frühjahr sein Wiegefest. Das kostet genug.

41

Ja, der Serno, Genossen! Wie ist's ihm ergangen, seit wir uns nicht um ihn kümmerten? Hat er nicht seinerzeit das Auto eines gewissen Sägemüllers Ramsch billig an sich gebracht?

Hört auf mit dem Auto! Zeiten, Zeiten! Der Mensch hat keine Freude mehr! Serno wollte damals nicht als Abc-Schütze in der Fahrschule erscheinen. Er übte erst ein wenig daheim. Fünfzig Pferdestärken waren ihm für den Anfang zuviel. Er fing bescheiden mit zweien an und suchte vor allem das Lenken zu erlernen.

In früher Morgengräue saß er am Lenkrad. Seine dürre Frau trieb die vorgespannten Pferde. »Hüü!« Die Gäule ruckten an. Das Auto hinterließ eine dicke Bremsspur. »Halt!« Serno suchte nach dem Bremshebel. Er dachte an eine Kurbelbremse, wie er sie vom Pferdefuhrwerk kannte. Er fand eine Kurbel und drehte. Ein Wagenfenster verschwand in der Karosseriewand. »Jesus, meine Güte!« Am Ende hatte ihm Christenbruder Ramsch das Auto so billig angedreht, weil die Bremse festsaß?

Serno weckte den Dorfschmied Eisenhauer. Der Schmied zeigte ihm den Hebel der Handbremse. »Macht eine Meisterstunde vor regulärem Arbeitsbeginn – zwei Mark und fünfzig!«

»Wie ist die Welt gesunken!« bärmelte die dürre Frau Serno. »Niemand tut mehr was aus christlicher Nächstenliebe.«

Einen Morgen später wagten sich die Sernos bei Taufall und halber Dunkelheit mit dem bespannten Auto auf die Dorfstraße, schließlich sogar in die Feldmark.

Kann ein Mensch, ob ehrlich oder Spitzbube, in Blumenau etwas unternehmen, ohne daß sich Volkspolizist Marten einmischt?

Marten kam aus dem Nachtdienst. Er schob sein Fahrrad den Feldweg hinunter und sah Sernos merkwürdige Fahrschule. »Wohin mit dem Auto, Meister Serno?«

Serno saß krötig hinterm Lenkrad. »Zu dir nicht.«

Auch Marten war nach dem Nachtdienst nicht bei bester Laune. »Das Auto ist beschlagnahmt!«

Scherereien und Scherereien damals, bis sich der dicke Serno aus der Schlinge ziehen konnte, die Marten Fluchtbegünstigung nannte.

Auch sonst ging bei Serno nicht alles nach der Schnur. Nach Hermann Weichelt ließ ihn die Jungmagd im Stich. Sie hatte sich Arbeit in der Steingutfabrik von Maiberg gesucht. Zeiten, Zeiten! Eine Bauernmagd stellte jetzt leere Töpfe her, anstatt sie mit Milch und Sahne zu füllen.

»Die Landwirtschaft geht zugrunde, geht sie nicht?« krakeelte Serno. Von Fahnenschwenken, Sitzungen und Gesindeaufsässigkeit kann sich ein Land nicht ernähren. Was goldene Zeiten damals unter Präsidenten Hindenburg. Der kannte die Landwirtschaft und war selber Gutsbesitzer!

Serno ließ seinen Unmut beim Pfarrer aus. Der Pfarrer zitierte die Aussprüche heiliger Männer: »Harret aus! Klebt nicht am Irdischen! Sorgt für eure Seele!«

Serno verzog das Gesicht. Merkwürdige Töne von einem Bauernpfarrer. Besaß die Kirche nicht auch Land? »Ja, nein.« Der Pfarrer trug sich mit dem Gedanken, den Pfarracker an Bienkopps Genossenschaft zu verpachten. Bienkopp hatte das Gemeindebrachland fruchtbar gemacht, weshalb nicht auch den Kirchacker? Zeiten, Zeiten! Die Grundsätze der Erde und die Grundfesten des Himmels wankten.

Serno ging fortan nicht mehr in die Kirche. Er legte den Posten des Kirchenratsvorsitzenden nieder.

Die dürre Bäuerin besuchte nach wie vor schwarz und feierlich den Sonntagsgottesdienst und beriet ihre Arbeitsvorhaben mit dem lieben Gott. »Ich gehe zum Herrn«, konnte sie zu Serno sagen. »Du bleibst ihm fern, wie ich sehe. Acht auf das Brathuhn im Röhr!«

Nein, Serno hatte nichts mehr mit der Kirche im Sinn, wenn der Pfarrer jetzt ein Zuarbeiter der Genossenschaft war. Da konnte er gleich in den Genossenschaftskulturraum beten gehn. Er war uneins mit sich und der Welt und ließ den Sonntagsbraten verbrutzeln.

Zank und Streit jeden Sonntagmittag im Hause Serno. Es war, als habe sich Gott vom Hofe geschlichen, um an den Genossenschaftsversammlungen der Kommunisten teilzunehmen.

Um diese Zeit statteten Bienkopp und Krüger Serno einen Besuch ab. »Du willst in die Genossenschaft?«

»Wer sagt es?«

»Du selber. Wir hörten es auf der Straße.«

Ein Hörfehler. Serno würde sich nie mit einem Verräter zusammentun.

Karl Krüger gereizt: »Wer ist ein Verräter?«

»Der Pfarrer.« – Wieder hatte Serno jemand gefunden, der ihn hinderte, in die Genossenschaft einzutreten.

Die Zeit ging hin, und Sernos Wirtschaft bekam ein wenig Auftrieb. Es fand sich wieder ein Knecht ein. Er war stämmig, hatte ein Gesicht voll Pockennarben, arbeitete für zwei Männer und schien noch von alter Sorte zu sein.

Aber die Sache hatte einen Haken, einen ansehnlichen Fleischerhaken: Der Knecht kam aus dem Zuchthaus. Er hatte seinen letzten Bauern bei Lohnstreitigkeiten mit einer Mistgabel verletzt. Hatte er vergessen, daß es eine Gewerkschaft Land und Forst gab? Die Mistgabel war dem Bauern in edle Sitzteile gedrungen. Keine erfreuliche Nachricht für Serno. »Ranntest du deinem Bauern mit der Forke nach?« fragte er neugierig-zitternd.

»Nein, der Scheißer lief weg. Er sollte die Forke in den Bauch haben. Schade.«

»Buh, buh, buh!«

Sernos Landwirtschaft kam zwar wieder in Fahrt; er wurde seiner Plan- und Abgabeschulden quitt und legte neue Ersparnisse an, doch der Aufschwung mußte mit Furcht und Zugeständnissen bezahlt werden.

Nach altväterlicher Sitte aß das Bauernpaar sonntags in der Guten Stube. Altmagd und Knecht mußten wie wochentags in der Küche essen. Soeben war der Braten aufgetragen, da erschien Knecht Otto mit gezücktem Taschenmesser. Serno sprang hinter die Anrichte. Die Bäuerin betete am Harmonium. Otto stürzte sich auf die Bratgans. Er schnitt ihr die Keulen herunter und verschwand.

Bald konnten die Sernos ohne Ottos Erlaubnis auch keine Verwandtenbesuche in Nachbardörfer mehr machen. »Heute gibt's keine Ausfahrt!« Otto hantierte unmißverständlich mit der Mistgabel. »Die Pferde sind wochüber genug gehetzt.«

Serno verzog sich.

Auch den Beginn des Tagwerks auf dem Serno-Hofe regelte jetzt Otto. Serno ging um vier Uhr hemdig über den Hof, um die Altmagd zu wecken, aber Otto stand schon mit der Mistgabel vor der Haustür und hatte dort etwas zu kratzen. »Um sechse geht's los, um sechse!«

Serno schlich barbeinig in die Schlafstube zurück.

Ein gefährliches Leben! Die Bäuerin betete, wo sie ging und stand, und der Bauer wurde bleich im Gesicht. Der häufige Schreck hemmte seinen Blutkreislauf.

Aber in den letzten Tagen sieht Serno wieder kecker in die Welt. Georg Schaber bekommt den Aufwind in den Segeln seines Dauerkunden zu spüren. Er rasiert den dicken Bauern zweimal nach der Regel. Serno findet mit seinen Würstchenfingern immer noch Bartstoppeln im schwammigen Gesicht. Schaber muß ihn ein drittes Mal seifen und rasieren. Serno sitzt derweil unterm Rasierumhang wie ein König in weißer Pelerine und raucht eine schwarze Zigarre. Ihr Tabak scheint nicht auf östlichen Feldern gewachsen zu sein. »Aschbecher her!«

Die Schaberin kommt mit einer sauberen Untertasse gelaufen.

Als letzter Kunde betritt Bienkopp an diesem Abend Schabers Laden. Er grüßt, setzt sich, nimmt die Kreiszeitung und liest. Er liest die Kreiszeitung zum zweiten Male. Eine Leistung! Aber Bienkopp will nicht mit Serno reden. Stille. – Georg Schaber meint, die Spinne im Ladenklingelkästchen weben zu hören.

Endlich ist Serno genug rasiert und barbiert. Schaber bürstet ihm Rockkragen und Schultern. Der Bauer schüttelt sich wie eine entflöhte Bulldogge. Er mustert den lesenden Bienkopp. Bienkopp bemerkt es. »Was willst du?«

Serno schickt Schaber hinaus. »Deine Meerschweinchen ferkeln am Ende!«

Serno und Bienkopp sind allein. Auf der Straße fährt ein Fuhrwerk vorbei. Serno hüllt sich in wichtiges Schweigen. Bienkopp wird das Getue zu albern. »Willst du eintreten?«

Sernos schnarchelndes Lachen erfüllt den kleinen Barbierladen. Die Ladenspinne hält beim Weben inne. Serno und eintreten? »Das wäre gelungen, wär's nicht?« Bienkopp soll austreten. Serno empfiehlt's ihm. Sieht er denn nicht, was gespielt wird? Man hat ihm die Enten geholt. Man hat ihn mit Vieh überschüttet. Man gibt ihm kein Futter. Es kommt noch schlimmer. Bienkopp ist zu bedauern. Hat er's denn nötig, sich kommandieren zu lassen? Serno beginnt zu flüstern: »Ein Wort unter Bauern: neue Maßnahmen in

Übersee. Es kommt bald anders. Nachrichten aus frischer Quelle.«

Bienkopp ironisch: »Die Quelle kenn ich!« Sie steht bei Serno auf der Kommode.

Serno empört: Er hört nicht auf diesen politischen Quatschkasten. Ein Engel, ein Engel ist ihm erschienen.

Ein Engel? Er soll sich bei Bienkopp melden.

»Spott du nur, spotte, Engel sind schrecklich. Du wirst dich noch wundern!«

42

Das Erntefest ist da. Die Sorgen werden für einen Tag zusammengeklappt und in die Ecke gestellt.

Wecken mit Querpfeifen und Trommeln! Diesen Punkt des Festprogramms hatte sich Frieda Simson ausbedungen. Lehrer Sigel fand ihn zu militärisch. Er strich ihn auf eigene Rechnung. Nun zieht er mit den singenden Kindern von Haus zu Haus. »Erwacht, ihr Schläfer drinnen; der Kuckuck hat geschrien ...« und »Seht, wie es glutet im Osten! ...« Auch die Einzelbauern werden mit Kindergesängen bedacht. »Wir tragen den Frieden in ein jedes Haus ...«

Hertchen Bullert kann nicht verantworten, daß die Kinder ohne Ziehharmonikabegleitung singen müssen. Sie schließt sich dem Zug, vor allem Lehrer Sigel, an. Ihre Korkenzieherlocken sind noch in Aluminiumröhrchen verpackt. Sie klappern unter dem Kopftuch.

Um diese Zeit wäscht Franz Bummel auf seinem Hofe den Kutschwagen. Die Kutsche stammt vom ehemaligen Bienkopp-Hof. Eine gewisse Anngret Bienkopp fuhr einst damit über Land, während Sophie Bummel daheim hockte, weil sie kein Sonntagskleid besaß.

Jetzt hat Sophie Bummel drei Sonntagskleider, doch es gibt wenig Gelegenheiten, sie anzuziehn. Wer hätte das gedacht!

Bummels Anwesen veränderte sich in den letzten Jahren. Es geht dort ein guter Geist ein und aus. Der Geist wird von Bummels arabischen Stuten angezogen. Er heißt Karl Krüger. Der alte Kutscher Karl kann sich die Freude an schönen Pferden nicht abgewöhnen.

Wenn er Zeit hat, steckt Krüger sonntags bei Bummels. Die so verschiedenen Männer halten ihren Pferdegottesdienst ab. Jedesmal aber, wenn Krüger davongeht, bleibt Franz Bummel mit einem Auftrag zurück.

»Die Pferde stehn bei dir wie in der Stube«, sagt Karl Krüger, »aber, aber ... die Brennesseln rings um den Stall – das wäre mir nichts.«

Bummel ist stolz auf die Freundschaft des Parteisekretärs und sucht sich ihrer würdig zu erweisen: Sonntags drauf ist das Brennesselgebüsch verschwunden. Karl und Franz sitzen auf der Hausbank.

»Siehst du mit oder ohne Brille noch eine Brennessel, will ich mal fragen?«

»Nein, aber der Hof ist jetzt zu kahl.« Weiß Bummel nicht, daß schöne Pferde und Blumen zusammengehören?

Den nächsten Sonntag überrascht Bummel den Sekretär mit frisch gepflanzten Stockrosenstauden, Ringel- und Wucherblumen vor dem Pferdestall.

Jede Woche eine Veränderung an Bummels Hauswesen: Der Garten und der Hof werden eingezäunt. Die oberen Enden der Pfortenpfosten schnitzt Bummel sogar zu Pferdeköpfen aus. Schwere Köpfe – wie von Pferden aus der Steinzeit, aber immerhin.

Krüger verlegt seine Verbesserungswünsche in Bummels Haus: Ein Mensch, der schöne Pferde hegt, kann nicht schlechter hausen als sie. Wo bleiben die Maßstäbe?

Das Sofa des alten Freiherrn in Bummels Stube bekommt einen neuen Bezug. Die wurmstichigen Stühle werden ins Brennholz geworfen. Kann sich Bummel das nicht leisten? Er hat letzten Sommer zwei arabische Jungstuten nach Dänemark verkauft, Nebenverdienst aus heiterem Himmel! Verklopft man das Geld für schöne Pferde im Kartenspiel?

Zum Erntefest übernahmen Krüger und Bummel eine Selbstverpflichtung: Sie werden den Dichter Hans Hansen von der Bahnstation in Oberdorf abholen. Bummel schmiert die Kutsche bis in die Deichselspitze hinein. Die Stuten schmückt er mit arabischem Zaumzeug. Rote und gelbe Schafwolltroddeln baumeln an den Schimmelköpfen.

Krüger und Bummel verteilen die Aufgaben. Bummel wird den Gast unterhalten. Er hat früher Umgang mit hohen und höchsten Herrschaften gehabt. Krüger wird kutschieren. Sollte das Gespräch in Politik ausarten, wird er einspringen.

Der Dichter Hans Hansen sieht aus wie ein Mensch. Bummel ist enttäuscht: keinen Schlips, der Mann? Franz hat keine Ahnung von der Bekleidungsvorschrift für Dichter, die aufs Land fahren. Wichtiger als der Schlips ist das Köfferchen mit den Gedichten. Sie sind nicht allzuschwer; Bummel kann den Koffer mit zwei Fingern auf die Gepäckleiter des Jagdwagens heben.

Krüger macht sich einen Spaß und begrüßt den Dichter nach alter Kutscherart mit gesenkter Peitsche. Der Dichter beachtet weder den Gruß noch den Kutscher.

Sie fahren los. Franz Bummel kennt den Ritus des Gästebegrüßens. »Haben der Herr Hansen eine angenehme Reise gehabt? War die Wagenklasse gut gepolstert?«

Krüger knallt mit der Peitsche das verabredete Zeichen: Bummel soll die Unterhaltung umstellen!

»Sind der Herr Hansen mit der Kutsche und den Pferden zufrieden?«

Der Dichter gewahrt die Pferde. Entzückende weiße Schimmel. Fortschrittlich mit Wolle garniert und womöglich Rassepferde.

Diese Frage kann Franz Bummel erschöpfend beantworten: »Arabisches Elitevollblut, aus der Stute Wudije vom Hengst Zarif, Wüstenaraber aus dem Hochland von Nedjsch.«

Sie fahren eine Weile schweigend dahin. Die ersten Gelbblätter fallen tändelnd aus den Birkenkronen auf den Waldweg; da hat auch der Dichter eine Frage.

»Bitte, die Frage!«

Mit wieviel Zuhörern darf er heute rechnen?

Das kommt aufs Programm an. Ins letzte Dorfvarieté gingen viele, weil einer auftrat, der eine Flasche Leuchtgas schluckte und sich nachher anzünden ließ.

Ja, damit kann der Dichter nicht dienen.

Peitschenknall von Karl Krüger.

Sie nähern sich im Trabe Blumenau. Septembersandwolken mülmen hinter dem Jagdwagen. Am Ortseingang winkt Frau Förster Stamm. Das Kirchglöcklein bimmelt asthmatisch. Die Glockentöne kullern durch das Tal und schweben über Bienkopps Mergelwiesen dahin, da hat der Dichter eine weitere Frage. »Wie stark ist die Parteigruppe im Ort?«

Peitschenknall von Krüger. Die Sache wird politisch. Bummel gibt die Unterhaltung ab. »Dort knallt der Parteisekretär.«

Der Dichter zieht den Hut und verbeugt sich. »Verzeihung, Genosse!«

43

Es gehn viele Leute zur Dichterstunde in den Tanzsaal von Gotthelf Mischer. Bekommt man alle Tage einen Dichter zu sehn? Hermann Weichelt und einige Altweiberchen sitzen mit gesenkten Blicken wie beim Gottesdienst. Auch der Pfarrer und seine Gemahlin sind gekommen. Sie setzen sich in die dunkelste Ecke des Saales. Franz Bummel freut sich: fast so viele Besucher wie damals beim Gasschlucker.

Den Dichter Hans Hansen scheint der rege Zuspruch nicht weiter zu beeindrucken. Er hat ihn wohl zu verlangen? Seine Dichterpersönlichkeit wird auf der einen Seite von Frau Stamm und Märtke, auf der anderen Seite von Frieda Simson und Lehrer Sigel eingerahmt.

Die große Stunde der Frau Förster Stamm! Dort steht sie: Madonnenfrisur, hochgeschlossenes Kleid aus Chinaseide, erfüllt von der Ehre, der staunenden Dorfbevölkerung den Dichter vorzustellen. Dank dem Poeten, der ihrem schüchternen Rufe folgte und die Fahrt in die ländliche Einsamkeit auf sich nahm!

Karl Krüger lüstet's, mit der Peitsche zu knallen; aber hat er sie bei sich?

Frau Stamm verbreitet sich über die Dichtkunst im allgemeinen und das geschätzte Werk des hochverehrten Gastes im besonderen. »Dichten ist Kunst, und wo sie am unverständlichsten ist, ist sie am tiefsten.«

Lehrer Sigel springt auf. »Glänzender Irrtum!«

Frau Stamm zeigt sich der Lage gewachsen. »Allerdings gibt's Dichtungen, bei denen man nach einigen Sätzen weiß, in welchen literarischen Niederungen man sich befindet. Schreibereien. Man braucht sie nicht zu Ende zu lesen.«

Zwischenruf von Sigel: »Ich habe nicht von Schematismus gesprochen, wenn's erlaubt ist.«

Scharfe Diskussion, noch ehe der Dichter eine Zeile las. Frieda Simson schaltet sich ein. »Schluß mit Kaleika! Zur Geschäftsordnung! Ich erteile dem Genossen Dichter das Wort zu seinen Grundsatzausführungen!«

Dem Dichter Hans Hansen zittern die Lippen. Er führt sich selber ein: Ja, er hat viele Gedichte geschrieben, unendlich viele. Gedichte über bekannte und weniger bekannte Probleme, über Einzel- und Gemeinschaftsmenschen, über die Natur und ihre Geschöpfe, aber für hier und heute hat er die ländlichsten seiner Landgedichte herausgesucht und hofft auf wohlwollendes Verständnis, Verzeihung.

Die Leute setzen sich zurecht. Förster Stamm sitzt in der ersten Reihe. Er weiß nicht, ob er seine Frau bestaunen oder bedauern soll.

Der Dichter prüft den Sitz seiner Brille. Sie sitzt, wo sie zu sitzen hat. Er hebt das Manuskript, räuspert sich und liest: »Landeinsamkeit.« Pause, denn das war die Überschrift. Der

Dichter beobachtet die Wirkung. Die »Landeinsamkeit« stößt nur auf mäßige Zustimmung.

In Hans Hansens Landgedichten wirken blaue Himmel und grüne Wiesen mit, ab und zu auch ein rauschender Baum, dessen Gattung nicht näher bezeichnet ist. Alle Vögel singen melodisch, keiner piept, und keiner schilpt, und die schwarzen Krähen tragen die trostlose Vergangenheit auf ihren Flügeln von dannen.

Förster Stamm hält das für unmöglich. Krähen sind Standvögel.

Die Leute hören mit unterschiedlicher Aufmerksamkeit. Hermann Weichelt streichelt mit hornhäutigen Fingern das goldene Kreuz auf seinem Gesangbuch. Emma Dürr knispelt an einem Asternstrauß. Den Strauß soll sie dem Dichter beim Theaterschluß überreichen.

Märtke starrt den Dichter an. Bienkopp sucht die Gedanken des Hühnermädchens zu erraten. Der Pfarrer senkt den Blick und zählt die Parkettsprossen.

Hans Hansen hat in seinen Gedichten auch den Genossenschaftsgedanken nicht vergessen. Eine Kornblume steht am Feldrain. Sie lächelt so blau vor sich hin. Die Genossenschaftsbauern pflügen den Feldrain um. Die blaublaue Kornblume wird untergepflügt. Kein Jammer. Das Blümchen hat geblüht, nun ordnet es sich den menschlichen Plänen unter. Eine moderne Blume. Weh dem, der weint!

»Daraus kann man sich eine Weisheit abschneiden«, flüstert Hertchen Bullert.

»Quatsch, Kornblumen sind Unkraut«, sagt Karle mit dem Gänseflügel.

Ein anderes von Hans Hansens Gedichten vertieft sich in das Seelenleben eines Einzelbauern. Jedes Jahr pflanzt der Bauer Vergißmeinnicht in seinen Vorgarten. Bald ist der ganze Garten blau. Die Leute bleiben stehn. Was soll das bedeuten? Will der Einzeling die alten Bauernzeiten nicht vergessen? fragen die Genossen. Sie stellen den Einzelbauern zur Rede. Der Bauer erklärt: Die Blaublümchen im Garten besagen, vergeßt mich nicht in die Genossenschaft aufzunehmen! Ganz einfach. Wie schön ist das Einfache!

Karl Krüger schlägt sich mißbilligend auf den Schenkel. Für einige Zuhörer ist das der Auftakt zum Beifall. Der Beifall ist dünn wie Tage alter Landregen.

Frau Stamm bittet, zur Aussprache zu schreiten. Die Aussprache wird länger als die Lesestunde.

Bienkopp ärgert sich über Märtke. Was starrt und starrt sie den Dichter an? Dieser Mensch ist vielleicht jünger als Bienkopp, aber ist er vollblütig? Sieht Märtke nicht, daß dieser Sänger seine Glatze mit nach oben gekämmten Randhaaren zudeckt? Bienkopp hat keinen Grund, in der Diskussion zurückzustehn: Dichtung ist nicht sein Gewerbe, aber was er hier hörte, war naiv. Gebimmel von Glöckchen.

»Naivität ist Dichterstärke«, sagt Frau Stamm.

Märtke meldet sich. Sie errötet bis zu den Mausohren und stottert: Verzeihung, wenn auch sie als junger Kader sich erdreistet; Naivität kann auch Unwissenheit sein.

Empörung von Frau Stamm.

Märtke wird beredsam. Sie will niemand beleidigen. Sie hat an sich selber gedacht. In der Stadt war für sie ein Baum – ein Baum. Genossenschaft – das waren Riesenfelder und umgepflügte Feldraine. Ein Huhn war ein Huhn, aber jetzt weiß sie, daß tausend Hühner tausend Gesichter haben.

Großes Gelächter. Mutter Nietnagel springt Märtke bei: Auch sie will niemandem zu nahe treten, doch einige Gedichte des Herrn Hansen wirkten wie ausgedacht.

»Denken und Dichten sind deutsche Stärke«, sagt Frau Stamm.

»Nein, nein, nein!« Mutter Nietnagel schüttelt sich. Kennt der hochverehrte Gast das neue Landleben? Wenn nicht, muß er's kennenlernen. Es ist nie zu spät. Die gute, alte Erde rollt noch. Mutter Nietnagel lädt den Gast ein, eine Weile auf dem Dorfe zu wohnen, bitte.

Die Einladung findet auch Frau Stamms Beifall. Ein guter

Vorschlag! Wenn Herr Hansen vorliebnimmt, kann er gern Gast auf der Försterei sein. Die Försterin nickt ihrem Manne zu. Der Förster sieht sich gezwungen, zurückzunicken.

Ein Glück, daß sich die beiden Diskussionslinien in diesem Punkte trafen. Man hat Erntefest zu feiern und kann nicht ewig um Gedichte streiten.

Der Dichter ist verwirrt. Stadt und Land sind für ihn nicht mehr getrennte Gerichte auf verschiedenen Tellern. Er fühlt sich freundschaftlich ausgezogen bis aufs Hemd und findet nicht einmal Zeit, beleidigt zu sein. Emma Dürr überreicht ihm den Asternstrauß. »Das Dorf grüßt den Dichter. Es dankt für die Mühe. Es wird schon noch werden, mein Junge.«

Beifall – wie ein Gewitterregen.

44

Die drei Dorfmusiker holten sich Verstärkung: drei Stadtmusikanten aus Maiberg. Sechs Blechbläser verwandeln die Düfte der Dorfstraße in Marschmusik. Manche Einzelbauern treten vor die Haustüren und nicken ihren marschierenden Bekannten zu. Andere bleiben in ihren Stuben. Man erkennt ihre steifen Gesichter hinterm Schleier der Fenstergardinen. Ganz hartgesottene Bauern verschließen die Haustüren, wenn der Festzug naht. Das ganze Erntefest ist ihnen nichts als ein gemeiner Krach. Sie machen sich hinten im Grasgarten oder in den Scheunen zu schaffen.

Krüger und Bienkopp marschieren nebeneinander. Sie halten Ausschau nach Hinweisen: Die winkenden Bauern vor den Haustüren sind genossenschaftsreif.

Trotz dieser unvermeidlichen Ausfälle an Dorfharmonie kann sich der Festzug sehen lassen. Er reicht vom Konsum bis zur Kirche. Vorn fahren fünf Schmuckwagen der Genossenschaft. Sie sind mit Blumen, Birkengrün und Erntegarben verziert. Auf dem Festwagen der Geflügelfarm stehn Märtke und Mutter Nietnagel.

Sie präsentieren ausgesuchte Zuchtstämme von Leghorn- und Italienerhühnern. In braunen Weidenflechtkörben blinken blank-weiße Eier. Die feurigen Italienerhähne krähen, aufgereizt von Flöte und Klarinette. An einem Harkenstiel hält Mutter Nietnagel ein Hinweisschild hoch. Es ist ein Schriftwerk der Genossin Danke. »Dreitausend Mastenten ohne besonderen Futteraufwand. Unser Beitrag aus *inneren Reserven*!« Das ist nicht gelogen. Wenn was am Gewicht der Mastenten fehlte, war's nicht die Schuld der Geflügelzüchterinnen.

Hinter den Genossenschaftsbauern stampfen die Waldarbeiter durch den Mülmsand der Dorfstraße. Die Arbeiterinnen der Waldfrauenbrigade tragen Henkelkörbe. Aus den Körben leuchten Waldhimbeeren und gelbe Pfifferlinge. Vergeßt die Ernten der Wälder nicht!

Hinter den Waldarbeitern trappeln die Schulkinder, Lehrer Sigel und Hertchen Bullert mit ihrer Ziehharmonika.

Den Schulkindern folgen die Tonnenreiter. Sie wichsten ihre Ackergäule mit Urin auf Hochglanz, flochten ihnen die Schwänze zu Jungmädchenzöpfen und verzierten die Roßmähnen und -zäume mit Blumen.

Die Reiter sind Söhne von Einzelbauern. Sie entführten ihren Vätern die Pferde aus den Ställen. Was heißt hier Kolchos und Genossenschaft? Tonnenreiten ist nicht alle Tage. Wie ein Mongolenfürst und Vater der Horde reitet Jan Bullert als eigenständiger Einzelbauer auf seinem schwarzen Wallach.

Musik und Marschgetrampel, Duft von Zigarrenqualm und Gemurmel. Jede Mühe muß sich lohnen, so auch der mit Mühe zusammengestellte Festzug. Er wälzt sich durch alle Gäßchen des Dorfes, selbst die Ausbauernanwesen draußen im Felde werden aus dem schläferigen Septemberdämmer trompetet. »Freundschaft siegt, Freundschaft siegt ...«, singt der Schulchor. Lehrer Sigel dirigiert. Er trägt das Blauhemd der

Freien Jugend. Dem Hemd sieht man an, daß es von Junggesellenhänden gebügelt wurde. Hertchen Bullert nimmt sich hinter ihrer Ziehharmonika vor, daß sie den Lehrer so nicht mehr unter die Menschen gehen lassen wird; aber erst muß er Anstalten machen.

Nach einer Stunde nutzt sich der Festzug ab. Er schrumpft zusammen. Der Septembernachmittag ist heiß. Nur die Altersrentner, die Franz Bummel mit seinem Arabergespann in der Kutsche fährt, hätten nichts dagegen, wenn noch eine Weile Ummarsch wäre. So billig und bequem kommen sie nicht wieder durchs ganze Dorf.

Die Dorfaue ist erreicht. Der Festzug löst sich auf. Wie schwärmmüde Bienen hängen sich die Leute an Gotthelf Mischers Getränkestand, und am Zuckerstand von Konsumfräulein Danke sirren die Kinder.

Frieda Simson muß ihre Rede in sich behalten, bis die Leute getränkt und gesättigt sind. Was ist ein Fest ohne Rede, aus der man erfährt, weshalb man zusammenkam und was man feiert?

Frieda Simsons Rede ist vor allem lang und mit handfesten Hinweisen auf die Gütigkeit des Staatsapparates gespickt, der den Bauern ein Erntefest ermöglichte. Außerdem enthält die *Großrede* alle der Simson wichtig erscheinenden Stationen der Erdentwicklung vom Urnebel bis zur möglichen Mondrakete.

»Was will ich damit sagen, Genossen, Bürger und Freunde? Ich will damit sagen: Es steht geschrieben, steigert die Dorfharmonie ...« – »Um fünfzig Prozent!« schreit jemand bei den Tonnenreitern. Gelächter. Der notdürftig gedämmte Festtrubel droht die Simson-Rede zu überschwemmen. Bienkopp und Krüger, die disziplinierten Genossen, stehn im Schatten einer Dorflinde und versuchen, die Ruhe durch leises Zischeln wiederherzustellen. Krüger gießt seine Bierneige angewidert in das staubgraue Septembergras. »Kann man's den Leuten verdenken?« Dort auf dem Podium steht vergreistes Pfaffentum. Dafür hat Krüger nicht gekämpft. »Eine neue Kraft muß her!«

45

Einmal trug Bienkopp ein rotes Halstuch. Es war das Kopftuch von Emma Dürr. Sie nahm es ihm ab. An dem Tage, da er in der Stadt seine Scheidung einleitete, kaufte er sich ein eigenes Rottuch. Da hieß es, er sei alt, und er versteckte das Tuch vor Emma hinter seinen Fachbüchern. Nun zum Erntefest band er's um. Emma kniff die Augen zu und spie aus. »Bist du ein August vom Zirkus? Gesetzte Männer tragen Schlipse!« Sie holte einen Schlips von Anton hervor. Bienkopp band ihn nicht um. Er geht herausfordernd auf dem Festplatz umher. Die roten Tuchzipfel recken sich keck wie kleine Hörner. Auf dem frisch geschorenen Kopf sitzt eine neue Ledermütze. Den Teufel, es knarrt noch nicht in Bienkopps Gelenken!

All die Wochen lang mühte er sich, Märtke zu behandeln wie einen Frühjahrswind. Einen Wind, der dir schmeichelnd um die Wangen streicht, den du hinnimmst, der von dannen fährt, dem du nicht nachrennst. Aber heute morgen, bei diesem Dichter, ging Märtkes Liebreiz wieder auf Bienkopp los wie eine Grippe. Kleine Fieberschauer rannen ihm den Rücken herab.

Auf der begrasten Dorfaue steht eine Pforte. Sie ist aus starken Kiefernstämmen gezimmert. Die Stämme schmückten die Mädchen mit Grünlaub und Fähnchen. Am Querbalken hängt eine hölzerne Tonne. Ein Reiter kann sie mit einer Keule erreichen, wenn er sich in die Steigbügel stellt.

Die Blasmusik spielt den Höllengalopp. Der Kapellmeister fegt auf seinem Tenorhorn davon. Posaune und Klarinette hinken hinterher.

Die bestiefelten Reiter malen einander Kreidenummern auf die Rückenteile der Sonntagsröcke. So sieht der Sport aus – man weiß es vom Fernsehn.

Josef Bartasch reitet für die Genossenschaft. Sein Laternenfuchs ist flink; bevor sich Josef in die Bügel stellt, ist er unter der Tonne hindurch. Die drei nächsten Reiter sind auch keine Däuser. Sie sind nicht geübt, sie müssen sich einreiten.

Märtke fühlt sich seit Wochen krank. Sie hat Bienkopp gekränkt. Er wußte nichts vom Ententransport. Sie versuchte sich zu entschuldigen. »Ole-Vorsitzender, ich hab …«

»… die Junghühner mit Flügelmarken versehn?«

»Noch nicht.«

»Bitte sofort!« Die Hand an die Mütze. Das sollte ein Gruß sein. Bienkopp ging. Zwei, drei Versuche. Immer lief's so aus.

Nun steht Märtke im leisblauen Leinenkleid zwischen den Mädchen wie eine Wegwartenblüte. Sie trägt den Siegerkranz für die Tonnenreiter. Am letzten Abend hat sie ihn mit Hertchen Bullert gewunden.

Märtke gehört zum Erntefestausschuß. Der Ausschuß tagte im sogenannten Kulturraum der Genossenschaft. Märtke war die Gastgeberin. Sie wusch die Tischtücher und die Gardinen. Sie kaufte Vasen auf eigene Rechnung im Dorfkonsum und stellte Georginen- und Stockrosensträuße auf den langen Tisch. Sie ließ vom Konsumfräulein Danke einen neuen Wandspruch malen und hängte ihn über das Klavier: *Fröhlichkeit hilft schaffen.* Auf dem Klavier spielte einst eine Anngret Bienkopp ihre Liebeslieder mit einem Finger.

Zum Erntefestausschuß gehörten: Frau Förster Stamm, Lehrer Sigel, Hertchen Bullert und Karle mit dem Gänseflügel. Karl war der Vertreter der FREIEN JUGEND, und Hertchen Bullert vertrat die Einzelbauern.

Der kleine Festausschuß beriet schon eine Weile, da knatterte unterm Fenster ein Moped. Frieda Simson kam aus der Stadt. Ihr Erscheinen wirkte gewaltig. Sie trug einen Sturzhelm und eine Motorradbrille. Ihre staubige Aktentasche flog aufs gewaschene Tischtuch. Frieda zündete sich eine Zigarette an. Sie entriß Frau Förster Stamm das Wort. »Gestattet mir prinzipielle Ausführungen zu Grundsatzfragen in bezug auf die Erntefestfeierung!«

Karle mit dem Gänseflügel stieß Hertchen Bullert in die mageren Rippen.

»Au!«

Frieda schob die Motorradbrille herunter und setzte den Sturzhelm ab. »Ich bitte um Ernstaufbringung!« Oberste Grundsatzfrage bei der Durchführung des Erntefestes ist geschlossene Dorfharmonie mit allen Kräften. Das einzelbäuerliche Element muß sich mittels zu leistender Dorfharmonie bei der gründlich zu durchdenkenden Erntefestgestaltung an die Genossenschaft herangezogen fühlen!

Friedas Blick blieb über dem Klavier an Märtkes Sinnspruch hängen. »Woher die weiche Losung?«

Märtke hob die Hand wie in der Schule. Frieda zog ihr schwarzes Diarium und schrieb etwas ein: Objektivismus einer künftigen Parteikandidatin. »Gestattet, daß ich fortfahre!«

»Ich gestatte«, sagte Märtke verwirrt.

Frieda schrieb eine weitere Bemerkung in ihr Diarium. »Erlaubt mir also weitere Ausführungen!«

»Wir erlauben.« Das war Karle mit dem Gänseflügel.

Frieda schnaubte Zigarettendampf, doch sie schrieb nichts ein. Karle war als *einzelbäuerliches Element* schwer zu belangen.

Die weiteren Ausführungen der Bürgermeisterin waren überprinzipiell. »Es ist zu verzeichnen ... und so steht die Frage ...«, und zum Schluß wußte niemand, wie das Erntefest zu feiern wäre. Auf nebensächliche Dinge konnte sich Frieda bei ihrer Leitungstätigkeit nicht einlassen. Für Spielchen, Mätzchen, sonstigen Erntefestkaleika und das Ausschmücken des Dorfes sollte der Ausschuß im *Rahmen der prinzipiellen Grundsatzfragen* sorgen. *Ausarbeitung* des Festprogramms bis übermorgen mittag zwecks *Genehmigung* und *letzter Begutachtung* auf Friedas Schreibtisch. Verantwortlich Märtke und Karle mit dem Gänseflügel.

Frieda setzte sich den Sturzhelm auf. Sie mußte weiter, immer weiter, die Aufgaben nahmen kein Ende ...

»So hat sie uns auch die Arbeit in der FREIEN JUGEND vergällt«, sagte Karle mit dem Gänseflügel.

»Sehr interessant und lehrreich«, ließ sich Lehrer Sigel vernehmen. »Sie redet und redet. Man kommt nicht zu Wort.

Etwas Magisches an der Frau, aber nicht das Magische einer Persönlichkeit, wenn's erlaubt ist.«

Die Ausschußmitglieder berieten. Es wurden allerlei Vorschläge gemacht. Lehrer Sigel war zum Beispiel für eine Wissensprüfung mit kleinen Preisen. Ist die Erde älter als der Mond und so weiter?

»Ein schicker Quiz, jawoll!« Karle mit dem Gänseflügel kannte die neuesten Moden.

Lehrer Sigel schüttelte sich. »Weshalb Quiz und Toto? Ideologische Koexistenz in der Sprache.« Aber wie soll es die Jugend auch besser wissen, wenn unsere Redakteure in den Zeitungen »Knüller« und »Thriller« schreiben und auf solche Weise westlich schielen und versuchen, am falschen Ende modern zu sein? Was für eine Überschrift zum Beispiel: »Hielt den Acker unkrautfrei.« Wer? Weshalb wird das Subjekt unterschlagen? Westliche Moderne? Dummheit? »Der ledige Hans Baum (28) stieg in der vergangenen Nacht ...« Was besagt das? Hat der Mann noch achtundzwanzig Zähne? Ist er achtundzwanzig Jahre und noch so dumm?

Karle mit dem Gänseflügel unterbrach Lehrer Sigel. Das mochte alles richtig sein, aber der Festausschuß ist keine Schulklasse. »Zur Geschäftsordnung!« Karle schlug ein Tonnenreiten vor.

46

Nun ist das Tonnenreiten im vollen Gange. Wilm Holten kartoffelt heran. Auch er reitet für die Genossenschaft. Seine braune Brandenburger Stute, die einst auf dem Bienkopp-Hof stand, stutzt vor der Pforte. Holten stürzt vornüber ins Gras. Die Stute zockelt zu Märtke hinüber. Der Siegerkranz hat es ihr angetan. Sie rupft eine rote Aster herunter. Die Mädchen kreischen und rennen davon. Wieder keine Palme für Wilm Holten.

Der dicke Serno stellt sich zu den Bauernburschen an den

Schankstand. »Zwei Runden Bier!« Er stößt mit den Jungreitern an. »Auf euren Sieg! Auf unsren Sieg!«

Karle mit dem Gänseflügel wendet sich ab. Er ist kein Einzelbauer, sondern arbeitet auf der Traktorenstation und stahl seinem Vater die Rotschimmelstute aus dem Stall. Jetzt prescht er verwegen durchs Tonnentor, erhebt die Keule und trifft die Tonne. Tusch auf der Pauke: »Bomm, bomm!« Die Tonne schaukelt. Märtke klatscht in die Hände. Bienkopp schaut in die Lindenkronen.

Jan Bullerts hochbeiniger Rappe-Wallach galoppiert durchs Tor, als ging's an die Krippe. »Bumm!« Die erste Tonnendaube fällt. Hertchen spielt ihrem Vater einen Sondertusch auf der Ziehharmonika.

Karl Krüger kommt von der anderen Festplatzseite. Er stürzt sich auf Bienkopp und reißt den herum. »Sie reiten uns aus. Wir brauchen Verstärkung. Bienkopp, wenn ich so jung wär wie du!«

Bienkopp wird eitel. »Ein Pferd her!«

Franz Bummel hat nur auf Bienkopps Entschluß gewartet. »Nimm meine Stute!« Jetzt wird sich zeigen, wo Pferde stehn!

Bienkopp schwingt sich auf Bummels *Arabski*. Die zwanzigjährige Stute spitzt die Ohren. Sie schielt nach hinten und schätzt ihren Reiter ab. Bummel rennt neben Bienkopp einher. »Du mußt mit ihr sprechen, als wär's deine Liebste, dann wird sie dich tragen, wohin du willst!«

Die Stute trägt Bienkopp um den Platz. Vergessen das Fest, vergessen Krüger und Märtke. Blauhoher Septemberhimmel. Kraniche ziehn. Bienkopp reitet in die barfüßige Zeit auf der Viehweide zurück.

Aber dann sieht er Bullert. Sie reiten stumm aneinander vorbei. Ihre Blicke blitzen wie kurze Säbel. Wart, Brüderchen, wart! Einst ritten wir einen Wallach zu zweit.

Bienkopp trabt hinter das Spritzenhaus. Er tummelt die Stute dort und reitet sich ein. Karl Krügers tellergroße Augen spähen umher. Will Bienkopp sich drücken?

Am Tonnentor geht's jetzt Schlag auf Schlag. Die Faßdauben fallen wie reife Äpfel. Am Schankstand kräht Serno: »Zeigt's ihnen, zeigt!«

Jan Bullert reitet zum drittenmal. Sein Wallach schnaubt. Unter der Tonne wirft er den Kopf zurück, als wollt er die Dauben mit seinem Maule packen. Krach, bumm! Zwei Tonnenrippen fallen ins Gras. Der Faßboden schaukelt. An seinem Rande federt die letzte Daube.

Jetzt wird es schwierig. Drei Reiter schlagen vergeblich. Bienkopp reitet heran. Er schwitzt, doch seine Stute ist ruhig. Bienkopp stehn drei Gänge zu.

Der dicke Serno traktiert die Musiker mit Bier. Die Blasmusik spielt »Die blauen Dragoner«. Bienkopp springt aus dem Sattel.

»Was ist?«

»Nach Räuberliedern reite ich nicht!«

Karl Krüger stopft seine Faust ins Tenorhorn. »Seid ihr zu retten?«

Die Musiker satteln um. Sie spielen jetzt den Lampenputzer-Galopp. Gelassen setzt Bienkopp durchs Tonnentor. Er rührt keine Hand. Gelächter. Enttäuschung.

»Bienkopp, was ist?«

»Ich prüfe die Stute.«

»Er prüft die Stute!«

Bienkopp reitet den zweiten Gang. Vor der Pforte läßt er die Zügel fahren und treibt das Pferd mit den Schenkeln durchs Tor. Wieder kein Schlag.

Die Mädchen johlen. Die Burschen pfeifen, und Märtke zittert. Am Schankstand grölt Serno: »Parteireiterei!«

Bienkopp reitet den dritten Gang. Die Stute sprengt ein. Die Zügel hängen herab. Da, hopp! Bienkopp springt auf den Sattel. Stehend prescht er durchs Tonnentor.

»Ein Iwan!« schreit Serno. »Ein Iwan, hihi!«

Bienkopp schwingt seine Keule. Ein wuchtiger Schlag! Die letzte Tonnenrippe zerspellt. Es scheppert. Der Tonnendeckel kullert ins Gras. Franz Bummel rennt in das Reitfeld und schreit: »Stutchen, mein Stutchen, wir haben gesiegt!«

Beifallsgeschrei und Händeklatschen. Märtke rennt mit dem Kranz zu Bienkopp. »Kann man das glauben?«

Bienkopp nimmt Märtke lässig den Kranz ab. Er hängt ihn der bebenden Stute um. »Ich habe nur abgespürt, ob ich alt bin.«

Enttäuscht zupft sich Märtke den funkelnden Zopf. Was noch? Hurra und Geraune. Das Fest summt weiter.

47

Dem sommerlichen Septembertag folgt eine frühlingshafte Nacht. Die Igel trippeln schmatzend durch die Gärten, und der Kauz klagt am Waldrand.

Gestampf von Stiefeln, Getrappel von Sonntagsschuhen und das Gezirp der Klarinette aus dem Tanzsaal. Der volle Mond lugt hinterm Wald hervor: das kühle Gesicht eines schmunzelnden Weisen.

Dem Fremden, der in den Tanzsaal sieht, ergeht's wie dem Laien beim Blick in den Bienenstock. Der Einheimische sieht mit dem Blick eines Imkers: alles in Ordnung.

Am Frühabend gehört die Tanzfläche der Jugend. Die Alten ölen den Schneid und das Tanzbein.

Die Leute vom BLÜHENDEN FELD tafeln im Vereinszimmer. Im Gastzimmer trinken die Altbauern. Stromer zwischen den Fronten letzen sich hier wie dort an Freibier und Schnäpsen. Die von Frieda geforderte Dorfharmonie herrscht nur auf der Tanzfläche.

Georg Schaber, der Dorfbarbier, übernahm das Kellneramt. Sein Bedienungseifer richtet sich nach der Höhe der zu erwartenden Trinkgelder. Die Feldrainvernichter von Bienkopps Genossenschaft sind für ihn zweitrangige Kundschaft. Wie lächerlich, man muß dort entscheiden, ob man Bockwurst, Brause, Bier und Schnaps aus dem Kulturfonds bezahlen soll oder nicht.

»Anton hätte das nicht geduldet. Er war für echte Kultur.« Was soll Emma hinter dem Berge halten: Im Winter will sie auf einen Lehrgang. Agronomie. »Wehe, wenn ihr Kulturgeld versauft! Jeder bezahle sein Saufen selber. Sind wir nicht Halbmillionäre?«

Es wird abgestimmt. Eine Gegenstimme – die von Mampe-Bitter.

Mampe macht sich schimpfend davon. Immer Politik und Abstimmungen! Jetzt schreiben sie noch wegen Freischnaps Wahlen aus.

Mampe-Bitter schnüffelt im Gastzimmer umher. Dort riecht's nach alten Zeiten: Der dicke Serno lacht schnarchelnd und schlägt sich auf die Schenkel. So lustig hat man ihn früher nur gesehn, wenn er drei Mastkühe gut verkauft hatte. »Brüder von Pflug und Scholle, chichi, das Schicksal hat Überraschungen im Sack. Gewisse Leute werden sich wundern. Laßt uns eins trinken, laßt!«

Serno brachte einen besonderen Spaß von daheim mit: einen Stiefel aus Glas. Schuhgröße achtundfünfzig. Er läßt den Stiefel mit Bier füllen. In den gläsernen Stiefelschaft ist eine Inschrift graviert. Die Bauern beachten die Inschrift nicht. Serno lacht lauthals, bis Bullert am Trinken ist. Er liest die Inschrift: *Dem Erntekönig Serno. Junglandbund 1923.* Bullert trinkt nicht. Er schiebt das Glas weiter und geht an die Theke.

»Cho, cho«, lacht Serno. »Habt ihr den Schafskopf gesehn? Überall wittert er Hitlerstiefel.«

Er winkt den lungernden Mampe heran. »Komm, freier Bauer und Bienkopp-Knecht, saufe mit uns und gib uns die Ehre!«

Altbauernbier stinkt nicht. Mampe packt nach dem Stiefel. Serno reißt ihn wieder zurück. Um Gottes willen, das Bier ist schon schal. Serno will seinen Gast nicht kränken. Er schwappt sich den Mund voll Bier und speit es ins Glas zurück. Die Neige trägt jetzt einen wässerigen Schaum. »Nimm hin und trinke, Bauerngenosse!« Mampe-Bitter gießt Serno die Neige ins schwammige Gesicht. Den Stiefel wirft er ihm vor die Füße. Die Scherben klirren.

»Packt ihn!« schreit Serno. Es rührt sich niemand. Der Bogen ist überspannt. Dort sitzt der dreiundzwanziger Bauernkönig, bierdurchnäßt von innen und außen. Er prustet, er putzt sich und lacht nicht mehr.

Mampe-Bitter rennt in die Arme seines Rettungsengels Hermann Weichelt. Weichelt trägt seinen Kirchanzug. Das Gotteskind Märtke hat ihn gebügelt. Hammer und Sichel blinken am Rockaufschlag.

Hermann kauft Mampe zwei Flaschen Abendmahlswein. Hat der Herr auf der Hochzeit zu Kanaan nicht auch über Wein verfügt?

Im Saale schwitzen die Tänzer unter einem Wolkenhimmel aus Tabaksqualm. Hertchen Bullert betrachtet den Lehrer wie einen Gott. Sie ist so glücklich: Auch Sigel verabscheut den modernen Tanz, den man *Schwing* nennt. Sigel hat Grundsätze und tanzt alle Tänze im Tangoschritt.

Fast bei jedem Tanz funkelt im Gedränge der Zopf von Märtke auf. Nie in ihrem kleinen Leben hat sie soviel getanzt wie hier und heute. Wenn Karle mit dem Gänseflügel sie nicht holt, dann holt sie Wilm Holten.

Märtke ist freundlich zu ihren Tänzern. Ihre Mausohren glühn. Aber wenn Karle mit dem Gänseflügel findet, daß es besser wäre, draußen ein wenig Luft aufzuschöpfen, so findet Märtke das unmodern. Draußen ist sie alle Tage. Dort steht der Vollmond; den kennt sie seit langem. Außerdem ist sie fünf Tänze im voraus bestellt.

Karle mit dem Gänseflügel fährt sich über die neue Messerschnittfrisur. Ist es vielleicht nun doch Wilm Holten, dem das Hühnermädchen die Palme versprach?

Krüger und Bienkopp sitzen in einer Ecke des Vereinszimmers. Sie haben am Nachmittag richtig taxiert: Drei neue Bauern sind ihnen sicher. Drei Bauern: Kupke, Mettke und

Kalz. Kupke und Mettke sind Bienkopp besonders wichtig. Sie sind seine Wiesennachbarn am See. Auch unter ihren Wiesen liegt Mergel. Die Mergelgewinnung beschäftigt Bienkopp fort und fort. Jetzt ergibt sich die Möglichkeit, die Sache im großen Stil aufzuziehn. Gleich nach der Kartoffelernte wird er sich selber einen Bagger suchen. Auf Wunschgetreu ist nicht Verlaß, wie man sieht.

Krüger traktiert die Genossenschaftskandidaten mit Schnäpsen und Bier. Schade, daß Bienkopp nicht trinkt, wie er müßte! Immer wieder rennt er davon und sucht einen Blick in den Saal zu erhaschen: Was treibt der Holten? Wo schaukelt das Hühnermädchen? Ist die Genossenschaftsfeier nicht hier im Vereinszimmer?

Krüger zerrt Bienkopp wieder ans Trinken. »Laß doch die Jugend! Bist du nicht selber jung gewesen?«

Keine Medizin für Bienkopps Zustand. War er fürs Reiten und Retten heute nicht jung genug?

Das mag alles sein, jetzt geht es um Seelen! Zuwachs für die Genossenschaft!

Im Saal schmettert der Trompeter einen Tusch: *Damenwahl!*

Die Burschen starren gespannt in ihre Biergläser. Die Damenwahl wird verraten, welcher Bursche und welches Mädchen heute mitsammen nach Hause gehn.

Die Musik setzt ein. Die Mädchen schwärmen aus. Wilm Holten wünscht sich, er wär ein Stück länger. Er möchte gut sichtbar für Märtke aus dem Männergetümmel ragen.

Krüger stößt Bienkopp. »Du wirst verlangt.«

Märtke, im leisblauen Kleid, steht vor Bienkopp. Er stolpert aus einem langen Winter. Er stolpert im Herbste in einen Frühling. Der Schnee ist geschmolzen. Die Vögel singen. Die Bäche erzählen den Wiesen Geschichten.

48

Fast zehn Uhr. Fischer Anken betritt die Gaststube. Die Ärmel seines Feiertagsrockes sind naß. Er hat noch schnell nach den Reusen gesehn.

»Hoi, hoi!« begrüßen ihn die Altbauern.

Der Fischer hat zwei Frauen bei sich. Die eine ist seine Ehefrau. Sie hat eine spitze Neugiernase und kann damit Bretterzäune durchbohren, behauptet Mampe-Bitter. Die zweite Frau hinter Fischer Anken hat violett bemalte Lippen und ist vom Kopf bis zu den Hüften in eine blaue Stola gehüllt.

Sernos Jacke ist wieder getrocknet. Sein Mut hat sich aufgewärmt. Er zieht die verhüllte Fremde zu sich und schiebt wie ein Rammbock drei Bauern zur Seite. »Platz für die Dame!«

Serno kann zärtliche Aufmunterung vertragen. Daheim hat er nur vertrocknete Frommheit. »Setze dich zu mir, Kind ferner Welten!«

Die Dame setzt sich lächelnd zu Serno.

Serno pfeift auf zwei Fingern nach Schaber. Schaber erscheint nicht. Bienkopp hat ihn um zwanzig Mark Trinkgeld für die Genossenschaft abgemietet. Serno winkt Mischer. »Zwei Bier!« Für die Damen bestellt er Maiberger Apfelwein; zwei fünfzig die Flasche.

Im Saale schaben die Tänzer die Sohlen. Jetzt tanzt auch die ältere Generation. Hulda Trampel zieht ihren Mann von der Theke.

»Ewald!«

»Hier bin ich.«

»Los, tanzen!«

»Cha, cha, hier bin ich, doch tanz nicht so wild!«

»Du willst nicht?«

»Cha, cha, ich tanz schon!«

Sophie Bummel stampft, klatscht und lacht. Sie kann sich's jetzt leisten. Sie hat wieder Zähne. Franz Bummel hat sich mit Apfelwein gefüllt. Er klopft seine Frau, als ob die ein Pferd wär. »Brav, brav, mein Stutchen, wir haben gesiegt.«

Hertchen Bullert schmiegt sich an Sigels verknitterte Hemdbrust. Sie lauscht, denn Sigel hält einen Vortrag: »Tanzen ist Kult.« Interessant und lehrreich! Bei primitiven Völkern ist Tanz gewissermaßen die Vorstufe für die Vermehrung.

Hertchen ist glücklich. »Wie schön, wenn man alles so weiß!«

Mampe-Bitter trinkt die dritte Flasche Abendmahlswein. Auch Hermann schaukelt schon leicht nach dem Takt der Musik. »Ob Jesus getanzt hat zu Kanaan?«

»Er hat gescherbelt, aber nur Walzer.« Mampe las es in einem Freimaurerbuch.

Hermann holt sich Frau Förster Stamm: Sie ist so mehr wie eine Madonna, der Scheitel und das keusch-liebe Lächeln.

Das glücklichste Paar sind Bienkopp und Märtke. Sie tanzen schon ihren zehnten Tanz. Sie sagen einander kein Wort. Was gibt's auch zu reden? Märtke hat Ole gewählt. Sie zertanzen die Zweifel. Sie drücken einander die Hände und sagen sich so, was sie fühlten und fühlen: Ich tat dir unrecht.

Ich entsinne mich nicht.

Es war im Sommer.

Der Sommer ist jetzt.

Wie jung du bist; die Jüngste von allen.

Wie gut du bist; der Beste von allen.

Gotthelf Mischer schleppt Bier und Schnäpse zur Bühne. Ein Trunk für die Musik. Tusch des Trompeters. »Extratour für den edlen Spender!« Der Spender ist Serno.

Die jungen Leute stellen sich im Kreis auf. Sie klatschen, schwitzen, schunkeln und trampeln. Ole und Märtke gehn beiseite. Serno soll ehren, wer will, Bienkopp nicht.

Der dicke Serno tappt in den Saal. Er hat sich die Jacke ausgezogen. An seinem Arm hängt die fremde Frau; Pfennigabsätze, nahtlose Strümpfe, das Kleid im Rücken tief ausgeschnitten; ihr Haar schimmert wie verblichener Blaublusenstoff. Die Musik setzt ein. Serno holt Schwung. Er tanzt einen Walzer: linksherum, linksherum …

Bienkopps geschorener Schädel glänzt schweißnaß. Sein

Lächeln verkriecht sich. Er steht und starrt. Diese Frau ... wo sah er den Nacken? Wo diese leicht auswärts gesetzten Füße? Raunen im Saal. Wie ein Aufwind von Tanne zu Tanne springt ein Name von Mund zu Mund. Hundert Blicke auf Bienkopp gerichtet. Dort tanzt seine Frau. Das große Zittern springt Bienkopp an.

Anngret sieht Ole bei Märtke stehn. Sie löst sich von Serno und kommt auf ihn zu.

»Nein, nein!« schreit Bienkopp. Sein altes Leben stakt auf ihn zu, sein altes Leben, auf Pfennigabsätzen. Er beugt sich zu Märtke. Er schließt sie fest in die Arme. Hilf, Märtke, hilf!

49

Anngret kam zwei Tage vor dem Erntefest ins Dorf. Ihr Bruder empfing sie im Fischerhaus zwischen den Seen. »Was treibt dich her, liebe Schwester?«

Ein Gerichtsverfahren zwang Anngret zu kommen.

Anngret schenkte den Kindern Bananen. Gelb-süße Baumwurst aus Übersee. Dem Bruder brachte sie Westweltzigarren, blutwurstschwarz in Silberpapier: Tropen-, Wüsten- und Urwaldpackung.

Ankens Frau erhielt eine kleine Dose, pfaubunt von außen, wertvoll von innen. Ankens Frau riß den Deckel vom Döschen. »Ach, Kaffee? Den gibt es hier auch!«

Anngret beleidigt: »Denk das nicht! Du hast es mit Überkaffee zu tun.« Kaffee mit westlichem Wirkstoff, nicht nur fürs Herz, für die Seele. Auserlesenes Trinkgefühl.

Anngret stakte durchs Haus, durch den Garten. Wie niedrig die Zimmer! Wie dürr die Bäume! Sie war andere Gärten gewöhnt: rundum voll Gras. »Wenn es lang war, hieß man's mich schneiden.«

»Bist du drüben bei einer Herrschaft?«

»Ich schnitt es elektrisch natürlich. Dann warf ich es weg.«

»Das Heu?«

»Man hat es drüben nicht nötig.«

Was für Verhältnisse: Der Bruder würde sich nicht dran gewöhnen.

Der Tag vergeht mit Geschwätz und Großtuerei.

Am Abend geht Anngret zu Serno und grüßt dort von Ramsch.

»Von Ramsch?«

»Er kommt bald zurück.« Weisung aus Übersee. Interkontinentale Beschlüsse.

»Sonst sagte er nichts, der Betrüger?«

Das Erntefest kam. Anngret ging mit dem Bruder zum Tanz. Sie mußte sich zeigen.

Vier Wochen vergingen. Anngret wanderte nutzlos umher, immer festlich gekleidet, die Hände weich und duftend gekremt.

»Ist deine Zeit nicht herum?« fragte Fischer Anken besorgt. Anngret wollte noch bleiben.

Fischer Anken fürchtete Schwierigkeiten. Der Staat ist scharf bei unklar-westlichen Dingen. »Du solltest jetzt fahren!«

Anngret fuhr nicht. Am Abend ging sie zu Serno ins Dorf. Sie hatte neulich vergessen, etwas von Ramsch auszurichten. Sie zählte dem staunenden Serno Geldscheine hin. »Fürs Auto – du weißt.« Ramsch fand keine Ruhe hinter dem *Eisenvorhang*, als er erfuhr, daß man Serno das Auto abnahm. Hier der Gegenwert!

Serno wurde fast wieder fromm. »Leute, es gibt ja noch Christenbrüder!«

Es wurde spät. Die dürre Serno gähnte wie ein Ofenloch. Konnte sie Mann und Besuch allein belassen? Dies Gezwinker von Anngret! Der Bauer stand nicht mehr unter Gottes Schutz.

»Ja, ja, die westlichen Welten drüben! Es wird auch dort mit Wasser gekocht.« Anngret hätte was auf dem Herzen.

»Nur runter damit!«

Beim Bruder ist's eng. Die Frau und die Kinder, überall Fischduft ...

Der Bauer befühlt das Geld in der Tasche. Anngret kann gern bei Sernos wohnen.

Anngret wurde zur Simson bestellt. »Der Aufenthaltsschein – ist er nicht abgelaufen?«

»Ja, nein.« Wenn Frieda ein wenig zuhören wollte? Anngret erzählt eine lange Geschichte, mit Tränen durchwirkt, von Gefühlen garniert. Sie macht die Simson zu ihrer Vertrauten. »Secret – natürlich!«

Frieda versprach's. Sie qualmte erregt. Sie hatte so ideologischen Druck. Jetzt entwich er.

Anngret stolziert im Dorfe umher, umstrahlt vom westlichen Heiligenschein. Sie bleibt bei den Klatschweibern stehn und ist sich für keine Auskunft zu schade.

Sie besucht die Familie Timpe. Keine Bange, ihr Lieben: Die Erinnerung treibt Anngret. Einmal hat sie in diesem Hause gewohnt.

Sie beschenkt die Kinder. »Konsumkonfekt – leider, leider!« Anngret konnte nicht zentnerweis Westsüßigkeiten über die Grenze schleppen.

Sie geht durch die Räume. »Hier stand mein Büfett. Dort das Klavier. Wo mag es jetzt sein?«

Sie raucht mit Timpe amerikanische Zigaretten. Das letzte Päckchen aus ihren Beständen. Timpes Mißtrauen fliegt mit dem Blaudunst der Zigarette davon. »Wie haben's die Melker im Westen?«

»Ein Paradies! Kuheuter bis auf die Streu.«

»Stundenlohn oder Gewinnbeteiligung?«

Anngret ist nicht verlegen. »Sechs Mark die Stunde.«

»Freie Station?«

»Mit Bad und Wasserklosett.«

Anngret geht weiter. Geschminkt und gekremt. Timpe bleibt beeindruckt zurück. »Passable Frau! Kein Wunder, daß sie Bienkopp verließ, diesen Preisbull!«

Eines Tages sagt Serno unerwartet zu Anngret: »Wie geht es Ramsch? Ich seh nicht, daß er dir schreibt.«

Anngret braucht für Lügen schon keinen Anlauf mehr. Eine wird von der anderen gezeugt. Briefe von Ramsch? Dergleichen ist nicht vereinbart. Sie hat hier zu tun. Ramsch wird sie nicht kompromittieren. Gentlemanlike.

50

Als die Bienkopp-Bäuerin Ramsch in die westliche Fremde folgte, fand sie ihn schon bei flotten Geschäften. Handel und Wandel ohne Laden, Büro oder Sägemühle. Geschäfte in kleinen Cafés und Kneipen. Papiere in quittgelben Aktentaschen. Leise und laute Teilhaberschaft.

Ramsch war wenig erfreut, als er Anngret begrüßte: »Hallo, Anngret, I'm glad!« Er nahm sie aus alter Gewohnheit, jedoch ohne Schwüre und Liebesschwung. Er nahm auch ihr Geld, das Geld von Bienkopps vermißtem Sparbuch.

Anngret wohnte in einem Hotel. Ihre Barschaft zerrann. »Du brauchst einen Job«, sagte Ramsch.

Einen Job? Was war das?

Einfach Arbeit.

Anngret suchte sich ländliche Arbeit. Andere Arbeit gelang ihr nicht. Sie jätete Unkraut in Gärtnereien. (Früher hatte Sophie Bummel für Anngret gejätet.) Sie wässerte Pflanzen und pflückte Obst. Sie lebte und wohnte in Untermiete.

War das nun ihr Traum? Ramsch ließ sich selten sehn – Geschäfte. Einmal ging sie sonntags zu ihm. Er lag auf dem Diwan, von einer Schnapsruchwolke umwebt. Er war mit seinem Halbmedizinerschädel an eine Mißerfolgsmauer geprellt und dachte zurück. »Wie viele Kühe standen in meinem Stall? Antwort!«

»Fünfzehn, auch zwanzig.« Anngret war es nicht unlieb, von der Heimat zu reden.

»Dieser Dürr, der Rote, wie kam er ums Leben?«

Anngret schwieg.

Ramsch sprang vom Diwan. »Bist du sicher, daß ich den Job meines Lebens erhasche?«

Anngret war anderswo. »Einmal lag hoher Schnee, da fuhr ich im Schlitten zu dir. Mein Mann lag krank ...«

Ramsch lachte wie halb verrückt. »Das war gelungen, goddam!«

Oh, du westliches Wunderland! Alle Menschen wie Jäger. Alle auf Jagd nach dem Glück. Julian fing seinen großen Job. Er warf sich auf ihn. *Hula-Hoop* hieß der Job. Ein rundes Gebilde, ein Kinderspielreifen aus Kunststoff. Man legte sich ihn um den Bauch, stieß ihn obszön und ließ ihn kreisen. Produktion maschinell. Ramsch stiller, dann tätiger Teilhaber. »*Hula-Hoop* deine Rettung. Iß und bleib schlank! Winke für etwas zu Wohlbeleibte. Erfreu deine Leber! Halt deine Linie durch *Hula-Hoop*!« Ramschs alte Liebe zur Medizin fand man in *Hula*-Prospekten wieder. Die Geschäfte gingen. Es lebe der Medizinmann!

In Anngret glomm neue Hoffnung. Die rechnende Bäuerin erwachte. Sie erbat das geliehene Geld zurück. Ramsch wurde wild. Was für Klein-Leute-Gehabe! Das Geld heckt wie Mäuse. Soll es bei Anngret im Strumpf verstocken?

Fast über Nacht eine Villa. Auto und Fahrer und Küchenfrau. Repräsentation. Julian im *Hula*-Großangriff. Filiale in Westberlin. *Hula*-Griff nach der *Zone*. Nichts mehr von Bauch und Leberfreuden. »Geh mit dem Fortschritt! *Hula*, der neue Massensport!«

Anngret blieb hart. Sie wollte ihr Geld, wenn schon nicht Zeit für Liebe mehr war. Ramsch nahm sie gnädig zu sich. Er führte sie durch die neureiche Pracht. »Hier steckt dein Geld.«

Das war nun wahr, und Anngret sah es: weiße Villa, Wände aus Glas, Goethe aus Gips und Blumen im Garten, künstlicher Regen. Garage und Auffahrt und Grill unter Bäumen.

Was jetzt noch, Anngret? Das fragt ihr so hin, einfältige

Leute. Trotz Hausbar und Waschmaschine blieb Anngret die Magd. Ramsch war nur selten daheim – die Geschäfte. Geschäftsmann sein – heißt Bedürfnisse schaffen! Die *Zone* hatte jetzt angebissen. *Hula* politisch auf Vormarsch!

Wenn Julian heimkam, was war Anngret dann? Hausfrau aus Gips wie der Goethe im Garten. Junge Damen verschwanden in Julians Salon. *Hula-Hoop*-Mannequins – das war die Erklärung. Angriff mit Sex auf neue Kundenschichten. Die Damen ließen die *Hula*-Reifen um die entblößten Taillen kreisen. Julian prüfte Figur, Schick und Scharm.

Anngret machte den letzten Versuch. Sie kaufte goldene Ringe. Julian sah sich die Ringe an. »*Hula-Hoop* für die Finger?« Never, das roch nach Heirat, nach östlichen Sitten. Der freie Mensch freier Welten lebt frei. »We live in western und modern times!«

»Sprich deutsch, du Halunke!« Noch einmal erwachte die stolze Fischerstochter.

Ein Grinsen kroch aus Julians Studentennarben. »Du bist doch noch drüben bemannt.«

Anngret blieb einsam. Sie haßte die bunten *Hula*-Reifen. Es wurde ihr übel, wenn sie sie sah.

Da kam der Brief von Bienkopps Anwalt. Anngret las ihn mehrmals und nicht ohne Wehmut. Sie sah den besonnten Kuhsee im Wald.

51

Mitte November. Die Nebelmorgen duften schon leise nach grauem Frost. Mittags hängen glanzlose Tropfen an kahlen Ästen. Die Reiher sind südwärts geflogen. Die Schwäne ziehn über neblige Seen. Wildentenherden tummeln im dorrenden Schilf.

Für Bienkopp ist's Frühling. Ein später Frühling. Sein Herz pocht heftig. Der Tatendrang stößt ihn. Die Erntefestnacht hat den Bauern verwandelt: wohl siebzig Küsse nachts im Septemberwald. Vergessene Freuden: behutsame Mädchenhände. Wie Fallwind, wärmend und zausend, fiel die Liebe über den Bauern her. Gefrorene Wünsche erwachten. Der verwandelte Bienkopp ging straff und beherrscht, doch von Freude durchtost, umher wie in üppigen Jungmännerjahren.

Es war im Oktober, da traf er Anngret. Er war gefeit und wich ihr nicht aus.

Anngret stand auf Stelzenschuhen im Fallaub, erhaben über Humus und Moder der Dorfstraße. Eine Orchidee zwischen Bauernblumen. Blaubehärt und bewimpert sah sie auf Bienkopp. Dabei kniff sie ihr rechtes Auge zu. Ganz und gar städtisch. Es sollte wohl heißen: Wir kennen uns.

Bienkopp verwirrte es nicht. »Guten Tag«, sagte er.

»Servus«, sagte Anngret. »Die Sache ist die: Wie stehst du dazu?«

Bienkopp wußte nicht, wovon Anngret sprach.

»Dein Rechtsanwalt, hat er dich nicht verständigt?« Anngret kniff wieder ein Auge zu.

»Guten Tag«, sagte Bienkopp und ging.

»Adieu«, sagte Anngret.

Bienkopp fuhr zum Rechtsanwalt. »Wie steht's?«

Die Sache war so: Anngret war nicht geneigt, sich scheiden zu lassen.

Bienkopp erregte sich nicht. Er wurde nicht einmal traurig: Er lachte, das große Kind. Er hatte am vergangenen Abend etwas unerhört Großes erfahren: Sie saßen in Märtkes Nietnagel-Stübchen und sprachen von Kälbern, von Küken, vom kommenden Frühling. Märtke lächelte vor sich hin. »Und wie mit dem Bienkopp-Küken?«

Bienkopp wurde taumelig vor Freude. »Ist denn das die Möglichkeit?« Er rannte von dannen. Es war kein Halten. Er flocht nicht wie damals an einer Wiege. Jetzt war die ganze Welt eine Wiege. Bienkopp benahm sich, als müßt er sie bis zum Sommer umbaun für seinen Sohn.

Da waren die schwedischen Kühe. Bienkopp hatte sie nach der Ernte auf die Weide bringen lassen. Das versprochene Futter vom Kreis blieb aus. Bienkopps Mißtrauen wuchs. Er beriet sich mit Emma, Krüger und Liebscher im Vorstand.

Klein Emma warnte: »Verlaßt euch nicht auf amtlichen Wind!« Karl Krüger nickte. »Alle Mann auf den Deich! Das Schlimmste verhindern! Das BLÜHENDE FELD vor Futternot schützen!«

Die Stoppelfruchtfläche wurde verdoppelt. Man säte Süßlupinen und Sonnenblumen. Wie auf Bestellung fielen günstige Spätsommerregen. Üppig lief die Stoppelfrucht auf. Doch der September blieb trocken. Goldener Herbst. Nicht für die Pioniere im BLÜHENDEN FELD. Sie prüften bangend die Stoppelsaaten. Der Mensch erforscht schon fiebernd die Sterne, doch mit der Witterung treibt er noch Glücksspiel.

Es gab eine magere Nachfruchternte. Kein Anlaß zu Freudensprüngen. Man häckselte und silierte das dürre Gestäude. Ein dünner Damm gegen die Not entstand. Was, wenn Wunschgetreu nun nicht Wort hielt?

Bienkopp ließ auf dem ehemaligen Ramsch-Hof einen baufälligen Stall abreißen. Er fuhr umher und sorgte für Kalk und Zement. Kelle und seine Maurerbrigade sollten den Genossenschaftskuhstall erweitern.

Der Baugrund wurde geschachtet, aber das Kreisamt lieferte die Bauzeichnung nicht. Bienkopp fuhr in die Stadt. »Los, los, es wird Herbst. Der Stall muß hoch!«

»Ihr braucht keinen Stall.«

»Wer bestimmt das?«

»Kraushaar.«

Bienkopp stürmt zu Kraushaar. »Was mischst du dich ein?«

Kraushaar saß wie auf einem Throne. »Ihr habt einen Offenstall.«

»Das kostbare Vieh vom Winde umpfiffen auf offener Bühne?«

»Es ist nicht deine Sache, den Staat zu belehren.«

Bienkopp verschluckte die Antwort und ging.

Daheim beriet er mit Maurer Kelle. Sie zeichneten den Anbauentwurf gemeinsam. Man begann. Viel sonnige Herbstzeit war schon vergangen.

Jetzt schleppte Bienkopp den Maurern tagelang Steine auf das Gerüst. Seine Freude wollte sich äußern.

Und Märtke? Wer hat sie je so gesehn, Genossen? Sie tanzt über die Wege dahin. Wie immer ist sie freundlich zu jedermann. Sie macht ihre Ställe winterfest, verstopft jeden Ritz, durch den nur ein Windchen einfahren könnte. Sie mischt und probt Futter, versetzt es mit Möhren. Sie entlockt ihren Hühnern in grauen Novembertagen Eier mit sattgelben Frühlingsdottern. Sie schmückt ihre Arbeit mit Liedchen und Liedern:

Nist, blanke Saatgans, niste.
Der Tag, der steigt.
Der Wind, der schweigt.
Die Sonne wärmt.
Die Biene schwärmt.
Lüfte auch du die Schwingen
und laß die gelbe Gösselschar
im Schilf dem Frühling singen ...

So, so, also auch für Märtke ist's Frühling? Das müßt ihr glauben, Genossen. Märtkes Lenz begann wie Bienkopps Frühling in einem welkenden Septemberwald.

Das Moos war weich. Goldblätter lösten sich aus den Bäumen. Die Küsse brannten wie Feuerbissen. Der Mann war nah, doch nicht nah genug. Scheu und Scham fielen ab wie vertragene Kleider. Große Zeiten der Liebe, wenn das Herz durch jeden Gedanken pocht!

Märtke umarmte Mutter Nietnagel, ihre Vertraute. »Würdest du Bienkopp lieben, wenn er dich wollte?«

Mutter Nietnagel lächelte.

»Und wenn er dir sagte: ›Du sollst meine Frau sein?‹«

Mutter Nietnagel lächelte.

»Und wenn er dir sagte: ›Laß mich nun nicht erfrieren?‹«

Mutter Nietnagel weinte.

Märtke geht umher wie in einem Mantel aus Liebes-Od. Sie hüpft an der Baustelle vorbei und bringt den schuftenden Maurern Äpfel. Handlanger Bienkopp erhält den rötesten Apfel und einen Klaps auf die Ledermütze.

Eine Braut tanzt durchs Dorf: Märtke in goldnen Liebespantoffeln. Bösfeen spinnen hinter bewrasten Novemberfenstern. Die dürre Serno speit in die Alpenveilchen. »Schamlos, die kommunistische Jugend!«

Frieda Simson dreht Märtke den Rücken zu und liest ihre eigenen Bekanntmachungen am Spritzenhaustor.

Fräulein Danke im Konsum warnt Märtke: »Was mich betrifft, ich hab mich verbrannt an der Liebe. Ich, wenn ich wäre wie Sie, hätte Angst.«

Schwerer hat's Märtke mit Emma Dürr. »Das mußt du dir sehr überlegen, Genossin. Bienkopp könnte dein Vater sein.«

»Er ist mein Mann.«

»Ein bißchen weiter, dann wird er dir krumm und müde.«

»Ich werde ihn lieben, daß er mir jung bleibt!«

»Mir wäre er, offen gestanden, zu haarig am Leibe.«

»Ich liebe ihn so, wie er ist!«

»Seine Frau geht hier um.«

Märtke kriecht tiefer in ihren Liebesmantel. »Ich bin seine Frau.«

52

Über Nacht sind die Wegwässer gefroren. Milliarden Eisnadeln schwimmen im See. Das Gras in den Wiesen ist frostbefilzt. Mampe muß die schwedischen Jungrinder eintreiben.

Kelle und seinen Maurern sei Dank! Der Massivstall steht; sein Dach ist gescheckt von verschiedenfarbigen Ziegeln.

Bienkopp trug sie aus allen Himmelsrichtungen herbei. Der Anbau ist nicht verputzt, aber drinnen ist's kuhgemütlich.

Man hat Bienkopp das schwedische Vieh halb und halb aufgeredet. Trotzdem umsorgt er's. Bienkopp bleibt Bienkopp: her mit dem Leben!

Jetzt will er verreisen, doch zuvor prüft er die eingetriebene Herde. Breitbrüstige, tiefgestellte Kühe. Ein guter Zuchtstamm wächst heran. Drei der Färsen sind vor dem Kalben.

Ein Jahr – und Bienkopp wird, seinen Sohn auf dem Arm, durch den Stall stolzieren. Ein Traum ist erfüllt: Ein Denkmal wird da sein – die prächtige Herde.

Die Tür klappt. Timpe steht fordernd im Eingang. »Futter fürs schwedische Vieh?«

Kein Wort über Wunschgetreus Wortbruch zum parteilosen Timpe. »Kraftfutter und Heu aus unserem Vorrat!«

Timpe grinst.

»Vorläufig!«

Timpe läßt seine Nase ironisch tanzen.

Steppjacke, Stepphosen, Filzstiefel, Pelzmütze, gestopfter Rucksack, so stapft Bienkopp bärenhaft in die Hühnerfarm. Die taktvolle Mutter Nietnagel beugt sich tief in den Futterkasten.

Abschied von Märtke, wie sich's gehört: drei Küsse mit Hühnermusik, einen Klaps dazu. »Auf den Sohn gib acht!«

Bienkopp fährt los wie ein Märchenheld. Er will den eisernen Riesen suchen; der soll ihm helfen, das Futter fürs BLÜHENDE FELD zu vermehren. Das alte Motorrad knallt. Der Frostwind bereift den Fellrand der Schapka.

Bienkopp sucht in der Bezirksstadt nach dem eisernen Riesen und muß Bürolabyrinthe durchwandern. »Einen Bagger! Sofort, wenn es sein kann!«

Die Wächter des Eisenriesen schauen ihn verwundert an. »Wir sind nicht ermächtigt!«

Treppauf, treppab, türein, türaus. »Einen Bagger such ich!«

»Wir sind nicht ermächtigt.«

Ermächtigt, ermächtigt, niemand ermächtigt. Wer, zum Teufel, hat denn die Macht!

Die Ämter schließen. Der Tag reicht nicht aus. Soll Bienkopp zum Bezirkssekretär der Partei gehn? Hat der Zeit für ausgefallene Wünsche? Wieviel Genossenschaften im Bezirk? Wie viele Wünsche? Schockschwerenot, Bienkopp ist selber Manns und Funktionär genug!

Müde stampft er in ein Hotel. Der Mann in der Anmeldung mustert ihn. »Du bringst Salat, wie ich sehe. Warenabgabe am Hintereingang!«

»Ich hau dir den Rucksack ums Maul. Ein Bett will ich!«

Am nächsten Tag: »Einen Bagger brauch ich!«

»Man sachte, Großvater, sachte!«

Bienkopp packt den Sachbearbeiter bei den Rockaufschlägen. »Großvater titulierst du mich? Meine Frau ist jünger als du, grünes Bürschchen.«

Der Sachbearbeiter wird freundlich. »Muß es ein Bagger sein? Tut's nicht ein Dungkran?«

Bienkopp stutzt. »Her mit dem Dungkran!«

So wieder nicht. Man müßte ihn suchen.

Bienkopp fährt nach Thüringen. In seinem Rucksack steckt eine Nummer der Bauernzeitung: *Dungkran, fast neu, gegen Gebot zu verkaufen …*

Der Frost beißt. Die Bäume glitzern. Das alte Motorrad paukt und spukt. Bis vor Weimar kommt Bienkopp, da bockt der Motor. Bienkopp bastelt, beschmiert sich, schwitzt und schiebt an. Kein Ton mehr. Das Rad muß zur Reparatur. Zwei Tage muß Bienkopp verwarten.

Blumenau wintert ein. Der dicke Serno sitzt schon am Ofen. Er wärmt seine Sorgen, bis sie ihn zwacken, dann führt er sie spazieren. Er geht sich befragen. »Wo treibt sich der Bienkopp herum?«

Es wird ihm Auskunft.

Serno pantoffelt zu Kupke und Mettke. »Hat euch der Bienkopp geleimt, liebe Söhnchen, hat er?«

»Laß uns in Ruh, dicke Serno-Seele!«

»Nicht so garstig, ihr Kinder, was Zeiten, Zeiten!« Serno kommt warnen. Der Bienkopp holt einen Bagger. Er wird damit die Erbwiesen von Kupke und Mettke aufreißen. Nach Gold wird er suchen. Schnurchelndes Lachen. »Ist das im Sinn eurer Väter, ihr Söhne?«

Serno sieht auch bei Tuten-Schulze hinein. »Was Neues?«

»In Oberdorf eine Kuh erfroren. Offenstall-Heckmeck.«

Serno bettet den Hintern aufs Sofa. »Der Bienkopp ist schlauer. Er läßt sich nicht kommandieren.«

Tuten-Schulze lächelt verschlagen. »Wie schade ...«

Sie necken ein bißchen und sind sich nicht ungrün.

Serno belauert den Briefträger. Bringt er Post für Anngret? Keine Post aus der *Freien Welt*! – Es muß was nicht stimmen mit Anngret und Ramsch.

Serno pantoffelt zu Frieda Simson. »Es ist doch wohl alles in Ordnung mit Anngret Ramsch?«

»Alles geritzt!« Frieda ist freundlich. Sernos Weg war umsonst. »Schönen Dank für die Mitsorge!«

Das soll wohl sein. Serno sorgt sich um mehr, als die Simson ahnt. Sitzt er umsonst im Gemeinderat? Da wäre der Viehstall von Bienkopp. Ist er bauamtlich abgenommen? Wenn was passiert! Serno lehnt die Verantwortung ab.

Die Simson wird nachdenklich. Da sitzt sie und sitzt, schreibt und schreibt, schafft und schafft. Ärger und Kummer. Sie grämt sich um Bienkopps Weibergeschichten. Notzucht, Kaleika und Unmoral! Bienkopp bleibt stur – ein Stein an der Schwelle. Er braucht Friedas Kraft auf. Was bleibt ihr für Zeit zur Arbeit an anderen Menschen, wie doch so richtig geschrieben steht? *Ihre* Menschen müssen sich ohne ihr Zutun, respektive im Selbstlauf entwickeln. Beispiel: der Serno.

Frieda macht eine Aktennotiz: Betreffend Serno. 25. 11. Erste Schritte vom *Ich* zum *Wir*.

Dann läßt Frieda Theo Timpe kommen. »Sportsfreund, bist du noch bei Groschen?« Wo hat Timpe das wertvolle Importvieh eingestallt – in einen baufälligen Kotten?

Timpe setzt seine Melkerkappe aufs Ohr. Er hat die Kühe nicht in den Massivstall getrieben. Das war der Bienkopp. »Schnurz, piepe, die Kühe sofort hinaus!«

Timpe wittert gut Wetter. Er dreht ein wenig an seiner Prämie. »Die Milchleistung wird sowieso sinken.«

»Bist du verrückt?«

Nein, aber Timpe hat Befehl, seinen Milchkühen Kraftfutter zu entziehn.

»Kein Gramm, verstehst du. Wir brauchen Milch!«

Timpe versteht sehr gut; aber was soll er füttern?

Was soll er füttern, was soll er füttern! Steht nicht geschrieben: *Silage, der Nabel der Winterfütterung?*

Timpe quartiert die schwedischen Rinder um. Er treibt sie zum Offenstall an den Kuhsee. Karl Krüger rennt aufgeregt hinterher. »Machst du jetzt, was du willst?«

»Befehl von der Simson.«

»Noch einen Witz?« Karl Krüger treibt die Rinder zurück.

Gegen Abend kommt Volkspolizist Marten müde zu Krüger. »Was machst du für Mätzchen? Der Stall ist nicht statisch berechnet. Ich appelliere an dein Parteigewissen!«

Krüger gibt nach, aber den Hengsten vom Bauamt wird er Peitschenpfeffer verpassen! Unwillig läßt er das Vieh in den Offenstall treiben.

Die Fröste werden stärker. Wo nur Bienkopp bleibt? Karl Krüger tut, was er kann. Er läßt die Mieten mit Plaggen bedecken und hüllt die Pumpen in Mäntel aus Stroh. Er sieht nach dem Vieh im Offenstall. »Was hast du den Kühen hingeschmissen?«

»Silage.«

»Das Vieh frißt sie nicht.«

Timpes ironisches Nasenwackeln. »Der Hunger treibt's rein. Es wird schon fressen.«

Wenn Bienkopp nur käme! Kühe sind Krügers Fachgebiet nicht.

Wie ein Bär im Käfig, so trottet Bienkopp durch Weimar. Er hat nie Urlaub gehabt. Sieht Urlaub so aus? Dann danke.

Der Bauer besieht Schaufenster. Was manche Menschen so brauchen! Diesen gepolsterten Schrank zum Beispiel: Ein Schnapsschrank mit Spiegeln. *Hausbar* steht auf dem Preisschild. Welche Verrücktheit! Handwerkskasten für Säufer!

Was wird Märtke jetzt tun und denken? Soll Bienkopp ihr schreiben? Es ist doch kein Krieg. Er würde den Brief unterwegs überholen. Die Papierküsse kämen nachgekleckert. Was wäre gewonnen?

Er kauft einen kleinen Pantoffel für Märtke, ein Nadelkissen – *Grüße aus Weimar.* Possierlich, wie?

Die alten Häuser. Du lieber Himmel! Hier haben nun Faust und sein Gretchen geliebstert? Die alten Brunnen, die Erker, die Gäßchen! Wo hat denn der alte Goethe gewohnt?

Bienkopp stapft durch frostgraue Wiesen und fragt sich zu Goethes Gartenhaus. Solide gebaut, das Grundstück! Ein praktischer Mensch, der Goethe! Die Wiesen gleich vor dem Haus. Kein langer Anmarsch beim Heuen, aber wo ist die Scheune?

Bienkopp erfährt, daß Goethe zwei Häuser hatte. War er Kapitalist? Aber damals ging's wohl nicht anders, wenn man was melden wollte.

Bienkopp trappt zum Frauenplan. Hatte Goethe hier seine Scheune? Auch dort nicht, nur einen Holzstall. Er sieht sich das Stadthaus Goethes an: Dieser Mann aus Gips, mit Lorbeerblättern umkränzt, er hat ja nicht nur gedichtet! Er hat Farben erforscht und Hölzer gesammelt. War er vom Holzfach? Elektrisiert hat er sich auch schon, der fixe Alte. Skelette, Knochen und Vogelbälge. Was hat der Goethe denn nicht betrieben? Dagegen war Hansen, der Erntefestdichter, ein Stümper. Der sollte mal hersehn und sich bei Goethen was ablernen.

Keine Langweile mehr. Bienkopp entdeckt eine zweite Welt. Er liest alle Schilder, studiert sich durchs Altdeutsch gilbender Dokumente. Was es nicht gibt! Er schüttelt den Kopf und schnalzt. Urlaub muß auch erst gelernt sein! Hier muß er mit Märtke her. Es wird ein Fest sein. Märtke wird hüpfen. Kann man das glauben? Er wird lächelnd dabeistehn – ein Kenner. Die Ehre wird er dem alten Goethe erweisen.

Im Hotel klaubt er im Rucksack. Dieser Nadelpantoffel – ist er nicht Kinkerlitz? Nicht sehr sinnig für Märtke. Er paßt vielleicht besser für Emma.

Bienkopp kauft Märtke ein buntes Kopftuch und kauft ihr ein Bilderalbum von Weimar. Da kann sie sehn, was in Weimar steckt, kann staunen und sich schon ein bißchen vorfreun.

Das Motorrad ist fertig. Bienkopp fährt weiter. Endlich, am Mittag des sechsten Tages, sieht er in einem Dorfe den Eisenriesen.

»Ich brauch ihn zum Baggern. Kann er das auch?«

Er kann es. Ein kleiner Umbau. Man wechselt dem Riesen das Maul aus. Der Riese hebt jetzt Morast. Seine stählernen Kinnladen knacken. Bienkopp schwitzt vor Spannung und Freude. Er sieht seinen Mergel schon freigelegt. Bienkopp verbirgt seine Freude über das Eisentier. Ein Käufer, der Vieh lobt, verteuert sich's selber.

Handel bei süffigem Thüringer Bier. »Laßt was im Preis nach, Genossen! Wir sind aus einer Familie.« Acht Tage, und Bienkopp wird den Genossen Bescheid geben. Jetzt fährt er heim und muß sich beraten.

Bienkopp knattert nach Blumenau. Er gönnt sich unterwegs keine Zeit zum Essen. Es schneit leis. Die Autobahn glänzt. »Nach Hause, nach Hause«, pocht das Motorrad.

Halbe Nacht. Bienkopp biegt in den Waldweg nach Blumenau ein. Der Treibschnee zischelt. Der Bauer muß halten. Er putzt seine Brille. Kuhklagen klingt aus dem Wald und zittert durchs grobe Schneegeriesel. Bienkopp steht frierend und lauscht. Er geht ein Stück waldwärts. Das Gebrüll weht vom See her. Anklagend hallt es im Walde wider …

Bienkopp steht vor dem Offenstall. Er ächzt und schwitzt. Der Schnee taut in seinen Brauen. Grau und unergründlich der See. Die Rinder brüllen. Bienkopp erkennt das schwedische Jungvieh. Silagegeruch. Das Vieh stampft klagend durch das gefrorene Futter. In einer Ecke liegt eine tote Färse. Bienkopp kniet nieder, befühlt sie. Die Färse ist beim Kalben krepiert. Fünf Jungtiere liegen mit prallen Bäuchen. Sie stampfen und schlagen im Todeskampf. Ein Turm aus Gebrüll erhebt sich über dem Wald.

»Ich schlag dich zusammen«, schreit Bienkopp. Er reißt den Rucksack herunter und rennt in das nächtliche Dorf. Er donnert an Timpes Haustür, donnert und donnert. Einmal hat er zur Nachtzeit bei Anngret um Einlaß gepocht. Er reißt an der Klinke. Die Haustür ist nicht verschlossen. Er stampft zur Küche und schaltet das Licht ein. Er kennt sich hier aus. »He, Timpe, heraus!«

Nichts rührt sich. Bienkopp stapft durch die Stuben. Kein Mensch ist im Haus. Ein Schrank steht offen. Eine Puppe liegt vor dem Ofen. Einmal lag dort ein Hochzeitsbild. Ein Kinderstrumpf auf der Bodentreppe, auf den Dielen liegt Timpes Melkerjacke.

Noch in der Nacht stallt Bienkopp das Vieh um.

53

Die ganze Nacht trieb der Schnee. Über die Dorfstraße ziehn sich Schneewälle. Mutter Simson zieht die Filzstiefel an. Es wird heute kein Jahrmarkt im Walde sein. Dann weckt sie die Tochter und bringt ihr Kaffee ans Bett.

Frieda Simson reckt ihre drahtigen Arme. Wie ein Taucher vom Meergrund wühlt sie sich aus den Kissen. Ein blaues Netz hüllt ihr bleiches Haar ein. Sie streckt sich und gähnt. »Wie ist das Wetter?«

»Im Bette am besten.« Die Alte setzt das Tablett ab. »Draußen weht Schnee.«

Frieda schiebt den Kaffee beiseite. »Eine Zigarette gib

mir!« Die Alte reicht ihr die Zigaretten. Frieda raucht tief und süchtig. »Was sagst du, Schnee liegt?«

»Ich hab keine Zeit mehr.« Die Alte geht.

Frieda schnippt Asche auf das Tablett: also Schnee. Jetzt heißt es, die *neue Lage peilen.* Für sie ist Schnee weißer Dreck. Man muß ihn *staatsapparatlich verarzten.* Die Wege räumen! Kontrolle der Wintermieten.

Die Alte trampt in den Schnee hinaus. Sie seufzt. Diese mannlose Tochter, ein Kreuz! Hat sich entwickelt, heißt's allenthalben.

Frieda wälzt sich vom Bett und nippt ein wenig vom Kaffee. Die Alte hat wieder gespart. Keine Kraft in dem Zeug! Die Simson behost sich und legt ihre Brustrüstung an.

Es trampelt im Hausflur, es klopft. Bienkopp stampft durch die Küche zur Stube. Frieda bedeckt ihre nackte Taille. »Ole? Was willst du?«

»Dich nackt verwamsen, neunmalgescheite Krähe.«

»Huuch!« schreit die Simson und hofft, daß es keusch klingt. Sie wirft ihren Unterrock nach dem Bauern.

Bienkopp stampft zornig. Der Schnee taut von seinen Stiefeln. »Jetzt ist's genug. Den Schaden wirst du uns zahlen!«

»Du Grobsack, hast du kein bißchen Galanz? Peitscht man eine entblößte Frau?«

»Wart nur, du hast mit Timpe gepacktet!«

»Was heißt gepacktet? Es ging mir ums Milchsoll.« Die Simson breitet die Arme aus. »Versteh, lieber Ole.«

Bienkopp sieht rot, keine weiblichen Reize. Er haut auf den Nachttisch. »Das war das Letzte!« Herunter vom Sessel! Dafür wird er sorgen. Er stürmt ins Schneewehn hinaus.

Frieda bleibt zitternd zurück. Ihr Unterrock ist von Tauschnee beschmutzt. Bienkopp, der Bär, hat ihn untergestampft.

Der Tag zieht herauf. Der Wind läßt nach. Sonnlicht glitzert in Schneekristallen. Rein und harmlos blinken Dächer und Bäume.

Mampe-Bitter hat sechs tote Rinder verladen. Begräbnisstimmung. Trost wäre nötig. Er schmiert seine Stiefel zum Gang in den Konsum. Buchhalter Bäuchler ächzt ihm entgegen. »Mampe zur Simson!«

Was die Simson im Dorf sah, war keine Operette: sechs tote Kühe. Importvieh. Devisenobjekte. Timpe auf und davon. Das Nachspiel, du meine Seele! Sie kratzt an den langen Fingernägeln. Sie raucht, überlegt und weiß nicht, was wird. Hat Bienkopp sie jetzt in der Hand? Ist sie Maus in der Falle? – Sie hat nichts veranlaßt, was strafbar wäre. Der Offenstall und das Sauerfutter, das Milchsoll, alles verbrieft und amtlich fundiert. Der Frost freilich … Macht sie das Wetter? Hat sie den Vorsitz im BLÜHENDEN FELD?

Mampe-Bitter hat sich im Konsum vorgewärmt. Sein Widerspruchsgeist ist angestachelt. »Was willst du?«

Die Simson sehr gelbgrün und amtlich: »Mein Lieber, das wird dir Haare kosten.«

»Was plapperst du da, verschimmelte Dohle?« Lebt Mampe im *feuladistischen Zölibat*? Hat er vielleicht die Kühe krepiert? »I kill you!«

Die Simson: »Komm nicht amerikanistisch, bitte!« Die Sache ist: Mampe hat seiner Aufsichtspflicht nicht genügt.

»Was? Aufsichtspflege?« Mampe ist nicht der Boß. Der Boß war verreist und streunte umher, der Altbock.

Der Simson kommt ein gewaltiger Einfall. »Das gibst du zu Protokoll, mein Lieber!«

»Zu Protokoll?« Mampe will nichts davon hören.

Die Simson holt eine Flasche aus ihrem Schreibtisch. Der Pfropfen quietscht. Es duftet nach Pflaumenschnaps …

Der Schnee schmilzt wieder. Der Winter hat noch keinen Bestand. Anngret stakt durch den Taubrei. Sie sitzt in rauchigen Bauernküchen und atmet gierig den Kochdunst von Rüben. »Wie gut, die Gerüche der Heimat!«

Klatschbasen befühlen ihre Tasche, die Schuhe, den Stoff ihrer Jacke. Hoi, das sind Waren aus Himmelszeiten! Sie ratschen und raspeln. Sie schmieren die Mäuler mit Kaffee. »Wie du das aushältst, verehrte Anngret! Du bist das Feine gewöhnt und setzt dich hierher in Gottes dunkelste Kammer.« Am Ende hat Anngret Soraya mit eigenen Augen gesehn. Die hohe Liebe da drüben, Nylon und nahtlos, selbsttrocknendes Abwaschpulver und Seife von Lux. Tausend erlesene Dinge hinter dem Vorhang.

Anngret lächelt fein und gelernt. Alles mag sein, aber Heimat bleibt Heimat: die Birken am See, die Fische im Schlamm, Hügel und Heidkraut, violette Erinnerungen; der Kirchweg, das Konfirmationskleid, Sturz aus dem Fischkahn und Tändel um Tod – auf einmal der Mann.

»Der Mann?«

»Ja, der Mann.« Anngret hat es sich überlegt. Sie will in Blumenau bleiben. Sie hat hier Rechte.

Der dicke Serno pantoffelt umher. Er hört das Niesen der Kellermäuse. »Nun mußt du wohl fahren«, sagt er zu Anngret.

»Um Himmels willen!«

»Wie?«

Anngret hält sich den Mund zu. Offen gestanden: Sie möchte bleiben.

»Willst du zu Bienkopp zurück?«

Sie will. Sie hat ihre Rechte.

»Dann aber ran! Dein Haus steht jetzt leer!«

Anngrets Schuhabsätze sind schon ein wenig schief. Sie geht durch das Dorf, als zöge sie ihre Wurzeln hinter sich her. Sie stakt zur Simson. Die Sache ist die: Frieda weiß, Anngret ist eine Rückkehrerin. Sie hat bereut. Es steht ihr gewisses Recht zu. Sie kann nicht auf Lebzeit zu Gaste hocken.

Die Simson zeigt sich verständnisvoll. Ein Recht auf Wohnung hat Anngret. Das stimmt. »Eine Stube wäre frei beim Gemeindeboten.«

Nein, Anngret hat hier ein Haus mitbesessen. Das Haus steht jetzt leer. Einen Tisch, einen Schrank, ein Bett, einen Spiegel, das Klavier natürlich …

»Und scheiden?« Wird Anngret sich scheiden lassen?

»Niemals!« Anngret stampft auf die Dielen. Ein Absatz zerbricht ihr. Diese Einheitspreisschuhe: Stahlstift auf Kunststoff!

Die Simson ist Anngret Bienkopp behilflich. Steht nicht geschrieben: Gegrüßt, wer bereut und zurückkehrt? Bienkopp soll sehn: Seine Bäume wachsen nicht in den Himmel.

54

Bienkopp sitzt auf dem Sofa und grübelt. Das Sofa gehört einem gewissen Timpe, einem Raffer, der nur auf das Seine bedacht war. Er gierte nach goldenen Kälbern und ließ das gesunde Vieh verrecken. Verflucht seien Habgier und Bürokratie!

Jetzt ist's an Bienkopp, den Schaden zu heilen. Er kommt nicht mehr aus den Stiefeln und nächtigt in Timpes Wohnung. So spart er den Weg bis zu Emmas Kate. Zur halben Nacht muß er hoch, muß Ställe entmisten, füttern und melken.

Märtke hilft Bienkopp. Sie lernt bei ihm melken. Die kleinen Hände müssen ihr schmerzen. Sie klagt nicht, versorgt ihre Hühner, striegelt die Kühe und muntert ihren hadernden Mann auf.

Eines Mittags kam sie gerannt. »Kann man das glauben, Ole, die Enten!«

Bienkopps Flugenten waren von fernen Seen hereingekommen, weiße, gescheckte, blaue und schwarze, alte und junge, vierhundert, fünfhundert, ein Entenheer.

Märtke holte Futter. Die Altenten wiesen sich aus: Sie schlangen das Futter aus Märtkes Händen.

Bienkopp atmete noch schwer vom Rennen. Seine Augen leuchteten. Er hat bis unter die Sterne gegriffen und sich ins Leben ziehender Vögel gemischt. Was der Mensch alles kann! Sein Jugendtraum hatte ihn nicht belogen.

Märtke jauchzte, hüpfte, war glücklich, feierte Bienkopps Sieg und liebte ihn.

Süß, doch kurz sind die Augenblicke des Sieges. Der Kampf ist lang.

Emma kam angerannt. Sie warf unterwegs die Pantoffeln weg und lief in Strümpfen. »Ihr steht hier wie Adam und Eva im Paradies.«

»Kommst du als Schlange?«

Emma schwenkte die Tageszeitung. »Hier lies, du Dutzkopf!«

Bienkopp las Zeitung im Entengewimmel. Märtkes Kinn lag auf seiner Schulter. Auch sie las. In der Zeitung stand ein Artikel. Der Artikel war Bienkopp gewidmet: »Vorsitzender verantwortungslos auf Urlaubsreisen … Vieh krepiert … keine Vorsorge getroffen … mangelnde Aufsicht … Staatsgelder und Devisen mißachtet … wie lange will man kreislicherseits noch zusehn?« Eine Volkskorrespondenz. Unterzeichnet A. S.

Märtke empört, mit glühenden Mausohren: »Ist denn das die Möglichkeit!«

Emma spie in das Entengewimmel. »Die Zeitungsgenossen sollten sich schämen. Anton wird sich im Grabe umdrehn.«

Bienkopp blieb ruhig: Wind aus der Simson-Ecke. Das wird sich klären. Das muß sich klären. Unvernunft regiert nicht die Welt. Emma in Strümpfen und fuchtig: »Aber ein zähes Unkraut ist sie. Geht's nur um dich, du haariger Leitbock?«

Der Tag ging hin. Die Arbeit ließ kein Gegrübel zu. Märtke bewachte die zurückgekehrten Enten. Ein Geschenk der Seen fürs BLÜHENDE FELD.

Abends saß Bienkopp wie jetzt auf dem Sofa. Gerassel im

Hausflur, Schritte und Frauenstimmen. Er stieß die Tür auf. Im Hausflur standen die Simson und Anngret. Anngret erschrak. Die Simson ging gallig auf Bienkopp los. »Du hältst dich unberechtigt hier auf. Das Haus ist amtlich nicht freigegeben. Strafbare Handlung!«

Trocknes Lachen von Bienkopp. »Das Haus gehört mir.«

»Das wird sich herausstelln!« Die Simson schob Anngret nach nebenan in die Stube.

Emma behielt recht: Die Unvernunft wucherte weiter. Anderntags kamen Kupke und Mettke, zwei von den Bauern, die Bienkopp und Krüger beim Erntefest warben; sie wanden und drehten sich. »Der Artikel im Kreisblatt! Jetzt solln wir haften fürs tote Vieh. Wir treten aus!«

Bienkopp beriet sich mit Krüger, Holten, Emma und Liebscher. Kupke und Mettke mußten gehalten werden. Bienkopp ging's um die Mergelwiesen am See.

Der Vorstand beschloß, einen Gegenartikel zu schreiben. Der Wahrheit die Ehre! Karl Krüger verfaßte eine Erklärung. Holten brachte sie in die Stadt. Er polterte mit dem Kreisredakteur. »Druckt ihr Lügen, so druckt auch die Wahrheit!«

»Sanft, immer sanft!« Der Kreisredakteur hatte nichts mit der Zuschrift über Bienkopp zu tun. Er war übergangen worden.

Holten fuhr zur Bezirksredaktion. »Wer schreibt solche Lügen?«

»Soviel ersichtlich – ein Mann von euch.«

Bienkopp brütet und brütet. Wer schrieb die Lügen? A. S. – A. S. Er geht die Namen der Leute im BLÜHENDEN FELD durch. Auf Mampe, der Artur Schliwin heißt, kommt er nicht.

Bienkopp schläft, wie er sitzt, auf dem Sofa ein. Draußen steht trüber Vollmond. Im Herd glost das Abendfeuer.

Er wird leise geweckt und wühlt sich aus tiefem Schlaf. Wie ein Gebet aus Kindertagen schleicht sich ein Sprüchlein in sein Erwachen. »Was muß ich tun, damit du …« Er erschrickt. Im Mondlicht steht Anngret. Sie lächelt, sie setzt sich zu ihm aufs Sofa. »Du frierst, wie ich sehe?«

Bienkopp springt auf, rennt hinaus und schreit: »Aus dem Weg!«

Ist das Leben ein Kreislauf?

Anngret tastet sich in ihr Zimmer zurück. Gedemütigt. Wo blieb die stolze Fischerstochter von einst? Wer ist sie noch, und was will sie noch? Wie vor Jahren sitzt sie im Mondlicht und überdenkt eine Niederlage.

Eine Stunde geht hin. Bienkopp kommt nicht zurück. Jetzt hockt und heckt er bei diesem Ding da. Anngret sitzt nicht mehr ganz in der Tiefe. Auf dem Klavier steht eine Flasche. Sie trank sie halb leer. Pulver für Blut und Seele.

Sie schreibt einen Brief. Zwei Zeilen für Frieda Simson. Zwei Zeilen in einer halben Stunde. Sie muß dabei trinken. Dieses strohdumme Weib, diese Simson, was sie sich dachte! Eine Anngret Anken – Genossenschaftskuhmagd!

Das wäre getan. Anngret geht hin und her, her und hin wie vor Jahren. Sie erinnert sich eines Spiegeltritts. Sie lächelt irr. Ein Gelüst überfällt sie: einmal die Anngret von damals zu sein. Sie tritt ans Klavier, beklopft es mit einem Finger. »Wenn ich zu meiner Liebsten reite durch Eis und tiefen Schnee …« Anngret singt schrill und berauscht. Auf dem Boden kreischt Timpes vergessene Katze.

Die ehemalige Bienkopp-Bäuerin geht stolz und herrisch durchs Dorf. Der Mond blinkt. Was glotzt du, Bleichling? Willst du mich frein? Hier steht Anngret Anken. Ich werde dich prügeln!

Am Konsum leuchten Reklameschilder. Anngret zuckt irr. Am Nachmittag ist ihr hier Ramsch begegnet. Die Kinder spielten mit *Hula-Hoops* aus dem Konsumladen. War Ramsch schon hier? Hat er sie eingeholt? Pfui, Satan!

Sie rennt bis zur Kirche. Hier traf sie nachmittags Mampe. »Ein Kind kommt beim Bienkopp, ein Kind.« Sie schlug den Schneider in das Gesicht. Dieses Ekel, dieser Allesmacher!

Draußen am Seerand ist sie die stolze Anngret wieder. Sie schreit den Mond an: »Kennst du mich jetzt?«

Anngret Anken wird nach den Reusen sehn. Sie muß. Als sie noch Kind war, hat sie von einem goldenen Aal geträumt. Jetzt gilt's, Herr Goldaal, ich werde dich greifen!

Anngret rudert. Der Fischerkahn schießt aus dem Schilf. Dünneis knistert an seinem Kiel. Anngret friert. Sie nimmt einen Schluck aus der grünen Flasche. Das Mondgesicht zittert im eisigen Wasser. Bist du da unten? Du siehst nicht aus, als ob du mich bändigen solltest. Du frierst ja. Hier sauf! Der See verschlingt die bauchige Flasche, Anngrets westliche Pulverreserve.

Es tropft vom Ruder. Ein Kind kommt bei Bienkopp, ein Kind kommt ... ein Kind ...

Ein Wellenkreis auf dem See, nicht größer zuerst als ein Trauerkranz. Der Kranz wächst. Seine Wellen streben zum Ufer. Sie flüstern dort leis mit dem Schilf. Nach dem Goldaal getaucht ... nach dem Goldaal ...

55

Vorwintergräue auch in der Kleinstadt. Die Menschen gehn in Mänteln. Spatzen hocken im Park auf Papierkorbrändern. In Wunschgetreus Zimmer wintern die Gummibäume. In den Heizkörpern kullert das Wasser. Das Ölgemälde mit Rotguß und Feuer, es wärmt nicht.

Saß Wunschgetreu träumend in seinem Lutherstuhl, ohne sich um das Rinderfutter zu kümmern? Denkt das nicht, Genossen! Er machte sich Sorgen. Zwei Fäden ließen sich nicht verknüpfen: Rindervermehrung und Futtermangel. Er sprach mit Funktionären beim Bezirk darüber. »Futter wird kommen«, hieß es. »Im Vorjahr war's da, als man's brauchte. Habt doch Vertrauen!«

Wunschgetreu zweifelte trotzdem leise. Das mußte erlaubt

sein. Er versuchte, die Ursache des Futtermangels zu ergründen: Klappte es mit dem Import nicht? Schrieb man nicht in den Zeitungen von einer Dürre im Ausland? Dort fiel jetzt sicher das Brot aus. Konnten die Bruderländer zusehn? Was war wichtiger – Brot oder Fleisch?

Die Wochen vergingen. Futter kam nicht, dafür die Meldung: »Keine Aussicht auf Futterimporte!« Die Nachricht verwirrte Wunschgetreu, obwohl er sie fast erwartet hatte. »Ja, macht ihr Spaß?«

Die gereizte Antwort: »Seid nicht so unbeweglich!«

Schöne Empfehlung: Seid nicht so unbeweglich! Vor Wochen hieß es: Vertraut!

Wunschgetreu kam sich verraten vor. Woher Kuhfutter zaubern? Tagelang ging er gequält umher, suchte und suchte nach einem Ausweg. Er rauchte und trank gegen seine Gewohnheit.

Eines Nachts – er konnte nicht schlafen – schien sich ein Ausweg zu zeigen. Er packte sich selber beim Schlafanzugkragen: ein Kreissekretär pessimistisch? Das ist nicht erlaubt!

Morgens ließ er sich Kraushaar kommen und spielte den Herrn der Lage. »Wie steht's mit Futter?«

»Schlecht, schlecht, weißt du's nicht?«

»Ich meine im Kreis bei den Einzelbauern.«

»Besser. Sie vermehrten ihr Vieh nicht. Man konnt sie nicht zwingen. Sie mordeten Kälber und rafften Milchgeld.«

Wunschgetreu sagte sicher, als hätte er Weisung bekommen: »In die Genossenschaften mit ihnen!« Halblaut fügte er hinzu: »Schon um ihr Futter.«

Es wurde ein Werbesonntag vorbereitet. »Den Genossenschaften gehört die Zukunft!« Und das war richtig, und daran war nicht zu deuteln, obwohl es im Augenblick aussah, als sei das Wunschgetreus Privatlosung, mit der er sich aus persönlichen Sorgen retten wollte.

Auch Frieda Simson bereitete den von Wunschgetreu angesetzten Werbesonntag vor. Sie wollte mit Sondererfolgen aufwarten. Der Kreissekretär sollte sie diesmal nicht übersehn.

»Westrückkehrerin dreht Wirtschaftswunderland den Rükken. Bäuerin zurückgewonnen, in Genossenschaft eingereiht.«

Frieda ging zu Anngret, um ihr den geplanten Zeitungsartikel zu zeigen.

Anngrets Stube war leer. Das Klavier stand aufgeschlagen. Die Tasten bleckten wie Zähne eines grinsenden Ungeheuers. Auf dem Tische lag Anngrets Brief. Aufgeregt rauchend erbrach ihn die Simson.

»Gemeindevorsteherin Frieda Simson!
Teile mit, Anton Dürrs Frühstück hat Ramsch unter den betreffenden Baum gelegt. Wer mich in den Tod treibt, kannst du dir denken. Es grüßt abschiednehmend die Endesunterzeichnete Anngret Hansen.«

Alarm im Dorf. Anngret wurde gesucht und gefunden. Ein Netz von Verdachtsgerüchten wob sich um Bienkopp.

Fischer Anken, der Bruder der Toten, sorgte für Mitleid. »Die unglückliche Schwester, wie gut sie war! Die Familie beschenkt. Ein Herz wie aus Seide, doch traurig, immer so traurig!«

Der dicke Serno wußte vieles zum Ruhme der Toten zu sagen: ein Weib wie ein Engel, die Anngret Ramsch. Die Bescheidenheit in menschlichen Schuhen. Sie hätte bei Ramsch bleiben sollen. Aber nein, sie starb an der deutschen Frauenehre.

Bienkopp lächelte müde. »Geht mir ... das sind doch Kinostücke!«

Die Klatschweiber hatten die süßesten Tage. Der Kaffeeumsatz im Konsum stieg.

Nein, diese Anngret! Sie hatte die feine Welt geschmeckt und hatte doch Sehnsucht nach ihrem Mann. Und der verstieß sie, sprang mit der roten Hühnerhexe umher. Darf ein Mensch wie der noch regieren?

Bienkopps Freunde warfen sich den Gerüchten entgegen.

»Schont eure Mäuler! Die Zähne sollen euch ausfallen!« So wild hatte Wilm noch niemand gesehn.

Hermann Weichelt gab seiner Demut den Laufpaß. »Was wollt ihr? Ich soll den Bienkopp verdammen? Ich war darnieder. Er hat mich erhöht, wie verheißen steht. Anngret verschmähte die Arbeit im BLÜHENDEN FELD. Ihr habt sie gesehn in Stelzenschuhen. Feuer aus beiden Nasenlöchern. Sie fiel in Verderbnis wie Babylon. Dem Herrn entflieht niemand!«

Der dicke Serno pantoffelte sich schweißig. »Ein Nachspiel wird's geben, ein Nachspiel. Anngret hat Erben – die Fischerkinder. Bienkopp hat ihr Erbteil verbeutelt. Alle im BLÜHENDEN FELD sind haftbar. Wer nicht zahlen mag, springe zeitig vom Schiff!«

Lüge, Verleumdung und Ungereimtheit. Nichts ist zu dumm. Jedes Lügenkörnchen findet sein schmutziges Ohr, keimt dort und wächst.

Die beim Erntefest geworbenen Bauern marschierten zu dritt ins Gemeindebüro. »Bienkopp ist uns nicht mehr geheuer. Wir treten aus. Es ist nicht verboten.«

Frieda Simson rief bei Kraushaar um Hilfe. »Du weißt, was uns bindet. Hilf, wenn du Mann bist ... Wie soll ich am Sonntag werben mit dieser Belastung – Bienkopp?«

Wunschgetreu fuhr umher. Er überprüfte hier und überprüfte dort die Vorbereitungen zum Werbesonntag. Er war eifrig und vom Erfolg durchdrungen. Nach Blumenau, hinter Wälder und Seen, fuhr er nicht. Müde kam er abends heim. Die Frau klagte: Sohn Ralph hatte in der Schule eine schlechte Mathematikzensur erhalten. Das mußte Wunschgetreu jetzt gleich sein. Er las nicht einmal die Zeitung.

Es kam ein Fernschreiben vom Bezirk: *Wunschgetreu Stellung nehmen!* Man wies auf einen Zeitungsartikel hin, den Wunschgetreu noch nicht gelesen hatte, und gab die Abschrift eines Briefes von Karl Krüger durch.

Wunschgetreu las die anonyme Kritik der Simson an Bienkopp und las Krügers Erwiderungsschreiben. Er fiel nicht gerade ins Heu. Krüger hielt nicht hinter dem Berge: Futter versprochen und nicht geliefert. Einen Bagger versprochen und nicht geliefert. Halbreife Enten abgeschlachtet. Kühe ins BLÜHENDE FELD gelistet. »Treibt's ehrlich mit den Bauern. Betrügt euch nicht selber!«

Unangenehm. Es war schon so: Wunschgetreu hatte Bienkopps Wünsche nicht ernstgenommen. Wozu gleich einen Bagger? Bienkopps Mergelprojekt war ihm wie eine fixe Idee erschienen. Aber hatte er das Projekt überprüfen lassen? Nein.

Wunschgetreu war noch beim Wägen, welche von Krügers Vorwürfen stimmten, da kam mit einem weiteren Fernschreiben schon *Druck* vom Bezirk: *Was ist im Falle krepiertes Importvieh veranlaßt? Sofort berichten!*

Ja, was berichten? Es waren Untersuchungen nötig. Sie würden Zeit kosten. Ohne Kritik an sich selber würde Wunschgetreu dabei nicht auskommen. Ein Fleck, ein Makel. Und gerade jetzt hatte Wunschgetreu so nach vorn gewollt. Er hatte leise an Zeitungsschlagzeilen gedacht: *Maiberger Beispiel. Initiative steuert der Futternot!*

Erträumte er sich da schon wieder zuviel? Sollte ihm nicht gelingen, einmal leuchtendes Beispiel zu sein? Es lag nicht allzuviel Sonnenschein auf seiner Laufbahn.

Wunschgetreu und Krüger spazieren über den fahlroten Kokosläufer. Der Kreissekretär blaß, an seinem unfreiwilligen Lächeln leidend. Krüger hager und zäh, krumme Beine und Klammern an breiten Hosenbeinlingen. »Aber du hattest uns Futter versprochen.«

»Futter war angesagt. Jetzt ist es abgesagt.«

»Und weshalb erfahren wir's nicht? Sind die Genossen im Dorf zweite Klasse, Junge?«

Wunschgetreu schweigt. Er hat zu einer gewissen Zeit gerechter über seinen Vorgänger Krüger und die Fehler, die man dem nachsagte, zu denken begonnen. Er fand Krügers Methode, sich mit Fachleuten zu beraten, sogar nützlich. Das hatte er Krüger eingestanden.

Krüger wurde damals weder schadenfroh noch sentimental. »Gut, mein Junge, wenn du nur lernst!«

Und jetzt? Wunschgetreu lächelt gequält. »Versetz dich in meine Lage!«

»Der Bienkopp tut es die ganze Zeit. Er will hinaus aus der Futternot.«

Die Sekretärin steht in der Tür. »Genosse Kraushaar. Sehr dringend.«

Kraushaar tritt unaufgefordert ein. Er sieht Karl Krüger und stutzt.

»Na, was?«

Kraushaar flüstert mit Wunschgetreu. Neueste Informationen: In Blumenau bitten drei Bauern um Austritt aus der Genossenschaft. »Und das vorm Werbesonntag. Schlechtes Geschäft!«

Wunschgetreu wird hilflos. Er schreit Krüger an: »Was treibt ihr?«

Krüger bleibt ruhig, fast ledern. »Wir treiben? Treibt nicht wer anders, mein Junge? Wie sollen wir bei uns werben, wenn das Vieh Hungerchoräle brüllt?«

Kraushaar raschelt mit seinem Papier. »Bienkopp ist nicht mehr tragbar: Ein sehr ernst zu nehmender Bauer aus Blumenau, ein Genosse, will ins BLÜHENDE FELD, wenn Bienkopp nicht mehr Vorsitzender ist. Erklärt das nicht alles?«

»Wie heißt er?«

»Bullert, Viehspezialist, ein Goldfisch für euch.«

Karl Krüger lacht, daß die Wände zittern.

Wunschgetreu wird unsicher. »Wer gab den Bericht?«

»Genossin Simson, Staatsapparat.«

Der Kreissekretär denkt an das schwarze Diarium. Er sieht sich plötzlich allein, ganz allein. Dort, wo Karl Krüger stand, steht sein Gewissen. Weißt du noch? fragt das Gewissen.

Wunschgetreu sieht beschämt zu Boden.

Gib Antwort! sagt das Gewissen.

Wunschgetreu stottert: Das war in den Zeiten … Ich habe gelernt.

Bist du sicher?

Wunschgetreu nickt und blickt wieder auf: Dort steht Karl Krüger. Er hat gefragt.

Schweigen. Kraushaar wartet auf die Entscheidung des Kreissekretärs. Der geht ans Fenster, blickt eine Weile hinaus und dreht sich dann so rasch um, daß Kraushaar erschrickt. »Ich muß überprüfen ... Genossin Simson ... ich weiß nicht ... ich bin nicht sicher.«

Statt einer einschneidenden Anweisung nahm Kraushaar also vom Kreissekretär einen leisen Zweifel an der Zulänglichkeit der Simson mit. Das kam ihm vielleicht nicht ganz ungelegen.

Frieda hörte sich an, was Kraushaar zu berichten wußte, war sehr, sehr gelb im Gesicht und lächelte überlegen. Der Kreissekretär würde ihre wahren Qualitäten bald kennenlernen. Sie spielte eine Trumpfkarte aus und warf die Abschrift von Anngrets Brief auf den Tisch. Ihre Hand zitterte kein bißchen dabei. »Genügt das?«

Kraushaar las die Briefabschrift. Frieda hatte sie mit der eigenen Unterschrift und dem Gemeindesiegel beglaubigt. Kraushaar wurde steif vor Überraschung. Wunschgetreu irrte also, wenn er die Zulänglichkeit der Simson anzweifelte. Fast schade für Kraushaar ...

Frieda entschloß sich, auf eigene Rechnung zu handeln. Ihre große Stunde in Wachsamkeit und umliegenden Tugenden schien ihr gekommen. Es war *die* Gelegenheit! Sie schob Kraushaar ein Schreiben zu. »Unterschreib!«

Kraushaar zögerte: »Müßte man nicht die Genossenschaftsmitglieder hören?«

»Da wirst du was hören, Schlappschwanz! Die Verantwortung hast du, wenn hier der Werbesonntag verpufft.«

Kraushaar unterschrieb Bienkopps Beurlaubung.

Die Simson ging zum Büro der Genossenschaft. Dort hatte Bienkopp den Vorstand zusammengerufen. Es wurde über den Ankauf von Bienkopps Dunglader beraten.

Buchhalter Bäuchler wiegt sich in Bedenken. Sein Bauch bebt. Es geht um Geld.

»Wird's klappen mit deinem Erdgreifer da?« fragt Emma.

Bienkopp engelhaft überzeugt: »Es klappt!«

»Klappt's nicht, wird nichts aus dir und der Märtke!«

»Wa... was Märtke?« stottert Bienkopp.

»Denkst, wir sind blind, verrückter Graukopf?«

Fast eine Verlobung. Märtkes Mausohren glühn. Ihr Bleistift klappert zu Boden. Sie kriecht unter den Tisch und drückt dort unten Bienkopps aderige Mannshand.

Frieda tritt ein. Gallig steht sie in der Tür und hält sich für das eingefleischte Parteigewissen. »Worum geht es, Genossen?«

»Um Bienkopps Mistgreifer geht's, das wird wohl nicht gerade eine Abweichung sein.«

»Bienkopp ist nicht mehr tragbar!«

Karl Krüger lacht. »Spielst du uns Demokratie vor?«

Die Simson zieht das von Kraushaar unterschriebene Papier aus der Aktentasche. Krüger liest es und gibt es dann Bienkopp. Bienkopp liest es und überlegt.

Die Simson streng mit schlecht verhaltnem Triumph: »Was sagst du dazu?«

»Ich hab keine Zeit.« Bienkopp nimmt seine Ledermütze und geht.

Die Tür klappt. Stille im Büro. Dann ein Bäuchlerscher Seufzer. Er bezieht sich auf die Vertagung der großen Geldausgabe für den Dunglader.

Bienkopp steht im Hof. Was soll das wieder bedeuten? Steckt Wunschgetreu hinter dem zeitraubenden Unsinn? Das wird sich zeigen, aber an den Dunglader wird in nächster Zeit nicht zu denken sein.

Ein Schof Wildgänse fliegt durch die dicken Spätherbstwolken nach dem Süden. »Terrrääääh!« Der Ruf des Leitganters erregt Bienkopp wie in den Hütejungenjahren. Träume ohne Taten sind tauben Blüten gleich ... Er darf keine Zeit verlieren.

Im Büro versucht Krüger sachlich mit Frieda zu sprechen: »Was habt ihr mit Bienkopp? Wieso werden wir übergangen?«

Die Simson: »Du hast Bienkopp immer gedeckt. Du mußtest vielleicht? Hast du nicht Pferde an Kapitalisten verschachert?«

Krüger verschlägt es die Sprache, aber Franz Bummel wird wach. Es handelt sich um seine nach Dänemark verkauften Jungpferde. Er knirscht die Simson an: »Soll ich dich beißen? Frag beim Verkaufskontor! Alles reell. Die Pferde brachten dem Staate Dänen-Devisen.«

Märtke bittet Frieda Platz zu nehmen. Frieda bleibt stehn. Märtke packt sie bei der Hand. »Sei nicht so streng; ich verbürg mich für Bienkopp.«

Die Simson zieht ihre Hand zurück, als hätt sie eine Unreine berührt. »Sie sind befangen, mein Liebchen!«

Jetzt hackt Klein Emma um sich: »Weißt du nichts gegen mich? Haben meine Beine Parteimaß?«

Die Simson lächelnd und überlegen: »Ihr wißt nicht, was ich weiß.« Sie geht.

Wunschgetreu konnte die von der Bezirksleitung gewünschte Stellungnahme nicht fernschreiben; er konnte nicht über *Veranlaßtes* berichten. Von Krüger wußte er: Bienkopp hat die Importrinder nicht aus Eigensinn oder Widersetzlichkeit krepieren lassen, er ist überhaupt schuldlos. Wer ist schuld? Der geflohene Timpe? Es lag Wunschgetreu nicht, die Angelegenheit zu einem Sabotageakt umzubiegen. Das wäre einfach, aber nicht die Wahrheit gewesen. Auch Timpe hatte den Importrindern nicht mutwillig Silage vorgeworfen. Er befolgte eine Anordnung Bienkopps nicht. Das war richtig, aber Timpe ging's um das rare Kraftfutter für sein Leistungsvieh. Er war auf Milch aus. Keine Sünde, denn er kam damit einer staatlichen Forderung nach.

Verzwickt und widersprüchlich alles! Das mußte mündlich geklärt werden.

Wunschgetreu übernachtete in der Bezirksstadt. Am nächsten Tage machte er sich, wie Bienkopp eine Woche zuvor, auf die Suche nach einem Bagger für Blumenau. Bienkopps Mergelobjekt war vielleicht wirklich eine der Möglichkeiten, aus der Futternot herauszukommen. Der nüchterne Krüger befürwortete sicher keine Luftschlösser.

Der Kreissekretär mußte nicht so viele Bürotüren öffnen und ergebnislos schließen wie sein Genosse Bienkopp. Es wurde auch keine Reise nach Thüringen nötig. Er bekam einen Löffelbagger zugesprochen, den konnte man auf einen Schwimmuntersatz, auf einen Ponton, montieren.

Als sich Wunschgetreu zur Heimfahrt ins Auto setzte, schmunzelte er. Und wieder war die Kriegsnarbe daran schuld, wenn dieses Schmunzeln wie ein überhebliches Lächeln nach außen drang. Jetzt wollte er Bienkopp zeigen, daß er ihn verstanden hatte. Vielleicht würde er gar ein Lächeln auf das Gesicht dieses Hartkopfes locken, wenn er mit dem Bagger ins Dorf rappelte.

56

Der Winter weicht noch einmal zurück, als wollte er zu einem Satze ausholen. Die Sonne nimmt alle Alterswärme zusammen.

Die Leute im BLÜHENDEN FELD sind erregt: Bienkopp ist verschwunden.

Es wird Abend. Bienkopp kommt nicht zur Kate. Die Getreuen treffen sich auf der Geflügelfarm. Weiß Märtke denn nichts? »Sei nicht unklug, verschweig nichts aus Liebe, Kind und Genossin!«

Märtke unterbricht ihre Arbeit nicht. Sie weiß nur das: »Ole tut nichts, was unrecht wäre.«

»Wer spricht davon, aber wenn einem Unrecht getan wird? …«

Bienkopp steckt bis zu den Hüften in hohen Fischerstiefeln. Versteckt hinter Erlried zwischen Kuhsee und Kalbsee bohrt er sich in die moorige Wiesenerde. Er muß selber Bagger sein. Er schaufelt und scharrt wie ein Erdgeist, ist voller Zorn; doch geduckt und bedrückt ist er nicht. Er ist wie der Urmensch, der sich das Feuer suchte. Man hat ihn beurlaubt. Beurlauben kann ihn nur, wer ihn tötet. Ein altes Lied fällt ihm bei, und er singt es trotzig:

In meines Vaters Garten,
da stand ein Apfelbaum.
Er trug schon rote Äpfel,
da lachte ich erst im Traum.

Die Winde brausten und fielen
vom Gebirge auf das Meer.
Sie wühlten in seinen Zweigen.
Die Äste wuchsen verquer.

Doch eines Nachtens im Maien,
da brach aus dem Apfelbaum,
brach aus der knorren Rinden
Geblüh wie duftender Schaum.

Mein Leben hatt' viele Wege;
weit draußen vom Apfelbaum
doch konnt ich es nicht vergessen,
sein Blusten im Maienflaum.

Er stand nicht mehr an der Pforten,
als ich durch sie ging herein;
doch sah ich, an seinem Stubben
sprangen die Sprösselein.

Siehst du das Grab dort am Wege?
Wird wohl das meine sein.
Es sprießen am grünen Hügel
Schwarzkiefern und weiße Mai'n.

Ein Tag, eine Nacht und wieder ein Tag. Bienkopp kommt nicht zurück. Märtke wird's bang. Mutter Nietnagels Trost erreicht sie nicht mehr. Im Kuhstall empfängt sie Jan Bullert. »Erlöst, kleines Fräulein. Reserve ist vorn!« Bullert hält ihre Hand fest. »Melken ist keine Arbeit für Händchen.«

Märtke erschrickt vor dem lachenden Bullert. Ihr ist nicht zum Scherzen. Nicht leicht zu ertragen, Bullert zwischen dem schwedischen Jungvieh zu sehn. Er tut so, als wäre die Herde für ihn nach Maß gemacht.

Abend. Leiser Frost fällt. Märtke holt ihren Mantel, das Mäntelchen aus der Oberschulzeit. Zitternd geht sie zum Dorf hinaus.

Jetzt sucht sie schon eine Stunde nach Bienkopp. Ab und an hält sie ein und ruft ihren Mann. Keine Antwort. Ein Wilderpel schnarrt auf dem Schwalbenbach. »Ole, ach, Ole!«

Märtke sieht den Kuhsee durchs halbkahle Gebüsch blinken. Dorthin nicht! Wie Anngret aussah, als man sie fand! Zerfließt der Mensch, wenn er stirbt? Es ist wohl so. Nur die Werke bleiben wie Tapfen auf Erden.

Märtke steht vor dem Offenstall. Hier hatte sie ihren großen Sommer. Dreitausend Enten. War das ein Werk?

Märtke muß an Frieda Simson denken. »Der Mensch kann irren. Das Leben irrt nicht. Die Partei hält sich ans Leben«, hat Bienkopp einmal gesagt. Ist die Simson das Leben?

Karl Krüger beunruhigt Bienkopps Verschwinden mehr, als er nach außen hin zeigt. Er durchsucht unauffällig die Dachböden der Genossenschaftsgebäude, wandert am Abend – so nebenbei – zum Offenstall hinaus und läuft lange um den Kuhsee herum. »Freundchen, du wirst mir doch keine Schande gemacht haben!«

Aber dann bricht die Unruhe aus ihm aus. Er spricht mit den Getreuen. Keine aufsehenerregende Versammlung. Sie sitzen – wie zufällig – auf einem Plattenwagen im Genossenschaftshof. »Wir müssen ihn suchen!«

Emma scheint's lachhaft zu denken, daß sich Bienkopp was antat. »Suchen, den alten Esel? Wenn er von Anton gelernt hat, ist er beim Bezirkssekretär.«

Hermann Weichelt betet: »Vater, wie möchten wir dastehn ohne zweiten Direktor!«

Auf der Straße erhebt sich Geratter und Gedröhn, als führe ein Kanonenpanzer ins Dorf. Die Getreuen auf dem Plattenwagen müssen sich ihre Meinungen zuschrein. »Das Schicksal packt oft die Besten«, schreit Adam Nietnagel.

Emma schreit zurück: »Du bist mir selber ein Schicksal. Dein Kopf ist weiß, doch nicht weise. Wann wirst du Kommunist?«

Draußen wird's still. Durch die Hofpforte tritt Wunschgetreu. Ja, was denn, fährt er in einem Panzer auf Blumenau, dieses schwierige Dorf zwischen Wäldern und Seen, los? Denkt das nicht, Genossen! Wunschgetreu bringt auf einem Auto von Sonderbreite den Bagger. »Wo ist Bienkopp?«

Keine Antwort.

Wunschgetreu lacht trotzdem. Niemand hat ihn je so lachen gesehn. »Jetzt bring ich den Bagger. Wo ist der Bienkopp?«

»Beurlaubt!«

»Wer hat ihn beurlaubt?«

Krüger seufzt müde. »Warst du's nicht, mein Junge?«

Zehn Minuten später sind Wunschgetreu und Krüger im Gemeindebüro. Die Simson empfängt den Kreissekretär mit zusammengesparter Freundlichkeit. Wunschgetreu konnte sie diesmal nicht übersehn. Sie wußte es. Das Kadergespräch kann beginnen.

Wunschgetreu außer Atem: »Was machst du?«

Die Simson schnurrt ihr Gebet: »Vorbereitungsarbeiten zum Werbesonntag gut vorangetrieben ... einige Schwierigkeiten aus dem Wege geräumt ... erster Erfolg zu verzeichnen ... Bullert bereits in Genossenschaft eingetreten ...«

Wunschgetreu haut auf den Schreibtisch. Der Tintenfaßdeckel klirrt. »Was machst du mit Bienkopp?«

Frieda unbeeindruckt: »Beurlaubt.«

»Wie kommst du dazu?«

»Moralisch nicht tragbar.«

»Ich erfahr nichts davon?«

»Es eilte. Genosse Kraushaar war unterrichtet.«

Wunschgetreu zittert. Keine Spur mehr von seinem hartnäckigen Lächeln. Die Simson raucht sich eine Zigarette an. Sie holt einen Fetzen Papier aus dem kleinen Panzerschrank. Anngrets Brief.

Krüger und Wunschgetreu lesen. Ein Zucken um Krügers Mund. »Du kanntest Anngret?«

»Ich kannt sie.«

»Und glaubst dem Geschreibsel? Genossen Bienkopp dagegen ...«

»Weißt du, ob Bienkopp nicht lange wo warm sitzt, ob er noch ein Genosse ist?«

Krüger antwortet nicht. Das ist gelbes Mißtrauen, Rachsucht, Dummheit, wer weiß was ...

Schweigen, langes Schweigen. Die Simson raucht, bläst Qualm aus und raucht. Wer ist schon Krüger? Ein langer pensionsreifer Knochen. Wunschgetreu wird ihre Wachsamkeit nicht übersehn.

Dann aber sagt der Kreissekretär etwas, was sie nie und nimmer erwartet hätte. Er sagt es traurig. »Du hast nichts gelernt ..., aber nichts.«

Die Simson setzt sich. Sie fällt zusammen. Ist sie schuldig, Genossen, oder sind's wir? Wie sagte man doch von Anton Dürr? Er hatte was gegen dressierte Menschen. Sie waren ihm eine traurige Unzierde des Höchsten, was die Erde bis nun hervorbrachte.

Märtke ist jetzt an den Mergelwiesen. Aus dem Dunst hebt sich ein schwarzer Hügel. Frische Erde. Sie duftet nach Moor und Schlamm. Geröchel dringt durch den Wiesennebel.

Märtke fröstelt's. Sie fürchtet sich und springt hinüber zum Fischersteig. Jetzt kann sie hinter den Hügel sehn. Dort liegt ein Mensch auf einem Lager aus Schilf. »Ole!«

Märtke will den fiebernden Bienkopp wecken und zupft ihn leise beim Ohr. Der große Mann wirft sich ächzend herum. »Wie traurig, mein Mädchen, mein Haar schimmelt schon.«

Märtke rennt um Hilfe ins Dorf.

Was laufen die Menschen zur Mergelwiese? Kipploren fahren. Fuhrwerke werden beladen. Musik und Bravogeschrei. Bienkopp will hin. Sein Sieg wird gefeiert, aber er kann nicht vom Fleck. Er ist verwurzelt, ein Baum.

Traktoren rumpeln über die Wiesen. Männer streun Mergel. Sauergräser und Binsen verschwinden. Klee sprießt, Luzerne und Honiggras. Mächtige Kühe, gescheckte Hügel, stehn bis zum Euter im hohen Gras.

»Da seht ihr's!« schreit Bienkopp.

Niemand versteht ihn. Seine Stimme ist Sausen und Brausen. Enttäuscht wirft er sich in das Uferschilf.

Bienkopp hat geschaufelt, geschuftet, geschwitzt und gescharrt. Immer wieder drückte das Moor in das Loch. Bienkopps Herz pochte; es war schon mehr ein Getöse. Er machte sich Mut, wenn er müde wurde. Das hält kein Pferd aus, pochte sein Herz.

Aber ich! sagte Bienkopp.

Am zweiten Tag sah Bienkopp das Mergelflöz grau durch die Moorschicht dringen, und er wies sein Herz zurecht: Still doch! Halt dich zusammen, jetzt, kurz vor dem Ziel!

Er legte ein Mergelstück frei; es war so groß wie ein Tisch. Die Zähne klapperten ihm. Das ist die Freude.

Es war schon Nacht. Er schlang einen Kanten Brot hinunter, holte sich Wasser vom See und trank es. Dann raufte er trockenes Schilf vom Seerand, trug eine Bürde zusammen und hatte ein raschelndes Bett.

Er wühlte sich ein und schlief, bis der Nachtfrost ihn packte, da sprang er auf und schürfte und scharrte. Die Sterne standen kalt überm See. Die Erde reiste – ein Stern unter ihnen.

Es war am Abend des dritten Tages, da hatte Bienkopp ein Mergelstück freigelegt, das war so groß wie ein Garten. Sein Vater Paule, sein Großvater Johann, sie hatten sich nicht geirrt: Dort lag der Mergel!

Bienkopp ist zu müde, um noch ins Dorf zu gehn und zu sagen: Jetzt kommt und nehmt!

Die Glieder sind ihm wie Eisengestänge. Seine Zähne rasseln wie Klappern.

Er wühlt sich ins Schilf, und immer noch friert er. Ein Weilchen ruhen, dann wird er gehn. Er holt sich mehr Schilf. Märtke bringt eine Decke. Es wird ihm wärmer ..., aber das phantasiert er schon.

Die Zeit rinnt ihm weg. Gestern, heute und morgen verschmelzen. Er weiß nicht, wie lange er liegt und fiebert. Viele Male geht er im Fiebertraum heim. Er sitzt bei Emma am Katenofen, er sitzt im Zuber, im heißen Wasser.

Dann quält ihn Durst. Jan Bullert bringt Erdbeerwein. Bienkopp trinkt, trinkt und trinkt. Der Durst bleibt. Bienkopps Zunge ist wie gequollenes Leder. Jan Bullert ist wieder der lachende Rotback. Generalschweizer bin ich!

Es schneit. Die Luft ist voll spitzer Nadeln. Bienkopp kann nicht atmen. Die Nadeln dringen ihm in die Lungen. Sein Herz schreit ihn an: Nach Hause! Nach Hause! Im Schädel pocht es. Er muß ersticken. Die Nadeln, die Nadeln!

Jemand rüttelt ihn. Märtke. »Hast du die Lügenwälder durchdrungen, mein Mädchen? Wärme mich, Märtke, was muß ich tun ...« Er ruft seine Märtke mit Namen von Blumen: »Rotklee, Luzerne« und »Honiggras«, aber was er auch sagt, es ist nur ein Rauschen. Er ist ein Baum.

Wunschgetreu sieht ihn an. Sein ewiges Lächeln! Lächle, aber versuch zu verstehn: Die Erde birgt, was sie braucht. Wir kratzen nur oben, sind oberflächlich.

Anngret geht durch die Menge der Mergelschürfer. Ich suche Bienkopp!

Und Bienkopp duckt sich. Sein altes Leben, es sucht nach ihm. Sein altes Leben? Er stößt es zur Seite.

Bienkopp fühlt, wie sein Herz zerspringt. Jetzt atmet sich's leicht. Anngret geht stolz und herrisch vorüber. Sie sieht ihn nicht; er ist ja ein Baum. Der Wind schüttelt ihn. Schmerzen und Ängste fallen ins Gras. Oben ziehn Wolken. Die Erde reist ... Musik weht vom Wald her: Doch eines Nachtens im Maien, / da brach aus dem Apfelbaum, / brach aus der knorren Rinden / Geblüh wie duftender Schaum ...

Wilm Holten fuhr mit Decken voraus. Franz Bummel spannte die arabischen Stuten ein. Krüger sitzt neben ihm auf dem Bock und hält die Laterne. Hinten im Wagen hocken Märtke und Emma.

Sie fahren dicht an das Mergelloch. Dort steht Wilm. Der Wind zaust sein Haar. Er schwitzt und zittert. Die großen Kinderaugen starren auf Märtke.

Der tote Bienkopp liegt auf dem Schilfbett. Seine Augen sind offen. Er hat sie nie vor einer Gefahr verschlossen. Zählt er die Sterne?

Karl Krüger hält seinen alten Hut vor der Brust. »Da liegt er: kein Engel, kein Teufel – ein Mensch.«

»An seinem Eigensinn ist er zugrunde gegangen«, schimpft Emma. »Anton hätte das nicht geduldet.«

Karl Krüger zupft am Schilfbett des toten Genossen. »Eigensinn ohne Eigennutz – dafür gibt's noch kein Wort.«

Märtke steht und steht, als ob sie selber gestorben wäre.

Emma packt ihre Hand. »Schrei doch!«

Märtke schreit nicht.

57

Der Morgen zieht herauf. Die Sonne scheint, als sollte es Frühling werden. Sogar die Seen sind wieder getaut. Ein Bagger raupt sich den Wiesen zu.

Eine junge Frau steigt die Anhöhe zur Geflügelfarm hinauf. Sie ist verhärmt. Das Leben hat sie bisher nicht mit Rosen bewirtet. Sie öffnet einen Stall. Eine Entenherde flattert heraus.

Schwingenschläge von vielen Vögeln. Ein großes Brausen. Seewärts fliegen die flugfrohen Vögel, verfinstern die Sonne ein Weilchen und gehn hinterm Walde zu Wasser.

Die Frau sieht der Wolke aus Vögeln nach: ein Zipfelchen Glück, ein Vermächtnis. Ein Lächeln umflackert den Frauenmund, ein windscheues Flämmchen.

Gestern noch trug die Frau einen Zopf. Nun trägt sie das Haar gesteckt und gescheitelt. Der Sonne ist's gleich. Sie läßt das Haar funkeln. Die Erde reist durch den Weltenraum.

Was ist ein Dorf auf dieser Erde? Es kann eine Spore auf der Schale einer faulenden Kartoffel oder ein Pünktchen Rot an der besonnten Seite eines reifenden Apfels sein.

Erwin Strittmattter
Eine Biographie in Bildern
Herausgegeben von Eva Strittmatter
und Günther Drommer
224 Seiten. Gebunden
ISBN 978-3-351-02541-0

»Eine wahre Augenweide.«

RADIO EINS

Erstmals werden alle Lebensstationen Erwin Strittmatters in weitgehend unbekannten Bilddokumenten gezeigt: von privaten Schnappschüssen bis zu künstlerischen Fotos. Strittmatter als Schüler, als Bäckerlehrling, als Soldat, in Schulzenhof, bei Lesungen, auf Reisen, mit Künstlerfreunden und mit Familie. Besonders kostbar sind die von Strittmatter selbst gemachten Aufnahmen, die seinen Blick und seine persönliche Wahrnehmung zeigen. Ergänzend dazu stehen Textauszüge aus vielen seiner Bücher, die als literarisch verarbeitete Erfahrungen, Strittmatters Leben reflektieren. Erstmalig werden hier Briefe von Erwin und Eva Strittmatter veröffentlicht, die von der tiefen, schöpferischen Beziehung zwischen beiden sprechen.

»Ein tiefer Einblick in ein Schriftstellerleben und ein interessantes Kapitel ostdeutscher Geschichte.«

WWW.LITERATURTIPP.COM

Mehr Informationen erhalten Sie unter
www.aufbau-verlag.de oder in Ihrer Buchhandlung

aufbau

EVA STRITTMATTER
ERWIN STRITTMATTER
Du liebes Grün
Ein Garten-
und Jahreszeitenbuch
aufbau

Hermann Kant:

»Seine Sprachmacht wird ihm keiner nehmen können.« F.A.Z.

Hermann Kant wurde 1926 in Hamburg geboren. Nach einer Elektrikerlehre war er Soldat, von 1945 bis 1949 in polnischer Kriegsgefangenschaft Mitbegründer des Antifa-Komitees im Arbeitslager Warschau und Lehrer an der Antifa-Zentralschule. Ab 1949 studierte er an der Arbeiter- und Bauernfakultät in Greifswald, 1952 bis 1956 Germanistik in Berlin. Danach war er wissenschaftlicher Assistent und Redakteur, von 1978 bis 1990 Präsident des DDR-Schriftstellerverbandes.

Ein bißchen Südsee
»Ein bißchen Südsee« war das vielversprechende Debüt, mit dem sich Hermann Kant als origineller Autor einprägte. Wer den wortgewandten, ausschweifenden Romancier Kant schätzt, wird ihn in diesen Geschichten als pointierten Erzähler entdecken.
»Kant ist ein exakter Beobachter und ein vorzüglicher Spaßmacher.«
Marcel Reich-Ranicki
Erzählungen. 192 Seiten. AtV 1191

Der Aufenthalt
»Der Aufenthalt« ist eine Passionsgeschichte mit Humor und ein Schelmenroman mit tragische n Zügen ... Wir haben Hermann Kant ein aufschlußreiches, ein witziges Buch zu verdanken.« Marcel Reich-Ranicki, F.A.Z
Roman. 567 Seiten. AtV 1037

Die Aula
Diesen Roman über einen jungen Mann, der eine Abschiedsrede halten soll und darüber ins Erinnern gerät, haben Leser und Kritiker sofort nach Erscheinen als großen Spaß gefeiert. Ein »Geschichts- und Geschichtenbuch« über die Anfänge der DDR, ohne die man ihr Ende nicht verstehen kann.
Roman. 464 Seiten. AtV 1190

Kormoran
Nach seinem streitbaren wie umstrittenen Erinnerungsbuch »Abspann« hat Hermann Kant mit diesem Buch den aktuellen Nachwende-Roman geschrieben, der von ihm erwartet wurde, amüsant, bissig, zeitkritisch und selbstironisch, einen Roman »von allerlei Leben und allerlei Sterben«.
Roman. 270 Seiten. AtV 1192

Mehr Informationen unter
www.aufbau-verlag.de
oder bei Ihrem Buchhändler

aufbau taschenbuch

Thomas Lehr:
»Ein Autor, der gewinnt, weil er wagt« Frankfurter Rundschau

Thomas Lehr, geb. 1957, lebt in Berlin. Er erhielt zahlreiche Literaturpreise, u.a. den Förderpreis Literatur zum Kunstpreis Berlin, den Rheingau Literatur Preis, den Wolfgang-Koeppen-Preis und den Kunstpreis Rheinland-Pfalz 2006.

Zweiwasser oder Die Bibliothek der Gnade
Zweiwasser befindet sich nicht nur im Krieg mit den Verlagen, sondern auch mit der Liebe. Erzählt wird die Geschichte des Schriftstellers Zweiwasser, dessen Weg zum Erfolg von seltsamen Todesfällen gesäumt ist und dessen Bücher schließlich Eingang finden in eine alles verschlingende »Bibliothek der Gnade«. Der Roman ist ein Balanceakt zwischen Thriller und dessen Parodie, ein Buch der großen Leidenschaften und der tausend Morde.
Roman. 359 Seiten. AtV 1443

Die Erhörung
Ein Roman der Visionen, ein Roman voller Deutungsmöglichkeiten zwischen skeptischer Vernunft und philosophischer Phantasmagorie. In das reale Berlin der siebziger und achtziger Jahre schicken himmlische Boten ihre verrätselten Offenbarungen über Leben, Tod, Erlösung, Verdammnis, Liebe und den inneren Zusammenhang aller Menschengenerationen von Anbeginn an.
Roman. 463 Seiten. AtV 1638

Nabokovs Katze
Ebenso zärtlich wie obszön, so sprach- wie bildversessen: ein ironischer und cineastischer Roman über das Kopfkino einer erotischen Passion, über die Projektionen von Leidenschaften und über die Nach-68er-Generation, »die stets zu klug war, um an irgend etwas zu glauben. Sprachlich und erzählstrategisch höchst raffiniert dargeboten – ein wunderbares Buch.« SIGRID LÖFFLER, DER SPIEGEL
Roman. 511 Seiten. AtV 2097

Frühling
Thomas Lehr hat nach seinem Erfolgsroman »Nabokovs Katze« in dieser Novelle erneut ein literarisches Wagnis unternommen: In 39 Kapiteln werden die letzten 39 Sekunden eines Mannes im Grenzbezirk zwischen Leben und Tod in einer Sprache berichtet, die so extrem ist wie die Situation und der Gegenstand – eine Meditation über Wahrheit und Schuld. »Ein gewagtes und überwältigendes Stück Literatur.« DER SPIEGEL
Novelle. 142 Seiten. AtV 2184

Mehr unter
www.aufbau-verlag.de
oder bei Ihrem Buchhändler

aufbau taschenbuch